Wählt Liste 1
Macht.
Mühlendamm „Klause"

Deutsch
Tod der
Schnell-
Umbiss
Büffet
Warme

Dreckjude
TALMUD

Werden
Köpfe
rollen?
Werden
Köpfe
rollen?
Im Sportpalast
Dienstag, 18. November, 20 Uhr
Kundgebung
Hörsing

Deutsche!
Wehrt Euch!
Kauft nicht bei Juden!

ベルリン1933

クラウス・コルドン　酒寄進一＝訳

理論社

装丁：坂川栄治＋藤田知子
（坂川事務所）

ベルリン1933・目次

一九三二年のベルリン。ドイツの首都ベルリンには四百万を超《こ》す人々が暮らしていた。中心街は人でごったがえし、都市高速鉄道や地下鉄が鉄路をひびかせ、バスや路面電車が行き交う。日に百紙を超える新聞が発行され、劇場《げきじょう》の数は世界のどこよりも多かった。軒を並べる数々の商店、百貨店《ひゃっかてん》、ダンスホール。その都市でドイツの政治はおこなわれていた。

ベルリンの中心と西は人の暮らせるところだったが、北と東と南の人々は日々の暮らしに汲々《きゅうきゅう》としていた。工場と安アパートの密集地。人々は窮屈《きゅうくつ》な暮らしに息がつまるほどだった。しかも六十万人以上が職につけず、子どもは自分のベッドがもてず、多くが栄養失調で幼くして死んでいった。政権は目まぐるしくかわるが、どの政権にも貧困の特効薬はなかった。そこに、よりよき未来を約束するひとりの男が現れた。アドルフ・ヒトラー。市民の大半は、ヒトラーひきいるナチ党《とう》に反対だった。大半が共産党と社会民主党を選んでいた。だが、ともに労働者の政党であるはずのドイツ共産党とドイツ社会民主党は互《たが》いにいがみあっていたのだった……。

第一章

石と鉄の街

八月のある月曜日

街はうだるような暑さだった。通りといわず、中庭といわず、安アパートの狭《せま》い住まいといわず、どこも蒸《む》し暑い熱気につつまれている。とくに暑いのは屋根裏だ。熱気がこもり、屋台骨がうめき声をあげるほどだ。夜半になっても寝苦《ねぐる》しい。ハンスはうなされて何度も目を覚ました。荒《あら》い息をたてながら屋根裏部屋を見回し、また眠ろうとする。うとうとしながら夢を見た。だが場面が目まぐるしく変わるので、夢の中身までは覚えきれなかった。

夜が白むころ、どうしても寝付けなくなった。ハンスはすっかり目が覚めてしまい、じっと天井を見つめたまま、これからの一日に思いをはせた。

マルタはまだ寝ている。暑いはずなのに、首まで掛《か》け布団《ぶとん》にくるまっている。赤ん坊のような寝顔だ。マルタにはまだ少女の面影《おもかげ》が残っている。とっくみあったり、じゃれあったり、けんかをしたり、いっしょにいろいろ企《たくら》んだりしたあのころのままだ。

ハンスは静かに起きあがると、あけっぱなしの窓へいき、まだひっそりしている中庭を見おろした。

ゴミのにおいが屋根裏部屋までのぼってくる。それでも窓辺にたたずみ、徐々に赤みをおびていく薄暗《うすくら》がりを見つめながら物思いにふけった。フス派通りの組み立て工場やヴォルタ通りの煉瓦《れんが》工場の長い家並み、フンボルトハインの機械工場のゲート。今日からすべてが変わる。機械工場は学校とはまるでちがうだろう。一日中机にすわって、ときどき質問され、点数がつけられる。そういうことはなくなる。今日からは働かなければならない。重いものを運び、箱をあけ、倉庫の掃《は》き掃除《そうじ》をし、主任に呼ばれれば、すぐにかけつける。怠《なま》ければ、すぐにお払い箱だ。ノレ・フェルトマンに注意された。「倉庫に積まれているのは乾《かん》パンじゃない。それが持ち上げられないようなら用なしだ。だが体操選手には悪くないトレーニングだ」

ノレは、ハンスのことを体操選手としてしか見ようとしない。そもそもノレの頭には、体操クラブのことしかないのだ。もしハンスがフィヒテ・スポーツクラブ(＊1)にはいっていなかったら、まず仕事の世話などしてくれなかっただろう。

屋根を染めていた朝焼けが濃《こ》くなり、ゆっくりと太陽がのぼった。まばゆく光る日輪は赤から濃いピンク色に変わり、しだいに大きくなって、暖かい黄色になった。

いい前兆だろうか？　こういう朝に、こういう太陽がのぼるというのは。太陽はハンスを励《はげ》まそうとしているのだろうか？　前の晩、寝《ね》るとき、ハンスは気持ちがくじけそうだった。前の日は国会選挙のあった日曜日で、ひどい一日だった。死者が何人もでたはずだ。ナチ(＊2)は票を伸《の》ばしたのか、あるいは敗北したのか、選挙の結果がわからず両親は気をもんでいた。だがハンスはそんなことより、翌日にせまった月曜日のことで頭がいっぱいだった。その日は工場に初出勤する日だったのだ。本当は工具職人になりたかった。それがだめなら兄のヘレみたいに機械職人くらいにはなりたかった。しかし、学校の成績がよくても、なんの役にも立たない。「いまのところ工具職人の養成はしていない」どこへいっても、ハンスと父親はそういわれた。ふたりはいたるところをかけずりまわった。ヴェディンク地区、モアビト地区、クロイツベルク地区、ノイケルン地区、プレンツラウアー・ベルク地区、フリードリヒハイン地区、ヴァイセンゼー地区。工場のある地区はしらみつぶしに訪ね、職を求めた。だが返ってくるのはていのいい断りの言葉ばかりだった。

「もうしわけない」

「まあ、時期が悪いですな！」

「早くなんとかしないと、みんなおしまいですよ」

ハンスは身をのりだして、壁《かべ》と窓に囲まれた四角い穴蔵《あなぐら》のような中庭を見おろした。ほとんどの窓があけっぱなしだが、まだ寝静まっている。あと数分もすれば変わるだろう。ドアをあける音、一階で便所の水を流す音、やかんの湯がわく音、そんな音がしだすはずだ。だがたいていの家では当分のあいだ物音がしないはずだ。みんな遅《おそ》くまで眠りこけ、起きたら起きたで、窓辺にすわったり、中庭や通りで新聞を読んだり、近所の知り合いとおしゃべりをするだけだ。クラウゼじいさんも、フリッツェ・ハーバーシュロートも、でぶのミュラーも、パウレ・グロースも、そしてちびのルツも。ルツなどもう二十二歳になるというのに、仕事についたことすらない。仕事を探すのもあきらめてしまっている。

だが彼らをけなすのはおかどちがいだ。ハンスは例外。つきにめぐまれない者は山ほどいる。路上でネクタイや靴《くつ》ひもを売り歩く人、それもやめて物乞《ものご》いをする人、なけなしの物をもって質屋にはいっていく人、失業保険金をもらうため職業安定所の前に行列をつくる人、そういう人々を毎日のように見かける。いてつく冬の最中でもだ。町はずれのほったて小屋で暮らす失業者。フンボルトハインで行きずりの男に身を売る少年や少女。信仰篤《しんこうあつ》い老人が突如《とつじょ》として盗《ぬす》みを働き、上品な暮らしをしていた人物がゴミ箱の食い物をあさる。それとくらべたら、ハンスは幸福だ。とてつもなく幸福だ。仕事にありつき、金を稼《かせ》ぎ、母親に生活費をいれられる。残った金はこづかいになる。服を買ったり、映画にいったり……。

正面四階の窓にはげ頭があらわれた。はだかの上半身にズボンつりをかけ、時代遅《おく》れの口ひげにひげ当てがついている。ハンスは一歩後ろにさがって、男を観察した。ザウアーという名のその男は最近移り住んできて、数週間前にクデルカばあさんと結婚《けっこん》した。クデルカはザウアーという名になったと、パン屋や雑貨屋《ざっかや》などところかまわずふれまわっている。アパートの住人はみな、六十歳になるクデルカが再婚したので目を丸くした。それも三度目の結婚だ。結婚するとまもなく、ザウアーがラジオを家にもちこんだので、みんなは苦笑した。クデルカはラジオがほしくて結婚したんだ、と。

だが二日後、もう笑う者は一人もいなかった。ザウアーはいつもきまった放送しか聞かなかったからだ。行進曲と声高な演説。それをわざと中庭に向けて流した。おまけに、最近では制服をきて五番目の中庭を歩き回るようになった。大方の予想通り茶色の制服。クデルカはナチ突撃隊《とつげきたい》（＊3）の男を釣《つ》りあげてしまったのだ。死んだ前の夫オットーは生粋《きっすい》の社会民主党員だったというのに。ほとんどの住人がしばらく自分の目をうたがった。しかしクデルカは好奇《こうき》の目にも敵意のこもった目にも胸をはっていた。そして彼女の夫マックセは日に日にラジオのボリュームをあげていった。

ハンスはマックセ・ザウアーが好きになれなかった。突撃隊員だからというだけではない。まだそのことを知らなかった最初の日から虫が好かなかった。マックセは尊大なそぶりで中庭を歩きまわる。まるでその中庭を自分の天下にしようとでもしているかのように。それにハンスの父親にいった言いぐさがすごい。

「パンがなけりゃ、法律なんてくそくらえだ」

典型的なナチのスローガン。みんな腹《はら》をすかせているから、たしかに効き目のあるスローガンだが……。

「眠れないの？」

マルタが目を覚ました。寝《ね》ぼけ眼《まなこ》でハンスを見ている。

「暑くて」ハンスがいった。

「本当？」マルタは軽く笑うと、あくびをした。「窓をしめてくれない。ゴミ箱、臭《くさ》くて気持ち悪くなるわ」

いうとおりにすると、ハンスはマルタのベッドにすわってマルタを見つめた。目を見れば気持ちがつたわる。

「なに？　今日から、あんたも大人ってわけ？」

マルタはきれいだ。やせていて、多少骨張っているけど、それでも、たいていの者がマルタをきれいだという。けれども朝、ベッドの中にいるマルタは美しくない。またしても夜遅く家に帰ってきたマルタは肌《はだ》があれ、髪《かみ》がぼさぼさだ。

マルタは昔よくやったように指でハンスの鼻をつついた。

「心細いの？」

たしかに心細い。無数の工場と事務所と倉庫が立ち並ぶ巨大な製作所。ハンスは不安だった。まだ一度しか中にはいったことがない。そのときは面接を受けるためだった。そして働くことになった。その製作所で半生をすごしている人々にまじって。ハンスはまだ十五歳にもなっていない若造だ。

「大丈夫よ」マルタは大きなあくびをした。「ばかじゃないし、力だってあるじゃない。あたしが初出勤した日とくらべたら！」

マルタがはじめて仕事にでかけたのは、ハンスがまだ九歳のときだったが、その日のために仕立てた、はやりの白いカラーのついた青いドレスをいまでもよくおぼえている。マルタがどうしても事務職につくといいはったので、家ではひどい口論になった。労働者の娘が事務員にまじってどうするというんだ、と父親はいったが、マルタは意地をはり、ついに保険会社のタイピスト見習いのポストを見つけた。初出勤日にマルタは着飾《きかざ》った。父親がまゆをひそめたほどだ。「事務員になると思ったのに、ダンサーにでもなるつもりか？」マルタは小生意気にいいかえした。「お金をたくさん稼《かせ》いだほうが勝ちよ」

父親がいっていた。事務所じゃ自分を切り売りさせられるからな。ぺこぺこおじぎばかりして、すきあらばのし上がろうとするし、よそ者をすぐに見下すようになる。だがそうこうするうちに、マルタが事務員になって五年がたった。それでも父親は意見を変えようとしない。マルタが事務所の若い同僚や上司の白いスポーツカーに熱をあげるものだから、なおのことだ。父親が一向に理解をしめさないために、マルタはわざとおおげさにふるまっただけなのだが。

わたしたちはタイプライターをたたく。

ちょうどピアノをひくように。

金があれば、あくせく働くことはない。

その金がないから、タイプライターをたたくのさ。

マルタが新聞から切り抜いた詩の一節《せつ》だ。作者はエーリヒ・ケストナー。マルタが知っている唯一《ゆいいつ》の詩だ。マルタはこの詩を気に入っていた。自分の人生そのものだからだ。事務の仕事も工場で働くのと大差はなかった。

「さあ、仕度しなさい!」マルタが時計を見た。出かける時間だ。「顔を洗って。遅刻しちゃうわ。あんたは首になるし、あたしはシュヴァルツバッハの犬たちの散歩をさせられるわ」

マルタの上司はプードルを三匹飼っている。夫人がフリードリヒ通りに買い物にでかけるとき、上司は犬たちを職場につれてくる。ミスをしたり、遅刻したりしたタイピストのだれかが犬の散歩をさせられることになっていた。これが大変なのだ。三匹とも雄《おす》で、用を足そうとそれぞれ勝手な方向にかけだす。マルタはこの犬たちを憎《にく》んでいた。そしてそれ以上に、このみっともない犬の散歩を憎んでいた。「あたし、こまづかいじゃないんだから」とよく文句をいっている。

ハンスは顔を洗いに台所にいこうとした。そのとき突然《とつぜん》、中庭でものすごい音が響《ひび》いた。ザウアーのラジオだ。

「いいかげんにしてよ、あのノータリン」マルタは掛《か》け布団《ぶとん》を頭からかぶった。「こんな明け方にラジオをつけるなんて」

ハンスは窓辺にいって、ラジオのチューナーを回す音を聞いていた。クデルカがじゃがいもを家に運びあげるのを手伝ったとき、ラジオを見かけた。たくさんの豆電球で縁取《ふちど》りをしたヒトラーの肖像《しょうぞう》写真の下に小机がある。ラジオはそこに置いてあった。スピーカーと受信機。受信機にはたくさんのボタンと電線と蓄電池《ちくでんち》がひとつついていた。ちょっとした放送局のようだ。しかも効果はばつぐん。中庭に面した家ではどこでも音が聞こえた。「こちら、ベルリン」かすれた声がスピーカーから鳴り響いた。「おはようございます、みなさん。こちら、ベルリンです」

「まったくもう」マルタがハンスに枕《まくら》をなげた。「さっさと顔を洗いなさいよ！　早くして！　遅刻しちゃうわ」

台所といっても本格的なものではない。部屋の隅《すみ》に流しがあるだけだ。小さなガスレンジもついているが、マルタはめったに温かいものを食べないのでほとんど使わない。ハンスは蛇口《じゃぐち》の上にかけた鏡《かがみ》をのぞきこみ、顔にかかった髪《かみ》をはらった。これでいいだろう。

「坊や！」マルタがせっついた。「いいかげんにしてよね！」

ハンスはいつも先に顔を洗うことになっていた。マルタは裸《はだか》になっているところを見られたくなかったからだ。それはハンスがマルタの部屋に移ってくるときの条件だった。家賃はマルタが払っている。階下の両親の住まいで弟と枕をならべて眠るよりはましだ。弟とはいつも頭と足を逆にして寝《ね》ていた。それも何年ものあいだ。弟のムルケルは始終、寝返りをうつので、なかなか寝付けなかった。それに真夜中、こわい夢にうなされた弟がオオカミが吠えるように泣きだすので、なだめすかさなければならないこともあった。マルタの屋根裏部屋なら、自分のベッドで眠れるし、マルタの帰りが遅いので、日中、のんびりできる。

中庭で子どもの声がした。

「ぼろ布に骨、鉄、紙、折れた歯はありませんか。ぼろ布に骨、鉄、紙、折れた歯……」

シュヌッペの声だ。ディーター・シュニップコヴァイトはムルケルの親友で、おない年の九歳だ。ふたりはいつもいっしょにいたずらばかりしている。シュヌッペのふざけたところは、父親が本当にくず屋だっていうことだ。毎日、放課後に子どもたちをつれてくず集めにでかける。子どもたちは栄養失調で、七人のうち二、三人は結核《けっかく》（＊4）だというのに、毎日、いっしょにくず集めをしている。ごみ箱はひとつとして見逃さない。やぶの中にまでもぐりこんで、金目のものを探してくる。よりによってそのシュヌッペがくず屋の呼び声をどなっている。

「ハンス！」マルタはすっかりおかんむりだ。ナイトガウンを着たまま、台所にやってきた。「あたしを怒らせたいわけ？」

「もう終わったよ」ハンスは流しをあけたが、立ち退《の》こうとしない。ハンスがそこにいるかぎり、マルタは服がぬげない。

マルタは怒ったふりをして、石鹸《せっけん》をつかみ、ハンスに投げつけようとした。ハンスは笑いながら台所から逃げだした。怒りだしたら、マルタは収拾がつかない。シュヴァルツバッハのプードルのことだって忘れてしまうだろう。

シュヌッペはあいかわらず声をはりあげている。マックセ・ザウアーの朝の音楽が聞こえないほどだ。「ぼろ布に骨、鉄、紙はありませんか」どなりすぎて、シュヌッペがせきこんだ。するとまたマックセ・ザウアーの行進曲が聞こえてきた。

この時間帯になると、家族のだれかがきまって一階の便所にいくので、家のドアがひらいているものだ。ハンスはノックをする必要がなかった。

「おまえかい？」母親が廊下《ろうか》に立って、新しい鏡《かがみ》の前で髪《かみ》をとかしていた。父親が誕生日にプレゼントした鏡だ。「なかなか決まってるわよ」前の晩、母親はハンスのズボンにアイロンをかけ、父親の洗い立てのシャツを渡してくれていた。その母親がハンスの身なりをたしかめて、黒髪をやさしくなでた。

「もうすっかり大人ね」

「母さんもね」ハンスはまじめな顔でいった。

母親が笑った。笑うと若く見える。廊下のチェストにのせてあった魔法瓶《まほうびん》と紙にくるんだパンを指さした。

「おまえの分だよ。もっていきなさい。それからこれ」

母親はパンをのせていた洗いざらしの青い作業着をさした。

「これもおまえのだよ。ヘレが使ってたものだけど。もうヘレにはきつくてね」

ハンスはヘレの作業着を着られるのがうれしかった。でもいまはほかのことが気になる。母親がそわそわしている。どうやら昨日の国会選挙のせいらしい。父親のいうとおりなら、党は今晩、失望することになる。それまでに選挙結果がわかるからだ。

「朝食を食べなさい」母親が時計を見て、ハンスを台所の方へおした。「さあ、さあ」

ムルケルが蛇口《じゃぐち》の前で歯をみがいていた。機嫌《きげん》が悪そうだ。夏休みでも、温かい食べ物にありつくつもりなら、早起きしないとならないからだ。ムルケルが目のはしでハンスを見た。父親はもう食卓について昨日の夕刊ベルリンを読んでいる。ハンスに気づくと、目をあげた。

「どうだ、具合は」

「大丈夫さ」ハンスは弟の裸の肩《かた》をあいさつ代わりにばしっとたたいた。小柄《こがら》でやせっぽちのムルケルはおおげさにおどろいて、怒った目をした。「もう一度やってみろ。そしたら……」力こぶを作って見せた。

長男のヘルムート、次男のハンスと同じように、ムルケルにもハインツという本当の名前があるが、いつもはムルケルと愛称で呼ばれている。そして末っ子のごたぶんに漏《も》れず、甘やかされて、なにをしても怒られないし、なんでももらえる。末っ子を中心に家族はまわっていた。けれども、この日だけはちがった。

「怒らないのよ」母親がムルケルをそっとたしなめた。「ハンスは今日、初出勤なんだから。大目に見てあげなくちゃ」

ムルケルは納得しなかった。指で自分の頭をつついてみせ、歯をみがきつづけた。それでも目ではしっかり様子をうかがっている。左を見たり、右を見たり、しまいにはふりかえって、なにひとつ見落とすまいとした。

ハンスは父親の正面にすわると、パンをとってジャムをぬろうとした。すると、父親が義手の先につけた鋼鉄《こうてつ》のフォークでソーセージを刺《さ》し、ハンスに差しだした。

ムルケルが目を丸くした。朝食にソーセージ。いままでに一度もなかったことだ。ハンスはにやっと笑い、ソーセージを薄《うす》く輪切りにした。これで何枚もパンが食べられる。

ハンスが食べるのをじっと見ていた父親が、工場で人の言いなりになるなよといった。

「いつでも自分の意見をしっかりもっているんだ。こわがることはない。はじめが肝心《かんじん》だ」

母親が非難がましく首をふった。

「まったく子ども扱いして。引くときは引く、引かないときは引かない。そういう心構えが大事だっていえばいいでしょうに。AEG《アー・エー・ゲー》で働けるだけで御《おん》の字なんだから」

父親も負けていない。

「ぼやぼやしていたら、いいようにされてしまう。人の酒で酔《よ》うくらいなら、喉《のど》がかわいているほうがましだ」

父親はいつもそういう口の聞き方をする。だから母親にがんこ者といわれるのだ。実際、友だちをひとり残らずなくし、意見がちがうために党《とう》からも脱退《だったい》してしまった。母親は、父親の意見が正しいと認《みと》めているが、口にはしない。だからいまだに共産党員(＊5)だ。それは同志のためだし、「道はちがうけど、望んでいることはおなじ」と思っているからだ。

母親はため息をつくと、ブラウスのボタンをとめた。

「あなたのいうことを聞くなら、はじめから仕事にいく必要はないわね。物知り顔の十四歳なんて。だれも歓迎《かんげい》してくれないわよ」

「待て、待て。ハンスはあと半年で十五じゃないか」父親がいいかえした。「それに物知り顔をしろとはいっていない。いいたかったのは、AEGに売るのは労働力で、良心じゃないってことだ」

母親は観念した。「クララが病気なのよ」ハンスにそういった。「仕事にでる前にちょっと様子を見てこようと思ってね」それから父親の方をちらっと見た。「それにしてもあなたも相変わらずね。いつだってあなたが正しいのよ」

「だろう」父親が苦笑し、ハンスもにやっとした。ムルケルまで機嫌《きげん》がなおったようだ。母親がドアをしめて出ていくと、いそいで口をすすぎ、食卓《しょくたく》にすわってソーセージに目をらんらんと輝《かがや》かせた。

「食べていいよ。たまげたか」ハンスがソーセージを数枚さしだすと、ムルケルはさっそくパンにのせた。「ぼくが働くときは、言いなりにはならないよ」ムルケルは口をもぐもぐさせながら父親にいった。

「自分を殺してまで働くもんか」

自分を殺して働く。それは父親の口癖《くちぐせ》だ。父親は前の戦争で片腕《かたうで》をなくしていたので、仕事にもどることができなかった。左官は両手がないとできないからだ。だからこの十三年間、ショセー街にあるボルジッヒ製作所で守衛《しゅえい》をして働いている。稼《かせ》ぎは雀《すずめ》の涙《なみだ》だ。

「まず学校にいって、勉強するんだ。あとで役に立つ。ハンスにはもう、勉強をみてやる時間はないからな」父親は厳《きび》しい顔をしようとしたが、うまくいかなかった。ムルケルには甘くなるようだ。

ムルケルはパンの残りをほおばって、噛《か》んで飲み下しながらいった。「勉強ができなくたって、左官にはなれるさ」

ムルケルは左官になりたがっていた。それがかつては父親の仕事だったし、一日中外で新鮮《しんせん》な空気をすえるからだった。

父親はにんまりとした。ムルケルのリップサービスに、すっかりまいっているようだ。

「ねえ、もういっしょに宿題をする時間ないの?」ムルケルはそっとハンスにたずねた。

「あんまりないだろうな」

「算数だけなんだけど。ヒュープナー先生が厳しくてさ。冗談《じょうだん》ですまないんだ」

ハンスは迷った。宿題を手伝うのは楽しいことじゃない。これからは帰りが遅くなるのだからなおさらだ。

「ねえ、手伝ってよ、兄さん。マルタ姉さんもまともに帰ってこないし、ヘレ兄さんだっていないんだからさ」

「わかったよ。だけど代わりに食器洗いをしろよ。玄関《げんかん》のそうじはほかのだれかがやってくれるから」

ムルケルにとっては、割の悪い交換《こうかん》条件だが、休み前に落第点をとらないためにはうなずくしかない。算数はクラスでびりだったのだ。

ハンスは時計を見ると、パンを口におしこんで立ち上がった。ぐずぐずしていられない。冷水に飛び込むなら、思い切ったほうがいい。ぐずぐずしても、こごえるだけだ。

「幸運を祈《いの》ってるぞ!」父親がハンスの背中に声をかけた。「幸運を祈ってるぞ!」ムルケルもいった。

ハンスはこっくりうなずくと、ドアをしめて階段をおりた。

北の心臓部

アッカー通りをヘルムスドルフ通りに向かって北に進み、右にまがると、AEG《アー・エー・ゲー》機械工場が見える。

フンボルトハインの公園とヴォルタ通り、フス派通りとブルンネン通りにはさまれた敷地《しきち》。その広大な敷地に組立工場や小さな作業所や管理棟《とう》が点在し、そのまわりを安アパートが取り囲んでいる。住宅には、日曜日の投票のためにかかげた旗《はた》がさがったままだ。ほとんどが赤旗だ。いかにもヴェディンク地区らしい。朝昼晩、勤務交代のたびに、通りは出勤途中の人と帰宅途中の人でごったがえす。都市高速鉄道や路面電車に乗る者もいるが、たいていは歩きで出勤する。彼らが住んでいるのは工場周辺の安アパート。アパートは密集し、互《たが》いに支え合うようにして建っている。

はじめにできたのは工場だ。工場がなければ安アパートもできない。それはここだけではない。ヴェディンク中がそうだ。鉄と石でできた北の街。鉄はたくさんの工場のこと。石は無数に軒《のき》をならべ、中庭が四つ、五つ、六つと奥までつづく安アパートのことだ。

ハンスはここで育った。街を知り尽《つ》くしているつもりだったが、自分と同じように工場のゲートに向かって足早に歩く人の流れにおどろきっぱなしだ。通りからはすぐに人の姿が減るだろう。目に付くのは、遊んでいる子どもや、買い物にでかける女性や、年金生活者や、家の前にたむろする失業者くらいになる。だがいま、目の前の通りは、心臓《しんぞう》に血を運ぶ血管のようだ。

たしかにその巨大な工場は北の心臓部だった。昼夜ぶっとおしで、鼓動《こどう》をくりかえす。それはだれにでも聞こえた。ハンマーを打つ音、金属音、汽笛《きてき》、工場周辺の家の中まで響《ひび》いてくる。リズミカルなこともあるが、たいていは重荷にあえいでいるような音。騒音《そうおん》で耳がつぶれそうになる。とても耐《た》えられる音ではない。どうしてそんなうるさいところで暮らせるんだと疑問に思う人もいるだろう。だが住民はもう気にならなくなっていた。騒音は生活の一部なのだ。ベルリンに空があるように。騒音はいつもそこにあり、あるときは穏《おだ》やかに晴れ渡り、またあるときは嵐《あらし》をよぶ。

多くの人にとって、この絶え間なくつづく騒音は心穏やかにしてくれるものでもあった。工場の音が聞こえなくなったら、眠れないという。おりからの不況《ふきょう》で、騒音が小さくなっているいま、工場周辺の住人はおちおち眠っていられない。ときおり窓辺やバルコニーに立って、耳をそばだてる。工場は元気だろうか？　しっかり脈をうって、みんなの命を支えてくれるだろうか？

ハンスは古い学生カバンをかかえなおした。肩掛《かたか》け用のひもだけとって、通勤カバンにしたものだ。冷たい紅茶をいれた魔法瓶《まほうびん》が顔をのぞかせている。道を行き交う人たちのほとんどは大して年をとっていないが、かといって若くもない。年寄りが真っ先に解雇《かいこ》されるし、新規に採用されることはめったにないからだ。だが陽気な顔はひとつもない。蒸《む》し風呂《ぶろ》のような工場で長い労働の一日が待っているからだ。

三番ゲート、小型モーター工場への通用門。ここから中にはいる人が多い。身なりのいい人たちはその先の職員通用門へ回る。ヴェディンク地区ではブルンネン通りにある一番ゲートをそう呼んでいる。そこはほとんど管理棟《とう》で働く事務職員しか使わないからだ。ハンスもその日は、一番ゲートで名前をいい、人事課への道順を教えてもらうようにいわれていた。ハンスの足取りが遅くなった。なんだか気が重い。だがビュートウ主任はそんなにこわい感じではなかった。頭がだいぶはげあがり、縁《ふち》なしメガネをかけ、青いうわっぱりを着ていた。そして体操をしている。一目見れば体操選手なのはわかる。ばねのある、なめらかな歩き方、太い上腕《じょうわん》、やせていて、身のこなしがいい。ハンスが採用されたのも、主任が体操選手だったおかげだ。主任はノレの姉と結婚《けっこん》していた。知り合ったのは体操を通してだ。ノレはフィヒテ・スポーツクラブのメンバーで、ビュートウは自由体操クラブにはいっている。以前、ふたつは労働者体操・スポーツ連盟《れんめい》（＊6）というひとつの団体だったが、フィヒテはそこから脱退《だったい》した。ノレは自由体操クラブを社会民主党の手先だといっている。

ノレは最高の体操指導員だ。そしてハンスを工場にいれるためだけに、義理の兄をレーベルゲで行われるフィヒテ体操祭にさそった。ビュートウは本当にやってきた。ノレには、ハンスの腕《うで》を見るためだとわかっていた。ハンスのテクニックはすばらしいと宣伝してあったからだ。だが、うまくいくかどうか、ノレにも自信はなかった。職場を見つけるには、こういうささいなきっかけがものをいう。もちろんノレは、自由体操クラブに鞍替《くらが》えしたりするなよ、と念を押した。「仕事は受けろ。ありがたく感謝するんだ。だがあとはあかんべしちまえ」

ハンスにはじくじたるものがあった。だから体操祭の当日は、集中できなかった。それでもハンスは気に入られたらしく、翌日面接をして採用された。

一番ゲート。左右に塔《とう》の立つ豪壮《ごうそう》な門だ。門の上に総合電器会社と看板がかかげてある。左右の塔には飾《かざ》り文字《もじ》で三つの頭文字、ＡＥＧ《アー・エー・ゲー》。ヴェディンク地区の人間でなくてもドイツ中で知られている名前だ。ほかの工場にもおなじ頭文字が飾られている。アッカー通りの機械工作工場。ハンスがマルタとよくその壁《かべ》にボールをあてて遊んだ工場だ。フッテン通りのタービン工場。マルタのボーイフレンド、ギユンターがしばらく働いていたところだ。郊外のシェーネヴァイデにあるケーブル工場。父親がはじめて勤めるところになるかもしれなかった工場だ。そしてヘレもAEG《アー・エー・ゲー》の一員だった。いや、いまでも工員だともいえる。ヘレは皮肉たっぷりにそういっている。全国失業者協会（こちらの頭文字もAEG《アー・エー・ゲー》）にはいっているからだ。こちらは国内最大の組織、会員は六百万人だ。

ハンスは立ち止まり、ゲートをくぐってタイムレコーダーにカードをいれる職員たちを見た。守衛は職員たちに天気の話題などをして声をかけるが、守衛に顔を向ける者はいない。

どうしてうれしくなれないんだろう？　見つけたのが、やりたい仕事じゃないからかな？　もちろん倉庫勤務は工具製作とはちがうけど。でも重要なことに変わりない。ヘレは機械工になって、はじめは大型機械の組立工場、そのつぎはフッテン通りのタービン工場で働いた。なにを迷ってるんだ。失業したら、工具機械工も倉庫労働者もちがいはないじゃないか。失業保険の額には差がでるだろうけど。

ハンスは意を決して、近くの守衛に近づくと、名前をつげ、人事課にいきたいといった。

腹《はら》がでて、制服がいかにも窮屈《きゅうくつ》そうなその守衛は、ハンスを頭の先から爪先《つまさき》までなめるように見て、坊主、運がよかったな、この時期に採用とはおどろいたもんだ、とでもいいたげにうなずいた。だがそんなことはおくびにもださず、「ここで待っていろ」と一言いって守衛所に消えた。

ハンスはまた、ゲートをくぐり、自分のカードをタイムレコーダーにいれる職員たちを見ていた。小型モーター工場にはいっていった一員のような顔色の悪い者はひとりもいない。守衛の冗談《じょうだん》にうなずき、冗談をかえす者もいる。

太った守衛が守衛所の窓からハンスを手招きした。

「名前は?」いかめしい顔つきだった。

ハンスがもう一度、名前をつげると、守衛は書類に書き込んだ。

「生年月日は?」

「一九一八年二月十七日です」

「現住所は?」

「アッカー通り三十七番地です」

「アッカー——通り——三十——七番地と」守衛は書類に書き込むと、ハンスに渡した。「これを人事課で見せるんだ。代わりに勤務カードをもらえる。管理棟《とう》がどこか知っているか?」

「いいえ」

守衛はメモ用紙やペンやスタンプやスタンプ台ののっている机の上に身を乗り出した。

「向こうの大きなレンガ作りの建物が見えるか?」

ハンスはうなずいた。

「あれだよ。コンテナ置き場の横を抜けると、人事課にいける。中にはいったら、工員配置係を頼《たの》むんだ。まちがえるなよ。いいな、工員配置係だ。そこで勤務カードをもらえる。あっちではもう、おまえさんが来ることはわかっている」

「ありがとうございます!」ハンスは工場の敷地《しきち》にはいろうとした。

「幸運を祈《いの》ってるぞ」守衛が後ろから声をかけた。「おまえさんにはそれが必要だ」

ハンスはもう一度ふりかえって、感謝した。今日、幸運を祈ってくれたのは、これで三人目だ。祈りがきいてくれなくちゃこまる。


「全部書いたか？」主任は勤務カードを見て、ハンスが必要な部署《ぶしょ》に規則通り申請《しんせい》をすませたか調べ、カードになにか書き込んで、デスクの箱にしまった。事務所はオイルとほこりと鉄と油脂《ゆし》のにおいで充《じゅう》満《まん》していた。長年のあいだにしみついたにおいなのだろう。ハンスは好奇心《こうきしん》をおぼえて、事務所のくもりガラス越《ご》しに倉庫の中を見た。

資材倉庫は大きな板壁《いたかべ》で仕切ってある。地下も一階も二階もおなじ作りだ。仕切の中には棚《たな》がならんでいたり、木箱やボール箱がうず高く積まれていた。敷地が見渡せる窓のある側には貨物列車が止まれるようになっていた。そこで貨物が降ろされるのだ。だがそこは管轄外《かんかつがい》だと、ビュートウ主任はいっていた。さきほど見かけた貨物積み降ろし要員たちは自分の担当ではないという。それは屈強《くっきょう》な男たちの一群だった。たいていのものが暑いにもかかわらず帽子《ぼうし》をかぶっている。しかも斜《しゃ》にかぶってかっこをつけている。

ビュートウ主任はメガネをかけなおすと、ハンスをじっと見つめた。手続きは済《す》んだはずだ。ハンスは、どこで仕事をしたらいいか指示を待っていた。ところがビュートウ主任はのんびりしていた。

「きみはヘルムート・ゲープハルトの弟だろう？」

ハンスはおどろいてうなずいた。どうして知っているんだろう。ノレが話したんだろうか？

ビュートウ主任は笑《え》みをうかべた。「きみの兄さんを見かけたことがあってね。わたしもケスリン通りに住んでいるんだ。それもおなじアパートの一階下でね」

ハンスはだまっていた。それがどうだというんだ。なにをいいたいんだ？

「きみの兄さんは共産党員だろう？」

「ええ」どういう質問だ。共産党員はたくさんいる。ヴェディンク地区ではなおさらだ。

「彼を見かけたことがあるんだ。五月一日、街にバリケードが築かれたときだ。きみのことも見た。兄さんのところにいたろう。ちがうかい？」

ビュートウ、ビュートウ。そうだ。四階の表札。真鍮《しんちゅう》色の表札に大きな角張った字でH・ビュートウと刻まれていた。ヘレとユッタを訪ねるとき、いつもその前を通っていた。三年前の五月一日もそうだった。そのとき、ヘレとユッタは結婚《けっこん》してまだ二週間目だった。夕方、銃声《じゅうせい》が聞こえ、死者もでた。ユッタは通りにでているヘレのところにかけつけようとしたが、当時まだ家族のあいだでハンス坊やと呼ばれていた彼はユッタの手をつかんで引き留めたのだ。ふたりは手をにぎりしめながら、ヘレの安否を気づかった。何時間も。あのときのことは絶対に忘れないだろう。たぶんユッタも忘れていないはずだ。そのときから、ふたりは固い絆《きずな》で結ばれた。ふたりは同志だ。ただの義理の姉弟という関係ではなくなった。ビュートウ主任は返事を待っていた。ハンスがなにもいわなかったので、また自分から口をひらいた。

「わたしは社会民主党員だ。しかしきみたちに他意はない。きみたちもまちがいをおかすし、わたしたちもおかす。問題は、そのせいでほかのやつが得をすることだ」

主任はナチ党《とう》のことをいっていた。まるでドイツ社会民主党の日和見《ひよりみ》主義者のような言い方だ。ドイツ共産党員のあいだでは、ナチ党と対抗《たいこう》するために社会民主党と手を結んだほうがいいという者を日和見主義者と呼ぶ。ヘレがそうだし、母親もそうだ。社会民主党にだって日和見主義者がいても不思議はない。

「昨日の国会選挙だが」ビュートウ主任は眉間《みけん》にしわをよせた。「お互《たが》いにつぶしっこをして……これでどうなるっていうんだ？　共通の敵に塩を送っているだけじゃないか」

主任は、ハンスの意見を知りたがっているんだろうか？　ヘレが共産党員だから、ハンスも共産主義青年同盟《どうめい》(＊7)にでもはいっていると思っているのだろうか？　政治には興味がないといったほうがいいのかな？　だがハンスは一言も口をきかなかった。主任のことをまだよく知らない。ただフィヒテから引き抜きたいだけなのかもしれない。

主任はハンスがなにかいうのを待っていた。ハンスはつったったまま、デスクの向こうにすわる主任を見ていた。居心地が悪い。父親や母親やヘレとなら、主任も話ができるだろう。自分とはむりだ。政治がどうなっているかはわかっている。でも気が滅入《めい》るから考えたくない。おおげさな演説、無数のポスター、楽隊に先導され、こぶしをふりあげながらの行進。ごめんだ。本を読んだり、映画を見たり、夕方、体操の練習をするほうがましだ。両親とヘレが政治にかかわるだけで十分だ。

「きみの兄さんがずっと失業中なのには心が痛む。もうすぐ子どもが生まれるというのに」主任はもう一度話しかけてきた。だがそれでも、ハンスは口をひらかなかった。ハンスだって、ヘレをかわいそうだとは思う。だがいくら同情しても、ヘレとユッタにはなんの足しにもならない。

「あまりおしゃべりではないようだな」主任はとうとうあきらめた。「それでは、倉庫を案内しよう。迷子にならないようにな。それから作業着に着替えて、わたしのところに来てくれ。まあ、様子を見てみようじゃないか」

「よう」髪《かみ》を短く刈《か》った太った男がハンスの手をつよくにぎった。それから目配せしながら名前を名乗った。「レフラーだ。アルフレート・レフラー。アリと呼んでくれ」

ハンスは太った男のわきで自分をじろじろ見ている小柄《こがら》な老人にも手をさしだした。「ハンス・ゲープハルトです」

猫背《ねこぜ》の老人は握手《あくしゅ》をすると、ほほえんですぐに手を放した。

「おまえ、いくつだ?」太ったほうが聞いてきた。

「十四です。でももうすぐ十五になります」

「もうすぐ十五だ?」男は笑った。「まだ乳臭《ちちくさ》いってわけか。それなのにもう働こうってのか?」

ハンスはとまどって、主任に作業をするようにいわれた仕切の方を見た。棚《たな》がぎっしり並んでいて、通り抜ける隙間《すきま》もほとんどない。そして棚のないところには、大きな丸いガラス瓶《びん》がならび、束《たば》になった電線が積み上げてあり、ふたのあいた木箱が積まれ、格子壁《ごうしかべ》に鉄棒が立てかけてあり、そこここにモ

ーターの部品がころがっている。オイルとほこりと油脂《ゆし》のにおいに、男たちの汗のにおいがまじってい
る。

「さあ、それじゃはじめるか」レフラーがわざと手につばをはき、二輪手押し車で棚の奥から木箱を運び出した。「コンセント」という表示と型番が書かれた棚の前にその木箱を降ろすと、ハンマーと釘抜《くぎぬ》きを手に取り、木箱の釘を次々と抜いていった。手際《てぎわ》がいいので、ハンスはびっくりした。木箱をあけると、太った男と猫背の老人は上ぶたをわきにどかした。そして猫背の老人が中身をだしているあいだに、レフラーは次の木箱を運び出し、またふたをあけた。

ハンスは猫背の老人の手伝いをした。木綿《もめん》にくるまれた新品の鋼鉄製《こうてつせい》コンセントを棚に積み上げ、空の木箱を廊下《ろうか》にだす。そのころにはもう次の木箱があいている。こうして荷解きがつづいた。

ふたりの作業のテンポが早くて、ハンスはすぐに汗をかきだした。太った男はどんどん木箱を運び出し、ふたをあけていく。猫背の老人もどんどん中身をだした。ハンスはとにかくリズムをあわせなければならなかった。額《ひたい》に玉の汗がうかんだ。なんども手で汗をぬぐう。そしてなんどかこっそり猫背の老人の様子をうかがった。老人はいっこうに汗をかいていない。倉庫の中は熱気に包まれているというのに、老人の青白い無表情な顔にはひとつぶの汗も見あたらない。背筋をのばすことも、一息つくこともせず、動きっぱなしだというのに。まるで自動人形のように、かがみ、つかみ、動かし、またかがみ、つかみ、動かす。温度があがっているのに、すべてがたんたんと進行していく。

「名前はなんていうんですか？」老人の手をすこし止めようとして、ハンスが声をかけた。老人はちら

っとハンスを見て、ほほえんだ。黒ずんだ歯がいくつかのぞいて見えた。だが返事はせずに、だまって働きつづけた。

「エメスっていうんだぜ」ちょうど木箱のふたをあけたレフラーがちょっと体を起こしていった。「エメリヒっていうんだけどな、本当は。だけど四十五年前ＡＥＧ《アー・エー・ゲー》に勤めだしたときから、エメスって呼ばれてる。なあ、エメス？」

老人はくすくす笑いながらうなずいたが、仕事の手を休めることはなかった。

ハンスは痛くなった背中に手をあて、目を丸くして老人を見つめた。老人はいま、六十くらいだろう。四十五年前といえば、自分とおない年くらいだったはずだ。

「たまげたかい、え？」レフラーは、会社との長い歴史を背負っているのが自分であるかのように目を輝《かがや》かせた。「はじめの十五年は器械工場で働いて、それから三十年以上ここにいるんだ」

「口がきけないんですか？」老人が一言もいわないので、不思議だった。

「そんなことはねえさ。しゃべれる。だけど、しゃべりたくねえんだ。しゃべったってしょうがねえだろう。いわれたことはわかる。質問はしねえってことさ」

レフラーが口をあけて笑った。ハンスはそっぽをむいた。太っちょのレフラーはヒキガエルを連想させる。太い首、ざらざらの肌《はだ》、あいだのあいた小さな目。ハンスはその目を見ていたくなかった。どことなくずるそうで、それでいてとびきり人がよさそうにも見える。

老人にも、レフラーのいったことが聞こえたのか、またハンスにほほえみかけた。しかし今度も仕事を中断しなかった。ハンスは笑いかえした。四十五年たったら自分もこの老人のようになるのかな？　労働で身も心もすりへり、おなじように青白い顔つきの寡黙《かもく》な老人になってしまうのか？

「さあ、仕事だ」アリがせっついた。「もうすぐ主任がはかどり具合を見にくるぞ」

ハンスは身をかがめて、作業をつづけたが、心がなえてしまい、身がはいらなかった。せっせと働く老人になんども目をやり、若い頃の老人を想像しようとしてみた。だがそこに見えたのは自分の姿ばかりだった。ハンスは不安になった。この老人が自分の未来なのか？　自分もおなじ運命をたどるのだろうか？

給料は週に二十二マルク五十ペニッヒ。人生と引き替えにするにはあまり多くない。だけどそんなことを考える余裕《よゆう》があるだろうか。だまって感謝すべきじゃないのか？　給料のなかから二十マルクは母親に渡すつもりだ。それは生活費だ。残りは二マルク五十ペニッヒ。それでもいままでに持ったこともない額だ。フロックコートやシルクハットは買えないが、紙幣《しへい》の詰まった木箱を月にもっているよりも、小銭でも手の中にあるほうがましだ。マルタの口癖《くちぐせ》だけど、そのとおりじゃないか。

根絶やしにしてやる

勤務終了のサイレンが鳴った。ハンスは救われたような気がした。背をのばし、こぶしで腰《こし》をおさえた。棚《たな》にあらたな資材が積まれるので、最後の数時間はひとりで棚の整理をした。ハンスは棚の前に立って、自分の仕事の成果を見ていた。信じられない。たったひとりでやったのだ。棚は空になり、木箱はどれも部品でいっぱいだ。

ハンスは鼻が高かった。だがすぐに不安になった。エメスだったら、もっと短時間でやってしまったのではないだろうか？

ビュートウ主任がやってきて、うなずいた。

満足してくれたってことだろうか？　それとも不満ではないっていうだけ？　とても聞いてみる勇気はなかった。ハンスには、人ひとりになにができて、なにができないか、その基準がわからなかった。不満なら、主任はそういうだろう。

主任は、ハンスが腰《こし》を伸《の》ばしているのを見た。

「はじめてできつかったか？」

「まあまあです」

「まあ、いずれ慣れる。ここでは、一日中こうやって働くんだ。ときには残業もある。ポストがあくのをねらっている連中は山ほどいるんだ。仕事をもつ身も楽じゃないってことだ」

だからエメスはあんなにせっせと働いていたのか！　小柄《こがら》で猫背の老人はけっして頑強《がんきょう》ではない。ポストをねらうだれよりも早く仕事をしなければならないのだ。

「それじゃ、シャワーをあびて、着替えるんだ。それから、今日は早めにベッドにはいるんだな。はじめの何日かが一番きついもんだ」

ハンスは立ち去ろうとする主任をしばらく目で追った。それから倉庫をでて、重い足をひきずりながらシャワールームのある地下におりた。

シャワールームはもう人でごったがえしていた。脱衣《だつい》用の金属ロッカーはどれもあけはなたれ、一列にならんだシャワーの蛇口《じゃぐち》はどれも人でうまっている。なかにはパンツをはいたまま上半身だけ裸《はだか》になっているものもいる。太っちょのレフラーは素っ裸になっている。腹がでていて、尻が小さく見える。

男たちと若者の何人かが、はいってきたハンスを見たが、またすぐに目を離した。ほとんどの人がとなりとしゃべっている。冗談《じょうだん》をいったり、口笛《くちぶえ》をふいている者もいる。みんな、仕事を終えてうれしいのだ。

ハンスは自分のロッカーをあけると、上着とシャツをぬいで、シャワーがあくのを待った。いずれどこかあくはずだ。

エメスはハンスを見つけると、すこし場所をあけて、手招きした。蛇口をいっしょに使おうというのだ。ハンスは首を横にふった。いくらなんでも狭《せま》すぎる。だがハンスはエメスに笑みを送った。

一日働くあいだに、エメスとはすっかり仲良くなった。昼休みに三人そろって木箱に腰《こし》かけると、レフラーがハンスの家族のことをたずねた。エメスはじっと耳をかたむけていた。一言もらさず聞いている感じだ。父親が戦争で負傷した話をすると、エメスは顔をしかめた。腕《うで》を失い、左官の仕事をつづけられないことがどれだけつらいことかわかっているようだった。

エメスがまた手招きした。今度は体を洗いおわって、蛇口があいたぞという合図だ。ハンスはうなずくと、石鹸《せっけん》とタオルをつかんで、エメスのいた場所にはいろうとした。そのとき、シャワールームに入ってきたばかりの背の高い金髪の男に先をこされてしまった。

「ついてなかったな、ちびすけ！　早い者勝ちだ」

ハンスは一瞬《しゅん》とまどってから、だまってそこから離れた。今度はもっと早く動こう。

金髪の男はにやにや笑いながら、青い作業着をぬいで、蛇口《じゃぐち》の下に置き、それから自分のロッカーをあけた。

「おい、そんなに人に親切なら、尻《しり》でもふいてくれないか」ちょうど足を洗っていたレフラーが、からかいながらハンスを見た。

数人が大きな声で笑った。足を洗っていて、ちょうど尻をハンスの方に向けていたレフラーがいったものだから、傑作《けっさく》に思えたのだ。金髪ののっぽもいっしょに笑った。そしてハンスをしげしげと見ながらいった。

「いいか、からかわれたくなかったら、男だってところを見せてみな」

ハンスは目を落とした。初日からけんかはしたくない。こういうことはクラブで知っている。みんな、新入りを品定めしているんだ。負けていられない。腰抜《こしぬ》けの烙印《らくいん》だけは押されないようにしなければ。気骨を示さなければ。できることなら、こんな洗礼は受けたくないんだけど。

ちょうどそのとき、つごうよくシャワーがひとつあいた。ハンスはシャワーをだして、真っ黒に汚れた手を洗った。石鹸ではきれいにならないので、浴用砂を使うことにした。そばにあった砂の缶《かん》に手をのばしたとき、右手にいた、胸毛《むなげ》をはやしたずんぐりした黒髪の男が缶を遠くにずらし、やったぜというように金髪ののっぽを見た。ハンスは黒髪の男のわきを通って砂の缶をとろうとしたが、そこにいた男がまたその缶を遠くにすべらせた。ハンスは左手にあった別の缶を見た。そこにいる男たちがにやにや笑っている。どうやら受けて立つしかないようだ。ハンスはいきなりドアの横にあるボール紙のバケツの方に歩いていった。缶につめるための浴用砂がいれてある。ハンスははじめ砂をすこしもってこようと思ったのだが、気が変わって、バケツごと運ぶと、股《また》にはさみ、大きな砂のかたまりをこそぎとって、体をごしごしやりだした。

何人かが笑い、ほかの者はよくやったというようにうなずいている。ハンスがほっとしかけたとき、金髪ののっぽと目があった。どうやらミスをしてしまったようだ。バケツはドアのそばに置いたままにして、砂をすこしだけとってくれば、大目に見てもらえたかも知れない。ちょっとやりすぎだった。このちょっとした勝利を、金髪ののっぽは許さないだろう。だがやってしまったことは仕方ない。そのままバケツをかかえて、涼《すず》しい顔をしているしかない。

「つっぱってても、内心びくびくのくせに」黒髪の男はハンスの本心を見抜き、ハンスのことを笑った。ハンスは笑いかえそうとした。それが一番だと思ったのだ。そのときだれかに肩《かた》をたたかれた。顔から血の気がひいたが、身構えてふりかえった。びっくりだった。だが今回はうれしくてだ。後ろに立っていたのはノレだった。アルノルト・フェルトマン。フィヒテの体操指導員だ。

ノレはすぐに、なにかあったことに気づいた。

「ちょっかいをだされたか？」

「いいえ、ちょっとふざけてただけです」ハンスはもうひとりぼっちではない。ノレに抱きつきたいくらいだ。

ノレが快活に笑った。作業着を着ていて、まだシャワーを浴びていない。

「一日無事にやりとげたか気になってな」

シャワールームにいる連中に気骨のあるところを見せる絶好の機会だ。

「へいちゃらですよ。ここはいいところですね。仕事もそんなにきつくないし」

もちろん真っ赤なうそだ。けれども泣き言をいったら見限られてしまう。そのまま荷物をたたんで帰ったほうがいい。それに、仕事の世話をしてくれたのは、ほかでもないノレだ。がっかりさせるわけにはいかない。

ノレには、それがはったりなのは分かっていた。そしてふたりになるまで、本音は聞けないことも。

「まあ、はじめはなんだって大変だ。すぐに根をあげるやつには大きな事はできないからな」

ノレの口癖《くちぐせ》のひとつだ。だが、本音では信じてないと伝わるような言い方だった。そういうノレだから、物言いは我慢《がまん》できるし、ノレのことも受け入れられる。ノレはよれよれの青い作業着を着ていてもなかなかの美男子だ。フィヒテのワッペンをつけた白い体操着を着たノレははっきりいってかっこよすぎる。ノレをきらう男は多いが、フィヒテではおなじ数だけの男と女が、ノレにほれぼれしてしまう。

うわさでは、イタリア人の血が半分まじっているという。濃《こ》い肌《はだ》、黒い髪《かみ》、情熱的な眼差《まなざ》し。ドイツ人のはずがないという。ノレはそのうわさを笑いとばしているが、内心は快く思っていなかった。実際には小さな子どもがふたりと病弱の妻をかかえている。だからいつも家によりつかないと思っている者が多い。フィヒテで指導員をし、共産主義青年同盟《どうめい》の夕方の集いを組織し、なんにでも首をつっこむ。けれども、自分の子どもをほったらかしにしているわけじゃない。日曜日には一日中、子どもたちと中庭ではしゃいでいることが多い。

「ところで、話は変わるがな」ノレはハンスをわきにつれていき、みんなに聞こえるくらい大きな声でいった。「週末にヴォルタースドルフ堰《ぜき》まで遠出をする。キャンプだ。いっしょにくるか？　こんないい天気だ。利用しない手はない」

「もちろん、いきますよ」熱のこもった壁《かべ》にかこまれ、ガソリンくさい、乾《かわ》いたほこりっぽい空気につつまれた街にいるより、クラブのキャンプにいくほうがはるかにいい。ベルリン郊外には森や湖がたくさんある。さわやかな風が吹き、夕方には多少涼《すず》しくなる。すばらしい。二日間も緑の中で暮らす。ボール遊び、草地での体操、キャンプファイアー、合唱、熱いえんどう豆のスープ、自分で摘《つ》んだペパーミントの茶。まったくの別世界だ。いつまでもそこにいたくなる。一週間、二週間、いやもっと長く。けれども、テントの数があまりない。次の利用者が待っている。それにもう、そんなにのんびりできないだろう。休暇は来年にならなければもらえない。「よし」ノレは断られるなんて思っていないようだ。「それじゃ、あとで連絡する。今回は二十四人以上にはならない。四人用のテントが六張りしかないからな。ほかのテントはどこか海の方にいってるらしい」

たったの二十四人。そこに自分を加えてくれたのか？　ありがたい。そういうところがノレらしい。自分のグループの体操選手には父親のように面倒見《めんどうみ》がよく、かわりにほんのすこしだけ真心を期待している。もちろんフィヒテに対してだ。

シャワールームは静かになった。ほとんどの工員はもう着替えて、シャワールームを出ていった。エメスも出ていくところだ。シャワーをあびていたハンスは、腕《うで》にすりきれた革《かわ》のカバンをかかえた小柄《こがら》な工員をちらっと見てから、ヴォルタースドルフ堰《ぜき》へ遠出し、フラーケン湖のほとりでキャンプすることを思い描いた。

そこにはクラブで一度いったことがある。去年の七月だ。フィヒテの仲間と遠出するのはそれがはじめてだった。みんな、真《ま》っ裸《ぱだか》で泳ぎ始めたのでびっくりしたことをいまでもよく覚えている。「おれたちは、いつもこうしてるんだ」そのときノレがいった。「なにもはずかしがることはない。水泳パンツなんてじゃまなだけだ」

ハンスははずかしかったが、勇気をだして水泳パンツをぬぎ、裸の男女や子どものいる水の中に走っていった。裸はじつに気持ちよかった。二、三分もすると、水泳パンツや水着なんて、なんのために作られたのか疑問に感じるようになった。帰りにノレがくれたフィヒテの機関誌『戦友』には性教育の記事がたくさんのっていた。それを読んでしまうと、マルタが毎朝大騒《さわ》ぎするのがおかしくてしかたなくなった。

「眠ってるんじゃねえのか」

ハンスはその声を聞いても、なにをいわれているのかにわかにはわからなかった。目をあけると、そこにあのふたりが立っていた。胸《むね》にジャングルをはわせている黒髪《くろかみ》の男がまたいった。

「カエルがないて、ヒキガエルが笑う。共産党のお出かけだ」

ノレとハンスのことをいっているのだ。ふたりは、ノレが共産党員なのを知っているようだ。そしてハンスがノレとしゃべったから、共産主義青年同盟《どうめい》にでもはいっていると思われたようだ。ハンスはだまってシャワーをあびつづけた。ふたりの会話から、金髪《きんぱつ》がオットー・シュレーダーだということがわかった。最近、ヴェディンクの盗人突撃隊《ぬすっととつげきたい》と悪名高い第百突撃隊のシュレーダーだ。

「こんなに若いのに、もうボルシェヴィキ(＊8)とはな。おい、はずかしくないか?」シュレーダーがばかにするようににやにや笑った。

ハンスは頭にかっと血が上るのを感じた。落ちつけ。なにも聞こえなかったふりをするんだ。そう自分にいいきかせる。シュレーダーはナチ突撃隊の分隊長で、共産党員のたまり場になっている『ガラスケース』という酒場を突撃隊が襲撃《しゅうげき》したときもそこにいた。ひどい乱闘《らんとう》になり、悪質な連中は警察に逮《たい》捕《ほ》された。捕《つか》まった突撃隊員はあらゆる武器を携帯《けいたい》していた。拳銃《けんじゅう》、ゴム製棍棒《こんぼう》、鉄のかたまりをつけた杖《つえ》、さらに鉄棒や手作りのダムダム弾《だん》まであった。

すでに服を着終わったシュレーダーが、そばに立っている黒髪《くろかみ》の男にいった。「あいつのところにいってこい。丁重《ていちょう》にあいさつするんだぞ。そしてよく耳を洗うようにいうんだ。ちょっと話がしたいんでな」

黒髪《くろかみ》の男はベルトをしめると、ハンスの前に立ち、気持ち悪いくらい人なつこい顔をして手をさしだした。

「おれはベルント・クルンプ、第百突撃隊《とつげきたい》の隊員だ」

ハンスは手をにぎった。

「ハンス・ゲープハルトです」

「ゲープハルトだって？」上着を肩《かた》にはおると、シュレーダーがやってきて、クルンプをわきに押しやった。「もしかして、赤のゲープハルトか？」

ハンスは一瞬《しゅん》、どのゲープハルトのことですかといってごまかそうかと思った。だがそうするのはやめた。ふたりはノレのことを知っていた。ということはゲープハルト一家のことも知っているはずだ。突撃隊は共産党員と社会民主党員のほとんどをリストにしているとささやかれている。

「ぼくのおやじはルディっていいます。それがどうかしましたか？」

「片腕《かたうで》のルディ、赤のルディだな？」シュレーダーはもうハンスを見下してはいなかった。一目置いているような目をしている。「四年前にドイツ共産党から締《し》め出されただろう。だいぶめそめそしていたんじゃないか、おめえのおやじさんはよ」

父親は泣いたりしなかった。それどころか、新しい路線に加わらなかった仲間のひとりであることを誇りにしていた。「なにが気に入らないかいってやろうか」父親は当時、党から排斥《はいせき》され、会議の席を去るときにいったという。「諸君はモスクワに寄りすぎて、ベルリンを忘れている。ローザ・ルクセンブルク(＊9)でも脱党《だっとう》するだろう。議論をせずに命令ばかりだす指導部に、彼女なら納得しなかっただろう」と。

「だけど機械工をやってるおまえの兄貴はいまでも共産党員だな」

そう聞いてきたのは黒髪のほうだった。どうやらヘレのことも知っているようだ。ハンスはうなずくと、ロッカーへいき、服を着ることにした。ふたりは後からついてきた。シュレーダーは前に立ちはだかると、ハンスの手からシャツをうばいとって、においをかいだ。まるでボルシェヴィキのシャツは特別なにおいがするかのように。「で、おまえは？」シュレーダーがまじめな顔をしてたずねた。「おまえはどうなんだ？　赤色青年突撃隊(＊10)か？」

ハンスはシャツをうばいかえすと、だまって髪をなでた。ふたりからすこしのあいだ目を離した。まいった。なにをされるかわからないぞ。そう思ったが、シャツに腕《うで》をとおし、ズボンをはいた。

「なんだっていうんです。ぼくがなにかしました？　もうほっておいてください」

シュレーダーがまた一歩、ハンスに近づいた。

「おまえも赤なのか、知りたいんだよ。ちなみにおれたちは茶。だれにも隠《かく》しだてしない。なんでいわねえんだ。はずかしいのか？」

はずかしいわけではないが、どう返事していいかわからなかった。べつに赤色青年突撃隊ではない。共産主義青年同盟《どうめい》のメンバーでもない。だがいまそういっても、こわくてうそをいったと思われるにきまっている。シャワールームに残っているほかの工員もきっとおなじように思うだろう。

クルンプが口ずさむように歌いはじめた。

「茶色の兵士に、道はどこまでもつづく。突撃隊員《とつげきたいいん》には、どこまでも道がつづいている」

白状させようとしてハンスを挑発《ちょうはつ》しているのだ。

「そうですよ」ハンスが叫《さけ》んだ。「ぼくは赤です。それがどうしました。なんだっていうんだ」

「なんでもない。なんでもないさ」クルンプは人なつこい顔をしたかと思うと、ハンスにとびかかり、腹《はら》に思いきりげんこつをくらわした。いきなりだったので、ハンスは身動きひとつできなかった。ハンスが身をかがめると、こんどはシュレーダーがなぐりかかった。あごをなぐられ、もんどりうったハンスはロッカーの扉《とびら》に額《ひたい》をぶつけ、地面にころがった。

「いいかげんにしろ！」年輩《ねんぱい》の格幅《かっぷく》のいい工員がわってはいった。ほかにふたりの工員がハンスを守るようにあいだにはいった。

「なんだい？」クルンプが不思議そうな顔をした。「おれたちはなにもしていないぜ。こいつが勝手に転んだだけじゃないか」

わってはいった工員が、けわしい目をして首を横にふった。

「いくらなぐりあいをしようが、おれには関係ない。だがやるなら外でやれ。ナチも共産党員も、どっちもごろつきだ」

そういうと、工員は自分のロッカーにもどり、扉をしめてシャワールームをでていった。ほかのふたりもおなじようにでていった。ハンスはゆっくり立ち上がり、タオルで額《ひたい》の血をぬぐいとり、こわい顔をしてクルンプとシュレーダーをにらみつけた。

「痛いか?」クルンプが心配そうにたずねた。「おれたちが若かったころは、こんなもんじゃすまなかったぞ。首まで砂にうめて、頭にくそをたれてやるところだ。飢《う》え死にしないようにな」

ハンスはそっぽを向いた。シュレーダーが腕《うで》をつかんで、自分の方を向かせた。顔はやさしげにほほえんでいる。

「家に帰ったら、おまえのおやじによろしくいってくれ。おまえの兄貴にもな。おまえたちにチャンスはないって伝えろ。おれたちが共産主義をぶっつぶす。根絶やしにしてやる」シュレーダーの顔がひきつった。「わかったか、根絶やしにしてやる」

ハンスは腕をはらって、ロッカーをしめようとした。すると今度はクルンプに、後ろからはがいじめにされた。顔を血が流れた。手がきかず、血がぬぐえない。

「分隊長のいったことがわかったのか? さっさと答えろ!」

「ああ」ハンスが小声でいった。

「よし、いいだろう」クルンプがハンスを放した。ハンスはロッカーをしめ、カギをポケットにしまうと、カバンをとって、出口にいそいだ。ドアをしめてから、ようやく息をついた。だが解放されたという感情も長続きしなかった。明日もここへこなければならない。たぶんまたおなじことがくりかえされるだろう。毎日出勤するたびに、あのふたりと顔をあわせる。つぎはなにをしかけてくるかわからない。気をしっかり持たなければ。

つぶらな瞳《ひとみ》

通りは午後の蒸《む》し暑い熱気に満ちていた。ハンスは熱い陽射《ひざ》しのなかにでた。機械工場からでてきたほかの工員にまじって歩くうち、ふと思って通りを横切り、フンボルトハイン公園に向かった。太い樫《かし》の木陰《こかげ》にはいり、いいにおいのする腰高《こしだか》の草むらに身をなげ、目をとじた。まだ家に帰る気分じゃない。いろいろ考え事をしたかった。

初日からとんでもないことになったな！　よりによってあの突撃隊《とつげきたい》のシュレーダーに出会ってしまうなんて。数週間前、ひとりの突撃隊員が走っている地下鉄からほうりだされて、命を落とした。はじめ、共産主義者のしわざだといわれた。報復だ、と。死んだ男はかつて共産主義者だったからだ。ところがあとになって、下手人は仲間の突撃隊員たちだったとわかった。酒に酔《よ》っていさかいになり、そうやって仲間を始末したのだ。またノイケルンでは、五人のナチがドイツ国旗団員（＊11）を殺害した。男を袋だたきにしたうえで、銃《じゅう》で撃《う》ち殺したのだ。それも妻の目の前で。

共産党員にも、社会民主党の武装組織ドイツ国旗団にも、血の気の多いやつはいる。だが最悪なのはナチの連中だ。その点では、みんなの意見は一致している。当分のあいだは気をつけなければ。それにしても、なんて間抜けなんだ。共産主義者だなんていってしまって。政治にはあまり関わりたくなかったのに……。それでも、シュレーダーに問われて、ほかに答えようがなかった。赤か茶か、労働者のあいだではほかに選択肢《せんたくし》はない。どっちでもないというわけにはいかなかっただろう。そんなことをすれば、へレや両親やノレやほかの仲間を裏切ることになる。どっちでもないといっていたら、いまごろ、自分に嫌気《いやけ》がさしていただろう。赤といってもいろいろだ。ドイツ社会民主党やドイツ共産党だけじゃない。それに考えてみれば赤にはまちがいない。ただそれがあまりに当たり前だったので、あらためて考えてみたことがなかっただけだ。

足音が近づいてくる。ハンスはあわてて目をあけ、体を起こした。けれど公園の道を歩いてきたのは女の子だ。魔法瓶《まほうびん》をいれたバッグを腕《うで》にかかえている。やはり工場からでてきたばかりのようだ。バッグは自分で縫《ぬ》ったものらしく、リネンの袋といったほうがいい。女の子はちらっと見てから、ハンスを避《さ》けて通り過ぎた。

ハンスはすこしのあいだ女の子の後ろ姿を見送った。目を離そうとしたそのとき、女の子がふいに立ち止まってふりかえった。視線を背中に感じたのにちがいない。ハンスはあわてて目をそむけ、草の茎《くき》をとって口にくわえた。いつのまにか疲《つか》れも消え、考え事をする気もなくなった。起きあがると、カバンをひろい、公園の道を聖母《せいぼ》マリア昇天《しょうてん》教会の方へ歩きだした。教会のすぐ手前まで来てびっくりした。

さっきの女の子がそこにいたのだ。ベンチにすわって、本を読んでいる。

長い黒髪《くろかみ》を後ろでゆわえてお下げ髪にしている。すこし時代遅《おく》れな感じがする。いまどきそんな髪型《かみがた》の子はいない。だけど、なんとなく似合っている。ハンスは心臓《しんぞう》がどきどきしてきて、自分でもおどろいた。いったいどうしたんだ？　知らない子なのに。きれいというわけでもない。美人ならフィヒテにいる子のほうが……。

女の子のいるベンチまで二歩しかない。気をつけなくちゃ。速すぎても、遅すぎてもだめだ。女の子に顔をあげてほしいと願っているのか、自分でもよくわからない。そのとき女の子が顔をあげ、大きな栗色の目でハンスを見た。目がきれいじゃないか。さっと頭の中でそう思った。かっと赤くなったのがわかった。「やあ」と、声をかけてその場をとりつくろった。

「こんにちは」女の子はじっとハンスを見てから、ろくに笑みもこぼさず、また本に目を落とした。

そこに立ち止まって、なにか声をかけたいが、その勇気はない。そのまま通り過ぎてからちらっとふりかえっただけで、教会を左に見ながら、にぎやかなブルンネン通りにでて工場の反対側から家路についた。事務員通用門の前を通り、工場のレンガ壁《かべ》にそって歩く。もうAEG《アー・エー・ゲー》マンといえるだろうか。いやまだまだだ。今日体験したことはなにもかも現実のことのように思えない。

ウゼドーム通りの角で、道路作業員が汗だくになって働いている。裸《はだか》の上半身に、よごれた汗が流れ落ちている。タールのにおいがする。蒸気《じょうき》ハンマーを打つものすごい音が響《ひび》いている。路上水撒《ま》き機の下で、ふたりの作業員が涼《すず》んでいた。体が細く骨ばっていて、大きなひびだらけの手をしている。ハンスは立ち止まって作業員たちを見ていたが、側溝から立ちのぼるむっとするにおいに追いたてられるようにしてその場を立ち去った。

ハンスは歩きながら、さっきの子のことを考えた。十四歳より上だろう。きっと十五歳だ。もし十六歳でなければ……。それにしてもあのまなざし！　まんまるで、大きな栗色の目だった……。ハンスはまだ女の子とつきあったことがない。ガールフレンドをもつということがどういうことなのかわかっていなかった。あのお下げ髪の子はなかなかいい。ちょっと妙なところはあるが。なんといっても、仕事が終わってから、公園に来て本を読むなんて。ハンスも読書は好きだ。だけど仕事が終わってすぐ、フンボルトハインで読書はしない。年中、人が前を通るじゃないか。

地下鉄の空気孔《あな》の鉄格子の上で、小さな子がふたり、列車が通るたびに吹き上がってくる冷気を楽しんでいる。ハンスも小さいころ、よくおなじことをした。だがいまではハンスとふたりの子どもの差は大きい。マルタがいっていた。今日から大人の仲間入りね、と。

シュトラールズント通りの角にソーセージの屋台が立っていた。湯気をたてる釜《かま》からソーセージのにおいがしている。すきっぱらのせいか、ハンスの足取りが速くなった。ビール運搬《うんぱん》用の馬車の御者《ぎょしゃ》がふたり、重そうな樽《たる》をころがしている。ハンスは通りの反対側を歩くことにした。そのとき、自転車のベルがなって、ハンスはとびあがりそうにおどろいた。元六日間自転車競走の選手で、すっかり街の名物になっているエーミルだ。短パンにランニングシャツというでたちで、自転車をこいでいる。サンダルばきで、麦わら帽子《ぼうし》をかぶっている。エーミルは年中、自転車をのりまわして、よくばかなことをする。サドルの上で逆立ちをしてにぎやかな十字路を通り抜けることもある。だから、頭がおかしいと、もっぱらのうわさだ。けれど、ハンスはそう思っていない。子どもたちはみんな、彼のことが好きだ。ハンスも好きだった。そのエーミルがヒンデンブルク大統領(＊12)みたいに手をふりながら前を通り過ぎていった。

ベルナウ通りはどちらかというと退屈《たいくつ》な通りだ。地下酒場が二軒《けん》、八百屋が二軒、円柱の広告塔《とう》。ほかに目ぼしいものはない。アッカー通りもブルンネン通りほどには広くなく、商店の数もたいしたことはない。だがそこがハンスの暮らす通りだ。そこで産声をあげたのだ。石畳《いしだたみ》もその隙間《すきま》もひとつ残らず知っている。通りで出会う人もふたりにひとりは知っていた。

メタ・クラインシュミットの新聞スタンド。ハンスは立ち止まって、新聞の見出しに目を走らせた。選挙の結果はまだのっていない。まだ早すぎる。だが昨日のナチとドイツ共産党、ナチとドイツ社会民主党、そしてドイツ共産党とドイツ社会民主党のこぜりあいはすでに記事になっていた。死者が九人、けが人多数とある。母親が心配していた通りだった。選挙のたびに犠牲者《ぎせいしゃ》がでる。そして今年は選挙つづきだ。大統領選挙、州議会選挙、国会選挙(＊13)。選挙戦をくりかえすたびに犠牲者がでる。

別の見出しに目がとまった。「ヒトラーは危機を救えるか?」ハンスは中身を読まずに、そのまま歩いていった。ヒトラーならこの難局をのりこえられると思いこんでいる者があまりに多すぎる。けれども問題はアメリカではじまり、全世界を巻き込んだ世界大恐慌《だいきょうこう》だ(＊14)。ヘレと父親はそういっている。だとすると、ヒトラーは全世界の苦悩《くのう》を和らげなければならないことになる。それくらいできると、大口をたたくだろうが、空虚《くうきょ》な約束は腹《はら》の足しにもならない。父親はそういっている。

文具屋のレーヴェンベルクが店の入り口に立っていた。ハンスは会釈《えしゃく》した。学校に通っていたころはいつもその店でノートや羽ペンやインクを買っていた。年とったレーヴェンベルクは読んでいた新聞をおろして、したしげにあいさつしてきた。

「やあ、今日は初出勤かい？」

ハンスはうなずいた。

「で、どうだったね？」レーヴェンベルクはハンスが額《ひたい》につくったこぶを指差してにやにや笑っている。

「楽勝さ！」ハンスはうそをついた。レーヴェンベルクはユダヤ人だ。突撃隊《とつげきたい》のことは話題にしたくなかった。もっともレーヴェンベルクはナチに反対ではなかったが。「来れば、だれでもお客さんだ」よくそういっている。「人にだまされないように、自分で気をつけないとな」

カリンケの奥さんも店の前に立っていた。ショーウィンドウのブラインドを半分おろし、直射日光《ちょくしゃ》が店にはいらないようにしている。紙包みや袋《ふくろ》の文字が日の光で色あせてしまうからだ。ハンスはまた会釈をした。カリンケの店ではつけがきく。食料品店でつけがきくというのは重要なことだ。

アパートの入り口は涼《すず》しくて気持ちいい。それがアパートのいいところだ。冬にはなかなか暖まらなくてこごえるが、夏は逆に暑くならない。もっとも上の方の階や、マルタとハンスが住んでいるような屋根裏部屋は別だが。

最初の中庭で子どもたちがサッカーをしていた。ムルケルがいる。それにシュヌッペ、ピンネ・ヴェーゲナー。パウレ・グロースとちびのルツもいる。みんな、裸足《はだし》でボールをけっている。ぼろきれをつめた革《かわ》のボールは重い。注意しないと足の指の骨を折ってしまう。それにぼてっとしたボールはあまりはずまない。たてつづけに三回もヘディングをすれば、目の前に星がとぶ。

ハンスは水頭症《すいとうしょう》のリナの横に立った。リナは地下に通じる入り口に自分で作った人形をいくつも並べている。観客のつもりだろう。そして自分もサッカーを見ていた。

ボールがいくら重くてはずまなくても、子どもたちは夢中だ。ムルケルと友だちのピンネとシュヌッペは大声をはりあげている。ピンネは病気だ。耳の後ろのかさぶたをみれば、腺病《せんびょう》（＊15）なのはすぐにわかる。典型的な貧乏人の病気だ。サッカーをすると、ピンネは自分が病気なのをすっかり忘れてしまう。だからだれよりも大声だ。シュヌッペもたいして健康ではない。貧血でいつも青白い。だが三人のなかではいちばん愉快《ゆかい》なやつだ。年中、冗談《じょうだん》ばかりとばし、変な質問をしては、自分で笑いだす。ふたりと比べれば、ムルケルは運がいい。三人のなかではいちばん元気だ。三人とも、贅沢《ぜいたく》なくらしはできなくても、両親が働いているかぎり、ひもじい思いはしないですむだろう。

ゴール！　ちびのルツがけった。ピンネが歓声《かんせい》をあげた。リナが人形の手をたたいた。ハンスも拍手《はくしゅ》をした。数日前には、ハンスもいっしょにサッカーをしていた。仕事のあと、やれるものだろうか？もう日曜日くらいしか暇《ひま》はない。きっとぐっすり眠りたいと思うだろう。

地下室から石炭とネズミのにおいがする。典型的な地下室のにおいだ。だけどひんやりしている。地下室が暖まるほど暑くなることはまずない。

こんどはパウレ・グロースがドリブルをした。ピンネがボールをうばった。「こっちだ！」ちびのルツが叫《さけ》んだ。「はやくこっちによこせ！」二十二歳になるのに子どもたちといっしょにはしゃいでいる。ルツのような若者が仕事にもつけず、金がないので、結婚《けっこん》もできないのはひどすぎる、と母親がよくいっている。ルツ自身は自分の運命に満足しているようにふるまっているが、実際には年中腹《はら》をすかし、すりきれたつんつるてんの服をきている自分をはずかしいと思っていた。

ルツがけった。シュヌッペがとびつく。だがボールはゴールをわった。

「前半終了！」パウレ・グロースが指をくわえて口笛を吹いた。ハンスが額《ひたい》にたんこぶをつくっているのを見て、なにがあったのか知りたかったのだ。

「ナチのやつらだよ」ハンスはそれだけいった。パウレは社会主義労働者青年団と青年国旗団（＊16）にはいっている。パウレとは、多くをいわなくても気持ちがわかりあえた。母親がいっていた。パウレの父親が社会民主党員でなく、共産党員だったら、パウレは若い共産党員になっていただろう、と。じつのところ大したちがいはないのだ。そして母親のいうとおり、パウレはいいやつで、ずっと友だちづきあいしている。時間さえあれば、二歳年上のパウレともっとつきあいたいくらいだ。パウレも失業中だが、ちびのルツとちがうのは、アパートの中庭でぐうたらしていないところだ。安全ピンと裁縫《さいほう》道具と靴《くつ》ひもと糸巻きをいれた箱を首からさげて街をうろつくし、絨毯《じゅうたん》をたたいたり、メッセージボーイをしたり、ビラくばりをして小銭《こぜに》を稼《かせ》いでいる。そして二、三時間ひまができると、すぐ社会主義労働者青年団の会合にいってしまう。ハンスはパウレといっしょにいたいばかりに社会主義労働者青年団にはいろうと思ったことがある。だが、父親と兄が共産党員だったので、社会民主党の青年団にはいるわけにはいかなかった。

ちびのルツとほかの子どもたちもそばにやってきた。ルツはつぎはぎだらけのボールを腕《うで》にかかえ、すこしやぶにらみの目でハンスを見た。もちろん、こぶがだれのしわざか知りたがった。ハンスはもう一度、こんどはもうすこしくわしく話した。ちびのルツは簡単な説明では納得しないからだ。

ルツはじっと話を聞いて、にやにや笑った。

「明日、仕返ししなくちゃ」

ちびのルツはアッカー通り三十七番地の名物といっていい。小さいころは朝から晩まで中庭でぶらぶらし、ちょっとした商売をして、ほとんどの住人を自分の友人だと思っていた。相手がナチだろうと、社会民主党員だろうと、共産党員だろうとルツにはどうでもいいことだった。ただ例外は年中サッカー遊びをするルツに文句をいうやつだけだ。サッカーはルツにとってスポーツ以上のものだ。宗教だともいえる。選挙でだれが勝とうが興味はない。ルツにとっての一大事はヘルタBSCがドイツのサッカーリーグで優勝することだった。二年前、決勝戦で四年連続負けていたヘルタがついに優勝した。そのときルツは絨毯《じゅうたん》用の物干しやアパートの入り口をチームカラーの青と白のちり紙で飾《かざ》りたてた。紙をどこから調達したのかだれも知らない。ただ買ってきたのではないことは確かだ。ルツにそんな金があるはずないのだから。

ムルケルはハンスのたんこぶをじっと見ていた。ナチがどういうやつらかは知っている。子どもたちは街頭での格闘《かくとう》のことをよく知っていて、ナチ党、社会民主党、共産党に扮《ふん》して遊ぶこともある。ムルケルはその遊びが好きではない。ルツとおなじで一日中サッカーをしていたいほうだ。だがたいていの子どもは格闘ごっこをしているうちに本気になってしまい、わってはいらなければならなくなる。

「なぐりかえした？」ピンネがたずねた。病気なのに、ピンネはプロボクサーになって大金を稼《かせ》ぐ夢を見ている。

もしなぐりかえしたら、シュレーダーとクルンプに本気でたたきのめされていただろう。たんこぶではすまなかったはずだ。

「そんなばかなことはしないさ」と、ハンス。「あいつらほとんどギャングだからな」

ムルケルがそっとハンスの手をとった。

「手をかそうか？」

いつもだだをこね、文句ばかりいう小生意気なムルケルが、やさしく気をつかってくれた。家族のだれかが困っていると、ムルケルはいつもそういう一面を見せる。

「負傷兵じゃないんだから」ハンスは額に指をあてると、歩きだした。もうこれ以上は質問されたくなかった。それにムルケルに同情の目で見られるのもいやだった。たんこぶをこしらえた。だからなんだ。はじめてのことじゃない。

パウレたちがしばらくハンスを見送った。そしてハンスのたんこぶを見て思いついたのだろう、リナが人形のあたまに包帯を巻きだした。ルツがチョークで中庭にひいたサッカーグラウンドにかけもどった。パウレが口笛を吹き、プレーが再開した。

ふたつ目の中庭には、側面の入り口に通じる階段に数人の男たちがたむろして、ビール瓶《びん》を片手に葉巻やタバコをふかしていた。おしゃべりをしたり、目を細めてだるそうに太陽を見ている。ある者は仕事にあぶれ、ある者は仕事じまいのひとときを楽しんでいる。みんな、中庭に集まって、おしゃべりをしたり、口げんかをしたり、トランプをしたりする。毎日、ここにはだれかがいる。ハンスは男たちに軽く会釈《えしゃく》した。今日がハンスの初出勤なのはみんな知っている。ハンスは話の輪にはいり、もう一度たんこぶの話をした。

三つ目の中庭は静かだった。あけっぱなしの窓から物音が聞こえる。午後の物音だ。いびき、子どもをしかる母親の声、赤ん坊の泣き声。頭上の窓を見上げ、小さいころはこの時間によく中庭にすわっていたことを思い出した。夏のけだるい昼下がり。ハンスはその雰囲気《ふんいき》が好きだった。両親は台所にすわり、ヘレはベッドに寝転がって本を読んでいる。これで世界は安泰《あんたい》だ。ハンスは絨毯《じゅうたん》用の物干し竿《ざお》に腰《こし》かけ、窓の奥から聞こえる物音に耳をすましながら夢想した。ときには気分に酔《よ》って、物干し竿から落ちそうになることもあったが、ばかな考えを起こすことはなかった。その前に、やせぎすのアグネスが我《われ》に返してくれる。若いころ、オペレッタの歌手を夢見ていたアグネスは、いまでもよく『森の少女ウィリア』や『兄と妹』を口ずさむ。アグネスは一時も静かなことはない。歌を歌わないときは、咳《せき》こんでいるときだけだ。肺結核《はいけっかく》が進行していて、もう三度目の吐血《とけつ》をした。まだ四十歳なのに、六十歳に見える。

四つ目の中庭には馬車があった。家具を満載《まんさい》している。引っ越しは日常茶飯事なので、べつにめずらしくもない。ただそこにはグレーの背広を着た男と、馬車のまわりを歩き回り、ときどき四階を見上げる三人の警官がいた。家主のグラウプケもいる。グラウプケが警官と執行吏《しっこうり》をつれてきたということは、だれかが強制退去させられるのだ。ハンスはいちばん人のよさそうな警官にそっと声をかけた。

「だれですか？」

警官はハンスをちらっと見てから小声でいった。

「ハーバーシュロートだ」

ハーバーシュロートだって？　ハンスはがくぜんとした。よりによって五人の子持ちのハーバーシュロートが？　馬車を見ると、ハンスがよくすわったことのある食卓《しょくたく》がある。ハーバーシュロートの子どもたちが夏に中庭にひっぱりだし、布をかけてテント遊びをしたいすもある。それに古い台所戸棚《とだな》、深皿、バケツ、ほうき、木箱、段ボール箱。ハンスはすっかり気力がなえてしまった。このところ強制退去がつづいている。失業者が増えれば、家賃を払えないものも増えていく。以前だったら、住民たちは一丸になって、警察だろうとなんだろうと中庭にはいれなかったものだ。昔はみんな、助け合っていた。だがそれもいまではめずらしい。二日や三日おきにバリケードを作るわけにはいかない。日向《ひなた》ぼっこやトランプ遊びをするほうがいいにきまっている。

けれども、ハーバーシュロート一家はどこへいったらいいんだ。今晩、どこで寝《ね》たらいい？　新築の家に、壁《かべ》がかわくまで住みこむか。ハーバーシュロートの奥さんじゃ、そんなじめじめしたところは耐えられないだろう。子どもたちだってむりだ。それに、家財道具が盗《ぬす》まれてしまう。ヘレの住んでいるケスリン通り十番地でも、子どもがふたりいる未亡人が強制退去させられて、家具ごと廊下《ろうか》にいすわったことがある。警察に追い出されるまで一週間いすわりつづけた。冬のさなかのことだ。家具は撤去《てっきょ》され、未亡人は子どもの手をとって出ていった。どこへいったかだれも知らない。だが未亡人と子どもたちは廊下《ろうか》で寝《ね》るうちにひどい風邪《かぜ》をひいていた。

右手の出入口でドアの蝶番《ちょうつがい》がきしんだ。ギーザ・ハーバーシュロートが中庭にでてきた。つづいて戸棚《とだな》をかかえた荷物運びとギーザの弟と妹がでてきた。カール、エーミル、マリーア、ゾフィー。暑いのに、子どもたちはありったけの服を着て、あたりをきょろきょろ見ている。子どもたちは、これからどうなるのかわかっていない。だがギーザにはわかっていた。ムルケルとよく遊んでいたギーザは、宿なしになったことを知っていた。何度も強制退去を見てきたギーザには、自分がいまその憂《う》き目にあっていることですこし鼻が高そうだ。もちろんものすごく不安でもあったろう。

「まあ、そうしょげなさんな」短い口髭《くちひげ》のやせた執行吏《しっこうり》は後ろめたいようだ。「こんな家くらい、どこでも見つかるさ」

執行吏は元気づけるつもりだったのだろうが、まっかなうそだった。家賃が払えなければ、住むところなど見つかるわけがない。それも四つ目の中庭から追い出されるのだ。いったいどこまで落ちろというんだろう？　五つ目や六つ目の中庭に面したアパートだって、家賃はそれほど安くはない。妻と五人の子どもをかかえて失業。わずかな失業保険は食べ物でなくなってしまう。失業した者が選べるのは、暖をとりながら飢《う》え死にするか、たらふく食べてこごえるか、ふたつにひとつしかない。

いまは冬ではないので、まだましだが、それでも宿なしになるというのは、家族にとって最悪のことだ。グラウプケはそのことをよく知っていながら、「しかたないんだ」という。家賃をもぎとる家主も、強制退去を行う執行吏も、それを監視《かんし》する警官も、みんなそういう。おれたちのせいじゃない。個人的には失業者に邸宅《ていたく》でもあげたいくらいなんだ、と。

ハンスは、となりのアパートとの防火壁《ぼうかへき》の横にはりでた古い腐《くさ》りかけの梁《はり》に目がとまった。そこには以前、ほったて小屋があって、手まわしオルガンひきの老人が住んでいた。父親と親しく、ヘレもよく知っていた。ハーバーシュロート一家のためにまた小屋を作ったらどうだろう。なにかしてやらなくちゃ。このまま手をこまねいて見ているわけにはいかない。

そんなことを考えながら、ハンスは横の入り口から階段をあがり、両親の家の戸をたたいた。ドアをあける前から声が聞こえた。ちょっと耳をすまし、顔をかがやかせた。ヘレが来ている！　ヘレなら、いい考えがあるかもしれない。ハーバーシュロート一家のことをハンスよりもよく知っているはずだ。見捨てたりしないだろう。

いたのはヘレだけではなかった。ユッタとエデ・ハンシュタインが父親と台所にいた。ヘレはいつもすわっていたいすに腰《こし》かけている。あけっぱなしの窓のすぐそばだ。顔に玉の汗をかいている。となりにすわって、ハンスに笑顔をうかべたユッタも汗だくだ。ユッタはすぐに初出勤がどうだったか聞こうとしたが、額《ひたい》のたんこぶに気づいて目を丸くした。「どうしたの？」

ユッタのおなかはすっかり大きくなっている。もう妊娠《にんしん》六か月だ。十一月の初め、娘が生まれる。ユッタは娘をほしがっていた。ハンスはやせた金髪《きんぱつ》のユッタよりも、母親らしくなってきたユッタのほうが好きだった。普通ならシャワールームでのことを手短に話し、ハーバーシュロートのことに話題を変えるところだ。だがエデ・ハンシュタインがいたのでちゅうちょした。エデはヘレの同志である前に無二の親友だ。学校に通っていたころからの知り合いで、いまでもよく会っている。ヘレはきまじめなエデが好きだったが、ハンスは好きになれなかった。エデの前ではうまくしゃべれなかった。なんだか、一言ひとことチェックをいれられている感じがしてしかたがない。エデは、はっきり自分の意志をもっている者しか受け入れないところがある。だからいまだに共産主義青年同盟《どうめい》にはいろうとしないハンスのことを理解できなかったのだ。

ハンスはカバンをおろすと、蛇口《じゃぐち》にかけてあるブリキのカップに水を汲《く》み、一口飲んだ。それから初出勤のこととシャワールームであったことを話した。シュレーダーの名前を聞くと、ヘレが眉間《みけん》にしわをよせた。先週、第百突撃隊《とつげきたい》がまたしてもナチの敵を数人、路上で捕《つか》まえ、突撃隊のたまり場になっている酒場に拉致《らち》したのだ。突撃隊員たちはなぐるけるの暴行をはたらいて、表にほうりだした。ゾルデイン通りの若者はこの暴行が原因で亡くなった。それなのに警察は犯人を捕《つか》まえることができなかった。ベルリンにいる突撃隊員はふたりや三人じゃない。何千人にものぼるからだ。知らぬ存ぜぬの一点張りだった酒場の主人も、ナチ党員になったばかりだった。

エデが紙巻きタバコをつくりながらいった。

「だれも助けてくれなかったのか？　おれたちの仲間はそばにいなかったのか？　AEG《アー・エー・ゲー》はうちの縄張《なわば》りだろ？」

ハンスはだまって首をふった。

ヘレはできあがった紙巻きタバコをうけとった。

「倉庫には、仲間はほとんどいない。仲間のいるのはもっとましな部署《ぶしょ》なんだ。組立工場や鋳造《ちゅうぞう》工場、小型モーター工場とか。なんていうか教養の問題なんだ」

エデはAEG工場のことをよく知らない。職場はシェーリング化学だ。そのせいで顔が黄ばんでいて、年中咳《せき》をしている。健康にはよくない職場だ。長生きはできないだろう。だからエデはひねくれているんだ、とハンスはときどき思った。

父親がハンスを励《はげ》まそうとした。

「まあ、それがAEGでもらった最初のたんこぶというわけだ。しっかり覚えておくんだ。それが最後じゃないだろうからな」

ヘレはそんなに楽観していなかった。

「相手がシュレーダーじゃ、やっかいだな。ただじゃすまないだろう。おまえに目を付けたのなら、なにかしかけてくるぞ」すこし迷ってからさらにこういった。「主任と話そうか？」

いかにもヘレらしい。ハンスがまだ乳飲《ちの》み子《ご》のときから、ヘレはハンスの面倒《めんどう》を見てきた。体を洗い、おむつを替え、食事を与えてくれた。ハンスの世話をするために、午後の自由な時間を犠牲《ぎせい》にしてきた。母親が働きにでていたので、それは長男のつとめだった。マルタもまだ小さいころだ。だがヘレは、苦労したことをおくびにもださない。それどころか、ハンスが自分で歩けるようになっても、いつも連れて歩いてくれた。ハンスはヘレに肩車《かたぐるま》されて、街中を歩き回った。もっと大きくなると、こんどはハンスとマルタをプレッツェン湖に連れていってくれた。ときにはエデがいっしょのこともあった。ヘレはそこでハンスに泳ぎや潜水《せんすい》や飛び込みを教えてくれた。体操の練習中、絨毯《じゅうたん》用の物干し竿《ざお》から落ちたときも、医者に連れていってくれたのはヘレだった。ヘレがいつもそばにいた。変わったのは、ユッタと結婚《けっこん》して、ケスリン通りに引っ越《こ》してからだ。別れはつらかった。とくにハンスにとって。だがユッタと仲良くなれたので、じきにそのことにも慣れた。

ヘレはもう責任のある大人だ。子どもが生まれれば責任はもっと重くなる。心配の種も増えるだろう。失業してもう一年半。ヘレはいろいろ考え込むようになり、ほんのすこしタフになった。二十七歳になったばかりだが、知らない人が見たら、ずっと年が上だと思うだろう。

ヘレはエデとはちがう。もちろんハンスが共産主義青年同盟《どうめい》にはいればうれしいだろう。だがせっついたりはしない。そこがノレや共産主義青年同盟の連中とちがうところだ。エデはハンスが一匹狼《ぴきおおかみ》なのをよく批判するが、ヘレはそのようなことをしない。ふたりのあいだには、口にだす必要のないなにかがある。なにもいわなくてもお互《たが》いの気持ちがわかる。お互いあるがままに受け入れているのだ。ヘレが自分のために主任と話そうといってくれたので、ハンスはうれしかった。だがその必要はあるだろうか？　ハンスはもう学校に通う子どもじゃない。

「いいよ」ハンスは小声でいった。「自分で話すから。主任はまともな人だと思うよ」

「そうか」ヘレはうなずいて、ハンスが戻《もど》ってくる前の話題に戻った。昨日の国会選挙のことだ。だれも予想しない結果だった。ナチ党の大勝利だったのだ。ナチ党が二年前に獲得《かくとく》した得票率は十八・三パーセント。それを三十七・二パーセントに伸《の》ばしたのだ。ほぼ千四百万人がナチ党に投票したことになる。そしてナチ党は大差で第一党になった。

「ベルリンではどうだったの？」ハンスがびっくりしてたずねた。

ベルリンでも、ナチ党は得票率をほぼ倍増させた。十四・六パーセントから二十八・七パーセント。得票率はドイツ全土よりも低いが、それでも大勝利だ。だがベルリンでは与党にはなれない。社会民主党と共産党がそれぞれ二十七・三パーセント、合計すると五十四・六パーセントを獲得している。

これはホットニュースだ。エデが党本部で直接聞いてきたのだ。

父親はとっくに党員ではなかったが、かなりショックをうけていた。エデにいった。

「一本やられたな。テールマン(＊17)が二年前に、ナチ党はもう終わりだと宣言《せんげん》したが、ちょっとタイミングをまちがえたようだな」

「そういうことだよ!」エデがさりげなくいった。「でもまちがえたのはタイミングだけだ。誓《ちか》ってもいい。ナチ党の躍進《やくしん》は一時的なことさ。やつらに投票したのは、どうしようもない小市民たちだけだからな。だまされた失業者もすこしまじっているけど。宣伝活動をすればいい。それで一発さ」

「いいかげんにしろ!」父親が手をふった。「胸《むな》くそが悪くなる。宣伝活動だって? えっ? 宣伝するなら、共産党はお手上げですっていえばいい。そして統一戦線を組むんだ。社会民主党と手を組んで闘うんだ。ほかに手はない」

いつもの議論がはじまった。エデは党の考えを代弁《だいべん》し、父親がそれを攻撃《こうげき》する。ヘレとユッタはあいだに立って、あるときは父親に、またあるときは党に賛成する。エデがどう答えるかは、だいたい想像がつく。

「共産党だって統一戦線を組みたいんだ。だけど、社会ファシズムの社会民主党指導部とじゃなく、その指導部に操られている平の社会民主党員とだ」

それがただのトリックなのはハンスにもわかっている。統一戦線といいながら、社会民主党から党員を横取りしようとしているだけのことだ。父親は反論しない。顔でものを言うだけだ。どうせ共産党のいうような統一戦線などできるわけがない。わざわざ意見をいう気もおこらないようだ。

父親が返事をしなかったので、エデはむっとしている。

「だって、わかってるだろう。社会民主党の上層部と組むのはむりだ。あいつら、こっちをルンペンのプロレタリアートだと思ってるんだ。ボスたちと自分が上だと思っている。あの連中は、本当のマルクス主義(＊18)時代になるのを恐《おそ》れているんだ。ソヴィエト化したドイツは地獄《じごく》よりもひどいってな」

「じゃあ、おまえたちはどうなんだ？」父親が口をひらいた。「おまえたちはなにを恐れているんだ？社会民主党をファシストって呼んでいるが、自分たちの理論の純粋性《じゅんすいせい》を保ちたいだけだろう？」父親は、共産党が道をあやまったことにいまでも心を痛めているのだ。父親は長い間、共産党ヴェディンク支部のリーダーのひとりで、ほかの同志と中央集権的な党指導部とモスクワの命令を無批判に受け入れる風《ふう》潮《ちょう》に反対ののろしをあげた。共産党は奴隷《どれい》制と官僚《かんりょう》主義にそまり、いつわりに満ち、非人間的だとくりかえし批判した。それでも、「日和見《ひよりみ》主義者」として党から追放されるまで仲間といっしょに党のためにはたらいた。追放された仲間たちはすぐに共産党反対派を作ったが、父親はそれに加わらなかった。

「また新しい政党をつくっても意味ない」父親はあきらめきった顔つきでいった。「おれは人生で二度夢をえがいた。ひとつは善良な人がすべて投票してくれるような党の夢。もうひとつはいつかもっと公平な国家ができることだ。どっちの夢もついえてしまったがな。党は宗教団体になりさがり、公平な国家ははるか彼方《かなた》に遠のいてしまった。どんな大胆《だいたん》な夢でも追いつきようがない」だが実際には夢をすてたわけじゃない。だから傷つきやすく、党のことになるとすぐに熱くなるのだ。

ユッタが話にまじった。

「父さんのいうとおりよ」エデに向かってそういった。「妥協《だきょう》の余地があることを示さなくちゃ。指導部を社会ファシズムだって非難しているかぎり、社会民主党はわたしたちといっしょにナチ党と闘ってくれないわ」

「妥協の余地だって!」エデがあざけった。「社会民主党はブルジョワに向かってボルシェヴィズムに対する防波堤《ぼうはてい》だっていってるんだぞ。どうして妥協しなくちゃいけないんだ」

「じゃあ、ほかのだれと組めるっていうの?」ユッタがしずかに聞きかえした。「ドイツ国家人民党(＊19)やドイツ中央党(＊20)と組む? それとも、わたしたちだけでヒトラーを阻止《そし》できると思う?」エデがすぐに答えなかったので、ユッタはつづけた。「悪いけど、エデ。この選挙結果を知ったら、どういう社会主義が正しいかなんていってられないわ。ナチ党にのど首をつかまれそうになっているのに、社会民主党とけんかしていられないわよ」

「まさにそこだよ」父親がユッタの腕《うで》をとった。「なにも社会民主党と結婚《けっこん》することはない。しばらくいっしょに行進すればいいんだ。ナチ党が話題にものぼらなくなったら、また別の道をいけばいい」

ヘレはそれまでずっとだまっていた。父親が人前でエデと議論をはじめると、ヘレはいつも寡黙《かもく》になる。ひとりで二人も、三人も、いや四人もいっぺんに相手にするのはエデには荷が重すぎる。ヘレは友だちを困らせたくなかったのだ。だがとうとう話に加わった。「どっちの党も統一戦線を呼びかけている」ヘレはそういいながら、水のはいったブリキのカップをハンスから受け取った。「だけど、どっちも自分が主導権をにぎりたがっている。だからうまくいかないんだ。ヒトラーもそれで得をしている。時代が変わったことを、そろそろ悟《さと》らなくては。いままで、おれたちは共和国に戦いを挑《いど》んできた。もちろんまちがってはいなかった。おれたちに人間らしい生活をさせてくれなかったんだからな。だけど今度は共和国を守るために闘う時だ。これ以上ひどい目にあわないためにね」

「ヘレ!」エデがとびあがって、台所を歩き回った。エデはヘレと口論をしたくなかった。いつもおなじ意見でいたかったのだ。だがヘレが今いったことには、だまっていられなかった。「共和国を守るって、おれたちを犯罪者あつかいしてきたのは、その共和国なんだぞ」

「待ってくれ! 共和国がおれたちを攻撃《こうげき》してくることをいいとは思っていない。おれはナチ党と対抗《たいこう》するために共和国を守りたいんだ。生き残れるかどうかの瀬戸際《せとぎわ》だからな。それともナチ党が政権についたら、おれたちと仲良くしてくれると思うか?」

エデは首を横にふった。

「だけど本当は社会民主党のほうがずっと危険だと思うんだ。ナチ党がなにをしようとしているかは、見ていればわかる。社会民主党は労働者の政党みたいな顔をして、古い労働戦線の歌を歌ったり、口当たりのいいことをいっているけど、実際には革命《かくめい》を望むふりだけして、搾取《さくしゅ》しているくそったれ連中の味方をしている。おまけに見かけだけ、インターナショナルを唱《とな》えているじゃないか。共和国はあいつらの良心だ。長年、共和国のトップにいて、おれたちとは逆のことをしてきた。いずれまた政権を手にいれたら、いままでどおりにやるだろう。労働者一般大衆の権利を代表しているのはおれたちだけだ。労働者はそのことを知っているから、おれたちを支持しているんだ」

「すばらしい!」父親は義手でテーブルをたたいた。皮肉っぽくやろうとしたのだろうが、興奮しすぎてそうはならなかった。「きみの演説はすばらしい。まるできみたちの法皇スターリン(*21)のようだ。だが、いまのはただのおとぎ話だ。諸君の役どころは、食われてしまうあかずきんちゃんだ。実際、食われてしまう運命にあるんだからな。ただ諸君はオオカミとおばあちゃんを取りちがえている。社会民主党はオオカミじゃない。古くさくて、行儀のいい、毒《どく》にも薬にもならないおばあちゃんだ。ところが諸君は本当のオオカミが見分けられない。だからふたりともオオカミに食われてしまうんだ。孫娘が気に入らないおばあちゃんも、おばあちゃんと仲違《なかたが》いしているあかずきんちゃんもな」

エデがいいかえそうとしたが、父親はさらにつづけた。

「それから一般大衆が味方についているとかいっていたが、残念ながらかなりひどい思いちがいというしかない。一般大衆は諸君の味方じゃない。ナチ党を選んだのが千四百万人、社会民主党が八百万人、共産党は六百万人にすぎない。これでもうそっぱちだと気づかないか？　それとも、大衆には共産党を選ぶだけの知恵がないとでも？　残念だが、大衆は、共産党がいう革命を望んでいないんだ。世界革命もほかのどんな革命も望んではいない。体制崩壊《ほうかい》と暴力。それを考えただけで、大衆は恐《おそ》れをいだくんだ。なのに共産党は、大衆が望まないことをくりかえし宣伝している」

父親は一気にそういってのけると、もうこれ以上なにをいってもむだだとでもいうように手をふった。エデはまたいすにすわった。なにもいいかえそうとしない。けんか別れしたくなかったのだ。

ところが、父親のほうはまだ終わっていなかった。

「それからだな。大衆がだめだと党はいうが、問題は大衆じゃないんだ。たくさんのフリッツェ・マイアー、ハイニ・レーマン、エマ・シュルツェという個人が問題なんだ。だからいい連中をつぎつぎと追放してきたんじゃないか。おかげで追い風がなくなり、暖炉のそばでぬくぬくしている連中ばかりになったんじゃないか。党の誉《ほま》れ高き規律はもはや地に落ちた。ローザとカール(＊22)が党の有り様を見たら、墓《はか》の中で背を向けるだろうな」

父親はそれっきり口をつぐんだ。いうだけのことはいった。エデはだまって笑みをうかべている。ヘレとユッタはうなだれた。ふたりは、父親のいったことにすべて納得しているわけじゃない。だがそうはいわなかった。父親はかっとなると、こういう口の聞き方しかできない。正直にいっているだけだが、そのせいで昔から貧乏くじをひいてきた。それでも、ハンスは父親の物言いが好きだ。いっていることが全部わかる。いちいちなにをいっているのか気を回す必要がない。ただユッタのことが心配だ。こういう議論はユッタにも子どもにもよくないはずだ。それに台所がだいぶ暑くなってきた。汗だくになって議論する大人が五人も集まれば、こんな狭《せま》い空間だ、ちょっとしたオーブン並の効果はある。

ブリキのカップに水を汲《く》んで二口、三口飲むと、ユッタがまず口をひらいた。

「お父さんのいうことに全部うなずくことはできないわ。ただこれだけはいえるわね。党は敵か味方、裏切り者か忠誠をつくす者か、いつも二者択一《たくいつ》。これじゃ行き詰まるわ」

「もういいよ、ユッタ」エデの顔は蒼白《そうはく》だった。「意見が一致しないことがあるのはわかってる。この数年で慣れたよ」

それでもユッタはエデになぐさめの言葉をかけようとした。そのとき突然《とつぜん》、向かいの家で大きな声がした。ハーバーシュロートのおくさんが泣きわめき、だんなのほうがものすごい剣幕《けんまく》でどなりつけている。ハンスははっとした。議論に夢中になって、ハーバーシュロート一家のことを忘れていた。すぐに窓辺にかけより、向かいの家を見た。台所の窓にかけたプランターに赤い花をつけたベニバナインゲンのつるが伸《の》びている。トマトやネギも植わっている。ハーバーシュロート一家はそうやって毎年、ささやかな収穫《しゅうかく》をえていた。だがそのかわり、植物がすっかり窓をふさいでいて、中がよく見えない。

「ハーバーシュロートが強制退去させられるよ」ハンスは静かにいって、台所に向きなおった。ヘレも、ユッタも、エデも、父親も、先刻承知だったようだ。「なんとかできない？　どこにも行く当てがないじゃないか」

「どうしろっていうの？」ユッタが顔にかかった髪《かみ》をはらった。「半年も家賃を滞納《たいのう》しているのよ。あなたが肩代《かたがわ》わりする？」

ハンスは父親を見た。

「昔、中庭にほったて小屋があったじゃない。また建てたらどう？」

「オスヴィンの小屋のことか？」父親は首を横にふった。「昔から禁止されていたんだ。もう建てるわけにはいかない。火事になったら、アパートに燃え移って、全焼するかもしれないんだ」

中庭にあった小屋は一度火事になったことがある。前の戦争の直後だ。話には聞いている。だがそれなら、ハーバーシュロート一家はどうなるんだ？

「ギーザたち子どもは、今晩どこで眠ればいいのさ？」

エデがしぶい顔をした。なにもしなかった者に、文句をいう権利はない、ということだ。共産党といっしょに闘わなかった者、世の悲惨《ひさん》と闘わず、傍観《ぼうかん》していた者には、嘆《なげ》く権利もないというのだ。

「保護施設《しせつ》があいてるんじゃないか。資本家階級はそれ以上の援助《えんじょ》はしてくれない」

生活に困った人の保護施設がふたつあることはハンスも知っている。ヴィーゼン通りのヴィーゼンブルク荘とノルトマルク広場のシュロの樹荘だ。だがどっちの施設も、いいうわさを聞かない。そこでは大きなホールにみんないっしょになって寝泊《ねと》まりする。見渡すかぎりのベッドと南京虫《なんきんむし》としらみの巣窟《そうくつ》。

それでも、そこにはいれるだけで幸運だ。

エデはハンスから目をそむけずにいった。

「気持ちはわかるよ。知り合いっていうのは、何十万の見ず知らずの人間よりも大事だ。だけど、ハーバーシュロートに小屋を作るために力を使い果たしたら、残りの何十万の宿なしはどうする？　それに、明日、明後日、強制退去させられる人のことはどうする？　その人たちのためにも小屋を作るか？」エデは首をふった。「奉仕《ほうし》の精神がいけないとはいわない。だけど政治的にはまちがっている。それは貧困を長引かせるだけだ。耐《た》えられないくらい地に落ちて、はじめて人は抵抗《ていこう》をはじめる。きつく聞こえるだろうが、そういうものなんだ」

これが、エデを好きになれない理由だ。考え方が固すぎる。正しくはあるけど、なにもいまそう考えることもないだろう。そんなに全体のほうが個人の運命よりも重要なのだろうか？

ユッタも、エデがいったことが気に入らなかったが、あらためて口論をする気はなかった。「まったくどうかしているわ」そういっただけだった。「わたしたちが、幸福への正しい道について議論しているそのすぐそばで、子どもが通りにほうりだされるんだから。なんだか、わたしたちの問題って、わたしたちには大きすぎるような気がしてくるわ」

ユッタはさらに言葉をつごうとした。そのとき中庭で悲鳴があがった。ものすごい悲鳴だった。つづいてどさっとものの落ちる音がして、なにかが転がった。ハンスは窓に飛んでいった。フリッツェ・ハーバーシュロートが台所の窓辺に立っている。顔をこわばらせて下を見ている。ハンスは目線を追い、びっくりしてあとずさった。中庭の石畳《いしだたみ》になにか大きな黒いものが転がっている。そのそばに植えたプランターがこなごなになっている。

「なんてこと！」下をのぞき見たユッタが腹《はら》に手をやって、急いで蛇口《じゃぐち》のところに走った。ヘレが飛び上がって、ユッタになにか飲むものを与え、そっと寝室《しんしつ》につれていった。ハンスは身動きできず、投げ捨てたマントのように横たわるハーバーシュロートの奥さんをじっと見つめていた。ハンスは話には聞いていた。七十八番地で男が窓から飛び降り自殺をした。百十二番地でもわずか二週間のうちに三回、ガス自殺があった。一日に平均七人が自分の命を絶っていると、新聞に出ていたことがある。ベルリンだけでだ。自殺は頻繁《ひんぱん》に起こり、そのうわさはハンスの耳にはいってくる。だが自分の身の回りで起こったことはなかった。子どものころから知っている人で、自殺した人はまだひとりもいなかった。

馬車のそばにいた子どもたちは、なにが起こったのかわかっていなかった。ただぼうぜんと、母親のそばに立っている。三人の警官と執行吏《しっこうり》は肩《かた》を落とし、グラウプケもおどろいて数メートルあとずさっていた。

父親がハンスの肩に手をおいた。

「どうしてやることもできなかった。本当だ」

父親のいうとおりだ。どうすることもできなかったのだろう。それでも、ハンスははずかしかった。こっちでおしゃべりしているそのすぐそばで、ひとりの女性が窓から身投げしたのだ。奉仕《ほうし》の精神じゃだめだって？　それじゃ、どうしたらいい？　なんでだれも出口を知らないんだ？

馬車に便乗

夜中になっていた。昼間の熱気がまだ家の中に巣くっている。ハンスはあけっぱなしの窓から外を見ていた。眠れない。昨日の晩とほとんどおなじだ。暑い。風がそよとも吹かない。昨日は、次の日のことが心配で寝付《ねつ》けなかった。心配だった一日は過ぎたが、ほっとするどころか、かえって心が千々《ちぢ》に乱れている。マルタもまだ帰ってこない。

ハーバーシュロートの奥さんは死んだ。医者が診断《しんだん》し、まわりの人たちはそれを聞いてどちらかというとほっとした。飛び降りて命を取りとめれば、一生障害をかかえて暮らすことになる。そのほうがもっと悲惨《ひさん》だ。彼女自身にとっても、夫にとっても、そして子どもたちにとっても。

ハンスは寝返りをうち、枕《まくら》に顔をふせて、昼間のことを思い起こした。ハーバーシュロートの奥さんが窓にかけよる。桟《さん》をまたいで飛び降りる。奥さんをつかもうとかけよる夫。だが一歩遅すぎた。およそそんな感じだったろう。

小さいころ、よく台所の窓から下を見て、中庭に飛び降りたら、どんな感じか想像したものだ。すぐにこわくなって、ばかなことを考えるのはやめたが、どこかこわいもの見たさのように惹《ひ》かれるものがある。その気になればできるかもしれない。ハーバーシュロートの奥さんはそんなに長く考えたりしなかっただろう。そうしていたら、子どものことを考えて思いとどまっていたはずだ。あきらかに発作的な行動だった。執行吏《しっこうり》はそういっていた。ヘレと父親はそれにうなずいた。自暴自棄《じぼうじき》はつねにとっさの行動だ。

ハンスは体を横にしていられなくなった。起きあがると、いすにかけた洗濯物《せんたくもの》をはずし、いすを窓辺にもっていって腰《こし》をおろした。窓の桟《さん》にひじをつき、ほおづえをついて、ハーバーシュロート一家が長年暮らしていた向かいの家をながめた。明日にはもう別の家族が引っ越《こ》してくるだろう。やっぱり貧しい人たちだろう。そうでなければ、四つ目の中庭に面した安アパートに引っ越してくるわけがない。当然、今日のことをすぐに耳にするだろう。ショックを受けるだろうか、それとも肩《かた》をすくませて、それがどうしたね、うちだって問題をかかえてるんだ、とでもいうだろうか？

どさっというあの音。うしろめたそうな顔、顔、顔。顔面蒼白《そうはく》のユッタ。さいわいユッタはすぐに具合がよくなった。父親たちはそれからまたしばらくいっしょにすわって、無力な自分たちを悲しみ、怒りをあらわにした。ムルケルもみんなにまじって、青くなって立ちつくしていた。なにが起こったのか理解できずにいたのだ。アパートの住人たちが四つ目の中庭にかけつけたとき、シュヌッペとピンネとムルケルもついてきて、一番前まででてきた。そして三人はゆっくりとあとずさった。ムルケルはふいにきびすをかえすと、家にかけあがった。

ムルケルはしばらくなにもいわず、なにもたずねなかった。表情ひとつ変えず、ただ信じられないというようにじっと前を見ていた。夕方、ベッドにはいったときはじめて小声で聞いた。「ギーザはどうなるの?」だれもこたえられなかった。ムルケルはさめざめと泣いた。小さいころによく口げんかやとっくみあいのけんかをしたギーザには、もう母親もいなければ、住む家もない。そのことを理解したムルケルは、ようやく泣くことができたのだ。

中庭で足音がする。ハンスは身を乗り出して、四角い暗闇《くらやみ》をのぞきこんだ。なにも見えない。ささやく声がするだけだ。男と女だ。テツラフの夫婦にちがいない。ふたりは毎晩遅く家に帰ってきて、「ガス灯《とう》」といった酒場にいりびたる。ふたりは四六時中酔《よ》っぱらっていて、口げんかやなぐり合いが絶えない。そういうのは、このふたりにとどまらない。アッカー通りには十万人以上が暮らしているらしい。かつて数えた人がいる。そして大人の半数は毎晩、酒場にいく。人でごったがえすいきつけの酒場にはいり、タバコをくゆらせ、ビールをがぶのみする。「酒は心を暖め、灰色の人生に色をつける。酒がなければ、生きてはいけないのよ」母親がハンスにいったことがある。それでも、ハンスには理解できなかった。たいていの者が一銭《せん》残らず酒にして飲んでしまうのだ。ひとりあたりビール二十杯などたいしたことはない。金が足りなくなれば、次の給料日の金曜日までつけがきく。妻たちは夫を酒場からつれかえろうとし、子どもを使いにだすこともある。「パパ、いっしょに帰ろう!」だがパパたちの腰《こし》は重い。それどころか子どもをなぐり、妻までなぐる。ちびのルツは以前、酒場のカウンターにいる父親のポケットから小銭《こぜに》を盗《ぬす》んでいた。母親の差し金だった。父親に見つかると、死ぬほどなぐられた。テツラフのおかみは、夫を酒場からつれかえるのをあきらめて、いっしょに酒をあおるようになった。子どもが腹《はら》をすかせてやせおとろえようが、おかまいなしだった。

父親も、党員だったころはよく酒場にいって、同志とチェスやトランプをして、酒を飲んでいた。だから、毎晩のようにじめじめした一階の部屋を抜け出し、酒場に逃げ込む夫婦の気持ちがわからないではないようだ。だがこう警告もしていた。

「不幸は花みたいなものだ。酒を流し込めば流し込むほど、立派な花をさかせる」

ドアがしまる音がした。テツラフ夫婦が家にはいった。ハンスは耳をすました。マルタはどうしたんだろう。マルタに今日のことを話せば、眠れそうなのに。マルタはハーバーシュロートのおくさんと仲がよく、子どもの面倒《めんどう》を見たこともある。中庭にひろげた掛《か》け布団《ぶとん》のうえで「汽車ぽっぽ」を歌ったりして……。

テツラフ夫婦の暮らしやハーバーシュロート一家に起こったこと。それは政治のせいだと、ヘレならいうだろう。まちがった政治、非人間的な政治のせいだと。けれどもテツラフやハーバーシュロートのような人たちは、政治に関わることを望んでいない。ヘレたちの考えはちがっていた。あれから夕方までハーバーシュロート一家の事件について話し合った。いつまでも政治の話ばかりがつづくと、以前のハンスは早々に腰《こし》をあげていたのだが、今回は立ち去らずに、じっと聞きつづけた。選挙後の新しい首相の話になった。ちょうど二週間前と同じだ。そのときは新しい首相にフランツ・フォン・パーペン（＊23）がなった。父親は、パーペンのことを、なにもわかっていないでくの坊だといっていた。パーペンを首相の地位につけるよう裏で糸をひいた国防大臣シュライヒャー元帥（＊24）までが、パーペンは「頭」ではなく、かざりの「帽子《ぼうし》」だといっていた。十一人の大臣のうち七人までが貴族階級で、ほかの連中も貧乏人ではなく、大地主か工場経営者だと知って、父親は「帽子にさらに七つも宝石をつけやがって」と悪態をついたものだ。「正真正銘《しょうめい》の上流クラブ」と新聞でも揶揄《やゆ》されたほどだ。「ろくなことにはならないね」母親もいっていた。実際、そのとおりになった。パーペンが最初にやったことは、失業者支援の縮小だった。難しい時代だからこそ、節約をしなければ。パーペンはそういったという。みんな、耳を疑った。気取り屋のパーペンが、腹をすかした失業者に節約のなんたるかを語るとは。おかげで街頭での闘争《とうそう》は絶望的な状況になった。アルトナウ通りで起こった「血の日曜日」ではナチ党と共産党が衝突《しょうとつ》し、十五人の死者が出た。パーペンはこれを口実にして、プロイセン州政府を罷免《ひめん》した。それは最後の社会民主党政府だった。パーペンは国防軍を動かし、プロイセン首相を追いだした。「最低の話だよ」父親はいった。「共産党もナチ党も、社会民主党が嫌《きら》いだからって、拍手喝采《はくしゅかっさい》したんだからな」

昨日の選挙でだれが首相になるかはまだわからない。「千四百万人ちかくの支持を得たんだから、ヒトラーは政権をねらって、激しく動くだろうな」とヘレはいった。不安を感じているのはヘレだけじゃない。みんなが……。

マルタが帰ってきた。中庭の石畳《いしだたみ》に響《ひび》く足音でわかる。ちょっと軽快でいかした足取り。そんな歩き方をするのはマルタしかいない。ハンスはベッドに寝ころがり、足音が階段をのぼってきて、鍵《かぎ》があけられるのを待った。声をかけるのは、機嫌《きげん》を確かめてからにしようと思っていた。マルタは極端な気分屋で、ものすごく機嫌がいいか、ものすごく悪いかのどっちかだ。

マルタは廊下《ろうか》で靴《くつ》をぬいで、静かにはいってきた。窓辺にいくと、まずタバコに火をつけた。様子がおかしい。いつもなら、まずナイトガウンをとって、台所で着替え、顔を洗うはずだ。マルタが暗い部屋の中でナイトガウンを手さぐりしているときに声をかけようと思っていたハンスはあてがはずれ、だまって様子をうかがった。

マルタはずいぶん前からタバコをすっている。すいはじめたのは十五のときだ。十六になると、女友だちとつれだって、タバコをすいながらアッカー通りを闊歩《かっぽ》した。女がタバコをすうのは、しかも路上ではまだめずらしかった。それを十四から十六の五人の娘がやったのだ。人々は笑うかまゆをひそめて首をふった。母親はいった。「大人なみに働かなくちゃいけないんだ。大人みたいにふるまったっていいじゃないかね。若い男たちはタバコをすうだろう。どうして娘はいけないんだい？」

「ハンス」マルタが急にふりかえって声をかけた。

「なに？」

「まだ寝《ね》ていなかったの？」

「寝ていたさ。ぐっすり寝てた」

「いいわね、あんたは」マルタは明かりをつけて、ハンスのベッドに腰《こし》かけた。

びっくりだった。マルタは青白い顔をし、額《ひたい》に髪《かみ》がかかり、目が異様に大きい。

「どうしたの？」

「ギュンターが」マルタはまるで独り言のようにいった。「突撃隊《とつげきたい》に入隊したわ」

「そんなばかな！」信じられなかった。ギュンターはいいやつだ。ヘレといっしょに学校に通っていた。卒業してから、バート通りのダンスホールでふたりは知り合った。はじめの半年、ふたりは家の前で別れていたが、それからマルタは彼を家につれてきた。家族が増えたことを、母親だけでなく、ヘレも父親も歓迎《かんげい》した。ヘレにとってはクラスメートの〈ユンネ〉だったから。父親にしてみれば、〈ブレーム君〉がそれまでマルタがつき合っていたような事務職の種馬ではなかったからだ。そのギュンターがナチになるなんて。

「まあ、大したことじゃないけど」マルタはささやいた。「ナチ党だって、世の中をよくして、失業者をなくし、もうちょっと公平な社会にしようとしているんだから。でも父さんやヘレはどう思うかしら。打ち明けたら、すごい剣幕《けんまく》で怒るでしょうね」

「ぼくは怒らないっていうの？」ハンスが爆発した。そして工場で起こったことを話した。「そういう連中なんだぞ！　人の死体を平気で踏《ふ》み越えていくようなやつらなんだ」

マルタは、母親がはったハンスの絆創膏《ばんそうこう》をちらっと見た。

「ギュンターはちがうわ。そんなこと、絶対にしないわ」

タバコをすった。

「それに、あたしのボスのシュワルツバッハもナチなのよ。そんなそぶりは見せないけど。最近、彼のデスクに党員証が載《の》っているのを見たの。党員番号はかなり若かったわ。つき合いは長いってことね」

「それがどうしたのさ?」弁解のつもりなのだろうか?

「ただいってみただけよ」マルタは立ち上がって、すいがらを窓から投げ捨て、ナイトガウンをさがして、台所に立った。

ハンスは天井を見つめていた。ギュンター・ブレーム、パンク通りのユンネがナチだって? シュレーダーやクルンプの仲間? 変な金切り声で演説し、陰《かげ》では冗談《じょうだん》の種になっているようなヒトラーを本気で信じるのか? たしかに日曜日には千四百万もの人間がヒトラーを信じた。そうでなければ、票をいれたりしなかったはずだ。

これで今日は三回も悲惨《ひさん》な目にあったことになる。シャワールームでの騒動《そうどう》、ハーバーシュロート一家の悲劇、そのうえこんな報告を聞かされるとは。大したことじゃない、とマルタはいうが、ヘレと父親は決してナチを家にいれないだろう。ということはギュンターとつきあうかぎり、マルタも家にはいれないということだ。

とっくに真夜中をすぎていた。ハンスはベッドに横になっていたが、すっかり目が覚めてしまった。マルタもおなじだ。マルタは台所からもどってきたが、それっきりふたりは言葉をかわしていない。マルタはつぎつぎとタバコに火をつけた。そのたびに、マルタの顔が闇《やみ》に浮かぶ。さっきより顔が蒼白《そうはく》で、目が大きくなっているようだ。なにを考えているんだ？　どうするつもりだろう？　ギュンターがナチ党にとどまれば、マルタは決断するしかない。ギュンターをとるか、家族をとるか。

「姉さんは嫌《きら》いだったはずだろ」ハンスが小声でいった。まるで懇願《こんがん》するような口調だ。「行進や合唱や直立不動をずっと嫌っていたじゃないか。突撃隊《とつげきたい》はもっと軍隊的なんだぞ。ギュンターがそういうことをするのを、いいと思うわけ？」

マルタはすぐには答えなかった。ハンスは、マルタが昔、共産主義青年同盟にはいるのを拒んだことを思い出していた。当時はまだ父親も党員で、マルタが青年同盟で活動するところを見たがったのだ。だがマルタはきびしい規律と従順さが嫌で断った。共産主義青年同盟の一隊が街を行進しているのを見るたび、彼らが歌う『光の賛歌』をばかにしていた。

「同志よ、進め。太陽に向かって、自由に向かって、光に向かって」

「われらが行く手に光あり。闇も黒雲も光に消えてなくならん」

そんなフレーズが聞こえると、マルタはきまっていう。

「光がいっぱいで、影《かげ》がひとつもないなんて、いいわね。あの人たち、電気をただでもらえるわけ？」

ハンスもいまはおなじような意見だ。小さいころは、行進をかっこいいと思ったし、赤色戦線兵士同盟の行進の中にヘレを見つけると鼻が高いこともあった。だが大きくなると、マルタとおなじような感想をいだくようになった。ただハンスは楽だった。共産主義青年同盟にはいる年齢《ねんれい》になったとき、父親はもう党員ではなくなっていたからだ。母親も、ハンスが共産主義青年同盟にはいろうとはいるまいと気にしなかった。マルタとハンスはいつも、あらゆる制服人間を嫌っていた。そのマルタがどうして、ギュンターがナチにはいるのを認められるんだ？　突撃隊とくらべたら、共産主義青年同盟ははるかにゆるい集団だ。規律が支配するところがあるとすれば、それは突撃隊だ。

「あたしがどう思うかは、重要じゃないわ」マルタが口をひらいた。「ギュンターが自分で決めることよ」

ハンスは納得できなかった。それこそマルタらしくない。バート通りのベノ・クプケのときは、自分の未来の夫にふさわしくないとふったくらいなのだ。マルタの理想は出世しようとする男だ。朝から晩までダンスホールで遊びほうけ、年中マルタをやぶに連れ込もうとするような男じゃない。両足をちゃんと地につけて生き、それでいて自分の思い通りになる、まじめな男が望みだ。そういったのは母親で、マルタじゃない。だがその通りだ。ギュンターがなにをし、どうやって生き、なにを考え、行動するか、マルタはいつも関心を払ってきた。気に入らないことがあれば、文句もいった。ギュンターはたいていマルタのいうとおりにしてきた。

「結婚《けっこん》するとしたら？」

「ナチとは関係ないでしょ」

これがマルタだろうか？　突撃隊にはいることに反対なら、もっとちがった反応をするはずだ。「ナチ党かあたしか、どっちにするの」くらいいうはずだ。ハンスは上体を起こして、タバコの火を見つめた。

「まさかナチとは結婚しないよね。関係ないなんていわないよね」

マルタはだまっていた。ハンスに話してしまった自分に、腹《はら》を立てているようだ。ハンスはまだチビだから、悩《なや》みを打ち明けてもだいじょうぶだと思ったのだろう。まさか不愉快《ふゆかい》な質問をして、おまけに意見までいうとは考えてもみなかったのだ。

「ギュンターがナチになるなら、姉さんもナチだ」ハンスはさらにきつくいった。「どうせだから、鉤《かぎ》十字を首からさげたら？」

マルタが飛び起きた。

「なにをいうのよ！　あんたたちは、自分たちのほうがましだと思っているわけ？　ナチ党だって、悪人ばかりじゃないわ。政策がちがうだけじゃない」

マルタは「あんたたち」といった。ナチ党について、ハンスも父親たちとおなじ考えだとわかったようだ。「ヒトラーが書いた本は読んだことある？」ハンスは静かにたずねた。

マルタはヒトラーの『我《わ》が闘争《とうそう》』を読んではいない。なにか読むとすれば、同僚《どうりょう》から借りたグラビア雑誌くらいのものだ。ハンスは『我が闘争』をヘレから借りたことがある。ヒトラーがなにを考えているか知るにはこれを読まないといけない、とヘレはいった。ヘレにいわれて読んではみたが、退屈な本だった。ヒトラーの言葉はふやけていて、おおげさだ。読み通すのに苦労した。全部は理解できなかったものの、いくつかはっきりしたことがある。たとえば共産党がいうとおり、ヒトラーが戦争を辞さないこと。「東方生活圏の征服」とか、そこに住む諸民族の「ゲルマン化」とか、戦争にならないわけがない。どこの民族が好きこのんで抑圧《よくあつ》されたがるだろう。それに、ヒトラーはヴェルサイユ条約(＊25)を破棄《はき》するつもりだ。ドイツ人でこの条約を気に入っている人はいないだろう。多くの人が破棄したがっている。だがどうやったらいい？　ハンスの理解したところでは、ヒトラーはいざとなれば戦争をするつもりらしい。つまりフランスと戦争をするということだ。この本にはさらに理解に苦しむ箇所《かしょ》がある。ヒトラーがユダヤ人を排斥《はいせき》しようとしていることだ。ヒトラーはユダヤ人を、ほかの民族の財産を悪用し、他人の汗で生きる寄生虫と呼び、ユダヤ人を「ドイツ民族から分離」することをめざしている。ドイツの経済から、政治から、文化からユダヤ人は排除すべきだというのだ。そうやってすべての活動から締め出して、ユダヤ人にどうしろというのだろう？　そしてそういうことを平気で書く人間が、その目標を達成しようとしないはずがない。そういう人間を危険視するのは、共産党のまちがいだろうか？

ハンスはその本の話をマルタにして、必死で説得し、もう一度ギュンターと話し合ってくれと頼んだ。こんなにアジったことは一度もなかった。自分の口をついてでてくる言葉に、ハンスは自分でおどろいた。マルタはおしだまり、反論もせず、質問もしなかった。まるで耳をふさいでしまったかのようだ。ハンスがしゃべりおえると、しばらくしてから、マルタはようやく口をひらいた。

「ギュンターのところの主任も突撃隊《とつげきたい》なのよ。ギュンターを主任代理にしてやろうといってくれてるの」

そういうことだったのか！　ギュンターには打算があったんだ。マルタにはうしろめたい気持ちがあったが、その恩典を期待して、反対しなかったんだ。ハンスははねおき、明かりをつけて、姉をあきれ顔で見つめた。

マルタが目をとじた。

「なにするの？　明かりを消してよ」

ハンスは消さなかった。姉の顔を見ずにはいられなかった。まさか姉がそんな考えをするとは。

マルタは勢いよく起きあがると、明かりを消して、また横になった。それから静かにいった。

「あんたになにがわかるのよ。あたしが、こんなうらぶれたアパートにいつまでも暮らしていたいと思う？　おばあちゃんになってまで、一階のトイレまでおりていきたいと思う？　知ってるでしょ、電気がくるようになったのもここ二、三年のことなのよ。あたしははじめヘレといっしょのベッドで寝《ね》て、つぎがあんたで、ムルケルとだっていっしょに眠らされたんだから。夏には汗だくになり、冬には腰《こし》のひえる、このろくでもない屋根裏部屋で、五歳のときにスリッパの荷造りを手伝わされたのよ」

ハンスは先刻承知だった。この屋根裏部屋には昔、シュルテばあさんが暮らしていて、スリッパ作りの内職をしていたのだ。小さなマルタはシュルテばあさんのミシンのそばに立って、できあがったスリッパを段ボール箱にしまう手伝いをした。赤ん坊のハンスもいっしょだったらしい。前の戦争中からその直後にかけての話だ。当時はろくに食べるものもなく、暖をとるための炭にも事欠いていた。マルタが手伝うかわりに、シュルテばあさんは、ヘレが学校にいっているあいだ、小さなマルタとハンスの面《めん》倒《どう》を見てくれていた。だけど、それとナチとどういう関係があるんだ？

「ギュンターは出世したいのよ。あたしとおなじ。でもナチ党にはいったのは、そのためだけじゃないわ。ナチ党が正しいって確信したからよ。いってたわ。社会民主党は口先ばかりだし、共産党は世界革命だとか、全人類の幸福だとかできっこないご託をならべているばかり。望んでいるのはそういう大きな幸福じゃなくて、個人のささやかな幸福なんだ、ってね。そのとおりでしょ！　ここから抜け出せるなら、ギュンターがどんな政党に入ろうとかまわないわ。どうして共産党のほうがましなのよ？　昨日、共産党を選んだ六百万人のほうが、ナチ党を選んだ千四百万人よりも賢《かしこ》いっていうの？」

マルタはせわしなくタバコをすいながら夢中で話した。「母さんを見なさいよ。どういう人生だった？　すてきだと思う？　いつか墓場《はかば》にいくとき、神様に感謝できると思う？　できっこないわ！　日の当たるところにほとんど出ずに、ずっと日陰《ひかげ》の暮らし。あたしが、おなじ過《あやま》ちをすると思う？　とんでもない。あたしたちは馬車に便乗してすいすいいくことにしたの。乗らなければ、置いてきぼりをくうわ」

たしかに母親はいい人生を歩まなかった。人生の半分を工場で過ごしてきた。はじめはボーリング機械の前に立ち、それから型押し機を担当した。父親が出征すると、長男のエルヴィンがインフルエンザにかかって死に、ヘレとマルタ、そしてしばらくして生まれたハンスをかかえて留守を守った。戦争が終わってからも、重労働をつづけた。父親も仕事を見つけたが、賃金がすずめの涙だったからだ。そしてインフレがやってくる。みるみる物価があがり、コッペパンの値段が最後には十億マルクにまではねあがったと、両親はよく思い出話をする。そしてこの時期に、ムルケルが生まれる。やはりいい人生だったとはいえない。だが特別にひどいともいえない。このアパートに住む女たちはみんな、そういう人生を歩んでいる。ヴェディンク地区でもほとんどすべての女がそうだし、ドイツ全土でも、たいていの女がそうだった。ところがマルタはいつも別の人生を望んでいた。いままでは、ハンスにも気持ちがわかった。こんなうらぶれたアパートに暮らしていれば、だれだってもっとましな暮らしを望むものだ。だけど、ましな人生をナチ党に期待するなんて！

「ハンス！」マルタがささやいた。「大騒ぎになるわ。せめてあんたは、あたしの味方になって。いつかギュンターが助けてくれるかもしれないわ。あんたは、学校の成績もよかったし。いまの仕事はただの臨時雇《やと》いでしょ。手になにも職がつかないじゃない。もったいないって、ギュンターはいってるわ。そのとおりじゃない？」

ハンスはなにも答えず、そのまま横になっていた。

「ハンス！　なにかいってよ」

「ハーバーシュロートのおばさんが窓から飛び降りたよ」ハンスはなんでいってしまったのか自分でもわからなかった。なかなか言うチャンスがなかったが、いわずにいられなかったのだ。マルタは、それ見たことかと思うだろうが。

「なんですって？」

ハンスはくわしく話した。だが気持ちは熱くならず、たんたんとした報告になってしまった。マルタの帰りを待っていたとき、ハンスは、どういう風にハーバーシュロート一家のことを話そうか考えていた。だが思っていたのとはまるでちがってしまった。なんとなくマルタは以前のマルタではなくなり、ハンスもいままでのハンスではなかった。

マルタはハンスが思っていたとおりの反応をした。「ほらね」ハンスが話しおわると、マルタがいった。心持ち満足げだった。「だからここから出なくちゃ。それとも、あたしも窓から飛び降りた方がいいっていうの？」

冗談《じょうだん》じゃない。でも自分のことしか考えないいまのマルタもご免だ。ハンスは返事をしなかった。マルタも、それっきりだまってタバコをすいつづけた。

一生安泰《あんたい》

更衣室《こういしつ》でも、主任の事務室にいく途中でも、突撃隊《とつげきたい》のふたりにはでくわさなかった。ハンスは主任の事務室の前に立った。窓ガラスの向こうに、デスクで仕事をしているビュートウ主任が見える。はいろうかどうしようか迷った。本当に主任と話したほうがいいんだろうか？　こういうのは告げ口にならないだろうか？　クルンプとシュレーダーは暗い横道にハンスを連れ込んで仕返しをしはしないだろうか？

「よう！」アリ・レフラーはハンスの額《ひたい》の絆創膏《ばんそうこう》を見て、にやにやしながら通り過ぎた。アリのすぐうしろにくっつくように歩いていた猫背のエメスが申し訳なさそうに笑いかけた。ハンスはエメスにだけ会釈《えしゃく》して、主任の事務室にはいった。

ビュートウ主任は顔をあげて、すぐに絆創膏を見た。

「昨日のことは聞いている。困ったものだ」

ハンスはほっとした。これで、あのふたりと話してくれと主任にいっても、告げ口にはならない。

「こんどやられたら、やりかえします」

いうだけ滑稽《こっけい》なのはわかっている。多勢に無勢なのだから。それでもいうしかなかった。助っ人を頼《たの》んでいると思われたくない。ただそっとしておいてほしいだけなのだ。

ビュートウ主任はいすの背に体をあずけ、ハンスをしげしげと見た。それからうなずいていった。

「わかった。シュレーダーと話そう。クルンプはどうせシュレーダーの腰巾着《こしぎんちゃく》だ。だが仕事が終わったあとのことまではむりだぞ」

工場の中ではもう面倒《めんどう》は起こらないだろうが、外では自分で気をつけろということか。

「ありがとうございます」そういってから、ハンスは今日の仕事の指示を待った。できることなら、ひとりで作業がしたかった。エメスとならいいが、アリとはご免だ。シャワールームの一件以来、アリが気に入らなかった。

主任は指で鉛筆《えんぴつ》をもてあそんだ。

「このあいだ演技を見たよ。きみの大車輪、じつに見事だ。頭の先から爪先《つまさき》までぴんとはっている。あでなくちゃいけない」

ほめられたのをうのみにしていいのだろうか。それとも、ノレが耳打ちした引き抜き作戦なんだろうか？

「うちでも体操をしている。いい選手がいるぞ。たとえばハリー・シュミット。彼の演技を見たことはあるかい？」

演技どころか、名前も聞いたことがない。この後なにをいわれるんだろう。

「どうだ。見にこないか。ハリーの鉄棒は見事だぞ。見ておくと勉強になる」

「トレーニングはどこでするんですか？」

「ミュラー通りの体育館だ。知っているだろう？」主任はにやっと笑った。「心配するな。勧誘《かんゆう》するつもりはないから。きみをむりやり引き抜こうとするやつはいない。社会民主党員にしようとするやつだっていないさ。体操で交流するっていうのも悪くないだろう」

ハンスは勧誘されるのを心配してはいなかった。スポーツクラブではよくあることだ。ただ自由体操クラブのバックが問題だ。フィヒテの場合も似たようなものだが。どうやら主任は本当にいい人のようだ。ずいぶん気にかけてくれる。トレーニングを見にいって、ハリー・シュミットの演技を見るののどこが悪い？　自分のところのトップ選手のひとりが、社会ファシストのトレーニングを見にいったと聞いたら、ノレはいい顔をしないだろうけど。

「金曜日の夕方、トレーニングをしている。七時ごろどうだ。気が向いたら来てくれ。来たくなかったら、それはそれでかまわない」

それで話は終わりかと思ったが、主任にはまだその気がなかったようだ。すわって鉛筆《えんぴつ》をいじりながら、ハンスを見た。

「倉庫の仕事は気に入らない。ちがうかい？」

ハンスは赤くなった。どうして気づいたんだろう？　昨日、熱心じゃなかったのだろうか。もっとがんばらなくちゃならなかったんだろうか？

「きみの鼻の頭を見ればわかる」主任がにやっとした。

ハンスはとまどった。その通りですと白状したほうがいいだろうか？　いつか猫背のエメスみたいになるかと思うと、恐ろしいと打ち明けるべきだろうか？

主任は鉛筆をデスクに投げ出し、窓辺に立って、貨車から荷物を降ろす作業をながめた。

「本当はなにになりたいんだい？」

「工具職人です」

主任がおどろいた顔をしてふりむいた。

「それはいい仕事だ。たぶん一番いい仕事だ。どういうきっかけで？」

ハンスはものをいじるのが好きで、けっこう器用だった。学校に通っていたころ、簡単な工具をこしらえたことを話した。それから、数学と物理学がいつもとてもいい成績だったこともいった。

主任はメガネの分厚いガラスごしにじっとハンスを見た。

「それはわたしの夢見た仕事だよ……。戦争の直後で、見習いになどなりたくてもなれなかった。だから倉庫で働きはじめたんだ。ごらんのように、そのまま倉庫勤めだ。いろいろ学んで、主任にもなった。

だが工具職人が作業しているのを見ると、いまだに心がうずく」

主任は力なくとほほえんだ。

「だがきみなら工具職人の見習いになれるかもしれない。やりようによっては不可能ではない」

主任は本気でいっているんだろうか？ それともこれも勧誘《かんゆう》の手口なんだろうか？

「ここには大規模《だいきぼ》な工員養成工場があるんだ」主任がハンスから目をはなさずにいった。「ただ残念ながら時期が悪い。いまはちゃんと機能していない」主任は懐中《かいちゅう》時計を見た。「工場をざっと見て回ったかね？」

「いいえ」

「いいだろう！ あとでちょっと工場を案内しよう。どういう職場にはいったか知っておいたほうがいいからな。それに今後、用事を頼んでも、迷子にならずにすむだろう」

そして、今日はまず倉庫の掃《は》き掃除《そうじ》をするようにいわれた。「倉庫は床《ゆか》で食事をしても歯に異物がはさまらないくらいきれいでなければいけない」主任は笑《え》みをうかべたが、本気だった。


アリ・レフラーと猫背のエメスはその日もまた木箱の中身をだす作業をしていた。レフラーが箱をだして、ふたをあけ、空になった木箱をどける。エメスは荷をだす役だ。昨日とおなじ。何千回とくりかえしてきたこと。手慣れたものだ。レフラーはそばを通るたびに、ハンスを見ていた。一度、二輪手押し車を止めて、掃き方に口をだした。「前に向かってゴミを掃くんだ。自分に向けちゃだめだ。そうしないと、今日はシャワーにもっと時間がかかるぜ」そういうと、味方だとでもいうように親しげに笑った。

ハンスは掃き掃除をしながら、首をかしげた。レフラーってわからない人だな。もしかしたらそんなに悪いやつじゃないかもしれない。

貨車の荷降ろし作業員がそばを通っていった。シュレーダーとクルンプがちらっとハンスの方を見やった。額《ひたい》の絆創膏《ばんそうこう》を見て、あざけるように笑った。だがなにもいわなかった。疲《つか》れ切り、肩《かた》を落としている。何台もの貨車から山のような重い機械部品を降ろしたところだ。

ビュートウ主任が来た。ハンスはほうきをわきに置き、主任のあとにしたがった。

はじめに見せられたのは広場の粗鋳物置き場《あらいものおきば》だった。みんな、野ざらしでさびるにまかせてある。たいていが大きな重い部品で、ふたつのレール式クレーンでしか動かせないような代物だ。

クレーンのひとつから電磁石のプレートがさがっている。その磁石プレートが部品を固定もせずに運ぶのを見て、ハンスは目を丸くした。主任が笑った。「あいつは百人力だ。腕《うで》なんてもっていないがな」それからハンスに、どういう仕組みになっていて、どのくらいの重量まで運べ、金属ゴミを吸い上げる最高の掃除機にもなると説明した。「地面すれすれに動かすだけでいいんだ。用のないものは全部くっつく」

粗鋳物置き場の横は大型機械工場だ。巨大なホール、どっしりとしたフライス盤、ボール盤、旋盤《せんばん》。通路が清潔なのにはおどろいた。削《けず》り屑《くず》や工具、作業のじゃまになりそうなものはなにも転がっていない。一段高い階段の踊り場にガラス張りの主任事務室が作られている。そこからなら、いながらにして監督《かんとく》できる。なにか問題があれば、そこから出てきて対処するというわけだ。

小型モーター工場の下の階を抜けて、三本ある冷却塔《れいきゃくとう》のわきの電力センターを通り、鍛造《たんぞう》工場、木工工場、そして子どものときに通りから見てすごいと思っていた巨大な組立工場を見学した。どの工場にも標語がかけられていた。

「非常口——勝手にあけるな」

「レール式クレーン作業中の往来は厳禁」

「床《ゆか》に痰《たん》をはくな」

三つ目の標語を見て、ハンスは笑った。主任はいたってまじめにいった。

「あれは冗談《じょうだん》ではない。足をすべらせて、首の骨を折った者がいるんだ」

組立工場はガラスと鋼鉄と鉄筋コンクリートでできていた。はるか頭上の屋根のすぐ下で、作業員が木製のキャビンに入って、クレーンを操り、重い鉄材を運搬《うんぱん》している。鋳物《いもの》や鉄のカバーや羽根車やタービンの一部だ、とビュートウ主任はいった。組立工場はものすごいうるささで、声が聞こえない。主任は作業着の胸ポケットからだしたノギスで部品をひとつひとつさした。とくにふたつのクレーンが自《じ》慢《まん》そうだった。

「七十五トンまで運べるんだ。想像できるか、七十五トンだぞ」

ハンスには想像がつかなかった。重い部品をつったまま天井からぶらさがるクレーンを、小人のような作業員が動かしている。ハンスは、かつてこの工場で働き、いまは慈悲《じひ》と臨時の仕事で食いつなぐヘレのことを思った。兄にとって長い失業生活がどれだけつらいか、はじめて分かった気がした。

組立工場からでると、真新しい工場に向かった。入り口に「工員養成工場」というプレートがでていた。ハンスの心臓が高鳴り、歩調がゆっくりになった。

大きなホールに作業機械がずらっと並んでいる。万力のふたつかみっつにひとつの割合で、若い工員が部材にやすりをかけている。万力の横に、いろいろなやすりがきれいに並べてある。ビュートウ主任は入り口に立って、修行の第一段階はやすりかけだとハンスに説明した。

「やさしいと思うなよ。やすりかけは調子をとるのが大事だ。一、二、一、二ってな。左手を均等にやすりに当てる。そうしないときれいにいかない」

主任は意味ありげな説明の仕方をした。まるで将来を約束してくれているような感じだ。ハンスは、部材のやすりがけに熱心に取り組んでいる見習い工員たちを見た。おもしろいのだろうか？　ヘレは、工員養成工場で半年もやすりがけばかりさせられたと文句をいっていた。

「さあ、いくぞ。じゃまになるから」ビュートウ主任はハンスの肩《かた》に手をおいて、工場から連れ出した。あいているドアからテーブルやいす、作業台やさまざまな工具や部材をおさめた棚《たな》が見えた。ハンスは悲しくなった。主任はなんで工場を案内してくれるんだろう？　元気づけるため？　それなら逆効果だ。自分が木箱から荷をだしたり、倉庫の掃き掃除《そうじ》をしているあいだに、ほかの若者たちは着々と修行をしている。よけいいまの仕事に嫌気《いやけ》がさすじゃないか。

主任はハンスが考え込んでいることに気づいた。

「さあ、顔をあげて！　いつかいい時代がやってくる。世の中そういうもんだ。そのとき、AEG《アー・エー・ゲー》で働いていれば損はない。ここはある意味、大家族みたいなものだ。自前の健康保険や年金や労災保険がある。ここで働いていれば、なにも心配はない。一生安泰《あんたい》だ」

両親もそんなことをいっていた。AEGで働いていればいろいろと有利だ、と。だけど、ここで働いて、失業したヘレたちはどうなるんだ？　AEGといえども生命保険にはならない。

主任はハンスを地下のトンネルに案内した。ブルンネン通りの機械工場とアッカー通りの器具工場をつなぐトンネルで、ヴォルタ通りとフス派通りの下をくぐっている。主任は、ちょうどトンネルからできた運搬《うんぱん》用電車を自慢《じまん》そうに指さした。

「前の世紀に作られたんだ。すごいだろう。ほかじゃ、まだ石や石斧《いしおの》で仕事していたんだからな」

地下鉄道の話は聞いていた。ベルリン最初の地下鉄だという。ハンスにも、会社が自慢に思えてきた。もしかしたら、本当に運にめぐまれて、いつかここで見習い工になれるかもしれない。

ふいにビュートウ主任の顔に影がさした。鉤《かぎ》十字の旗が目に入ったのだ。ヴォルタ通りの安アパートの五階から下がっている。共産党の赤旗や鉄戦線（＊26）の三本矢の旗がずらっと並ぶなかに一枚だけナチ党の旗がまじっている。選挙に勝ったナチ党が静かに勝利宣言をしているようだ。

「あれが介入してこなければいいんだがな。二日前の選挙は世界の破滅《はめつ》だった」

ハンスはうなずいた。昨日の晩、自分の主任が下の階に住んでいるビュートウだとヘレにいうと、へレはびっくりして目を丸くした。

「ユッタはよくビュートウ夫人と話をしている。ビュートウはまともな一家だっていってる。だんなのほうは自由体操クラブのメンバーなだけじゃなく、国旗団にも入っているらしい。ただ『ヒトラーを選ぶ者は戦争を選ぶ者』という共産党のスローガンを誇張《こちょう》だといってるそうだ。本気で戦争を望んでいる者なんていない、この前の戦争でみんな懲《こ》りているでしょう、と夫人のほうはいっているらしい」

だがいま、主任は世界の破滅だといった。共通の敵を持つことで、絆《きずな》がうまれる。


ビュートウ主任が最後に見せてくれたのは、コイル工場だった。なんでそこを見せられるのか、ハンスにははじめわからなかった。コイル巻きは女の仕事だ。長いテーブルに一列にすわり、みんな、仕事に集中している。ハンスたちがそばを通っても、だれも顔をあげようとしない。主任はひとりの女性の前で立ち止まると、ハンスに紹介した。なんと主任の奥さんはここで働いていたのだ。

「あなたが例のすごい体操選手なの」大柄で、元気のいい黒髪の女性が作業をつづけながらいった。

「ノレからうわさはたっぷり聞いているわよ」

ハンスは、ユッタのいうとおりだと思った。主任の奥さんはたしかに感じのいい人だ。

「うちのクラブを見にくるって？」夫人はほほえみながらたずねた。弟のノレにそっくりだ。ただすこし年とって見える。

ハンスはなんと答えていいかわからなかった。自分に問いかけているわけではない。なにも答えないことにした。

「のぞきにくるだろう」主任がいった。「もしかしたらいっしょに演技をしてくれるかもしれない。もちろん客としてだが。それにハリーからいろいろ学べるはずだ」

主任がそういったので、ハンスはいい気分ではなかった。きっと奥さんがノレに話すだろう。ノレはきっと腹《はら》を立てる。困ったなと思いながら目を落としたとき、大きな栗色の瞳《ひとみ》と目があってしまった。フンボルトハインで会ったお下げ髪《がみ》の子だ！　彼女はビュートウ夫人のとなりにすわっていた。目があうとすぐにそらした。だがもう遅すぎた。前にすわっている人がふたりが目をあわせたのを見逃さなかった。「その坊やが好みなのかい？」と大声でいった。するとほかの女たちまで笑いだした。「いやあ、坊や、かわいいよ。活きがよさそうだし、まだうぶみたいだね」

女の子が顔を真っ赤にした。ハンスも、自分が赤くなったのを感じた。作業所にいる女たちがいっせいにふたりを見た。

「あら、あら、なんなのさ。坊やまで赤くなって！」でっぷりした女がハンスをじろじろ見た。「こんなに美人ぞろいの大軍は見たことないってさ。もうちょっと待とうよ。もうじき大きくなるから」

女の子はスツールの上で小さくなっていた。なんともばつが悪そうにしている。それに気づくと、女たちはますます調子にのった。

「いわせておきなよ、ミーツェ」奥の方でだれかがいった。「恋なんてだれでもするんだからさ。そこの坊やとならデートをしても大丈夫だ。かみつきそうには見えないからね。ところでなんて名だい、そこの新入りは」

「ハンスだ」愉快《ゆかい》そうに聞いていたビュートウ主任がいった。「この坊やの名前はハンスっていうんだ」

あらためて笑いが起こった。

「おひざをしっかり、ハンスちゃん、ダンスをするなら、しっかりおやり、ハンスちゃん」だれかが歌いだすと、別のだれかがつづけた。「そうだよ、ハンス、できるじゃないの。できなきゃ、だめよ。明かりをつけて」

女たちが歓声《かんせい》をあげて笑い、女の子はまたまた顔が赤くなった。ハンスは、女の子にほとんど目を向けられなかった。そのくらい面食らってしまったのだ。お下げ髪《がみ》の子にまた会いたいと思っていたが、まさかサーカスみたいな騒《さわ》ぎのなかで道化にされるとは。

ビュートウ主任が指をたてて、女たちを制止した。

「そのくらいでいいだろう。体操をする力を残しておかなければ」

「なんだって？」さっきのでっぷりした女が笑いすぎて息をつまらせながらいった。「体操もできるのかい？」

これでもう笑いの渦《うず》はせきを切ったようになった。何人かがげらげら笑い、笑いすぎて涙を流している者もいる。ハンスはできることなら地面にもぐりたかった。こんな目にはあったこともない。ミーツェと呼ばれた子をもう一度ちらっと見た。だがミーツェは懸命《けんめい》に仕事をつづけている。見えるのはお下げ髪だけだ。まるで、なんとも思っていないようなふりをしている。

女たちはどんどん調子づいた。

「ヘルマン！」ひとりがビュートウ主任にねだるような声でいった。「ねえ、お願いだから、その坊やを一時間ばかりここに貸してくれないかね。体操の模範《もはん》演技を見たいんだよ」

またもや笑いの渦《うず》が起こった。そしてまただれかがいった。

「そうだよ、その坊やをここに置いていきなよ。休み時間にみんなでたっぷり遊んであげるからさ」

またもや歓声があがり、ほかのだれかがつづけた。

「なにして遊ぶのさ、イルゼ？　海戦ゲームかい？」

大きな作業所は大騒《おおさわ》ぎになった。それまでは冗談《じょうだん》をいいながらも仕事はつづけていたが、とうとう手をとめて笑いだした。

ハンスはもううんざりだった。主任がハンスにいった。

「気にするな。気のいい連中なんだから。口だけはうるさいがな。男もかたなしだ」

それでもハンスは外にでることにした。すっかり面食らっていた。出口でもう一度ふりかえったが、ミーツェは顔をあげず、仕事に没頭《ぼっとう》している。だがミーツェはハンスがふりかえっていることに気づいている。ハンスはそう確信していた。それに彼女がどこで働いているかわかった。悪くない。

ハンスはついていた。その日も一日、棚《たな》の整理をいいつかった。シュレーダーたちとのいらぬいざこざを避けるため、ビュートウ主任が気をつかってくれたのか、それともちょうどそれを片づけなければならなかったのか、そのあたりは定かではなかった。だがそんなことはどうでもよかった。ハンスは考え事があった。山のように。

まさかこんなに早く、あの子に会えるとは思わなかった。よりによってビュートウ夫人のとなりにすわっているなんて。偶然《ぐうぜん》とは思えない。あの子はミーツェと呼ばれていた。ミーツェには子猫っていう意味もあるけど、似てはいない。でもかわいい子だ。間近で見た彼女は、記憶の中の彼女よりもかわいい。通りを歩いていたら、若い男たちがほっとかないだろうな。三列になって行列ができるんじゃないか。あの子なら、地下室でも光り輝《かがや》いているはずだ。

だけどあの女の人たちの冗談《じょうだん》はきつかった！　ハンスも奥手ではない。ヴェディンク地区育ち。しかも安アパートの四番館だ。人がたくさん集まれば、なにがはじまるかくらい知っている。小さいころから、人がたくさん集まるたびに、ひどい冗談を聞かされてきた。だけど、女たちが群がって、ああいう調子で少年をからかうのは経験がない。こけにされるのは、いい気分じゃない。まるで裸《はだか》で路面電車に乗せられたような気分だ。

棚の奥にはいり、一番奥や一番下にある部品を取ろうとしゃがんでいるとき、AEG《アー・エー・ゲー》は家族みたいなもんだとビュートウ主任がいったことを思い出した。ヘレはその言葉をいつもばかにしていた。「家族だって？　いいけどね。ひとにぎりの金持ちの家族とちょっと裕福《ゆうふく》な家族と、その他大勢の貧しい家族。貧乏人は体操をし、裕福な連中はシュプレー川でボートこぎ、金持ちはグルーネヴァルトで乗馬だ」

ベルリン郊外のヴールハイデには、本当にAEGのボートハウスがある。だがそこで休日を過ごせるのは事務職員だけだ。工員は立入禁止だとヘレはいっていた。どんなにこぐのがうまくてもだめ。それならグルーネヴァルトでの乗馬は？　グラビア雑誌で見たことがある。そこでは、早朝から明るい陽射《ひざ》しのなか、馬を駆《か》る紳士淑女《しんししゅくじょ》が見られるという。

かたやグルーネヴァルトで乗馬、かたや窓から飛び降りたハーバーシュロートのおかみ。かたや豪華《ごうか》に部屋をかざった大邸宅《だいていたく》、かたや宿なし、あるいは十人ちかくが三十平米のぼろアパートでくらしている。そのちがいが、ビュートウ主任にはわからないのだろうか？

社会民主党員らしい、とエデならいうだろう。魚も肉もなし、投げ与えられたボンボンで大喜び。ボンボンを袋《ふくろ》ごと自分のものにしようなどと思いもつかない。

マルタならちがう。自分とギュンターのためになにがなんでも袋ごと手に入れようとするだろう。もしギュンターがナチ党から抜けなかったら、マルタは家をでるしかない。まず確実だ。父親は、ナチの恋人とひとつ屋根の下で暮らす気はないはずだ。そうしたら自分はどうなる？　もしマルタがでていったら、屋根裏部屋の家賃はだれが払うんだ？　稼《かせ》ぎの大半は母親に渡すことになっている。それに、姉さんと二度と会えなくなるか、姉さんと両親がいさかいを起こすかするんじゃないだろうか？　なにがなんでもヘレと話さなくちゃ。兄さんなら、なんとかできるかもしれない。ヘレとギュンターは顔なじみだ。家族のなかでギュンターに話ができるとすれば、ヘレしかいない。

仕事が終わったら兄さんのところにいこう。そんなことを考えているうちに、いつのまにか仕事の速度があがった。そうやって時間がたてば、それだけ早くヘレのところにいける。そのときシャワールームのことが脳裏《のうり》をかすめた。シュレーダーたちの顔が頭にちらつき、仕事がのろくなった。主任はシュレーダーたちと話をつけてくれただろうか？　ふたりは逆に腹《はら》を立てるかもしれない。そうなったら、今日は自分の身を守るしかない。

昼休みのサイレンが鳴って、ハンスは我《われ》に返った。午前中はあっという間にすぎた。ほんのすこし明るい気分で、ハンスはカバンから魔法瓶《まほうびん》とサンドイッチを取り出し、レフラーとエメスのいる木箱にこしかけた。いつも休み時間に使っている場所だ。まだ考え事をしたかったが、ひとり離れているわけにはいかない。したしげにうなずきかけてくれるエメスに悪い。

アリ・レフラーはハンスをちらっと見たが、なにもいわなかった。なんとなく気まずくなったころ、レフラーが口をひらいた。「あのさ、おまえ、主任の親戚《しんせき》かなんかかい？」

はじめなんのことかわからなかったが、ハンスにもすぐに合点がいった。主任がハンスの面倒《めんどう》を見ているところは目立つにきまっている。倉庫にたったひとつ空いたポストにハンスをいれたのだ。今日だって、ハンスを連れて工場の巡回《じゅんかい》をしている。

「親戚じゃありません」ハンスはゆっくりといった。エメスが、それを聞いてうなずいた。よろこんでいるようだ。「ただ、ぼくも体操の選手なんです」べつに隠《かく》しだてすることでもないだろう。

「ああ、そうか。おまえも体操選手なんだ!」アリ・レフラーはそれで納得したのか、笑《え》みをうかべた。だがそう思ったのもつかのま、いきなり皮肉をあびせかけられたのだった。「それなら、ビュートウのけつの穴に潜《もぐ》り込んでおべっか使うのもお手の物ってわけだ。けつの中はさぞかし快適だろうな」

「ぼくはそんなおべっか使いじゃありません」ハンスは立ち上がった。

レフラーがやけに無邪気《むじゃき》な顔をした。

「なに熱くなってるんだ。だれにだって弱みはあるもんじゃねえか」

ハンスはちらっとエメスを見た。悲しそうな顔をしている。魔法瓶とパンをもつと、ふたりからすこし離れた。おべっか使いだってうわさされるかと思うとくやしかった。

そのとき、筋の通った鼻に分厚い角縁《かくぶち》メガネをかけた、若くてやせた荷降ろし作業員がやってきて、ハンスのそばにすわると、パンをかじりながら笑いかけてきた。ハンスは目をそむけた。なんの用だろう? ろくなことじゃないはずだ。倉庫の連中とは、いざこざばかりつづいている。

「ぼくはヴィリーっていうんだ」若者はそういうと、したしげに会釈《えしゃく》した。「昨日のことは聞いたよ。残念ながら、シャワールームを出たあとでね。そうじゃなかったら、味方についたんだけど」

「共産党かい?」

「いや、社会主義労働者党だよ。聞いたことあるだろう?」

聞いたことはある。党員はほんのわずかだ。共産党では過激《かげき》すぎ、社会民主党ではまだるっこいと感じている少数派だとヘレはいっていた。そういう少数派はいくつもあって、得票率も一パーセントにみたず、なんの意味ももっていないという。

「どういう風に聞いている? よくはいわれてないだろうな、ちがうかい?」

ハンスはその若者をしげしげと見た。あまり倉庫作業員らしくない。どっちかというと大学生かエンジニアのようだ。すこし迷ってから、そのヴィリーと名乗る若者に社会主義労働者党について聞いていることを話した。「労働者の二大政党のあいだにたくさんの孤立《こりつ》した集団がいて、それがまた運動を分《ぶん》裂《れつ》させるもとになっているっていうじゃない。父さんがいってる。それが左翼《さよく》の問題点だって。頭の数だけちがう意見があり、意見の数だけ、政党がある。物事を深く考える人間は偽善者《ぎぜんしゃ》にはなれないって」

「きみの父さんは頭がいいね。だけど、正直いって、どんどん新しい政党を作っていくしか方法がないんだ。いまにみんな、自分だけの政党を作ることになるんじゃないかな」角縁メガネの若者は、自分の考えが面白かったのか、にやっとハンスに笑いかけた。

ハンスはまじめに答えた。

「それじゃ、社会民主党と共産党が統一戦線を組んだらどうするんだい? 仲間に加わるかい?」

本当はそんなことに興味はなかった。社会主義労働者党なんてものの数じゃない。加わろうが加わるまいが、大した意味はない。ただそうたずねるほうが、ぼけっとすわっているよりましだと思ったのだ。

ヴィリーは魔法瓶《まほうびん》の飲み物をぐびっと飲んでからいった。

「それはただの理論でしかない。まあ、実現はしないね」

ハンスは興味をいだいた。

「どうして？」

「社会民主党はいまの国家を維持《いじ》したがっているけど、共産党は転覆《てんぷく》させたがっているだろ。そんな両者が、どうやっていっしょにスープがつくれるのさ」ヴィリーはあざ笑った。「まあ、そういうもんさ。政治的対立ってやつは、ウサギをオオカミに変えてしまう。しかもそのオオカミは徒党《ととう》を組まない」

ハンスは残りのパンを口におしこんで、紅茶を飲みほすと、魔法瓶をしめてわきにおいた。ヴィリーは妙なやつだ。若いのに、父さんのように分けへだてない物言いをする。「だけどどの政党も単独じゃナチ党にかなわない。ナチ党をなんとかしなくちゃ、ちがうかい？」

「そうこなくちゃ！」ヴィリーはハンスとの会話が楽しくなってきたようだ。「まさにそこが問題だ。ヒトラーの本当のねらいをナチ党員に啓蒙《けいもう》すればいいっていうのが、大方の意見だ。そうすれば、みんな、だまされているんだから、すぐにナチ党を見限るって。でもやつらは、ヒトラーがいってることを本当に望んでいるんだ。胸《むね》のうちで密かに思っていたことを、ようやく大声でいえる時代がきたって思ってるんだ。わかるかい？　ヒトラーはやつらの本心を代弁しているんだ。ヒトラーがあおっている人種的反感にせよ、民族の誇《ほこ》りをとりもどそうとするドイツ民族至上主義にせよ。ヒトラーはやつらの代表。やつらはヒトラーの手足なんだ」

なんて話をしているんだ。ヴィリーはなんの希望ももっていないってことじゃないか。機嫌《きげん》よさそうに話しているけど、そのじつ絶望的だ。

「あのクルンプを見てごらんよ！　あの真四角な頭。あいつ、自分の頭がぶかっこうなのをずっと悩《なや》んでいたんだ。ところが、あいつの頭は本当は美しいんだ、正真正銘《しょうめい》のドイツ民族の頭だっていってくれるやつが現れた。うれしくないはずがないさ！　しかもその頭の中でもやもやしていた思いが、ぜんぜんおかしくないっていわれたんだからね。あいつの頭の中にあった健全なる民族感情を、前はときどきはずかしいと思ってたはずなんだ。だけどそれが急に求められるようになった。ちょっと乱暴を働いたからって、良心の呵責《かしゃく》を感じるはずがないじゃないか」

サイレンが鳴った。昼休みは終わりだ。ヴィリーは立ち上がると、おどろいたようにいった。

「なんてこった。本気で話し込んでしまった。なんでこんな話になったんだろう？」

なんでこんな話になったのか、それはどうでもよかった。それより、ヴィリーが口にした内容は、初耳だった。ヘレからも両親からもエデからも聞いたことがない。ヴィリーの言葉は一言一言ぐさりとくるものだった。耳がいたいけど、一理あるような気がする。

「よかったら、またおしゃべりをしないかい。きみはなかなかおもしろい聞き手だ」ヴィリーは二、三歩いったところで、なにか思いついたのか、ハンスの方をふりかえった。「じゃ、シャワールームで。あんまり遅く来るなよ」

ヴィリーは、ハンスにとって天からの贈《おく》り物のようだ。まさかこんな仕事仲間ができるとは。これで午後中、ずっと考え事をしそうだ。それにもうひとりぼっちじゃない。

ヴィリーのロッカーはハンスのロッカーとはまったく反対の一番奥にあった。角縁《かくぶち》メガネの若者はすぐに見つかった。「落ちつけ！」ヴィリーの目がいっていた。「大丈夫だから」

それを見て、勇気がでた。ハンスはシュレーダーとクルンプのそばを通り抜けた。それも肩《かた》がふれあうくらいすぐ近くを通った。ふたりはロッカーをしめて、並んでシャワーをあびている。ハンスをじろっと見た。ハンスは自分のロッカーまでいくと、扉《とびら》をあけ、ふたりの方を向いて、そしらぬ顔をした。ふたりはまたなにか企んでいるようだ。うれしそうにほくそえんでいる。ただ仕事が終わってうれしいだけかもしれない。それにしても、昨日の選挙結果をそぶりにも出さないのは変だ。もしかしたら、気持ちはもう突撃隊《とつげきたい》のたまり場にいっているのかもしれない。希望に胸《むね》ふくらませ、直立不動で宣言する。得票数千四百万、第一党だ、と。明日にも政権がとれるかもしれない。そうすれば、目にもの見せてやる。

ヴィリーがロッカーにメガネをしまい、タオルをもって、あいている蛇口《じゃぐち》に歩いていった。タオルをその横のもうひとつあいている蛇口にかける。そこをとったぞと、みんなにわかるように、おおげさな仕草でタオルをすこし引っ張って見せた。シュレーダーとクルンプもそれに気づいた。ふたりは目を交わし、クルンプがいって、ヴィリーのタオルをとると、自分の靴《くつ》をふきはじめた。

ヴィリーはしばらくなに食わぬ顔で見ていたが、ため息をひとつつくと、シュレーダーのロッカーにいき、扉をつかんで前に傾けた。服やタオルなど中身が全部床《ゆか》にころがった。そしてロッカーを立て直すと、あぜんとしているクルンプの前を通って、いきなりタオルを奪《うば》い取り、またあいている蛇口の横にかけた。

シャワールームに緊張《きんちょう》が走った。シュレーダーはどうでる？　ハンスは気にしないことにした。上着とシャツをロッカーに投げ入れると、タオルをつかみ、石鹸《せっけん》の缶をもって、ヴィリーのとなりのあいている蛇口へ歩いていった。ハンスがその蛇口をとれば、シュレーダーとクルンプが攻撃をしかけてくるだろう。

ヴィリーはタオルをとると、ハンスににやっと笑いかけ、昼休みの話のつづきをはじめた。それも、シャワールーム中に聞こえるほどの大声で。「さっきの話だけどさ」シュレーダーがロッカーをゆっくり片づけるのを横目で見ながらいった。「ナチにとびつくごくつぶしどもがいるのは、この国だけじゃないんだ。ああいう抜け作はどこにでもいるものさ。でも頭の中になにがくすぶっているかは見た目じゃわからない。そこへどこからともなく指導者が現れて、寝《ね》た子を起こす。神よ、甘い話に耳をかす者より、分別を大事にする者にどうかお慈悲《じひ》を」

シャワールームがさらに静かになった。水の流れる音しか聞こえない。みんな、体を洗うのを忘れ、ハンスたちとシュレーダーたちを交互《こうご》に見ている。ヴィリーがシュレーダーとクルンプを挑発《ちょうはつ》しているのはあきらかだ。この調子でつづければ、目的は果たせるだろう。

まさかヴィリーがこういうつもりだったとは。ハンスは、彼が味方に付いてくれるだけだと思っていたのだ。なのに自分からシュレーダーたちにからんでいる。ハンスは気に入らなかった。そっとしておいてほしかっただけなのに。だがこうなっては、ヴィリーの側に立つしかない。ヴィリーの話を聞いて、笑うしかなかった。ヴィリーはハンスの方を向いていたので、自分だけ姿を消すわけにもいかなかった。

「あの党の傑作《けっさく》なところはさ」ヴィリーは顔を石鹸で洗いながらつづけた。「あのいんちきな党名だよ。国家ってつくんだぜ。ナチの連中はちょっと曲解しすぎだ。だけど社会主義と労働者党はどうだい？あいつらに社会主義のことなんてわかるわけないじゃないか、牛に笛がふけないのとおなじさ。それにナチ党にはいってる労働者の裏切り者にだって、水をスープとごまかす芸当はできないさ。そもそもあの労働者党の労働者諸君は、小市民や官吏やサラリーマンだったりするしね。さらに農民や大学生がうじゃうじゃはいっている。前の戦争で負けるまでは、なにが正しくて、なにがまちがっているかいってくれる皇帝がいて、自分が国家を背負っている気になっていた。でもいまいるのはプロレタリアートと資本主義者ばかり。あいだには、腐《くさ》ったにおいのする穴があいている。そしてまさにその隙間《すきま》にはいりこんで仲間を作り、太鼓《たいこ》をどんどんたたいてる。頭の弱い労働者が何人か、太鼓につられてうかれてるんだ」

ハンスはちらっとシュレーダーたちを見た。いつか堪忍袋《かんにんぶくろ》の緒《お》が切れるだろう。じっさいクルンプがとびかかってきそうだ。シュレーダーはそれをおさえていた。まだ早いというのだ。

ヴィリーは顔の石鹸を流した。

「小市民たちにはそこのところがちっともわかっていないんだよな。本気で政治に取り組んだことがないからさ。それはまだ理解できるんだけど、労働者はどうする？　ナチ党が資本主義に反対だなんてうそっぱち、きみは信じるかい？　お笑い草だよ。本当にそう思っているなら、ヒトラーが工場経営者たちから選挙遊説の資金をもらうはずがないじゃないか。工場経営者たちはばかじゃない。自分たちが損することなんてするわけがない」

そこまでだった。シュレーダーはシャワーをとめると、ヴィリーの背後に立った。ヴィリーは気づいていたが、気にせずタオルをとって体をふきはじめた。ヴィリーはそのあいだもしゃべりつづけた。

「ところでさ。ゲッベルスだけど、本当はゲベレスっていうんだ、名前からしてユダヤ人……」

ヴィリーは最後までいえなかった。シュレーダーがヴィリーを後ろからはがいじめにし、両手で頭をつかんで、シャワーをあびせた。クルンプはハンスにとびかかり、おなじようにしようとした。すごい力で押さえつけられ、クルンプに頭を抱え込まれたハンスは、いまにも首の骨を折られそうだった。ハンスはこわくて必死になった。クルンプは強い。鉄のような筋肉。堅《かた》い腕《うで》が万力のようにしめつける。クルンプはハンスの頭を下の方にねじまげた。すこしずつ。

なんとかしなくちゃ。このままじゃやられてしまう。苦肉の策でハンスは力を抜き、思いっきり頭をさげた。クルンプの腰《こし》がういた。ハンスは足をあげ、クルンプの腰を思いっきりけとばした。クルンプは悲鳴をあげ、もんどりうって倒れた。ハンスは荒《あら》い息をしながら、クルンプから離れた。すぐに身がまえたが、クルンプはもう動けなかった。痛そうに涙を流し、腰に手をやっている。痛くて体がいうことを聞かないようだ。

ざわめきがあちこちで起こった。遠巻きにしている連中はハンスの行動をどう思っているのだろう。よくわからない。だがこの際、どうでもいい。クルンプだって十分手荒かった。ハンスはヴィリーの方をうかがって、ぎょっとした。ヴィリーもはがいじめからは逃れたが、今度は暖房用のパイプに押しつけられて、めったうちされていたのだ。ヴィリーは顔をかばうのがやっとでなぐりかえすどころではなかった。

メガネがなくて見えないんだろうか？　なんでやりかえさないんだ？　クルンプが戦えないのを確かめると、ハンスはシュレーダーにとびかかり、ヴィリーからひきはがすと、金属のロッカーにたたきつけた。

「やめろ！」ハンスは叫《さけ》んだ。「ぼくらのことはほっといてくれ！　なにをかんがえて、なにをしゃべろうが、勝手だろう」

シュレーダーは額《ひたい》の金髪《きんぱつ》をはらって、ハンスを憎《にく》らしそうににらみつけた。「これでおまえらにも、死刑の宣告がおりたな。今日から、おまえらもブラックリスト入りだ」

ハンスは、おどし文句を覚悟《かくご》していた。だが死刑とまでいわれるとは思っていなかった。「ほっといてくれ！」ハンスはふたたび叫んだ。絶望的な気持ちだった。「自分の頭の上のハエでも追ってればいいだろう」

「ああ、そうさせてもらうぜ」シュレーダーはさっきまで自分が使っていたシャワーの蛇口にもどった。

だがハンスとヴィリーから目を離さなかった。「おまえらが、そのハエだからな。いずれ片づけてやる。楽しみに待ってろ。おまえらの痕跡《こんせき》がひとつ残らずなくなるくらいきれいに片づけてやるよ」

シュレーダーは本気だ。ハンスはそう感じた。シャワールームにいる工員たちにもそう伝わった。なんてこったと、首をふる者が数人いたが、残りはみんな、だまってまた体を洗いはじめた。おどし文句はみんなに聞こえたはずだ。顔になにか書いてあるだろうか？　憤り《いきどお》？　怒り？　いや、不安すらない。遠巻きにして見ているだけで、味方しようとはしなかった。ハンスは怒りを覚えた。ヘレがいっていた。倉庫の連中には政治的な意識があまりない、と。どうやらそうらしい。だけど、ここにいる連中は、クルンプとシュレーダーがヴィリーとハンスを殺そうとしたことを目撃したはずだ。それをやめさせるのに、政治的な意識が必要なのだろうか？

ヴィリーは顔についた血を洗い流して、またにやっと笑った。

「あいつら、意見のちがう者をリストにしているんだ。そこに載《の》るってことは名誉《めいよ》なことだぞ。載らなかったら、はずかしいくらいだ」

すこし元気を取りもどしたクルンプが、ヴィリーにかかっていこうとした。シュレーダーがそれをおさえた。

「よせ。あとでゆっくりやってやる。あいつら、どこにも逃げられないんだからな」

ヴィリーが笑った。

「逃げるもんか」

そしてタオルをとって、もう一度体をふき、口笛をふきながら自分のロッカーに歩いていった。口笛でふいたのは、もちろんシュレーダーたちを挑発する歌だった。

「左、左、左、そしてまた左！　太鼓の音についていけ。左、左、左、そしてまた左！　赤いヴェディンクの行進だ」

『赤いヴェディンク』はもっとも有名な共産党の歌だった。シュレーダーたちをこれ以上怒らせてどうするつもりだ。ろくに抵抗《ていこう》もできないくせに。ハンスは物知りで、ひと味ちがうしゃべり方をするこの若者がわからなくなった。そっとクルンプの方をうかがって、すぐに目を離した。クルンプはけとばされたことを絶対に忘れないだろう。これからは用心しないといけない。いつもどこでも。とくに出勤の途中や帰り。だがいつまでも逃げられるものじゃない。いつかクルンプに捕《つか》まるだろう。ハンスは一瞬《しゅん》、クルンプのところにいって手をさしだし、「ごめんなさい。そんなつもりじゃなかったんです。こわかったんで、ついやってしまいました」と謝ろうかと思った。だがそんな考えはすぐに捨てた。クルンプが手をにぎるはずがない。憎《にく》しみのこもった目でにらんでくるだけだ。それに、こっちが謝ることはない。あれは正当防衛だ。必要なら、またするだろう。

ハンスはだれかに見られているような気がして、顔をあげた。頭から爪先《つまさき》まで石鹸《せっけん》だらけのアリ・レフラーが向かいのシャワーを浴びながら、複雑な表情でハンスを見ていた。敬意と好奇心と驚愕《きょうがく》、そんなものがないまぜになっている。ハンスがそこまでやるとは思っていなかったのだろう。

ハンス自身、自分があんなけりをいれられるとは思っていなかった。アッカー通りで若者がなぐり合いのけんかをするのを見たことがあるが、自分がけんかに加わったことはない。二度とごめんだ。しかし、いざというときは、できることがわかった。ハンスは半ば安心し、半ばとまどっていた。

ケスリン通り十番地

ハンスはヘレの家に急いだ。魔法瓶《まほうびん》をいれた革《かわ》のカバンをかかえ、ヴィーゼン通りに沿って都市高速鉄道の高架《こうか》をくぐる。パンク通りで近づいてくる車の前を横切る。その先を曲がると、もうケスリン通りだ。ケスリン通りにはいって、ようやくハンスの足取りがゆっくりになった。

ケスリン通りは小さな目立たない通りだ。二十三棟《とう》の安アパートが並んでいる。もちろん、どのアパートにも奥に棟がいくつかつづいている。通りの右手のアパートの裏をパンケ川が流れている。北からゆったり流れてくる小さな汚《よご》れた川だ。左手のアパートはライニケンドルフ通りの安アパートと背中合わせに建っている。パンケ川沿いに立ち並ぶ安アパートは素朴《そぼく》で牧歌的な風景をつくりだしている。まるで中世さながらだ。しかし牧歌的というのは見た目だけ。ケスリン通りのアパートはどこよりも狭《せま》くみすぼらしい。配線費用が高いので、たいていの家に電灯《でんとう》がない。夕方になると、通りは真っ暗になり、街路のガス灯がうっすらと光を投げかけているだけだ。その街灯や一階の住居から漏《も》れる青白いガスの明かりをたよりに歩くので、みんな、家並みの窓際《まどぎわ》すれすれを歩く。とはいっても、多くの家は真っ暗なままだ。そこに住む人たちは、四分の一リットルの灯油を買う金もガスメーターにいれる小銭《こぜに》ももっていないのだ。

ユッタは、にっちもさっちもいかなくなると、ガスメーターの封をこわし、中の小銭をだして、またガスメーターに投げ入れる。もちろん罰金《ばっきん》を払わされるが、ユッタは性懲《しょうこ》りもなくくりかえす。「しようがないでしょう。夫もわたしも失業中なんだから」ユッタはガスの担当者にいった、担当者はだまってうなずいたらしい。よくあることなのだ。

派手なポスターをはった小さな映画館、薄暗《うすぐら》い酒場、みすぼらしい八百屋。ハンスは静かにその前を通り過ぎ、頭上の窓にずらっとかけられているたくさんの赤旗を見上げた。赤旗のあいだに白くて丸い銃痕《じゅうこん》がいまでも残っている。それを見ると、三年前の五月一日を思い出す。あの日のことは絶対に忘れないだろう。ハンスはユッタと窓の陰《かげ》に立っていた。外では夕闇《ゆうやみ》のなか、銃声《じゅうせい》が聞こえた。あんなにこわかったことは後にも先にもない。

五月一日、警察長官がすべてのデモ行為《こうい》を禁じた。そしてデモをやめさせるために、警官に発砲《はっぽう》させたのだ。ユッタと窓の陰《かげ》から下をのぞいたときのことをよく覚えている。トラックや広告塔《こうこくとう》を倒《たお》し、ゴミ箱、ガス灯の柱、丸太、板、はがした石畳《いしだたみ》の石など手当たり次第に積み上げてバリケードができていた。日が落ちて、しだいに暗くなってきた。ガス灯のランプをいくつか割り、残りのガス灯もガス栓《せん》をしめてしまったので、通りはやがて真っ暗になった。物の輪郭《りんかく》がやっとわかる程度だ。そのときネッテルベック広場の方角から最初の銃声が聞こえた。それを合図に、ケスリン通りにまぶしいサーチライトが当てられた。サーチライトの光は家々の壁《かべ》をはい、一瞬《しゅん》、ハンスの顔を照らした。ハンスは目をとじた。ふたたび目をあけたとき、光はパンク通りのバリケードに当てられていた。そのすぐあと、ケスリン通りにも最初の銃声がこだました。警官たちは見さかいなしに発砲した。ハンスはユッタを抱きしめた。ユッタもかるくハンスを抱きしめた。

警官隊は通りの両端から攻撃し、窓や扉《とびら》に弾《たま》をうちこんだ。花瓶《かびん》を投げたらしい主婦がふたり、バルコニーで弾に当たった。窓際《まどぎわ》に立っていたクレンプナーじいさんも額《ひたい》をうちぬかれた。前の戦争で負傷した男がひとりドアを打ち抜いた弾にあたり、銃撃が終わったと思いこんで家に逃げ込もうとした若者が自分の家の前で……。

それからの数か月、警官の発砲事件は国中で議論になった。なんでそんなことになったのか。ほとんどの人が、発砲命令をだした警察長官ひとりを責めた。警官たちは命令にしたがっただけで、共産党員におびえるあまり無差別に発砲したのだ。だが犠牲者《ぎせいしゃ》のなかにはたくさんの社会民主党員もまじっていた。もっと悲惨《ひさん》なことに、当時の警察長官ツェルギーブル自身が社会民主党員だったのだ。これがナチ党員ならまだわかる。まさか社会民主党員がそんなことをするとは(＊27)。

「食い物なけりゃ、頭の中をふくらますだけ。ツェルギーブル、ギーブルさんは大騒《おおさわ》ぎ。とんだ目にあうプロレタリアート」当時、共産党員の子どもたちはそう歌った。「裏切り者、それは社会民主党！」

そんな古いスローガンまでよみがえった。

十番地。扉《とびら》のすぐ横で女の子が三人、ボール遊びをしている。ボールがまわってきた子は手や頭や胸《むね》をつかってボールをバウンドさせ、そのたびにくるっと体をまわす。大きな声でできた回数を数えている。「二十七、二十八、二十九、だめ」次の子はもっと上手だ。ほかの子から羨望《せんぼう》の眼差《まなざ》しで見られ、得意になっている。いくつかの窓から女が顔をだしている。年輩《ねんぱい》の女もいれば、若い女もいる。やさしい顔もあれば、不機嫌《ふきげん》そうな顔もある。たいていは夕涼みしているだけだが、なかには子どもの遊びに見入ったり、窓ごしにおしゃべりをする姿もある。ケスリン通りに面したアパートは、いわゆる上品な家ではない。表側の家にも、裏手に住むような人たちが住み着いている。

ハンスは建物にはいり、急な階段をのぼった。廊下はすりへっている。中庭に面した窓からかろうじて光がはいってくるだけだ。階段には、肉なしシチューのにおいと、体臭《たいしゅう》と、腐臭《ふしゅう》が充満《じゅうまん》している。さらに洗濯《せんたく》の湯煙《ゆけむり》やおむつのにおいまであたりにただよっている。それでもヘレとユッタは、住む家が見つかって喜んでいる。ついに表側の家、四方の壁《かべ》にすこしは光がはいる家に住めたのだ。

ハンスはゆっくり階段をあがった。はじめて訪ねてきたときみたいに、扉《とびら》の表札を確かめる。ビュートウ主任もここに住んでいると知ってからは、このアパートにいっそう愛着がわいた。知り合いが二家族も住んでいるアパート。自分が住んでいるような気がしてくる。

D・ビュートウ。これだ。主任はもう帰宅しているだろうか。奥さんはどうだろう？

ビュートウ夫人のことを考えたとき、長いお下げ髪《がみ》のミーツェが目の前に浮かんだ。あんなひどい再会の仕方があるものか。今度会ったら、きっと笑われる。

H・ゲープハルト。ハンスにとっては特別な表札だ。自分の表札もH・ゲープハルトになるからだ。

ムルケルの場合もそうだ。三人ともH・ゲープハルト。ハンスが戸をたたくと、ユッタがでた。

「いらっしゃい！　ヘレはハトのところにいるわよ。すぐおりてくると思うけど」

ハンスはまよった。まずヘレと話がしたい。マルタのことは家族の問題だ。マルタとユッタは気心が知れるほど仲良くなってはいない。

「元気？」ハンスはそうたずねて、ユッタのおなかを見た。ユッタがにっこり笑ってうなずくと、ハンスはいった。「じゃあ、ちょっとヘレのところにいってみる」

むろんユッタに異存はない。ハンスはさらに階段をのぼり、屋根裏部屋にあがって、洗濯部屋を抜けた。やかんや洗濯《せんたく》に使う大桶がならんでいる。干してあるシーツのあいだをくぐり、はしごをつたって天窓から屋上にでた。ヘレはそこにハト小屋を作っていた。ハトが鳴きながら飛びはねていた。白い糞《ふん》があちこちにこびりついている。ヘレはほとんど毎日、ハト小屋の掃除《そうじ》をしている。さもなければ、かたまった糞をこそがなければならなくなるからだ。すでに掃除をおえたヘレは、アスファルトの屋根にすわり、木材と金網《かなあみ》で作ったハト小屋によりかかりながら、腕の中のハトをなでていた。ハンスは横にすわって、ハトを見た。ハトは目をとじて、じっとしている。

「どうかしたの、そのハト」

「わからないんだ」ヘレがハンスのあいさつに軽くうなずきかえした。「なにも食べなくて、飛ぼうとしないんだ。一番元気なやつだったのに」

ヘレはハトを飼うのが得意だ。何度も賞をとっている。ハトが病気になっても獣医《じゅうい》に診《み》せられないのがつらいところだ。家賃が払えるかどうかもあやしいくらいだし、妊娠中《にんしんちゅう》なのに掃除婦をしているユッタに、獣医に診せる金がいるとはとてもいえない。

「死ぬの？」

ヘレは肩《かた》をすくめ、それからほほえんだ。

「どうした。今日はたんこぶはなしかい？」

「今日は別のやつがたんこぶをつくったよ」そういって、ハンスはシュレーダーたちを負かしことを話した。英雄を気取るでもなく、謙遜《けんそん》するでもなく、たんたんと話した。クルンプをひっくりかえした場面では、ふたりで笑った。そんなことをするつもりじゃなかったと、ヘレにことさら強調する必要はなかった。だが「死刑の宣告」を受けたことをいうと、ヘレは心配そうな顔をした。

「甘く見ないほうがいいぞ。あいつらは、もう何人もあの世に送っているからな。これからは気をつけたほうがいい」

心配してもらえる、うれしくなる。だが昨日、台所で話していたことが気になってたずねた。

「父さんがいっていたことだけど。兄さんも党の方針がまちがっていると思うんなら、なんでいつまでも党員でいるんだい？　一度信じたものを、父さんみたいには捨てられないの？」

ヘレがおどろいた顔をしたので、ハンスはすこし言葉を濁《にご》した。

「父さんが昨日いったことは正しいと思うんだ。ちがうかい？」

ヘレはハトをなでてつづけた。

「おやじはひねくれ者だ。人間は善人だってずっと信じていたんだ。でも、それは誤解だっていまは思っている。うちの党は善玉じゃないんだ。党には、いつも善人ではいられないごく普通の人間もいる。共産党は自分の目的を達成するための政治結社だからね。目的のためには手段を選ばないこともある」

これはまだ答えの半分でしかない。ヘレにもそれはわかっていた。一拍《ぱく》おいてこうつづけた。「脱退《だったい》しても意味がない。融通《ゆうづう》のきかない連中が野放しになるだけだ。そうしたら連中の天下になってしまう。一匹オオカミじゃだめなんだ。なにかしようとしたら、同志が必要だ」

自分に対する非難だろうか？　ヘレもエデみたいに、ハンスのことを思っていて、ただいやな思いをさせたくないばかりに、口にしないだけなんだろうか？　そんなことはない！　ヘレは自分のことをいっているんだ。党の原理原則にしばられているのは、ヘレにもつらいことなんだ。

「おれたちの時代には不公平なことが山のようにある。そのために一番努力している党が、いまのところ共産党なんだ。おやじの夢とはだいぶずれてしまったけどね」

ヘレはなにかというと、不公平のことを話題にする。昔からそうだ。一度、新聞を読んでいたヘレがかんかんに怒って、その記事を読んでくれたことがある。小麦を燃やし、コーヒー豆を海に流し、牛乳を捨てているという記事だった。「これが資本主義なんだ。世界中で飢《う》えている人がいる。だけど食糧《しょくりょう》が足りないからじゃない。多すぎるからなんだ。小麦ができすぎれば、安くなる。安くなりすぎれば、作った連中の儲《もう》けが減る。だから燃やしてしまえっていうんだ。そうやって小麦を減らせば、値段もつりあがるってわけさ。ほかの人間が飢えようが、おかまいなしだ。自分の小麦、自分のコーヒー豆、自分の牛乳ってわけさ」

それは、ハンスが知っている典型的な不公平だ。だけどヘレは、党にいるつもりなら、党の中の不公平に目をつぶるしかないという。

「ずいぶんおれのことを気にしているんだな」ヘレはハンスにハトを渡し、タバコを巻き始めた。時間があって、話に興味をもっている印だ。「ちょっといやなことを聞いてもいいか？　エデのこと、好きじゃないだろう。昨日おまえを見ていて、また感じたよ。あいつは厳格《げんかく》すぎる。そうなんだろう？　人間味がちょっとなさすぎるって。おれだってあいつのいうことに全部納得しているわけじゃないけど、おまえは、おれたちを測るのにあまりにも大きな物差しを使いすぎる。いつも一番ひどい目にあってるおれたちが、なんで一番品行方正でなくちゃいけないんだ？　たまにちょっと不公平なことをしたからって、なんで責められるんだ？　過《あやま》ちをおかしてはいけないっていうのかい？」

ハンスはうなだれた。エデの話はしたくない。そのつもりはないのに、いつもエデに不公平なことをしているような気持ちにさせられる。

「なんでエデみたいなやつができあがったか、考えてみたことはあるか？」ヘレはハト小屋に頭をあずけ、いきなりエデの子ども時代のことを話しはじめた。結核になっていた妹のこと。餓死《がし》寸前の小さな弟のこと。反戦デモをして牢屋《ろうや》にいれられてしまった父親のこと。戦争が終わる直前に妹は死に、その数か月後、牢屋でかかった病気のせいで父親も死んでしまう。「そして父親を葬《ほうむ》ったと思ったら、今度は母親だ。父親が牢屋にいれられていたあいだ、女手ひとつでエデたちを養っていたからな、過労だよ」

ハンスは雲ひとつない遅い午後の空を見上げ、ハトをなでながらじっと話を聞いていた。

「そのあと、エデと弟は孤児院《こじいん》にいれられたんだ。子どもをいっぱい押し込んだ大きな家で、すぐに手をあげる養育係がいた。そこにはよく訪ねていったよ。エデはそこから何度も抜け出しては、捕《つか》まって。あいつ、めちゃくちゃになぐられた。しまいには一日中ベッドにしばりつけられて、食事のときだけはずしてもらえるような生活をしていた」

ベッドにしばりつけられた少年を想像するとぞっとする。

「なんでいままで話してくれなかったの？」

「あんまり話したい話題じゃないだろう」ヘレはタバコの火をもみ消すと、すいがらをブリキのタバコ缶にもどした。ヘレはすいがらをいっぱいあつめてから、また新しいタバコをまく。「人それぞれ歴史があるってことだよ。みんな、いい経験、悪い経験を積み重ねて大きくなるのさ」

向かいのアパートの天窓から、洗濯《せんたく》かごが屋根におしだされた。つづいて女の人が出てきて、煙突《えんとつ》と煙突のあいだにひもをわたし、洗濯物を干しだした。まだ若い人だが、ゆっくりとかがんで、腰《こし》をあげるたびに伸《の》びをしている。

「ナチの連中も、そうやって大きくなったってこと？」ハンスがたずねた。

「もちろんさ！　みんな、おなじだ。おまえも、おれも、エデも、おやじも、おふくろも、マルタも、ムルケルも、みんなだ」

ようやくギュンターのことを話すきっかけができた。ハンスはすぐにそうした。旧友ギュンターと話をしてみてくれ、とほとんどせがむようにいった。

ヘレは、急に話題が変わったので、面食らっていた。

「あのギュンターが、ナチになったって？」

ハンスはうなずいた。

「マルタは反対していないのか？」

ハンスは自分が非難したとき、マルタがどんな反応をしたか話した。ヘレはあきれたように首をふった。

「あいつがそういったんなら、話してもしようがないだろう。あいつら、良心というものがないんだ」

とてもきつい言い方だった。ハンスがひそかに恐《おそ》れていた返事でもあった。

「おねがいだよ。一回だけ試してみてよ。父さんが知ったら……」ヘレはずっとマルタを好いていた。見捨てるのはひどすぎる！

「悪いが、おれはずっとマルタの味方をしてきた。あいつの夢にも理解をもってきたつもりだ。……だけどナチといっしょに暮らすのはな、それも、得をしたくてナチ党員になるようなやつと暮らすなんて。兄弟愛もそこまではむりだ。マルタはばかじゃない。ナチ党がなにをする気かわかっているはずだ。それを見て見ぬふりをしている。そこまでされたんじゃ、マルタの面倒《めんどう》は見られない」

マルタは、ギュンターがナチ党でなにをしているか本当に知っているんだろうか？　ハンスにはわからなかった。だがヘレはもう話をする気をなくしてしまったようだ。ハンスからハトを受けとると、小屋にもどし、扉《とびら》をしめた。ハトの出入り口だけはあけたままにしてある。

「さあ、おりよう。ユッタが紅茶をいれてくれたはずだ。のどが乾《かわ》いた」

ハンスはだまって、ヘレのあとにつづいて屋根裏部屋におりた。だが我慢《がまん》できずにいった。

「やっぱり姉さんと話してくれないかな。家族なんだから」

「まだわからないのか？」ヘレが首をふりながらふりかえった。「合唱団を変えたのとはわけがちがうんだぞ。ギュンターは一線を越《こ》えてしまったんだ。そういうやつとはもう手をにぎらない」

「でも、姉さんは……」

「あいつはもう大人だ。自分のしていることくらいわかっているはずだ」ヘレはほとんど怒ったようにいった。そして語気を荒《あら》げてつづけた。「便器の水を飲めば、腹《はら》をこわす。それでも、あいつは生きていくしかない。つらいけど、おれたちもな」

ハンスは頼《たの》むのをあきらめ、だまってヘレにつづいた。ヘレはエデのことでは理解をしめす。なんで友だちがそういう人間になってしまったのかくわしく話してくれる。なのに姉さんには冷たい。姉さんだって、自分からああなったわけじゃないのに。むりはないのか。兄さんとエデはおなじ党の同志だけど、ギュンターとのあいだにはもっと深い亀裂《きれつ》が走っている。ギュンターと話をするにはそこを飛び越えなくちゃいけない。自分も陰の部分を背負いながら。

ハンスたちは、小さな居間にすわった。マルタの屋根裏部屋に似ているが、まったく雰囲気《ふんいき》がちがう。

マルタはいやいや住んでいるだけで、部屋を飾《かざ》ろうという気がまったくない。だがユッタとヘレには豊かになれる見込みがないから、あるもので一生懸命《けんめい》に居心地よくしようとしている。テーブル、ぼろぼろの本が何冊かたててある棚《たな》、そして戸棚。ヘレが自分で組み立てたものだ。古材に自分で紙やすりをかけ、褐色《かっしょく》のラックを塗《ぬ》った。暖炉の前におかれた金属ベッドは長い間、ラザルス病院で使われていたものだ。ヘレとユッタはさびを落とし、青く塗った。まるで新品のようだ。ベッドのマットレスは、ふたりで節約して買ったもので、カラフルなベッドカバーはあっちこっちで集めてきたくずの羊毛をユッタが自分で編んで作った。壁《かべ》にはたくさんの絵や簡単な版画やグラビア雑誌から切り抜いた写真が画鋲《がびょう》でとめてある。ユッタがはったものだ。それにカーテンも、ユッタがシーツの残りで縫ったものだ。

部屋にはほかになんの調度品もない。それでも、とても居心地がよかった。冷めてはいても、ポットには紅茶もはいっている。ハンスは何時間でも、そこにすわって紅茶を飲みながら、ユッタの話を聞いていたかった。管理人をしていたベーメ一家が引っ越《こ》すので、管理人の仕事に空きができると知って、ユッタは夢のような計画に胸《むね》をふくらませていた。

「管理人の仕事を引き受けたいっていったら、たぶんやらせてもらえるわ。そうすれば家賃を払わなくてもよくなるし、何マルクか賃金をもらえるでしょ」

「はした金だよ」

「だからどうなの？」ユッタはすっかりぬか喜びしていて、なにをいわれてもびくともしなかった。

「なにもはくものがないより、穴があいていてもズボンがあったほうがいいでしょ」

ユッタはハノーバーのそばの小さな村の生まれだ。貧しさはベルリンの比ではない。ある日、荷物をまとめて、ベルリンに出たユッタは、ベルクマン電機の梱包《こんぽう》部門に職を見つけた。下宿に間借りして暮らしていたユッタは、共産党の夕方の勉強会でヘレと出会った。五年前のことだ。そのころのことを、ユッタは笑いながら話す。

「まるでおとぎ話よね。貧しい村娘が大都市にやってきて、富と幸運をつかみました。そして街角で王子さまが待っていました」

だが幸運は結婚式までだった。結婚して数週間で、ヘレは職を失い、つづいてユッタも失業した。まるで呪《のろ》われたようだ。一瞬《しゅん》にしておとぎ話はおしまいになった。ヘレの失業保険は一日あたり五十ペニッヒ。ヘレは石炭運びや貨物の荷降ろしを手伝ったり、ハトを売ったりして、何マルクか稼《かせ》いでいるが、家賃にはとても足りない。足りない分は、ユッタが掃除婦《そうじふ》をして稼ぐしかなかった。ネッテルベック広場にあるいくつかの酒場で、ユッタはほとんど雇《やと》われたも同然になっていた。よく働くので、酒場の主人に好かれ、あちこちの酒場で何週間おきかに掃除を頼《たの》まれる。「もうじきヴェディンク中の酒場の床《ゆか》を独占《どくせん》しちゃいそうよ」とユッタは冗談《じょうだん》をいっている。だがヘレは渋《しぶ》い顔をしている。酒場の主人たちは駄賃《だちん》くらいの金しかくれない。それに、ヘレはユッタが酒場の掃除婦をしているのがなんとなく屈辱《くつじょく》的だと思っている。もっともそのおかげで家賃を払い、すこしだがパンが買えることを喜ばなければならないのだが。とにかくヘレたちは、いま住んでいる家を手放したくなかった。もうすぐ生まれる赤ん坊のために、すこしでも陽の当たる場所にいたかったのだ。

ただユッタがいつまで掃除ができるのかわからない。おなかがどんどん大きくなり、仕事の合間に背をのばし、大きく深呼吸しなければならないほどきつくなっていた。そのうえアパート管理の仕事を引き受ければ、ユッタの仕事は増える一方だ。階段の掃除、中庭の掃《は》き掃除、冬には歩道の雪をどかさなければならない。むりな相談だ。ということはヘレが引き受けなければならない。好き好んでやりたい仕事ではない。管理人は間借り人のなかでも一段上に置かれている。そのアパートで発言権をもつが、ほかの住人がしないいきたない仕事をこなさなければならないし、気をつけていないと、文句もいえない。それが、ヘレは気に入らないのだ。それに、強制退去のときに手伝わなければならない。それも仕事のうちなのだ。それを考えると、いい気持ちはしない。それでも家賃を払わずに暮らせるというのはものすごい幸運だ。

ユッタはしゃべりつづけ、自分でもとっぴょうしもない考えだと思ったのか笑い出した。逆にヘレはしだいになにか考え込んでいるような顔つきになった。姉さんのことを考えているんだろうか？　そろそろ帰らなくちゃ。今日は火曜日、フィヒテの日だ。体育館で練習がある。だがハンスは立たなかった。ヘレが考え直して、ギュンターと話をしてくれるんじゃないかと期待していた。

ユッタは、ハンスとヘレが上の空で聞いていることに気づいて、急にしゃべるのをやめた。「どうしたの？　なんでなにもいわないの？　あなたたち、けんかでもしているの？」

ユッタにも、マルタとギュンターのことを話すしかない。だがハンスは気が乗らなかった。どうせユッタもヘレとおなじ意見のはずだ。

ユッタは全部聞いてから、ハンスのカップに紅茶をなみなみ注いだ。それからいつもなら出さない砂《さ》糖《とう》をさしだした。ユッタはハンスの気持ちを理解してくれたが、同時に問題を解決する手だてはないといっているようだ。

ヘレがそわそわと腰《こし》をあげ、窓辺に立った。それからふいにふりかえってハンスにいった。「ギュンターとは話さない。頼《たの》まれてもご免《めん》だ。だけど、マルタとは話してみよう。……おまえのためだ。それにあとで後悔《こうかい》したくないし。だけどいっておく。おれになにかできるとは思うなよ。マルタはおやじにそっくりだ。こうと決めたら、てこでも動かない」

「とにかく、話をしてみてよ！」ハンスはほっとした。「姉さんが人のいうことを聞くとしたら、それは兄さんしかいないんだから」

「どうかな」ヘレは静かに答えた。「この何年かあまり話をしていないからな。……責任はおれにある。あいつにあんまり時間をさいてやれなかった」

ユッタは反論しなかったが、ちがう意見なのは表情からわかった。ユッタから見ると、ヘレとマルタは住む世界がちがう。お互《たが》い、まったく無関係な世界に生きているのだ。

ボンボン

ハンスが体育館から帰ってきたのは夕方だった。アッカー通りは陽が落ち、ガス灯《とう》や小さな店のショーウィンドウの明かりにうっすら照らされているだけだ。午前中、学校にいき、放課後、鉄棒運動をするのと、一日中荷物運びをするのとではまるでちがう。いままでにこれほど体の節々が痛くなったことはない。背中が腰《こし》までつづいているのをこれほど実感したこともなかった。ノレは大目に見てくれた。さもなければ最初の懸垂《けんすい》もおぼつかなかったろう。

体操着をいれた袋《ふくろ》を腕《うで》にかかえて、三十七番地の中庭にまがった。奥にいくほど暗くなる。みんな電気を節約している。五十、六十ワットの電球より、二十五ワットのほうが安上がりなのだ。

四号棟《とう》の中庭にある絨毯《じゅうたん》用の物干しの前にマックセ・ザウアーが立っていた。ハンスははじめマックセの声しか聞こえなかった。ハンスの足音を聞いて、マックセが懐中《かいちゅう》電灯をつけた。はき古したズボンと灰色の毛が生えたむきだしの腹《はら》にズボンつりをつけているのが見えた。マックセは右手に空のゴミバケツをもっている。

マックセが話しかけていたのはちびのルツにちがいない。しぐさでわかる。ルツは人の話を聞くとき、いつもかるく前屈《まえかが》みになる。まるで相手のいうことをうのみにするように。

ふだんは疑《うたぐ》り深いくせに、まじめな話をざっくばらんにされてしまうと、それだけでうれしくて、なんでも本気にしてしまうところがある。だが自分が口をひらくときは、どんな会話でもサッカーの話題にしてしまう。まるで最初からサッカーのことを話していたみたいに。

ハンスは、話を小耳にはさんだ。「ユダヤ人の世界征服」とか「赤のならず者」とか「ドイツが危機

「に瀕している」とかいっていた。だがハンスに気づくと、マックセ・ザウアーは口をつぐんだ。懐中電灯に照らされたハンスを見て、ちびのルツがそばによってきた。「知ってるか。ハーバーシュロートが出ていった家に新入りが入ったぜ」

ハンスは知らなかったが、べつにおどろきはしなかった。いつまでも空き家のはずがない。

「キューネって家族だよ。マックセが、昨日なにがあったかいったらさ、顔が青くなってさ」そういって、ちびのルツは笑った。

ちびのルツはいつから年輩《ねんぱい》のザウアーをマックセと呼ぶようになったのだろう。ハンスは気に入らなかった。だまってふたりのそばを通り抜けようとした。するとマックセ・ザウアーが急に声をかけてきた。

「あいさつくらいしたらどうだ？　それとも、上品すぎて、そんなことできないか？」

ハンスは顔に向けられた懐中電灯の光がまぶしかったので、手をかざし、そのままいこうとした。マックセ・ザウアーとはまだ一度もあいさつをかわしたことがない。いまもする気はない。おおげさな身ぶり、しゃべり方、それに人をさぐるような目つき。そういうものに嫌悪《けんお》をいだいていたのだ。だがクデルカばあさんとはあいかわらずあいさつをかわしていた。年中春みたいな花柄《はながら》の服を着ている小太りのクデルカには好感がもてた。なんであいう男にひっかかったのか理解に苦しむが、たぶんみんながうわさしている通りだろう。クデルカはいっしょに台所にすわってくれる男がほしかったのだ。だれでもいい、料理をつくってやれて、ときにはかわいがってくれる人が必要なのだ。気弱になっていたとき、クデルカはそんなことをテツラフのかみさんにもらしたという。

ハンスは入り口の扉《とびら》をしめると、ゆっくりと四階まで階段をあがった。家の戸口まで来たとき、ハンスは立ち止まった。大きな声が聞こえる。興奮した声だ。すこし盗み聞きしてから、ドアをたたいた。言い争っていたのは両親だ。ほかにはだれの声も聞こえない。客がいるわけではなさそうだ。

母親がドアをあけた。青白い顔をして、ぐったりしている。目が赤くはれぼったい。ハンスはピンときた。マルタが来たんだ。父親や子どものことでないかぎり、母親がこんなに興奮することはない。

「マルタが来てたの？」

ハンスがそういっても、母親はおどろかなかった。

「そうよ」母親は静かにいった。「父さんと話をしていったわ。婚約《こんやく》するんですって。あのギュンター・ブレームと」母親は、ほかにも選択肢《せんたくし》があったかのように、その名前を強調した。だが、そう聞こえただけで、実際には、ナチに走ったあのギュンターと、といいたかったのだ。

父親もすっかり腹《はら》を立てていた。ハンスがただいまというと、父親は気持ちを落ちつけようとしていた。だがうまくはいかなかった。

「おまえ、知っていたのか？」すぐにそうたずねた。きつい口調だった。家族になにかあれば、いの一番に報告をうけるのが自分だと自負していたからだろう。

ハンスはうなずいて、窓の桟《さん》にだまって腰《こし》かけた。婚約《こんやく》のことは初耳だったが、父親の関心は、ギュンターがナチ党員になったことだ。

「いつ聞いた?」

「昨日」ハンスはマルタと話したことと、ヘレを訪ねたことを報告した。「兄さん、姉さんと話してみるって」

「やるだけむだだ」ハンスがヘレのところを訪ねたと知って、父親の気持ちがすこしなごんだ。もちろん、最初に自分のところに来てくれたほうがうれしかっただろうが。「おれもやってみたんだが、まったく話にならん。あいつは頭がいかれちまったんだ。ナチがやろうとしていることは、おれたちとそっくりだと、本気で信じているんだぞ」父親ははきすてるように笑った。「おれたちとおなじだとさ! あいつらも社会主義者ときた! ただ国家社会主義者って、ちょっと名前がちがうだけだとぬかしやがった! それもよりによって、あいつにどんな生き方をすべきかずっと教えてきたこの父親に向かってだぞ。ヘレにいえ。あいつのことは忘れろとな。きれいさっぱり忘れるんだ。なにを話してもむだだ。なにを投げつけてもびくともしない壁《かべ》だよ、あいつは」

「なにばかなことをいうの!」母親がののしった。「こういう時だからこそ、あの子と話をしなくちゃ。あの子はまちがいをしてしまった。だからなんなの? どこもまちがいだらけじゃないの。世界中で、みんなが過《あやま》ちを犯《おか》している。うまくやろうとして、失敗だらけ。なんで、自分の娘はまちがいをしてはいけないの? 賢《かしこ》い父親をもったから?」

「まちがいだと! なにがまちがいだ!」父親がどなった。「パン屋でケーキを買いまちがえたような言い方をするがな」父親は息巻いた。「ギュンターがおろかなのは目をつぶろう。別の家で育ったから知らなくてもしょうがない。だがマルタは知っているはずだ。服のことばかり夢中になっていなければな」

ハンスにも、ようやく状況《じょうきょう》がわかってきた。マルタは仕事が終わると、意を決して父親とひざをつきあわせ、なにもかもしゃべったんだ。マルタには、昔から恐《おそ》れ知らずなところがあった。マルタをかわいく思い、だからこそ思い通りにならない彼女を歯がゆく思っていた父親ははじめ自分の耳をうたがい、そして爆発した。自分の娘がナチの花嫁《はなよめ》になる。とんでもないことだ！　すると、マルタもひらき直って、来年になれば成人するから、そうしたら好きなようにすると言ってのけたのだ。そして部屋をとびだした。涙をあふれさせ、絶対にあきらめないと心に決めながら。

「服のことでそう文句をいうものじゃないわ」母親はマルタの肩《かた》をもった。「若い娘がすこしでもきれいになりたいと思うのは当たり前のことよ。お金があれば、あたしだって、もうすこしましな格好がしたかったわ」

「いいさ、えんどう豆の王女みたいに男をおいかけまわせばいい」父親はぐっと気持ちをおさえながらいった。「だが理性だけは失ってほしくない。おまえ、同志にどう説明する気だ、母親は共産党、義理の息子はナチ」

「あの子に、ナチにだけはなってほしくないわ」母親はしっかりした口調でいった。「だけど、ナチになったとしても、娘であることに変わりはないわ。いいわね。同志にだってそういうわ。それを認めてくれないのなら、あたしは縁《えん》を切る」

母親はいつも自分の意見をもっている。父親は、そこがかあさんのいいところだといっている。だがこんなにひどい口論になったことはない。聞いていられない。ハンスはだまって腰《こし》をあげ、台所のドアに向かった。

「ハンス！」

父親の声だ。見るからに情けない顔をしている。心が傷ついているのだ。だがふたりが言い争う様を見られたままハンスを部屋に帰すのは、父親の望むところではなかった。

「ヘレに話してくれてありがとうよ。たぶんあいつのほうがいいんだろう。父親よりもな」

ハンスはもう、ヘレがマルタの気持ちを変えられるとは思っていなかった。マルタと父親があいう言い争いをしたあとでは手遅れだ。父親はマルタを思って意見をいった。母親もだ。けれどもマルタは自分の思うとおりにするだろう。もうだれにも変えられない。ハンスは静かにおやすみなさいというと、ドアをしめて、屋根裏部屋に通じる急な階段をのぼった。

ベッドに寝転がると、ハンスは天井を見つめた。汗だくだったが、服を着たままベッドに身を投げ出し、なにもかも忘れようとした。いろんな思い出が走馬燈《そうまとう》のように浮かんでは消えた。プレッツェン湖《こ》畔《はん》のヘレとマルタと自分。マルタは奇妙な黒い水着姿。ヘレは水難救助隊の水泳パンツ。そして自分は素《す》っ裸《ぱだか》だ。はるか昔の夢のような思い出だ。だがいまでもはっきりと思い出せる。マルタがガラスの破片を踏《ふ》んでしまい、ヘレが家までおぶって帰ったこと。マルタの浮輪にのって岸から離れ、おぼれそうになった自分のこと。ヘレに水から引き上げてもらい、ものすごい剣幕で怒られたこと。マルタが知らない少年たちとけんかをはじめ、ヘレがマルタをかばったこと。そのときハンスは、三人はずっとこのまま、いつでもいっしょだと思った。お互《たが》いに話があわなくなるなんて思いもしなかった。

子どもっぽい夢だ！　大人になれば、世界はまったくちがって見えるものだ。ハンス自身、すこしずつ成長している。いずれ現実が夢のようにいかないことを受け入れるしかなくなるだろう。人生とはそういうものなのか、それともすべて、あのいまいましい政治のせいなのか、ハンスにはわからない。父親がいっていたことがある。政治がすべてだ。政治がなければ、人生などなんの意味もない、と。けれども政治はまたいろんなものを台無しにする。友だちになれたかもしれない人たちをいがみ合わせ、憎《にく》しみを産み、暴力の種をまく。

母親はさっきいっていた。「どこもまちがいだらけじゃないの。世界中で、みんなが過《あやま》ちを犯している。うまくやろうとして、失敗だらけ」本当にそうだろうか。みんな、最善をつくしているだけだろうか？　ヘレとギュンター、父親と母親、シュレーダーとビュートウ主任、ヴィリー・ヴェストホフとエデ・ハンシュタイン。

シュレーダーとヴィリー・ヴェストホフのことが頭をかすめたとき、ハンスは今日倉庫であったことを話しそこねたのを思い出した。ヘレは、シュレーダーのいっていたブラックリストのことを深刻に受けとめていた。だが、死刑の宣告も、ただかっとして口にしただけかもしれない。

ドアをたたく音がした。ハンスはびっくりした。マルタ？　鍵《かぎ》を忘れたのだろうか？

ドアをたたいたのはムルケルだった。ドアの前に立って、大きな目でハンスを見つめた。

「かあさんにいわれて来たんだ。兄さんの様子を見てきてくれって」

母親がハンスのことを心配している。むりもない話だ。母親はハンスのことを知り尽くしている。あいうけんかで、ハンスの心が傷つくことも。

「はいりなよ」ハンスがまたベッドに腰をおろすと、ムルケルもとなりにすわった。「マルタ姉さんの話は本当なの？」ムルケルがおずおずとたずねた。

ハンスはすぐには答えなかった。ムルケルにとってマルタは、ちょうどハンスにとってのヘレみたいなものだ。ヘレはハンスにとって第二の父親だ。その意味で、マルタはムルケルにとって第二の母親である。もっともマルタはもうずいぶん長くムルケルのことをかまっていないが。

「どうなのさ？」ムルケルがせっついた。「本当に、もう二度とマルタ姉さんは帰ってこないの？」

「ばかをいうな！　もちろん帰ってくるさ。姉さんの住まいはここじゃないか」

ムルケルが信じてくれたかどうかわからない。ムルケルはじっとすわったまま、なにかをなめている。そのときハンスははじめて、弟がボンボンをなめているのに気がついた。見つからないようにこっそりなめている。ボンボンでほおをふくらませ、ときどき舌でころがす。そうすればすぐにはなくならないし、大事な宝物を人に見られずにすむ。

「それどうしたんだい？」

「それって？」

「ボンボンだよ」

「ああ、これ！」見つかったと知って、ムルケルは大胆《だいたん》になめはじめた。「今日、釣《つ》りにいったんだ」

釣りというのは、首のところを曲げたスプーンを細い枝にしばりつけ、通行人が排水溝《はいすいこう》などに落とした小銭《こぜに》をすくいあげることをいう。ハンスも昔よくやったが、うまくいくことはほとんどなかった。

「ひとりで？」

「シュヌッペとピンネとちびのルツがいっしょだったよ」

ムルケルのようなちびが、大人をつかまえてちびのルツと呼ぶのが、どうもおかしかった。だが、ちびのルツが排水溝の格子にかがみこみ、三人のちびをひきつれて釣りをしている姿を想像して、もっとおかしいと思った。

「いっぱい見つかったのかい？」

ムルケルは目を輝《かがや》かせてうなずき、ズボンのポケットからべとついた袋《ふくろ》いっぱいのボンボンを取り出した。ハンスはひとつもらって、口にいれ、首をふった。

「こんなものに、せっかくの金をむだ遣《づか》いするなんて」

「むだ遣いなもんか、才能さ」ムルケルはルツの口癖《くちぐせ》をまねた。「明日はちびのルツたちと本格的に釣りをするんだ。北港にいい場所があるってちびのルツがいってた。金がごろごろしてるんだって。小銭《こぜに》だけじゃなくて、大物もうようよしてるらしいよ」

「そりゃいい。クジラが釣れるな」

「もちろんさ」ムルケルは調子づいていった。「ちびのルツみたいな大人が、ぼくらにつきあってくれるんだから最高だよ。人の家のベルをならすいたずらだって、ローラーの競走だって、花や果物《くだもの》を盗《ぬす》みに人の庭に忍《しの》び込むときだって、いっしょなんだ。花は路面電車の乗り場で売って、果物はみんなで食べたんだ」

ハンスは、なにかムルケルの喜ぶことをしてやりたくなった。

「ところで、いったっけ、はじめての給料をもらったら、アイスを買ってやろうと思ってたんだ」ハンスはさりげなくいった。

「本当？」ムルケルはびっくりして息をのんだ。

「本当さ。ワッフルのせにするか、カップにするかいまのうちに考えておきなよ。それからバニラか、それともストロベリーかもね」

「ワッフルのせで、クルマバソウ味がいい」ムルケルはピストルの弾《たま》のようにすばやくいった。二年前の夏、ヘレがまだ仕事についていたとき、ムルケルに買ってやったアイスだ。それが最後だったわけではないが、それ以来、緑色のクルマバソウ味はムルケルの好物だった。

「わかったよ」ハンスはもうひとつボンボンを手にとった。ムルケルは文句をいわず、「約束だよ」と念をおした。

「約束する」ハンスはムルケルに手をさしだした。こんな日だ、ちょっとは楽しいことがあっても悪くない。もちろん心配の種は消えるものじゃない。だがすこしは耐《た》えられるというものだ。

＊1　**フィヒテ・スポーツクラブ**　のちの労働者スポーツ協会。体操協会として一八九〇年に設立。哲学者ヨハン・ゴットリープ・フィヒテ（一七六二年―一八一四年）の名にちなむ。フィヒテの言葉『人はなべて平等なり』を協会のモットーにしていた。第一次世界大戦後、左翼系の体操協会となり、一九二七年に労働者スポーツ協会に改称。一九三三年、国会議事堂炎上後、ナチ党によって解散させられる。一九三五年十月十八日裁判所より活動禁止の判決をうける。

＊2　**ナチ**　ナチ党員の通称。

＊3　**突撃隊**　ナチ党の武装組織。

＊4　**肺結核**　慢性感染症。二十世紀半ばまでドイツの国民的な病気だった。

＊5　**ドイツ共産党（ＫＰＤ）**　一九一九年一月一日結成。一九四六年、ソ連占領地区（のちの東ドイツ）でドイツ社会主義統一党となる。西ドイツでは一九五六年八月一七日に活動が非合法となり、一九六八年、ドイツ共産党（ＫＤＰ）が結成される。

＊6　**労働者体操スポーツ連盟**　一九二七年までフィヒテ・スポーツクラブと社会民主党系の自由体操クラブはともにこのスポーツ連盟に加盟していたが、政治的な理由で、ドイツ共産党系のフィヒテ・スポーツクラブは連盟を脱退した。

＊7　**共産主義青年同盟**　ドイツ共産党の青年組織。

＊8　**ボルシェビキ**　『多数派』という意味のロシア語。ロシア共産党は一九〇三年、ロシア社会民主主義労働者党の第二回大会で二票多く得票したとき、みずからをこう名乗った。二十世紀半ばまで、ソヴィエト共産党の影響下にある政党や組織の総称として使われた。

＊9　**ローザ・ルクセンブルク**　一八七〇年―一九一九年。ドイツ共産党の結成メンバー。中央集権的な党運営を批判し、民主主義的な社会主義を唱える。共に新党を結成したカール・リープクネヒト（一八七一年―一九一九年）とともに一九一九年一月十五日、義勇軍将校によって暗殺された。

＊10　**赤色青年突撃隊**　ドイツ共産党の武装自衛団、赤色戦線連盟の青年組織。

＊11　**国旗団**　ドイツ社会民主党の武装組織。

＊12　**ヒンデンブルク**　一八四七年―一九三四年。ドイ

ツの元帥(一九一四年まで)、のちに大統領(一九二五年―一九三四年)。

＊13　**大統領選挙、州議会選挙、国会選挙**　プロイセン州では一九三二年、一月から七月までのあいだに四回も選挙が行われた。三月十三日、大統領選挙の予備選挙が行われ、四月十日に本選挙。ドイツ社会民主党の支持を受けたヒンデンブルク大統領が再選される。候補者ごとのドイツ全土での得票数は以下の通り。ヒンデンブルク、千九百三十万票。ヒトラー、千三百四十万票。テールマン(ドイツ共産党)、三十七万票。四月二十四日、プロイセン州議会選挙。ドイツ社会民主党、二十九・一パーセント。ドイツ共産党、二十三・七パーセント。ナチ党、二十七・九パーセント。七月三十一日、国会選挙。得票率は以下の通り。ドイツ社会民主党、二十一・五パーセント。ドイツ共産党、十四・二パーセント。ナチ党、三十七・二パーセント(ドイツ全土のデータ)。大統領選挙で、ドイツ社会党は、ヒトラーが大統領になるのを阻止するためにヒンデンブルクをかつぎあげた。ドイツ共産党のテールマンもまたドイツ社会党にとってはもってのほかであり、独自の候補は擁立しなかった。

＊14　**世界恐慌**　一九二九年十月二十五日、ニューヨーク株式市場が大暴落し、影響が世界に波及した。ピーク時には三千万人の失業者をだす。信用取引に頼っていた不安定なドイツ経済は深刻な打撃をうける。急激な失業者の増大によって、多くの企業が倒産においこまれ、それがまた新たな失業者と企業倒産を生むという悪循環に陥る。

＊15　**腺病**　子どもの皮膚およびリンパ性の病気。

＊16　**青年国旗団**　ドイツ社会民主党の武装組織、国旗団の青年組織。

＊17　**テールマン**　エルンスト・テールマン(一八八六年―一九四四年)。赤色戦線連盟のリーダー。一九二五年九月からドイツ共産党党首。一九三三年三月三日に逮捕され、十一年半のあいだ独房に監禁され、一九四四年八月二十八日、ブーヘンヴァルト強制収容所でナチス親衛隊によって殺害された。スターリンの腹心とみなされていた。

＊18　**マルクス主義**　カール・マルクス(一八一八年―一

八八三年）とフリードリヒ・エンゲルス（一八二〇年－一八九五年）による理論。資本主義の歴史的展開と法則に関する理論的解釈。共産主義ないしは社会民主主義の視点からの労働階級解放闘争の根拠となる。

＊19 **ドイツ国家人民党** 第一次世界大戦前からあった複数の政治グループが一九一八年十一月に結成した保守政党。大土地所有者と重工業界の支持をうける。長くナチ党のライバル政党と目されていたが、ナチ党に吸収され、一九三三年六月自主解散する。

＊20 **ドイツ中央党** 一八七〇／七一年、宗派の壁を越える政党として結成された。しかし、一九三三年七月に自主解散するまでカトリックの強い影響下にあった。一九三二年まで、常に内閣に入閣し、二十ある内閣のうち九つまで首相を輩出している。

＊21 **スターリン** J・W・スターリン、本名シュガシヴィリ（一八七九年－一九五三年）。一九二二年、ソヴィエト連邦共産党中央委員会書記長となる。一九二七年、ソヴィエト連邦の独裁者となり、政敵を粛正する。共産主義的なイデオロギーのもとに権威的な官僚支配体制をスターリン主義と呼ぶ。

＊22 ローザ・ルクセンブルクとカール・リープクネヒト。訳注＊9を参照。

＊23 **フランツ・フォン・パーペン** 一八七九年－一九六九年。一九三二年六月一日から十一月十七日まで首相。首相を辞任することで、ヒトラーが首相になる道をひらき、みずから副首相の座につく。一九三四年にナチ党の全体主義に反対し解任される。その後、オーストリア特使ないしは大使となり、オーストリア併合の片棒をかつぐ。一九四六年ニュールンベルク裁判で戦犯としては無罪となる。一九四九年八年間の強制労働の判決をうけるが、それまで投獄されていたことから刑に服したとみなされた。

＊24 **シュライヒャー将軍** クルト・フォン・シュライヒャー（一八八二年－一九三四年）。パーペンを首相の地位につけ、みずからパーペン内閣で国防大臣になる。一九三二年十二月三日、パーペン退陣後、首相となって連立内閣をまとめようとするが、一九三三年一月二十八日には退陣を余儀なくされ、ヒトラーにその座をゆずる。一九三四年六月三十日、ナチ

党員によって暗殺される。

＊25　ヴェルサイユ講和条約　第一次世界大戦の敗戦国ドイツが一九一九年六月二十八日、戦勝国側とかわした講和条約。ドイツは巨額の賠償金と、政治・軍事面での制限をうける。

＊26　鉄戦線　一九三一年十二月にドイツ社会民主党、自由労働組合、国旗団、労働者スポーツ連盟が作った統一戦線。一九三三年に崩壊。紋章の三本の矢はこの統一戦線を代表するドイツ社会民主党、労働組合、国旗団を象徴している。

＊27　ドイツ社会党とドイツ共産党の確執　ドイツ社会党とドイツ共産党の確執は一九一八年から一九年にかけての冬に起こった十一月革命までさかのぼる。革命後、共産系の勢力は新しい社会党政権のやりかたを手ぬるいと考えた。戦争を長引かせた帝政時代の将軍たちの解雇、帝政時代の官僚組織の排除、戦争で利益をえた企業家からの財産没収を要求した。

抗議行動を制圧するため、政府は蜂起した人々に発砲。その結果、内戦となり、多くの共産党員が命をおとした。一九二九年五月一日、大量の失業者と賃金引き下げが引き金となってストライキ、デモ、街頭闘争が頻発する。一九二八年、暴力行為をやめさせるため、ベルリン市警察長官(社会民主党員)は無期限デモを禁止し、五月一日のメーデーの集会も禁じた。これには社会民主党系の労働者も反発を強める。デモの禁止がだされたのにはもうひとつ、共産党の躍進を阻止する目的があった。それにもかかわらず、メーデーの集会は強行され、警察が介入する。その結果、ベルリン市内で三十三人の死者と百人を越す負傷者がでる(警官は無傷)。衝突は五月三日までつづき、多数の共産党員が逮捕された。これを機に共産党の赤色戦線同盟は活動禁止となる。警察長官ツェルギーベルは一九三〇年、ドルトムント市に左遷となり、一九三三年ナチ体制下に返り咲く。

第二章

ここは誰の通りだ？

あいつらの手口

秋になった。十一月最初の金曜日。木々はとっくに葉を落とし、雨に濡《ぬ》れた暗い通りに枯れ葉が舞《ま》い、側溝《そっこう》に鮮《あざ》やかなゴミとなってうずたかく積もっている。上着のえりをたて、新しい帽子《ぼうし》を目深《まぶか》にかぶったハンスは、ほかの工員にまじって第四ゲートに向かって歩く。ときどき自動車が、黙々《もくもく》と歩く人々を追い越《こ》し、まぶしいスポットライトで人々を照らしながら通り過ぎる。工員とおなじように早朝から出勤しなければならない会社のトップたちだ。彼らはさながら別の惑星《わくせい》から来た宇宙人だ。おなじ工場に向かう工員たちとはほとんど接触《せっしょく》がない。

いままではもうすこしのんびり出勤していたのだが、秋になるとなかなか起きられなくなった。マルタが起こしてくれるのだが、外はまだ真っ暗。窓に明かりがともっている家もあるが、夏と比べるとあまり物音がしない。窓をしめているせいだろう。ただマックセ・ザウアーのラジオだけはあいかわらず鳴り続けていた。マックセのお気に入りの番組がはじまると、ラジオを中庭に向け、いくら寒くても窓をあけて、お気に入りの音楽をアパート中に鳴り響《ひび》かせる。夕方もワルツを流してくれたりはしない。

きまって指導者ヒトラーの選挙演説だ。まるでヒトラーがじきじきにザウアーの家の窓から演説しているように聞こえる。

またしても政府が退陣《たいじん》し、日曜日に選挙がある。ナチ党はもちろん七月のとき以上の勝利をめざしている。自動車、飛行機、電車、おもいつくかぎりの乗り物にのって、ヒトラーは国中を遊説《ゆうぜい》してまわっている。ユダヤ人の牛耳《ぎゅうじ》る共和国を批判《ひはん》し、政府の失策、ドイツ社会民主党とドイツ共産党をこきおろし、自分に操縦桿《そうじゅうかん》をにぎらせれば、うまくやってみせると約束してまわっている。中庭でヒトラーの演説に寝込《ねこ》みを襲《おそ》われたのは一度や二度じゃない。なのに、家主のグラウプケは、ザウアーにラジオを鳴らさないように禁じることに及《およ》び腰《ごし》だった。

「突撃隊《とつげきたい》と事をかまえろというのかね？」ザウアーのことで苦情をいった母親に、グラウプケはいった。

「まだ死にたくはないのでね」

ハンスはグラウプケのことがあまり好きではなかったが、家主はナチではなかった。ただナチを恐《おそ》れている。シュレーダーとクルンプのことを考えれば、気持ちはわかる。ふたりはなにかというとちょっかいをだしてきて、死刑宣告だという。ふたりがちょっかいをだしてくるのにはもう慣れた。対抗する手はある。だが死刑宣告の一言だけはなかなか慣れることができない。ときどき夢に見るほどだ。夢の中でシュレーダーとクルンプが追いかけてくる。どこか知らない通り。袋小路《ふくろこうじ》になっている。先にはいけない。ふりかえると、そこにふたりが立ちはだかっている。突撃隊の制服を着ていて、にやにや笑っている。ほかにも突撃隊員がいて、おなじようににやにやしている。その顔がゆがんで醜《みにく》い顔になった。

ハンスはそこで跳《は》ね起きる。汗をびっしょりかいている。夢だと気づいてほっとするが、心臓の鼓動《こどう》がおさまらない。仕事の最中にも、よく背中に視線を感じることがある。ふりかえると、そこにクルンプが立っている。まるで悪夢の通りだ。最近では、だれも後ろにいないのに、ついふりかえってしまうほどだ。実際にはクルンプの姿がないのに、クルンプの視線を感じてしまう。

ビュートウ主任はシュレーダーに話してくれたが、まるで効き目はなかった。しかたなくある日、ハンスはクルンプに声をかけて、けりをつけようといった。もちろん格幅《かっぷく》のいいクルンプが相手では勝ち目はない。クルンプの気がすむなら、いくらなぐられてもいいと思ったのだ。ところがクルンプは挑発《ちょうはつ》にのらず、鼻で笑いながら通り過ぎた。ハンスの心境がわかって、飼い殺しのような状態を楽しんでいる。逃げられる心配はない。あとでゆっくり料理しようというのだ。それだけ食欲がわいてくるのだろう。

毎朝、ふたりの突撃隊員のことがハンスの脳裏《のうり》をかすめ、心が落ち着かない。疲《つか》れているのに、妙《みょう》に頭が冴《さ》えてしまう。今日も起きるなり、目が冴えてしまった。上着のポケットに映画の入場券が二枚ある。ノレからもらったものだ。「彼女でもつれていきな」そうからかわれた。はじめは二枚目をムルケルにやろうかと思った。そのとき、ミーツェのことを思いついた。映画に誘《さそ》ってみたらどうだろう？知り合いになるいい機会だ。あれからよくミーツェを見かけるが、まだ話しかけられずにいる。体育館で彼女を見かけたときにも、その勇気がでなかった。

ビュートウ主任の親切に答えるため、ハリー・シュミットの演技を見にいったときのことだ。シュミットの鉄棒はたしかに見事だった。宙返りは手放しで誉《ほ》められる。そしてシュミットの演技中にミーツェを見つけたのだ。そのときもビュートウ夫人のとなりにいた。ミーツェもハンスを見ていた。じっと見つめたまま、目をそらそうとしない。男の子と女の子でよくやる遊びをしようというのだ。先に目をそらしたほうが負け。ハンスも負けじとがんばった。そのうち目が痛くなってきた。だがミーツェのほうはなんともないようだ。ハンスはあきらめて、目をそらした。しばらくしてもう一度ミーツェの方をうかがうと、ミーツェがハンスにほほえみかけた。そのときそばにいけばよかったのだ。ビュートウ夫人にあいさつしにいって、ついでにミーツェと握手《あくしゅ》すればいい。なのに、決心がつかなかった。

映画はチャンスだ。この機会をのがしたら、自分が悪い。映画を見ないとはいわないだろう。なにせただなのだ。損はないはずだ。それに、ミーツェはハンスのことを気に入っているはずだ。そうでなかったら、ほほえんだりしないはずだ。

第四ゲートの前に来ると、ハンスは立ち止まって、工場の照明のついた大きな時計を見上げた。出勤十五分前だ。きっと彼女をつかまえられる。守衛所の明かりがささない暗がりに立つと、ミーツェが来る方向を見た。昨日から、ベルリン交通がストをしている(＊28)。路面電車も地下鉄もバスも動かない。近くに都市高速鉄道の駅がなければ、自転車にのるか、徒歩で出勤しなければならない。仕事をなくしたくなければ、なにがなんでも来るしかない。ミーツェもいずれ現れるだろう。路面電車が動かないのは好都合だ。電車にのっていれば、だれか同僚《どうりょう》といっしょになることもある。だが歩きならきっとひとりだ。

いつもと変わらず、たくさんの工員がゲートにやってくる。ふたり連れ、三人連れ、もっと大勢でかたまっていることもある。話題はひとつ。ベルリン交通のストだ。この数か月、あちこちでストライキが起きている。小さいのもあれば、大きいのもある。ドイツ全土で千を越《こ》すストライキがあった。だがこんなストははじめてだ。ベルリン交通のストは、ドイツ共産党とナチ党がいっしょに組織したものなのだ。ストにはだれも文句はない。二年間で六度目の賃金削減《さくげん》！　これは賃金のピンハネだ。だまってはいられない。それでも、ナチ党と共産党が手を組んだのはちょっとした奇跡《きせき》だ。ストの見張りにナチ党員と共産党員が並んで立っている。それには、みんな、首をかしげ、何度もふりかえる。「ボスどもに反対」それが共同スローガンだ。ベルリン交通首脳陣《しゅのうじん》にいる社会民主党の大物たちを当てこすったものだ。

ベルリン交通側は技術者を動員して、鉄道をすこしでも動かそうとした。ストを決行している従業員たちは線路をこわしたり、車庫からでてくる列車に石を投げるなどの対抗《たいこう》手段をとった。路面電車の車庫には警官隊が配備され、けが人と数名の死者がでた。だがスト側はあきらめなかった。

父親はベルリン交通の従業員たちの要求を弁護していたが、そのストには反対だった。「抵抗《ていこう》するのは当然だ」父親はヘレにいった。「だがナチ党と手を組んで社会民主党をやっつけるというのはな。政治的にまちがっている」

ヘレは聞き返した。

「それならどうしろっていうのさ？　ナチ党がほんの数メートル同じ方向に行進するからって、方針を変えるわけにはいかないだろう。ナチ党がいっしょだってだけで、ストを中止していたら、こっちがやられてしまう。それに、ナチ党は労働者の票がほしくていっしょにストをするんだって、みんな知ってるさ。今度の選挙さえうまくいけば、ベルリン交通の連中がどうなろうとおかまいなしなんだ」

ナチ党が選挙のためにストをしているというのはほとんど周知の事実だ。ビュートウ主任もいっていた。だがヘレの同志のすることが、ビュートウ主任には理解できなかった。

「やっていいことと悪いことがある」ビュートウ主任はハンスにいった。「われわれのことを社会ファシストと呼ぶだけでも、ひどすぎるのに、今度はなんだ。共産党がしていることは、悪魔といっしょに踊《おど》りを踊っているようなものだぞ。いずれ地獄《じごく》を見るぞ。われわれも道連れだ」

共産党員のなかにも似たような考えをもつ人が多かった。だが党の決定は絶対だ。選挙を目の前にして事を荒立《あらだ》てるわけにはいかない。共産党は負ける一方で、まったく進展の見られない選挙の連続に、みんな青息吐息《あおいきといき》だった。

「もう選挙はうんざりだ。なんの得がある？　やればやるほど悪くなるじゃないか」

ほとんどの人がそういう物言いをしている。この前の選挙のあと、パーペンは景気を回復するために手を尽《つ》くした。だがそのせいで労働者の財布はかえって空っぽになった。だから最近、たてつづけにストがあり、共産党からパーペン不信任案がだされた。反対四十二票に対して賛成五百十二票でパーペン首相に対する不信任案は国会で可決された。「パーペンは頭脳《ずのう》どころか、帽子《ぼうし》までなくした」と、父親はばかにした。だがそのせいで、またしても選挙だ。選挙にはなんの希望もない。新たないざこざが生まれるだけだ。街頭での暴力騒《さわ》ぎ、死者にけが人、そしてたぶんナチ票の増大。

「どうしたい？　働きたくないのか？」ノレがハンスをしばらく前から見ていた。「それとも今日遅《おく》れてくるやつがだれか確かめたいのか？」

ノレは、ハンスが自由体操クラブを訪ねたことを知って、しばらく機嫌《きげん》が悪かった。

「社会ファシストのところなんかのぞいてなんになる？」ノレはいった。「おれたちは、あいつらとは無関係だ。あっちをとるか、こっちをとるか、ふたつにひとつだ」

夕方の練習にいっても、はじめの二、三回は口もきいてくれなかった。機嫌がなおったのはようやく数週間前のことだ。この間の火曜日に、ノレは映画のチケットをくれた。仲直りの印だ。ノレがもうなにも根にもっていないのがうれしかった。だがハンスの心の中にはしこりが残った。ノレは、いうことを聞いているあいだしかぼくのことを好いてくれないのか。別の道にすすんだら、どうなるんだろう。競争相手の練習を見学しても、裏切りになるとは思えない。社会民主党員は犯罪者じゃない。自由体操クラブはフィヒテとおなじくらいレベルが高い。

ミーツェの姿が通りの向こうに見えた。ひとりだ。寒くなってからは、いつもつんつるてんの子どものマントを着ている。それを着ていると十二歳くらいに見える。頭には黒いベレー帽をかぶり、長いお下げ髪《がみ》がはみだしている。手には魔法瓶《まほうびん》とパンをいれた布のバッグをかかえている。たぶん本もはいっているのだろう。

ノレはハンスの目線をおって、大きく口笛をふいた。

「なるほどね」

「なにがさ」ハンスはそしらぬふりをした。だが本当は腹《はら》を立てていた。なんでこんなときに話しかけてくるんだ？　ミーツェはもうタイムカードを押して、工場にはいろうとしている。仕事が終わってからはひとりじゃないだろう。

「はずかしがることはないだろう」もうそこに立っている理由のなくなったハンスと連れだってタイムカードを押しながら、ノレはにやにや笑った。「おまえの年ならあたりまえのことさ。まあ、しっかりやりな」

ハンスはタイムカードをタイムレコーダーに差し込みながら、にぶいふりをした。ほかにどうしようもなかった。ミーツェはガールフレンドじゃない。ただいっしょに散歩して、おしゃべりがしたいだけだ。それは自分の問題であって、他人にとやかくいわれたくない。

「まあ、いいさ」ノレはわかったふうににやつくと、すぐに話題を変えた。ストをしているベルリン交通の労働者のために大がかりな募金活動がはじまるのだ。ノレは仕事が終わってからゲートで募金《ぼきん》を集めるという。

「おまえも少しはカンパしてくれるだろう？」

もちろんカンパはするつもりだ、たくさんはむりだが、二グロッシェンくらいならできる。ハンスはいつも募金にカンパをする。そういう習慣だ。もちろん今回の活動にはひっかかるものがあった。自分の金がストをしているナチを助けることにならないともかぎらない。そのことをためらいがちに口にした。

ノレはもうあちこちでそのことを聞かれていたのだろう。手をふりながら否定した。

「おれたちが集めたカンパは、おれたちの同志にしか渡らない。心配するな」それから急に声をひそめてささやいた。「いいか、ナチがいっしょにストをするのも悪くないんだ。これこそまさしく大衆運動だ。昨日ストをしたのはたったの二万人だったが、明日は二十万、明後日には二百万にふくれあがるだろう。それさえうまくいけば、もう選挙とはおさらばだ。どうせなんの役にも立たないんだからな」

またしても選挙に文句をいう者がひとり。いまのところ選挙の弁護をしたのはたったひとりビュートウ主任だけだ。

「ひどいものではあるが」最近、ビュートウ主任がいった。「それよりましなものがないからな。選挙ができるかぎり、われわれにも一票があるわけだ。だが選挙がされなくなれば、独裁政治のはじまりだ。それは最悪の事態だ」

その話をハンスがすると、父親はいたく気に入っていた。ヘレもうなずいた。だがギュンターは最近の選挙についてノレとおなじような考えをしている。「選挙は多数決で決まる」ギュンターがマルタにいったらしい。「だけど多数派っていうのはかならずしも国民のもっとも賢《かしこ》い部分じゃないんだ。だからもっとも賢い少数派が多数派のかわりに国のことを考えなくちゃいけないんだ」

その話をきいたとき、ハンスはマルタを笑った。ナチが国民のもっとも賢い部分だって！　大笑いだ。マルタもつられて笑ったが、すこしだけギュンターの考えに染まっていた。マルタの表情でわかった。

「それじゃな！」わかれぎわに、ノレはハンスに目配せをした。「まあ、悪く思うなよ。あの子は逃げやしないって」ハンスがなげやりに手をふると、ノレはまたにやにや笑った。そしていった「人生と愛と笑い、これに勝るものなし。嘆《なげ》きと涙と不平、こいつは勘弁《かんべん》ならん」

ハンスは顔をほころばせた。ノレのことを悪く思うのはおかどちがいだ。頭がおかしいとでもいうように、わざと指で額《ひたい》をつついた。

シャワールームは静かだった。ロッカーの前で着替える工員でごったがえしていたが、みんな口数がすくなかった。路上では大声で話し合っていた。なかには口論をはじめる者までいたのに、なぜかみんなだまりこんでいる。

シュレーダーとクルンプの姿もある。いつものように、ハンスの方を見てにやにや笑っている。ハンスはロッカーをあけ、ヴィリーにだけあいさつをした。ふたりは顔があうと、会釈《えしゃく》をするようになっていた。おれはここにいる。あるいは、おまえはひとりじゃないぞ、とでもいうように。

アリ・レフラーが、ふたりの会釈をめざとく見つけ、ずるそうに目を細めた。なにかまた騒《さわ》ぎが起こるのを楽しみにしているようだ。

「いまの政府なんかおっぱらうしかないな」ふいにシュレーダーがクルンプに向かって大きな声でいいだした。「あいつらに政治なんかできるもんか。国民が選んだ政府だって？　笑わせるぜ。上の連中はかわりばんこに席を譲《ゆず》り合ってるだけじゃねえか。役は変わっても、いつもおなじ顔ぶれだもんな」

シュレーダーが、ハンスとヴィリーに当てつけていっているのは、みんなわかっていた。共産党とナチ党がいっしょにストをしているいま、ふたりがなにを考えているか探ろうとしているのだ。ヴィリーは相手にしなかった。ハンスも、シュレーダーがクルンプとふたりだけで話しているかのようにふるまった。

「上の連中は蚊《か》にさされたくらいで大騒ぎして、肝心《かんじん》なことを見落としてるんだからな」シュレーダーは悪意のこもった笑い声をあげた。「おれたちの股《また》ばかり気にして、腹《はら》を空かせている労働者の子どもになんか見向きもしねえ。好きにさせているおれたちが悪いってことになるな」

何人かが笑った。シュレーダーがいった最後の言葉は、政府が最近公布した法律をからかったものだ。それはすべての水泳着には股のあいだに裏生地をつけなければならないという法律だ。公序良俗のためだという。男物も女物も、水着も水泳パンツも、裏生地をつけなければ公営プールにははいれないことになった。一か月前に公布されたこの法律は嘲笑《ちょうしょう》の的《まと》になった。

とうとうヴィリーがだまっていられなくなった。

「あのさ、ハンス」シュレーダーに負けないくらい大声をだした。「ナチ党と共産党が最近仲良くなったけど、どう思う？　きみの同志たちはいままで、ファシストに出会ったら、なぐりたおせっていってきたろう？　今度、ベルリン交通の会社の前でいっしょになるっていうじゃない。ストの仲間でも、やっぱりなぐりたおすのかい？」

ハンスははじめ返事をする気がなかった。ヴィリーがハンスに話しかけているわけでないことは、みハンスはだいぶヴィリーのことがわかってきた。本名はカール・ヴィルヘルム。靴《くつ》工場主の御曹司《おんぞうし》で、大学で哲学を学んでいたが、信じられなくなって中退したという。そのかわりに、一生をかけて「人生の大学」で学ぶことにしたのだ。これまであらゆる仕事についてきた。歩く広告塔《こうこくとう》になって目抜き通りの選帝侯大通り《クアフュルステンダム》を歩き、コック見習いになって二年間「大海原」を旅し、浮浪者《ふろうしゃ》、畑仕事、物乞《ものご》いなどをし、刑務所にはいったこともある。そしてサーカス一座と旅をし、露天《ろてん》でおもちゃの行商もした。いまは「工業労働者」を学習中だ。ヴィリーは父親からもらった長い手紙を肌身《はだみ》はなさず持っていて、ハンスにも見せてくれたことがある。血迷ってしまった息子ヴィリーがいつか正気に戻るのを待っている、ヴィリーにはヴェストホフ一族の血が流れているのだから、といったことが書いてあった。

「おやじに文句はないさ」ヴィリーはいった。「おやじなりにちゃんとやってる。靴《くつ》にも文句はない。はだしで切り株《かぶ》だらけの畑を歩くのはご免《めん》だからな。だけど自分の人生は自分で決めるよ」

お屋敷《やしき》育ちのぼんぼんが自分から人生を学びはじめ、「工場労働者」にまでなってしまい、父親は父親で、はちゃめちゃな息子が自分のところに戻《もど》ってきて、靴工場主になってくれるのをじっと待っている。めずらしい話だ。ヘレやエデのような人間が政治的に左になるのは不思議でもなんでもない。ひどい目にあえば、だれでも抵抗《ていこう》するものだ。だけどヴィリーはどうだ？　そのことをハンスがたずねると、ヴィリーはにやっと笑った。「おれたちの神様たちはみんながみんな労働者じゃなかったんだぜ。気がつかなかった？　マルクスもエンゲルスもレーニンもルクセンブルクもね。安アパートや日雇《ひやと》い農夫のほったて小屋で育ったやつはひとりもいないんだ」それからにんまりとした。「きみたちは腹《はら》で考え、ぼくらは頭で考える。真の労働運動を起こすためにはそこがネックなんだ」

最後の言葉はドイツ共産党を暗示していた。党員の多くは知識階級を好まない。労働運動に真剣に取り組むのは労働者だけだと思っている。知識階級は偏向《へんこう》しやすいというのだ。それにもちろん、ヴィリーが急に労働者になれるわけでもない。ヴィリー自身そういっていた。「ぼくはあくまでも学生さ。いつでもおやじの仕事場に舞《ま》い戻れる。でもきみたちにはそういう逃げ場はない。疑《うたぐ》り深くなるのもあたりまえさ」

ヴィリーは決して英雄ではない。そのことも、ハンスにはわかっていた。だがヴィリーはうそがつけず、歯に衣《きぬ》きせずなんでもいってしまう性格だ。そのためになぐられたりひどい目にあったりしても、彼は平気だった。そのすべてが彼にとっては学習なのだ。

シュレーダーがヴィリーの言葉に反応しなかったので、ヴィリーは火に油を注いだ。「まあ、世の中そういうもんなんだろうな。下司《げす》どもってのはなぐり合いをして仲間になる。共産党は好きなだけスープにしょんべんをかければいいのさ。連中、茶色いのはブイヨンだって思うからさ」

クルンプがそわそわしはじめたが、シュレーダーはまだクルンプをけしかけなかった。「それなら、おまえらノミのサーカスは、スープを透明《とうめい》にするコツを共産党に教えてやったらいいじゃないか」シュレーダーははじめてヴィリーに向かっていった。

「簡単さ」ヴィリーはそれでもハンスに向かって話しているようなふりをした。「ぼくなら、共産党にコックを変えろっていうな。スープが茶色いしょんべんにならないようにね」

クルンプがかっとなって、ヴィリーにとびかかり、げんこつを鼻先にあてた。「いいかげんにだまらねえと、はらわたがとびだすまでぶんなぐるぞ。わかったか？」

ヴィリーはげんこつを無視した。

「願わくは、茶色くにごったスープの中身が見通せるくらい、多くの労働者が賢《かしこ》くありますようにって祈《いの》るばかりだな。だけどばかに効く薬ってないんだよね」

クルンプがなぐりかかった。ヴィリーもなぐられるのがわかったのか、さっと身をかわした。クルンプが腕《うで》をふりおろすまえに、シュレーダーがその腕をおさえた。

「なにをあせってるんだ？　時間はあるじゃないか、たっぷりとな。どうせおれたちの餌食《えじき》になるんだ。みんなな」

ヴィリーは聞き流し、ロッカーをしめると、小声で歌いはじめた。

「おれには車も土地もないけれど、だけどみんなが大好きさ」

またクルンプがとびかかろうとした。シュレーダーが無理矢理ひきとめた。

「落ちつけ、ベルンハルト！　朝から歌うやつには、夕方、ネコからお呼びがかかる。好きに歌わせておけ。おれたちのお楽しみはそれからでいい」

クルンプはなにも答えず、ハンスとヴィリーを憎《にく》しみのこもった目でにらみつけ、シュレーダーやほかの荷降ろし作業員といっしょにシャワールームを出ていった。

ヴィリーはほっとしたのか額《ひたい》の汗をふいて、ハンスににっこりほほえみかけた。

「びびったかい？」

「ああ」ハンスは白状した。

「ぼくもだ。だけど、びびってるなんて気づかせちゃいけない。びびってるやつは抵抗《ていこう》なんてできない。あいつらは、そのことを知っている。だからああいうことをやるんだ。ばかのひとつおぼえさ」

羊飼い湖の畔《ほとり》

仕事が終わった。ハンスは工場の壁《かべ》のそばに立ちながら待っていた。今度こそ、だれにもじゃまされずに、お下げ髪《がみ》の子に話しかけなくては。もちろん、ひとりなのを願うばかりだ。明日は土曜日。仕事は半日だけ。彼女にうまく会えるとはかぎらない。

ノレとその同志たちは、募金《ぼきん》を集める缶をもって第四ゲートの前を走り回っている。ハンスはすぐに二グロッシェン寄付《きふ》した。これでもうほっといてもらえる。ただノレはちらちらハンスの方を見ていた。

通りはすっかり暗くなった。自転車にのったガス灯《とう》夫が火をともしていった。街灯が黄色い光を放っている。ただフンボルトハインの公園だけは、ほとんどガス灯がないので真っ暗だ。都市高速鉄道の駅に向かう労働者は、そんな暗がりのなかでもかまわず公園を通り抜ける。

ハンスは帽子《ぼうし》を目深《まぶか》にかぶり、魔法瓶《まほうびん》をいれたカバンを抱《かか》えなおし、壁のそばに寄る。ゲートから離れていれば、声をかけられたりして、ミーツェに話しかける機会を逸《いっ》したりはしないだろうと思ったのだ。

ビュートウ主任が自転車を通りに押しだし、ノレを無視して走り去った。主任は今日、一日中なにか考え込んでいた。ハンスの方を何度も見て、なにか話したそうだった。そして仕事が終わる直前にやってきて、ヘレと話ができないかとたずねられたのだ。ハンスはびっくりしながら、こっくりうなずいた。兄さんが主任と話したがらないわけがない。主任は、ハンスの気持ちを察した。

「そう簡単なことじゃない。共産党がナチ党と手を組んで社会民主党に対してストをする時勢だからね」

ハンスはヘレとその同志たちのことをはずかしく思った。シュレーダーやクルンプといっしょに主任に対してストをする。あってはならないことだ。だけど、どうして社会民主党はストに加わらないんだろう？　賃金削減《さくげん》はどう考えても不当だ。本当にベルリン交通の首脳部《しゅのうぶ》が仲間だからなのだろうか？もちろん主任にたずねはしなかったが、どうしても知りたいことだった。

女の子がひとり、ゲートからでてきた。ベレー帽《ぼう》、お下げ髪《がみ》、きつそうなコート。ハンスの心臓が高鳴った。とうとう出てきた。ひとりだ。ハンスはゆっくり歩き出したが、だんだん歩調が速くなった。ミーツェはまるで競歩の練習でもしているような早足で歩いていく。追いつくには、懸命《けんめい》に歩かなければ。

彼女はヴィーゼン通りに向かっていた。暗いフンボルトハイン公園の外周を歩いていく。あと三歩で追いつく。なにかいわなければ。だけどなんて声をかけたらいいだろう？　ハンスはまだ女の子に声をかけたことがなかった。いずれにせよ、こういう形で声をかけたことはない。

突然《とつぜん》、ミーツェが立ち止まりふりかえった。ハンスはあぶなくミーツェにぶつかるところだった。

「なにか用？」ミーツェの声には敵意がこもっていた。

「ぼく、ぼくは」ハンスは口ごもった。「いや、ただ……」

ミーツェが近くに寄《よ》ってきて、そして笑い出した。「なんだ、あなただったの。まったくびっくりするじゃない。だれかに襲《おそ》われるかと思ったわ」

たしかに、ばかなことをしたものだ。こんな暗がりで女の子の後をつけるなんて。「ごめん。そんな風には考えてなかった」困ってしまったハンスは目を落とし、なにをいったらいいかわからずにいた。

「こっちへいくところ？」

「いや」

「あら、そう」

なにかいわなければ。なんでもいい。ここにただつったたって、ばかづらを下げているわけにはいかない。

「それじゃ、どこにいくところなの？」

「あ、その、きみのところに」ハンスはやっとそれだけ口にした。

「あたしになにか用？」ミーツェは少し興味を覚えたようだ。

「映画の券が二枚あるんだ。日曜日の。一枚余ってて。それでどうかなと思って」

「わたしにいっしょに来ないかっていうの？」

ハンスはほっとしてうなずいた。いいたいことは伝わった。あとは彼女が誘《さそ》いを受けるかどうかだ。

ミーツェは大きな目でハンスを見つめ、しばらく考えてからいった。「あなた、ハンスっていうんでしょ？」

夏、女工たちに笑われたときに耳にしたのだろう。「ああ、そうだよ。ハンス・ゲープハルトっていうんだ。きみは？」

「ミーツェよ」

「それは本名じゃないだろう」

「ええ、ちがうわ」ミーツェはゆっくり歩き出した。ハンスがとなりを歩くのを当たり前のように受け入れている。「本当の名前が好きじゃないの」

「でも、教えてくれたっていいだろう」これで少しは話題ができた。

「どうしてもっていうなら。マルガレーテっていうの。マーガリンみたいじゃない？」

ミーツェはハンスをうかがうように見た。

ハンスは、マルガレーテという名前をそんなに悪くないと思った。

「ぼくのクラスにもおなじ名前の子がいたよ。みんな、グレーテって呼んでた」

「家ではわたしもそう呼ばれているわ」ミーツェは手をふった。「大して変わらないわ。グレてるみたいで」

ミーツェは何事にもけちをつけるたちらしい。ハンスはすこしふざけてみることにした。

「ラプンツェルとかだったらよかったのに」

ミーツェが笑った。「まったく、このお下げ髪《がみ》には困ったものよ。おばさんが、どうしてもこうしろってうるさかったの。学校に上がる前のことだけど。それっきり切ろうかどうしようか決心がつかないの。切ったら、おしまいでしょ。ノリでくっつけるわけにはいかないもの」

「そのままでいいよ。ぼくは、あの、ぼくは好きだから」ハンスはすこしはずかしかった。ハンスが気に入ろうがどうしようが、ミーツェには関係ないかもしれない。

「本当？」

関係なくはなかったようだ。

「もちろん！　そんな長いお下げ髪ってめったにないじゃない」

「おしりまであるものね」

「そう、そう」ハンスは笑った。まさにそういおうと思っていたのだ。

「でもお下げ髪って流行《はや》ってないでしょ」ミーツェは歩いているのか、立ち止まっているのかわからないほどゆっくり歩いていた。工場からでたときはあんなに早足だったのに、急にひまになったかのようだ。

「読書家はお下げ髪でもいいさ」ハンスはだんだん元気がでてきて、ミーツェの布袋《ぬのぶくろ》を指さした。「今日はどんな本をもってるの？」

ミーツェは、はじめて会ったときのことをいっているとわかった。

「本をもってくるのは夏だけ。冬は寒すぎるもの。ベッドで読むほうがいいわ」

「読むのが好き？」

「けっこうね。あなたは？」

「まあまあ」これからはもっと読書をしようと思った。仕事をするようになって、めっきり本を読まなくなった。夜はへとへとに疲《つか》れているからだ。

「図書館には名前を登録している？」ミーツェがたずねた。

「ああ」

「わたしも。でも気に入った本は自分で買うの。手元に置いておきたいから」

そんなにお金があるんだろうか？　本は高い。本を買う金があるのなら、なんでサイズのあわないコートを着ているんだろう？　だがハンスはそのことをたずねなかった。はじめて話をした日に聞くような話題じゃない。「読書をする人って好きだな」かわりにハンスはそういった。ユッタがよくいう言葉だ。

ガス灯《とう》の真下で、いきなりミーツェが立ち止まった。

「じゃあ、わたしのこと、好き？」

なんて答えたらいいんだろう？　もし好きじゃなかったら、映画に誘《さそ》うだろうか？　ミーツェは大きな栗色の瞳《ひとみ》でまじまじとハンスを見つめている。ちょうどにらめっこをしたあの日みたいだ。

「さあ、答えて。逃げ場はないわよ」

「もちろん好きさ」ハンスはすこしむっとしているような口調《くちょう》でいった。「いつもそうはっきり聞くわけ？」

「あなたはちがうの？」

「いや、そんなことはないけど」ハンスは深呼吸をした。「いっしょにきてくれるかどうか知りたいけど」

「なにをやってるの？」

「『戦艦《せんかん》ポチョムキン』。ロシアの映画だよ」

「戦争の映画？」

ハンスは肩《かた》をすくめた。どういう映画か知らなかった。題名はたしかに戦争映画みたいだ。

「そういう映画は好きじゃないの」ミーツェは歩き出した。「映画を見るなら笑いたいもの、泣くのはいや」

どんな映画だっていいんだけどな、とハンスは思った。

いっしょにいられれば、それでいい。だけど、そんなことをくどくど説明するなんて。わかってくれないかな？

「いっしょにいくっていったら、うれしい？」ミーツェは小さな声でいった。ほとんどささやき声だった。

「もちろんさ！」

「いかないっていったら、悲しい？」

「うーん」

「うーん、じゃ足りないな」

「じゃあ、はい」

「本当？」

「本当だよ！」

女の人がひとり、公園からでてきた。小さな帽子《ぼうし》をかぶり、ハイヒールをはき、バッグをぶらぶらさせている。暗い公園で男を誘《さそ》う女たちのひとりだ。家族を養《やしな》うために安アパートで身を売る女たちよりは高級といわれている女のひとりだ。女はハンスとミーツェには目もくれず、そばを通りすぎては立ち止まり、また歩き出した。

ミーツェは急におとなしくなった。

「映画は何時にはじまるの？」

「午前十時。特別上映なんだ」

「どこで？」

「フンボルト映画館」

「わかったわ！」ミーツェはハンスに手をさしだした。「それじゃ、映画館の前で会いましょう」

ハンスはがっかりした。

「もうさよならしたいの？」

「そんなことはないけど」ミーツェははげしく首をふった。「でも、いつまでもいっしょに歩いてるわけにはいかないでしょ。あなたが住んでいるのはアッカー通りじゃない」

どうして住んでいる通りを知っているんだろう？　だれかから聞いたんだ。たぶんビュートウ夫人からだろう。

「だからどうだっていうんだい？」ぜんぜん気にしていないふりをした。

「だからどうだっていってもね」ミーツェがまた笑った。「わたしがどこに住んでいるか知ってるの？」

「知らない」

「羊飼い湖よ」

羊飼い湖だって？　ベルリン郊外のライニケンドルフじゃないか。まだ三十分は歩かなくちゃならない。

「ほらねえ。びびったでしょ」

「そんなことないよ！」ハンスは強気でいった。「ぜんぜん平気さ。テーゲルに住んでるっていわれたって平気だもの。家まで送っていってもいい？」

「本気でいってるの？」

「もちろん！」ハンスは顔を輝《かがや》かせた。今日は五分もいっしょにいられれば万々歳だと思っていた。映画に誘って、返事をもらう、それでおしまい。なのに家まで送っていけるかもしれない。それもだいぶ長い道のりだ。

「わたしが考えていること、わかる？」ハンスはじっと見つめられた。

「なに？」

「あなたって、ちょっとおかしいって思ってたの」

「ちょっとだけ？　残念。残りはどうだと思う？」

するとミーツェは首をふっただけで、ライニケンドルフの方に向かってずんずん歩き出した。ハンスはミーツェを追い越《こ》すと、早足で二歩ほど前にでた。ミーツェも歩調を速めた。とうとうふたりは暗い通りをかけだした。もうそれ以上走れなくなると、笑いながら歩みをゆるめた。ハンスは自分のカバンを左手に持ちかえると、右手でさっとミーツェの手をとった。

「なによ」ミーツェはおどろいた。「恋人同士のまね？」

「ちがうよ」そういうと、ハンスはにやっと笑った。「ヘンゼルとグレーテルさ」

すぐには合点しなかったミーツェだが、急に腹《はら》をかかえて笑い出した。ハンスのいうとおり。ミーツェはグレーテルで、ハンスはヘンゼルだ。「じゃあ、いじわるな魔女はだれ？」すこし笑いがおさまると、はしゃいでたずねた。

ハンスは考えた。

「ぼくらのメルヘンには魔女はでてこないんだ。ホレおばさんに登場してもらうよ」

ミーツェはまじめな顔になった。

「本気？」

ハンスはうなずいた。ミーツェはそれっきりなにもいわず、ハンスに手をにぎられたまま、並んで歩いた。ヴィーゼン通り、ケスリン通りを抜けて、ライニケンドルフ通りに入る。ハンスは、ヘレと身重なのに掃除婦《そうじふ》をしているユッタのことがふと脳裏《のうり》をかすめたが、ミーツェと手をつないで歩いていることがうれしくてすぐに忘れた。ミーツェの小さくてしっかりした指を感じる。ミーツェもおなじ気持ちだろうか？　この幸福感はなんだろう？　愛？　アッカー通りの仲間が聞いたら、笑いだすだろう。そんなことあるもんかと言いながら、女の子とデートするときどんな気持ちか身ぶり手ぶりで教えてくれようとするにちがいない。でもそれは、ただのはったりで、本当はぜんぜんちがうかもしれない。

ミーツェは、だまって歩いていても平気なようだ。なにか考えながら並んで歩いている。ハンスがちらっと見ると、ミーツェもまじめな顔で見返した。ハンスがそっとほほえんでみせると、ミーツェもときどき笑みを浮かべる。でもたいていはまじめな顔をしている。なにかハンスにたずねようと思っているのに、その勇気がない。そんな感じだ。

オスカー広場のベンチに男がひとり眠っている。宿なしか、酔《よ》っぱらいだろう。ミーツェはそのベンチをさけるようにして歩いた。

「こわいのかい？」

「ちょっとね」

「大丈夫だよ、ぼくがついているから」

ミーツェは軽く笑った。まだお互いよく知らないのにっていうような皮肉っぽい笑いだった。

それを見て、ハンスは勇気を出していってみることにした。

「体育館で目が合ったよね。あのときはよくあんなに辛抱できたね」

ミーツェにも、なんのことをいっているのかすぐにわかった。

「あなただって」

「でも、きみにはかなわなかった」

ミーツェはすこし迷ってから、小さな声でいった。

「勝ったのははじめてよ」

みぞおちにげんこつを一発くらったようなショックを受けた。ミーツェは何度もああいうことをしているんだろうか。ハンスはおもわず手を放そうとした。その手を、ミーツェがしっかりつかんだ。

「負けたからって気にすることはないわ。あたし、あなたのことが気に入ったもの」

ハンスがショックをうけたのはそういうことじゃない。ミーツェがほかの少年ともにらめっこをしたということが気に入らなかったのだ。怒るほどのことでないことはわかっている。だけど、想像しただけで内心穏《おだ》やかではない。

ミーツェもようやくハンスの気持ちを察したようだ。

「あなた、ばかね」

「ぼくの名前はハンスだ。バーカじゃないよ」

にらめっこをされて、有頂天《うちょうてん》になるなんて間抜けな話だ。こんなにかわいい子にボーイフレンドがいなかったわけがない。それに自分よりもきっと年上だ。いま、ボーイフレンドがいないことを喜ばなければいけないのに。

「あなたのどういうところが気に入ったかわかる？」ミーツェがいきなりたずねた。

「わからない」

「あなたがほかの子とちがうからよ」

ハンスはぎくっとした。「どこがちがうわけ？」

「ほかの子より物静かでしょ」ミーツェがすぐにいった。「それになんとなくやさしいし」

おなじようなことを母親からいわれたことがある。ハンスはだれよりも静かな赤ん坊で、おとなしくて聞きわけのいい少年だったという。だけど、やさしい子だとはいわれなかった。

「ところで、工場のおばさんたちはなんでぼくのことをあんなに笑ったのかな？」

「おばさんたちは男をからかうのが好きなの。コイル巻きをして、巻いた数を数えるだけの毎日でしょ。席から離れることもできないし。退屈《たいくつ》なのよ。ちょっとした気分転換《てんかん》なのね」

「きみが一番年下？」

ミーツェはうなずいた。

「いくつ？」

「十六よ、あと数週間で。あなたは？」

「十五。あと三か月でね」

ハンスはすかさずミーツェの顔をうかがった。ミーツェはがっかりしていない。ミーツェはそのまま話しつづけた。工場で働きだして一年以上になること。仕事にうんざりしていること。本当はフォトラボで働きたいと思っているけど、見習いの職が見つからないこと。「わたしのおじさんもAEG《アー・エー・ゲー》で働いているの。経理部でね。それで、わたしをコイル工場にいれてくれたの。そこの主任と顔見知りだったから」

ハンスの場合と似たようなものだ。いまどきコネでもなければ仕事など見つからない。「でも、なんでフォトラボで働きたいんだい？」

「写真の現像の仕方を学びたいから。いつか報道カメラマンになりたくて」

ミーツェの言い方は、報道カメラマンに憧《あこが》れているというのとはちがっていた。まだあきらめてはいないのだ。

「おとうさんとおかあさんはなにをしているの？」しばらくしてハンスがたずねた。ミーツェのことならなんでも知りたかった。

すぐには答えがかえってこなかった。そしてこうことわられた。

「まだ話したくないわ。はじめて話をした日にいきなりはちょっと。わたし、おじさんとおばさんのところでやっかいになっているの。ふたりとも、わたし、大好き」

ミーツェは「はじめて話をした日」といった。これからも話をするつもりらしい。ハンスはうれしくなった。

「きみが好きだというのなら、いい人たちなんだろうね」

「あなたって、そういううれしいことをよく口にするの?」ミーツェは大きな目でハンスを見た。

「ああ」ハンスは静かに答えた。「でもきみにだけさ」

ふたりは羊飼い湖についた。月明かりが、木ややぶに囲まれた小さな湖に映っている。とても静かだ。ハンスは、戦争になる前、両親がヘレとエルヴィンとマルタをつれてこの湖へ水浴びに来たという話を聞いたことがある。ヘレとエルヴィンはまだちびで、マルタは赤ん坊だったという。ムルケルとハンスは、マルタの言い方を借りると、影《かげ》もかたちもなかったころの話だ。その後は、ちゃんとした水浴場のあるプレッツェン湖にいくようになった。

ミーツェは立ち止まったが、にぎっている手を放さなかった。ハンスは急に胃《い》のあたりがむずむずした。ミーツェを抱《だ》きしめて、ほおにキスをし、やさしくなでたいという衝動《しょうどう》に駆《か》られた。

「住んでるのは湖のほとり?」ハンスはほとんどささやくようにいった。

「向こうよ」ミーツェは暗がりの方に顔を向けた。

しばらくなにも見えなかったが、目がなれると、ほとんど明かりのついていない平屋が何軒《なんげん》か見つかった。家庭菜園用の小さな家だ。その窓から石油ランプの明かりが漏《も》れている。ハンスはびっくりしてミーツェを見た。

「冬は寒いんじゃない？」

「朝方だけね」ミーツェは軽く笑った。「カールおじさんとベルタおばさんは自然が好きで、それでこんな郊外に暮らしているの。おじさんたち、ここのほうが町中よりずっと健康な暮らしができるっていっている。まあ、典型的な家庭農園愛好家ってわけ」

ハンスはなにをいっていいかわからなかった。ミーツェはここで別れるつもりなのだろう。ハンスとしては、このましばらくそこにいて、いっしょに湖でも眺《なが》めていたいのだが。

するとミーツェが手をさしだした。

「それじゃ、日曜日に」

ハンスは首をよこにふった。

「明日だよ。明日、門の前で待っている」

ミーツェはびっくりして手を引っ込めた。

「そんなのやめて。またおばさんたちに冷やかされるわ」

「きみの顔を見たいだけだよ。門の前に立って、きみを見るだけ」

ミーツェはなかなか本気にしなかったが、やがて笑いながら首をふった。

「本気なの？」

「もちろん！　ぼくららしいだろ。物静かで、やさしいぼくらは、門の前で目を見交わすだけでいい」

ハンスの気持ちを察したミーツェは、手を放して、湖から数歩離れると、ふいに立ち止まって、ハンスを手招きした。ハンスが目の前に来ると、ミーツェは目をふせたままささやいた。

「わたしにキスしたい？」

「もちろん！」ハンスはそれだけいった。

「いいわよ」

ハンスは息が止まりそうになった。それからさっと身をかがめ、ミーツェの唇《くちびる》にキスをした。ミーツェはハンスと唇を重ね、目をとじた。ハンスが離れると、ミーツェはがっかりしたようにいった。「ずいぶん短いのね」

ハンスはもう一度キスをした。さっきよりも長く唇を重ねた。だがまだまだ本当のキスにはほど遠かった。本当のキスというのは、舌を使うらしい。ハンスがまだちびのころ、唇をあけ、舌を情熱的にからませるんだと、ちびのルツがいっていた。でもミーツェの唇を感じ、彼女の顔がすぐそばにあるだけで無性にうれしかった。

ハンスが離れると、しばらくだまっていたミーツェがようやく小さな声でいった。

「あのね、キスをしたのはあなたがはじめてよ」

ハンスは思いも寄らなかった。ミーツェはもうすぐ十六になる。アッカー通りでは十三の子どもでもキスをする子がいる。それにミーツェはあんなにらめっこをよくやっているらしいのに。

ハンスがうたがっているのを、ミーツェは感じとった。

「本当よ」ミーツェはハンスをじっと見つめた。「こんなことをいうのはね。だれとでもすぐにキスをするなんて思われたくないから」ミーツェはさっと手を差し出すと、身をひるがえし、闇《やみ》に姿を消した。

ヒトラーが首相になりさえすれば

アッカー通りへの帰り道。ハンスは魔法瓶《まほうびん》のはいったカバンをかかえて暗い通りを歩いていた。あたりは静まりかえっている。ミーツェと手をつないで歩いていたときは、路面電車やバスを見かけなくても気にならなかったが、乗り物の往来がない街がいまはまるで死んだように見える。自動車が一台、通り過ぎた。ヘッドライトの明るい影《かげ》が、家並みをなめるようにすべっていく。けれども、ハンスはその光が目に入らなかった。気持ちはまだミーツェのところにいっていて、じぶんたちの未来に思いをはせ、映画の一コマのようなすてきな夢を思い描いていた。

三十七番地の手前まで来てはじめて、両親が心配しているんじゃないかと思った。いままでいつも、仕事が終わるとまっすぐ家に帰っていたし、遅《おそ》くなるときは、前もっていってあった。

二番目の中庭に人だかりができている。制服に気づいて、ハンスは歩みを遅くした。突撃隊《とつげきたい》だ！　すくなくとも十人から十二人はいる。ここになんの用だろう？　なにかあったんだろうか？

「やあ、ハンス！」隊員のひとりがそばにやってきた。

ハンスは後ろに一歩さがった。突撃隊員に、気軽に声をかけられるような知り合いはいない。ハンスはがくぜんとした。自分の目が信じられなかった。そばにやってきたのは、ちびのルツだったのだ。

「びっくりしたかい？」ルツが街灯《がいとう》の下に立った。突撃隊の帽子《ぼうし》をかぶり、帽子のひもをしっかりあごにかけている。ちびのルツは見ちがえたようだ。

マックセ・ザウアーも暗がりから姿をあらわした。やはり制服に身をかためている。いやになれなれしい笑みをうかべている。「どうした。まだあいさつする気はないのか？」

「こんちは」そういってハンスはすりぬけようとした。

突撃隊員のひとりがハンスをつかまえた。「ハイル・ヒトラーっていえよ。さあ、はやく」

男はビール臭《くさ》い。額《ひたい》も鼻もあごもやけに大きく、そのわりに口だけが妙《みょう》に小さい。ハンスはふりきろうとしたが、男の手に吸盤《きゅうばん》でもついているのか、身をふりほどくことができなかった。「さあ、いえよ」

だれか来てくれないだろうか。知り合いで、味方になってくれるだれかが。

マックセ・ザウアーがまたなれなれしいそぶりを見せた。

「どうしたい、おちびさん。いつも鼻っぱしらが強いのに。こわいのかい？」

ハンスはこわかった。ものすごくこわかった。突撃隊が乱暴で残忍《ざんにん》なことは知れ渡っている。ハンスは腰《こし》がぬけそうだった。突撃隊がケスリン通りを襲ったのはつい二週間前のことだ。住民が対抗して、追い返したものの、何人かはこてんぱんにやられたと、ヘレがいっていた。

額の広い男はハンスの腕《うで》を放すと、上着の襟《えり》をつかんだ。フェイントだった。ハンスが上着をつかむ手に顔をむけたとき、男はハンスの鼻をげんこつでなぐった。激痛が走り、口に血が流れ込んだ。まわりの男たちが笑った。

「どうだ、ちびすけ。これでおまえの顔は心の中とおんなじ赤に染まったぜ」

「やめろよ！」ちびのルツがかばうように、ハンスの前に立った。「こいつはハンス・ゲープハルト。おれの友だちなんだ」

「友だちだ？」額の広い男がポケットに手をつっこんだ。「共産党員に友だちがいるのか？」いきなりまたハンスにとびかかってきた。ちょうど鼻にハンカチをあてていたハンスは、ふりかぶってくるげんこつに気づいて、頭をそむけた。だが一瞬《しゅん》遅かった。メリケンをにぎったげんこつが右のほお骨にあたった。頭がくらくらして、地面にぶったおれた。カバンが落ちて、魔法瓶《まほうびん》がころがった。

「おい、おい、どこにいくつもりだ？」男は襟元《えりもと》をつかんでハンスを起こした。「まだ用事は済《す》んでないんだよ。それとも、突撃隊《とつげきたい》へのあいさつの仕方を思い出したか？」

「いっちまえよ」ちびのルツがせがんだ。「いっちまえよ。もっとなぐられるぞ」

男がメリケンをにぎりなおしているのを見て、ハンスはいった。

「ハイル・ヒトラー！」

「よし、よし！」マックセ・ザウアーがうれしそうにいった。「むずかしかねえだろう、え？」

額《ひたい》の広い男はがっかりしていた。もっとなぐりたかったようだ。

「くたばれ、モスクワ！　さあ、いえよ」

ハンスはすこし迷ったが、いうとおりにした。

「くたばれ、ユダヤ人！　さあ、早くいえ、さもないと」

男はまだ血があふれだすハンスの鼻先にこぶしをだした。

「くたばれ、ユダヤ人！」

男はハンスから離れた。調教があっけなく済んでしまったので、物足りないようだ。「骨のある生徒のほうが、おれの好みだぜ。そういうやつのほうが楽しめるからな」

まわりの男たちが笑った。ハンスはかがんでカバンをとり、かなり離れたところにころがっていた魔法瓶をひろいあげると、鼻にハンカチをあてて、男たちの前を通り過ぎた。ものすごくはずかしかった。自分に勇気がないことはわかっている。だがこれほどにおとしめられるとは。

ちびのルツが後についてきた。三つ目の中庭でハンスを追い越《こ》した。

「なんですぐにいわなかったんだよ。そうすれば、なにもされなかったのに」

ハンスはちびのルツをこわい顔でにらみ、鼻をすすると、ルツの足元に血をはいた。かつてヘレの友だちで、ハンスの友だちでもあるルツ、ムルケルとサッカーをし、ハンスの母親に台所でたらふくごちそうになってきたルツ。すくなくともちびのルツなら、ハンスとそのまわりの人たちがどう思うかわかっているはずだ。

「なにをするんだよ？」ちびのルツが言葉を荒《あら》らげた。「おまえを助けてやったんだぞ。おれがいなかったら、こんなもんじゃすまなかったんだからな」

「あいつらがどういう連中かわかっているくせに、なんでいっしょにいるんだ？」

「だって、あいつら、世の中をよくしようとしてるから」ちびのルツが急に目を輝《かがや》かせた。「ほかのやつらは口先ばっかじゃないか。だけど、おれたちは世の中を変えたいんだ。平和とパンが望み。そしてみんなが仕事をもてること。ヒトラーは約束してる」

これがあのサッカーに夢中だったちびのルツだろうか？　制服を着ただけで、こんなに変わってしまうものだろうか？　ハンスもちびのルツもいままで政治にはたいして興味がなかった。なのにそのルツが政治を口にするなんて。しかも自分は政治の犠牲者《ぎせいしゃ》だという。まだハンスに同情しているが、なぐられたほうに責任を押しつけるくらいだ、いつまで同情してくれることか。

ちびのルツには、ハンスの気持ちがわからなかった。

「突撃隊《とつげきたい》のホームにいけば、毎日スープが飲めるんだ」ちびのルツは興奮していった。「あそこならちゃんと話しかけてくれるし、話も聞いてくれる。ヒトラーが政権につきさえすれば、みんな仕事がもらえるんだ」

ハンスはふいに、ちびのルツをいつも見下していたことに気づいた。ルツにも望みや興味はあるんだ。そしてルツなりに絶望もしていたのだ。

「なんだって、ザウアーなんかの口車に乗ったんだよ！」

「口車に乗っただって？　マックセはいいやつだよ。あいつから聞いたことは、知らないことばかりだった。あいつのいうとおりなんだ。おれたちだっていっぱしのことはできるんだ。人のいいなりにならない。そうすりゃ、暮らしもよくなるんだ」ルツはなにかひらめいたのか、目を輝《かがや》かせた。「いっしょに来てみなよ。話を聞くだけでいいんだ。おまえ、ばかじゃないから、おれたちが正しいってわかるはずだ」

ルツを笑いとばすべきだろうか？　それとも顔をぶんなぐるべきだろうか？　一瞬《しゅん》、ハンスは小柄《こがら》なルツを信じられないというように見つめてから、そこに置き去りにした。

「見てろよ！」ちびのルツがっかりしながらいった。「いまにわかるさ。おれたちがいいことをしようとしているのがな」

ハンスはすでに奥の中庭に通じる通路を抜けていたが、最後の言葉は聞こえた。何度も血をぬぐいながら、四番目の中庭を横切ってアパートの入り口にはいり、重い足をひきずりながら階段をあがった。ナチの仲間になったちびのルツ。裏切りだ。ちびのルツはいままで自分の人生の一部だった。子どものころからの友だちだった。その彼がいまは敵だ。今度は助けてくれないだろう。そしてその次には、なぐりかかってくるかもしれない。

ムルケルがドアをあけた。「遅《おそ》かったね」すぐにそういったが、血だらけの顔を見て、目を丸くした。

「どうしたの？」

「なんでもないよ！」ハンスはムルケルを押しのけると、台所にはいり、カバンをおろしていすにすわり、血がとまるように顔を仰向《あおむ》けにした。

『夕刊ベルリン』を読んでいた父親が顔をあげた。

「街頭闘争にまきこまれたか?」

ハンスはゆっくり控えめに話した。自慢《じまん》できることじゃない。

「ハイル・ヒトラー」

「くたばれ、モスクワ」

「くたばれ、ユダヤ人」

そういう言葉をいわされたのだ。

いえといわれたら、「くたばれ、共産党」ともいっていただろう。

「くたばれ、かあさん」

「くたばれ、ヘレ」

「くたばれ、ユッタ」

なんでもいっていた。

父親はだまって聞いていた。ムルケルも一言も口をはさまなかった。ハンスの気持ちになって、心を痛めていた。

「なんでそんなことをいわなくちゃいけなかったの?」ハンスが話し終わると、ムルケルがたずねた。

「兄さん、なにも悪いことしてないんだろう?」

「そんなことはないんだ!」父親がヨード液をもってきて、ハンスに瓶《びん》をもたせ、メリケンでさけた傷口をそっとふいた。「あいつらの気にくわないことをしてしまったのさ。あいつらと考えがちがうってことでね。わかるかい？　ハンスはあいつらに反対している。それが気に入らないのさ。むかつくんだ。だからちょっかいをだすんだ」

ヨード液がしみて、ハンスは涙をながした。

「だけど、うそはつけないよ。だって、ナチじゃないんだから」

父親は傷口に絆創膏《ばんそうこう》をはった。

「あいつらと考え方がちがう。感じ方がちがう。あいつらは、そういうのを敏感《びんかん》にかぎわけるんだ。そして決して許《ゆる》さない。気に入るまいが、自分でなんとかするしかない」

父親のいうとおりだが、そんなにたやすいことじゃない。シュレーダーとクルンプなら、なんとかなるだろう。シャワールームではひとりじゃない。そこでなら、むちゃなことはしないだろう。刑務所にはいりたくないだろうから。でも路地の暗がりや人気のないアパートの中庭でなら、なにをするかわからない。

ムルケルがハンスの前に立って、血とヨード液に染まったハンスの顔を不安そうに見つめた。

「あのさ、兄さん、約束したよね。宿題を見てくれるって。ずっと待ってたんだよ。なのにもう寝《ね》る時間じゃない。明日試験があるのに」

「まだ時間はあるだろう」ハンスはムルケルをわきにやると、蛇口《じゃぐち》にいって、布をぬらして顔をふいた。

「かあさんは？」

父親はふたたび腰《こし》をおろして、新聞をたたんだ。

「ユッタのところだ。ヘレが迎《むか》えにきた。もうすぐ生まれるらしい」

ハンスは二度もケスリン通りを通ったのに、ヘレのところに寄《よ》らなかった。帰りに寄ってみればよかったのに、ミーツェのことばかり考えていてうっかりしていた。そうしていれば、中庭でザウアーたちと鉢合《はちあ》わせずにすんだかもしれない。

「さあ、すこしおなかにいれるといい。元気がでるぞ」父親はそういって、食卓《しょくたく》にのっていたパンとラードをさした。

ハンスはすわって薄切《うすぎ》りのパンにラードをぬり、塩をふりかけて、かぶりついた。腹《はら》ぺこだった。ウサギを一羽丸飲みできそうなくらいだ。食べながら、ユッタの様子をたずねた。

「赤ちゃんはもう生まれたかな？」

父親は肩《かた》をすくめた。

「さあな。時間がかかるものなんだ。とくにはじめてのときはな」

「なんで知ってるの？」ムルケルはそういって、父親のひざにのった。

「かあさんは五回も出産していて、そのうち四回は父さんもいっしょにいたからな」

「ぼくが生まれるときもいたの？」

「ああ、そうだよ」父親はムルケルにほほえみかけた。「おまえのときもいた。ただハンスのときだけいなかったんだ。戦争にいっていたからな」

ムルケルはしばらく考え込んで、それからたずねた。

「生まれてきたとき、ぼくはなにを着ていたの？」

「小さな潜水服《せんすいふく》を着ていたぞ」父親は表情を変えずにいった。

「本当？」ムルケルは真剣だった。

父親のほうがこらえきれずにいった。

「うそだ、うそだ！　赤ん坊はみんな裸《はだか》で生まれてくるのさ。おまえもだよ。小さなサルみたいな顔をしていたな」

「素っ裸なの？」ムルケルはサルという言葉を聞きもらしたようだ。「こごえないかな？」

「さあ、どうかな？　歯もはえてなかった。だから歯をがちがちさせることもできなかったからな」

ムルケルはなかなかの役者だ。飲み込みが悪そうにじっと父親を見てから、急に態度を変えていった。

「子どもが小さいうちは、親は子どもをかわいがってくれるよね？」ムルケルは涙をうかべている。

「あたりまえだろう！」父親はあぜんとした。「なんでそんなことを聞くんだい？」

「だってさ、だって、子どもが大きくなったら、かわいがってくれないじゃない」いきなりムルケルがせきを切ったように泣きだした。首にかじりついて、はげしく泣きだしたので、父親は面食らっていた。

「なんでそんなことをいうんだ？」父親はムルケルの背中をなでながらそうたずねたが、じつはもうムルケルがなにをいいたいのか感づいていた。マルタのことだ。マルタがもううちには顔をださないことを知っているのだ。たぶん両親がマルタのことで何度も口論しているのを聞いてしまったのだろう。

ハンスがうなだれた。マルタのことでは後悔《こうかい》がのこる。ヘレがマルタに会って、話をしようとしたが、むだだった。マルタはがんとして話し合いに応じなかった。逆に、ふたりはけんかになり、かえって事態は悪くなってしまった。

「あいつはエゴイストだ」ヘレは両親にそういった。「ギュンターにはまだ信念みたいなものがあるけど、あいつは自分のことしか頭にない。ここを出たい一心で、手段を選ばないって感じだ」

そしてマルタはマルタで、ヘレのことをこうののしった。

「兄さんはあたしの父親でもなければ、後見人でもないし、教師でもないのよ。あたしの人生に口出ししないでくれない？　兄さんが共産党にいると、ギュンターが困るからって、兄さんに共産党をやめてくれっていったことがある？」

ヘレに話してもらうというのは、いいアイデアではなかったと、ハンスは思い知った。だが話し合いをしなければ、なにも先に進まない。父親とヘレはマルタの決断を認められないし、マルタも自分の人生にこれ以上口出しされるのを望んでいない。だれも望んだことじゃない。父親も、ヘレも、マルタも。それでも、こうなってしまったのだ。家族はまっぷたつに別れてしまった。そしてムルケルと母親とハンスは板挟《いたばさ》みになってしまった。

父親はなぐさめになる言葉を見つけるのにしばらくかかった。

「子どもは大きくなれば、大人になって、自分の考えをもつものなんだ。だから子どもの意見が親とちがってしまうこともあるのさ」

「それで子どもがかわいくなくなっちゃうんだね？」

「そんなことはない。子どもはかわいいさ。ただ、その、かわいいからけんかもしてしまうんだ。子どもがどうでもよければ、勝手にしろというだろう。かわいいから、考えがちがってしまうことにだまっていられないんだ。わかったかい？」

ムルケルにもわかったようだ。泣き出したかと思ったら、もう泣き止んだ。もちろん、ムルケルは、どうしてマルタと父親の意見がちがうのか知りたがった。父親が返事に窮《きゅう》したので、ハンスが急いで話題を変えた。

「羊飼い湖だけど、なんでああいう名前がついているのかな？　昔、羊がいたの？」

父親はハンスの機転に感謝した。

「ああ、たしか羊の牧場があったはずだ。母親から聞いたことがある。母親も、そういう話を聞いただけだがな」

ハンスはだまってパンを食べていたが、ふいにこういった。

「湖のそばに女の子が住んでいるんだ。コイル工場で働いている子でね。それで今日は遅くなっちゃって」

「ばかだな！」ムルケルが指で額《ひたい》をたたきながらいった。「聞かれてないのに！」

「いいじゃないか」父親はうれしそうだった。「ハンスは父さんのことを信用しているんだ」

マルタとは正反対だというのか。だがそういう微妙《びみょう》なニュアンスまで、ムルケルにはわからない。

「なんていう名前だい？」

「ミーツェっていうんだ？」

「ミーツェ？」ムルケルが笑った。「変な名前」

「ムルケルだって変だろう？」

「だって本当の名前じゃないもの。ぼくの名前はハインツだよ」

「ミーツェはグレーテっていうんだ」

ムルケルがまだなにかいおうとすると、父親が静かにするようにいった。

「その子が気に入ったのか？」

ハンスは赤くなってうなずいた。そしてミーツェの話をはじめた。読書が好きなこと。冬でも家庭園芸用の小屋で暮らしていること。ただ、キスをしたことだけはいわなかった。

ムルケルが目を丸くしていった。

「なになに、兄さん、本気で恋をしたわけ？」

父親が笑った。

「からかうものじゃない。若いうちの恋っていうのはすてきなものだ。おまえだって、いつかきっと経験することなんだから」

それからハンスにいった。

「そのミーツェっていう子をうちにつれておいで。おまえの話だと、すてきな子みたいじゃないか」

いわれなくても、いずれミーツェをつれてくるつもりだ。明日、明後日というわけにはいかないだろう。でもいつかかならず。ミーツェなら、品定めされるのを恐《おそ》れたりしないだろう。もちろん、両親に気に入ってもらえれば、それにこしたことはない。

「ミャーミャーミャー」ムルケルがふざけた。「ミャーミャーミャー」そういいながら、猫のように爪《つめ》をたてる仕草をした。すぐ上の兄にガールフレンドができたことが、奇妙《きみょう》に思えてしかたなかったのだ。

ハンスは皿とラードのつぼをわきにおしやっていった。

「さあ、ノートをもってきな」

「えーっ？　これから宿題をやるの？」

「あたりまえだろ！　それとも明日、落第点をもらうつもりか？」

ムルケルは助けを求めるように、父親の方を見た。だが父親は肩《かた》をすくめただけで、なにもいってくれない。しかたなく、ムルケルはノートと教科書をとってきて、乱暴にテーブルにたたきつけた。

「こらこら」父親が叱《しか》った。「教科書は大事に使わないとだめだぞ。あとで売るんだからな」

まずったという顔をして、ムルケルはノートをひらいた。

「ミャーミャーミャー。さあ、ちびの子猫のスパルタ教育だ」

宿題が終わった。ムルケルは頭がパンクしそうだった。ハンスもへとへとに疲《つか》れた。宿題はやさしかったが、ムルケルに説明するのが難しかった。なんとかムルケルも理解したようだ。ぎりぎり及第点はもらえるだろう。

父親はもう寝床《ねどこ》にはいって本を読んでいる。ムルケルが体を洗うのを待って、ハンスは台所の明かりを消し、父親とムルケルにおやすみといって、屋根裏部屋にあがった。くたくたで、立ったまま眠ってしまいそうだ。ドアの鍵穴《かぎあな》に鍵を差し込もうとして、がくぜんとした。ドアがしまっている。それも内側からしめてある。マルタにちがいない。だけど内側から鍵をしめるなんて。ハンスは耳をすませた。男の声がする。ギュンターだ！　ギュンターをつれてきたから、鍵をしめたんだ。

ハンスは体をおこして考えた。どうする？　また下におりるか？　そんな元気は残っていない。軽くドアをたたきはじめ、やがて激しくたたいた。ハンスがもどってくることは、マルタにもわかっているはずだ。なんでこんな面倒《めんどう》なことをするのだろう？

ようやく足音がきこえた。マルタがドアをあけて、ハンスを中にいれた。マルタはなにかいいわけをいおうとして、ハンスの額《ひたい》の絆創膏《ばんそうこう》に気がついた。

「けんかでもしたの？」

「ちがうよ。じゃれあっただけさ」ハンスは不機嫌《ふきげん》な顔をしていった。「突撃隊《とつげきたい》の連中とね」ギュンターにも聞こえるように、わざと大声でいった。ギュンターもその仲間なのだから。

ギュンターはマルタのベッドにすわっていた。突撃隊の帽子《ぼうし》とタバコがわきに置いてある。六本で二十ペニッヒもする「パンコウ女王」という銘柄《めいがら》だ。

「やあ」

そういって、ギュンターはハンスに手をさしだした。

ハンスはギュンターが好きだったが、もうそんな気持ちにはなれない。

「ハイル・ヒトラー！」

わざと大きな声でいった。

ギュンターはおどろいた顔をした。

「たまげたな！　いつの間に宗旨替《しゅうしが》えしたんだ。うれしいぞ」

さっと立ち上がると、ギュンターはかかとをならし、右手をあげた。

「ハイル・ヒトラー！」

「けんかはよしてよ」マルタがいった。「これ以上もめごとはご免《めん》だわ」

褐色《かっしょく》の制服に身をつつんだギュンターは格好がよかった。もう部隊長になっている。ギュンターはシュレーダーともクルンプともマックセ・ザウアーともちびのルツともちがう。腹蔵《ふくぞう》のないやさしい顔をした若者だ。マルタが夢中になるのもむりはない。

「けんかなんかしてないさ、なあ、ハンス？」ギュンターはまた腰《こし》をおろし、タバコに火をつけ、ハンスにもタバコの箱をさしだした。「おたくの家族で顔をあわせられるのはおまえだけだもんな」

「タバコはすわないから」ハンスは窓辺のいすにまたがってすわり、いすの背に腕《うで》をのせた。ギュンターはまちがっている。母親はギュンターに会うだろう。マルタが娘だから。マルタがこれからなにをすることになろうと、娘であることにかわりはない。母親なら、いままでどおりマルタを訪ね、家にも来るようにいうだろう。もちろん会話はあたりさわりのないものになり、きっとギュンターと結婚《けっこん》してからのことには触《ふ》れようとしないだろう。

マルタはタバコをとって、ギュンターのとなりにすわると、ハンスの絆創膏をさしていった。「なんでそんなことになったの？」

「なんで？　なんでだって？　あいつらは強いからさ。とくに大勢でひとりを相手にするときはね」ハンスはギュンターの本音を聞きだそうとした。マルタの前では物静かでやさしい顔をしているが、街頭ではこんなに上品ぶっているはずがない。

だがギュンターは反応せず、タバコをすいながらにやにや笑っていた。

ハンスはさらにいった。「卑怯《ひきょう》なやつらさ、突撃隊《とつげきたい》の連中は。あいつらの顔を見たことあるかい？　どいつもこいつも吐《は》き気のするようなやつらさ。頭は空っぽのくせに、口ばっか達者で、親分のヒトラーとおなじだ」

「なんだと！」ギュンターがはねあがった。「もう一度いってみろ、承知《しょうち》しないからな」

ハンスも立ち上がった。

「ここを出ようか？」マルタにそうたずねた。「家賃を払っているのは姉さんだからね」

「どこにいくっていうの？」マルタがさけんだ。「あんたが出ていけるくらいなら、あたしが出るわよ」

そんな言い方をされるとは思っていなかった。ハンスは一瞬《しゅん》、マルタを見つめ、それからドアの方にいった。マルタが追ってきて、ハンスをつかまえた。「我慢《がまん》の限界にきているのはお互《たが》い様でしょ」マルタはささやいた。「あたしたちはおんなじボール箱に押し込まれているのよ。中は真《ま》っ暗闇《くらやみ》、ふたはあけようとしてもびくともしない」それからものすごい剣幕でギュンターにどなった。「どならないで！　見て分からないの？　ハンスは突撃隊になぐられたのよ。それとも作り話だっていうの？」

ギュンターはズボンのポケットに手をつっこんで、小さな屋根裏部屋をあちこち歩きまわった。重いブーツに踏《ふ》まれて床《ゆか》がきしんだ。ハンスはふたたび腰《こし》をおろすと、むっとしておしだまった。父親が足音を聞きつけて、あがってきたら、もっとひどい口論になるだろう。それはまずい。

「なんでハンスがなぐられたのか、おれにはわからない」ギュンターがそういいかけたとき、ハンスがさえぎった。「ハイル・ヒトラーっていわなかったからだよ」

「そんなことでか？」ギュンターが足をとめた。

ハンスは父親と話したことを思い出していった。

「たぶん、ぼくがやつらをどう思っているかわかったからだろう」

「なるほど」納得したのか、ギュンターはまた歩きはじめた。

「自分の考えをもっちゃいけないのかい？」ハンスは、ベッドに体をのばし、静かにタバコをすっているマルタに向かっていった。「それとも、ナチにならないのはいけないことなのかい？」

ギュンターがまた目をつりあげた。

「家で覚えたことをただくりかえしいってるだけじゃないか。おれたちがなにを目指しているか、ちゃんと聞いたことあるのか。おれたちの望みを知ってるのか？」そういうと、演説をはじめた。しゃべりなれているのか、言葉がなめらかに出てくる。すべての責任は共和国政府にある。戦争に負けたこと。

ヴェルサイユ条約に調印させられたこと。天井なしの値上がり、道徳の堕落《だらく》、経済復興の足枷《あしかせ》になっているストライキの連続。そしてソ連のボルシェヴィキと手を結んでドイツを破滅《はめつ》させようとたくらむ世界ユダヤ主義や、その危機に気づかない大衆の愚鈍《ぐどん》さをののしった。「なんとかしないと、みんな滅《ほろ》びることになる。おれが保証する」

ハンスがあざわらった。ギュンターがいったのとおなじことが、ヒトラーの本にでていたからだ。だがギュンターはすっかりエンジンがかかってしまい、まったく動じない。こんどは、祖国の英雄である傷痍《しょうい》軍人がものごいをしているのに、豪邸《ごうてい》に住み、金に埋もれてのうのうとしているユダヤ人をののしった。「自国の兵士にこういう礼の仕方しかできないなんて、なんて国だ。おやじさんを見てみろ。おやじさんたち傷痍軍人に対する仕打ちは犯罪的じゃないか？」

最後の一言は、ヘレも口にする。みんながいっていることだ。だが傷痍軍人を助けようとする者はひとりもいない。ナチ党だって、なにかしてくれるかどうかわかったものじゃない。金がなければ、手も足もでないのだから。それに父親がよく口にしている。戦争をする金はいつでもあるが、犠牲者《ぎせいしゃ》に払う金はあったためしがない。大砲でもうけることはできても、傷痍軍人は金にならないからだ。

「食わせ者たちのたまり場なんかなくしちまえばいいんだ」今度は帝国議会が槍玉《やりだま》にあがった。考えてみれば、この前の選挙からナチのゲーリンク（＊29）が帝国議会議長なのだが。「あいつらおしゃべりばかりだ。しゃべるだけしゃべって、なんの行動もとらない。なんであんなやつらが何度も選挙で選ばれるんだ？　国民がどれだけばかにされているかわかっていないからだ。冗談《じょうだん》じゃない！　民主主義なんて役に立つものか。強い男が必要なんだ。議員連中を一掃する男、ドイツがなにを求めているか知っている男、ドイツを愛している男がな」

最後の言葉をいいながら、ギュンターは涙を浮かべている。ハンスはショックを受けて目をそむけた。ギュンターは自分で確信してナチになったとわかっていたが、まさかこんなに情熱を傾《かたむ》けているとは思わなかった。いっている内容はともかく、信じて疑わないところはエデ・ハンシュタインにそっくりだ。エデも演説しながら、涙を浮かべることがある。エデが求めるのも新しいモラルだ。もちろんギュンターのいっているものとはちがうが。父親はよくこういう教条主義をばかにしている。「一方ではレーニンが神で、もう一方ではヒトラーが神なんだ。あいつらは政治を宗教にしてしまってる。そこがよくない」

ギュンターはヒトラーを信じている。ヒトラーこそ、ギュンターの望む強い男なのだ。ハンスはこの奇跡《きせき》の男を写真や選挙ポスターや新聞でしか見たことがない。マジメぶっているときにかぎって、こっけいに見える。半年前、ヒトラーが大統領になろうとしたとき、ユッタが一編の詩をもってきた。それを読んで、みんなで笑ったものだ。

われわれはヒトラーを選ぶ！　彼の名こそ
光と聖《せい》なる炎《ほのお》なり。
世界の指導者みずから、われらに火をつけん、ドイツの暗雲たなびく運命の夜に。

まともな詩になっていないことは、ムルケルでもわかる。この詩のキーポイントは神がドイツを救うためヒトラーをさしむけたというところにあるらしい。ヒトラーはメシア、現代の救世主だというのだろうか？「口からでまかせのイエスさま」ユッタはそうヒトラーを呼んだ。まさかこの詩をまじめに受けとめる人間がいるとはこれっぽっちも思わなかったのだ。だが千三百万の人々がヒトラーに投票し、共産党のテールマンは四百万にも満たなかった。

「共産党だって、新生ドイツを望んでいるじゃないか」ギュンターがいった。「そっちだって、世の中の不正に反対している。ただやり方をまちがえているんだ。ドイツの良心をわすれ、モスクワのいいなりになっている。おれたちだって、もっと正義が通る世の中を望んでいるし、社会主義にも賛成だ。だけど、まずドイツ人なんだ。おまえたちがやろうとしていることは、ロシアでだってうまくいってないじゃないか。でもヒトラーなら、経済を立て直す方法を知っているんだ」

そういう話題は苦手だ。ヘレならギュンターに反論できるだろう。ヘレはいっていた。ヒトラーは権力をにぎるために、なんでも約束する。だけど約束が果たせるかどうか、ヒトラー自身にも、その取り巻きたちにもわからない。

「疲《つか》れてるんだ。もうおしまいにしないか？」

ところが、ギュンターにはまだ話をやめる気がなかった。ハンスを降参《こうさん》させられると思っているのだ。

「これは本当のことなんだぞ。なのにだれもおれたちのいってることを本気にしない。このあいだの国会選挙でおれたちは得票率が三十七パーセントだったっていうのに。社会民主党よりも十パーセントも、そして共産党よりも十六パーセントも多かったんだぞ。それなのに、おれたちにチャンスを与えようとしない。第一党が政権から遠ざけられているんだ。これが正義か？　これが世界に誇《ほこ》る民主主義か？」

「帰ってくれるように、いってくれないか？」ハンスはだまってタバコをすっている姉にいった。「明日、朝が早いんだ」

マルタも疲れている。見ればわかる。マルタが口をひらく前に、ギュンターが手をさしだした。

「また話そう。おれたち、そんなにちがいやしないんだぜ。そう思うだろう？」

ギュンターは満足そうだった。自分の演説でハンスが感動していると思ったのだ。それでもまだしつこく話しかけてきたので、ハンスはなぐりかかりたくなった。

「さっきなぐられたって話だけど、騒《さわ》ぎ立てるほどのことじゃない。そういう乱暴をヒトラーは望んでいない。ただ、すべての党員に目を光らせることはできないからね。おまえたちのところとおなじだ。どこにでもけんか早いやつが何人かいるものさ」

けんか早いやつが何人かだって？　ハンスはさしだしかけた手を引っこめた。突撃隊《とつげきたい》がやってきたことをそんな言葉でごまかされてはたまらない。それに、本当にそう信じ込んでいるギュンターが哀《あわ》れでならない。

ギュンターも手を引っこめた。

「まあ、おれのいったことをよく考えてみるんだな。おれたち突撃隊はそんなにめちゃくちゃな人間ばかりじゃないってわかるさ」ギュンターは帽子《ぼうし》をかぶると、タバコをつかんで、部屋をでた。マルタはドアまで見送った。

ハンスはすぐに服をぬいで、軽く体を洗い、ベッドにはいった。マルタがもどってきたとき、まだ起きてはいたけど、目をとじていた。姉とはなにも話すことはない。

選挙戦

「ナチめ！」女の声がした。「ナチのぶた野郎！」

聞こえたのは夢の中じゃない。外でだれかが叫《さけ》んでいる。ハンスは目をあけた。すっかり頭が冴《さ》えてしまった。

「うるさいわね！　あんたも、あんたのお上品なだんなも、自業自得《じごうじとく》さ。ナチ党はだれにもひどいことはしないさ。でも、あんたたちは別だよ。暖炉《だんろ》から燃えている炭を盗《ぬす》むようなやからなんだからね」

クデルカのばあさんだ。窓から叫んでいる。最初に聞こえたのは、テツラフのかみさんにちがいない。

マルタも目を覚ました。

「もうこんなところいや！」枕《まくら》をたたきながらうめいた。「もうこんなところいや！」

ハンスは額《ひたい》の汗をぬぐった。暑い。ほおがほてっている。ほおのあたりで打つ脈の音がマルタにも聞こえそうだ。静かに起きあがり、窓をあけて、外の様子をうかがった。

中庭に黒い影《かげ》がふたつ。ひとりはゆらゆら揺《ゆ》れていて、もうひとりに支えられている。真向かいに明かりがともっている。クデルカのばあさんはあけはなった窓辺に立っていた。ナイトガウンを着て、頭にカーラーを巻いている。ばあさんは中庭を見おろしながらののしっている。テツラフのかみさんは夫を支えながらいいかえした。

「あたしたちがなにをしたっていうのさ？　えっ？　大きなお世話だよ、ナチばばあが。突撃隊《とつげきたい》のやつなんか連れ込んで。あきれたもんだよ。ここをどこだと思っているんだよ。ここは突撃隊の国かい？」

「気取ってんじゃないよ」と、クデルカ。「地下室の閂《かんぬき》をかたっぱしからこわしたのはあんたたちだろ。あんたと、そこのご立派なだんな様だろ。そろそろ決着をつけないとね」

ようやくハンスにも合点がいった。しばらく前から、地下室に泥棒《どろぼう》にはいるやつがいたのだ。閂が何度もこわされ、くず屋で金に換えられそうなものがなにかしらなくなっていた。テツラフの夫婦が酒代欲しさで盗みを働いているといううわさはずいぶん前からたっていた。だが面と向かっていうには証拠《しょうこ》がいる。だから、マックセと突撃隊の仲間たちはテツラフの家に押し入ったのだ。だからあんなにたくさんの突撃隊員が中庭にいたんだ！

「い、い、いいか、警察を呼ぶからな」テツラフのだんながはじめて口をひらいた。酔《よ》っぱらっているのだろう。口がまわらず、口うるさいクデルカに太刀打ちできなかった。

クデルカはアパート中に聞こえるほどの高笑いをした。

「警察を呼ぶだって？　そんなまどろっこしいことすることないじゃないか。あんたら、その足で刑務所にいけばいいんだよ。どうせ刑務所いきなんだからね。国にむだ遣いをさせるもんじゃないよ。あたしらみたいな少額納税者があんたらろくでなしのために金を払わされていると思ったら、たまんないよ」

「なんだと、このナチ女！　恥《はじ》を知れ、ちくしょう、ちくしょう」またテツラフのかみさんの出番だ。クデルカのばあさんに向かって悪口雑言《ぞうごん》のかぎりをつくした。ハンスはしずかに窓をしめ、ベッドに横になった。だが頭が冴えてしまったので、そのままじっと天井を見つめていた。

ミーツェ！　ハンスはミーツェの夢を見ていた。まるで彼女が目の前にいるかのように。彼女も自分の夢を見ているだろうか？　そうだとしたら、どんな夢を見ているだろう？　マルタがいっていたことがある。だれにもじぶんのことはわからない。自分がまわりの人間にどんな影響《えいきょう》を与えるかわかっている者などいない。思い描いた自分に自分がだまされることだってある。いままでは、マルタのそんな言葉になんの興味もいだかなかったが、いまは別だ。ハンスはミーツェが自分をどう見ているか知りたかった。自分を好いてくれていることはわかっている。さもなかったら、キスなどしなかったはずだ。でも、「やさしい人」と「いい人」のあいだにはいろいろある。

クデルカの家の窓がしまった。クデルカはどなるのをやめたのだ。ハンスは目をとじた。寝《ね》なければ。寝ぼけまなこで出勤するのはまずい。

そのとき、ドアをたたく音がした。ハンスは耳をうたがって、体を起こした。夢だろうか？　いや、またドアをたたく音がした。さっきよりも大きな音だ。

「もう、いいかげんにしてよ！」マルタが寝返りをした。「頭にくる。眠れやしないわ」

「ぼくがでるよ」ハンスはドアのそばで耳をすまし、それからたずねた。「だれだ？」

「おれだよ！　あけてくれ！」

ヴィニ・ツィールケか？　こんな夜中に、なんの用だろう？　ドアをほんのちょっとあけた。

「なんの用？」

「中にいれてくれないか？」ヴィニはドアをすこし押すと、部屋にすべりこみ、ハンスの前に立った。

「ノレにいわれて来たんだ。おまえの助けがいるんだよ。いますぐだ。さあ、早く着替えて」

「どういうことだい？」

「あとで話すよ。とにかく着替えて、いっしょに来てくれ」

ハンスは一瞬《しゅん》迷ったが、すぐに寝室にもどると、あわてて服を着た。

「だれ？」マルタが小声でたずねた。「なんの用なの？」

マルタはヴィニを知っている。二、三日前なら、隠《かく》し事はしなかったろう。でも、いまはそうするわけにはいかない。

「友だちだよ」ハンスはそれだけいうと、外にでた。

表の通りにでると、ヴィニがハンスに事情を話した。

「ホルスト・クラウゼといっしょにポスター貼《は》りをすることになっていたんだ。日曜日の国会選挙のための共産党のポスターさ。だけど、ホルストのやつが来なくてさ。ひとりでやるのは危険すぎるからだめだっていうんだ。それで、ノレがおまえのことを思いついたってわけさ。あいつは青年同盟にはいっていないけど、信頼《しんらい》できる。手伝ってくれるか聞いてこいっていわれたんだ」

人をたたき起こしておいて、聞いてこいもなにもないだろう。だが文句をいっている暇《ひま》はない。ノレの頼《たの》みじゃ断れない。それに、いまだに突撃隊《とつげきたい》になぐられたほおがずきずき痛む。反ナチのポスターを貼《は》れるなんて、願ってもないことだ。ナチに仕返しができることを、ノレとヴィニに感謝しなければならないほどだ。共産党のポスターはいつもナチ党を標的にしている。

「それ、どうしたんだ？」ハンスの絆創膏《ばんそうこう》にはじめて気づいたヴィニがいった。暗い家の中や薄暗《うすぐら》い中庭では見えなかったのだ。

ハンスがわけを話した。ヴィニは暗い顔になった。

「みんな、撃《う》ち殺せばいいんだ、犬ころめ。一匹ずつ順番にな」

ハンスは口をつぐんだ。ヴィニはいつもそういう物言いをする。共産主義青年団の熱心な団員で、クラブでもいい選手だ。ハンスはヴィニを友だちとは思っていなかったが、一目おいていた。もっともヴィニはときどきはったりがすぎるが。

ヴィニがハンスの肩《かた》に手をおいた。

「おれがついていれば、もう手を出してこないさ。安心しなよ」

「どうしてだい？」

「これだよ」ヴィニはさっとあたりをうかがうと、ポケットに手をつっこんだ。手にはピストルがにぎられていた。

ハンスはあとずさった。

「それ、どうしたんだよ？」

「どうしたって。おやじのさ」ヴィニはピストルをもてあそぶように、左右の手でもちかえた。「ベルギー製だよ。七・六五口径。銃身《じゅうしん》が短いかわりに扱いやすい。射程距離も百二十メートルで短いけどね」

ハンスは銃の性能には興味がなかった。昔から武器が好きになれなかった。ヴィニはかまわず、父親から仕入れた情報を得々として語った。

「突撃隊の連中がもってるのは九口径のパラベルム社製でね、本物のモーゼルなんだぜ。だけど、銃身が長いからめちゃくちゃ扱いにくいんだ。室内での撃ち合いには向かない。有利なのは街頭での撃ち合いのときだけさ。射程距離がゆうに三百メートルはあるからな。あれとくらべたら、こんなピストルただの豆鉄砲《まめでっぽう》だけどね」

「そんなもの、さっさとしまえよ」ハンスは気が気じゃなかった。ピストルを使って、身を守るつもりなんだろうか？

「気分が落ち着くんだ。この鉄の塊《かたまり》をもってるとね」ヴィニはピストルをしまうと、走りだした。

ハンスは気もそぞろに、ヴィニと並んで走った。共産党でも、ピストルをもっている者は多い。発砲することもある。たいていはナチとの闘争で身を守るためだ。だが昨年、ビューロウ広場でひどい殺人事件があった。ふたりの警官が撃《う》ち殺されたのだ。「しゃれこうべ」「豚《ぶた》のほお」とあだ名されたふたりだ。裏で相当あくどいことをしていたようだが、撃ち殺されたことでは、みんな、ショックを受けていた。犯人はとうとう見つからなかったが、ヘレは、共産党員が犯人だといっていた。ヘレは、そういう行為《こうい》を一切認《みと》めていない。テロはヘレにとって政治のための闘争手段ではなかった。エデも、この殺人をいいことだとは思っていなかったが、それでもこういった。「それなら、おれたちの同志はどうなるんだ？　おれたちが警察にどれだけひどい目にあってきたか忘れたのか。ファシストをたたきのめせってスローガンがあるじゃないか。目には目を、歯に歯を、だぜ」エデにいわせると、いくら言葉を尽《つ》くして闘ってもむだなのだ。いつも攻撃されるのは共産党。ヘレもときどきエデの主張にうなずくしかなかった。だが共産党が先に火ぶたを切ったとき、それもビューロウ広場の事件みたいにきたないやり方をしたときには、烈火《れっか》のごとく怒る。

ハンスもおなじ気持ちだった。ナチが冷酷《れいこく》に引き金をひけば、やっぱりナチだと思うだけだ。だが母親とヘレの同志たちがそういうことをしたとすれば、ものすごいショックだ。

「アパートにはどうやってはいったんだ？」

アパートは夕方八時には鍵《かぎ》がかけられる。よりによって今日、鍵をかけわすれたとは考えづらい。

ヴィニはもう一方のズボンのポケットに手をつっこみ、直角に曲げた細長い針金をハンスの目の前にさしだした。

「『ひらけ、ゴマ』って呪文《じゅもん》知らないかい？」

「どこでもひらくの？」

「そりゃむりさ」ヴィニは針金でつくった合い鍵をしまった。「どこでもってわけにはいかないけど、まあ、たいていはひらくかな」ヴィニはさらになにかいおうとしたが、そのとき教会の鐘《かね》が一時を打った。「おっと」ヴィニは走る速度をあげた。「急がなくちゃ。ノレはいつまでも待ってくれないぞ」

ということは、まずノレのところにいくのか。ノレからポスターとのりをもらうんだな。ハンスは歩調を速めた。心臓がどきどきしてきて、ほおの腫《は》れがいたくなった。ヴィニがピストルをもっていることを、ノレは知っているんだろうか？　いったほうがいいだろうか？　それともだまっていようか？

ノレはマイヤー荘に住んでいる。アッカー通り一三二／一三三番地。マイヤーというのは、建って六十年になる古ぼけたアパートの建設者の名前だ。それから所有者は何人も代わり、いまはトゥメルキンというロシア人の持ち物になっている。アパートをすこしでも住み易《やす》くすればいいものを、トゥメルキンという人物は一切投資せず、家賃だけを徴収《ちょうしゅう》した。アパートを見にきたことすらないといううわさだ。だがこのアパートが有名なのは、マイヤーとかトゥメルキンのせいではない。奥に六棟《とう》もアパートが連なり、間取りがとんでもなく狭《せま》いせいだ。三百戸に二千人を越《こ》す人々が住んでいる。平均すると一戸に七人。なのに一戸あたりせいぜい三十五平米。そのうえ家はじめじめしていて、そこに住む子どもは壁を伝っていつも水が流れていると皮肉をいうほどだ。ところが肝心《かんじん》の水道水は黒く濁《にご》り、煮沸《しゃふつ》しなければとても飲めたものではない。

マイヤー荘はいたるところ異臭《いしゅう》を放っている。つまったトイレのにおい。かびのにおい、密集して暮らす人々の体臭。おまけに通りに面した一番館の地下には獣脂《じゅうし》工場があり、そこで獣脂が煮《に》られると、アパート中に悪臭がたちこめる。ただ三番館にはちょっとすてきなものがあった。馬小屋だ！ もちろん馬小屋もにおうが、はるかにましだった。まだムルケルくらい小さかったころ、ハンスはよくその馬小屋をのぞきにいった。骨ばった口、大きな気怠《けだる》そうな目、一度も緑の野原を見たことのない町育ちの馬たちだが、動物にはちがいない。ハンスにとっては動物園の代わりだった。

ヴィニの合いカギはマイヤー荘でも使えた。ヴィニは自慢《じまん》そうに笑うと、先に中にはいり、ハンスを待って扉《とびら》をしめた。しめった、なにか腐《くさ》ったようなむっとするにおいが鼻をつく。ハンスは急いで歩いた。自分が生まれ育った三十七番地で、多少は慣れている。そもそもアッカー通りにまともなアパートなどありはしない。ただマイヤー荘はなかでもきわめつきなのだ。

ふたりは最初の中庭についた。

「しっ、静かに！」

ヴィニが立ち止まって、あたりをうかがった。明かりは見えない。どこも窓がしまっていて、寝息《ねいき》も聞こえない。夏なら夜でも窓があけっぱなしで、おならまで聞こえるくらいだ。そのくらい中庭は狭《せま》い。日中には、中庭ごしに話をすることもできる。たいして声を大きくしなくても。

「なんでもなかった」

ヴィニは歩きだし、二番目の中庭でわきの入り口の扉をあけ、壁《かべ》を伝いながら階段をあがった。ハンスはあとにつづいた。壁に手をつくと、湿気《しっけ》ではがれやすくなった漆喰《しっくい》がくずれ、ときには塊《かたまり》になって階段に落ちた。静まり返った暗い階段に大きな音がひびく。だが明かりをつけるわけにはいかない。ノレからかたく禁じられていた。マイヤー荘に住んでいるのはほとんど赤ばかりだ。共産党と社会民主党。それでも用心にこしたことはない。ノレの家に選挙ポスターとのりがあることをナチに知られたら、なにをされるかわからないからだ。ノレには小さな子どもがふたりいて、妻も病身だ。騒《さわ》ぎは体に悪い。

ようやく三階まできた。ヴィニはノレの家のドアに耳をつけ、それから人差し指の先で木の扉を静かにひっかいた。扉があいた。ハンスたちはだまって暗い家の中にはいった。

「やっと来てくれたか！」ノレは、階段の様子をうかがってから、ドアをしめ、そうささやいた。「おれも、でなくちゃならないんだ。さあ、ポスターとのりをもって、さっそくやってくれ」

ハンスはのりのはいったバケツを受け取り、ばさばさと紙の音を耳にした。ノレは家の明かりをつけなかった。

「来てくれてたすかったよ」ノレはそうささやいた。「大がかりな作戦なんだ。町中で展開している。社会民主党のやつら、明日になったら度肝《どぎも》をぬかすぞ」

社会民主党だって？　なんでだ？　敵はナチのはずじゃ。

ノレは小声で笑った。

「正真正銘《しょうめい》の奇襲《きしゅう》作戦さ。すぐには手も足もでないだろう、ぼんくらだからな」

ヴィニのピストルのことが、ふとハンスの脳裏《のうり》をかすめたが、すぐにそんな思いはかき消した。時間がないのでは、ピストルのことで議論している暇《ひま》はないだろう。「どこに貼《は》ったらいいんです？」ハンスはそれだけをたずねた。

「ブルンネン通りからローゼンタール通り、ミュンツ通りとまっすぐアレクサンダー広場まで頼《たの》む」ノレの声には、ほんのすこし申し訳なさそうな響《ひび》きがあった。「悪いな。道のりはだいぶある。今晩は眠れないだろう」

階段の様子を確かめてから、ノレは家の扉《とびら》を大きくあけた。

「平気ですよ」ドアから外に出るとき、ヴィニがいった。

「それじゃ」そうささやいて、ハンスはヴィニにつづいた。

ノレは感謝の気持ちをこめて、ハンスの肩《かた》をたたいた。ハンスはヴィニの後ろについてゆっくりと階段をおりた。片手がふさがっているふたりは、残った手で壁《かべ》をつたった。まるでふたりのじゃまをしようとするかのように、階段がきしんだ。ようやくのことで階段をおり、中庭をつなぐ通路をかけぬけた。

ヴィニがアパートの門をあけ、通りに身を乗り出して、あたりをうかがう。大丈夫。なにもかも死んだように静まりかえっている。

「さあ、いこう！」門をしめずに、ヴィニは走り出した。ウゼドーム通りで左にまがった。ヴィニはブルンネン通りの右側をずっとすすんでアレクサンダー広場までいって折り返すつもりだ。ポスター貼りをどこからはじめて、どこで終わらせるか、そんなことはハンスにはどうでもよかった。どうせ今夜は眠れない。明日はまともに働けるかどうか。

都市高速鉄道のゲズントブルンネン駅からポスター貼りははじまった。鉄道の高架下《こうかした》に最初のポスターを貼る。ハンスが壁にのりをぬりつけるあいだ、ヴィニが見張りをする。そしてヴィニがそこにポスターを貼るあいだ、ハンスがあたりをうかがう。ポスターを貼るのは禁止されているわけじゃない。ただほかの党の連中に遭遇《そうぐう》しないように注意しなければならない。とくにナチとはよくこぜりあいになる。しっかり見張るにこしたことはない。

「打倒《だとう》、現体制」

ヴィニが注意深く平らに貼ったポスターに書かれているスローガンだ。ひさし帽《ぼう》をかぶり、腕《うで》をふりあげた大きな労働者が描かれている。真っ赤にぬられているその労働者の前に、小さなテーブルがあり、それを囲んで黒ずくめの男たちがすわっている。ほとんどがシルクハットをかぶっている。工場主たちと民主政党の指導者たちというわけだ。ピッケルつきの鉄兜《てつかぶと》をかぶっているのは軍人。ひさし帽はドイツ社会民主党。ひとりだけ帽子をかぶっていない男がいる。額《ひたい》にかかる髪《かみ》とちょびひげ。まちがいない。ヒトラーだ。そしてヒトラーと社会民主党員のあいだに突撃隊《とつげきたい》の帽子をかぶっている男がいる。三人はいかにもおなじ穴のむじなという感じだ。もっとも今、ナチ党と手を組んでいるのは共産党なのだが。

ポスターの内容はうそではないが、ハンスにはなんとなく不公平に思えてならなかった。ビュートウ主任やパウレ・グロースのような連中がナチと結託《けったく》するわけがない。だがこんな夜中に、ここでヴィニと言い争ってもしかたない。

「さあ、次だ！」ヴィニは貼《は》りおわると、まわりを見て、すぐにフンボルトハイン公園に向かった。通りに沿ってはえている太い樹を選んで、ポスターを貼る。つぎは機械工場だ。「あそこにはいっぱい貼るぞ」と、ヴィニはひとりごとをいった。

機械工場内の建物や通路はこうこうと明かりがついている。夜勤が働いているんだ。ハンスは急いで工場の壁《かべ》にのりをぬり、明かりがさしてくる方向を見た。いまそこで働いている人たちは、昼間ハンスが手にした材料を使っている。誇《ほこ》れるというほどのものではないが、ちょっと気分がいい。

数メートル先の社会民主党のポスターの前で、ふたりは立ち止まった。長い剣を手にした黒ずくめのナチが描かれている。その左には帽子《ぼうし》に赤い星のついたロシア兵。右手には鉄兜《てつかぶと》をかぶったしゃれこうべがある。その上に「これが民主主義の敵」と書かれ、さらにでかでかと黄色い字で「どこかへいっちまえ」とある。

「早く！」ヴィニがいった、「上にのりをぬれよ」

ハンスがのりをぬると、三人の黒い人物の上に赤い労働者をかぶせた。ヴィニはすっかり上機嫌《じょうきげん》だった。「おれは体を真っ黒にそめるぞ、真っ黒だ」ヴィニはポスターを平らにのばしながら歌った。

「フィジ、フィジ、フィジーの島へおでかけだ」

ハンスがつられて笑った。ロシアの赤い星をつけているのは共産主義者ということだろう。ヘレとその同志たちはそういう怪《あや》しい人物で、ナチを隠《かく》れみのにしているというのだろうか。選挙戦では、政党はみんなうそをつく。選挙のときには、どの党もほかとちがうところを強調する。そうやって利用するのが一番だ。

ハンスたちはヴォルタ通り、ストラールズント通り、ベルナウ通りを横切り、ポスターを貼りながらアレクサンダー広場に向かってすすんだ。ふたりはすっかり要領をつかんでいたので、作業はどんどんはかどった。

ヴィニは夢中だった。

「これからおまえとしか組まないよ」ローゼンタール通りにある家具店の入り口の階段でひと休みしたとき、ヴィニはハンスをほめちぎった。「ほんとだって！　ホルステンはおまえの半分もできないもの」ハンスは笑みをうかべただけだった。ヴィニが楽しそうなので助かった。ハンスもやる気がでる。頭が熱くなり、ほおがほてっているのを、ときどき忘れさせてくれる。

ローゼンタール広場は、日中、人通りが多い。地下鉄駅があり、路面電車もバスも止まる。ここには五つの通りが集まる。いまはひっそりと静まりかえっている。アシンガー料理店にも明かりがついていない。ハンスがときどき母親と、パンが食べ放題のえんどう豆スープを食べにいく店だ。

「それにしても、どうしておれたちの仲間にならないんだ？」ヴィニがふいに問いただした。「おやじさんのせいかい？」

ヴィニはハンスの父親の話を知っていた。答えの半ばをヴィニが知っていたので、ハンスはうなずくだけですんだ。くどくど説明する気になれない。共産主義青年団にどうして入団しないのか理由を全部あげるには、いろいろと説明がいる。

「でも、だけど兄貴がいるじゃないか。まだ党員だろう？」ヴィニはあきらめなかった。入団の勧誘《かんゆう》は団員の聖《せい》なる義務だ。共産主義青年同盟にいれてしまえば、コントロールができる。

ヘレは兄貴だけど、後見人じゃない。ハンスがそういおうとしたとき、ヴィニが急に腕《うで》をつかんで、いま来た方向を指さした。ヒトラー・ユーゲントだ！　制服を見ただけでわかる。そして連中がなにをしているのかすぐにわかった。ポスターをはがしている！　ハンスたちの作業をどこかで見ていたにちがいない。後をつけて、ポスターをひっぱがしているのだ。のりが乾《かわ》ききらないうちなら簡単だ。

ヴィニがポケットからピストルをだした。

「見てろよ、ごろつきが。このヴィニさまが、目にもの見せてやるからな」

「なに考えているんだよ！」ハンスはぎょっとなってピストルに手をのばした。だがヴィニはピストルをもちかえて立ち上がった。

ハンスは後につづいた。

「まさか撃《う》つわけじゃないよね？」

「まさか！　おれがそんなことをすると思うか？　ちょっと脅《おど》かすだけさ」ヴィニはまゆをしかめた。

「骨折り損はごめんだからな」

「それならピストルはいらないだろう。みんな、ちびだよ。十三にもなってなさそうだ。それにたったの三人だし。ぼくらがくしゃみするだけで、腰《こし》をぬかすさ」

ヴィニはちょっと迷ったが、ピストルをしまった。

「わかったよ！　それじゃ、一発くらわせようぜ」そういってヴィニが走った。建物の陰に隠《かく》れながらヒトラー・ユーゲントの連中の方に向かう。ハンスもつづいた。ふたりは、建物の暗い窪《くぼ》みに身を隠し、待ち伏《ぶ》せをした。

「十三なもんか」近づいてくる三人を見て、ヴィニがささやいた。少年たちは笑いながらポスターをはがしている。よっぽど楽しいのだろう。

よく見ればたしかに十三の子どもじゃない。十六か十七だ。それに、ヒトラー・ユーゲントには武器をもっているやつもいる。ピストルやリボルバーではないが、鉛《なまり》をつめたホースくらいならもっている。十分効き目はある。だがもう後戻りはできない。逃げるわけにはいかないし、後でポスターをはがされるのもごめんだ。ハンスはこぶしをつくって待った。あと数メートルだ。

先頭を歩いているのはがっしりした体格の金髪《きんぱつ》だ。

「赤色戦線万歳！」

そう叫《さけ》んで、ヴィニは金髪にかかっていった。ハンスも二人目につかみかかり、すぐになぐりつけた。数で負けているときは、ぐずぐずしていてはいけない。

三人目のヒトラー・ユーゲントはどっちに加勢したらいいかわからず、ぼうぜんとしている。それからヴィニにとびつき、仲間からひきはがした。ヴィニがころんだ。なにかが石畳《いしだたみ》にころがった。それを見て、ハンスは青くなった。ピストルだ。

ヒトラー・ユーゲントもピストルに気づいた。

「赤のやつら、飛び道具をもってるぞ」

ヴィニをひきはがしたやつが叫《さけ》んで、尻《しり》に火がついたように逃げだした。

金髪のほうは逃げずに、ヴィニがつかもうとしていたピストルをけとばした。

「クラウス！」金髪《きんぱつ》がもうひとりの仲間に叫《さけ》んだ。「早く。それを取れ！」

クラウスというのは、ハンスと組み合っているやつだ。ハンスは、ピストルをとろうとしているクラウスをあわててつきとばした。クラウスは小さな店のショーウィンドウに体ごとぶつかり、ガラスがこなごなにわれた。ガシャンと大きな音がした。ハンスはピストルをひろいあげ、ふたりの少年に銃口《じゅうこう》を向けた。

「いっちまえ！　いかないと撃《う》つぞ！」

ふたりは後ずさった。はじめはゆっくり、そしてだんだん速くなり、とうとう背中を見せてヴァインベルク通りの方に逃げていった。姿が見えないくらい離れると、ひとりが腹《はら》だたしそうに叫んだ。

「いいか、赤野郎！　いつか仕返ししてやるからな！」

ヴィニは大声で笑い、ハンスからピストルを受け取った。

「ほらね。効き目はバツグンだろう」

ハンスにはそう思えなかった。ピストルがなければ、そもそもこんな目にはあわなかったはずだ。たぶんぼこぼこにされただろう。だけど、ピストルを撃つよりはましだ。

「で、これからどうする？」ハンスはすっかりやる気をなくしてそうたずねた。

ヴィニは肩《かた》をすくめた。

「ポスターとのりをとってきて、もう一度貼《は》るのさ。きまってるだろう？」

「またあいつらがつけてきたらどうする？」

ポスター作戦をかぎつけて、ほかにもヒトラー・ユーゲントがうろついているかもしれない。

「もっと気をつけなきゃな」ヴィニがいった。「あの三人なら、もう顔をださないだろうけど」そういって、ピストルのはいっているポケットをたたいた。「もうおれたちにはこりごりだろうからな」

偉大な理想と小さな子どもたち

最後のポスターを貼りおわり、のりもほとんどなくなった。ハンスとヴィニはローゼンタール広場で自分たちの最後の仕事をながめた。自慢《じまん》そうだ。遅《おく》れをとりもどすため、ふたりはつかれたように働いた。そして、やりとげたのだ！　アレクサンダー広場までずっと道路の右側にポスターを貼り、今度は左側に貼りながらゲズントブルンネン駅まで戻《もど》る。それからまた機械工場沿いの道から休みをとった家具屋までポスターを貼りなおした。ふたりはときどき、通りの向かいに目をやり、自分たちが貼ったポスターが無事かどうか確かめた。

徹夜《てつや》になったが、満足感はあった。ハンスは家に帰って、朝食をすませたら、すぐ出勤しなければならない。失業中のヴィニはぐっすり眠れる。もちろんハンスがいいといえば、よろこんで仕事をとるだろう。

ふたりはヴィニの家まで連れだって歩いた。ヴィニはまた共産主義青年同盟の話をむしかえした。

「優秀な人材が必要なんだ。ナチがどんどん強くなってる。だからこそ、おまえのような仲間がいるんだ」

ハンスはまたいやな気分になった。話すのがだれだろうと、それこそヘレだろうと、ノレだろうと、ヴィニだろうと、ツィールケだろうと、この話題になると良心の呵責《かしゃく》を感じてしまう。だがひとたび入団してしまえば、ポスター貼《は》りだけでなく、その中身を守らなければならなくなる。それはビュートウ主任やパウレ・グロースやヴィリー・ヴェストホフを敵にまわすということだ。それだけはできない。けれども、それだけが理由じゃない。気持ちはマルタと同じだ。共産主義青年同盟が好きになれなかったのだ。まるで軍隊みたいな厳しい規律、もったいぶったしゃべり方、えらそうなふるまい。それに、ピストルをもちあるき、なにかというと戦争のまねごとをしたがるヴィニのような連中がいるのだからなおさらだ。

「来週、劇をやるんだ」ヴィニが誘《さそ》いをかけた。「ホルストとおれも出るんだ。見にこないか？」

「仕事があるからな」ハンスはそういって言い逃れようとした。

「夕方も?」

「夕方はないけど、ちょっと用事があってね」うそを重ねることにうんざりだった。本音は見たくないだけなのに。もう何度もそういう素人芝居《しろうとしばい》を見てきた。筋はいつもおなじ。悪徳資本家と階級意識をもった労働者の話だ。資本家に知り合いはいないが、だれもかれもがそんなに悪党だとは思えない。たぶん、自分のところで働いている労働者が苦しい生活をしていることに無関心なだけだ。それに労働者の描き方もでたらめだ。労働者のことなら、よく知っている。テツラフやハーバーシュロートやシュレーダーやクルンプやレフラーやマックセ・ザウアーのような連中だって労働者のなかにはいる。共産党青年同盟の劇にもそういう連中がでてくることはあるけど、ただの道化役で、観客の団員たちはそれを見て笑うだけだ。

「毎晩かい?」ヴィニは念を押した。

「そうだよ!」ハンスはむかむかした。「恋人ができたんだ。まだ知り合って間がないんだよ。もちろん毎晩会うわけじゃないけど、いつ時間がとれるかわからないんだ」

ヴィニは疑《うたぐ》り深かった。

「その子も連れてきたらいいじゃないか」

ちくしょう!　なんてしつこいんだ!

「おい!　おれたちがやってるのは大事なことなんだぞ!」ヴィニがまた説得をはじめた。共産主義青年同盟が失業者のためのデモをしたことを話しだした。「赤色戦線!」とか「はらぺこだ!　はらぺこだ！」と叫《さけ》びながら、デモ隊はヴェディンク地区の市役所に殺到《さっとう》し、福祉局《ふくしきょく》からの援助金を早く支払えと区長にせまったのだ。「おれたち、腹《はら》ぺこだった。わかるだろう？　なのに社会民主党のくそ野郎たちはなにをした？　警察を呼んで、おれたちを通りにほうりだしたんだ。それでも成功さ。その日、新しい仲間が何十人もはいったからな」

共産主義青年同盟は何度もそういう腹ぺこデモをくりかえしている。それは悪くない。福祉団体から粥《かゆ》や乾《かん》パンをめぐんでもらい、そういう団体の婦人たちに悲惨《ひさん》なところを見せるためにぼろ服をぬいで見せたりするよりはずっとましだ。それでも共産主義青年同盟を好きにはなれない気持ちは変わらない。

ふたりはヴィニの家の前についた。

「どうなんだい？」ヴィニがせっついた。「本気だせよ。それともこれからも中途半端《ちゅうとはんぱ》でいる気か？」

中途半端？　それも悪くない。ただシュレーダーやクルンプやマックセ・ザウアーから見れば、ハンスは正真正銘《しょうしんしょうめい》の共産党員だ。

「考えておくよ。じゃあな！」ハンスはのりのバケツをヴィニに渡し、歩き出した。

ヴィニはがっかりした顔つきでハンスを見送った。あれだけ熱心に説得したのだからむりもない。だがハンスの責任じゃない。いくらいわれてもむりなものはむりだ。もしハンスの決心をひるがえすことができるとしたら、それはヘレしかいないだろう。だがヘレはそういうことをしようとしない。「自分からその気にならないかぎり、本気になれっこないんだ」ヘレがそういっていたことがある。だが同志の多くはちがう考えだった。

あちこちの窓に明かりがともり、家のドアがひらく音が聞こえる。男や女が家からでてきて、やつれた顔で職場に向かう。ベルリン交通公社はまだストをつづけているので、たいていの人が遠くまで歩いていかなければならない。ときどき夜明かしをした連中にも出会う。襟《えり》をたて、くわえタバコをし、うつろな目をしてすれちがう。たいていは階段で夜明かしをして、ねぐらをおいだされた浮浪者《ふろうしゃ》だが、なかにはアレクサンダー広場の酒場やフリードリヒ通りで夜遊びをしたらしい連中もまじっている。昼夜逆転した遊び人たちだ。

四十一番地でハンスは顔見知りと出会った。見かけるのはずいぶん久しぶりだ。棚職人《たなしょくにん》のオーリェだ。この界隈《かいわい》に多いプロの泥棒《どろぼう》だ。それも大物。あけられない錠前《じょうまえ》はないという。金庫だろうと鋼鉄の扉《とびら》だろうと。オーリェは片目がなかったが、雄牛《おうし》のような体格の男で、すぐにかっとなる。警官までびびってしまうほどだ。警察に証拠《しょうこ》をにぎられたのは、この三十年間で二、三度しかないというが、そのときはパトカーで彼を取り囲んだという。

「おはようございます」ハンスはていねいにあいさつした。

オーリェは目をあげ、会釈《えしゃく》した。小さかったころ、みんなで後ろについていき、「オーリェおじさん、おなかがすいたよ。オーリェおじさん、おなかがすいたよ」と食べ物をねだったことを思い出す。オーリェは、ケーキのかけらが買えるくらいの小銭《こぜに》をくれた。だが、知らない人をおじさんと呼ぶ年じゃない。オーリェのほうだって、あんなやさしいおじさんのようにふるまいはしない。

アパートの門があいている。もうだれか仕事にでかけたようだ。ハンスは急に頭がもうろうとしてきた。夜通し何キロも歩いて棒のようになった足をはずしたい気持ちだった。

最初の中庭で、パウレ・グロースとばったりでくわした。いつもなら、もう市場にでかけている時間だ。市場で人足の口にありつけることがあるからだ。だが、たいていは空手ですぐに戻《もど》ってきて、今度は携帯用《けいたいよう》の販売ケースをもってでかける。市場では仕事を求める人間の数があまりに多すぎるのだ。うまく仕事にありつくには、相当の運がなければならない。

パウレはにやっと笑って、のりでよごれたハンスの指をさした。

「ポスター貼《は》りかい？　おれも、夜中にかり出されてたんだ。どうせなんの役にも立ちっこないさ。おつかれさん。たんまりメシでもくうんだな」

ハンスはパウレをじっと見つめた。パウレが夜中にポスター貼りをしたとすると、ヴィニといっしょに上からポスターを重ねて貼った工場のあれはパウレが貼ったものかもしれない。ひょっとしたら今晩、またその上にパウレが別のポスターを貼るかもしれない。妙《みょう》なことを考えたものだ。だが笑う気にはなれない。

両親の家にも明かりがついていた。母さんは兄さんのところから戻っただろうか？　足が棒のようだったが、気がせいて、中庭の横の入り口に入り、階段の明かりをつけた。

ハンスはぎょっとして立ち止まった。「民族の恥《はじ》」テツラフの家の玄関《げんかん》に白いペンキでそう書かれていた。その下に別の筆跡《ひっせき》で「恥知《はじし》らずは粛清《しゅくせい》」ともある。マックセ・ザウアーたちのしわざだ。テツラフの家に盗品《とうひん》があるか家捜《やさが》ししてから、落書きしていったんだ。テツラフの夫婦が夜中にあれだけ騒《さわ》いだのもむりはない。ヴィニと下に降りたときには、暗くてわからなかった。ハンスはゆっくりと階段をあがった。

母親は家にいた。かまどの前に立って、オートミールのスープをかき回していた。なにか考え込んでいるのか、ハンスがはいってきたことに気がつかなかった。ハンスがすぐそばに立つと、母親はとびあがっておどろいた。

「なんて顔をしているの」

絆創膏《ばんそうこう》のことをいっているのだ。母親はまだ突撃隊《とつげきたい》になぐられたことを聞いていないようだ。ハンスはかいつまんで話した。話を聞いて、母親はいっそう心配な顔をした。「それよりどこにいっていたの？　ぜんぜん寝《ね》ていないんじゃないの？」

ハンスは洗面台で体をふいている父親の方をちらっと見た。義手が食卓《しょくたく》においてある。父親がぶらぶらフィリップと呼んでいる腕《うで》の先の肉のかたまりが、ぶらぶらと揺《ゆ》れている。「ポスター貼りにいっていたんだ。ノレにいわれてヴィニが夜中に起こしにきたんだ。ヴィニひとりにやらせるのは危険すぎるからね」

「そんなでどうやって働くつもりなの？　疲れ切ってるじゃないの。あなたは失業者じゃないのよ」

「そういうおまえだって失業者じゃないんだぞ」父親が口をはさんだ。いらいらした声だ。なにか納得できないことがあるようだ。「おまえはぐっすり眠ったっていうのか？」

そのときハンスは、母親も寝不足《ねぶそく》で青い顔をしているのにはじめて気がついた。夜通しユッタのそばにいたのだろうか？　赤ん坊が生まれたのかたずねようとして、ふと食卓の上においてある新聞に目が止まった。ナチ系の新聞『攻撃』だ。

「どうしたの、こんなもの？」

「父さんが定期購読することにしたのよ。真実を知るためにね」母親はそうぶっきらぼうにいったが、すぐにまじめな顔をしてこうつづけた。「だれかがあたしにって、郵便受けにいれておいたのよ。ごていねいなことで」

ハンスは新聞を手に取った。タイトルの上に共産主義の売女《ばいた》と手書きで書いてある。へたくそな字だ。かっと頭に血がのぼる。きっとマックセ・ザウアーのしわざだ。

母親はスープを火から下ろすと、並べてあった四枚のスープ皿にすこしずつよそった。それを見ながら、昨日の夜、中庭で口論があったことと、テツラフの家のドアに落書きがしてあったことを話した。中庭の騒ぎに、父親も目をさましたが、落書きのことは知らなかった。「ここでもそういうことが起こるようになったか」父親は首をふった。「ヴェディンク地区だけは大丈夫だと思っていたんだが」

母親は落書きを目にしていた。

「大丈夫なわけないじゃないの」そういいながら、スープをすすった。「連中はゴキブリみたいなものなんだから。一匹でも住み着いたら、すぐに連中の巣窟《そうくつ》になっちゃうのよ」

「それよりユッタは？」ハンスはようやく母親にたずねた。「赤ん坊は生まれたの？」

母親がほほえんだ。

「エンネっていうのよ」

エンネ？　女の子の名前だ。ユッタは願いがかなったんだ。

「それで？　元気なの？」

母親はうなずいた。

「生まれたのは明け方よ。ユッタはよくがんばったわ」

「で、どんな子だった？」ハンスはバターをぬったパンをかじると、スープをすすった。

「どんな子って。体重は三・五キロ。髪《かみ》の毛はまだないけど、大きな青い目をしているわ。かわいいわよ。まるで砂糖袋《さとうぶくろ》みたいに」

父親が鼻で笑った。

「ふん。ヘレとユッタにはかわいそうだが、砂糖袋は二十年後にカラシの樽《たる》と婚約《こんやく》するかもな」

「二十年もすれば、ナチ党なんて消えてなくなってるわよ」母親がいいかえした。「それまでに墓穴を掘《ほ》るにきまってるもの。このまま嘘八百《うそはっぴゃく》並べていれば」

「そうなりゃいいがな」父親はハンスのそばにすわり、おなじようにスープをすすった。「しかしおれは納得できんぞ。おまえが徹夜《てつや》してるのに、おまえのかわいい娘はのうのうと眠りこけて、工場経営者になる夢を見ているなんてな。なんでおまえがそんな犠牲《ぎせい》を払わなけりゃならないんだ」

「いいかげんにして！」母親は額《ひたい》に手をやった。「マルタに出産のことがわかるわけないでしょ」

「おまえは助産婦を呼びにいっただけだと思っていたんだ。そのくらいなら、マルタにだってできるんじゃないか？　助産婦を夜中に呼びにいくのに、出産の経験はいらんだろう」

「ルディ、あたしはもうすぐ五十になるのよ。自分のすべきことはわかっているわ。マルタはユッタともともとあまり仲がよくなかったでしょう。おまけにヘレとけんかしてしまったんだから、いかせるわけにはいかないでしょ？」

「それで、おまえが犠牲《ぎせい》になるのか？」父親がうなるようにいった。「おまえだけ苦労して、あいつはのうのうとしている」

母親は首をふった。

「なにをいってもだめよ。マルタは悪い子じゃないわ。あの子が、あたしたちの暮らしにがまんできないからって、あの子を責めるわけ？　あの子の恋人がネズミ捕りの男のあとについていったからって、あの子をなじるわけ？　褐色《かっしょく》の連中の罠《わな》にはまったのは、ギュンターだけじゃないでしょ」

父親はけわしい目つきをした。

「あいつをかばうがいい。だがな、あいつのエゴイズムは許せない」

「あきれるわね！」母親は大声で笑った。「エゴイズムですって？　なによそれ。あたしたちのような人間は、自分のことなんて考えちゃいけない、骨身をけずって働くことしかできないんだって、なんでそういわないの？」いきなり母親の目から涙があふれた。スープ皿をおくと、いすにすわり、手で顔をおおった。

「マリー！」父親はうろたえた。「マリー！　どうしたっていうんだ？」

「ほっといて、ルディ!」手の甲で涙をぬぐうと、赤く充血《じゅうけつ》した目で遠くを見た。「あたしはいつも、大きな理想のためにがんばってきたわ。だけど、ああいう小さな子の将来を考えると……。あたしたちはずっと働きずくめ。なのにまだこんなところで暮らしている。これでいいのかしら? あたしたちにも、ちょっとはエゴイズムがあってもよかったんじゃないかしら。マルタがあたしたちを責めているのは、そのことなのよ」

父親は青くなった。

「なにをいいだすんだ」

「文句をいってるんじゃないの。あたしたちの人生なんだから。だけど、あたしたちが信じた〈いいこと〉が不発で終わることはないって本当にいえる?」

こんなことを言いだす母親を見たことがない。父親もびっくりしている。

「いいことはいいことさ」父親は静かにいった。「いつの時代にもいいことはある。だが悪もまたいつの時代にもあるものさ。善と悪の戦いに終わりはない。そしていつの時代にも、善につく者と、悪につく者がいるものさ」

「で、本当の善てなに? 本当の悪は?」母親はだるそうにたずねた。「これだけいろいろ体験すると、信じられなくなってくるわ。はっきりいえることはひとつだけ。大局で平和になれないのなら、一部でも平和になってほしいってことよ」

「それはちがうぞ、マリー」父親が反論した。「大局で平和になれないかぎり、どこにも平和はないんだ。あるのは願望だけだよ」

ムルケルが台所にやってきた。コッペパンを手にして、寝《ね》ぼけ眼《まなこ》で見ている。

「これ、どうしたの？」

母親がほほえんでいった。

「サンタクロースがもってきてくれたのよ！」

「まだクリスマスじゃないじゃないか」ムルケルは食卓《しょくたく》について、カップにはいっているスープをぐいっとのみ、それからパンをかじった。母親は、パネッケパン屋が今朝ストライキをしているベルリン交通公社の職員たちにコッペパンをただで配っていたと話した。「あたしも並んで、ふたつもらったのよ。ひとつは自分で食べたけど、もうひとつはムルケルにとっておいたの」

母親がベルリン交通公社の職員のふりをしてコッペパンをふたつももらったたって？　父親も、ハンスも、ムルケルもびっくりだった。

母親がけたけた笑った。

「気づいたら、そうしていたの。小さなエンネにどんな人生が待っているか考えていたら、どうでもよくなっちゃってね。パネッケはあたしに気づいたけど、だまってコッペパンをくれたわ」

父親はあぜんとしていた。

「ばあさんになると人生観も変わるものだな。じいさんのほうはどうかな」

小さなエンネ？　ばあさん？　じいさん？　まだ寝《ね》ぼけていたムルケルはゆっくりと頭を働かせた。

そして目を輝《かがや》かせた。

「ねえ、ヘレの……そしたら、ぼくは……」

「そうよ、ムルケルおじさんになったのよ！」母親がまじめな顔つきでうなずいた。「あなたのお兄さんは父親になったの」

ムルケルはコッペパンのことも忘れて、すぐにもエンネの顔を見にいきそうな勢いだった。母親が、会いにいくのは明日にしなさいといった。

「今日はだめ。ユッタが疲《つか》れているから。だいぶ血を流したからね。ユッタはろくに食べていないのに、赤ん坊は三・五キロもあったんだから」

ムルケルは根ほり葉ほりきいた。エンネは何時に生まれたのか。生まれたとき泣いたかどうか。なんで髪《かみ》の毛がないのか。一通り質問がおわると、今度は自分もおなじだったかと聞いてきた。体重がいくつで、自分が生まれたときも、みんなで喜んだか、と。

母親はどんな質問にもちゃんと答えた。ムルケルの質問がおわると、父親がパネッケのコッペパンに話をもどした。

「立派なものだ。そういう連帯感は、小さな商店主にはめったにないものだ」

「いろいろでしょ」母親がいった。「なんでも十把《じっぱ》ひとからげにはできないわ」

ハンスは共産主義青年同盟の素人芝居《しろうとしばい》のことを思った。パネッケのような人が芝居にでてくることはない。だけど、そういう人もいるんだ。なんとなくほっとする。世界がそんなに簡単だったら、かえって悲惨《ひさん》だ。

それもまた英雄

日曜日。そう、ようやく日曜日になった。一週間のうちでこの日だけはぐっすり寝《ね》ていられる。なのに、その日は早く目が覚めてしまった。土曜日は午後、家に帰るとすぐに眠った。徹夜《てつや》したまま一日中仕事をしたのだからむりもない。だが、もうすぐミーツェと映画を見にいくんだと思うと気持ちが高ぶる。それに、早く目が覚めたのには、もうひとつ理由があった。その日が国会選挙の投票日だったからだ。選挙は四か月前にあったばかりだ。これまで投票日というとどこかで乱闘騒《さわ》ぎが起こる。今日だってわかったものじゃない。

マルタはまだ寝ている。帰りが遅《おそ》かったのだろう。いすの上に服を脱《ぬ》ぎ散らかしている。ハンスは静かに起きあがり、体をふくと、アイロンをかけたズボンをはき、一番いいシャツを着た。それから靴《くつ》を丹念《たんねん》にみがいて、両親の家の台所に向かった。

父親とムルケルはもう朝食を食べていた。ふたりとも日曜日の晴れ着を着て、機嫌《きげん》がいい。両親にとって投票日はいまでも特別な意味をもっている。ムルケルは投票のあと両親といっしょにヘレの家を訪ねることになっていた。ムルケルは顔中ジャムだらけにして浮かれている。

ハンスもまだエンネの顔を見ていない。昨日はケスリン通りにまわる元気がなかった。今日、映画を見てから、訪ねるつもりだ。

「ぼくを見て、エンネが泣き出したらどうしよう？」ムルケルはなんでもいいからしゃべらずにいられなかった。そうでもなければ、エンネがムルケルおじさんを見て喜ばないなんて発想が浮かぶはずがない。

「そしたら、泣きかえしたらいいだろう」父親がまじめな顔でいった。「びっくりして、だまりこむさ」

「赤ん坊に向かって泣き叫《さけ》んでもいいの？」ムルケルの目には、赤ん坊はなんとなく神聖《しんせい》でこわれやすいものに映っているのだ。そういうものに向かって泣き叫ぶわけにはいかない。

「もちろん、泣き叫んでもいいさ。そうしないと、耳の穴があかないからな」

廊下《ろうか》にいた母親が吹き出した。ムルケルはむっとした。「くそったれ！」

「くそはちゃんと自分でふくんだな」父親はもうまじめな顔をつくろうことができなかった。ふくれっつらになったムルケルの頭をやさしくなでた。「そんなことというもんじゃない。おまえに会えたら、赤ん坊はにこにこ笑うさ。そうにきまってる」

「ほんとう？」ムルケルは目をかがやかせた。

ハンスは笑って、好物のオープンサンドをつくりはじめた。マーガリンにタマネギにコショウに塩。父親の好物でもある。だからスライスしたタマネギがいつも食卓《しょくたく》にのっている。ところがその父親があきれた顔をしていった。「タマネギを食べるのか？　今日は子猫のミーツェさんに会うんじゃなかったのか？」

「ミャーミャーミャー！」ムルケルはいっとき自分の姪《めい》のことを忘れた。「ミャーミャーミャー！」そういって、ハンスのことならなんでも知ってるとでもいうのか、からかうような目つきでハンスをのぞきこんだ。

ハンスにはわけがわからなかった。タマネギがミーツェとどういう関係があるんだ？

ミーツェのことを父親からしか聞いていなかった母親が台所にはいってきてほほえんだ。「タマネギを食べたら、口がくさくなるでしょ」

ハンスははっとしてパンを顔から離した。父親が笑い出した。

「三メートルくらい離れているんなら、食べても平気だぞ。ということは、キスをするわけにはいかないがな」

ムルケルはまた「ミャーミャーミャー！」といいかけて、口をつぐんだ。父さんはなんていった？キスだって？　だけど、ハンスはまだ大人じゃないじゃないか。それとも、もう。はじめは疑《うたぐ》り深い目つきだったが、やがて尊敬のまなざしになった。きまり悪くなったハンスはあかんべえをして、パンのはしをかじった。マルタが以前どこかの若者としていたみたいに、ハンスもミーツェといちゃいちゃするなんて両親に思われたくない。マルタはいつでも映画館の一番後ろの席にすわる。暗くなると、すぐいちゃいちゃをはじめる。となりにすわったハンスはぜったいにそっちを見るなといわれたものだ。

「でも絆創膏《ばんそうこう》を新しくしなくちゃ」母親がうまく話題を変えてくれた。「だめな母親だって思われたら大変だものね」包帯のはいっているべこべこにへこんだブリキ缶を食器戸棚《とだな》からだすと、古い絆創膏を一気にはがした。

ハンスはあまりの痛さに目に涙を浮かべた。こういうことは一気にやるにかぎるが、それでももうすこし優しくしてくれないものかと思った。だが、あたしは上品にはできていないからね、というのが母親の口癖《くちぐせ》だ。

「まだ痛いかい？」そうたずねて、母親が傷口をたしかめた。

ハンスは首をふった。だいぶよくなっている。ぐっすり眠ったおかげで、腫《は》れはすこしひいていた。

「これでいいわ！」母親は新しい絆創膏を傷口にはった。母親の指はいつもとても冷たい。母親になでてもらうのはいつでもうれしいものだ。

「今度その子をうちにつれていらっしゃい。父さんの話じゃ、とってもいい子なんですって？」

「もちろんさ」ハンスはまたパンをかじった。もうこの話題は終わりにしたかった。

両親にも気持ちが伝わった。

「映画はなにを見るんだ？」父親がたずねた。

「『戦艦《せんかん》ポチョムキン』、ロシアの映画だよ」

両親はまだその映画を見たことがなかったが、中味は知っていた。

「革命の映画じゃないの」母親がいった。「いい映画らしいわね。正真正銘《しょうしんしょうめい》の芸術作品だっていうじゃない。でもよりによって今日、上映するなんてね。投票日なのに」

「まだ投票できない若者向けに上映するのさ」ハンスはいった。

「まあ善意なんだろうけど、賢《かしこ》いやり方かどうか。ロシアの革命の映画を、今日、上映するなんてね」

母親は心配そうな顔をした。「騒《さわ》ぎをおこしたい連中のかっこうの餌食《えじき》だわ」

父親も気になったようだ。

「母さんのいうとおりだ。気をつけるんだぞ。ナチはこういうチャンスをねらっているんだ」

考えてもみなかったことだ。だが両親のいうとおりだ。何日も前から予定されているということは危険だ。ナチが気づいて、なにかしかけてくるかもしれない。いざというとき、すぐに外にでられるようにはじの席にすわろう。

「まあ大丈夫だと思うけど、用心にこしたことはないわね」

母親はハンスのせっかくの気分を台無しにしたくなかった。そこが母親のいいところだが、心配は無用だ。なにごとも、そしてなんびとも、ハンスの気持ちに水をさすことはできない。

「兄さんの分もエンネによろしくっていっとくね」ムルケルは善人ぶっていった。どうやらハンスとエンネを取り合いになると思っているようだ。だからハンスがいっしょに来ないのを喜んでいた。

「エンネにぼくの手紙をもっていってくれないか。だけど、読んじゃだめだぞ。いいな。おまえのことが書いてあるんだから」

「へへへ」かっこだけ笑って見せた。「なにが書いてあるの？」

「おまえは算数の成績が悪いって書いてあるのさ。決まってるだろ。エンネにすこしおまえのことを知ってもらわなくちゃならないからな」

バート通り。いつもなら日曜の午前中はあまり人通りがない。近くにある地下鉄のゲズントブルンネン駅から遠出する人たちはもうとっくに出発している時刻だし、映画館も午後にならないと上映しない。そしてダンスホールがひらくのは夕方からだ。だがその日は午前中から人通りがはげしかった。投票の帰りか、これから投票にいく人たちだ。そして少年や少女たちはほとんどがフンボルト映画館に向かって歩いていた。

ハンスはしばらく前から映画館の前に立っていた。十月に残った金で買ったおろし立ての白いマフラーをなんどもまき直し、ペパーミントの飴《あめ》をなめている。タマネギのにおいはたしかにまずい。あいさつをするなりミーツェにひっくりかえられては困る。

マフラーはすこしばかり暑かった。真冬用のマフラーだが、ハンスに似合っている。ムルケルは、そのマフラーをはじめて見たときからうらやましそうにしていた。ハンスははじめのうち、どうしようか迷っていた。十一月のはじめに真冬用のマフラーをまいてもおかしくないだろうか？　だが絆創膏《ばんそうこう》を見て、マフラーをしていく決心をした。絆創膏をはっているくらいだ、マフラーもおかしくはない。

飴をなめ、マフラーをいじりながら、ミーツェが来るはずの方角を見ていた。交通ストはまだつづいている。だから羊飼い湖から歩いてくるはずだ。ここへ来るには、すくなくとも三十分は見ないといけない。

裏手の映画館に入ろうとする若者で、入り口はごったがえしている。いっしょに学校に通った知り合いも何人かいる。女の子たちもアッカー通り界隈《かいわい》の子がほとんどだ。入場無料の映画を見にこないやつはいない。どんなにつまらない映画でもだ。

ヴィニ・ツィールケがきた。ハンスはすこしわきにどいた。ミーツェとふたりだけになりたかったのだ。だがもうヴィニに見つかっていた。ホルスト・クラウゼたち仲間をつれてそばにやってきた。

「どうだい？」ヴィニはハンスになれなれしく話しかけてきた。「よく眠ったか？」

ヴィニは右手をズボンのポケットにつっこんだ。ハンスはそれを目立たないように目で追った。ポケットのあたりが丸くふくらんでいる。まさか映画館にまでピストルをもってきたわけじゃ。

「ありがとね」いつも体の具合が悪い、小柄《こがら》なホルスト・クラウゼが口ごもりながらいった。ホルストは共産主義青年同盟の素人芝居《しろうとしばい》でもほとんど寝《ね》たきりの役しかもらえない。結核病人とか餓死《がし》寸前の男とか。もちろん好きでやっているわけじゃない。「ぜんぜん演技する必要ないんだ。地でいけばいいんだからね」といっていたことがある。

「いいってことさ」ハンスはさらに一歩うしろにさがった。こんなときにミーツェが来たら、ばつが悪い。だがホルストの気がすまなかったようだ。「ぼくさ、ほんとにだめだったんだ。母さんが」

「しつこいぞ！」ヴィニが口をはさんだ。「ハンスはよくやってくれたよ」それからハンスに目配せをしていった。「いっしょにはいろうぜ。ぐずぐずしていると、一番前の席になっちゃうぞ」

「ちょっとね。人を待っているんだ」ハンスはとうとう白状して、顔を赤らめた。おかげでみんなからにやにや笑われた。

「このあいだいってた子かい？」ヴィニがたずねた。それから、からかい半分にいった。「どんな子だい？　マレーネ・ディートリヒみたいな足をしてる？　それとも大根足かい？」

少年たちはいっせいに笑ったが悪気があったわけじゃない。結局、いい席をとりたい気持ちに負けて、みんな、映画館の入り口に急いだ。

通りの反対側にある時計屋の大時計が十時五分前をさしている。ハンスはそわそわとライニケンドルフの方角を見ていた。そろそろ来てくれないと、はじめを見損《みそこ》ねる。それとも、なにかあって、来られなくなったんだろうか？

「夢でも見てるの？」

ミーツェだ！　晴れ着のコートを着て、ベレー帽《ぼう》をかぶったミーツェがすぐ後ろに、麻袋《あさぶくろ》をかかえ、笑いながら立っていた。

「あっ、えーと、来ないかと思ったよ」ハンスはそれだけしかいえなかった。そのくらい不意をつかれたのだ。晴れ着のコートに身をつつんだミーツェは、いつも通勤に使っているコートのときとまるでちがって見える。ずっと大人っぽいし、どことなくシックだ。

「どうして？」ミーツェはあっけにとられた。「約束したじゃない。わたし、約束を破ったことはないわ」

ハンスはなにもいわなかった。とにかくミーツェが来たのだ。うれしかった。

「あなたって、よく郵便受けにぶつかるのね」ミーツェが絆創膏《ばんそうこう》をさしていった。ハンスは顔を赤らめた。そういえば、はじめてフンボルトハイン公園で出会ったときもたんこぶをつくっていた。

「どうしたの？」

「突撃隊《とつげきたい》にやられたんだ」

「なんでまた？」

「ハイル・ヒトラーっていわなかったからさ」

「あなたってそういう英雄みたいなところがあるの？」ミーツェは目を丸くした。

「そんなことないよ」まちがっても英雄のはずはない。ちゃんと話しておけば、ミーツェもそんな質問をしなかっただろう。

「そう？」

「だって結局、ハイル・ヒトラーっていっちゃったからね」

ミーツェはすこし考えた。「なぐられてから？」

ハンスはうなずいた。ミーツェは下を向くと、小さな声でいった。「あたしはだめ。その前にいっちゃうわ。こわいもの」

女の子と男の子でちがいがあるのを聞いて、ハンスはほっとした。女の子が勇敢《ゆうかん》にふるまうことを期待する者はいない。すくなくとも暴力沙汰《ざた》のときは。ハンスは、自分にも、そんな勇気があるとは期待していなかったくらいだ。

ミーツェが大時計の方を見た。

「はいりましょ。もうすぐ上映がはじまるわ」

ハンスは、ミーツェと話していられるなら、映画を見なくてもよかった。だがおしゃべりなら、そのあとでもできる。ふたりは足早に中庭を抜けて、超満員の映画館にはいった。中はものすごい喧噪《けんそう》だった。ハンスは、ミーツェと列のはしにすわるようにした。いざというとき、すぐ逃げられる。通路に近い席はもうどこもあいていなかった。ふたり並んですわれる席が見つかっただけで幸運だった。

「まるで幼稚園ね」袋《ふくろ》をひざにかかえて席についたミーツェがささやいた。たしかに子どもがたくさん来ている。真っ先に映画館にはいったのだろう、一番いい席を占拠《せんきょ》して、自分の声が聞こえないくらい大声で叫《さけ》びあっている。

耐《た》えられなくなったハンスは、はやく照明が消えないかと思った。明かりが落ちると、子どもたちは静かになった。ハンスはすぐにミーツェの手をにぎった。ミーツェも期待していたのか、そのままにしていた。

映画は帝政ロシア時代の水兵の物語だった。水兵たちは黒海艦隊《かんたい》の戦艦に乗艦していた。上官に虐待《ぎゃくたい》され、ある日、腐《くさ》った肉を食べるように強要された。水兵たちは抗議《こうぎ》したが、船医は、肉は腐っていないといった。そのために騒動《そうどう》になる。艦長は水兵たちを呼び、食事に文句をいっているのがだれかたずねた。代表の水兵たちが名乗り出ると、艦長はその水兵たちに縄《なわ》をかけ、防水シートにくるんでしまった。

無声映画だったが、そんなことを感じさせない作品だった。子どもたちは、水兵たちの一挙手一投足に拍手《はくしゅ》をおくり、艦長《かんちょう》がなにかいうと、ブーイングをし、口笛を吹いた。

そして艦長が反乱者の処刑を命ずると、観客はみなしんと静まりかえった。艦長がどうして水兵たちを射殺しようとするのかわからない。肉にはたしかにうじがわいていた。そんなものをだまって食べられるわけがない。だがそれはなにかのまちがいではなかった。水兵たちは縄をかけられた仲間を射殺するように命じられた。カメラは撃《う》たれようとしている者の顔と撃たなければならない者の顔を映す。

館内は、まるでだれもいないかのように静まりかえった。ミーツェはハンスの手をつよくにぎった。

「俳優たちなんだからさ」ハンスはささやいた。ミーツェは返事をせず、「兄弟よ！」という文字の浮かんだ銀幕に目を釘付《くぎづ》けにしている。いままさに射殺されようとしている水兵たちの言葉だ。銃《じゅう》をかまえた水兵たちは迷っていた。そしていきなり罪深い将校たちに銃が向けられる。観客は歓声《かんせい》をあげた。銃撃戦になり、水兵がひとり命を落とすが、将校たちは戦艦から投げ落とされた。ふたたび観客の歓声があがった。

水兵が死んだとき、ミーツェはショックを受けて目をとじたが、すぐにまた銀幕を見つめた。だが彼女だけは歓声をあげず、うちひしがれていた。

別の場面になった。水兵たちは仲間の葬儀《そうぎ》をオデッサの港で行う。市民もその死を嘆《なげ》き悲しむ。集会がひらかれ、戦艦に赤旗がかかげられる。ここでまた館内の子どもや若者が拍手をした。つづいて市民は蜂起《ほうき》した水兵のために食料をもってきた。水兵に同情した市民がしだいに港の階段から戦艦の方へやってくる。そこへいきなり皇帝側の軍隊が現れ、群衆に向かって無差別に発砲《はっぽう》した。大勢が弾《たま》にあたってたおれる。逃げまどう人々。乳母車が港に向かって階段を転がり落ちる。どんどん、どんどん。母親は乳母車を追いかける。乳母車に追いつくが、赤ん坊はことされていた。次のシーンでハンスは息がつまった。階段を踏《ふ》みしめながらおりてくる兵隊たちの足。そして死んだ我が子を抱いた母親がその隊列に向かっていく。

本当に俳優《はいゆう》だろうか？ これは劇映画であって、ドキュメンタリー映画じゃない。けれども、真に迫《せま》っていた。それにノレがいっていた。映画と同じようなことが、一九〇五年に帝政ロシアで実際に起こったという。ということは、本当にオデッサでたくさんの人が死んだのだ。

戦艦ポチョムキンの水兵たちが港の階段めがけて大砲を撃った。ようやく大量殺戮《さつりく》は終わった。観客の歓声のなか、皇帝軍が敗走する。残虐《ざんぎゃく》な殺戮の翌日。この映画で一番手に汗にぎる場面だ。追っ手の艦隊が戦艦ポチョムキンに接近する。蜂起した水兵たちは、はるかに優勢な敵艦隊に向かっていくことにする。公海で相対したとき、戦艦ポチョムキンの水兵たちは対峙する艦隊に向かって信号を送る。魔法の言葉〈兄弟よ！〉だが艦隊は反応しない。戦艦ポチョムキンの水兵たちは悲痛な思いで戦闘準備にはいる。ハンスは、手に汗をかいているのを感じた。どうして追っ手の艦隊にいる水兵たちは、戦艦ポチョムキンの水兵と手を結ばないのだろう。彼らだって、大していい扱いはされていないはずだ。案の定、艦隊の水兵たちは火蓋を切ることを拒絶する。戦闘ははじまらず、逆に彼らは戦艦ポチョムキンの水兵たちにエールを送る。戦艦ポチョムキンは無事に通り抜け、自由への勝利の航海をする。

館内は水をうったような静けさだった。小さな子どもたちまでうれしそうにだまっている。すると、ハンスたちより少し前にすわっていたヴィニ・ツィールケがいきなり立ち上がって、パチパチ拍手《はくしゅ》しながら、「ブラボー！」とさけんだ。ヴィニの友だちがそれにつられ、やがて映画館じゅうで喝采《かっさい》がわいた。小さな子どもたちは、拍手だけじゃすまず、歓声《かんせい》をあげ、床《ゆか》を踏《ふ》みならし、すっかり大騒《おおさわ》ぎになった。ハンスとミーツェもいっしょになって拍手した。映画を見たあとで拍手をするなんて、いままでになかったことだ。けれども、その拍手は出演者や監督ではなく、戦艦《せんかん》ポチョムキンの水兵と発砲しなかった仲間たちに向けられたものだった。

拍手喝采をおくっているまさにそのとき、出口がいっせいにあけ放たれ、ヒトラー・ユーゲントの連中がなにか館内に投げ込み、すぐに姿を消した。とたんに、館内は煙《けむり》に包まれた。子どもたちは悲鳴をあげ、出口に殺到《さっとう》した。もちろん、そこではヒトラー・ユーゲントが手ぐすね引いて待ち伏せしている。ヴィニとその仲間たちや、年上の少年たちは、ヒトラー・ユーゲントたちとなぐり合うために外に飛びだした。ミーツェも、出口に走っていこうとした。ハンスはミーツェを引き留め、パニックにおちいった観客をかき分けて、ふつうは次の観客が列をつくっているので出口につかえない入り口に向かった。ふたりは人の流れに逆らったので、なかなか前にすすめない。館内に充満《じゅうまん》しているガスをすわないように、ハンカチで口と鼻を押さえた。

ようやくドアにたどりつくと、ハンスが扉《とびら》をあけ、ミーツェを連れて中庭に飛びだした。ふたりとも、涙で顔がぬれていた。中庭で深呼吸した。ふたりにつづいてでてきた観客たちが、そのまま中庭をぬけて通りに飛びだした。ミーツェがあとにつづこうとしたので、ハンスはまた引き留めた。

「だめだ。あいつらが待ち伏せしてる」

ミーツェはハンカチで目をふいたが、役に立たない。次から次へと涙がでてくる。

「あれ、なんだったの？」

「催涙《さいるい》ガスだと思う」ハンスが答えた。

中庭に残っているのはふたりだけになった。ハンスはあたりを見回し、ミーツェを連れて横の階段から屋根裏にあがった。屋根裏部屋に通じるドアの取っ手をまわした。運良く、扉はあいた。

「どこへいく気？」ミーツェは不思議そうだった。ハンスはすぐにミーツェを中にいれ、扉をしめた。

「ここなら安全だ。ここまでは来ないと思う」

ミーツェは屋根裏部屋を見回した。かなり広い。洗濯《せんたく》ひもが何本か、梁《はり》に渡してあり、はしごが壁《かべ》に立てかけてある。それに空っぽの木箱がふたつ。ミーツェは木箱を動かして、その上にすわり、ハンスをしげしげと見つめた。

「あたしがいっしょじゃなくても、ここに隠《かく》れた？」

きっとそうはしなかっただろう。ミーツェがいっしょでなければ、ヴィニたちと共にヒトラー・ユーゲントにぶつかっていったはずだ。べつにそれが楽しいからじゃない。そういうものなのだ。

「どうなの？」ミーツェがさぐるような目をした。

「隠れなかったよ」ハンスは白状して、暑苦しくなったので、新しいマフラーをはずした。「でも、こうしたかったんだ」

ミーツェがほほえんだ。

「それもまた英雄のすることよ。あなたは、貴婦人を救う騎士《きし》。貴婦人から永遠の愛をえられるわ」

「かたじけない」そうはいったが、ハンスは、ミーツェの言葉をどう理解していいかわからなかった。

騎士に救われたのを喜んでいるように聞こえるけど。ハンスははしごをとって、天窓にかけた。天窓をあけると、外の喧噪《けんそう》が聞こえる。まだ乱闘をしているんだ。ハンスははしごにのったまま、外の新鮮《しんせん》な空気を胸《むね》いっぱいすいこんだ。ミーツェの顔をしばらく見ないですむのがうれしかった。

「ハンス」

「なに？」

「下におりてきて」

ハンスはミーツェの顔を見た。怒っている様子はない。ゆっくりと階段をおりることにした。

喧噪と静寂

警察のサイレンが聞こえ、乱闘は終わった。ときおり足音と叫《さけ》び声が聞こえるだけだ。そしてあたりはすっかり静かになった。ハンスとミーツェは木箱にすわったまま、手を取り合って、だまりこくっていた。妙《みょう》な気分だった。静かな屋根裏部屋。ここまでの逃避行《とうひこう》。映画の余韻《よいん》。お互《たが》いまだよく知らないのに、もう気持ちがひとつになっていた。

「そろそろいく?」

ミーツェがたずねた。ハンスはただうなずいた。それからふたりは手をつないで階段をおり、人気のなくなった中庭から映画のポスターの貼《は》ってある通路を抜けて通りにでた。

騒《さわ》ぎはおさまっていた。何軒《なんけん》か鉤十字《かぎじゅうじ》の旗を窓からつるしているアパートがある。だがたいていのアパートにつるしてあるのは、ハンマーと鎌《かま》をデザインした共産党の赤旗か黒赤金の共和国の旗だ。

「これからどうする?」ミーツェのこのあとの予定を知らなかった。

散歩しましょうといって、ミーツェは、フンボルトハイン公園の方に向かって歩きだした。ハンスは少し遅《おく》れてミーツェと並んだ。通りにでると、ミーツェが手を放した。ハンスも無理に手をにぎり直そうとはしなかった。

ゲズントブルンネン駅のそばの線路上の橋に物乞《ものご》いがひとりすわっていた。ちょうどハンスとヴィニが二日前に貼ったポスターの前だ。足下に「傷痍軍人《しょういぐんじん》」という立て札《ふだ》がおいてある。松葉杖《まつばづえ》を石作りの橋の欄干《らんかん》に立てかけ、切断された足を前につきだしている。裾《すそ》をめくりあげ、安全ピンでとめたズボンから足の付け根がはっきり見える。物乞いは遠くからハンスとミーツェが来るのに気づいて、すぐに物乞いをはじめた。「五ペニヒ硬貨《こうか》、もってませんかね?」

ハンスは首をふった。文無しだ。なけなしの金で新品のマフラーを買ってしまったばかりだ。ミーツェがコートのポケットをさぐって、五ペニヒ硬貨を見つけると、通りにおいた物乞いの帽子《ぼうし》に投げ入れた。

片足の物乞《ものご》いは五ペニヒ硬貨を見てから、ミーツェに目をうつした。

「お嬢《じょう》さん、虫眼鏡《むしめがね》を貸しくださいませんかね？」

そんなはした金では納得できなかったようだ。五ペニヒ硬貨といっておいて、十ペニヒ硬貨を期待していたのだ。

「五ペニヒ硬貨が見えないんじゃ、しかたないね」ハンスは帽子《ぼうし》から硬貨をひろいあげると、ミーツェのポケットにもどして、あきれ顔の物乞いにほほえみかけた。「ごきげんよう」

目を丸くしていたミーツェが笑いだした。

「この五ペニヒ、どうしたらいいかしら」歩きながら、ミーツェがハンスにたずねた。「もうわたしのものじゃないし」

「待ってて！」ハンスはあたりを見回し、ひとりの老婆《ろうば》を見つけた。毛皮をあしらった、ぼろぼろのコートを着ている。むかしはさぞかし立派なコートだったのだろう。ベンチにすわって、マッチを売っている。目が不自由だという印の腕章《わんしょう》を右腕《みぎうで》につけている。大きな黒い点が三つついたその黄色い腕章はよく目立つし、マッチをいれた箱のふたにも目が不自由と書いてある。ハンスはミーツェから五ペニヒ硬貨を受け取ると、老婆のところにいって、マッチをひと箱もとめた。

老婆は木箱に手をいれ、マッチをハンスに渡した。ハンスがさしだした硬貨を、老婆は親指と人差し指でつまみ、指先で確かめてからうなずいた。

「ありがとう、お若い方」

「あのですね」そういって、ハンスはミーツェに目くばせをした。「本当はべつにマッチがほしいわけじゃないんです。ただ五ペニヒをなんとかしたかっただけなんですよ。ズボンに穴があいてるもんで」

そういうと、ハンスはマッチ箱を木箱にもどし、ミーツェの手をにぎって公園にかけこんだ。ふたりはしばらくかけつづけ、息が切れると、ベンチにすわりこんで笑った。

「ねえ、おなかすいてない？」ミーツェがたずねた。

おなかはすいている。けれど正直にいってしまっていいものだろうか？　そもそもどうやって食べ物を手にいれたらいいだろう？

ミーツェは意味ありげな顔をして、布袋《ぬのぶくろ》に手をいれ、紙に包んだパンを手にとった。「はい、これ」

「えっ、いいよ」ハンスははにかんでいった。「自分で食べなよ」

「心配しないで、まだあるんだから」ミーツェはパンをハンスの手にのせると、もうひとつの包みを取りだした。

「まるで魔法の袋だね」ハンスはソーセージをはさんだパンをかじった。じつにうまい。「その袋、自分で縫《ぬ》ったの？」

「もちろんよ！」ミーツェはいくつも間仕切りのある袋をハンスに見せた。間仕切りのひとつにはパンが入れてあった。別のには櫛《くし》と鏡《かがみ》、また別のにはメモ帳と鉛筆《えんぴつ》と消しゴム、さらにもうひとつの間仕切りにはハンカチと予備のヘアクリップ。

「夏には本もいれていたよね」

「二冊いれることもあるわ」ミーツェは笑った。それからふいにまじめな顔になって、ハンスを見つめた。「ねえ、どうしてあたしがあなたのことを好きか知ってる？」

「おとなしくて、やさしいからだろ」本当にそんなことでいいのか、自信はなかった。

「それもあるけど、それよりも、あなたが物静かだからかな。さっき物乞《ものご》いの前ではけっこう大胆《だいたん》だったけど、そういうときでも、あなたって物静かじゃない」

またしても妙《みょう》なほめ言葉だ。

「きみだって物静かじゃないか」

「あたし？　まさか！」ミーツェは首を横にふった。「あたしは物静かじゃないわよ。そう見えたのは、そうしているしかなかったから」

ハンスにはなんのことかわからなかったが、ミーツェはまだうち明ける気がないようだ。「あなた、共産主義青年同盟か社会主義労働者青年団にはいっている？」そうたずねて、ミーツェは話題を変えた。

「はいってないよ」これではまだ答えになっていないと思ったハンスは、なんで自分が青年団にはいらないのか説明した。理由をひとつひとつ数え上げた。ハンスはいままでに理由をこれほどはっきりさせたことがないことに気づいた。

ミーツェはじっと聞いていた。そしてこうたずねた。

「でも左翼《さよく》なんでしょ？」
「もちろんさ！」
ミーツェは静かに笑って、いきなり歌いだした。
左足、見ればわかるぜ
左足、彼女はヴェディンク育ち
左足、うそはつけない
左足、選帝侯大通り《クアフュルステンダム》には似合わない。
ハンスもその歌を知っていた。二、三年前、マルタがよく歌っていた。歌詞の中身はヴェディンク育ちの娘の物語だ。彼女は貧困から抜けだしたいがばかりに、上流階級の男に見初められようとして着飾《きかざ》る。だが男たちは彼女を利用しただけだった。アバンチュールを楽しむために金は払うが、彼女を本当に求める者はいなかった。それというのも、彼女は左足をひきずっていたからだ。結局、彼女はそのいまいましい左足を切り取ってしまうが、左足は彼女のあとをつけてきた。雨の日も、あられのときも、雪のときも、晴れのときも。彼女はついに左足とわかれることができなかった。
「おじさんとおばさんは？　どっち側なの？」
「どっちでもないわ」ミーツェは笑ったが、愉快《ゆかい》そうではなかった。「いい人よ。口は悪いけど。政治は人の性格を悪くするっていってるわ」

「きみもそう思う？」

ミーツェはすこしためらってから答えた。

「なんとなくいえてると思うわ。まわりを見て。みんな、憎《にく》み合って、争ってる。お互《たが》い暴力をふるって、殺し合いをしているじゃない。話し合えばいいのに」ミーツェは顔をあげて、ハンスを見つめた。

「さっきの騎士《きし》と貴婦人の話は、ふざけていったわけじゃないの。もしかしたらあなた、もうすぐ騎士にならないといけないわよ」

「どうして？」

「当ててみて」

「ヒントをおくれよ」

「わかったわ！」ミーツェは口をとがらせて、口笛をふいた。ハンスはおどろいて飛び上がった。それは突撃隊《とつげきたい》の歌のなかでも最悪のものだ。よく耳にする。「ナイフの先からしたたるユダヤの血。こんな愉快《ゆかい》なことはない」そんな内容だ。

「まさか、ユダヤ人なの？」

ミーツェが目を丸くした。

「まさかって、どういうこと？」

ミーツェは顔を真っ赤にしてさらにたずねた。

「なんでそんなに飛び上がるの？　なにかにかまれたみたいに。あたしが嫌《きら》いになった？」

「そんな！」

「まさか」という言葉はつい口をついて出てしまったものだ。その歌にぎょっとしたせいだ。それに、つい二日前のことがある。強要されたとはいえ、「くたばれ、ユダヤ人」といってしまった。ハンスはどぎまぎしながら腰《こし》をおろした。

ミーツェはハンスからすこし離れた。

「最近、ある新聞にのっていたわ。ちゃんとしたドイツの男はユダヤ娘のそばにいるべきじゃないって」

「ナチの新聞だろ！」

ミーツェはハンスの様子をうかがった。

「だからなに？　たくさんの人が読んでいるわ。新聞にのっていることは、みんな信じるものよ。ユダヤ人は全員、金持ちで、デパートや洋服屋や宝石商をやってるって思われてる。それとおなじよ」

「でも、ぼくはそんなデマは信じない。きみ、どうかしてるんじゃないか。ユダヤ人たちは、スラムに住んでいる。どんな貧乏なドイツ人よりももっと貧乏だ」

「ユダヤ人もドイツ国民よ」

ミーツェのいうとおりだ。それなら、ドイツ人というかわりにキリスト教徒といえというのだろうか？　教会のことはよくわからない。

ミーツェはパンを包んでいた紙を小さくたたむと、袋《ふくろ》にもどした。

「あたしは本当のユダヤ人じゃないの。ユダヤ人だったのは父さんだけで、母さんは新教徒《しんきょうと》のドイツ人なの。でもカールおじさんとベルタおばさんはユダヤ人よ。ナチ党があたしたちのことをどう考えているか、おじさんたちから聞かされているわ。あたしも、そっち側なのよね。ユダヤの血が半分まじっていれば、もう本当のユダヤ人と変わりないでしょ」

「なんでそんなことをいうんだい？」

「用心にこしたことはないでしょ。ユダヤ人に他意はないっていっておきながら、あわれなキリスト教徒から金をむしりとる強欲なユダヤ人をばかにするジョークを平気で口にする人って多いじゃない。いくつか聞かせてあげましょうか？」

「そんなもの、聞きたくないよ！」スラムのユダヤ人は自分の命をけずって生きている。それくらいみじめな仕事にしかありつけない。それに、文具屋のレーヴェンベルクは、子どもにノートや羽ペンやインクを売って大富豪《だいふごう》になれるわけがない。バート通りのベンヤミン先生は健康保険にはいっていない患《かん》者《じゃ》をただで診療《しんりょう》している。先生は校医もしていて、子どもたちに好かれている。

「カールおじさんがいってるわ。たしかにユダヤ人にも、搾取《さくしゅ》する者はいる。でも、肝心《かんじん》なのは『もっていう助詞なのよね。これを省《はぶ》く人間は犯罪者ですって」

ハンスはだまっていた。ミーツェがユダヤ人だろうと、ユダヤの混血だろうと、キリスト教徒だろうと、イスラム教徒だろうと、仏教徒だろうと、ハンスにはどうでもよかった。ミーツェはミーツェであるだけでいい。コイル工場のミーツェ。たくさんの秘密の間仕切りがある自分でつくった布袋《ぬのぶくろ》をもって散歩するミーツェ。時代遅《おく》れのお下げ髪《がみ》をぶらさげ、ハンスを見つめるミーツェ。その大きな茶色の瞳《ひとみ》を見ると、湖を泳いでいるような気になる。

「ユダヤ人でなけりゃ」ミーツェは小さな声でいった。「あたしたちがどんな目にあっているかわからないわ。カールおじさんは、新聞にユダヤ人商店をナチが襲《おそ》ったっていう記事を見つけると、×印をつけているわ。毎日つけることもあるくらいよ」

ハンスも襲撃の話は聞いていた。とくに選帝侯大通り《クアフュルステンダム》、ナチがユダヤ人大通りと呼んでいるあの界隈《かいわい》で、ナチの連中はよくどなり散らしながら行進して、ユダヤ人商店のショーウィンドウを壊《こわ》したり、店のドアに「くたばれ、ユダヤ人！」と落書きしていく。彼らがそういうことをするのも、ヒトラーを信じているからだった。西洋の没落はユダヤ人のせいだと、ヒトラーははっきり書いている。

「あたしがおとなしくしているわけがわかった？　ほんとはもっとはしゃいでいるほうが好きなんだけど」

ハンスははずかしかった。むしゃくしゃする。ユダヤ人でない者がみんなナチのわけはない。「いこうか？」控《ひか》えめにいった。

ミーツェは顔をあげた。

「いやなことをいってごめんなさい。あたし、耳が敏感《びんかん》なの。ちょっとしたことで、すぐガードがかたくなっちゃうのよ」

「もう、いいよ！」ハンスはもうその話はしたくなかった。なぜかとっても悲しい気持ちになった。

ミーツェがちょとだまってハンスをのぞきこんだ。そしてふいにかがみ込むと、ハンスのほおに口づけをして、立ち上がった。

「ねえ、ちゃんとした散歩をしましょう。フリードリヒ通りなんかどう？　今日は一日暇《ひま》なの。あなたのためにあけておいたのよ」

ハンスはちょっとためらったが、すぐに立ち上がってミーツェの手をとって、いっしょに高速都市鉄道の駅まで走った。

ふたりは高速都市鉄道でフリードリヒ通りまでいき、高級店が建ち並ぶ長い通りのまず左側を、そして次に右側をウィンドウショッピングした。衣服、時計、カメラ、宝石、婦人用と紳士用の下着、本、ラジオ、レコード、そしてモルモットやヘビにまじって派手な色のオウムや小さなサルやカメなどエキゾチックな動物も売られていた。フリードリヒ通りにいると、世界恐慌《きょうこう》がうそのようだ。もちろんちょっと目にはだが。

ミーツェはフリードリヒ通り駅そばにある有名な演芸場ヴィンターガルテンや、ウンテー・デン・リンデン通りに並ぶカフェ、カスタンの蠟人形館《ろうにんぎょうかん》、横道にある映画館や劇場を見てまわった。スチール写真を並べたポスターをしばらく見つめていたミーツェは、知っている俳優《はいゆう》たちの名前をあげ、彼らの演技を想像してうっとりした顔になった。ミーツェはこういう散歩が好きなのだ。あたり前だ。のぞくだけならお金はかからない。ミーツェは、いつか報道写真家になってこの界隈《かいわい》で買い物ができるようになり、売り子から「お客さま」と呼ばれ、チップがはずめるようになるのが夢だという。それを聞いて、ハンスは考え込んでしまった。そんな願望を思い描いたことはない。ここで買い物をしている自分を想像することすらできない。なのにミーツェはそういう夢を見ているだけでなく、いつか実現できると確信している。

ふたりはフリードリヒ通りまで無賃乗車した。ゲズントブルンネン駅の出口から駅にはいったのだ。帰りにもおなじことをした。列車が駅にはいって、出口に降りてきた乗客であふれたときにもぐりこむというトリックで、ハンスが知っていた。

ゲズントブルンネン駅に着くと、ふたりは手をつないでバート通りを走った。ミーツェはハンスに家族のことを聞いた。なんでも知りたがった。ハンスの両親がどんな仕事をしているのか。兄弟の名前はなにか。ハンスの学校時代はどうだったか。ハンスが優等生だったと知ると、ミーツェは満足そうにうなずいた。そうだろうと思っていたからだ。だがマルタとギュンターが話題になると、ミーツェはとたんに静かになった。マルタがナチの人間とつきあっていることが理解できなかったのだ。そうはいっても、ハンスは、マルタとミーツェが似ていると思っていた。ただひとつちがうのは、ミーツェがいつか幸福になることを夢見ているのに対して、マルタはなんとしてもそうなろうとがむしゃらになっていることだ。

ふたりは羊飼い湖にたどりついた。どんよりとした雲におおわれた十一月、もうだいぶ暗くなっていた。湖が黒く光り、なにかにおいがする。ふたりは湖岸にたたずみ、手を取り合って、湖面のさざ波を見つめている。ハンスは二日前の夕方のようにミーツェにキスがしたかった。だがまだ明るすぎる。それに散歩をする人が三々五々、通り過ぎていく。「来週も会える？」ハンスは小声でいった。

「もちろんよ！　明日の朝、門の前で会いましょう。そっと手をふるわ。いいわね？」

「明日の晩は？」

「ベルタおばさんの荷物運びを手伝うことになってるの」

「荷物ってなに？」

「上着やスカートやドレスやブラウスなんか」ミーツェは、おばが自宅で自分のミシンを使って針仕事をしているといった。「たいていのお客は引き取りに来てくれるんだけど、届けなくちゃならないこともあるの。そういうときは手伝うことになってるのよ。配達はいつも夕方だから、おばさん、一人でかけるのをいやがるから」

「そのコートもおばさんが作ってくれたの？」

「ええ」ミーツェが顔を輝《かがや》かせた。「気に入った？」

ハンスはうなずいた。

「別のコートを着ていると十二歳に見える」

「かまわないわ。通勤にはあれで十分よ」

ハンスはだまっていた。ずっと気になっていることがある。ミーツェの両親はどうしたんだろう？

なんでおじさんのところで暮らしているんだ？　フンボルトハイン公園でいっていた。父親はユダヤ人だったが、母親は新教徒《しんきょうと》だと。父親は死んでしまったんだろうか？　じゃあ、母親は？

ミーツェは、おばさんはすごい人だといっていた。どんなことでも泣き寝入《ね》りはしない。ただ知らない人のことをおそれていた。知っている人間はそんなに危険じゃないというのが口癖《くちぐせ》らしい。おじさんは若いころ、俳優《はいゆう》になるのを夢見て、いまでも毎月二回は劇を見にいくという。「劇だけじゃないわ。合唱団にはいっているの。『野ばら』とかが大好きなの」

「で、お父さんは？」ハンスはたずねてみることにした。「死んじゃったの？」

「戦死よ。顔もおぼえていないわ」

「お母さんは？」

ミーツェは言いよどんでから、小声でこういった。

「生きているわ。でも関係ないわ」

「どうして？」

「売春をしているの」

ハンスは目を丸くした。だが、ミーツェのいったことではなく、その横柄《おうへい》な言い方にびっくりしたのだ。

ミーツェはハンスの気持ちがわかった。「ほかにどういったらいい？　ベルタおばさんにあずけられたのは、まだ小さいころだったわ」

「それっきり会いに来ないの？」

「一度来たことがあるわ。だけどわたし、びっくりして、逃げだしちゃった」

「どうして？」

「ものすごく派手だったの」

「そういうものだろ」ハンスはあぶなく、派手なのは売春婦のトレードマークじゃないかといいそうになった。

「わかってるけど」ミーツェはハンスの手を放した。「わたしの母なのよ、わかる？　わたしの母がそういう格好をしているなんて！」

ハンスも、自分の母親がそうだったら、やっぱりいやだ。それでも、ミーツェが厳しすぎるように思えた。四十三番地のふとっちょのローラも売春婦だが、彼女をよく知っている人たちは、世の中で一番いい人間だといっている。塩とか小麦粉とか砂糖《さとう》、あるいは薬を買う金に困ると、ローラが助けてくれた。たぶんミーツェの母親もふとっちょのローラみたいな人にちがいない。売春をしているからといって、悪い人間というわけじゃない。

「最後に会ったのは、十歳のときだったわ」ミーツェが口をひらいた。「まだよくわからなかったの。ベルタおばさんがいっていたわ。母は気づいたら足が洗えなくなっていたって。戦争中は食べるものがなかったし、父も死んでいたし。しかたなくそういうことをしたの。そして仕事がなかったので、くりかえしたらしいわ。戦後も暮らしはすこしもよくならなかった。だからまたくりかえした。なにもかもわたしのためだったというの。わたしが飢《う》え死にしてしまうと思ったのね。いつのころからか仕事を探すこともしなくなって、うさばらしに酒を飲むようになったそうよ。わたしを訪ねてきたとき、母はいつも道化のように派手で、酒臭《さけくさ》かった」

母親がそうなってしまったのは自分の責任だと思っているのだろうか。ハンスはまたそっとミーツェの手をとった。

しばらく口をつぐんでいたミーツェがまたいった。

「こんなこと、あなただから話したのよ。めったなことではうち明けないわ」

ハンスにも、ミーツェがどれだけ勇気をふるったかわかった。

「きみの面倒《めんどう》を見てくれてるなんて、おじさんたちはほんとにいい人たちだね」ハンスはなんとか優しい言葉をかけたかった。「だれにでもできることじゃないよ」

ミーツェはしばらく考えてからいった。

「おじさんたちと暮らすのは好きよ。でもたまにはひとりになりたいときもある。そういうときは、この湖のほとりやフンボルトハイン公園にいって本を読むの」

「そうか！」ハンスはそういってまたにやっとした。公園ではじめて出会ったときのミーツェはどこか妙《みょう》だった。まるでふたりがつきあうことになるとわかっていたような感じだった。いきなりハンスがたずねた。「それでも明日、家まで送るよ」

「でも、わたし、時間がないのよ」

「家につくまでふたりになれるじゃないか。家でくつろぐのも、ちょっと散歩するのもおなじさ」

ミーツェはあきれながら笑った。

「本気？」

「もちろん、ただ……」

「なに？」

「またキスしてくれないかな、グレーテル」いつの間にか暗くなっていた。今ならもう平気だ。

ミーツェが吹き出した。

「そんな無理をしなくてもしてあげるわよ、ヘンゼル」

「本当？」

「ええ」ミーツェはまじめな顔になると、ハンスの首に腕《うで》を回して、目をとじ、ハンスに口づけをした。二日前よりも強く。ハンスはすこし口をあけてみた。もしミーツェがしり込みしたらすぐに口をとじるつもりで。けれどもミーツェはそのまま舌をふれあわせた。

「こんばんは！」いつの間にか、黒いコートを着た年輩《ねんぱい》の男がそばに立っていた。ミーツェは顔を真っ赤にし、背を向けて走り去った。ハンスが後を追おうとすると、男がハンスに手をかけ、帽子《ぼうし》をとった。

「ラッハマンといいます。カール・ラッハマン。グレーテのおじです」

ハンスはびっくりして、白髪《しらが》まじりの男を見つめた。ミーツェのおじさんだって？　ミーツェはキスしているところを見られてしまったんだ。

「握手はしてくれないのですか？」

ハンスはとまどいながら、おじさんの手をにぎった。さ、これからどうなる？　罵倒《ばとう》されるだろうか？　それともしかられるだろうか？　二度と姿を見せるなといわれたらどうしよう？

白髪のおじさんは笑みをうかべた。

「申し訳ありません。野暮なことをしてしまいました。足音をたてて近づけばよかったのに。あるいは咳払《せきばら》いでもすればよかった」

ハンスはうつむいた。返事のしようがない。

「そんなに小さくならないでください。なにもはずかしいことではないでしょう。ロミオとジュリエットだって、きみたちとおなじくらいの年でした」

ハンスは、ミーツェのおじが演劇好きだったことを思い出した。そっと目を上げた。

「そうこなくては！」ハンスにやさしくうなずきかける。「なにもきみをとって食べようというのではないんですから。姪《めい》とキスしていたくらいで。あの子はいやがっていたわけではないでしょう？」

ハンスはこんなにていねいに話しかけられたことがなかった。ていねいすぎて居心地が悪い。ハンスはまだ若者だ。十五にもなっていない。なのにミーツェのおじさんはハンスを大人扱《あつか》いしている。

「お名前を聞かせてもらえますか？」

「ハンス、ハンス・ゲープハルトです」

「やはりAEG《アー・エー・ゲー》の工場で働いているのですか？」

ハンスはうなずいた。

「部署《ぶしょ》はどこなのです？」

「資材倉庫です」

「ああ、ビュートウさんのところ！」

ハンスはもう一度うなずいた。

ミーツェのおじさんは少し考えてからハンスの腕《うで》をとり、岸にそってしばらく歩いた。

「ビュートウさんか。彼とはもう長いつきあいになります。立派な人物ですよ。しっかりした方だ。そう思いませんか？」

自分の上司をしっかりしているなんていっていいだろうか？　自分にはそんなことをいう資格はない。

「ええ、いい人だと思います」

「いい人ねえ！」ミーツェのおじさんはハンスのいったことをくりかえしてうなずいた。「そのとおり、ビュートウさんはいい人だ」それからいきなりこうたずねてきた。「今日は一日ずっとグレーテといっしょだったのですか？　楽しかったですか？」

「ぼくたち、映画を見たんです」

「映画ですか！　なるほど！　あなたは芸術がお好きですか？」

ハンスは首を横にふろうとしたが、思い直してうなずいた。芸術にぜんぜん興味がないわけじゃない。読書が好きだし、映画を見るのも好きだ。もし金があれば、劇だって見にいくだろう。

「どんな映画を見たのです?」

「『戦艦《せんかん》ポチョムキン』です」

「あのロシアの映画? あれこそまさしく芸術品」ミーツェのおじさんに文句はないようだ。それから急ににやっと笑って、こうたずねてきた。「あの物語の本当の結末を知っていますか?」

「いいえ」

それは残念、というようにおじさんはうなずいた。

「あれだけの傑作《けっさく》なのに、そこだけが欠点なのですよ」そういうと、戦艦ポチョムキンの勝利の船出は当然、永遠につづくものではなかったといった。「そのすぐあとロシアのある港で拿捕《だほ》されるのです。水兵たちは皇帝側に引き渡されました。その後のことは、わたしも知りません。けれども、反逆者の末路は決まっています。おそらく殺されたでしょう」

ハンスも、そうだろうと思った。反逆者の逃避行《とうひこう》がいつまでもうまくいくはずがない。でも、映画館でみんなで拍手《はくしゅ》をおくったときは、だれもそんなことは思いつかなかった。

「まあ」ミーツェのおじさんは首をかしげた。「真実というのはつらいものなのです。あの映画は観客に勇気を与えようとして作られた。つらい結末を見せたら、それは成功しないでしょう」

ハンスはふと思った。ミーツェのおじさんは今日、どの党に投票したんだろう? そもそも投票にいったのだろうか? 政治は人の性格をゆがめるといっている人が。

ミーツェのおじさんはだまってハンスをじっと見つめ、ふいに立ち止まった。

「グレーテの父親がユダヤ教を信じていたことはご存じですか?」

「はい」

ミーツェのおじさんはハンスを探るように見つめた。ハンスは、おじさんがとても青い目をしていることにはじめて気がついた。

「勘弁《かんべん》してください。一、二年前なら、このような質問はしないのですが。あとで、あの子をがっかりさせたくないものですから。それに、どういう人間とつきあっているか、知っていたほうがいいと思いまして」

ハンスはなにも答えず、ゆっくりと足を運ぶおじさんの歩調にあわせて歩き、話に耳をかたむけた。

ミーツェのおじさんは物静かな聞き手が気に入ったのか、ちょうど合唱団の昼間のステージをこなしてきたところだと話しはじめた。

「合唱団の名前はひばり協会というんですよ。ひどいものでしょう。ひばりですよ。そのうえ協会ときた。なんという組み合わせでしょうね。詩的な言葉と行政用語ですからな。こんなのはドイツにしかないでしょうな」ミーツェのおじさんは笑い、すかさずこう続けた。「誤解しないでくださいよ。われわれだってドイツ人のはしくれだ! グレーテの父親はドイツに命を捧《ささ》げたし、わたしも兵士だった。ひどい時代でしたよ。そしてだれもわたしに感謝するものはいない。もっとも祖国のために獅子《し し》奮迅《ふんじん》の働きをしたのはわたしひとりではなかったですがな。しかしわれわれから名誉《めいよ》までも奪い取ろうとするあの男がやがて政権をとるようなことになれば……あの男はいっておりますよ。権力をにぎれば、大勢の人間の首が飛ぶだろうってね」ミーツェのおじはそういってだまり込んだ。

「ぼくの父も戦争にいっていました」ハンスが小さな声でいった。「手榴弾《しゅりゅうだん》で腕《うで》をとばされてしまいました」

ミーツェのおじさんがうなずいた。

「まったく、ひどいことですよ。政治家連中のすることは。のろわしい政治さえなければ、平穏《へいおん》に暮らせるものを」

それからはっとしてこうたずねた。

「まさか政治活動をされているわけではないですよね？」

こういう質問のされ方ははじめてだった。ハンスはだまって首を横にふった。もちろんうそに決まっている。どの政党についたらいいかまだ迷っているが、どの政党に反対かははっきりしている。

ハンスが首を横にふったので、ミーツェのおじさんは満足そうだった。

「お若い方。一日外を歩いていたのなら、さぞかしおなかがすいていることでしょう」

ハンスは腹《はら》ぺこだった。だがせっかく夕食にさそってもらえたが、断らなければならない。ケスリン通りに寄《よ》るつもりだったからだ。ハンスがエンネが生まれたことをいうと、ミーツェのおじさんはすぐに納得した。

「生まれてもう二日目なのにまだ会いにいっていない？　それは急いでいかなければ。子どもは最優先です」ミーツェのおじさんは手をさしだした。「グレーテになにか言づては？」

「ええ、お願いいたします」ハンスにまで、おじさんの口調《くちょう》がうつってしまった。「えー、まあ、わたくしは、彼女のことがとても好きでして」

「わかっておりますよ」おじさんはほほえみかけた。「グレーテもあなたのことが好きなようです。見ればわかります。すばらしいことです。わたしの姪《めい》にとっても、あなたにとっても。いつまでもそうあってくれることを願うばかりです」

確固たる足取りで

手をポケットにつっこみ、マフラーをしっかり首に巻いて、ハンスはヴェディンク地区への道を戻《もど》った。二日前とおなじで、どこもかしこも静かだった。路面電車もバスも走っていない。自動車もめったに通らない。窓にはぼちぼち明かりがつきはじめた。ハンスはときどき家の窓をのぞきこんだ。まえからよくそうしていた。明かりのともった居間や台所をのぞくと、見知らぬ不思議なぬくもりを感じる。好奇心をくすぐられ、空想をしてみたくなる。そこで暮らしているのはどんな人だろう。仕事はなんだろう。なんの話をしているんだろう。だがその晩はそれほど真剣にのぞきはしなかった。ミーツェとそのおじさんのことで頭がいっぱいだった。

いつまでもそうあってくれることを願うばかりです。ミーツェのおじさんは別れ際にいっていた。どういうことだろう？　いつまでも平和であってほしいというんだろうか？　でもとっくに平和ではなくなっている。それともナチ党のことをいっているんだろうか？　ナチ党にだけは政権をとってほしくないってことだろうか。でも、もしそうなら、どうして手をこまねいているんだろう？　政治が人の性格をねじまげると思っているから？　でも、それじゃテツラフ一家とおなじだ。もちろん彼らは教養がないから、劇場のかわりに酒場にいりびたっているけど。

オペル＝ブリッツ製のトラックがそばを通り過ぎた。二台、三台、四台。突撃隊《とつげきたい》の連中がぎっしり乗っている。荷台の男たちは疲れ切《つか》っているようだ。どこかに動員されていたんだろう。疲れていなければ「目覚めよ、ドイツ！」とか「赤になるなら、死んだほうがましだ！」とどなるか、腐《くさ》った骨の歌でも歌うはずだ。疲労困憊《ひろうこんぱい》してるやつらは、一見、人畜無害。褐色《かっしょく》の制服に身を包んでいても、家路を急ぐごくふつうの父親たちに見える。

ナチ党はユダヤ人をどうするつもりだろう？　厄介払《やっかいばら》いとか除去とか一掃とかいっているけど、どういう意味だろう？　ユダヤ人をめぐってナチ党の使っている言葉はみんな、あいまいだ。ミーツェがフンボルトハイン公園で歌った歌。ハンスが高貴な騎士にならないといけなくなるかもしれないと暗示したあの歌。「ユダヤの血をナイフからしたたらせ……」まさか本気で。そんなばかな！　どうかしてる。あんなにたくさんの人間が歌っているのに。だけど、それならなんであんな歌を歌うんだ？　自分がユダヤ人だったら、ショックで心臓がとまってしまうだろう。

レーヴェンベルクのおじさんがいっていたことがある。ヒトラーの反ユダヤ主義はただのプロパガンダだ、と。本当に政権についたら、ユダヤ人のことなどかまっている暇《ひま》もないだろう。けれども、ミーツェのおじさんはヒトラーのナチ党をおそれている。

広告塔《こうこくとう》の選挙ポスターが目についた。ドイツ国家社会主義労働者党のポスターもまじっている。白地に大きな黒い字で「ヒトラーに四年間の政権を! 四年以内に失業問題は解消。われらが最後の望みはヒトラー! 選挙番号1」その横に絵入りのポスターがある。男が手をふりあげ、息子が横にすわってものといたげに見上げている。赤子を抱《だ》いた母が怒りをあらわにした顔つきでふたりの背後に立っている。「婦人諸君!」絵の上に大きな文字が重なっている。その下には小さな文字でこう書かれている。「失業した男が百万人! 百万人の子どもに未来がない。ドイツの家族を救え! アドルフ・ヒトラーに一票を!」

いままで見てきたナチ党のポスターはきまって大きな長靴《ながぐつ》かげんこつでだれかを踏《ふ》みつぶしたり、ぐったりしている図柄《ずがら》ばかりだった。やられているのはたいていみすぼらしい共産党員か社会党員で、たまにシルクハットの紳士《しんし》、それも黒い髪《かみ》で鉤鼻《かぎばな》、もみあげにカールをかけているユダヤ人だ。けれども、そういう好戦的なポスターよりも、こういう誘《さそ》いかけるようなポスターのほうが危険かもしれない。

学校通りから鼓笛隊《こてきたい》がでてきて、ハンスとおなじ方向にまがった。ハンスは鼓笛隊の歩調にあわせて歩いた。「小さなトランペット吹き」を演奏《えんそう》している。ハンスは子どものころを思い出した。まだ赤色前線同盟が禁止されていなかった頃だ。ハンスはよくヘレたちと並んで行進し、この曲になると、大声で歌ったものだ。そしてグレーの制服を着た男たちが右のこぶしをあげてあいさつを送ると、ハンスもおなじあいさつを送った。おれたちは泣き寝入《ねい》りはしない。そういう意味のあいさつだ。そして警告の意味もかねていた。飢餓《きが》と貧困。マイヤー荘やアッカー通りやケスリン通りの惨状《さんじょう》、子どもの死亡率の高さ、そしてムルケルやハンスがひとつのベッドをわけあって暮らさなければならないことなど、もろもろの問題に責任のある者たちへの警告だった。だがやがて事情は一変する。ハンスは街頭闘争にはじめてまきこまれ、双方に血だらけのけが人がでるのを目の当たりにする。そのときから、自分もいつかそういう隊列に加わって行進することが恐ろしくなったのだ。だが、それで正しかったのだろうか？暴力に対して、暴力以外のなにで対抗《たいこう》できるだろう？　ナチ党に頭をたれろとでもいうのだろうか？

ヴィーゼン通りで鼓笛隊は左にまがった。ハンスがまがった方向とおなじだ。鼓笛隊のすこし前をヴィーゼン通りの右側によって歩いていたハンスは、ふいに足をとめた。道路の石畳《いしだたみ》をリズミカルに踏みならす無数の靴音《くつおと》が聞こえる。そういう行進をするのは突撃隊にきまってる。すぐに歌声も聞こえてきた。まだだいぶ離れていたが、こっちへ向かっているのは確実だ。「突撃隊は進む。確固たる足取りで……」

鼓笛隊も盛大な音をたてた。突撃隊に聞こえないはずがない。ハンスはすぐに鼓笛隊にかけよった。

「突撃隊だ！　前から突撃隊が来る」

ほお骨のはったやせぎすの指揮者は表情も変えず、指揮棒をふりつづけた。それもいままで以上にきびきびと激しく。後ろにつづく男たちも、ハンスの声が聞こえたのだろう。身振りでわかる。歩みを遅くするどころか、さっきよりも激しく楽器を吹いた。まるで敵をふるいあがらせようとするかのように。

ハンスは歩道にさがった。もうすぐ突撃隊が角をまがってくるだろう。ヴィーゼン通りはそこで大きくまがっているので、音は聞こえるが、まだ姿が見えない。

窓がいくつかあいた。男や女や子どもが顔をのぞかせた。みんな、べつにおどろいた顔はしていない。もう慣れっこになっているのだ。ヴィーゼン通りとケスリン通りはヴェディンク地区のなかでも一番赤でいっぱいのところだ。だからこそ突撃隊《とつげきたい》は好んでここを行進する。

ほら来た！　突撃隊の一隊が角をまがってきた。「共産主義者はどこだ？」褐色《かっしょく》の男たちがはやしてた。「地下室さ！　はっ、はっ、は！　地下室さ！　はっ、はっ、は！」帽子《ぼうし》のひもをあごにかけ、靴音《くつおと》を響《ひび》かせながらまっすぐ鼓笛隊《こてきたい》にむかってくる。

ハンスの目の前の窓からのぞいていた男が悪態をついた。「ナチと共産主義者だよ！」奥に向かってそう叫《さけ》んでいる。「仲良く頭をなぐりあってりゃいいんだ。スト仲間なんだからな！」そういうなり、窓をしめ、念には念をいれて鎧戸《よろいど》までおろした。鼓笛隊と突撃隊はもう数メートルしか離れていない。

あちこちの家から人が飛び出してきた。ほとんど男だったが、女も数人まじっている。地下室に逃げ込んだりしないところを見せようというのだろう。鉄の棒や板をもっている者もいれば、ピストルの安全装置をはずしている者もいる。ゴミ箱をひきずってきて、バリケードを作り出す者まで現れた。

ハンスは家の陰《かげ》に隠《かく》れるように壁にはりついた。突撃隊のピストルの射程距離は三百メートルだけど、共産主義者のはたったの百二十メートルだ、とヴィニはいっていた。だがこう接近していては、あまり関係ないだろう。逃げるときには、その差がものをいうだろうけど。

あと十歩、五歩。鼓笛隊はだんだん拍子やメロディーが狂ってきたが、それでも吹きつづけている。突撃隊が棍棒《こんぼう》を抜くと、音楽がやんだ。楽器がわきにおかれるか、歩道に投げだされるかしたかと思うと、乱闘がはじまった。ハンスはとつぜん熱に浮かされたようになった。どうしたらいい？　なにかできることはないか？　楽器を踏《ふ》みつぶしている小柄《こがら》な突撃隊員が目にとまった。ルツだ！　ルツにまちがいない！　気づいたら、ハンスはもうルツにとびかかっていた。ルツは身内だ。この乱闘のなかでだれが憎《にく》いって、何年もずっと友だちだったルツほど憎く感じる相手はなかった。

ルツの襟《えり》をつかむと、ハンスは自分の方にひっぱり、げんこつで顔をめったうちした。手に激痛が走った。ルツは顔をゆがめ、折れた歯をはきだした。それでもハンスはおなじ所をなぐりつづけた。ようやくルツがなぐりかえした。「こんちくしょう！」ルツがわめきちらした。「赤のくそやろう！　きたねえぞ！」

ハンスは唇《くちびる》をかみ、さらに激しくなぐりつづけた。人をこんなになぐったことはない。それもこんなに憎しみを込めて。敵を傷つけ、苦しめたいという衝動《しょうどう》にかられて。

ルツはけんかが強くない。ハンスのような怒りももちあわせていない。まもなくなぐりかえすのもやめ、こうさけんだ。

「やめてくれ、もうやめてくれよ！」

ハンスはやめなかった。なにかに憑《つ》かれたようにルツをなぐりつづける。ルツはあやまるべきなのだ。「ハイル・ヒトラー」といわせたこと。

「くたばれ、モスクワ」といわせたこと。

そしてなにより「くたばれ、ユダヤ人」といわせたこと。

あんな連中と徒党《ととう》を組むからいけないんだ。あんな歌を歌うからいけないんだ。そういう間抜けだからいけないんだ。

だれかがハンスをはがいじめにした。ふりかえると、マックセ・ザウアーの赤ら顔が目に飛び込んできた。なにかハンスに叫《さけ》んでいる。ハンスには聞き取れない。すかさずみぞおちをなぐった。急所にあたったのか、ザウアーは息をとめ、目を白黒させた。その瞬間《しゅんかん》、はじめてハンスは我《われ》に返り、おずおずとザウアーを見つめた。

チビのルツは血をはいた。ハンスがそっちを向くと、ルツはびくっと身を縮めた。自分でもどうしていいかわからず、ハンスはルツと話がしたいと思った。そのとき最初の銃声《じゅうせい》が鳴り響《ひび》いた。まわりの家からでてきた男たちはとっくに乱闘に加わっていた。助っ人はライニケンドルフ通り、ケスリン通り、河岸《かし》通りからどんどんかけつけてくる。突撃隊《とつげきたい》は多勢に無勢で、ピストルを使わなければ、逃げるしかなかった。

二度目の銃声。ハンスは身の危険を感じた。近くの家に駆《か》け込み、肩《かた》で息をしながら冷えたタイル張り暖炉《だんろ》の陰《かげ》に身をひそめた。ふたりの女と女の子がひとり、ドアの陰で心配そうにハンスを見ていた。

「大丈夫？」

ハンスはしばらく自分の体を見回してから、うなずいた。おどろいた。自分でも信じられないが、なぐられたあざはひとつもない。すり傷ひとつないのだ。

けが人がつぎつぎとかつぎこまれてきた。医者もやってきた。上品な口ひげをはやした小太りな医者だ。銃声を耳にして、けが人を診《み》るためにかけつけたのだ。けが人のなかに、銃弾《じゅうだん》で膝蓋骨《しつがいこつ》をこなごなにされた者や、耳たぶを吹き飛ばされた者や、口から血の泡《あわ》を吹いている者がまじっている。肺《はい》に当ったな、と医者はいった。乱闘はまだつづいている。だがなぐり合いは銃撃戦に変わっていた。通りではここかしこで銃声が鳴り響き、ドアをとじていても、罵声《ばせい》がきこえる。その罵声をかきけしたのは銃弾の当たった者の悲鳴だけだった。

医者はちょっと変わったユーモアの持ち主だった。外で罵声が飛び交うのをきいた医者は、治療《ちりょう》をしながらこういった。「叫んでいるうちはまだ生きているからいいさ」

「警察は来ないの？」ふたりの女といっしょに医者の手伝いをしていた女の子がたずねた。

腕《うで》を撃たれた男の治療をしながら、医者はあざ笑った。

「警察だって？　お嬢《じょう》さん、ずいぶんずれてるね。警官だって命はおしい。乱闘が終わるまで待っているのさ。それからゆっくり死人を逮捕《たいほ》するんだ。そりゃ楽な仕事さ」

ハンスは階段に腰かけた。医者の手伝いをしようとしたが、すぐに断られてしまった。まだ頭が混乱していた。いきなり爆発した怒り。激しすぎて、気持ちが抑えられない。そんな自分におどろいていた。

医者はひっきりなしにしゃべっている。辛口な言葉ばかりだ。

「われらが警官は、勇敢《ゆうかん》な連中さ。それに音楽にも通じていたりする。突撃隊を先導して、ナチの歌にあわせて行進できるんだからな。国旗団が行進するときは警備について、同胞《どうほう》のいるところ、太陽と自由に向かって行進だ。そして赤のヴェディンクが行進するときは、平気でけりをいれてくる」

けが人のひとりが悪意のこもった笑い声をあげた。

「あんた何者だい？　医者かい、それとも漫才師《まんざいし》かい？」

「両方さ」医者はさらっといってのけた。「大事なのは、わたしが人間だってことさ。それも人間同士が殺し合うのが大嫌いな人間でね。われわれは進化の過程で、どこか狂《くる》ってしまったんだ。われわれのようなものを、神がわざわざ作るなんて、とうてい考えられんことだからね」

ドアが勢いよくあいて、男がひとり飛び込んできた。額《ひたい》から血が流れている。

「弾がかすりやがった。ただかすっただけだけどな」

「かすっただけ？」医者が聞き返した。「二センチくらい左に命中しているほうがよかったとでもいうのかね？」

男は返事をせず、かわりにけが人を見回して、ハンスを見つけた。

エデじゃないか？　そうだ、まちがいない。エデ・ハンシュタイン。ヘレの親友だ。顔が血だらけだったので、すぐにエデとわからなかった。ハンスはゆっくり立ちあがって、そばに歩いていった。

「ヘレも来ているのか？」エデがすぐに聞いてきた。「いっしょに来たのか？」

ハンスが答える前に、医者がわってはいった。

「おしゃべりは後だ。さもないと、もう一生、おしゃべりができなくなるぞ」

エデはタイル張りの床にすわり、後頭部を壁《かべ》にあてて、となりにすわったハンスの方は向かずに、医者の治療《ちりょう》を受けた。

「おまえのことは見てたよ。勇敢《ゆうかん》だったな。目を疑ったぜ」

ハンスははにかんだ。誇《ほこ》らしい気持ちにはなれなかった。とにかくやり方に見境がなかった。

エデはハンスの反応を勘違《かんちが》いした。「逃げたのは正解さ。武器を使われたんじゃ、ピストルでもなければお手上げさ」

「ようやくまっとうなことをいったじゃないか」医者がいった。「だが、すこしのあいだ口をつぐんでいてくれんかね。さもなけりゃ、おまえさんのその大事なおつむをそのまま放ったらかしにするぞ。おまえさんのかみさんは、新しいだんなを探すことになるな」

「かみさんなんていないよ」

「そりゃ、もっと悲惨《ひさん》だ！」医者はじつに口達者だった。「このままだと、かみさんを見つける必要はなくなる」

エデはおしだまった。だがハンスからは目を離さなかった。ハンスは立ち上がると、タイル貼《ば》りの暖《だん》炉《ろ》によりかかった。ふいにエデに親しみを覚えた。目の前のエデは、ヘレが話していた通りのエデだった。つきあいのいい、最高の友だちだ。

再会

突撃隊員《とつげきたいいん》はひとり残らず退散し、乱闘は終わった。警官をのせた輸送車が通りにやってきた。警官たちは荷台からおりると、けが人を積み込んで、また走り去った。その場に残った数人の警官たちは今回の撃ち合いがどうやっておこったか事情聴取をはじめた。近所の人たちはほとんどみんな、通りに出ていた。その人たちが口々に警官をののしった。

「どこにいってたんだ、おまえら。いまさら用はない。自分たちで片づけたよ」

警官の一人が弁解しようとして、逆に罵声《ばせい》をあびてしまった。堪忍袋《かんにんぶくろ》の緒《お》が切れた警官がどなった。

「いいかげんにしろ。今日はナチがちょっかいをだしたかもしれんが、明日はおまえらがやるんじゃないか。ベルリンにはそんなに警官はいないんだ。おまえたちの世話ばかりできるか」

これでヴィーゼン通りの住民の怒りをさらに買うことになってしまった。

「おれたちをナチといっしょにすればいい。あとでほえづらかいても知らねえぞ」ひとりがどなると、べつのだれかが叫《さけ》んだ。「資本家の手先め！　出ていけ、資本家の手先！」

エデとハンスは、群衆から少し離れたところに立っていた。ふたりはいっしょにエンネに会いにいくことにしたのだ。

「あいつらにとっちゃ、おれたちもナチもおなじなんだよな」エデがいった。「目的がどうちがうかなんて、あいつらにはなんの関心もない。攻める側と守る側をごっちゃにしている。おれたちとナチをおんなじ牢屋《ろうや》に放り込みたいと思ってるんじゃないか。そうすりゃ、通りは静かになるからな」エデは頭を包帯でぐるぐるまきにしている。まるでターバンでも巻いているようだ。その上に帽子《ぼうし》をかぶっているから、ちょっと滑稽《こっけい》に見える。

エデもまだエンネに会っていない。赤ん坊に興味津々《しんしん》だ。それから「親友の弟がただの頭でっかちじゃなく、熱い心を持っているってわかって、うれしいよ」といった。

ハンスは、いつもとちがうエデの一面が見られてうれしかった。ふたりはなかよくおしゃべりしながら歩いた。ケスリン通り十番地の階段をあがり、ヘレの家のドアの前までおしゃべりはつづいた。かつて自分にきつくあたっていたあのエデとおなじ人とは思えない。いっしょに闘い、一方はけがをし、もう一方は「勇敢《ゆうかん》」なところを見せた。それがよかったのだろうか。ハンスにはよくわからなかった。

ドアをあけたユッタは目を丸くした。エデのターバンとハンスの絆創膏《ばんそうこう》。ユッタはハンスが絆創膏をしていることを知らなかったから、ものすごく心配した。

「あなたたち、乱闘に巻き込まれたの？　わたしたち、銃声を聞いたけど」

「わたしたちだって？」エデの顔から笑《え》みが消えた。「ヘレもいるのか？」

「ヘレだけじゃないわ」ユッタは意味ありげな顔をしてから、すっかり引っ込んでしまったおなかをじろじろ見ているハンスの頭をこづいた。ユッタはとても青白い顔をしている。出産の疲れからまだ回復していないんだ。「じろじろ見ないでよ」ユッタはハンスにいった。「子どもが生まれてうれしいわ。おなかにいつまでも荷物をかかえていたくないものね」

ハンスははにかんで、エデにつづいて小さな部屋にはいった。ガス灯《とう》の真下にテーブルがあり、肩幅《かたはば》の広い、白髪《しらが》まじりの男がすわっていた。エデの方を見てにやにやしながら、ゆっくり立ち上がった。「ハイナーか？」エデはほとんど迷わず、男に抱《だ》きついた。「たまげたな！　ハイナーだ。どこにいってたんだよ。ずいぶん顔を見なかったじゃないか」

「おまえこそ、おれが来たときにかぎっていなかったじゃないか」男はエデの肩をたたき、エデをよく見ようと体を放した。「おれもうれしいよ。本当だ、エーリヒ」

エデが笑いだした。

「あいかわらず、おれのことをエーリヒて呼ぶんだな。あんただけだよ」

「そうかもしれんがな！」男はそうなるようにいうと、はじめてハンスの方を見た。「アウグスト・ハンシュタインの息子をエデなんて呼べんよ。知ってるか？　おれはおやじさんの書いたものをいまでもときどき読み返すんだ」

エデの父親は刑務所から釈放《しゃくほう》されると、赤旗に記事を寄稿《きこう》した。十四年も前のことだ。ヘレもハンシュタインの古い記事をいくつか持っている。すっかり黄ばんでいたが、まるで宝物のように大事にしていた。

両親とムルケルはもう帰ったあとだった。来るのが遅すぎたのだ。ハンスは赤ん坊用のベッドに目を向けたがよく見えない。外はすっかり暗くなっていたが、赤ん坊が眠れるように、テーブルの明かりしかつけていなかった。大人があいさつを交わしているあいだは、なんとなく赤ん坊のベッドに近寄《ちかよ》るのがはばかられる。

「どこから戻《もど》ってきたんだい？」エデがたずねた。「海の向こうかい？」

「いいや」男が笑った。白髪《しらが》がまじっているわりにはさっきより若く見える。「モスクワだよ。虎《とら》の穴から直接出てきたのさ」

虎の穴という言葉を聞いて、エデは真剣なまなざしになったが、男は気づかなかったようで、またハンスを見た。

ヘレはハンスをそばにつれていった。

「どうだい？　ふたりとも、思い出したか？」

「なんだって？」男が面食らった顔をした。「まさか、あのハンス坊やじゃ？」

「そう、そのハンス坊やさ」ヘレがにやにや笑った。後ろに控《ひか》えていたユッタがいった。「そのハンス坊やも、いまでは立派なハンスよ。いい子に育ったわ」

「おどろいたな！」男はハンスの手をつかんではげしくふった。「赤ん坊のとき、ひざに抱《だ》いたことがあるんだ」

ハンスもそのことは聞いて知っていた。ようやく、どこのハイナーと会っているのかわかった。ハイナー・シェンク。ドイツ共産党の依頼《いらい》を受けて国際的な連帯のために資金集めをする「赤色援助隊」のメンバーだ。ヘレたちとの友情は長く、このあいだの世界大戦の末期にまでさかのぼる。十一月革命のさなか、ヘレとエデは、革命に参加した水兵のひとりだったハイナーと出会う。市街戦で負傷したハイナーを家に連れ帰ったのはヘレだった。そして国防軍に追われたとき、ハンスの両親がかくまった。ここ数年は外国にいることが多く、手紙がたまにとどくくらいだった。

ハイナーは、ハンスがどぎまぎしているのに気づくと、やさしくうなずいた。そのときユッタがエンネを抱《だ》き上げて、明かりのともっているところにつれてきた。ハンスは小さな赤ん坊をのぞきこんで、おもわず笑ってしまった。顔も鼻も口もみんなちっぽけで、みんなピンク色をしていて、赤ん坊のにおいがする。まだ髪《かみ》の毛もはえていない。昨日、母親がいつもとちがっていた。

「抱いてみる？」

ハンスはユッタからそっと赤ん坊を受け取った。信じられない。二日前、赤ん坊はまだこの世にいなかった。なのに、まるでずっと前からいるみたいに、すやすやと眠っている。

エデもそばにきて、小さなエンネの顔をのぞきこんだ。それから上着のポケットからつぶれた粉ミルクの袋《ふくろ》をだして、ユッタの手に渡した。「毎月ひと袋もってくるよ。うまくいけば、堅信礼《けんしんれい》までね。代父からの贈《おく》り物さ」

ユッタはエデを抱きしめ、キスをした。粉ミルクがよほどうれしかったのだろう。ユッタはさっそく台所にいった。そのときハイナーがハンスに笑いかけた。

「初めて会ったときのおまえさんも、こんなかんじだったよ。もっとも、こんなにかわいくはなかったがね。おれたち男ってもんは、かわいくないもんさ。どんな年でもな」

ハンスは冗談《じょうだん》につきあうことにした。「まさか、そんな。こんな小さかったことはないですよ。だとしたら、覚えているはずですもん」

みんな、笑い声をあげた。あいさつと赤ん坊との対面がすむと、ヘレはエデにたずねた。「ヴィーゼン通りでなにがあったんだ？　そのけが、ひどいのか？」

エンネはまたベッドにもどされた。ユッタは、赤ん坊が起きるから静かにしゃべってくれとみんなに頼《たの》んだ。だがそれまでしゃべっていたのはエデだけだった。撃《う》ち合いになったこと。ハンスが勇敢《ゆうかん》だったこと。エデはハンスのことをほめちぎった。ハンスは穴にでもはいりたい気持ちだった。なぐり合いのことは思い出したくもない。ほめられることがなぜか不当に思えた。

「おまえたちこそ、どこにいたんだ？」さっきから宙に浮いていた質問を、ついにエデが口にした。

ヘレが答えようとすると、すかさずユッタがわってはいった。

「わたしが、ヘレを引き留めたのよ。いままでは外でなにかあるとすぐに飛びだしていったけど。これからはもうそうはいかないわ。わたしちには子どもがいるんですからね。責任があるのは、わたしだけじゃないでしょ」

「冗談をいってるのかい？」エデがまゆをつりあげた。

「冗談じゃないわ」ユッタは静かに答えた。「ヘレはもう十分、命をかけたわ。党が必要とするときはいつもいやとはいわなかった。でもこれからは、娘が父親を必要としているの」

「それじゃ、命をかけたほかの同志はどうするんだよ？」エデはいまにも爆発しそうだった。「子どもがいないっていうのか？」

「エデ！」ユッタは笑《え》みを浮かべてみせた。「まさか、街頭での乱闘に意味を見いだせないっていったからって、わたしを反動主義者呼ばわりしないでしょうね。あんな乱闘をして、なにか実りはあった？ 死者とけが人をだしただけじゃない。もう何年も通りで命をかけてるけど、なにか変わった？」

エデはまずハイナーを見て、それからヘレに目をうつした。

「おまえたちはどうなんだ？ なんでなにもいわない？ おまえたちも、ユッタとおなじ考えなのか？」エデはハンスを指さした。「こいつは、青年同盟にもはいっていないのに、闘ったんだぞ。誇《ほこ》りにしていいことだ。なのに、家族の面倒《めんどう》を見なくちゃいけないからって、かみさんのいいなりになるのか？ 冗談《じょうだん》だろう。ひどい冗談だ」

「いいかげんにしろよ、エデ」とうとうヘレが口をはさんだ。「いかなかったのには、いくつか理由があるんだ。それはそれとして、ユッタのいっていることはまちがっていないと思わないか？ 通りの主導権争いをいつまでしていてもはじまらないだろう。おれたちはどぶの中をはいずりまわり、上層部は政治をする。おれたちはなぐり合いをやめて、本当の対決をしないといけないんだ」

「理由ってなんだよ？」エデがけげんそうにたずねた。

「それはいつか話すよ、エーリヒ」ハイナーがほほえんだ。「ほら、知らないほうが身のためっていうだろう」

どんな理由があるのか、ハンスも知りたかった。そうとう重要なことなんだ。そうでなかったら、ヘレがユッタのいうことをきくはずがない。でも、なんでエデにはまだ内緒《ないしょ》なんだろう？　いつから友だちにも秘密を持つようになったんだろう。

エデもおなじようなことを思ったのだろう。急にだまりこんでしまった。

ハイナーがエデの腕《うで》に手をおいた。「おまえの気持ちはわかる。旗をかかげていたいんだろ。おれたちはここだ。見ろ、おれたちはここにいるぞってな。まちがいじゃない。だがおれたちはどれくらい旗をかかげつづけたかな？　それでナチ党の前進をくい止められたか？　このあいだの選挙で、やつらは千四百万票も獲得したんだ。今日の選挙でどうなるかわかったもんじゃない。だめだよ、エーリッヒ。ああいうことをやっているかぎり、おとなしい人たちにとって、ナチ党とおれたちのちがいは、悪魔とサタンのちがいくらいにしかならないんだ。いいか、よく聞くんだ。おれたちはナチ党にはめられたんだ。おれたちと闘うことで、世の中は騒然《そうぜん》となり、小市民はうんざりして、強い人間を求めるようになる。それがやつらのねらいなんだ。そしてもうすぐねらいどおりになる」

エデはしばらくだまっていたが、とうとう爆発した。

「そんなの大げさだ。おれたちはずっと我慢《がまん》強いじゃないか。革命《かくめい》も起こさないで、選挙にいき、その結果に甘んじてきたじゃないか。最初はドイツ社会民主党のボスたち、次がヒンデンブルク、そして今度はパーペン……」

ハイナーはタバコをだして、ヘレとエデにさしだした。三人がそろってタバコをすうと、ハイナーが口をひらいた。

「いまのところ革命なんてできやしない。おれたちにできるのはただひとつ、社会民主党に歩み寄《よ》ることだ。おれたちは社会民主党を政治的に追いつめてしまった。しかもそのことを喜んでいるしまつだ」

ロシアのタバコはものすごい煙《けむり》をだす。ユッタが目をつりあげて窓をあけ、エンネにさらに暖かいものをかけた。

「それで、モスクワは？」エデはじっとこらえて、話題を変えた。「あっちはどんな様子？」

「ここと似たり寄ったりさ」ハイナーはタバコを深々とすった。「飢餓《きが》、貧困、失業。いいたかないけど、それが真実さ」

エデは額《ひたい》にしわを寄《よ》せたが、だまって話を聞いた。ハンスはびっくりした。ギュンター・ブレームが、ソ連では経済が破綻《はたん》しているといっていたが、うそじゃなかったんだ。いや、ハイナーの話では、もっと悲惨《ひさん》なことになっている。ロシアの同志がやっている不正と残虐行為《ざんぎゃくこうい》と怠慢《たいまん》。それでもドイツの共産主義者は、ソ連を真の楽園だと思っている。

「ソ連の同志が国民をどういう風に扱っているか知ってるか。よくないぞ」ハイナーは悲しそうにいった。「労働者であれば、だれでも進歩的ってことになって、知識階級はみんな、反動主義者ってことになってる。若者はみんな、ソ連の同志を疑り深い目で見ているし、騒動《そうどう》を起こすのは、たとえ前向きなことでもご法度《はっと》だ。おまえがユダヤ人だったら、党の中でとくに苦労するだろうな。マルクスとローザ・ルクセンブルクがユダヤ人だったなんて、だれも考えやしない。だが一番悲惨なのは農民だな。あいうまちがいをしては、取り返しがつかないだろう」

「なにをしたんだ？」エデがかすれた声でたずねた。

「土地を国有化して、巨大なコルホーズを作り、働く意欲を奪ったのさ。自分の土地から離れるくらいなら、飢《う》え死にしたほうがましだという者が大多数だ。働く気になるわけがない。結果は食糧難《しょくりょうなん》さ。それともうひとつ。国家は農民を反革命《はんかくめい》分子扱《あつか》いして、農民の射殺事件まで起きているんだ」

ハイナー自身、農家の出だ。父親は大きな農場を持っていた。その父親が死ぬと、すべて売り払い、一生働きづめだった母親が老後、楽ができるようにと、有り金すべて渡してしまった。ハイナーは農夫になる気はまるでなかった。それでもロシアの農民の気持ちがわかるのだろう。

だがエデにはロシアの農民の気持ちはわからなかった。そしてハイナーの気持ちもわからなかった。

「まったくしみったれてるな」うんざりだとでもいうように手を払った。「所有関係を変えないかぎり、人間を変えようがないんだ」

「人間を変えるというのは、人間を屈服《くっぷく》させることとはちがうぞ」ハイナーは真剣な顔になった。

「でも、ときには幸福のためにむり強いする必要もあるだろ」またしてもハイナーと意見が分かれてしまったことが、癇《かん》にさわったようだ。それに、自分がちがうとおもったときはだまっていられないたちだ。「相手が真実を受け入れようとしなかったら、いったいどうするわけ？」

「母なる党は子どもの面倒《めんどう》をちゃんと見ているっていうわけね」ユッタが皮肉っぽくほほえんだ。「必要とあらば、暴力も辞さないくらいに」

エデがとびはねた。「なんだよ、反革命分子にくらがえしたのか？」

ハイナーが首を横にふった。「おまえにはわからないだろうな。ユッタのいうとおりだ。暴力では長続きしない。庶民《しょみん》に暴力をふるうなんて言語道断なことだ。ロシア人やおれたちがそれぞれ皇帝を倒《たお》すときには暴力に訴《うった》えた。はるかにひどい暴力を終わらせるためだった。だがロシアの同志には、その暴力を民衆に向ける権利はない」

エデはハイナーをじっとにらみつけ、部屋からでていこうとした。ヘレが後ろからエデを止めた。

「意見を変えろといってるんじゃない」ヘレは静かにいった。「けれど聞く耳はもってくれ。それとも、おれたちにうそをつけというのか？　敵に背を向けるのはいいだろう。だけど、味方に背を向けるのは納得できない」

エデはまた席についたが、さっきよりも憮然《ぶぜん》としている。ハイナーとユッタがいったことに、ショックを受けているのだ。自分が正しければ、友だちがまちがっていることになる。そして友だちが正しければ、自分がまちがっていることになる。

ハイナーはヘレに目配せをした。

「こんどはそっちの話をしてくれないか。おれたちの不思議の国はどんな様子だい？　上層部の報告しか目にしていないんだ」

ヘレが話をはじめた。増える一方の失業者、たてつづけの選挙、無策な政党、そしてヒトラーの危険な躍進《やくしん》。「あいつに政権を取らせてみればいい。三週間もすれば化けの皮がはがれて、ナチ党も終わりだという連中がどんどん増えるさ」

「そうならいいがな」ハイナーがつぶやいた。「みんな、あの男を甘く見ていると思う。いったん政権をにぎったら、あいつ、ただじゃ手放さないぞ」

エデはそのことでもなにかいいたそうだったが、あえて反論はしなかった。ユッタがほほえみかけても、ぶすっとしたままだ。

「それで、統一戦線は？」ハイナーがたずねた。「まだその可能性はあるのか？」

「それはないわね」ユッタがいった。「その夢は捨てたほうがいいわ。人の顔に泥《どろ》をぬっておいて、なかよくしましょうなんていえる？」

ハイナーがまた、みんなにタバコをすすめた。

「ベルリン交通公社のストは？　どのくらい続けられそうだ？」

「おれたちはまだかなりやれるだろう」ヘレはそう答えて、タバコに火をつけた。「ナチ党は明日でやめるだろうな。あれは、選挙対策だから」

みんな、だまり込んだ。これ以上なにをいったらいいかわからなくなっていた。その沈黙の中で、ハンスのおなかがきゅるきゅると鳴った。おなかが鳴ることはよくあるが、こんなに大きな音ははじめてだ。それは暗い雰囲気《ふんいき》を解放する合図になった。

ユッタがびっくりしてたずねた。

「いつから食べてないの？」

「朝食を食べただけなんだ」ハンスは気まずい思いをした。「そのあとパンをちょっと食べたけど」

「あきれたわね！」ユッタはさっと立ち上がると、窓辺に行って、秋から冬にかけてずっと旗竿《はたざお》にぶらさげていた網《あみ》をたぐった。「うちのアメリカ製冷蔵庫にあるものでよければ食べていって。さあ、なににする？　キャベツスープ。これは昨日の残りね。カブのスープ。これは今日の残り。それとも両方を混ぜる。すごい味になると思うけど」

「両方混ぜて」ハンスははずかしそうにいった。

そういう返事がくると、ユッタも思っていた。ハンスになべをふたつとも渡すと、エンネを抱《だ》き、ハンスを台所につれていった。

「子どもに食べ物をあげてくるわね」ユッタはヘレたちにいった。「見たい人はいる？　入場料は一マルクよ。タバコをすうなら、五マルクね」

任務

ハンスはかまどのそばに立って、キャベツとカブのスープをかき回しながら、スープといっしょに台所をあたためているかまどの火をときどきつついた。そのあいだ、ユッタは食卓《しょくたく》にすわって、ブラウスのボタンをあけ、エンネに乳を飲ませていた。ユッタはハイナーとエデに見せたくなかったから、入場料なんてことをいったのだ。ハンスは内輪だったので、気にしていなかった。

ユッタが赤ん坊に乳を与えている姿は心温まるすてきな光景だった。ハンスは、二番館に住むグートルン・ブルヴィッツや三十五番地の病弱なラツコフ夫人のことが脳裏《のうり》に浮かんだ。ふたりとも妊娠《にんしん》したが、出産しなかった。グートルンはまだ十三だったからで、ラツコフ夫人にはもう十一人も子どもがいたからだ。中絶は禁止されていたので、ラツコフ夫人と、グートルンの両親は裁判にかけられた。当時、母親はかんかんになって怒った。「ふたりとも中絶するしかなかったのよ。なのに罰せられるなんて」アパートに住んでいるほとんどの人がおなじ意見だった。十三歳の子が赤ん坊を育てられるわけがない。兄弟だって五人もいるんだ。そして病弱のラツコフ夫人に、十二番目の子を養えるわけがない。だが子どもが生まれていたら、きっとエンネのようにかわいかっただろう。

「エンネは大きくなったら、どんな子になるかな？」赤ん坊が乳を飲むのをじゃましないように小声でいった。「いまから楽しみだね」

ユッタがほほえんだ。

「まだ小さいままでいさせてあげてね。わたしたちがこの子を生んだいまの時代はひどいことでいっぱいでしょ。どうせすぐにそういうのを体験することになるんだから」

ヘレたちはアパートの管理人になることができなかった。ユッタはできるだけ早く、酒場の掃除婦《そうじふ》に復帰しなければならない。小さい子どもにはいろんなものが必要だ。ほかに現金収入の手だてがない。

「見て！」ユッタがハンスに目配せをした。「目をあけたわ。かわいいどんぐり眼《まなこ》だと思わない？」ハンスはかがみこんで、小さなつぶらな瞳《ひとみ》を見た。かわいいかどうかよくわからなかったが、ユッタのいうことにうなずいた。

「かわいい目だね。ヘレの目じゃないな」

「それは絶対にちがうわ」ユッタが笑った。「じょうずなんだから。でもありがとう」

ハンスはそのままユッタの前に立って、エンネがユッタの白い乳をすうのをじっと見ていた。

「よく飲むね」

「飲んでもらわなくちゃ。母乳しかあげられるものがないんだから」ユッタはため息をついた。それから、スープが焦《こ》げないようにハンスをかまどにもどした。「あなたにももっとましなものを出せたらいいんだけど。ひどいスープを飲んでいるって、人のうわさにもなっているわ」

「なにか食べたいものはない？」ハンスはなにか喜ばせたかった。大したものは買えないだろう。それでもちょっとした食べ物なら今度の給料の残りで買ってあげられる。新しい手袋《てぶくろ》はもうちょっとがまんすればいい。

「ニシンの和《あ》えものかな」ユッタは夢見るような目をした。「妊娠《にんしん》してからずっと夢にまで見たわ」ユッタは笑った。まるで熱にうかされているみたい。そのくらいニシンの和えものが食べたくてしかたなかったの」

ニシンの和えものが作れなかったなんて。ニシンが二尾と酢漬《すづ》けキュウリとジャガイモと卵があれば作れる。それだけで十分だ。どれも高い食べ物じゃない。ニシンは一尾一グロッシェンだし、酢漬けキュウリは五ペニヒ、卵もおなじくらいだ。じゃがいもだって、たかがしれている。毎日はむりでも、月に一度くらいなら。

ユッタは、ハンスのもの問いたげなまなざしに気づいて、こう説明した。

「お金はぜんぶ家賃で消えてしまうのよ。それにエンネのためにもいるし。大人は我慢《がまん》できても、赤ん坊はそうはいかないでしょ」

どこの家族でもそういうものだ。子どもが最優先で、つぎが父親。母親はいつも最後だ。ハンスは、次の給料で、ニシンの和えものに必要なものを全部買ってあげることにした。なんどもごちそうになっているのだ、そのくらいしなくては。

スープは熱かった。ハンスはユッタの真正面にすわって、スープをスプーンですくった。ハンスはのどがやけどするほど熱いスープが好きだった。体が暖まる。

ユッタは、肉がほとんど見あたらないのをわびた。

「また働きだせば、すこしはましになると思うわ」

「そしたら、だれがエンネの面倒《めんどう》を見るんだい？」

「ヘレよ。彼が仕事を見つけたら、ムルケルに頼むわ。さっき話をしたの。大喜びしていたわ」

ハンスはスプーンをさげた。「あいつじゃ、まだ小さすぎるよ！」ムルケルが大喜びしたのは見なくてもわかる。だがエンネをまかせて大丈夫だろうか。きっと赤ん坊をぬいぐるみみたいに扱《あつか》うだろう。

「しようがないのよ」

エンネはおなかいっぱいになった。ユッタはブラウスのボタンをしめると、赤ん坊をすこし持ち上げて、げっぷをさせた。ちいさなげっぷがでた。ユッタとハンスはそろって笑った。それからユッタがいった。「責任をもつと、人間、成長するものよ。ヘレを見て。彼があなたのお守りをしたのだって、小さい頃でしょ」

そんなことはない。ヘレが父親と母親の役目をしたのは十三だった。ムルケルはまだ九歳だ。ハンスがいい返そうとしたとき、ヘレが台所に入ってきた。「ふーっ！」そういって、食器戸棚《とだな》によりかかった。「また権力問題に話がもどっちゃったよ。今日この場で決着をつけるしかないね。はっきりさせるしかない」

ヘレがいっているのは、エデのことだった。ふたりの性格は正反対だった。エデはあらゆることにきまじめで、ヘレはどんなまじめな話をしているときでも冗談《じょうだん》をとばす。

「ムルケルはエンネの面倒《めんどう》を見るのに、まだ小さすぎるって、ハンスがいっているわ」ユッタはヘレに赤ん坊をあずけると、ハンスが食べ終わったなべに水を入れて、また火にかけた。こうやって、食器を洗うのだ。

ハンスはエンネの顔をじっと見つめていた。

「できることなら、そうしたくないさ。でも、ほかにどうしようもないだろう。明日、急に幸運に恵まれるとは思えないし」

アパート管理人の仕事がもらえていれば、ヘレはエンネを乳母車にのせてつれて歩けたはずだ。もしユッタがエンネを酒場につれていけば、あわれみを受けようとしていると勘《かん》ぐられてしまう。それにおむつを替える場所がないし、においがやっかいだ。

エンネはヘレの腕《うで》の中ですやすや眠った。ふいに小さないびきをかきはじめた。ヘレが笑いながらささやいた。

「そんないびきをかいてはだめだぞ。かあさんについてるシラミが目をさますからね」

「頭の中がばかな考えで埋《う》まっているより、髪《かみ》の毛にシラミがついているほうがましだわ」ユッタはまたヘレから赤ん坊を受け取って、ベッドに寝《ね》かせるために居間にもどった。

ハンスはそのまますわっていた。なんとなく、話があって台所に来たような気がした。勘は当たっていた。ユッタが出ていくと、ヘレはさっそく食卓についた。

「上役が昨日、うちに来たよ。おまえは器用だっていっていた」

「きまってるじゃない」ハンスはにやっと笑った。ヘレもにやっとした。だがすぐにまじめな顔になっていった。「ビュートウとは階段で二、三度すれちがったことがあるんだ。だけどいままでは、話せる人間かどうかわからなかった。いろんな話をしたよ。お互《たが》いの党のこと、現在のこと、未来のこと。意見がいつもおなじというわけにはいかなかったけど、彼は信頼《しんらい》できるだろう。どう思う?」

なにを知りたがっているんだろう? まだ自分が請《う》け合えるほど、主任のことを知らない。ハンスはだまって肩《かた》をすくめた。

「まあいいさ」返事はいいというように、テーブルを手ではいた。どっちにしても、これから頻繁《ひんぱん》に話し合うことになるだろうな」そこで言葉をとぎらせると、ヘレはじっとハンスを見つめ、こういった。

「これから話すことは、だれにもいっちゃいけない。いいか？　マルタにも、父さんや母さんにもいっちゃいけない。絶対だれにもいうな。父さんと母さんには、いつかおれから話す。だがいまのところ、知らないほうがいいんだ」

ハンスはうなずいた。ヘレがこういったからには、よほど重要なことなのだろう。

「さっき、理由があって、ハイナーとおれは闘いに参加しなかったっていっただろ。理由は簡単なんだ。おれたちには使命があるんだ。もっと正確にいえば、ハイナーから使命を与えられたんだ」ヘレはおしだまって、またテーブルからまたなにかを振り払うような仕草をした。

「どういう使命なの？」

「どういったらいいかな。まあ、馬にくつわをはめるには後ろからいかないといけないだろ。あれだよ。モスクワの指導部は、ヒトラーが政権につくのをもう阻止《そし》できないと考えているんだ。ヒトラーが永遠に権力の座についていられるわけはないけど、当面はむりだと思っている。おれたちにチャンスがめぐってくるとしたら、そのあとだというんだ」

ハンスにはなにかひっかかるものがあった。ドイツ共産党の指導部は、共産革命は目前だとずっといってきたじゃないか。いまさら、ヒトラーを阻止できないといいだすなんて。

ヘレは、ハンスの思っていることがわかった。

「ひどいだろう。ドイツがぼろぼろにならないと、チャンスはめぐってこないというんだからな。新しい希望はまずナチ党が失敗してから。お先真っ暗だよ。だが正直いって、これは認めるしかないことさ。そのことを認めなければ、自分を偽ることになる」ヘレは言葉をとぎらせると、額《ひたい》をぬぐって、押し殺した声でつづけた。「モスクワはこうもいってる。ヒトラーが攻撃しようとしているのはもっぱら西側だ。イギリス、フランスなど。そしてヒトラーが西側と戦争をしているあいだに、着々と社会主義の地歩が築けるってな。まったく勘違《かんちが》いもいいところだ。理解できない」

ハンスにも理解できなかった。ヒトラーの本には、東方の生活圏という言葉がのっていた。ヒトラーが自分たちのことを放っておいてくれるなんて、どうして思えるんだろう。もっとひどいのは、ソ連が戦争を前提にしていることだ。もちろんヘレたちも、ヒトラーが戦争を望んでいるといっているけど、ソ連まで戦争を予定にいれているというのは、とんでもないことだ。

「まちがえないでくれ」ヘレがいった。「ソ連はこの戦争を望んではいない。ヒトラーを阻止できないと思っているだけなんだ。ただし、ヒトラーすなわち戦争なんだけどね。たまらないのが、ドイツ社会民主党を社会主義ファシストとこきおろしたスターリンの演説だよ。あれのおかげで、社会民主党との共闘ができなくなった。それが、ヒトラーをじゃまする唯一《ゆいいつ》の方法なのに。その可能性は失われた。そして今度は、おれたちの没落を予定にいれている」

ハンスはある質問がのどまででかかったが、がまんした。なんでヘレはわざわざ台所まで来て、こんな話をするんだろう？　エデには話せないことなんだろうか？

「だが、モスクワの思い通りにされてたまるもんか」ヘレはそこで肩《かた》をすくめた。「とにかく、もうじきおれたちの活動は非合法にならざるをえない。そこで信頼《しんらい》のおける人間をこの界隈《かいわい》で物色しないといけないんだ。ナチ党が政権をにぎったら、もう手遅れになるだろう。おれたちと手を組む用意のある、無党派かほかの党員を捜すことにしたんだ。そういう人間なら、人目につかずに活動ができるし、同志が地下に潜《もぐ》る手伝いをしてくれるだろう。つまり、おれたちは、なにかあったら、おまえやおまえの上司みたいな人間をたよりにしたいんだ」

ハンスは、兄が自分のことを考えてくれたことがうれしかった。だが、そうなったら、なにが起こるかわからない。自分につとまるだろうか？

「こんな話をするのはおまえがはじめてだ。リストに加えていいかな。もちろんリストは紙には残さない。おれの頭の中だけにある。だけど、だれならなにができるか知っておきたいんだ」

リストだって？　またしてもリストか。もちろんヘレのリストはシュレーダーのとはちがう。けれども、どこか似通ったところを感じる。それでも、シュレーダーとクルンプから身を守るには、ヘレに手を貸すしかないんじゃないか？　ナチ党が本当に権力をにぎったら、あいつら、もっとあからさまにちょっかいを出してくるはずだ。そうなったら、気の休まる暇《ひま》がない。ミーツェもだ。ミーツェとミーツェのおじさんとおばさんにとっては、もっと悪い知らせだ。

「もちろんいいさ。決まってるじゃないか」

「ありがとう」

ヘレはハンスの返事にうれしそうだった。だが、こうもいった。

「うんといってくれると思っていたよ。さもなかったら、話していなかった」ヘレはハンスの肩《かた》をやさしくたたいた。「弟のことはわかっているからな」

それじゃ、エデはどうなんだろう？　なんでエデにはうち明けなかったんだ？　彼ほど党に忠誠を誓《ちか》っている人間はいないじゃないか。

「あっちに戻《もど》ろうか」ヘレはガス灯《とう》を消し、ハンスといっしょに台所からでた。廊下《ろうか》でふと立ち止まった。「もうひとついっておかなくちゃならない。もちろんだれのことも不必要に危険な目にあわせたりはしないつもりだ。だが、すべての危険から守ってやることはできない。わかるな」

ハンスはだまってうなずいた。これからどうなるのか不安だったが、ひとつだけはっきりしていることがある。これしか道はないということだ。

＊28　**ベルリン交通スト**　一九三二年十一月七日から三日にかけて、ベルリン交通従業員によるストライキがおこなわれた。独立労働組合はドイツ社会民主党よりの経営陣との交渉で、計画されていた賃金削減の一部撤回をひきだし、組合員による直接投票でストライキは中止された。中止派が必要な三分の二を越えたからだが、共産系労働組合（革命労働組合反対派）とナチの企業細胞組織は投票の結果を無視して、ストライキの続行を呼びかけた。ストライキは投票（十一月六日）の二日後、なんの成果もなく中止された。そしてストライキに参加した二千五百人の従業員（従業員全体の十パーセント）が解雇された。

＊29　**ゲーリンク**　ヘルマン・ゲーリンク（一八九三年－一九四六年）。ナチ党の重鎮。一九三二年から国会議長。その後ナチ政権下で航空相および空軍元師などの要職を歴任する。ユダヤ人虐殺にも関与する。一九四六年戦犯として死刑判決を受け、ニュルンベルク刑務所で自殺。

第三章

夜のたいまつ行列

すてきな夕べ

開脚跳《かいきゃくと》びをもう一回。逆立ち、大車輪、そしてフィニッシュ。ハンスは軽くひざを曲げ、しっかりと着地し、腕《うで》を左右にのばした。拍手《はくしゅ》がなりひびいた。ハンスは会釈《えしゃく》をすると、退場した。

最高のできだった。自分でもわかっていた。いままでにこんなに一生懸命《けんめい》にやったことはない。一瞬《しゅん》も気を抜かなかった。ミーツェがはじめて見にきたからだ。演技の最中、ミーツェは目にはいらなかったが、そこにいることをずっと意識していた。ハンスはそっとミーツェの方を見た。ミーツェが懸命に拍手している。ハンスはうれしくて顔を赤らめた。

ミーツェのとなりにはビュートウ夫妻が立っている。ふたりも拍手している。だがハンスを受け止めるために鉄棒のそばにいたノレは無表情だった。ハンスが失敗しても、表情を変えなかっただろう。指導員は選手と一体だ。拍手をおくるべきではない。だが満足しているのが、まなざしからわかる。鉄棒でも平行棒でも鞍馬《あんば》でも、必要な動作は全部いれられた。腕支持、懸垂《けんすい》、跳躍《ちょうやく》、力業《ちからわざ》、反動。逆立ちですこしバランスを崩《くず》しただけで、あとは完璧《かんぺき》だった。

「ほら、もう一度あいさつしてこい！」

ハンスはもう一度会釈《えしゃく》をすると、赤い横断幕の奥にさがった。その横断幕には「体操を通して体を鍛《きた》えよう。たくましく、そして柔軟《じゅうなん》に」と書かれている。ハンスは着替えた。すでに床運動《ゆかうんどう》の選手が演技をはじめていた。

ノレがそばにきた。

「なにをそんなに急いでいるんだ？」

「招待されているんです」

「あの黒髪《くろかみ》の子か？」ノレは目を細めた。

「いいえ」ハンスはノレがどんな顔をするか楽しみだった。「コーチのお姉さんにです」

うそじゃない。ハンスとミーツェはビュートウ夫人に招待されていた。ビュートウ夫人はミーツェのことを気に入っていたし、主任はハンスと個人的に話をしたがっていた。ミーツェの帰りが遅《おそ》くならないように、急がなければならない。

ノレは面食《めんく》らっていた。

「いったろう。おれの親戚《しんせき》とはつきあうなって。だれと仲良くしようとかまわないが、おれの親戚とはだめだ」

「心配いらないですよ」ハンスは体操着を布袋《ぬのぶくろ》に押し込み、上着を着ると、帽子《ぼうし》をかぶった。「もう半年も働いているのに、ぜんぜん誘《さそ》ってこないんですから」

「おまえしだいだ」ノレはうなるようにいうと、ミーツェをつれて近づいてくる自分の姉と義理の兄の方を見た。「信じているからな。ヘルマンがその気になれば、とっくに二人目のハリー・シュミットになっているさ」

「やあ、元気かい」主任はノレに手を差しだし、しばらくにぎりしめていた。「うまく育てたな。大したもんだ」

「でもこの子自身のがんばりもあったでしょ」ビュートウ夫人は最初にハンスと握手した。「すばらしかったわ。本当よ！」そして自分の弟をからかうように見て、こうつづけた。「その才能はフィヒテにはもったいないわ」

「勝手にいってろ！」ノレは平気な顔をしてみせた。「ハンスをねらってもだめだぞ。こいつは寝返ったりはしない」

「そう願ってるわ！」ビュートウ夫人はミーツェに目配せをしてから、ノレに別れを告げた。「じゃあ、ノレ！　負けちゃだめよ」

「だれにだい？」ノレが言い返した。「どこかのピンクの社会民主党員にかい？」

「ひょっとしたらどこぞの血のように赤い共産党員かもしれないぞ」主任がいった。「なにが起こっても不思議じゃない、そうだろう？」

ビュートウ夫人は夫の腕《うで》をつかんで、ノレから引き離した。

「いきましょう！　飽《あ》きもせずに、しようがない。どっちが立派な赤か言い争いをはじめるときりがないんだから」

ハンスはうさんくさそうな目をしているノレにさっと手を差しだし、ビュートウたちにつづいて通りに出た。

体育館の前には上着をきて、太いマフラーを首にまいた男たちが数人立っていた。体育館の警備についているフィヒテの団員だ。みんな、鼻を赤くして、寒そうに足踏みしている。一月の夕暮れ。凍《い》てつく風が吹いている。それでも外に陣取《じんど》って、目を光らせていなければならない。このところ、突撃隊《とつげきたい》の襲撃《しゅうげき》があいついでいるからだ。政治集会だろうと、無害な体操大会だろうと、おかまいなしだ。

ミーツェが大きく白い息を吐《は》いた。彼女は凍《こお》るように寒いのが好きだ。先週の日曜日、ハンスとミーツェはムルケルをつれてプレッツェン湖へスケートをしにいった。そのとき、ミーツェはわざわざ氷の上にうつぶせになったりした。ここ数週間、寒気がつづいていて、ハンスは閉口《へいこう》していた。冷気は外にとどまらず、マルタの部屋まで忍《しの》び込んでくる。一メートルはあるつららが窓にぶらさがり、そのたびにハンスはつららをおらなければならない。それにふたりのベッドをよせてある壁《かべ》は凍ったように冷たい。外が寒いかぎり、石炭を五十キロたいても、部屋は暖まらないだろう。

「残念ね。雪がふればいいのに」ビュートウ夫人は、寄《よ》り添《そ》って歩いているハンスとミーツェが手をにぎらずに我慢《がまん》しているのを見てほほえんだ。「冬に雪がないなんて、湖に水がないようなものじゃない。つまらないわ」

「なんてたとえだ」主任も、気分をもりたてようとした。「それをいうなら、冬に雪がないのは、サボ

テンにとげがないようなものだっていわなくちゃな。そうすりゃ、サボテンを緑色のキュウリだってい
って売り飛ばせる」

ミーツェが笑った。ハンスもいっしょに笑みを浮かべた。先週のプレッツェン湖は雪景色だった。湖のまわりはほとんど地面が見えなかった。そして雪がふった。しんしんと降りつもる粉雪ではなく、ぼた雪がどかっと降ってきたのだ。ムルケルとミーツェは雪を口でうけようとしたが、ミーツェはあまりうまくできなかった。うまかったのはムルケルだ。まるでトカゲみたいに、舌をだし、近くに降ってきた雪をぺろりとやる。うまくいくと、生クリームをひとさじ食べたときみたいに顔をかがやかせた。三人はその日、たくさん笑った。以来、ムルケルはすっかりミーツェになついている。「ミャーミャーミャー」といまでもふざけていうが、からかうような響《ひび》きはなくなり、親しみがこもっている。

ハンスたちはアントン通りをまがった。ライニケンドルフ通りを横切ると、もうそこはヴィーゼン通りだ。三か月ほど前の乱闘を思い出すと、背筋が寒くなる。投票日にあたっていたその日曜日、共産党員と突撃隊員の乱闘で三人の死者がでたという。三人の死者と二十人を越《こ》すけが人。だが選挙でナチは成果をあげられなかった。ナチ党は二百万票を失い、共産党は百万票、票をのばした。ヴェディンク地区だけで十万人が共産党に投票した。ふたりのうちひとりが共産党を選んだことになる。そしてそれにつづくテューリンゲン州、ザクセン州、ブレーメン市の地方選挙でも、ナチ党は大敗をきっした。とくにテューリンゲン州では四十パーセントも票を落とし、逆に共産党がのびた。おかげでシュレーダーもクルンプもマックセ・ザウアーもしばらくなりを潜《ひそ》めていた。だがここ数日、やつらは元気を取り戻し

ている。パーペン首相が選挙後に解任した元国防大臣のシュライヒャーが返り咲いたからだ。選挙で票を失ったとはいえ、三十三パーセントを獲得《かくとく》したナチ党はいぜんとして第一党なのだ。ひょっとしたら、ヒトラーはうまいぐあいに入閣するかもしれない。

「どうしてみんな笑わないの？」ビュートウ夫人はまた冗談《じょうだん》をいったのに、だれも聞いていなかった。みんな、別のことを考えていたのだ。

主任がその場をとりつくろった。「こう寒くては、笑うための筋肉も凍《こお》ってしまうさ」

ハンスは、なぜか気が乗らない自分が不思議だった。演技は最高だった。ミーツェとビュートウ主任の家を訪ねるところだし、きっとおいしいものにありつける。そしてそのあとミーツェを路面電車の乗り場まで送っていける。問題は主任だ。主任は一日中、渋《しぶ》い顔をしていた。いまさら落ち込んでもしかたないはずなのに。主任が支持する社会民主党は選挙のたびに票を減らしている。票はもっぱら共産党に流れているのだ。「うたれっぱなしのボクサーみたいにリングの中をよろよろしている」主任はそういっている。

気持ちはよくわかる。社会民主党が敗北するのは、党員のせいじゃない。エデもそういっているくらいだ。だがその日は、もっと別のことで胸《むね》を痛めているように見える。個人的な話がしたいと、主任はいっていたけど、そんなに個人的な話じゃなさそうだ。

ビュートウ夫人は話し好きで、よく笑う。けれど、どうやっても三人を笑わせられないと悟ったようだ。それが自分の責任でもあるかのように、ミーツェと腕《うで》を組んで、こうなぐさめた。「待っててね、ミーツェ！　熱いお茶とオープンサンドをだしてあげるから。それに石炭をたっぷり燃すわ。すぐに暖かくなって、居心地がよくなるわよ」

ミーツェは感謝のまなざしでうなずいた。

「オープンサンドですって。よかったわね、ハンス」

ハンスは笑みを浮かべた。

「石炭もね」


実際、ビュートウ家の居間はすぐに暖かくなった。緑色のタイル貼《ば》り暖炉はまだ冷え切っていなかった。熾《お》きに薪《まき》と石炭をいくつかくべると、すぐにめらめらと炎《ほのお》があがった。暖炉のすぐそばにすわったハンスは、ひさしぶりの温もりを堪能《たんのう》した。暖炉に潜《もぐ》り込みたいくらいだ。

だが心を温めてくれたのは暖炉だけじゃない。居間全体が居心地《いごこち》よかった。上の階のヘレたちのところよりも広く、ずっと雰囲気《ふんいき》がいい。刺繍《ししゅう》入りのクッションがふたつのっているビロード張りのソファ、市松模様のはいった小さなソファ用テーブル、大きさの変えられる大きな食卓《しょくたく》、クッションつきのいす、ビュートウ夫妻は金持ちではないが、きちんとしていて、つつましいことがひと目でわかった。主任という職は失業した機械工よりも収入がいいのはあたりまえだが、その収入のほとんどを家につぎこんでいるようだ。ふたりには子どもがない。ミーツェの話だと、子どもが欲しくないというわけではなく、たまたまできないだけらしい。たぶんそれで若者に関心があるんだろう。

主任は家に帰っても言葉少なに紅茶を飲み、夫人が食卓《しょくたく》にならべたソーセージのオープンサンドを食べた。ハンスはあまりがつがつしないように心がけた。もう長いことソーセージのオープンサンドを口にしていない。母親が失業したから、それどころではなかった。ヘレとユッタなどは、クリスマスでもそんなサンドイッチを食べられない状態だ。

ビュートウ夫人は、ハンスが極端《きょくたん》にゆっくりパンをかんでいるのに気がついた。

「遠慮《えんりょ》しないで。それほど裕福《ゆうふく》じゃないけど、幸い飢《う》えずにすんでいるんだから」

ビュートウ主任がようやく口をひらいた。はじめにハンスが今晩見せた演技をほめた。ハリー・シュミットも真っ青だろう、といった。それからヴェディンク地区の工場がのきなみ景気が悪いといいだした。工場の七割ちかくが操業をやめるか、労働時間の短縮を余儀なくされている。ジーメンスやボルジヒでさえ、操業をうち切ったくらいだ。毎日、解雇者《かいこしゃ》がでている。経済状況はすこしずつ好転していると新聞は書いているが、そんな兆《きざ》しはどこにもない。

ハンスはもうサンドイッチを食べる気がしなくなった。これが個人的な話だろうか？　主任は、自分のことを解雇しなくちゃならないというのだろうか？　ひどいことになりそうだ。父さんが門番でもらうはした金と母さんの失業保険じゃ暮らしていけない。家賃を払うのでようやくだ。

「ちがう、ちがう！」ビュートウ主任はハンスが暗い顔になったので、あわてて手をふった。「まだそこまで深刻じゃない。ただ……」そして主任はいった。「そこまで深刻じゃないが、倉庫で働いている三人のうちひとりにやめてもらわなくちゃならない。エメスかアリ・レフラーかきみだ。人員をひとり減らすように命じられたんだ。わかるだろう。注文がなければ、仕事もないというわけだ」

やっぱりそれなりのわけがあって、主任は言葉少なだったんだ。覚悟《かくご》してなかったわけじゃない。最近、荷下ろし作業員がたくさん解雇された。倉庫が放っておかれるはずがない。それでも、自分に白羽の矢がたたないように願っていた。虫のいい話だが、わらをもつかむ気持ちだったのだ。もちろんいつかは自分に番が回ってくるのは覚悟していた。だけど、まさか今晩、体操の演技をして、オープンサンドと紅茶をごちそうになりながら告げられるとは思っていなかった。苦い薬に砂糖《さとう》をいっぱいつけて飲ませようということなのだろうが、やはり苦いことにはかわりない。

「エメスのじいさんをやめさせるわけにはいかない」ビュートウ主任もいいづらそうにしていた。「ああいう古株《ふるかぶ》を追い出すのはしのびないから」

エメスをやめさせるわけにはいかないだろう。あの年では、まず再就職はできない。

「残るはレフラーかきみだ」

残るはレフラーかきみ！　ハンスは、同情のこもった目で見つめるビュートウ夫人も、やさしく手をにぎってくれたミーツェも見なかった。

「いつです？」小声でそれだけを聞いた。

「三月はじめだ」

今日は一月二十九日、ということはあと一か月。そこまで深刻じゃないというのは、そういうことか。

「わかってるだろう」ビュートウ主任がまたいった。「きみにはいてもらいたいんだ。ただ、それには人事課や経営協議会が納得する理由が必要だ。もう何年も働いている熟練《じゅくれん》した工員を解雇《かいこ》して、働きだしてまだ数か月にしかならない若造を残すんだからな」

納得する理由？　どういう意味だろう？　レフラーは好きになれない。カエルのような顔をしたあの男は、シャワー室をこれみよがしに裸《はだか》で歩きまわる。いけすかないやつだ。だけど、あいつが解雇されるような理由はどうやっても思いつかない。仕事は熱心だし、正確だ。それに倉庫のことをだれよりもよく知っている。主任は、公平であろうとすれば、ハンスをやめさせるしかないだろう。

ビュートウ主任がちらっと夫人を見た。彼女がうなずくと、小さな声でこうつづけた。「レフラーがずいぶん前から倉庫のものを盗《ぬす》んでいるんじゃないかと疑っているんだ。銅線だよ。安いものじゃないし、需要《じゅよう》もある。ただしっぽをださなくてね。自分ではもたずに工場から運び出す方法があるらしい。通用門で抜き打ち検査をしても、いつも空振りだ。それに四六時中、わたしが目を光らせているわけにもいかない」

自分に、レフラーの見張りをしろというんだろうか？　自分が残って、レフラーを追いだすために？

「これしか方法はないんだ」主任もいい気持ちじゃないのだろう。態度にあらわれている。

ビュートウ夫人があいだにはいった。

「ヘルマンの立場になってみて。正直な若者と盗みを働いているとわかっている男のどちらかを選ばなくちゃならないの。あなたならどうする？」

ずるい質問だ。答えはきまっている。だがハンスには返事できなかった。恥《はじ》知らずにはなりたくなかった。

ミーツェが助け船をだしてくれた。

「そんなこと、ハンスにやらせないでください。ご自分でレフラーの盗みをあばけばいいじゃないですか。ハンスにスパイまがいのことをさせるなんて、それも自分の仕事と引き替えなんて、ひどすぎます」

「わかった、わかった」主任は手をあげてなだめた。「ちょっといってみただけだ。まあ、どうなるか様子を見よう」そうはいっても、その結論に満足はしていないようだ。ハンスもおなじ気持ちだ。どうなるかは、わかりきったことだ。一、二週間後、主任から解雇通知をもらうことになるだろう。「切迫《せっぱく》した経済状態のため」とか「残念ながら」とか「幸運を祈る」とか書かれた紙っぺら一枚。母親がそういう解雇通知をもらった。同僚《どうりょう》のクララもそうだ。ふたりともおなじ文面だった。同時に最後の賃金をわたされ、それでおしまいだった。

主任はため息をついた。

「まったくこれからどうなることか。政治、経済。がんじがらめだ」

主任は話題をハンス個人のことから世間話に変えるつもりなのだろう。だがハンスは、そんな気になれなかった。自分のことしか頭になかった。

解雇されたら、そのあとどうしよう？　前のように、放課後、北駅で荷物運びでもするか。蒸気をシューシュー吐《は》きだす機関車のあいだをかけまわり、列車の到着を知らせるアナウンスを待つ。あるいは十歳から十二歳の子どもにまじってタクシーのドアをあけたり、召使いまがいのことをしたりして、手を差しだしてチップをもらう。正式な手荷物係に見つかって、追い払われる不安とたたかいながら。もらえるのは、たかだか一グロッシェンか二グロッシェンなのに。それとも、パウレ・グロースみたいに首から板をぶらさげて物売りをやったり、ビラ配りや使い走りや絨毯《じゅうたん》たたきでもするか？　あるいはヘレのように仕事にありつくため、二時間でも三時間でも石炭店を転々とするか？　それも運次第だ。「五時間歩き回って、働けるのは五分そこそこだからな」ヘレはいっていた。「次は十時間歩き回って、六分だ」

ビュートウ夫人はハンスの気分を変えようとして、午前中に社会民主党の集会があった公園のことを話題にした。

「『ベルリンは永遠に赤』というのがスローガンだったのよ。実際、会場は赤旗の海で、褐色《かっしょく》のならず者たちに敢然《かんぜん》と立ち向かうことをみんなで誓《ちか》い合ったわ。ただ、どうやって立ち向かうか、だれにもわからなかったけどね。なにかが始まるというよりも、終わろうとしているという感じだったわね」

これでは気晴らしになるわけがない。その場はさらに気まずい雰囲気《ふんいき》に包まれた。みんな、おしだまってしまい、ソファの上の壁かけ時計の時を刻む音がやけにはっきりと聞こえた。みんな、もうなにを話題にしていいかわからなかった。ようやく主任が口をひらいた。「考えたくもないんだが、ナチ党がもうすぐ政権に加わるのはまちがいない。まさかヒトラーが首相になりはしまいが、なにか大臣のポストは手にいれるだろう。新聞にでていたよ。パーペンはヒトラーとフーゲンベルク(＊30)をくっつけようとしていると」

ビュートウ夫人が肩《かた》をすくめた。

「うわさ話ばっかり飛び交って、本当のところはだれにもわかってないわ。いずれにせよ、ヒンデンブルクは、ヒトラーを首相にしないといつもいってるでしょ。大統領もかなりの年だけど、約束は守るはずだわ」

ふたたび沈黙《ちんもく》に包まれた。時計の音がさっきよりも大きく聞こえる。ハンスはもう帰りたかった。いまはそういう話をしたくない。

「われわれにつきつけられている問題に変わりはない」主任がまた話しだした。「だが切迫《せっぱく》している。共産党と社会民主党に和解の道はないものだろうか。考え方のちがいはちがいとして、共に生き残れなければしようがないだろう。それが問題だ」

ミーツェもそわそわしはじめた。彼女もそういう話題をあまり好まない。いつの日か本当にヒトラーが政権をとるかもしれないと考えただけで、不安にかられてしまう。ハンスとはその話をするが、それでもほんの二言三言だ。ミーツェは、その日の夕方が台無しになるのがいやだった。

「そろそろ帰らなくちゃいけないかしら？」ビュートウ夫人がふたりに助け船をだした。「ミーツェは家が遠いですものね」

ミーツェはほっとした面もちでうなずいた。

「この時間になると、路面電車の本数があまりないですから」

ハンスはすぐに立ち上がり、体操着の袋《ふくろ》を拾い上げると、すてきなひとときを過ごせたこと、暖かい暖炉《だんろ》のこと、そしておいしいパンのことを感謝した。けれども、すてきなひとときなんかではなかった。みんな、わかっていることだった。だがビュートウ夫妻の責任というわけでもない。その場にいた四人のだれにも責任はなかった。

別れの握手をしたとき、主任がまたハンスにいった。

「レフラーの話は誤解しないでくれ。正義のためだ。それ以外のなにものでもない」

ハンスは誤解してはいなかった。だがそれは主任にとってなんの慰《なぐさ》めにもならなかった。そしてハンスにとっても。

階段をすこしおりて、ビュートウ夫妻に声が聞こえないくらい離れると、ミーツェが立ちどまって、ハンスの頭を自分の方に引き寄せた。ハンスは母親になぐさめられているような気がしたが、されるがままになっていた。頭をなでられ、口づけをした。そのとき階段をあがってくる重い足音が聞こえた。ハンスのよく知っている足音。ヘレだ。

「あれ？」階段の暗がりにハンスがいたので、ヘレはびっくりした。「ユッタを訪ねてたのか？」

ビュートウ主任の暖かい居間にいるあいだ、ハンスは上の階の小さなベッドで眠っているエンネのことを思っていた。ようやく生後三か月になったばかり。きっとここのように暖かくはないだろうな、と。帰りに兄のところに寄《よ》ろうと思っていたが、主任の話にショックを受けて、うっかり忘れていた。「ぼくら、主任のところに呼ばれていたんだ」そう弁解しながら、ハンスは自分に腹《はら》が立った。弁解なんてする必要ないじゃないか。

ヘレはミーツェを好奇の目で見つめた。あまりじろじろ見るものだから、ミーツェは顔を赤くして、手でおおった。

「きみがミーツェか。うわさはかねがね聞いている。ちいさなハンスの一番上の兄だ」

「今晩は」ミーツェはヘレの手をにぎって、すぐに放した。

ヘレは深刻な顔をしていた。

「ハイナーが昨日、逮捕《たいほ》された」

ハンスはびっくりした。

「なんで？」

「金を不法にもちこもうとしたんだ。自分のじゃない。党の金だ。それがばれたのさ。国境で」

この三か月近く、ハンスはハイナーとよく顔をあわせた。たいていはヘレの家だった。「党の人間がみんなハイナーのようだったら問題ないのに。わたしたちが人間を食い物になんかしていない、それどころか食い物にされないように闘っているってことをみんなにわかってもらえるはずなのに」ユッタがそういったのは昨日のことだ。たしかにその通りだ。ハイナーは、ハンスにとってずっと党そのものだった。エデ・ハンシュタインとぜんぜんちがっていた。

「まあ、そういう危険はつきものだ。あとは、どのくらいの罰があたえられるかだな」ヘレは階段をのぼりはじめ、もう一度ふりむいた。「母さんに、明日の午後、来てほしいっていってくれないか。二時から五時まで。できればね」

母親は失業してから、ときどきエンネのお守りをしていた。はじめはムルケルの仕事だった。しっかりやってはいた。おむつの取り替えもした。エンネを落とさないように、ちゃんと床《ゆか》の上で。だが大人の女のようにはいかない。はじめの興奮が過ぎ去ってしまえば、そのくらいムルケルにもわかることだった。あまりおじさん面をしなくなり、ただのムルケルにもどったが、そのことで別段がっかりしてはいなかった。

外はもうだいぶ寒くなっていた。ハンスがマフラーを渡そうとすると、ミーツェは首をふって、ハンスの上着にぴったり身を寄《よ》せた。ふたりはそうやってゆっくり路面電車の停車場に向かった。運がよければ、二月の末までになにか仕事が見つかるだろう。ハンスがそういうと、ミーツェはうなずいた。

「もちろんよ。明日になったら。グロッシェン硬貨《こうか》の雨が降るかもしれないじゃない。そしたら、たらいをかたっぱしから外に出すのよ。それでこの楽しい貧困ともおさらばだわ」

ミーツェのいうとおりだ。そんなうまい具合にいくはずがない。ふたりはだまって歩きつづけた。ふいにミーツェが立ち止まった。「いつかビュートウさんのところみたいな家に住みたくない？」

ハンスの顔が見えるように、ミーツェは街灯《がいとう》の下で立ち止まった。だが顔を見なくても、ハンスにはわかった。ミーツェはああいう家が夢なのだ。たしかにミーツェにぴったりだ。だが、ミーツェがもっといい家を望んでいないというのがおどろきだ。ケスリン通りは、自慢《じまん》できるような界隈《かいわい》じゃない。

「どう？」ミーツェがせっついた。

「あの家、いいと思う？」ハンスは即答《そくとう》をさけた。

「手始めとしてはね」ミーツェは、ハンスがのってくると思っていた。ちょっと将来の夢を描いてみただけよ、とミーツェはいった、ハンスから返事がないので、ミーツェは歩きながら大きな声で夢を語り、ビュートウ家の居間を自分好みに模様替えした。それはだいぶ金がかかる話だった。

ハンスはとうとう我慢《がまん》できずにいった。

「金メッキの便器を忘れてるよ」

ミーツェが笑った。

「あなたはダイヤモンドのシャンデリアを忘れてるわ」

ハンスが笑わなかったので、ミーツェはまた立ち止まった。

「なんなのよ！　くよくよしてもしようがないでしょ。あなた、AEG《アー・エー・ゲー》の社長にでもなったつもり？」

AEGに勤めていれば、見習い工になれるかもしれないんだ、といいかえそうとしたときだ。ガラスの割れる音がして、ふたりはびっくりした。どこかでだれかがガラスにものをぶつけたのだ。ふたりはすかさず手近な家の入り口の陰に身を隠《かく》し、ガラスの割れる音がした方角に耳をそばだてた。さわぐ声と、「腹《はら》ぺこだ」と叫《さけ》ぶ声がなんどか聞こえた。なにが起こっているかすぐにわかった。略奪《りゃくだつ》だ。パン屋か肉屋か日用雑貨屋。最近、そうした暴動が頻繁《ひんぱん》に起こっている。我慢も限界に来ているのだろう。ハンスは一度だけ、略奪を目の当たりにしたことがある。路面電車の停車場のすぐそばのリーニエン通りでのことだ。目の落ちくぼんだ見る影《かげ》もない女たちが、怒りと空腹に耐《た》えかねてさわいでいた。それに骨と皮だけになったみすぼらしい姿の小さな子どもたち。そのなかに、ごくふつうの人々もまじっていた。白髪《しらが》の老婆《ろうば》。きっと毎週日曜日に教会にでかけているはずだ。コートを着て、山高帽《やまたかぼう》をかぶった紳士《しんし》。ちょっと前にはもうすこしましな暮らしをしていたはずだ。そして無数の若者たち。それほど腹《はら》をすかせてはいないだろうが、いらいらを爆発させていた。ちかくに警察はいるだろうか。よくわからない。すくなくとも制服の姿は見えない。なんだかわざとのようにも思える。

「さあ、いきましょう！」ミーツェがささやいた。「ぐずぐずしてたら、わたしたちまで暴動の一味だと思われてしまうわ」

建物の壁伝《かべづた》いに走った。ライニケンドルフ通りにでる。ちょうどミーツェが乗るはずの路面電車がやってきた。ふたりは手をつないで走った。暴動のなか、次の電車を待つのはまずい。停車場にたどりついたとき、電車はもう走り出していた。ミーツェは最後列の車両に飛び乗った。ハンスは立ち止まって、息を切らしながら手をふった。

「明日の朝、また門の前で、いいね！」

ミーツェはうなずいて、手をふった。手をふりつづけるミーツェはやがて見えなくなった。

ユダヤ娘

アッカー通りはさわがしかった。若い連中が自転車競走をしている。自転車二台で公園広場を一周する勝ち抜き戦だ。そして最後に勝ち残ったふたりが、参加者から五ペニヒ硬貨《こうか》を集めた「つぼ」をかけて競走をする。参加者の数によって、一マルクから二マルク、ときには三マルク稼《かせ》げるときもある。そして手作りのボロ自転車の所有者ふたりは、それぞれ二十ペニヒをもらうことになっていた。

若い連中はたいてい仕事がなく、そんなことをしてでも稼ぎがほしかったのだ。だが競走に勝つのはいつも決まった三、四人の若者だ。ほかの連中は、いつか自分も速くなって、勝てるはずだと自分をなぐさめる。だがたいていの子は競走に負けて、悔し涙をこぼし、なけなしの五ペニヒを失う。

体操着の袋《ふくろ》を腕《うで》に抱《かか》えたハンスは、通りすがりに顔見知りの少年に軽くあいさつした。妙《みょう》な気がした。もうすぐ、自分も路上にたむろする若者の仲間入りをするかもしれない。朝から晩まで、夏には真夜中まで通りをうろつきまわる。自転車競走をしている連中はもう仕事をさがす気力もなくしていた。小さな商店に盗《ぬす》みに入り、日用品とか金目のものを盗めばいいと思っているのだ。多くの子が、いつかでかいことをしてやると夢を描いているが、その夢の行き着く先は刑務所ときまっていた。そして刑務所からでてくると、またおなじことのくりかえしだった。

みんな、ハンスと変わらない若者だ。ただちょっぴり運がなかっただけ。まったく気の毒に、と母親はいっている。もうじきハンスも、そういわれるかもしれない。

マイヤー荘だ。ハンスは、ノレのところに顔をだして、解雇《かいこ》されそうだという話をしたほうがいいか迷った。だがそのままアパートを通り過ぎた。ノレにいってもどうしようもない。それにいまは、人の心配をしている場合じゃない。マイヤー荘では借家人たちがストをしている最中だ。家賃の値下げ、きれいな飲料水、滞納《たいのう》している家賃の帳消し、アパート全体の修繕《しゅうぜん》。そういうことを要求していた。「食えなきゃ、家賃は払えない」というのがスローガンだ。家主のトゥメルキンが、アパートを朽《く》ちるにまかせているかぎり、だれも家賃を払うまいと決心していた。

ハンスの父親は、借家人のストライキは当然のことだといっていた。「夏には息がつまりそうになり、冬には凍《こご》えそうになる。そんなボロアパートに家賃なんて払う必要はない。まっとうな住まいというのは、パンとおなじくらい大事なんだ。人間だれしも、頭の上に屋根が必要なものさ」

父親は抵抗《ていこう》することにいつも賛成する。だが、解雇《かいこ》に対してどういう抵抗ができるだろう？

三十七番地。ハンスは通りの反対側から門の方を見て、様子をうかがった。用心にこしたことはない。毎日だ。マックセ・ザウアーとちびのルツとごろつき仲間たちは、ハンスがひとりでいるところをねらっている。ヴィーゼン通りでの一件以来、ハンスに仕返しをする機会を待っているのだ。クリスマスイヴにあぶなくつかまりそうになった。ミーツェのことと、クリスマスプレゼントのことで頭がいっぱいだったハンスがちょうど路面電車からおりるときだった。まっすぐ連中の腕《うで》の中に飛び込むかっこうになった。がむしゃらにあばれて、突撃隊員《とつげきたい》のひとりのむこうずねを思い切りけとばし、かろうじてふりきった。だがもう二度と、中庭を逃げまわり、階段をかけのぼって、自分の家に逃げ込むようなまねはしたくない。あのときムルケルがすぐにドアをあけてくれなかったら、家の玄関でずたずたにされていただろう。

なにも怪《あや》しい気配はない。ハンスは通りを横切ると、アパートの門をあけて、奥の暗がりにすべりこんだ。なにも物音が聞こえないのを確認して、明かりをつけた。

門の奥に人の気配はない。両脇《りょうわき》の階段の上からも物音ひとつしない。それでも用心した。襲《おそ》われるとしたら中庭だ。明かりがなく、身を隠《かく》すのにつごうのいいゴミ箱がならんでいる。そういう暗がりならだれにも見とがめられない。だからやつらはことさら残忍《ざんにん》なことをする。

大晦日《おおみそか》に突撃隊はベルナウ通りで社会民主党の連中と衝突《しょうとつ》した。歩道は血に染まったが、目撃者はひとりもいなかった。

最初の中庭は静まりかえっていた。ハンスは足をゆっくり前にだした。一歩ずつ、感覚をとぎすませて。不意打ちをくらわないようにしないと。いつでも抵抗《ていこう》できるように身がまえ、逃げる用意をしなければ。この三か月というもの、毎日こういうことのくりかえしだ。なにか様子が変なときは、すぐに引っ返す。手を抜いちゃいけない。気をつけてきたから、いままで無事だったんだ。

中庭は二つ目も三つ目も静かだったが、四つ目は騒がしかった。クデルカ夫婦の家から物音がする。どうやらマックセ・ザウアーたちはクデルカを血祭りにあげて、祝杯《しゅくはい》をあげているようだ。ハンスはほっとため息をついた。だが階段でも注意をおこたらなかった。突撃隊の連中は、酒がはいるとろくなことを思いつかない。

母親がドアをあけた。「おかえり」ハンスがおびえているのを知っている母親は、ハンスが無事なのを見てほっとしていた。「おなかはすいているのかい？」

ハンスは首を横にふった。寝室《しんしつ》ではインフルエンザにかかったムルケルが寝《ね》ている。父親はそのムルケルに本を読んでやっていた。ハンスは寝室《しんしつ》にはいると、ビュートウ主任のところで食べたソーセージサンドの話をした。

「なんでおみやげに持ってきてくれなかったの？」ムルケルはむっとしていた。

ハンスはベッドに近づかなかった。ベルリン市民の半数はインフルエンザにかかっていて、咳《せき》やくしゃみや、がらがら声をあっちこっちで耳にする。病院も満杯《まんぱい》状態で、バラックの仮設病室まで作られていた。子どもたちは学校でうつされてくるので、ほとんどの学校が学級閉鎖《へいさ》になっている。

「そりゃむりだよ。いくらなんだって」

「それなら、ぼくをつれていってくれればよかったじゃない」ムルケルは病気で寝込《ねこ》み、甘やかされていた。なにをいってもしかられないのをいいことに、駄々をこねた。三棟目のアパートに住むやせぎすのアグネスが死んだのは三日前のことだ。死因は結核で、インフルエンザじゃなかったが、両親は心配していた。ムルケルはそこに乗じていた。

「むりをいうなよ」

「なんで？　病気だから？」

「おまえが、ビュートウさんところの食べ物を食い尽《つ》くしちまうからさ」父親がハンスの代わりにそう答えてから、まじめな顔でさらにこういった。「ソーセージサンドがあるのも考えものだぞ。あればあるで、いつかなくなるんじゃないかって気が気じゃなくなるだろう。はじめからなければ、そんな心配もいらない」

いつものごまかしあいがはじまった。あるときはムルケルが父親をいいくるめ、またあるときは父親がムルケルをうまくのせてしまう。だがこと食べ物となったら、ムルケルもだまってはいない。

「それなら死んだほうがましじゃない。死ねば、なにも心配しないでいいもの」

「まったく口の減らないやつだ！」父親は母親にうなずいた。「おれから受けついだかな」

寝込んでいるあいだに、すぐとなりのアパートでアグネスが死んだというのが、ムルケルには不思議でならなかったのだ。ムルケルは静かな声でいった。

「父さんと母さんはまともな暮らしができたことあるの？　一日中、おなかいっぱいでいられたことあるの？　ほらスープぎらいの男の子がでてくる人形劇があるじゃない。『もうやだ、スープなんて大きらい』って」

父親は考えこんだ。

「ほんのちょっとのあいだだけど、そんなにひどい暮らしをしてなかったころはあるな。みんな、仕事があったころってことだが。だがいまでも、うちよりひどい暮らしをしている人がたくさんいるんだぞ」

ハンスはうなだれた。今日知らされた話をしたら、両親はどういうだろう。いまはいえない。ムルケルのことをこんなに心配しているうえに、母親はまだ新しい仕事が見つかっていない。今日いおうが、来週いおうが、首になってからいおうが、なにも変わりはしない。ひょっとしたらまだチャンスがあるかもしれない。騒《さわ》ぐだけ損だ。それまでに母さんに仕事が見つかれば、そんなにショックは受けないだろうし。だまっていたほうがよさそうだ。父さんも母さんも、なにもできないのだから。

母親が熱をはかるためにムルケルのそばにすわって、体温計を手にしながら考えこんだ。「あたしたちはいつもひどい暮らしだったわ」母親は父親と逆のことをいった。「戦争の前も、戦争中も、戦争のあとも。それからインフレのときも、そのあともね。ちゃんと食べられた時期はあるけど、まともな暮らしはしたことがないわ。あたしたちは社会のゴミために生まれたのよ。あたしたちみたいな人間は、血の最後の一滴《てき》がなくなるまで働くしかない。そういう人生なの」母親は幻想《げんそう》をいだいたことがなかった。会社の社長にとってはただの労働力で、もうかるあいだは雇《やと》っていてくれる。それだけのことだと重々わかっていた。そのつもりだったが、心の奥底では、三十年も働き続けた職場をこんなにあっさり首になったことがいまだに信じられないようだ。頭ではわかっていたのに、希望をいだき、そして失望したのだ。

みんなが急にだまりこんでしまったのが、ムルケルにはいやだったらしい。「ミーツェもソーセージサンドをたくさん食べた？」そうハンスにたずねた。すっかり鼻がつまり、目も充血《じゅうけつ》している。その目が輝《かがや》いた。「ぼくがパンをいっぱいもらえたら、ミーツェにもいっぱいあげちゃうんだけどな」

「まったくしようがないな」そういってから、ハンスは吹き出した。母親はムルケルのわきの下に体温計をはさんだ。ムルケルはまた別のことをいいだした。「ミーツェもさそって、来週またプレッツェン湖にいかない？　ミーツェは遠足が好きだろう？」

「まず元気にならなくちゃね」母親がいった。「インフルエンザを甘く見ちゃだめよ」

「じゃあ、北港にもいっちゃいけないの？」ムルケルはわざと心配そうにいった。

「とんでもない！」母親ははげしく首をふった。「それはあたしがするわよ。どうせ一日中することがないんだから」それはまるで自分をあざけっているように聞こえた。

近所の子どもたちは毎日、北港に足を運ぶ。シュプレー河を運ばれてきた石炭を港で計量するときに、よく石炭がいくつか転げおちる。子どもたちはそれを拾い集めていた。うまく手に入れた子は歓声《かんせい》をあげる。こんなつらい暮らしでも子どもは遊びにしてしまうのだ。すばしっこい子ども相手では、母親にはまずチャンスはないだろう。石炭を母親に分けてやろうなどというやさしさを、子どもは持ち合わせているわけがない。根こそぎ取っていくにきまっている。母親が北港にいくということを、父親もハンスもよく思わなかった。だがほかにだれにできるというのだ？

「心配いらないわよ」まゆをひそめるふたりの顔を見てほほえんだ。「これまでにもいっぱい無茶なことをしてきたわ。そのくらいへいちゃらよ」

父親はため息をつき、ハンスを見て、台所に来るようにあごで合図をすると、先にでていった。ハンスはムルケルに「おやすみ」といって、父親につづいて部屋をでた。父親は、ビュートウ主任がいまの政治的状況をどう思っているのかたずねた。

ハンスは、公園でデモがあったという話をした。そして、ビュートウ夫妻が、そのデモを口当たりのいい言葉以外なにもでてこない葬式《そうしき》にたとえたといった。

父親はいまいましそうにうなずいた。「労働者の指導者を任ずる紳士《しんし》どもは、ただうさばらしをしているだけだ。共産党も社会民主党も、大声をはりあげるだけで、なにもできない」ハイナーとしゃべる機会があって、モスクワからのニュースを知っていたからだろう。父親はとくにおどろいた様子もなく、にがにがしげに笑っただけだった。「それが政治というものさ。国際連帯。それがなんだっていうんだ。もううんざりだ」そうはいっているが、本心ではだいぶショックを受けているようだ。父親はもう何日も機嫌《きげん》が悪かった。共産党をリードする政治家たちの名前を耳にすると、大きな声で笑い飛ばした。「十五年間も夢を描きつづけてきたんだ。さすがに目が覚めたよ。理想のために人生を捧《ささ》げるなんて愚《ぐ》の骨頂《こっちょう》だ」ところが先週、突撃隊《とつげきたい》がビューロウ広場にあるカール・リープクネヒト・ハウスの前を行進して、挑発《ちょうはつ》したのに反発して、数日後、共産党がデモをしたとき、父親はかつての仲間といっしょにデモに参加した。零下十八度の寒空の下、十万人を越《こ》えるデモのなかに父親の姿もあったのだ。夕方、父親は家に帰ってくると、なにもいわずだまって台所のいすにうずくまった。

「茶でも飲むかい?」

ポットには、ムルケルのためにつくったミントティーの残りがあった。ハンスがうなずくと、父親はふたつのカップに茶をそそいで、ひとつをハンスにさしだした。ハンスは冷めかけた茶をすすりながら、眠いのを気取られないようにした。けれども父親には、ハンスが疲《つか》れているのがわかった。「眠ったらどうだ。明日からまた新しい週が始まる。疲れをとっておいたほうがいいぞ」

マルタはもう帰っていて、首にマフラーを巻いたままベッドに横になり、手袋《てぶくろ》をはめた手でミーツェのクリスマスプレゼントである『グリップスホルム城』という本を読んでいた。薄《うす》い本だが、とても愉《ゆ》快《かい》なラブストーリーだ。ハンスはクリスマスに読みおえたが、いまでもよくその話を思い出す。その本にでてくるふたりの恋人はとにかくけっさくで、会話がとてもしゃれていた。

「おもしろい本じゃない」そういうと、マルタはその本をわきにおいて、毛布《もうふ》をたくしあげた。「こういう本をプレゼントしてくれるなんて、気の利いた子ね。それに、貧しい家の子じゃないのね。ボンボンとくらべたら、本は高いものね」

ミーツェはその本を買うために半月分の給料を使ったのだ。ハンスは、ミーツェの誕生日に新しい櫛《くし》と鏡《かがみ》、クリスマスにはきれいな髪留《かみど》めをあげるくらいしかできなかった。はずかしかった。母親が失業してから、給料はほとんどまるまる家にいれるしかなかった。ハンスはマルタのとなりにすわって、靴《くつ》をぬいだ。

「その作家のことは知ってる？」

マルタは本をひっくりかえして、声にだして名前を読んだ。

「クルト・トゥホルスキー？　聞いたことないわね」

「ユダヤ人だよ！」

「だからどうしたの？」

「ギュンターには見せられないね」

「ふん！」マルタは腕枕《うでまくら》をして、ふくれっつらをした。「すぐにそう大げさにするんだから」ギュンターは突撃隊の分隊長になっていた。マルタはそれが自慢《じまん》で、そのときから、ハンスがなにをいっても本気にしなくなった。

ハンスは、大げさになんていっていない、ギュンターがどういうことに荷担《かたん》しているか真剣に考えろといいたいくらいだ。だがその夜は、そんな議論を始める気力もなかった。どうせなにをいってもむだだ。大げさ、その一言でマルタは片づけてしまう。マルタにとっては楽だろうが、ハンスにはつらいことだ。いいかえしようのないハンスは怒りをぶつけるしかなく、マルタはよけいに自分の殻《から》にとじこもってしまう。マルタはクリスマスをギュンターの一家と祝い、大晦日《おおみそか》に婚約《こんやく》をした。これで自分の人生が変わると、マルタは信じきっている。すこしはましな家庭の若い娘のつもりになっている。ただ二度だけ心をゆるがす事件があった。ひとつは、婚約をしたその日に、かつての級友リロ・ヴェントリンが路上で撃ち殺されたことだ。犯人は突撃隊《とつげきたい》の分隊長だった。リロは、その分隊長がユダヤ人の経営するラジオ店に押し入ったことを警察に通報した。その報復だった。分隊長は逮捕《たいほ》されて、牢獄《ろうごく》にいれられた。ハンスは新聞の顔写真を見てぎょっとなった。それは、ハンスにハイル・ヒトラーといわせようとして、メリケンでなぐったあの男だった。

もうひとつは、フランツ・レンバッハがなぐり殺されたことだ。元赤色戦線の小隊長で、ヘレの友だちだった。マルタに言い寄《よ》っていたこともあったが、マルタにはその気がなかった。小男で、鼻がとがっていて、耳がいつも赤い。見るからに貧相だった。そのフランツがある日、広告塔《こうこくとう》のわきに倒《たお》れているのが見つかった。その横にはレンガが投げ捨てられていた。そのレンガでなぐり殺されたのだ。たてつづけに起こったふたつの事件で、ひょっとしたらマルタが考え直すかもしれないとハンスは期待したが、フランツの事件から数日後、マルタは結婚《けっこん》したら自分もナチ党員になるつもりだといった。ハンスには信じられないことだった。ふたつの事件のことをいっても、マルタは聞く耳をもっていなかった。「リロの事件はたしかに失態だったわ。でも、どの党にだって闇《やみ》の部分はあるものでしょ。それからレンバッハの場合は自業自得よ。あいつは忠実な突撃隊員《とつげきたいいん》を何人か死においやったっていうじゃない」ハンスが答えられずにいると、マルタはさらにいった。「レンバッハって、どうも好きになれなかったのよね。いやらしい目つきをするし、手がいつも汗ばんでて」ハンスはマルタと話が通じないことを思い知った。大事な話はぜったいにできない。ハンスはだまって洗面台に立った。服をぬぎ、氷のように冷たい水を流した。凍結《とうけつ》していないだけでも御《おん》の字だった。

クリスマスにマルタがいないのは、はじめてのことだった。みんな、いつもと変わりないふりをしたが、だれもたのしい気分になれなかった。いつものように聖《せい》なる夜を家族と過ごしにやってきたヘレとユッタも沈んでいた。マルタはクリスマスプレゼントをドアの外においていったが、だれもあけようとしなかった。聖なる夜はハンスたちにとってただの聖なる夜ではなかった。その日はマルタの誕生日でもあったからだ。マルタは一家にとって幼子キリスト、クリスマスツリーのまわりに集う家族の主役だった。

そして大晦日。マルタの婚約式にゲープハルトの人間はひとりも列席せず、みんな、自宅の台所にあつまった。父親が手に入れてきたビールを飲んで、軽口をたたき、十二時ちょうどに「新年おめでとう」といって、一九三三年のはじまりに乾杯《かんぱい》した。それもこれも、ただムルケルのためだった。

どちらも最低の祝日だった。ひとりの人間がいないだけで、どれだけ雰囲気《ふんいき》が台無しになり、その場にいない者がだれよりも存在感のあることを、みんなははじめて実感させられた。ギュンターをあきらめない以上、マルタにはほかにどうしようもないことは、ハンスにもよくわかっていたが、それでもマルタに怒りを感じた。とてもではないが公平な気持ちにはなれない。大晦日《おおみそか》のあいだじゅうマルタのことが気になっていた。ハンスがそのことを口にすると、マルタは、弟とは思えない、自分のことをぜんぜん理解してくれようとしないと文句をいった。そのときハンスはいいかえした。

「なんて姉だよ。エンネが生まれて二か月になるっていうのに、顔も見にいってないじゃないか」

「どの面さげていけるっていうのよ。わたしはナチのおばさんなのよ。赤ん坊にのろいがかかるっていわれかねないわ」

マルタがそういうのもむりはない。じっさいヘレとユッタには、マルタを家に呼ぶ気がさらさらなかったのだから。

「ハンス？」

「なに？」

「ミーツェを家につれてこないの？」

ミーツェなら、とっくに家をたずねていた。家の台所で、両親に自分や仕事の話をした。マルタは、屋根裏部屋につれてきて自分に紹介しろといっているのだ。ミーツェは親戚《しんせき》じゃないから、自分がナチでも関係ないだろうと思っているのだろう。

ハンスは体をふくと、寝巻《ねま》きをきて居間にもどった。

「それはできないよ」

「どうして？　話があうかもしれないわ。女同士だもの」マルタはほほえんだ。試させてよ、あんたもだめなら、もうだれも家族に味方がいないのよ、と顔に書いてあった。

「ギュンターが来たら？」

「来たら来たでいいじゃない。それとも、ミーツェは共産主義青年同盟なの？」

ハンスは首を横にふった。それからマルタの顔をじっと見つめながらいった。

「彼女の父さんはユダヤ人なんだ。いまいっしょに暮らしているおじさんとおばさんもね」

マルタは「それがどうしたの？」とはいわなかった。それどころか、しばらくなにもいわなかった。

ハンスがベッドにはいって、明かりを消すと、ようやくこうたずねた。「ナチ党が本気でユダヤ人を国外追放すると思っているの？」

「思ってなんかいないさ」ハンスは悪意をこめて笑った。「みんな、大げさなだけだものね。ヒトラー自身、大げさだからいけないんだ。そうでなきゃ、ヒトラーがユダヤ人になにかしようとしているなんて、だれも思わないさ。ナイフをユダヤ人の血でぬらすっていうあの歌だってそうさ。みんな、大げさなだけだ。さもなけりゃ、共産党の発明なんだろう」

マルタはハンスの皮肉をうけながした。

「どうかしらね。あれだけ口の端《は》にのぼるんだから、なんかあるんじゃない？　ユダヤ人の店で買い物をすると、わたしも変な気分がするもの。あいつら、嘘八百《うそはっぴゃく》ならべるし。ほら、アレクサンダー広場にいるでしょう。長い上着をきて、丸い帽子《ぼうし》をかぶった連中。ひげがもじゃもじゃで、むっとするにおいがするわ」

ハンスは自分の耳を疑った。本当にマルタの言葉だったのだろうか？　ハンスは体を起こして、明かりをつけると、信じられないというようにマルタを見つめた。それから静かにいった。

「そういうナチの戯《ざ》れ言《ごと》は聞きたくない。いいね。姉さんがギュンターからどういう影響《えいきょう》をうけたかなんて知りたくもない。姉さんが、あいつのうそっぱちを信じ込んでいるってことも知りたくない。もう姉さんのことなんて知らない。姉さんなんて、偏見だらけのばか女だ。ユダヤ人にだって、姉さんたちなんかよりはるかにすばらしい人がいるんだ」

マルタは一瞬《しゅん》、面食《めんく》らった。ハンスがこんな口をきいたことはなかった。だがすぐに、マルタは爆発した。

「いいかげんにしてよね。ここの家賃を払っているのはわたしなんだからね。気に入らないなら、出ていきなさいよ。どうせなら、あんたのユダヤ娘のところにいったら。どうせ、あんたたちなんか、まっとうなドイツ人じゃないんだから」

ほんの二秒ほど、ハンスはなにか考えたかと思うと、毛布と服をかかえて、部屋からでようとした。マルタははねおきて、ドアのところで腕《うで》をひろげて通せんぼをした。

「好都合ってわけね？　ナチ娘がかわいそうな少年を追い出したって、下の階に泣きつけるものね」

「そこをどけよ！」

下の階を訪ねられないので、マルタが苦しんでいるのがよくわかった。おそらくまだギュンターと家族のあいだで心が揺《ゆ》れているのだろう。だが、ハンスにはもうどうでもよかった。

「そこをどけよ！」

ハンスはもう一度どなった。マルタがどこうとしないので、ハンスは毛布と服を落として、マルタの腕をつかみ、ベッドにつきとばした。

「もうぼくに、ぼくに！」

ぼくにかまうなと、最後までいえなかった。いったら、泣き出してしまいそうだった。毛布をつかむと、すぐに部屋をでた。

マッチ

ハンスはみじめな夜をすごした。両親は台所に寝床《ねどこ》をつくってくれた。冷たい床《ゆか》にじかに寝るよりはましだが、もちろん固かった。毛布を一枚敷《し》いたくらいではどうにもならない。暖房を落とした台所は寒かった。こごえるほど寒かった。ハンスは一睡《すい》もできずに横になっていた。マルタとミーツェの顔が交互に目に浮かんだ。

マルタとののしりあいで、すべてが決まった。その夜、ハンスは決心がついた。ミーツェ、ヘレ、ユッタ、両親、そしてすべての反ナチの人々の側につくことに。「あんたのユダヤ娘のところにいったら」あの一言を、マルタはいうべきではなかった。売り言葉に買い言葉でつい口にしただけで、とっくに後悔《こうかい》しているとしても、いうべきじゃなかったし、考えるべきじゃなかった。

マルタの暴言には、傷ついている様子がうかがえた。憎《にく》しみがこもっていた。その傷が憎しみの原因だろうか？　だが、なんでマルタが傷つくことがあるだろう？　家族に背を向けたのは彼女のほうだ。逆じゃない。もし本当に傷つく人間がいるとすれば、それはミーツェのはず。ユダヤ人たちのはずだ。

ハンスはそういう不正をだまって見過ごしはしないと心に誓《ちか》った。

母親が台所にやってきた。失業してはいたが、それでも毎朝五時には起きてくる。三十年来の習慣だ。「しようがないでしょう」父親に文句をいわれたとき、母親はそういいかえした。「四時半には目が覚めちゃって、眠れないのよ。ベッドの中にいたら、考えなくていいことを考えちゃうし。そうすると、いらいらしちゃうのよ。それなら、起きて、ちょっと片づけでもしているほうがましじゃない。なにか役に立っていると思えれば、すこしは気持ちが落ち着くわ」

母親は、ハンスが目をさましていることにすぐ気づいた。

「あまり過ごしやすい夜じゃなかったわね」

「もっとひどいこともあったさ」ハンスは起きあがると、蛇口《じゃぐち》の下に頭をもっていって、水をかぶった。

息がとまりそうに水が冷たい。だが気持ちがひきしまる。ぬれた髪《かみ》をタオルでかわかすと、すがすがしい気持ちになった。

「どうするか決めた?」母親がたずねた。「今晩は上で寝《ね》る?」

「やだね」もう屋根裏部屋で寝る気はしなかった。

母親はため息をついた。

「それじゃ、あとでクララのところにいってくるわ。屋根裏に古くなったマットレスがあるっていってたから。たぶん貸してくれると思うの。今晩は、それをテーブルにのせてベッドにしましょう。ほかの場所はないわ。ムルケルといっしょはいやでしょ?」

母親は、ハンスとマルタのけんかを悲しんでいたが、ハンスが昨晩、ドアの前に立っているのを見てもおどろかなかった。ハンスが下に移ってくれれば、面倒なことになるのに、母親は一言も文句をいわなかった。それどころか、すぐにかつての同僚《どうりょう》クララのことを思い出して、助けてもらおうとしている。困ったときは、いつもクララが頼《たの》みの綱《つな》だった。

母親は残っていたスープを暖めてハンスにだした。ウサギの頭のスープだ。ウサギの頭はひとつ二十五ペニヒはする。ふつうはクリスマスにしか食べられないごちそうだ。母親は暇《ひま》ができてから、いつも市場にいって売れ残りの食べ物を物色した。そしてもう売り物にならないウサギの頭三つを十ペニヒで手に入れたのだ。まさしく掘《ほ》り出し物だ。

熱いスープが五臓六腑《ごぞうろっぷ》にしみわたる。テーブルで寝られるなら、なんとかなるだろう。ハンスがほっとしているのを見て、母親は首をふりながらいった。

「あんたが泣き虫でなくてよかったわ。我慢《がまん》も限界でしょ」

母親のいうとおりだ。まともに仕事ができるだろうか？　首になるまでもう日にちがないことを知っている。レフラーのこともある。主任は浮き輪を投げてくれたが、とてもじゃないけどつかめない。それに、あんなけんかをして、マルタと仲直りできるだろうか？


まだ薄暗《うすぐら》く、凍《い》てつく朝、ハンスは仕事にでかけた。その年の冬はそういう朝が多かった。だがその日はいつもとちがっていた。ハンスは、ミーツェを待つため、明かりのともった工場の入り口に立ったとき、そのことに気づいた。工場にはいっていく労働者はもう少なかったが、みんな、落ち着きがなかった。新しい首相にだれがなるのか、これからどうなるのか、また選挙だろうか、そんな話でもちきりだった。みんな、選挙にうんざりしていた。いいかげん決着をつけたがっていたのだ。

顔を知っているナチ党員の工員たちがとくに緊張した面もちだった。なにか期待しているのだろうか？　それとも、なにか行動をおこすのだろうか？　なかには突撃隊《とつげきたい》の制服をきて職場に向かう者もいる。ヴェディンク地区は赤の巣窟《そうくつ》だ。めったなことではできるものじゃない。ふだんは、共産党員をおそれて、突撃隊のたまり場にだって制服でいかない者がいるほどだ。

ようやくミーツェが路面電車から降りるのが見えた。すっかりしょげている。まだ薄暗かったが、遠くからでもよくわかった。いつもなら笑みをかわすだけで、通り過ぎるはずなのに、ハンスのところにまっすぐかけよってきて、こうまくしたてた。「ひどいのよ。夜中にうちの掘っ建て小屋にユダヤの星を書いていったやつがいるの。星の下にはユダヤの豚《ぶた》って書いてあったわ」

そういういたずら書きが横行していることは、ハンスも耳にしていた。最近、目立って多くなっているという。だけど、話に聞くのと、実際にミーツェがそういう目にあうのとではぜんぜんちがう。ハンスはその家のことを知っている。ささやかな家具しかない小さな家だ。壁《かべ》には俳優《はいゆう》の写真がたくさん飾《かざ》ってある。そのほとんどにサインがしてあり、「親愛なるカールさんへ」と書かれたものもある。

「あいつらこそ、畜生《ちくしょう》だ」とハンスはどなりちらした。

「そんなことといっちゃだめよ！」ミーツェがびっくりしていった。

「だけど、いつまでもだまっていられないよ。そのあいだに、あいつら」ハンスはそこで口をつぐんだ。どんな夜を過ごしたかいえば、ミーツェにも気持ちがわかるだろう。だけど、いうわけにはいかない。いったら、もっと惨《みじ》めになる。ただひとつだけはっきりしていることがある。マルタにも、いたずら書きの責任があるということ。そういうことに反対しない全員に責任があるのだ。

「あんたのユダヤ娘」

「ユダヤの豚」

「くたばれ、ユダヤ人」

どれも五十歩百歩だ。

「だれがやったのかしらね」ミーツェは、出勤しなければならないのを忘れるほど興奮していた。「近所の人たちはそんなことしないはずだわ」

ハンスはミーツェの手をとって、自分に引き寄せた。

「だれだろうと関係ないさ。どうせヒトラー・ユーゲントのがきか、突撃隊《とつげきたい》のごろつきに決まってる。そういうやつがいるってだけで、もう十分だ」

「おじさんがいっていたけど、警察に通報すれば、犯人は刑務所いきになるそうよ」

だれも逮捕《たいほ》されはしないだろう。警察は、そんな暇《ひま》じゃない。夜中に人の家にいたずら書きをする連中を全員逮捕するのなら、「くたばれ、ユダヤ人」とののしる連中もみんな逮捕しなければならないだろう。それとも、壁《かべ》にいたずら書きするのと、口でいうのとではなにかちがいがあるのだろうか？

「わたし、こわいわ」ミーツェが消え入るような声でいった。ハンスはそこに立ったまま、やさしくミーツェの手をなでた。工場の中だ。人の目もある。だが、そんなことはどうでもよかった。「ぼくが消しにいくよ。約束する。今日やってあげるよ」そういった自分がおかしかった。そんなことで、なかったことにできるものだろうか。

「それは大丈夫」ミーツェはそういったが、ハンスの気持ちがうれしかったようだ。「よかったら、明日、うちに遊びに来て。カールおじさんがあなたと話したがってるの。ベルタおばさんもよ。でも今日は都合が悪いの。おじさん、合唱団の日だから」

明日は火曜日、フィヒテの日だ。だけど、逆立ちをするのと、ミーツェの家を訪ねるのと、どっちが大事かはいうまでもない。

「明日、仕事が終わったらすぐにいくよ、いいね？」

ミーツェはありがとうというようにほほえむと、自分の仕事場にかけていった。ハンスはしばらくミーツェの後ろ姿を見送ってから、資材倉庫に急いだ。

シャワールームのロッカーはだいぶ空っぽになっていた。扉《とびら》があけっぱなしのものもある。間近に迫る失業を暗示しているようで、それを見ると、みんな意気消沈《しょうちん》して、だまりこんでしまう。だれも冗談《じょうだん》ひとついわず、そそくさと仕事について、自分が使えるところを見せようとする。そうやって、たいていの者が仕事熱心にもくもくと働いている。

シュレーダーとクルンプが突撃隊の制服を着ていた。ハンスはそっちを見ずに、ヴィリーにかるくうなずくと、ロッカーをあけて、着替えをはじめた。クリスマスに恩赦《おんしゃ》が与えられて、突撃隊員がたくさん出所した。なかには殺人容疑の者までまじっている。シュレーダーたちは、国家の祝い事みたいに仲間の「解放」を祝った。そのときも十一月の選挙で敗北したことをだいぶ忘れたようだったが、今度も、選挙で敗北したことなどまるで気にしていないようだ。まるでもうすぐヒトラーが政権につくとでもいうように、なにやらひそひそ声で話し、にやにや笑っている。

その朝、上機嫌《じょうきげん》にしゃべっていたのは、アリ・レフラーだった。パンツ姿でまるまるとした腹《はら》をつきだして、人生最高の週末を過ごしたとうそぶいていた。一夜を自分の家で過ごした尻の大きい金髪娘《きんぱつむすめ》のことをことこまかくしゃべっていた。「そりゃもう、歩くパンケーキってなもんだったぜ、あいつは！機関車の緩衝器《かんしょうき》がふたつついたみたいなもんだったな」

猫背のエメスは着替えを終えて、軽くほほえんでハンスの前を通り過ぎた。さっそく、土曜日にし残した仕事を片づけようというのだ。レフラーはあいかわらず、「歩くパンケーキ」の話でもりあがっている。主任に疑われていることを知ったら。どうするだろう？　言葉を失うだろうか？　それとも、やれるものならやってみろというように、ただでも鋭《するど》い小さな目をもっと細めるだろうか？

そんなことを考えていたら、レフラーがハンスに目をとめた。

「あいつを見てみろよ。まるで生娘《きむすめ》みたいに目を丸くしてるぜ。おい、おまえ、まだ女と寝《ね》たことないのか？」

ハンスはそっぽを向いた。なんて下司《げす》なやつだ。なにもわかっちゃいない。だから、銅線を盗《ぬす》んだりするんだろうけど。ちんけな小遣《こづか》い稼《かせ》ぎをして、職を失おうとしている。スパイをするつもりはないが、レフラーが盗みを働いて小遣いを稼いでいることが頭から離れない。まる一日、そんな状態がつづいた。その日は午前中、よりによって三人で銅線を積み上げる仕事をした。ハンスに決心をうながすために、ビュートウ主任がわざわざその仕事に回したような気がする。たまらない話だ。

レフラーが台車で運んできた銅線を、ハンスはエメスと一緒に積み上げる。ときどきレフラーがなかなか戻《もど》ってこないことがあった。トイレか、鼻でもかんでいたのかもしれない。後をつけてみなければ、なんともいえない。だがその気はなかった。

銅線を塔《とう》のように積み上げる。倒《たお》れないようにするのはひと苦労だ。丸く巻かれた銅線は形が均一ではないので、こつがいる。「うまく組み合わせないとな」あいかわらず歩くパンケーキの話をしていたレフラーがいった。レフラーはグラマーな金髪娘《きんぱつむすめ》のことをことこまかくしゃべって、生娘ハンスをからかうのがよほど気に入ったようだ。ハンスもそういう猥雑《わいざつ》な言葉遣いになれていないわけじゃない。アッカー通りはべつに修道院じゃない。けれども、レフラーの話には腹《はら》が立った。レフラーは女の話をするのに、体のことしかいわない。血が通っていても、それでは人形とおなじだ。人間的なところがひとかけらもない。レフラーという人間には反吐《へど》がでる。だが聞き続けるしかなかった。その場を離れるわけにはいかないし、レフラーの口に栓《せん》をするわけにもいかない。

レフラーはハンスがいやがっているのに気づいて、よけいに面白がっていった。

「女のことをもうちょっと知ったほうがいいぞ。それとも、おまえさんは男じゃないのかな。そうか、おまえ、オカマか。それならわかるけどな」

エメスも、レフラーにうんざりしているようだ。あいかわらず笑顔を絶やさなかったが、レフラーが銅線を取りにいくと、はじめて本物の笑顔をうかべた。

昼休みに、ハンスはレフラーから離れてすわった。だからエメスからも離れることになった。レフラーの話にエメスだけつきあわせるのは悪い気がしたが、休み時間くらいそっとしておいてほしかったのだ。

パンを一口かんだときだ、工場の中庭でひときわ大きな歓声《かんせい》があがった。窓際にいってみると、シュレーダーたち荷降ろし係が数人はしゃいで抱《だ》き合っていた。クルンプなんか、右手をあげて「ハイル・ヒトラー！」と叫《さけ》んでいる。すると、ほかの連中までいっしょになって叫びはじめた。

「ハイル・ヒトラー！」

「ハイル・ヒトラー！」

「ハイル・ヒトラー！」

「ドイツよ、目覚めよ！」。

ハンスは頭に血が上った。いったい、どういうことだ？　まさか本当にヒトラーが大臣の席を手に入れて、そのことが連中に伝わったんだろうか？

レフラーとエメスも外をのぞいている。ふたりにも、なにが起こったのかわからないようだが、もちろんレフラーはいっしょになって歓声《かんせい》をあげた。レフラーにとっては、騒《さわ》ぎが起こって、おもしろければ、それでいいのだ。人生楽しまなきゃ損だと考えているのだろう。

ビュートウ主任がそばにきて、ハンスの後ろに立った。「大変なことになったよ！」主任はささやいた。

「どうしたんです？」まともに声がでなかった。

「ヒトラーが首相になった」

悪い知らせだとは思っていた。そうでなければ、外の連中があれほどうかれさわいだりしない。だが、それでも耳を疑った。ヒトラーが首相？　副首相とか、郵政大臣とかじゃない。首相だって？

主任はメガネをはずすと、だまってふき、それから小さな声でいった。

「ラジオで放送があったんだ。ナチ党と国家人民党が連立政権をつくった。ヒンデンブルクがヒトラーを首相に任命して、パーペンを副首相にすえたんだ」

ハンスは頭が混乱した。この知らせはどういう意味を持つのだろう。ハンスにとって、ミーツェにとって、ヘレとユッタにとって、両親にとって、そしてこの国にとって。共産党がずっといってきたように、戦争になるんだろうか？　ミーツェはいままで以上に不安におびえることになるんだろうか？　ヘレが口にしていた非合法闘争が現実味をおびてきそうだ。

ビュートウ主任は、横目で様子をうかがっているレフラーから少し離れたところにハンスをつれていった。

「まったくわからない。わけがわからないよ。ヒンデンブルク大統領は、ヒトラーを絶対首相にしないといっていったのに」

主任はおろおろしていた。目をそわそわさせ、青い仕事着のポケットにつっこんだ手を硬直《こうちょく》させていた。我《われ》を失うまいと、懸命《けんめい》になっているのがわかる。

「こんなにあっさりと約束を反故《ほご》にするなんて。大統領にしたのはわれわれ社会民主党だ。責任があるはずだ」

ハンスはだまって立っていた。ヒトラーが首相。ナチ党が権力をにぎったんだ。多くの人がそのことを予見して、危ぶんでいたのに、肝心《かんじん》の知らせは唐突《とうとつ》に舞《ま》い込んできた。みんな、不安には思っていたが、現実のものになるとは思ってもみなかったのだ。ヘレでさえ、モスクワが弱気になるのが早すぎるといっていたくらいだ。それに、ついこのあいだの選挙では、これでナチ党も敗退、ヒトラーはただの道化になるといっていたはずだ。

「最悪なのは、手出しができないことだ」主任は独り言のようにいった。「あいつら、合法的に政権についたんだからな」

「だけど、なにもしないわけにはいかないでしょう」ハンスは我《われ》に返っていった。これは日常茶飯事になっていたこれまでの政権交代とはわけがちがう。主任にもわかっているはずだ。共産党と社会民主党が選挙のたびにいってきたことが仮に半分しか当たっていないとしても、なにか事をおこさなければ。指をくわえて見ているわけにはいかない。

ビュートウ主任は悲しそうに首をふった。「むりだよ！　なにもできない。ナチ党自身が破綻《はたん》する日を待つしかない。あいつらの政権が長続きするはずがない。国政や経済については素人《しろうと》なんだから。いったん政権を与えるのもいいかもしれない。目が覚めるだろうからな。ヒトラーだろうと、テールマンだろうと、どんな大人物をしても、奇跡《きせき》は起こせないとな」

破綻だって？　そういうことをいう人がかなりいる。でもハイナーの意見はちがった。ガソリンのドラム缶にのっているど阿呆《あほ》にマッチを渡して、家を燃やされたら、自業自得《じごうじとく》だといっていた。

「われわれはお手上げだ」主任は呪いの言葉のようにくりかえした。「抵抗《ていこう》はすべて非合法になる。ヒトラーは憲法にのっとって権力をにぎったんだからな。与党は少数派だが、それでも、やつの政権は合法的なものだ」

ということは、ミーツェは心配する必要がないのだろうか？　ヘレやユッタ、両親、そして主任はどうなんだろう？

ビュートウ主任はハンスの肩《かた》に両手をおいた。

「鉄は熱いうちにうて。たしかにそうだが、こういうことわざもある。急がば回れ。お茶でも飲んで、時を待て。いまがそのときだ。本当だ」

ハンスはだまってうなずいて、休憩していた場所にもどった。これからどうしたらいいだろう？　ヘレのところにいって、相談したほうがいいだろうか？　まず仕事が終わってからだ。それまではここにいなければならない。このあとどんなニュースが舞《ま》い込んできても。

魔法瓶《まほうびん》のカップに茶をそそぎ、一息に飲んだ。笑いがこみあげてきそうだった。お茶でも飲んで、時を待て。その通りにしている自分がおかしかった。

雲の彼方

昼休みが終わって、また仕事がはじまったが、様子は一変していた。ヒトラーが首相になったという知らせに、レフラーまでしばらくなりをひそめた。そしてふたたび口を開いたかと思うと、飛び出したのはヒトラーをからかうジョークだった。ハンスも聞いたことのあるジョークだ。だがいつもとちがって、レフラーは小声でそのジョークを連発した。他人の耳がはばかられるのか、ほとんどささやき声に近いこともあった。

ヒトラーのジョークはたくさんあった。くだらないものがほとんどだったが、なかにはいいものもある。でも、今日はどんなジョークもくだらなく聞こえた。ヒトラーの首相就任《しゅうにん》のニュースが工場に知れ渡ってから、ハンスはいろいろ考えこんでしまった。シュレーダーたちが突撃隊《とつげきたい》の制服で出勤したのは偶然《ぐうぜん》じゃない。今日がどういう日になるかはわかっていなかっただろう。でも、なにか命令がでていたんだ。

猫背のエメスがニュースをどう受け止めたかは、よくわからない。いつも通り熱心に働き、だれかと目があうと、にこっとほほえんだ。レフラーが台車を押していなくなると、がまんできず、ハンスは声をかけた。「ヒトラーが首相になったんだってさ。目もあてられないね」

エメスは目を丸くしてハンスを見つめ、すぐにまた仕事にもどった。

期待以上の反応だった。「だまってられないよ」ハンスは仕事のリズムをくずさずに大きな声でつづけた。「なにかしなくちゃ。ストライキとか」

すると、エメスは手を休め、赤く充血《じゅうけつ》した目で心配そうにハンスを見つめてから、ゆっくり首をふった。

「なんでだめなの?」ハンスは緊張《きんちょう》した。ついに返事がもらえるだろうか。

「首になる」すこし甲高くて、かなり細い声だったが、それ以外はふつうだった。だがそういったかと思うと、なにか自分で決めた規則を破ったとでもいうように、また次の銅線に手をのばした。

ハンスも面食《めんく》らいつつ、銅線をつかんだ。いつも絶対に口をきかないエメスのいう通りだった。仕事を失えば、ストライキのしようもない。ハンスは、人の口車にのっただけだった。ヒトラーが政権をにぎったら、ゼネストだと共産党はいいつづけてきた。だけど、六百万人を越《こ》す失業者でどうやってゼネストができるだろう。飢《う》えと寒さに苦しむ人々が、スト破りをしないでいられるわけがない。それに、勝算のないストのために、自分の仕事を失う危険をおかすだろうか？

レフラーがもどってきた。口笛をふきながら、愉快《ゆかい》そうにハンスに目配せをした。

「主任が呼んでたぜ。地下室の階段に木綿《もめん》のくずがちらばってるから、はいておけってさ」

ハンスは変だなと思った。いったいいつから、主任はレフラーに言づてを頼むようになったのだろう？

「ほら、急げ、急げ！　主任に怒られるぞ。こういう日だからな。主任は社会民主党だもんな」

レフラーは腹《はら》をかかえて笑った。

ハンスは用心しながら地下室の階段に向かった。途中《とちゅう》でほうきを手に取り、棍棒《こんぼう》のようにかまえた。わなだったら、身を守らなければ。

やはりわなだった。だが気づいたときにはもう手遅《てお》くれだった。地下室の鉄扉《てっとびら》のかげで、だれかがハンスを待ちかまえていた。ハンスが中にはいると、ごつごつの手で口をふさがれ、なにか堅いものが背中に押し当てられた。

「前に進め！　声をあげるな。さわいだら、ズドンだぞ」

クルンプだ！　レフラーはシュレーダーたちと手を組んだのだ。抵抗《ていこう》するすべもなく、ハンスは階段をおろされた。下で待ちかまえていたシュレーダーにほうきを取り上げられた。あいかわらず背中に銃《じゅう》を押し当てられ、口をふさがれたままだ。

ふたりはハンスを地下室の奥につれていった。半年前にクルンプをけりつけた仕返しをされるのはわかっている。クルンプはシュレーダーにいわれて、じっと時を待っていた。ヒトラーが首相になった今日こそ、待ちに待ったその日なのだ。

シュレーダー自身、そういいながら、ハンスの足と手をひもでしばりあげた。

「どうだい。小便をもらしそうだろう。赤のネズ公を血祭りに上げるのに、うってつけの日だぜ。そう思わないか？」

ハンスはこわがっているそぶりを見せまいと必死になった。ふたりは、ハンスがめそめそ泣き出すのを見たいだけなのだ。本気で殺すつもりなら、なにもひもでしばりつけることはない。それに、なにも工場の中でしなくても、路上で襲《おそ》えば事足りる。工場の中では足がつきやすい。レフラーだって、おふざけだから手を貸したのであって、これが殺しであれば、そんなことはしなかったはずだ。

クルンプがニコチンと油にまみれた臭《くさ》い手をようやく放した。だがハンスがなにかいう前に、今度は反吐《へど》のでるぼろ切れを口に押し込まれた。吐《は》き出そうとしたが、すぐにクルンプが二枚目の布《ぬの》で口をふさぎ、頭のうしろで固く結んでしまった。これでもう手も足もでない。ずんぐりした体格で黒い髪《かみ》のクルンプが前に回り込んで、にやにやしながら小さなパイプを見せた。ハンスが銃口《じゅうこう》だと思ったのはそれだったのだ。

「どうだい、ちび」クルンプはうれしそうだった。「いよいよこれからだぜ！」

ハンスはふたりをにらみつけた。どうする気だ？　この地下室にとじこめるつもりだろうか？　それじゃ、手ぬるいだろう。小一時間もすれば、だれかが来て、見つけてくれるはずだ。

クルンプはパイプを投げすてると、大きな木箱のふたをあけて、わきにおいた。それからにやっとハンスに笑いかけた。

「おまえの棺桶《かんおけ》だよ！　居心地はよくないがな。おまえのようなチビにはちょうどいい大きさだ」

木綿がいっぱい入っている細長い木箱は、たしかに人ひとりをいれるのにちょうどいい大きさだ。だが、ふたりがそんなことをするとは、まだ信じられなかった。ハンスは、ふさがれた口でほほえんでみせようとした。その瞬間《しゅんかん》、シュレーダーがハンスの足を抱えあげ、クルンプが腕《うで》をつかんだ。ハンスはうしろに身を投げ出し、しばられた両足でシュレーダーをけった。けりはあたったが、逆にハンスはみぞおちをなぐられてしまった。ハンスは体をおって、目を白黒させた。

「ありがとよ。教えてくれて」そういうと、クルンプは作業着のポケットからひもをだして、腕と足を背中でゆわえつけた。きつくしばられたので、足はうしろにしか動かなくなった。ふたりはあらためてハンスの肩と足をつかんで、木箱におしこみ、ふたをした。

まわりが真っ暗になった。ひもをひっぱったが、かたくしばってあって、手も足も動かない。怒りに涙があふれた。たちの悪い冗談《じょうだん》。お粗末《そまつ》な仕返し。ただそれだけのことだ。なぐるだけでは満足できなくて、葬式《そうしき》を演出したというわけだ。

トンカチでたたく音がする！　シュレーダーたちは木箱のふたに釘《くぎ》をうちつけている。闇《やみ》の中に、その音だけが響《ひび》きわたる。こわくて、もらすとでも思っているのだろうか？　それを肴《さかな》にあとで笑うつもりだ。そんな手にのるものか。いつまでもここにとじこめておけるわけがない。一時間。せいぜい二時間だろう。

だけど、そうじゃなかったら？　もしも本気だったら？　ハンスはかっと熱くなった。まさかと思うが、その考えを捨て去ることができない。息がつまる。だが鼻だけでは十分に息ができない。あせった。本気でここにとじこめるつもりなら、できないことはない。音をたてることも、叫《さけ》ぶこともできない。あけてみるまで、中にハンスがいるとはだれも思わないだろう。一日に十人くらいはそばを通るだろう。でも、だれもハンスに気づかないはずだ。

最後の釘《くぎ》がうたれると、軽く木箱をたたく音がした。

「どうだい？　気に入ったか？」

シュレーダーの声だ。

つづいてクルンプの声がした。

「検死場まで会いにいってやるよ。だが心配いらないぜ。ひとりぼっちにはしないからな」

下卑《げび》た笑い声がした。ふたりは、うまくいったので、うれしそうだ。けれども、木箱にいれて殺すつもりなら、そんな高笑いをするだろうか？　やっぱり、こわがらせるつもりなんだ！　ハンスがこわがればこわがるほど、シュレーダーたちが喜ぶだけだ。だから気をしっかりもたなければ。我《われ》を忘れたら、シュレーダーたちの思うつぼだ。

どのくらい時間がたったろう？　十分、二十分、三十分？　木箱の中は暗かった。こんな真っ暗闇《くらやみ》は体験したことがない。それに木綿。鼻が曲がりそうなにおいで、まともに息ができない。額《ひたい》から流れる汗がふくこともできず目にしみる。あとどのくらい耐《た》えられるだろう。本当に棺桶《かんおけ》にいれられた気分だ。ちくしょう！　考えちゃいけない。よだれがしみたぼろ布の味が口の中にひろがって、吐《は》き気がする。吐きたくても、吐けないなんて。

目をとじて、別のことを考えよう。ミーツェ！　ムルケルとミーツェをつれて、プレッツェン湖へスケートをしにいったっけ。いい日だった。町中に雪がつもり、青空におおわれていた。うれしそうに笑うミーツェ。ミーツェは遠出を喜んでいた。

また涙があふれてきた。泣いている場合じゃない。本当に吐いたら、窒息《ちっそく》してしまう。なんでこんなにおびえているんだろう？　こわがらせようとしているだけじゃないか。もうすぐ出してくれるはずだ。もうすぐ。ここに置き去りにするはずがない。そんな無茶なことはしないはずだ。

あいつら、ヒトラーが首相になったんで、ねじがはずれたんだとしたら。ハンスはまた不安になった。もういいじゃないか。こわいよ。ものすごくこわい。もう外に出してくれ。これはもう遊びじゃない。落ち着け。落ち着くんだ。ぼくがいないことに、だれかが気づくはずだ。ビュートウ主任がなにか用事をいいつけにくるかもしれない。そうすれば、探してくれるはずだ。レフラーだって、ぼくが戻《もど》らないので気になっているはずだ。それにぼくのいないことに気づかずに、みんな、帰ってしまうなんてはずはない。

なんだ？　足音がしないか？　ハンスは耳をそばだてた。シュレーダーたちが戻《もど》ってきたのかもしれない。出してもらえるかと思うと、感謝の気持ちまでわいてくる。もちろんあいつらが歓迎してくれるはずはない。なにかひどいことをされるにきまってる。だけど、どうでもいい。とにかく、ここを出してくれ。

また静かになった。空耳だろうか？　気でもふれたのかも。それとも、ふたりは木箱の中をうかがって、にやにや笑っているかもしれない。

口をあけて、しゃべれさえすれば。

ハンスは木箱の中で体をゆらした。できることといったら、それくらいだ。それからまた聞き耳をたてた。やはりだれかいる。木箱のそばをいったりきたりしている。

シュレーダーとクルンプだろうか？　ほかに考えられない。ハンスが木箱にはいっていることを知っているのはあのふたりだけだ。

釘抜《くぎぬ》きが木箱とふたの間にさしこまれた。ふたがすこしあいて、光が中にさしこんだ。そして釘抜きが抜かれて、また別の場所にさしこまれた。光のすじが大きくなった。ふたをつかむふたつの手。ふたがもちあがり、エメスがのぞきこんで、ハンスに気づき、目を丸くしている。

ハンスもびっくりしていた。まさかエメスだとは思わなかった。

エメスはすぐに口をふさいでいたぼろ布をほどき、口の中のぼろ切れもとった。ハンスはせきこんで、つばをはいた。ハンスが一息つくのをまって、エメスがか細い声でいった。

「ずいぶん探したよ」

エメスはハンスがいないのに気づいて、探し回った。レフラーから地下室にいくようにいわれたまま戻ってこないので、なにかあったと直感したのだ。ハンスは思いっきり泣いた。エメスの前なら遠慮《えんりょ》はいらない。エメスもショックだったのか、泣きそうな顔になりながら、ポケットナイフでひもを切った。そのポケットナイフは、いつも昼にパンを小さく切るのに使っているものだ。そのしみったれた切り方がおかしく、ハンスはよく笑った。だが今は、いつもナイフを肌身《はだみ》離さずもっているエメスに感謝したい気持ちだった。

ハンスは木箱をでると、ものすごい吐《は》き気におそわれた。口の中に残るぼろ切れの味。そして救われた安堵感《あんどかん》。堰《せき》を切ったように、胃の中のものを吐き出した。エメスはそのあいだハンスをさすえて、やさしく声をかけた。「全部だしちまいな。わしがあとで片づけとくから。全部だしちまいな」

胃の中のものを全部吐いてしまうと、ハンスはシャワールームにいって口をすすぎ、顔を洗って、頭から水をかぶった。エメスはいっしょについてきて、そばでじっとハンスを見守っていたが、なにも聞かなかった。

シュレーダーとクルンプがまだハンスを解放する気のなかったことははっきりした。きっと仕事が終わるまで棺桶《かんおけ》に入れておくつもりだったのだろう。いや、ひょっとしたら夜通しそのままにしておく気だったかもしれない。怒りがこみあげてきた。これで屈服《くっぷく》すると思ったら、大まちがいだ。怒りにかられたハンスは、エメスのわきをすりぬけて、階段をかけあがり、中庭に飛び出した。貨物列車の長い列から荷がおろされているところだった。先頭の貨車にシュレーダーがいた。シュレーダーはハンスに目がとまり、そばのコンベアに乗せようとしていた袋《ふくろ》をゆっくりおろした。

「死者の復活か？　大したもんだ！　イエス様でも、そんなにすばやくなかったぜ」

おなじ貨車で作業をしていたクルンプもハンスに気づいて、ひらいている貨車の扉《とびら》によりかかりながらがっかりしたというようににやにやした。

「どうした？　居心地が悪かったか？」

ハンスはまわりを見回して、てこにつかっているバールが舗装《ほそう》された地面においてあるのを見つけると、拾い上げて、振り回しながら叫んだ。

「どのくらいだ。どのくらいぼくをとじこめておくつもりだったんだ？」

ほかの荷役夫も騒《さわ》ぎに気づいて、ひとり、ふたりと貨車から降りてきた。最後に地面に降り立ったのはクルンプで、ハンスのバールをものともせずにとびかかろうとした。それを引き留めたのはシュレーダーだった。

「やめておけ！　勝手にどならせておけばいいんだ。よっぽど恐ろしい目にあったんだろうぜ」

ハンスがまたバールをふりまわした。シュレーダーの目の前だった。

「どのくらいだ?」ハンスの声は裏返っていた。「ほら! いえよ! 知りたいんだよ」

シュレーダーは平然としていた。

「そんなこと考えている暇《ひま》はなかったなあ。もっと大事なことがあるんでな」

それでわかった。ハンスはシュレーダーをじっとにらみつけた。ハンスがなんで怒っているかちっともわからないふりをしているが、実際にハンスをどのくらい木箱にとじこめておくかまるで考えていなかったのだ。ハンスがシュレーダーに飛びかかろうとしたとき、後ろからはがいじめにされた。ヴィリー・ヴェストホフだった。

「やめろ」ヴィリーがいった。「やめるんだ」そしてハンスの肩《かた》に腕《うで》をまわして、男たちからハンスを引き離した。男たちから見えないところまで離れると、ヴィリーはタバコに火をつけて、ハンスの口にくわえさせ、とがめるような口調でいった。「あいつらの思うつぼじゃないか。バールでなぐりかかるなんて。きみをなぐり殺したって、正当防衛だったたって言い逃れができる」

ハンスはタバコの煙《けむり》を深くすいこんだ。タバコは好きじゃなかったけど、なんとなく気持ちが落ち着いた。ヴィリーのいう通りだ。まちがいをおかすところだった。

「いったいなにがあったんだい?」

ハンスはわけを話した。息せき切ってしゃべったので、涙が出ていることにも気づかなかった。ハンスが話し終わると、ヴィリーはしばらくだまっていた。それからすいかけのタバコをハンスの口からとり、火を消して、タバコ入れにしまった。

「これだからな、ファシズムは！　今日から威圧《いあつ》的で暴力的で原始的な支配がはじまるんだ。たぶん、その葬式《そうしき》はおふざけだったんだろう。だけど、どこにそういうおふざけを考えつくやつがいる？」

ヴィリーはしばらくハンスを見つめてから、悲しそうにつづけた。

「まだ序の口だ。今日から、連中のようなやつらが何千、何万と穴からはい出してきて、偉大な男を気取る時代になるんだ。そしてそれに与《くみ》しない連中は押さえつけられるんだ」そこで言葉をとぎらせてから、いきなりこういった。「ぼくは退散するよ。前から考えていたんだ。今日のニュースで決心がついた」

まさかそんなことをいわれるとは思っていなかった。ハンスはショックを受けて、ヴィリーを見つめた。

「こんなところおさらばしなくちゃ。わかるだろう？　ひどすぎる。ぼくには見ていられない。そんなものと闘ってどうする？　みんな、自分のやりたいことをしているんだ。ヒトラーはドイツにお似合いさ。いや、ヒトラーこそ、まさしくドイツそのものなんだ。ぼくらみたいにほかの道を選ぶへそまがりは別だけどね。大多数の国民は昔ながらの、安全で勝手知ったものを望むものさ。いまに皇帝まで担《かつ》ぎ出すかもしれない」

ヴィリーがいなくなったら、もう工場に頼《たよ》れる仲間はいない。せいぜいエメスくらいのものだ。

ヴィリーがハンスに自分の決心を説明しようとした。

「社会主義労働者党に入党したのは、ヒトラーに反対だったからなんだ。ナチ党に反対することは、ぼくにとって至極《しごく》当然のことだった。でも有権者の三分の一がナチ党を選んだ。ここにいてもしようがないだろう？」

ハンスはなにもいわなかった。ヴィリーの決断は正しいかもしれないが、正しくない気もする。ハンスにはわからなかった。ただがっかりしていた。それにつきる。

ヴィリーにもハンスの気持ちがわかったようだ。肩《かた》をすくめた。

「これまでにいろんな人に会ってきた。たくさんの国をまわってね。みんな、まちがいをおかしたり、なにかを心配し苦労していた。だけど、ここほど憶病で、意気地がない国はなかったな。ろくでなしをこうもあっさり強い男に変えてしまうなんてね。なんでかね。わからないけど。この国ほど、みんなが服従するように教育されているところもないんじゃないかな」

「でも、反対している人間がみんな、出ていったら」ハンスはその先がいえない。ヴィリーにとどまるように説得する権利があるだろうか？

ヴィリーはハンスの反論を聞かなかったふりをして、いきなり空を指さした。

「雲が見えるかい？　もちろん見えるよね。じゃあ、雲の向こうは見えるかい？　雲の向こうは青い空だ。美しい、澄《す》んだ青空なんだ。どんなに雲がぼくらの視界をさえぎっても、そこにはいつでも青空がある。第二、第三の人生があるなら、ここにとどまって、雲が消えるのを待つさ。でも人生は一度だけだ。青空を待って、二、三年を棒にふるひまはないんだ。だから雲はそっとしておいて、ぼくは雲のないところにいくのさ」

「お茶でも飲んで時を待つ」というビュートゥ主任に対する答えにはなるだろう。けれども、「もしみんな出ていったら」というハンスの問いの答えにはならない。だけどもうそのことを問いただす気はなかった。知りたかったのは、ヴィリーがどこへいくかだった。

ヴィリーはポケットから小さな外国の硬貨《こうか》を出して、ハンスに渡した。ハンスが断ると、ヴィリーはいった。

「とっておいてくれ。思い出だ。この国に帰ってくることがあったら、きみをさがす。そのとき、この硬貨をもっていたら、どんなことを体験したか話すよ」

ハンスは硬貨をズボンのポケットにしまった。そのとき、新たな怒りがこみあげてきた。ヴィリーは逃げ出すんだ。青空のあるところに。臆病風《おくびょうかぜ》にふかれたからじゃない。ただ青空を見たいから。でもそれでいいんだろうか。自分のことしか考えないでいいんだろうか。ヴィリーにはまだだれも手を出していないじゃないか。

「ぼくのこと、わかってもらえないかな?」

ハンスにはわからなかった。

「これからどうなるか知らないからな」ヴィリーは真顔になった。「知っていれば、ぼくのことがわかるさ。きっとね」

ヴィリーのいうとおりかもしれないし、そうじゃないかもしれない。いまはそのことを考えたくない。ハンスはまずエメスを探すことにした。まだちゃんと礼をいっていなかった。

通りにはいつもより人の姿が多かった。だが赤いヴェディンクであるこの界隈《かいわい》では、うれしそうな顔はほとんど見かけない。みんな、そわそわしている。その日の出来事についてだれかと話し合える場所へ急いでいるのか、早足だった。アパートの正面の窓には、うれしそうな顔がちらほら見える。鉤十字《かぎじゅうじ》の旗もいつもより目立っている。魔法瓶《まほうびん》をいれたカバンをかかえたハンスは、ヘレの家へと急いでいた。ヴィリー・ヴェストホフは闘わずに退散するが、ヘレなら音をあげたりしない。ハンスにはわかっていた。ヘレは使命を帯びている。きっとやり遂《と》げるだろう。ハンスも手伝うつもりだ。今日のことが起こったあとでヘレの使命を聞かされても、ハンスはおなじ答えをだしただろう。ヴィリーがいうように原始的な支配がはじまるのなら、闘わなければ。逃げるわけにはいかない。

ヴィーゼン通りの高速都市鉄道の高架《こうか》に労働者がひとり立っていて、ビラを配っていた。ハンスはそれをもらって、ざっと目を通した。ビラは『赤旗』だ。

「血に飢《う》えたファシストの犬に即刻《そっこく》反撃せん！」と書いてある。「ストライキ。集団スト。ゼネスト」ファシストの独裁に反対するストライキを共産党とともに起こすよう、労働組合と社会民主党に呼びかけているのだ。最後にはこう書かれていた。「ヒトラー、パーペン、フーゲンベルクを追い出せ！ ゼネスト万歳《ばんざい》！　労働者階級解放戦線万歳！　労働者農民共和国戦線万歳！」

ハンスはがっかりしてビラをしまった。エメスのいった通りだ。六百万人を越《こ》す失業者がいてストなどできるわけがない。

突撃隊員《とつげきたいいん》を満載《まんさい》したトラックが市内に向かって走っていく、三台、四台、五台、六台。「万歳！」幌《ほろ》をはずした荷台から突撃隊員たちが叫《さけ》んでいる。「万歳！」そして歌い始めた。「われら、行進せん、すべてを粉砕《ふんさい》するまで。今日はドイツ、明日は世界がおれたちのもの」（＊31）

勝利に酔《よ》いしれた顔、顔、顔。至福《しふく》の時を迎《むか》えようとしているみたいに、大きな口をあけてどなっている。この町の主のようだ。いや、この国の主のようにふるまっている。ハンスは、憎《にく》しみがわいてくるのを感じた。バールでシュレーダーになぐりかかろうとしたあのとき、ピストルをもっていたらまちがいなく引き金をひいていただろう。いままで武器を毛嫌《ぎら》いしていた自分にそれができたかもしれないと思うと、ぞっとしつつ、同時に勇気もわくのだった。いざとなったら、自分の身は自分で守れるだろう、と。

ケスリン通りに人だかりができていた。さかんに議論しあっている。どなりちらし、こぶしをふりあげている者もいる。ハンスは聞く気がしなかった。いそいで十番地のアパートにはいり、一度に二、三段飛ばして階段をかけのぼった。五階につくと、ドアの向こうから赤ん坊の泣き声が聞こえた。エンネが目を覚ましているようだ。おむつをぬらしたか、おなかをすかせているか、さもなければ、ただ虫の居所が悪いのだろう。ノックすると、ヘレがドアをあけた。

だまって目線を交わす。それで気持ちは通じた。ハンスはあいさつもせず、小さな居間にはいった。

ユッタはテーブルでエンネを腕に抱《うで》いて《だ》あやしているところだった。さっきハンスが読んだビラが目の前に置いてある。エンネはハンスを見るとすぐにおとなしくなった。ハンスはカバンをおろし、ちびを腕に抱いた。気に入ったのか、泣きやんで、じっとハンスを見ている。ずかずか入ってきて、母さんからあたしを取り上げたあんたはいったいだれ、という顔をしている。

ヘレはベッドにすわると、ひざに手をやって、じっとだまっている。最初に口をひらいたのはユッタだった。「まったく信じられないわ」小さな声だった。「その危険は感じていたけど、まさか本当になるとはね」

ハンスはすぐにシュレーダーたちにやられた葬式《そうしき》の話をしようとした。だがふたりの顔を見て、話すのをやめた。数時間前に起こったこととくらべたら、ハンスが午後にやられたことなんかものの数じゃない。

エンネが小さな腕をのばして、にぎりこぶしをつくった。ハンスはエンネの鼻に自分の鼻をつけた。エンネのお気に入りだ。いやがらないところを見ると、今回も喜んでいるようだ。それからハンスはビュートウ主任が「お茶でも飲んで時を待て」といったことを話すと、まただまりこんだ。ヘレがいきなり立ち上がって、部屋の中を歩き回ったからだ。床《ゆか》がみしみし鳴った。「くだらない！ まったくくだらない！ 絞首刑台《こうしゅけいだい》に立たされてるのに、お茶を飲むっていうのか！」そして歯ぎしりしながらいった。

「党の中央執行部からもどったばかりだが、あそこでもくだらないお題目をならべていたよ。きれい事ばかりいって、ビラの文章をまとめて、あとはじっと待機しろときた。これからなにをすべきか、なんの指示もなかった」

「虚《きょ》をつかれたわけでしょ」ユッタがいった。

「虚をつかれるなんて、ばかな！」ヘレは感情を抑《おさ》えられなくなって、ユッタに本気でどなった。「いつかこうなると、ずっと警告してきたんだ。虚をつかれるなんて」

兄のいうとおりだ。ヒトラーはファシズムの独裁体制を築き、ほかの党をたたきつぶすつもりだ。ヒトラーの政権になれば、人種差別と戦争になる。共産党はずっとそう主張してきた。いまさら虚をつかれるもないだろう。そういう政党に対して警鐘《けいしょう》を鳴らしていたのなら、そのときの対応も考えていたはずだ。

「でも、パーペンのトリックだったらどうする？」ユッタが遠慮《えんりょ》がちにいった。「パーペンがヒトラーと手を結んで権力をとりもどそうとしているんだとしたら。あとでヒトラーを追い出すつもりかもしれないわよ」

ヘレが立ち止まって、だるそうに髪に手をやった。

「たしかに、あの反動勢力のことだ、ヒトラーを操れると思っているかもしれない。だけど、それは甘いな。あいつらこそ、ヒトラーの手の中だ。ヒトラーは、しっかりたづなをとったら、あいつらをさっさとお払い箱にして、独裁体制をしくよ。ヒトラーが、本に書いていたことを実行するのはそれからだ。今日、ヒトラーに権力をわたした連中は肝《きも》をつぶすだろうな」

ハンスはビラに目を落とした。

「ゼネストは？　こんなにたくさん失業者がいても、できるかな？」

ヘレはまたベッドに腰《こし》を下ろした。

「可能性はある。秋にあれだけストができたんだ。あのときだって、失業者はいた。ただ社会民主党と共産党が一致団結しないとむりだ。難しいのはそこだ。うちの指導部とおなじで、収拾がつかない状態だからな。どっちの党も、相手が政権をにぎるくらいならナチ党のほうがましだと思っている。父さんたちが警告していた通りになってしまった。共産党と社会民主党はお互《たが》い相手を交渉《こうしょう》不能にしてしまった。ヒトラーの一味にとっちゃ千載一遇《せんざいいちぐう》のチャンスさ」

小さな居間がまた静かになった。ハンスはエンネをあやし、ユッタは自分の手を見つめている。ヘレはじっとなにか考え込んでいる。ユッタは、疲《つか》れてしまったエンネをベッドに寝《ね》かすと、ヘレのとなりにすわって手をにぎった。

「まだおしまいじゃないわ。ヒトラーだって、いつか選挙をしなくちゃならないでしょ。それまでには、みんな、気づくわよ」

「ありがとう、ママ！」ヘレは笑《え》みを浮かべて、ユッタを抱《だ》いてキスをした。「小さなヘレを勇気づけてくれるのはうれしい。だけど、自分を偽《いつわ》っちゃいけない。ヒトラーは機会を見つけて、おれたちの活動を禁止するはずだ。あいつにとって危険なのはおれたちだけだ。禁止されたら、おれたちはあいつらの格好のえじきだ。覚悟《かくご》しておかないと」

ユッタはヘレの肩《かた》に頭をのせた。

「それじゃ、ハイナーは？　ヒンデンブルクが共和国といっしょにどういう人間を手渡したか、いつかナチにもわかっちゃうんじゃない？　彼、危険なんじゃない？　刑務所にはほかにも同志がいれられているし」

ハンスはそのことをうっかり忘れていた。刑務所にいるナチの敵は、今日から宿敵の思うがままになってしまう。ナチは手ぬるいことはしない。それだけは確かだ。

「なんとかする」ヘレがユッタに約束した。「見殺しにはしない。おれたちにはまだ頭と手があるんだから」

ヘレの言葉にはほっとする。ハンスはぽつぽつとシュレーダーたちにやられた葬式《そうしき》の話をした。話しているうちにだんだん熱がこもってきた。ヘレはさっきよりも暗い目つきになったが、なにもいわなかった。ユッタもだまってじっと聞いていた。ハンスが話し終わると、ユッタがそばに引き寄《よ》せた。

そうして三人はしばらくのあいだ古い病院のベッドにならんですわった。それぞれの思いにふけりながら、だがひとりぼっちではなかった。

その夜、ナチのたいまつ行列が行われることになった。ブランデンブルク門から出発して、首相官邸《かんてい》前を通るらしい。ヘレは見にいくつもりだった。首相に歓声《かんせい》をあげる連中の顔をしっかり見ておこうというのだ。

「理解できないことは、学ばないとな。どんなにつらくても」

ハンスははじめいっしょについていくつもりはなかった。今日はもうナチにかかわりたくないよ、といって、別れを告げようとした。そのときユッタと目があって、気持ちが変わった。ヘレがなにかばかなことをしでかしたらどうしよう。ユッタはエンネひとり家に残すわけにはいかない。ハンスがヘレといっしょにいくしかないじゃないか。

「気をつけてね」ユッタは、出かけるふたりに声をかけた。「あいつらの大勝利の日なんだから、うかれて、なにをするかわからないから」

ヘレは目立たないようにして、ナチのだれかに見とがめられたら、すぐに姿をくらますと約束して、家をでた。幹線道路を通り、傷痍《しょうい》軍人通りをまがり、慈善《じぜん》病院通りにはいってブランデンブルク門を目指した。地下鉄に乗ることもできたが、ヘレは歩くといった。乗車券代が浮くからだが、それだけじゃない。体全体でこの日を覚えておこうというのだ。「なにか学べるとしたら、今日をおいてほかにはない。おれたちが敗れた最大の敗因が、今日ならわかる」

ハンスには、ヘレが熱に浮かされているように思えた。ヘレは歩くというより、駆《か》け足になっていた。ろくにしゃべらず、公共の建物に鉤十字《かぎじゅうじ》の旗がはためいているのを見るたびに悲しそうに皮肉をいって、あざ笑うだけだった。「前から用意していたのかな？　それとも、今日になってあわてて買いそろえたのかね？　ほかのことでもこう早くやってくれりゃあ助かるんだけどね」

もうすっかり日が落ちて、店はみんなしまっていた。だが市内はあいかわらず人通りがはげしかった。

ヒトラー・ユーゲントの団員たちが自転車で通りをいきかい、突撃隊員《とつげきたいいん》がオートバイで通り過ぎた。横の通りではもう突撃隊が隊列を組んでいる。警察がそのまわりで警備にあたっている。警察は、無事にすむとは思っていないようだ。共産党か社会民主党の襲撃《しゅうげき》があると思っているんだろう。けれども、どこもかしこも静かだった。

ヘレはときどき立ち止まっては、突撃隊を見つめた。ハンスは気が気じゃなかった。上着のポケットに手をつっこみ、帽子《ぼうし》を目深《まぶか》にかぶって、突撃隊員たちを見つめるヘレ。けっこう目立つ。けれども、突撃隊員たちは気にもかけていない。最初のシュプレヒコールが聞こえた。「国家社会主義は闘う。仕事のため、自由のため、パンのため！　国家社会主義は貧困から救う！」歌も聞こえてきた。「誉《ほま》れ高きドイツ！　汝《なんじ》、聖《せい》なる誠の国！」

どれもこれも聞き飽《あ》きた歌とスローガンだ。けれど、こんなに大声ではつらつとして、挑発的《ちょうはつてき》なことはなかった。

ヘレも挑発されたようだ。

「おれたちの同志はどこにいったんだ？」警官たちとおなじようにあたりを見回した。「指導部はどういう対抗《たいこう》手段をとったんだ？　スローガンとビラのほかになにをするんだ？　なんでだれもいいかえさない？」

いいかえす者はいない。たいまつ行列が通過するというブランデンブルク門まで歩いたが、抗議《こうぎ》する者はひとりもいなかった。いままでなら、敵対する政党同士でいつもぶつかりあっていたのに、今晩どなりちらしているのはナチだけだ。ヒトラーが首相になった。そのニュースは相当にショックだったようだ。

ブランデンブルク門に面したパリ広場は人でごったがえしていた。ほとんどの人が興奮した顔をしていて、目を輝《かがや》かせている。ナチの党章を襟《えり》につけているものも多い。今晩はじめてつけた人もだいぶいそうだ。ウンター・デン・リンデンの大通りも、パリ広場も、そして門のまわりの建物も、鉤十字《かぎじゅうじ》の旗で飾られている。ハンスは、自分がいる場所がどこだかわからなかった。ブランデンブルク門とはとても思えなかった。

道路脇《わき》に並ぶ警官たちは、観客が行列のじゃまをしないように押しとどめていたが、群衆はあちこちで通りにはみだしていた。もうすぐたいまつ行列が門からでてくるはずだ。みんな、見逃すまいとしている。今日はかれらの天下。今夜はかれらの独壇場《どくだんじょう》なのだ。かれらはじっとこのときを待っていた。ついに大声で歓声《かんせい》をあげられる。

ヘレは背後にじっとたたずみ、晴れやかな顔をした人々を見つめている。

「労働者はあまりまじっていないな」

ヘレはほっとしたようにささやいた。

「ほとんど商売人や役人連中だ」

ヘレのいうとおり、まわりに集まっている人たちは、労働者と服装がちがう。コートと山高帽《たまたかぼう》ばかりで、労働者の着る上着やふちなし帽は見あたらない。見た感じ、サラリーマンや親の金で大学に通う日用品店の息子みたいだ。ぼろを着た若者もちらほら見えるし、年輩《ねんぱい》の女性も、若い女性もいる。やはりほとんどの女性が帽子《ぼうし》をかぶっている。懐疑的《かいぎてき》な顔つきの人はほとんどいない。

たいまつ行列の先頭がブランデンブルク門にやってきた。背後に鉤十字の旗がたなびいている。まるで鉤十字の旗の海だ。楽団の演奏がだんだん大きくなった。旗手の姿が見える。感動する声がわきあがった。どこかで「ハイル・ヒトラー!」と叫《さけ》ぶ声がした。行列が近づいてきた。顔を輝《かがや》かせたヒトラー・ユーゲントの少年たちが聖なるものをおしいただくようにたいまつをもっている。突撃隊がそれにつづく。あごを前につきだし、大声でシュプレヒコールをくりかえしながら、楽隊の演奏にあわせてつぎつぎと歌を合唱している。

『ラインの見張り』

『我《われ》はプロイセン人』

『通りは褐色《かっしょく》の軍隊のもの』

行列の男たちの顔が赤らんで見えるのはたいまつのせいだろうか、それとも興奮しているためだろうか?

男たちの顔がはっきり見える。堂々とし、はつらつとしている。今日こそかれらの夢がかなった日なのだ。行列はいつ終わるともしれず、新手の楽隊に率《ひき》いられた突撃隊《とつげきたい》の隊列がやってくる。恍惚《こうこつ》とした顔、長靴《ながぐつ》でふみしめる靴音、歌はしだいに挑発的《ちょうはつてき》なものになった。ハンスの前にいた女性がいきなり大声で泣き出し、前に飛び出していった。行列にまじっていっしょに行進しようというのだ。ほかの人もそれにつられて、行列に殺到した。警察はもう、形だけしか押しとどめようとしない。ハンスには、目の前の光景が現実のものとは思えなかったが、心をゆさぶるものがあった。まわりの人たちも、ただ見物に来ただけのはずだ。なのに、いきなり右手をあげて、「ハイル・ヒトラー！」と叫《さけ》び、いっしょに歌いだした。いったいどうなってるんだ？　なにに浮かれているんだ？　どうしてナチなんかに？　マルタのことが脳裏《のうり》に浮かんだ。みんな、マルタとおなじような考えなんだろうか？いや、そんなはずはない。ここで歓声《かんせい》をあげている人たちは悲惨《ひさん》な暮らしなんかしているはずがない。十二列になって行進する突撃隊員たちのほうがよっぽど飢《う》えた顔をしている。このまともな暮らしをしている人たちと、ヒトラーに忠誠を誓う突撃隊を結びつけるものはいったいなんなんだ？

「いくぞ！」ヘレが群衆を押しわけて歩きだした。ハンスはぴったりくっついて従った。国民が新しい首相に心いくまで歓声をあげられるように、新政府は官庁街を政治行動禁止区域にしていた。官庁街が政治行動禁止区域になったことはいまだかつてなかった。これで首相官邸《かんてい》は安全に守られ、新政府にたてつくことはできなくなるというわけだ。

たいまつ行列を先導していた楽隊が古いプロイセン王国の行進曲、フリードリヒ大王行進曲を演奏しはじめた。明かりのともった高い窓に白髪《しらが》で、おなじく白いひげをたくわえた老人が立っている。学校の教科書に大統領と同時に元帥として登場するヒンデンブルクだ。だが教科書の写真よりずっと老けているし、威厳《いげん》もない。歓声があがると、大統領はすこし前屈《まえかが》みになり、ゆっくりと手をふった。

「ここでなにがおこっているのか、わかってるのかね？」ヘレが皮肉をいった。「ラインラント生まれだろう。カーニバルとでも思ってるんじゃないか？」

大統領をからかうジョークはたくさんある。ヒンデンブルク大統領はもうろくして、吸い取り紙にインクしみがきれいにならんでいたので、書類とまちがえてサインしてしまったというものまである。ハンスは、大統領は、玉座にすわっているだけの老人だと思っていた。気をつけていないと、玉座からころげおちてしまうようなもうろくじいさん。だがはじめて見た生身の大統領はもっとひどかった。まるでただの人形みたいだ。だれかが窓辺にたてかけて、背中から支え、ときどきうなずいたり、手をふったりしているんじゃないだろうか。

その窓からそれほど遠くない新しい首相官邸《かんてい》の白い砂岩の建物に明るい照明があてられた。耳をつんざくような歌声が聞こえてきた。ドイツ国歌が歌われ、歓呼《かんこ》の声にまじって「ハイル・ヒトラー！」という歓声がいつおわるともなくつづいた。

ヘレがハンスの肩《かた》に手をおいて、雑踏《ざっとう》の中を引っ張った。

「やつを見てみろ。たいした魔術師だ」ヘレがささやいた。「おれたちまで催眠術《さいみんじゅつ》にかけるかもしれないな」

首相官邸の斜《なな》め前にいたハンスたちは、手をふり、歓声をあげる人々の中にわけいって、窓辺に立つ男を見た。アドルフ・ヒトラー。ナチの党首で新しい首相。この男に催眠術をかけられることはない、とハンスはすぐに思った。だがまわりの群衆は、ヒトラーに向かって手をあげ、いまにも失神しそうなほどうっとりしている。それはハンスにとって、妙におぞましく、それでいて心惹《ひ》かれる光景だった。

巻き込まれないように気をつけなければ。いっしょに歓声をあげるのは簡単なことだ。ヒトラー自身はどっちかというと地味な感じがする。ある者からは悪魔と呼ばれ、またある者からは救世主と呼ばれている人物。そのわりには、それがヒトラーだといわれなければ、たぶんわからなかっただろう。だが、黒い髪《かみ》を額《ひたい》にたらし、ちょびひげを生やし、眼光のするどいその男には、人を陶酔《とうすい》させるなにかがあるにちがいない。ヴィリー・ヴェストホフがいっていた。「ヒトラーは小市民の感性でピアノを弾《ひ》くんだ。あいつは小市民の望みも不安も憧《あこが》れも欲望もなにもかも知り尽《つ》くしている。あいつ自身がそういう小市民だからね。みんな、それをかぎとって、自分たちの弱みを強みに変えてくれたあいつに感謝する。だから人気があるんだ。そこが、あいつの人心をとらえるこつなのさ」

たくさんの女がバラを窓にむけて投げていた。ひとりが、うれしそうにしているヒトラーに直接手渡そうとした。人のはしごができて、女がもちあげられ、ヒトラーにバラをさしだした。ヒトラーは顔を輝《かが》かせてバラを受け取ると、群衆に向かって手をふった。いっせいに拍手《はくしゅ》がわきおこり、大騒《おおさわ》ぎになった。

そのあいだもたいまつ行進はつづいていた。たいまつの炎《ほのお》がゆれ、煙《けむり》をだし、息が詰まるほどだ。音楽も耳をつんざくほどうるさく、旗手によってかかげられた鉤十字《かぎじゅうじ》の旗が夜風にはためいている。老いも若きも、制服姿の者も平服姿の者も、男も女もいっしょになって窓の下を行進していく。みんな、「ハイル！　ハイル！　ハイル！」と叫び、憑《つ》かれたように手を挙げ、ヒトラーに敬礼している。たいまつ行進の誘導をしてる警官たちは、自分たちも新しい首相に敬礼すべきかどうか迷っていた。

ヒトラーは昨日まで敵だった。警察をののしり、かまわず「ドイツへの奉仕《ほうし》」をつづけるよう、部下に指示していた。そのヒトラーが今日から自分たちの最高指揮官になったのだ。警官たちはおずおずと敬礼した。そんな彼らに、ヒトラーは過去のことは水に流そうとでもいうように手をふってみせた。もう自分の警察なのだ。もう恐れる必要はない。

　ハンスは背筋が寒くなった。歓声《かんせい》をあげる人々、「ハイル・ヒトラー！」と叫《さけ》ぶ人々。みんな、この男におそれをいだいていない。この男は戦争を望んでいるといわれているのに。そういう警告を信じていないのだろうか？　それに、ヒトラーがユダヤ人のことをどう書いているか知らないのだろうか？　ナチがユダヤ人にどんな仕打ちをしているか、なにも聞いていないのだろうか？　知らないのなら、どういう人間に向かって歓声《かんせい》をあげているかわかっていないのだろう。だとしたら、ひどい話だ。とってもひどい話だ。でも、わかっていて、それでも歓声をあげるよりはまだましか。そうなれば、ミーツェたち、この町に住むユダヤ人は本当に戦々恐々となるしかない。いま、目の前を行進している人々は、少数のいかれたやつらじゃない。ベルリンとその郊外に住む人々の半数近くになる。

「もういいだろう」ヘレは群衆をかきわけた。窓に近いあたりはものすごい人だかりで、ボタンがはずれても下に落ちそうもないくらいだ。ヘレは地下鉄の中心街駅に向かったが、なかなか前に進めない。人の流れは首相官邸《かんてい》に向かっていた。みんな興奮し、興味津々《きょうみしんしん》という顔つきだ。人の数が多ければ多いほど、ハンスの不安も大きくなった。この群衆から逃れるすべはないのだろうか？　それとも、三日と五分もたてばピークはすぎると母親がいっている、はやり病なのだろうか？　ひょっとしたら、本当に病気なのかもしれない。街中が、いや国中が冒《おか》された病。

ようやく、人の波に切れ目ができて、ふたりはすり抜けることができた。

「みんなの目を見たか？」ヘレは動揺《どうよう》していた。「見たか、あの目つき」

ハンスはだまってうなずいた。人々の病が、はっきり現れていたのが目だ。勝ち誇《ほこ》り、酔《よ》いしれ、自分の命まで捧《ささ》げてしまいそうな目つき。そんな目で、かれらはヒトラーを見つめていたのだ。まるで本当に催眠術《さいみんじゅつ》にかかっているみたいだった。そして行列のどこかにマックセ・ザウアーやちびのルツやシュレーダーやクルンプが、そしてギュンター・ブレームがいるのだろう。きっとおなじような目で、よいことをしていると思いこんでいるのだ。ナチ党員がたくさんいることはわかっていた。ナチ党に投票した数百万の人々は突然《とつぜん》天から降ってきたわけじゃない。でもまさかかれらが、ヒトラーを小さな神のように信奉しているとは思わなかった。そのことを知っただけでも、ハンスはヘレに感謝したい気持ちだった。ヘレがいなければ、ここまで来ることはなかっただろう。そして、ミーツェの不安がどれほど当たっているか知ることもなかったはずだ。

フリードリヒ通りの角に長いマントを着た男が立っていた。ひげそり用ブラシみたいな帽子《ぼうし》をかぶり、鼻メガネをかけ、ステッキを手にしている。ずいぶん高そうなレストランの前に立っている。べろべろに酔っぱらっているようだ。目がすわっているのでわかる。「これでドイツは救われた！」男はステッキをふりまわしながらくりかえしそう叫んでいる。「これでボルシェビズムに勝ったぞ。赤なんぞ、たたきつぶせ！　祖国の裏切り者は銃殺《じゅうさつ》だ！」

ヘレが足を止めた。ハンスはいざとなったら止めようとして、ヘレの腕《うで》をつかんだ。だがヘレはその男にちょっかいを出す気はさらさらなかった。怒っているというより、滑稽《こっけい》なものを見て楽しんでいるようなまなざしだった。

「ユンカー（＊32）だぞ、あれ」ハンスにささやいた。「あれほど典型的なやつにはめったにお目にかかれない。まるで三文雑誌から抜け出してきたみたいじゃないか。だけど本物だ。ああいう連中がヒトラーを首相にしたんだ。うれしくて酔《よ》っぱらっているんだ。しらふだったら、どんな風に見えるか想像してみろよ」

酔っぱらえば、格好をつけることはできない。けれども、その男はしらふでも気に入らないだろう。学生時代の決闘でつけたほおの傷だけでも、古くさい融通《ゆうづう》の利かないやつなのはわかる。

よほどその男がおもしろかったのだろう。ヘレは首相官邸《かんてい》の方をふりかえりながらいった。

「あの連中はどういう運命が待っているか知らないから歓声《かんせい》をあげられるんだ。そこのやつは、それを知っているつもりなんだ。だけど、どれほど勘違《かんちが》いしているか気づいていない」

人の不幸を喜んでいるような言い方だった。ハンスは言い方が気に入らなかったけど、大声をはりあげるだけで、ものを考えようとしない連中への失望感は共有できた。

地下鉄の駅は人でごったがえしていた。首相官邸に向かう人の流れと、戻《もど》ってくる流れ。ヘレとハンスは満員になった客車にむりやり乗り込んだ。興奮した人々の中ですし詰めになったまま、ふたりはだまりこんでいた。

ヴェディンク駅で降りると、ハンスはヘレの家においてきたカバンを取りにいっしょにケスリン通りに向かった。道すがら、ヘレがまた口をひらいた。

「ああいう大群衆を昔、一度だけ見たことがある。一九一八年十一月、革命《かくめい》が起こったときだ。あのとき始まった革命は、今日、幕をとじた。もっともナチだって、いつまでも権力の座についてはいられないだろうけど」

ハンスはだまって、ヘレの話を聞いていた。

「もしかしたら大きな勘違いをしていたのかもしれないな。人間に理性があると信じるのは、とんでもない妄信《もうしん》かもしれない」人気のなくなったヴェディンク通りを歩きながら、ヘレは大きな声でいった。「けれど、だれも否定できないことがひとつだけある。おれたちがやろうとしたことは、いいことだった。いつも貧乏くじをひかされる弱者にとってはな。どんなにどろにまみれても、そのことだけは忘れちゃいけない」

ふたりはケスリン通りにまがった。赤が強いこの通りでも抗議《こうぎ》行動は見られなかった。ヘレはすっかり肩《かた》を落とした。ハンスもおなじ気持ちだった。数日前、突撃隊《とつげきたい》がカール・リープクネヒト・ハウスの前を行進したとき、警察は突撃隊を保護するためその地区一帯を封鎖《ふうさ》しなければならなかったほどだ。なのに今日、ヴェディンクではなにも起こらなかった。すべてが麻痺《まひ》して、ただ呆然《ぼうぜん》となりゆきを見守るだけだった。

ヘレがいきなり立ち止まって、ハンスの肩《かた》をつかんで、顔をじっと見つめた。「おれたちはまちがいをおかした。たくさんのまちがいをな。だが、どんなに追いつめられても闘うしかない。ナチに対して、そしておれたちの上層部に対してだ。いいか、おれたちふつうの共産主義者が敗れたわけじゃないんだ。負けたのは指導部だ。あいつらが、おれたちをまちがった道に導いたんだ。おれたちの目標など目もくれず、自分たちの目標にこだわってばかりいた。出すのは答えばかり。一度も問いかけはしなかった。おかげで有能な同志をたくさん失った。なかには裏切り者とののしられたやつもいる。だが本当の裏切り者は指導部にいたんだ。おれたちのことを裏切ったんだからな」

ハンスはショックで固まってしまった。ヘレがいったことは、ただの告白ではすまされない。脱党《だっとう》するといっているようなものだ。

ヘレは、ハンスの気持ちを察したようだ。「ちがう」といって、話をつづけた。「そうじゃないんだ！もうすぐ生きるか死ぬかの瀬戸際《せとぎわ》になるのに、党を去るわけにはいかない。おれたちの党は、指導部だけのものじゃない。おれとおなじような目標をもっている者だってたくさんいるんだ。おれたちはまちがいをしたけど、だからって、ナチとの闘いはまちがいじゃない。闘うには時期が悪かったんだ。指導部はあきらめたんだ。そのことは絶対に忘れない。だけど救えるものは救わなくては。このまま滅《ほろ》ぼされてなるもんか」

頭上のバルコニーで声がした。見上げると、そこにかけられたばかりの赤い横断幕があった。そこには白い文字で「ベルリンはいつまでも赤だ」と書かれている。いまにも叫《さけ》ぶ声が聞こえてくるような文字だった。

ヘレがほっと息をついた。

「わかっていた。みんながおじけづいてしまったはずがないって。なにかを信じるためには、ときどき形で見せないといけないんだ」

ヘレはゆっくり歩きだし、自分のアパートの玄関《げんかん》でもう一度足を止めた。

「いいか、ハンス。たとえどんなことがあっても、闘っているのがひとりじゃないことを示しつづけるんだ。それがなければ、理想のためにがんばっても本当に意味がない。その理想がいいことであっても悪いことであってもな」

ヘレの言葉で勇気がわいてきた。「ベルリンはいつまでも赤だ」という横断幕には、その赤が共産党なのか社会民主党なのかはっきり書かれていない。それは今日、たいまつ行列をした者たちへの抵抗《ていこう》の証なのだ。どんなに分の悪い闘いだとしても、ケスリン通りの人々にはほかに選択肢《せんたくし》はない。荷担《かたん》することもできないし、見て見ぬふりもできないのだ。

冬ごもり

母親はマットレスをもらってきていた。フロアの壁《かべ》に立てかけてあった。ハンスはちらっと横目で見て、台所にはいった。

ムルケルは食卓《しょくたく》についていた。ムルケルには大きすぎる父親の上着を着て、太い襟巻《えりま》きを首に巻き、足には靴下《くつした》を三足もはいていた。鼻が赤く、目がただれている。立派なチビの浮浪者に見える。母親はムルケルの横にすわって、薬を飲ませていた。

「こんなに遅《おそ》くまでどこにいってたの？」母親はハンスを見てほっとしていた。

ハンスは蛇口《じゃぐち》の上のフックにつるしてあるブリキのカップをとって、少しさめてしまった茶を飲むと、母親たちの向かいにすわった。その日のことをぽつぽつと話した。あまりにいろんなことがありすぎて、自分でもうまく整理がつかない。ただ葬式《そうしき》をされたことはだまっていた。母親をおどかすだけのことだ。

「それより、父さんは？」たいまつ行列の話をしてから、ハンスはたずねた。「まだ帰ってきてないの？」

母親は、父親がどこにいっているのか知らなかった。仕事が終わっても、戻《もど》ってこなかったのだ。どこかで元同志のだれかと話し合っているんだろうと、母親はいった。「あんたが、ヘレのところにいったみたいにね。こういう日は、だれかと話さないではいられないよ。ひとりじゃ、とてもじゃないけど耐えられない」

母親も同僚《どうりょう》だったクララとひとしきりしゃべってきたのだ。ちょうどマットレスをもらいにいったとき、近所のかみさんがニュースをもってきた。母親には理解ができなかった。あまりに唐突《とうとつ》だ。「もう一度選挙をすべきなんじゃないの？」母親はハンスにいった。「あいつにやらせたいかどうか、国民投票かなんかをさ。ヒトラーはパーペンやシュライヒャーとはちがうのよ。あいつが政治をおこなうなんて、とんでもないわ」

ハンスは返事ができなかった。すっかり疲《つか》れ切ってしまい、考えることもできなかった。

「マルタが来たんだよ!」ふいにムルケルがいった。「兄さん、また姉さんのところで寝《ね》てもいいって」

ムルケルはまだ、家族のいさかいが気になっているのだ。昨晩ひどい熱をだしたというのに、自分の風邪《かぜ》のことを忘れているほどだ。

「ああ」母親もいった。「悪かったってさ。本気でいったわけじゃないって。また上で寝てくれっていってたよ」

マックセ・ザウアーやちびのルツたちはたいまつ行列にでているから大丈夫だろうと思いながらも、中庭を用心しながら通り抜けたとき、ハンスはマルタの部屋を見上げた。明かりがともっていたのでほっとした。マルタは、ヒトラーにバラをささげた女たちのなかにはいなかったのだ。胸《むね》のつかえはとれたが、だからといってどうなるものでもない。「本気でいったわけじゃない」といっても、いった以上は考えたはず。すくなくともあのときは。

「なんだ!」ムルケルはマットレスをねらっていたのだ。二枚重ねれば、柔《やわ》らかいし、暖かくなる。

母親には、ハンスの返事がわかっていた。

「ドイツを分断する裂《さ》け目が、うちの家族にもはいったってことね。しかも、裂け目は日毎に深くなってる」

ハンスはうなだれた。その裂け目が国を分断するくらいなら、家族だって無事にすむわけがない。

「ねえ、エンネは元気だった?」ムルケルは鼻をすすりながらいった。すする音が気に入っているのだ。年がら年中、鼻をすすっている。母親はもうだまっていられなくなった。「エンネは元気よ。でも、おまえは病気なんだからね。そんなに鼻をすすって。さっさとベッドにはいりなさい」

ムルケルは鼻をすするのをやめて、しょげてみせたが、逆らいはしなかった。まだ元気になっていないことは、自分でもよくわかっていた。

母親とムルケルが台所をでると、ハンスは窓をあけて空気をいれかえ、食卓《しょくたく》をわきによせて、マットレスを運びいれた。母親が寝具《しんぐ》をもってきた。

「父さんはどこにいってるのかしらね」ベッドをつくりながら、心配そうにいった。「もう十一時をすぎてるのに」

ハンスが、もうすぐ帰ってくるよといおうとしたときだった。とつぜん中庭で大きな音がした。

「いまだに人々の行列が首相の前を行進していきます。まるで炎《ほのお》の竜のように、大群衆が官庁街を練り歩いています」

マックセ・ザウアーのラジオだ! クデルカのばあさんがラジオをつけて、寒い夜中なのに窓をあけたのだ。母親はハンスにもたれかかった。ハンスは、ラジオで語られている光景から母親を守るように肩《かた》に腕《うで》をまわした。

「なんて叫《さけ》び声なの!」しばらくじっと聞いていた母親がささやいた。「まともな頭をしていたら、ああいう叫び方はしないわ」

ハンスは、たくさんの女たちが、ヒトラーを神のようにあがめていたと話してから、ヒトラーは選挙で女性票がほしくて結婚《けっこん》をしていないというわさが広まっているといった。

「ヒステリックな女たちね！」母親は、笑ったものか、怒ったものかわからずにいた。「なんでそんなに自分を偽《いつわ》れるのかしらね」

だれかが窓をあけて「うるさいぞ！」と叫んだ。どこかから甲高《かんだか》い口笛も聞こえた。それでもクデルカのばあさんは、ラジオの音をしぼりもせず、窓をしめもしなかった。「あの人とじゃがいもを買うためによく行列に並んだものよ」母親はためいきをついた。「お互《たが》い助け合ったものだわ。戦争の時にはいっしょになって皇帝や将軍たちをののしったし、インフレのときはいっしょに馬肉を煮《に》たこともあったわ。人間て変わるものね。それとも、あの人はずっとああだったのかしらね。あたしが、気づかなかっただけで」

ハンスは答えようがなかった。だまって窓をしめる。ハンスにいわせれば、クデルカのばあさんはついていなかったのだ。台所の窓をしめたのに、まだラジオレポーターのがなりたてる声が聞こえる。それでも、もうハンスには聞こえなかった。なにもかも忘れて、深い眠りについた。

大きな泣き声に、ハンスは目を覚ました。起きあがると、マットレスの横にムルケルが立っていた。

「どうした？」

「銃声《じゅうせい》だよ。ものすごい銃声が」

ムルケルがおわりまでいう前に、銃声が聞こえた。ハンスは跳《は》ね起きて、窓をあけた。また聞こえる。つづけざまに二発、三発。通りからだ。

「銃声だろ？」ムルケルはすすり泣いた。「父さん、まだ帰ってないんだよ」

「心配いらないよ」ハンスはすぐに窓をしめた。「銃声は通りでしている。通りなら、いくらでも建物の陰《かげ》に隠《かく》れられるからね。それに、父さんなら、どこか別のところさ」ムルケルを寝室につれて帰ると、ベッドに寝《ね》かせ、掛布をかけて、しばらくそばについていた。「通りなら、好きなだけ撃たせておくさ。中庭にいれば、当たりっこない」

ムルケルは安心したようだが、まだふるえがおさまらない。

母親が目を覚ました。「ハンス？」闇《やみ》の中に声をかけた。

「なに？」

「父さんは帰った？」

「いや、まだだよ」ハンスは母親のベッドに腰《こし》かけて、ムルケルがおびえていたことを話した。母親はナイトテーブルの目覚まし時計を手に取った。「もう二時半じゃない！　どうして帰ってこないのかしら？」

「ちょっと見てくるよ」父親が銃撃戦《じゅうげきせん》に巻き込まれたんじゃないかというムルケルの不安は、とっくにハンスにも伝染していた。ハンスが服を着るために台所に戻《もど》ろうとすると、母親が腕《うで》をつかんでいった。

「よしなさい。あの人なら、そんなところにはいないわ。ああいうことはしない人なんだから」

「でも帰ってこようとして、巻き込まれたとしたら？」

母親はすこし考えてから、掛布をはらいのけた。

「わかったわ！　それなら、あたしもいくわ。おまえだけいかせるわけにはいかないもの」

「ぼくもいく」ムルケルはひとり残されるのがいやだったのだ。ベッドからでようとしたので、ハンスがむりやり押し戻した。「だめだよ。病気なんだから」

「だって、こわいんだ」母親が服を着ているあいだ、ムルケルはずっとむせび泣いていた。

「ここにいれば大丈夫だよ。さっきいったろう」

「それでもこわいんだ」ムルケルは腕をふりまわし、大声で泣きだした。ハンスは餌《えさ》で釣《つ》るしかなくなった。「ちゃんとここで待っていたら、なにかあげるよ」

ムルケルが静かになった。「なにをくれるの？」

「自分で選んでいい」

ムルケルはろくに考えずにいった。

「兄さんの白いマフラーがいい」

ハンスは迷った。白いマフラーはよく似合っている。マルタも、母親も、ユッタも、ミーツェもそういっている。だけど、ムルケルをいいくるめている暇《ひま》はない。

「わかった。あげるよ」

「明日くれる？」

「ああ」

「本当だよ？」

「わかったよ」

ムルケルは静かに横になった。本当にこわいのだろう。でも、路上で銃撃戦《じゅうげきせん》をしているかぎり、四つ目の中庭ではなにも起こらないとちゃんとわかっている。ハンスの白いマフラーは、ずっとムルケルのあこがれだった。

母親は服を着終わった。ハンスもいそいで服を着替えて、母親について中庭におりた。かなりの窓に明かりがともっている。クデルカの家の窓からも明かりがもれている。窓辺にクデルカの影《かげ》が浮かんだ。「マックセなの？」足音に気づいたのか、心配そうに声をかけてきた。「マックセ？　あんたなの？」

母親とハンスはだまって先を急いだ。次の中庭で、リーケ・グルーバーがかけよってきた。片手にピストルをかまえ、もう片方の手で額《ひたい》にかかった長い髪《かみ》を払った。

「あたしたちを挑発《ちょうはつ》しているんだよ」リーケが叫《さけ》んだ。「真夜中にヴェディンクを行進して、シュプレヒコールを叫ぶなんてね」

赤のリーケはこの界隈《かいわい》では有名だ。少女のころは金髪《きんぱつ》のリーケと呼ばれていた。そのころを知っているへレの話だと、玄関《げんかん》で若い子といちゃいちゃするのが好きな子だったらしい。変わったのは、そのリーケがエーヴァルト・グルーバーと結婚《けっこん》してからだ。エーヴァルトの影響《えいきょう》で、リーケは共産党にはいり、金髪のリーケは赤のリーケになった。彼女は、並の男よりも勇敢《ゆうかん》で、役に立ち、射撃の腕《うで》もずっといいともっぱらのうわさだ。二年前、夫のエーヴァルトが肺結核で死んでからは、とっかえひっかえいろんな男と暮らしている。リーケの居候《いそうろう》たちは「みんな、筋金入りの共産主義者だ」とうわさされた。それでも、母親はリーケが気に入っていた。「男があういう暮らしをすれば、たいしたやつだっていわれるじゃない。リーケはリーケなりにたいした女なのよ」だがリーケがピストルをかまえて走り回るのはおもしろくなかったのだろう。「なんてものを持っているの！」母親は心配そうにいった。「不幸を招くよ！」

「不幸だって？」リーケがけらけら笑った。「マリー、いま以上の不幸があるもんかね」そういって、中庭の向こうに姿を消した。

「あるともさ」母親はつぶやいた。「あんたには想像もできない不幸がまだまだあるもんさ」

ハンスはひとりででかければよかったと後悔した。そうすれば自分のことだけ気をつければすむ。これでは母親のそばを離れるわけにいかない。

一番目の中庭でふたりの男がよろよろとやってきた。マックセ・ザウアーとちびのルッだ。マックセ・ザウアーは腰《こし》に手をあてて、いまにも石畳《いしだたみ》につっぷしそうだ。ちびのルッはそれを支えて歩いている。

「どうしたの？」母親がびっくりして声をかけた。

マックセ・ザウアーは答えなかった。傷口をおさえる手に血糊《ちのり》がついている。ちびのルッが、よく食べ物をくれた母親に向かってどなった。

「どうしただって？　おまえたち共産主義者が撃ってきたんだよ。なんでかって？　おれたちが勝ったから。それだけのことでな！」

それからハンスをにらみ、勝ち誇《ほこ》ったようにいった。

「犯人はわかってる。おまえの友だちのツィールケだ。いきなりぶっぱなしたんだ。自分たちのほうがましな人間だなんて、おまえたち、よくいえたもんだな」

ハンスはすぐに、ルツがうそをいっていないとわかった。ヴィニ・ツィールケならやりかねない。いつかこんなことになるんじゃないかと心配だったんだ。

「おまえら、共産主義者のことを、根絶やしに、してやる」マックセ・ザウアーがうめきながらいった。

「おまえら、なんか、ミンチにしてやる」そういうのが精一杯だったのだろう。マックセ・ザウアーは石畳《いしだたみ》にしゃがみこんだ。ちびのルツはもう支えきれなかった。

母親はかがみ込んでマックセ・ザウアーの様子を見た。「医者を呼ぶかい？　それとも、あんたのかみさんを呼ぶ？」

「あいつを、呼んで、くれ」それだけいうと、マックセ・ザウアーは目をとじ、痛そうにうんうんうなった。

母親はハンスにうなずいた。ハンスはすぐに了解して、四番目の中庭までかけもどり、クデルカの住んでいる側の階段をのぼった。これで当分のあいだ、つけねらわれずにすむのだから喜ぶべきことだ。

数日のあいだは、安心して帰宅できるだろう。それでもなぜかうれしくなかった。ヴィニのしたのはひどいことだ。あきれた話だ。銃撃戦《じゅうげきせん》はめずらしくないけど、よりによってヴィニが。共産主義青年同盟でもいっしょだったし、いまはフィヒテでいっしょに体操をしている。ピストルを持ち歩くべきじゃないんだ。

クデルカのばあさんはすぐに事情を察し、ナイトガウンの上にマントを羽織って、ハンスといっしょに家をでた。石畳の上で死んだようにぐったりしている夫を見て悲鳴を上げた。

「マックセ！　あたしのマックセ！　なにがあったの？」

母親はわきにどいた。クデルカが泣きながらマックセに身を投げだすのを見て、母親は我慢《がまん》しきれずにこういった。「自業自得ってもんよ。この調子なら、もっとひどいことになるんじゃない」それから少し気持ちを落ち着けてつづけた。「お尻《しり》にあたっただけよ。死にはしないわ」

ハンスは、ムルケルのところに戻《もど》ってくれと母親に頼んだが、母親はちっともいうことを聞こうとしなかった。「平気よ」母親はめずらしく冷淡《れいたん》だった。「ずっといろんなことに関わってきたんだから。いまさらひっこんでいてもしようがないでしょ」そういうと、ハンスの前に立って通りにでた。

アパートの入り口の前には何人も住人がたむろしていた。みんな、マイヤー荘の方を見ている。そっちから銃声が聞こえる。赤のリーケもそっちに向かったはずだ。母親が近くの人に、なにがあったのかたずねた。突撃隊《とつげきたい》がわめきながら行進してきたんだという。ホルスト・ヴェッセルの歌を歌いながら、「ヒトラーの旗をたてるぞ、モスクワの赤い殺人鬼の巣窟《そうくつ》に」とわめきちらしていた。そのときいきなりひとりの若者がアパートの出入り口から飛びだして、突撃隊《とつげきたい》に発砲《はっぽう》したのだ。その弾《たま》にあたったのがマックセ・ザウアーだった。突撃隊もすぐに撃ち返した。若者にも弾が当たったようだが、なんとか逃げることができた。そのすぐあと、四方八方で銃の撃ち合いがはじまった。突撃隊はマイヤー荘の正面の家の物陰《ものかげ》から怪《あや》しいと思われる窓をねらって発砲しているという。

母親は悲しそうに首をふった。「昔はナチが行進していると、石炭とか石とか空き瓶《びん》を投げたもんよ。おまるの中身をぶちまけることもあったけど。それがいきなり銃撃戦《じゅうげきせん》かね」

「昔だって、マリー」ハントケのおばさんがいった。「いつの話だい？　もう大昔のことさ」

ヴィニが撃たれたことを、ノレは知っているのかな？　ヴィニはノレのところに逃げ込んだのかもしれない。これからどうしよう。ハンスは考えた。父さんは見あたらない。このまま家に帰って、寝《ね》たほうがいいかな？　それとも、ノレやホルスト・クラウゼたちフィヒテの仲間のところにかけつけたほうがいいかな？　壁《かべ》づたいにいけば、見つからないだろう。それにガス灯《とう》からも遠いからだいぶ暗い。だけど、どうやってマイヤー荘の中にはいったらいいだろう？　戸をたたくわけにはいかない。だれかがあける前に、背中を撃たれてしまう。

迷っているうちに、事態が変わった。傷病兵通りから、パトカーが二台やってきた。タイヤをスリップさせながら、角をまがり、三十七番地を通りすぎると、ベルナウ通りとの四つ角を直進して、マイヤー荘のすぐ目の前で止まった。ガス灯の明かりでエナメル塗《ぬ》りの警帽《けいぼう》が光った。警官はカービン銃を手にして、あたりに散った。「撃つのをやめろ！」真夜中の通りに警官の声が響《ひび》いた。「逆らうと、撃つぞ」

「さっさとどっかにいっちまいな！」赤のリーケが物陰から叫《さけ》んだ。「あいつらの好きなようにさせてなるもんかい。あいつらの親玉が権力を握ったら、あたしたちがおじけづくと思ったら大まちがいなんだよ」

「撃つのをやめろ！　抵抗《ていこう》すると、厳罰《げんばつ》に処すぞ」警官たちは家の物陰《ものかげ》、パトカーの後ろ、通りの角にある広告塔《こうこくとう》の陰に散った。銀色のボタンが光るので居場所はわかる。だが警官に発砲するものはいなかった。警察の到着で銃撃戦《じゅうげきせん》はひとまず収まった。

「いいかげん静かにしてもらいたいもんだよ」クラインシュミットのおばさんが母親にささやいた。「生きた心地がしないよ。死人やけが人ばっかりだして、憎《にく》しみあってさ。みんな、近所の人じゃないの。いいかげん、いがみあうのはやめておくれよ」

母親は返事をしなかった。だがハンスには、母親の気持ちがわかった。静かだって、だけど、ナチに押さえつけられた静けさってことかい？

また銃声が鳴り響いた。どこかの物陰からだ。どこかの窓から撃ちかえす。たちまち銃撃戦の再開だ。そしてまた静まりかえった。ものすごく静かだ。かけだす足音が聞こえる。一発の銃声。悲鳴。それっきりなにも聞こえない。

「リーケだわ！」母親がすぐにいった。「リーケにまちがいないわ」

たしかに女の声だった。その悲鳴で、みんな我《われ》に返ったのだろう。完全に銃声がやんだ。窓がしめられ、数人の人影が通りを横切って、悲鳴のしたあたりにかけよった。

弾《たま》に当たったのは本当にリーケだった。警官たちはリーケを通りの反対側に運び、病院へ運ぶためにパトカーに乗せた。けがをした数人の突撃隊員《とつげきたいいん》といっしょに、母親から聞いて、マックセ・ザウアーも連れていった。母親は、リーケの容態もたずねた。命に別状はないときいて、ほっと胸《むね》をなで下ろした。

だがハントケのおばさんは、そんな母親にきつい言葉を投げた。

「こんなのまだ序の口だよ。あたしたちが鉤十字《かぎじゅうじ》に屈服《くっぷく》するまで、こういうことがずっとつづくのさ。あいつらを手こずらせてきたからね。あいつらも、それを忘れはしないさ」

警官たちは、突撃隊員たちに対応していた。さかんにあちこちの窓を指さしている。だがこんな真夜中に家宅捜索《そうさく》を始める気はないようだ。どの窓から銃が撃たれたかなど、どうやって証明できるだろう？　それに銃だって、見つけようがないだろう。ぼろアパートであればあるほど、隠《かく》し場所には事欠かない。それはぼろアパートで暮らしているたったひとつの利点だ。

どこかの窓からだれかが叫《さけ》んだ。

「ファシストの悪党ども！　おれたちの国を滅《ほろ》ぼすのはおまえらだ」

パウレ・グロースの母親とハントケのおばさんがすぐに拍手《はくしゅ》した。ほかの女たちもまねをし、ハンスもいつのまにか拍手していた。だが困ったものだとしきりに首をふる者もいる。いったいいつになったら平和になるんだといわんばかりに。

事件は共産主義者の襲撃《しゅうげき》ということになってしまった。数人の突撃隊員たちが警官にそういう言い方をして、警官はそれを真に受けた。ナチが挑発《ちょうはつ》したことは話題にもならない。「あきれたこと！」ハントケのおばさんが笑った。「あわれな清廉潔白《せいれんけっぱく》の士ってわけかい？　突撃隊のホームに一グロッシェンくらいなら寄付してやるよ」

数人の女が笑ったが、ほかの人たちは突撃隊と警察がつるんでいるのを見ながらあからさまにいやな顔をして、警官たちをののしった。警官たちも突撃隊員たちも気にとめていない。すると突然《とつぜん》、突撃隊は警官たちに規律正しいところを見せようというのか、整列して、分隊長の指揮で、靴音《くつおと》を響《ひび》かせながら行進していった。しばらくしてまたシュプレヒコールが聞こえた。「共産主義は死んだ！　共産主義は死んだ！　もう赤に投票するやつはいない！　もう赤に投票するやつはいない！」

「そんなことあるものかい！」ハンスのとなりで小さな声がした。「赤を選ぶ者はいつの時代にもいる。公にできなくなってもな」

父さんだ！　母親が父親の首にかじりつき、ほっとしたのか、うれし泣きした。父親が無事だったので、ハンスもうれしかった。まったくいろいろある一日だった。めったに味わえるものじゃない。

ハンスたちは四人で台所のテーブルを囲んだ。母親はムルケルをひざにのせていた。ムルケルは疲《つか》れ切っていたが、眠れなかった。ハンスからせしめた白いマフラーをさっそく首に巻いている。父親はパンをかじっている。ハンスはじっとすわって、父親の話を聞いていた。

たいまつ行列が終わると、突撃隊が街中に散った。さっきのような小競《こぜ》り合いが大なり小なりあちこちで起こった。シャルロッテンブルク宮城壁《きゅうじょうへき》通りでは二人も死者がでた。被害者は突撃隊《とつげきたい》の分隊長と巡査だった。共産主義者が犯人か、仲間の流れ弾《だま》だったか定かではない。

シャルロッテンブルクには、党幹部がたくさん住んでいる。父親はこれからの党の方針を聞くために彼らを訪ねたのだ。その帰り道で、あぶなく銃撃戦《じゅうげきせん》に巻き込まれそうになった。

「で、なんていってた、幹部連中は?」ようやく心配がおさまった母親がたずねた。「はるばるそこまでいっただけのことはあったの?」

父親はだまって首をふってから、失望と怒りのいりまじった口調でいった。

「あいつら家にいて、社会民主党のことをののしって、時期を待つしかないなんていってたよ。ナチへの新しい対策なんかなかった。社会民主党はブルジョワの牙城《がじょう》だなんてばかなことをまだいっている。五、六年前とおなじだったよ。いま起こっているのはつかの間のことで、またすぐよくなるはずだってさ。そうはいっても、信じちゃいないんだ。おびえているのさ。めちゃくちゃおびえているんだ。だから負けたのに、まだ勝てるなんて平気でいってる」

父親は青白い顔をしていた。寝不足《ねぶそく》だが、興奮している。目がらんらんと輝《かがや》いていた。「いよいよ武器をもって、革命《かくめい》を起こす時が来たといってるやつもいた。大量の血を流すだけでなにも変わらないってことがわかっていないんだ。ナチは、おれたちがそういう無謀《むぼう》な行動にでるのを待ちかまえているんだ」

「それじゃ、労働組合は?」母親は一縷《いちる》の望みがほしかったのだ。「まだ健在でしょ。なにか事を起こすかもしれないじゃない」

父親はだるそうに手をふった。

「組合はあるけど、ポスターの上でのことだ。深い眠りについて、死んだも同然だ。どんなことでも甘んじてしまう。大口あけたガマガエルのヒトラーだって、のみこんじまうさ」

ムルケルはくすくす笑ったが、みんなが笑わなかったのですぐに口をつぐんだ。

母親はしばらくだまってから、口をひらいた。

「じゃあ、どうするの？　これからどうなるのよ？」

「冬ごもりするのさ、マリー！」かすれた声だった。「それしかない。やつらがおれたちを放っておいてくれて、冬がすぐに終わるならいいけど」

冬ごもりとは気楽な言い方だが、ナチ党政権は本当にもって一か月か半年なんだろうか。そういっている人が多いけど。冬がぜんぜん終わらなかったらどうする？

ムルケルがあくびをした。まぶたがくっつきそうだ。母親がベッドにつれていこうとしても、いやがらなかった。ハンスは父親と食卓《しょくたく》に残り、一日中頭の中で考えていた質問をぶつけてみた。「なんでぼくらはこんなに無力なんだろう？　ナチ党は三分の一しか票がとれなかった。三分の二がナチ党に反対だったはずだ。なのに、なんで政権がとれるんだろう？」

父親はしばらく考えてから答えた。

「反対していた三分の二がお互《たが》いにつぶしあったからさ。多数派がうまく動かなかったから、少数派が勝ったんだ。そして、ナチ党が勝ったほうが得するやつらがいるのさ」

父親は大企業経営者やドイツ国家人民党のことをいっているんだ。ヘレがいっていたのとおなじだ。「昔、おれたちを不幸のどん底に突《つ》き落としたのと、今回ヒトラーを手助けしたのはおなじ連中だ」父親はたんたんと話した。彼らになにも期待していなかったからだ。「あいつらは、ヒトラーを望んでいるわけじゃない。おれたちがこわいだけなんだ。このあいだの選挙でナチ党は二百万票も失い、おれたちが票を伸ばした。おれたちに対してなにか手をうつしかなかったんだ。ナチ党なら、財産を没収されることもないし、権力も失わない。せいぜいユダヤ人迫害《はくがい》か、ちょっとした戦争が起こるくらいだと踏《ふ》んだんだ。おれたち、最悪な連中を阻止《そし》できるなら、そのくらい目をつぶれるというわけさ」

父親はまたひねくれた口調になり、ヒトラーこそ、ふたたびドイツを強い経済力をもつ堅固《けんご》な国家に作り上げる強力な指導者だと思っている連中をこきおろした。

「忘れるんじゃないぞ。やつらは自分が得することしか考えていない。そういうやつらだ。そのためなら、どんなことでもするやつらだ。必要とあれば、戦争でもするだろう」

父親は義手をつかんだ。木と革でできたその義手に急に痛みが走ったかのように。ハンスは、義手をつけた父親の姿しか覚えがない。もちろん生まれつきじゃない。この前の大戦で片腕《かたうで》をなくしたのだ。しかもあとになって、腕をふき飛ばしたのはどうやらドイツ製の手榴弾《しゅりゅうだん》だったらしいと知らされた。ドイツのメーカーの多くは敵にも武器を売り、ドイツ人が死ぬ片棒《かたぼう》を担《かつ》いでいたのだ。

母親が戻《もど》ってきて、父親のとなりに静かにすわった。父親はすこしだまりこみ、それからまた話し始めた。

「悲しいことだが、本当なんだ。政治は真実とか誠実さとか礼儀とはあまり関係がない。ナチ党はそのことをわかっていて、他人の無知蒙昧《もうまい》をはずかしげもなく利用しているんだ。そうやって権力をにぎったのさ」

ミーツェのおじさんがいったこととそっくりおなじだ。政治はきたない商売だ。ただ父親は、いつか人間はもっと賢《かしこ》くなるだろうと期待していた。ミーツェのおじさんには、そういう期待がなかった。

母親は父親の肩《かた》に頭をのせた。「こわいわ、ルディ」ひとりごとのようにつぶやいた。「ものすごくこわい」

父親は母親の背中をなでた。

「おれもだよ、マリー。おれもだ」

ハートのキング

ミーツェのおじさんは、前の日にユダヤの星のらくがきをペンキで塗《ぬ》り消していた。ほかの部分は色あせていたけど、塗りつぶした部分は色が少し明るくて、塗りたてのせいかてかてかしていた。

「四月になって暖かくなったら、全部塗《ぬ》り直すよ」おじさんは、明るいしみが気に入らないようだ。

「そうすれば、だれにもわからないだろう」

ハンスはうなずいたが、ペンキの下にユダヤの星が描かれていることを当分忘れられそうにない。ミーツェたちが眠っているあいだに、ペンキと刷毛《はけ》をもって庭に忍《しの》び込み、家の壁にユダヤの星を描いていった人間のことが脳裏《のうり》に浮かんでしかたがない。もしミーツェたち三人のうちだれかが、物音を聞きつけて、様子を見にいったら、大変なことになっていたかもしれない。考えただけでぞっとする。

「寒いかね？」おじさんは分厚い毛編みのジャケットを着て、フェルトの帽子《ぼうし》をかぶっている。事務所や劇場で上品なマントを着ているときとではだいぶ雰囲気《ふんいき》がちがう。自分の庭では野人を気取っているのさ、とハンスにはいっていた「天気にいい悪いはない。着ている服がだめなだけだ」というのがおじさんの十八番《おはこ》だ。

今日は風がある。湖岸の立ち枯れた藪《やぶ》の中を吹きぬけていく。けれども、寒くはなかった。ハンスが首を横にふると、おじさんは今日の天気に責任があるような、そんな様子でうなずいた。

ミーツェは家から卓球《たっきゅう》のラケットをもってきた。おじさんは、物置小屋に卓球台をもっていて、自身、よく卓球をするという。もちろん夏のことだが。ミーツェはハンスに卓球をやろうと誘《さそ》った。風が吹いているのをものともしていない。「体が温まるわよ」そういって、ミーツェは物置小屋にはいった。

ミーツェはハンスの気分をもり立てようとしたのだ。いかにも楽しそうにふるまい、卓球台の向こうでノミのようにとびまわり、ハンスのどんな球でもほとんど打ち返した。それこそスマッシュでも打ち返した。

「だれに習ったの？」ハンスは目を丸くしてたずねた。

「おじさんからよ！」と、ミーツェ。「卓球の名人なんだから」

「とんでもない！　とんでもない！」しばらくふたりのプレーを見ていたおじさんが笑いながらミーツェの言葉を打ち消して、家に戻《もど》った。「若いころ、ちょっとやってただけ。それをミーツェに教えただけさ」

ミーツェがおじさんから習ったものはちょっとどころではない。ハンスもけっして悪いプレーヤーじゃないのに、すぐに汗をかいて、帽子をかぶっていられなくなった。帽子と上着をぬいだ。セーターだけのほうが動きやすい。

ミーツェはコートをぬがず、ベレー帽だけポケットにしまった。コートはきついはずなのに、ミーツェは敏捷《びんしょう》に動き、負けたとはいえ、スコアは十九対二十一。そしてつぎのセットは二十一対十二でハンスに勝った。遊びのつもりで始めた卓球だったが、本気で夢中になった。ハンスがスマッシュを打つたびに、ミーツェは力任せなだけで、センスがないといった。まともにたたくのではなく、ボールを切ったり、回転をかけたりしなくちゃだめだ、と。

ハンスはわらって、またボールをたたいた。難しい球なのに、ミーツェは見事に打ち返した。ハンスは、ミーツェのことを「早撃ちミーツェ」と呼んだ。

第三セットはなかなか決着がつかなかった。十二対十二、十三対十三、十三対十五でハンスが先行し、十六対十五でミーツェが逆転。それから二十対十九、二十対二十、二十一対二十一、二十二対二十二、二十三対二十三、そして最後は二十七対二十五でミーツェがハンスを下した。ミーツェはほっと息をついた。ハンスは、ミーツェがこの一戦にどんなにこだわっていたかわかった。ハンスは第四セットを要求して勝ち、そして第五セットを落として、ゲームに負けてしまった。追いつめられるたび、ミーツェはものすごいがんばりを見せ、絶体絶命のピンチを切り抜けた。ハンスは降参し、ミーツェはほおを紅潮《こうちょう》させてそばにかけよった。「ねえ、怒った？」

怒るわけがない。勝たなければならないというものじゃない。ただミーツェのがんばりに舌を巻いていた。ミーツェはなんでこんなしゃかりきになるんだろう？　ぼくに負けるのがそんなにいやだったんだろうか？

ミーツェのおばさんが、ドアのところに顔をだしていった。

「あんたたち、どうかしてるわ。真冬に卓球《たっきゅう》をするなんて。風邪《かぜ》を引かないでね」

「寒くなんかないわ」ミーツェは上機嫌《じょうきげん》だった。「でも、もう暗いわね」そういって、ぶるぶるふるえはじめたハンスを押して、家にはいった。ハンスの上着と帽子《ぼうし》は、ミーツェがもった。

小さな居間に、コーヒーと焼き菓子が用意してあった。ハンスは、ミーツェがベッドに使っているソファにすわって、すぐケーキに手をのばした。クリスマスからこっち、一度もケーキを食べていない。コーヒーも家ではめったに飲む機会がなかった。

ハンスとミーツェの食欲が旺盛《おうせい》だったので、おじさんは喜んだ。

「腹《はら》を空かした若いカップルほどすてきなものはないね」おじさんはおばさんにいった。

「もちろんですよ」おばさんはつっけんどんにいった。「腹をすかしたふたりの若者とふたりのおいぼれ」そういって吹き出した。

ハンスはミーツェのおばさんに紹介されてだいぶたつ。はじめはずいぶん粗野な感じがした。声がすごく低いのでびっくりした。いろんな意味で、おばさんはおじさんと好対照だ。おじさんは背が低いが、おばさんは体が大きい。おじさんの声はとても明るいが、おばさんは暗い。おじさんの髪は白くてくせ毛だが、おばさんは黒くて、ストレートだ。おじさんの冗談《じょうだん》はソフトだが、おばさんのはきつい。この家の本当の主人はおばさんよ、とミーツェはいった。ハンスもそう感じたが、だからといって、おばさんとおじさんを悪くいうつもりはない。ふたりとも気のいい人たちだ。

コーヒーとケーキがなくなると、おばさんがトランプをだした。おばさんは、トランプ占《うらな》いの心得があって、よく占いを頼《たの》まれるという。ハンスはトランプ占いをあまり信じていなかったけど、どんな未来を占ってくれるかちょっと興味があった。

ハンスはトランプをていねいに切った。トランプをふたつにわけて、上下を入れ替えると、またていねいに切った。おばさんはトランプを受け取ると、裏返しのまま八枚ずつ四列並べた。全部並べ終えると、一枚ずつ開いていき、そのたびに首をふったり、なにかぶつぶつつぶやいたりした。

ハンスは皮肉っぽく笑《え》みをうかべた。そういう意味ありげなしぐさは占いにつきものだ。ミーツェは、トランプ占いなんて信じていないといっておきながら、真剣な顔つきだ。「偶然《ぐうぜん》よ、ただの偶然だわ」

ミーツェがささやいた。まるでハンスをなぐさめようとしているみたいに。

ハンスの笑みが消えた。もちろん偶然にきまっているだろうけど、でも、いったいなんだっていうんだ？　なんでミーツェはそんなことをいうんだろう？　占いは凶とでたんだろうか？

おばさんがためいきをついて、スペードのジャックを指でたたいた。

「これが気にいらないね。あんたの幸運ととなり合ってる」

「ぼくの幸運ですか？」

「わからないの？」ミーツェがからかうようにくすくす笑った。「ハートのクイーンがあなたのそばにいるじゃない」

ハートのクイーン？　となりに？　ハンスにもようやく事情が飲み込めた。ハンスはハートのキングなのだ。ハートのクイーンがクラブの八をあいだにはさんですぐとなりにある。ミーツェだ。だけど、クラブの八はなにを意味しているんだろう？　ミーツェとハンスは長続きしないんだろうか？　おばさんに、おそるおそるたずねてみた。

「そんなことはないわ」おばさんはすぐにうち消した。「当分のあいだは仲がいいわね。ほかの女の気配はないし。やさしい女も、悪い女も登場しないわ。ただねえ。このスペードのジャックが。これが気になるのよ。もうちょっと離れていてくれればねえ」

「どういうことなんです？」

「なんでもない」おじさんはすかさずそういうと、スペードのジャックをとって、遠くにやった。「なんでもないさ。いいかね？　カード占いはしょせんカード占いさ。去るべきか、とどまるべきか、それこそ知りたいことだ。だがベルタ、カード占いでは残念ながらわからない」おじさんは真剣なまなざしでハンスを見つめた。「ヒトラーが殺人計画を立てているっていううわさだ。ユダヤ人を一掃《そう》する気なんだ。ユダヤ人全部を！」

「暇《ひま》を持て余した連中の戯《ざ》れ言《ごと》よ」おばさんはそういうと、トランプを集めて、ミーツェの前にだした。今度はミーツェの番だ。ハートのキングをよく切らなければいけない。

「そうかな」おじさんがまた口をひらいた。ヒトラーが政権について、よけい心配になっているのだろう。気が気でないようだ。「あいつらの顔、それにあいつらの歌」

「おどしをかけているのよ」おばさんがテーブルをはげしくたたいた。「あたしたちにいやがらせをするでしょうよ。あたしたちに逃げだしてほしいんだから。でも逃げない者は、ここに残るだけよ。壁《かべ》にユダヤの星や鉤十字《かぎじゅうじ》を描いたくらいで、追いだせるものですか。あたしの一族はもう二百年もベルリンで暮らしているのよ。ヒトラーは一年前にドイツ人になったばかりでしょ。なんで、あたしが出ていかなくちゃいけないのよ。出ていくのはあっちじゃない？」

最後の言葉は、ハンスに向けた問いかけのように聞こえた。ミーツェたちが心配の種を口にすると、ハンスは自分が責められているような気がしてくる。ミーツェたち三人は、ハンスがナチ党員でないことを知っている。それでも、ハンスははずかしかった。ミーツェたちが不安を抱いているのもむりはない。ミーツェのおじも、一度ひどい目にあったことがある。街角の酒場で同僚《どうりょう》とビールを飲んでいたときのことだ。突撃隊員《とつげきたいいん》が三人はいってきて、酒場を一通り見回し、おじさんをつかまえて、外にたたきだしたのだ。抵抗《ていこう》すると、したたかになぐられた。おじさんが、なんでこんなことをするのかというと、突撃隊員たちはいった。「おまえの鼻が気に入らないんだよ」突撃隊員たちは、おじの鼻を見て、ユダヤ人だと見分けたのだ。おじの肩《かた》をもった同僚のことも、かれらはユダヤ人の仲間とののしって、乱暴をはたらいた。ほかの客たちはじっとすわったまま、自分のビールを見ていた。だれも手をださず、口もはさまなかった。

「まったくどうなってるのかしらね」ミーツェがトランプを切るのを見ながら、おばさんがいった。「なんでこうもたくさんの人が、よこしまなユダヤ人なんていう作り話を信じてしまうのかねえ。みんながみんな、頭の悪いナチってわけじゃないだろうに。なかには、ずっと礼儀をわきまえていた人たちもいるわ。急にあたしたちのことを悪くいうようになるんだからね」

ハンスの父親がいっていた。ナチ党がユダヤ人をやり玉にあげる理由は簡単だ。民衆を扇動《せんどう》しようとするやつは、民衆の敵をでっちあげて、すべての責任をそいつにおっかぶせるのさ。どうせ民衆のなかには未知のものに対する不信感がくすぶっているものだ。ナチ党にとっては好都合さ。「体制の不備」だけあげつらっているのでは、民衆は動かない。おなじ通りに暮らしている裕福《ゆうふく》なユダヤ人商人や、正直なドイツ人労働者の金を巻き上げるデパート経営者への嫉妬《しっと》を利用したほうがてっとりばやい。

ミーツェは、ハンスが困っているのに気づいた。「もう、いいでしょ!」おばさんに向かっていった。「信じるほうが悪いのよ」

「それはそうさ。だけど、わしらのせいにされるわけだからな」おじさんが窓際《まどぎわ》の小机から新聞をとってきて、ハンスにさしだした。「これだよ！　読んでみてくれたまえ。夢を見ているわけじゃない。すべて本当のことなんだ」

それはフォス新聞。父親が、古き良きフォスと呼んでいるまともな新聞だ。ハンスは日付を確認した。今日の日付だ。おじさんが指さした記事に目をおとす。新しい首相についての論評だ。ヒトラーが公約した奇跡《きせき》が実際に起こらなかったらどうなるのか、そんな問いで始まっている。そうなれば、反対の声があがらないように対策を講じようとするだろうとある。「現実の矛盾《むじゅん》は、暴力で解決することはできないだろう。しかし、民衆のあいだの対立は、暴力によって沈黙《ちんもく》させることが可能だ。貧困をなくすことはできないが、自由をなくすことは可能だ。困窮《こんきゅう》を訴える声を消すことはできないが、報道を禁ずることは可能だ。飢《う》えをなくすことはできなくても、ユダヤ人を追放することは可能だ」

ハンスは新聞をおろした。前に読んだヒトラーの本とおなじことが書いてある。「ドイツは世界を制《せい》覇《は》するか、消え去るかだ」と書いてあった。そのとき、消え去るというのがどういうことか、考えてみた。それは、この新聞記事に対する答えのような気がした。「反対の声があがらないように対策を講じる」というのは、必要とあればすべてを破壊《はかい》するということだ。そういうことを考えるやつは、いちいちこまかいことなど気にもとめないだろう。

「追放ですって？」おばさんがおじさんにどなった。「追放って書いてある、それだけでしょ。せっかく、楽しんでいるのに、気分をこわさないといけないの？」

おじさんはだまって、ハンスをじっと見つめた。だが、ハンスの返事を待っているわけではなかった。こういうことだよ。これが現実。いや、現実はもっとひどいかもしれない。おじさんの目はそう語っていた。

たしかに、ただ期待しつづけるしかないなんて、最悪だ。ヒトラーの政治生命はたかだか四週間だという予想が正しいことを期待する。権力の座につけば、ヒトラーもすこしは落ち着くだろうと期待する。いわれるほどに、事態が悪化することはないと期待する。期待するというのは待つということだ。ヒトラーの思う壺《つぼ》だな、と父親は今朝いっていた。ナチ党はおかげで体力をつける時間稼《かせ》ぎができる。

ミーツェはトランプをよく切った。おばさんにトランプを渡すと、カードがテーブルに並べられるのを見つめた。おばさんはカードをひらき始めた。いきなり最初のカードがハートのキングだった。

「まあ!」ミーツェは両手を顔にやった。「となり同士は無理ね」

ミーツェのいった通り、次の七枚にハートのクイーンはなかった。だがハートのキングの真下にある九枚目がハートのクイーンだった。ハンスは小躍《こおど》りしたが、ミーツェは慎重《しんちょう》だった。次のカードはふたたびスペードのジャックだった。

ハンスには、なにがなんだかわからなくなった。さっきスペードのジャックはハンスのそばにあった。今度はミーツェのとなりだ。

「スペードのジャックって死神かい?」ハンスはおそるおそるたずねた。

「ちがうわ」おばさんはハートのクイーンから数えて七枚目のカードをひらき、また数をかぞえてカードをめくった。「死神はクラブのジャック。スペードのジャックは不幸よ。でも心配はいらないわ。あなたたちはいっしょにいるかぎり、どんな不幸も乗り越えられるわ」

ハンスは、自分のときにクラブのジャックを探さなかったことで自分に腹《はら》を立てた。ミーツェの死神はハートのクイーンからだいぶ離れている。長生きできるということだ。ハンスのクラブのジャックがどこにあるかはわからずじまいになってしまった。トランプで未来が占《うらな》えるなんて、いまでも信じていなかったが、興味深くはあった。「自分を占ってみてくださいよ」ハンスはおばさんにいった。

おばさんはぎょっとした顔をした。「とんでもない！　それはできないわ」そしてこうつづけた。「トランプ占いを信じている者は、絶対に自分を占ってはいけないのよ。ろくなことにならないから」

おじさんがうなずいて、ほほえみながらいった。「生き延《の》びられるかどうかがかかっているからな。食べ物がなくても、かなり生きていられる。水がないと、ちょっとつらくなるが、希望を失ったら、三日と生きていられないだろう」

ミーツェは、路面電車の停留所までハンスを見送った。ハンスはべつに帰りを急いでいなかった。体操の練習はもう終わっている。さぼったことになるが、なんとも思っていなかった。懸垂《けんすい》や開脚姿勢や片手逆立ちの練習よりもずっと大事なことがある。ふたりは建物の陰で肩を寄せ合い、通り過ぎる路面電車を見送りながら、おしゃべりをした。

魔法瓶《まほうびん》をいれたハンスのカバンを隅に置き、焼き菓子の包みをその上にのせた。焼き菓子は、ミーツェがムルケルにといって、もたせてくれたものだ。ムルケルが病気だと聞いて、ミーツェが包み、これを食べて元気になってね、と言づけた。そしていま、ミーツェの頭の中は、明日、職場の同僚《どうりょう》に自分がユダヤ人だと告白することでいっぱいだった。「いつかべつの形で知られるのはいやなのよ」ミーツェはハンスにいった。「そしたら、わたしがそのことをはじているからいわなかったんだと思われるでしょ。いままでは、重要と思わなかったからいわなかっただけ。でも、いまは重要なことなの。みんな、知っていてもらわないと」

ミーツェは同僚を試そうとしていた。ミーツェがユダヤ人だと知って、態度が変わるかどうか知りたいのだ。だから、ユダヤ人との混血か、純粋《じゅんすい》のユダヤ人かの区別をつけようともしない。ユダヤ人だと告げる、それだけでよかった。

ミーツェは、ハンスの意見を聞きたくて、自分の計画をうち明けた。その計画がいいことなのか悪いことなのか。だがハンスには答えられない。ミーツェの同僚たちのことをよく知らない。知っているのは、ずいぶんあけすけだということだけだ。ミーツェがユダヤ人だとうち明けたら、みんな、どんな反応をするだろう。もし自分がユダヤ人だといったら、職場の人間がなんていうか、ハンスは想像してみた。レフラーはきっとくだらないジョークをとばす。シュレーダーとクルンプにとっては格好の餌食《えじき》だ。なんせ赤なうえにユダヤ人だというのだから。ほとんど「下等人種」の二乗といった存在だ。あいつらが今朝、シャワールームで見せた顔つきときたら。前の晩、愛する指導者の勝利の行進にでていたのだからむりもないが、これでかたがつくという晴れ晴れとした顔をしていた。あいつらに敵視された者たちはもう笑っていられない。

ヴィリーなら、自分がユダヤ人だといっても、気にしないだろう。エメスだって。だけど、ヴィリーはもういない。エメスも気のいい人だけど、いつまでも頼《たよ》りにできない。だから、自分だったら当分うち明けないだろう。だけどミーツェは決心をまげそうにない。ミーツェはハンスの意見がほしかったわけじゃない。味方になってほしかったんだ。

路面電車がまたやってきた。ハンスは通り過ぎるにまかせた。勇気があってすごいとミーツェにいいたかったが、心配でもあった。うまい言葉が見つからない。卓球をしてはじめてミーツェのことがわかった気がする。あのとき見せた不屈《ふくつ》の精神。ハンスだって、おまえには価値がないといわれれば、なにくそと思うだろう。それが卓球《たっきゅう》だろうとなんだろうとかまわない。なにで証明するかは問題じゃない。気持ちはミーツェとおなじだ。ハンスも自分でできるところを見せようとするだろう。

「もしひどいことになったら？」ハンスが小声でたずねた。

ミーツェが肩《かた》をすくめた。「そのときはそのときよ。でも、何人かは、それでもあたしをかばってくれると思うわ」

そういう言い方をするしかないなんて。なんてことだ。ハンスはミーツェに腕《うで》をまわし、キスをして、昨日、父親が母親にしていたみたいになでた。ぎこちなく、慰《なぐさ》めるように。「仕事のあと待ってるよ。いいね？」

ミーツェがハンスの上着に頭をもたせかけた。

「ええ、待ってて。あたしが泣いていたら、なにか楽しい話をしてね。ばかげてるかもしれないけど。約束よ」

「いいとも」

二通りの信頼

家にいたのはムルケルひとりだった。寝巻《ねま》きを着て、白いマフラーを首に巻いたムルケルがドアをあけた。ムルケルが裸足《はだし》のままドアをあけにきたので、怒ろうとしたら、その前にムルケルがいった。

「ヘレ兄さんがすぐに来てくれってさ。大事なことなんだって！　でも十時をすぎてたら、もう来なくてもいいって」

ハンスはカバンをおくと、目を丸くしているムルケルの手に焼き菓子の包みをあずけ、母親の目覚まし時計を見に寝室《しんしつ》にはいった。九時十五分。すぐに出たほうがよさそうだ。

ムルケルはさっそく焼き菓子の包みをあけて、満面に笑《え》みをうかべている。

「これ、どうしたの？」

「ミーツェからだよ」ハンスはもう外の廊下《ろうか》にでていた。「すぐに食べな。焼き菓子は元気がでるぞ」

「本当に？」ムルケルは思いがけないプレゼントがまだ信じられないようだ。

「ああ」ハンスは階段に足をかけながら声をかけた。「だけど、ベッドにはいって食べるんだぞ。そのほうが効き目があるんだから。それから、今度起きるときは、スリッパをはけよ。わかったか？」

「わかったよ！」ムルケルがよく通る声でいった。ハンスの頭上でドアのしまる音が聞こえた。焼き菓子の寿命《じゅみょう》はあと二分がいいところだろう。ハンスはにやっと笑って階段をおりた。中庭にでると歩調をゆるめた。マックセ・ザウアーはまだ入院しているが、それでも用心にこしたことはない。今朝、玄関《げんかん》に張り紙がしてあった。「同志マックセ・ザウアーへの卑劣《ひれつ》な行為に、われわれは償《つぐな》いを要求する」もしかしたら、今日さっそく突撃隊《とつげきたい》は報復行為《こうい》にでたかもしれない。帰ってきたときには、収まっていただけかもしれない。だが、そのまま沈静化《ちんせいか》するとはかぎらないだろう。

ハンスは運が良かった。だれにも会わずに、通りにでた。物陰《ものかげ》にかくれながらケスリン通りをめざした。ヘレが帰りを待っていると知っていたら、途中《とちゅう》の停留所で降りたものを。来た道をまた戻《もど》らなければならない。だがもう一枚切符を使う気にはなれなかった。

ハンスは一歩も立ち止まらずかけつづけた。ヘレがああいう言づけを残しているということはなにか大事なことにちがいない。ヘレは大げさな物言いをしない。いつも控《ひか》えめだ。ケスリン通り十番地についた。アパートの玄関はもうしまっている。ハンスは車道に立つと、指をくわえて口笛をふいた。ヘレに教わった口笛だ。聞きまちがいはしないだろう。

ユッタが窓から顔をだした。

「これを取って！」そういって、紙に包んだ鍵《かぎ》を放ってよこした。ハンスは包みが落ちるのを目で追って、ひろいあげると、鍵《かぎ》をとりだした。アパートの玄関をあけて、またしめ、いそいで薄暗《うすぐら》い階段をかけあがった。階段の窓からさしこむ中庭の明かりだけが頼《たよ》りだ。ハンスがノックをするまえに、ヘレがドアをあけた。

「どうしたの？」ハンスは息を切らしながらいった。

「まあ、とにかくすわれ」ヘレは、ハンスが来たのでうれしそうだったが、あいかわらず真剣な表情だった。

ぐっすり寝《ね》ているエンネの顔を見て、ユッタとあいさつのキスをしてからいすにすわった。まだ肩《かた》で息をしている。そしてヘレが話しだすのを、緊張《きんちょう》の面もちで待った。

ハンスから受け取った鍵をいじっているユッタのとなりにヘレがすわった。

「ハイナーのことなんだ。……いま、モアビトの未決監《みけつかん》にはいっている。おれたちは、あいつのことが気がかりでな、あいつを監獄《かんごく》から連れ出すことにしたんだ」

脱走《だっそう》？　それに手をかせっていうのか？

「ぐずぐずしているわけにはいかない。もし、かごの鳥になっているのが、どういうやつかナチにばれたら手遅《ておく》れだ。わかるな？　あいつら、国を完全には掌握《しょうあく》しきっていない。まだおれたちを助けてくれる人間がいるんだ。明日か、明後日には、もうそうはいかないだろう」

ヘレはいいよどんでいたが、それでも口をひらいた。

「手伝ってほしいんだ。ハイナーが顔を知っていて、おれが百パーセント信頼《しんらい》できる人間が必要なんだ」

手伝うのはやぶさかじゃない。だけど、ほかに信頼できる人間がいないんだろうか？　ハンスは、ハイナーがモスクワから持ち帰ったという仕事の話を聞いたときのことを思い出した。援助者のリストが話題になったとき、ハンスは、エデのことを聞いてみることができなかった。あのときは触《ふ》れてはいけないような気がした。今度は聞いてみることにした。

ヘレは聞かれると覚悟《かくご》していたようだ。

「信頼するというのは難しいことなんだ。信頼にもいろいろあってな。エデのことは友だちとしては信頼しているが、同志ハンシュタインとしてはむずかしい」

ヘレはすこし考えこんでからまた話しはじめた。

「簡単にはわからないだろうな。時代が時代だ。だがそれが本当のことなんだ。日和見《ひよりみ》主義者といわれているハイナー・シェンクがしばらく政治の表舞台から消えたほうがいいと思っている者が党の中にいるんだ。彼がめざしているのが、党指導部とちがうことは知られている。ドイツ・ソヴィエト連邦《れんぽう》では なく、ローザ・ルクセンブルクを念頭においた社会主義を望んでいる。だからシェンクには牢屋《ろうや》にはいっていてもらいたいのさ」

そんなばかな。共産党の最大の敵が政権をにぎったというのに、まだ内輪もめをしているなんて。

「そういうわけなんだ」ヘレは肩《かた》をすくめた。「内部闘争は、ナチ党によっても終わらない。いまでも内部闘争はもっとも重要な闘いだと思っている連中がいるんだ。エデも残念ながら、おれたちを信用しない。そういう連中の仲間なのさ。だから、おれたちも、あいつのことを信用できない」

党にいろんな派閥《はばつ》があることは知っていた。だけど、一方の派閥が得をするからといって、ハイナーのような同志をナチに売り渡してしまうほど、いがみあっているとは。あまりになさけない話だ。ヘレの口から聞いたのでなければ信じたくない。

「表面的には一致団結しているけど」ユッタが苦笑いした。「内側はぼろぼろ」

壁《かべ》を背にして！　昨日、そんな話があったばかりだ。ハンスは、ヘレのいっていることを理解したつもりだったが、実際はもっとひどいことになっていたんだ。

エデのことをそういう風にしかいえない自分がつらかったのか、ヘレはさらにいった。

「あいつは真っ正直なやつなんだ。自分の良心に反することができないような。まさにそこなんだ。おれたちが用心しなくちゃいけないのは。党があいつのすべてだ。いざとなれば、党に命を捧《ささ》げるだろう。だが、必要とあれば、党のために同志を犠牲《ぎせい》にだってする。わかるか？　ナチと闘うときには、エデに命をあずけられる。だがハイナーの場合、転向者のレッテルを張られている。なかには、裏切り者というやつもいる。リスクはおえない」

ハンスはそれ以上たずねなかった。具体的なことについても、聞けば、きっと答えてくれただろう。

「で、どうなんだ？　手伝ってくれるか？」

「もちろんだよ！」ハンスはもう答えを出していた。

ユッタがほっとした表情になった。

「よかったわ。信頼《しんらい》するっていうのは本当にむずかしいのよ。まちがいに気づいたときはもう手遅《ておく》れだから」

十一時ごろ、いよいよ行動開始だ。ヘレが服を着て、ハンスも上着と帽子《ぼうし》を手に取った。ユッタはハンスのことが心配だった。

「あなたを巻き込みたくはなかったの。エンネがいなければ、あたしがついていったんだけど。もし失敗してふた親ともいなくなったら、かわいそうだから」

ヘレがユッタを引き寄《よ》せて、抱《だ》きしめ、キスをした。

「二、三時間したら帰ってくるよ。そんな危ない仕事じゃないさ」

ユッタはまずヘレを抱きしめてから、ハンスのことも抱いた。「気をつけるのよ！　ハイナーによろしくいってね」ユッタはいまにも涙を流しそうだ。ハンスたちがだまって階段をおりていくのを見送って、すぐにドアをしめた。

ヘレはハンスに計画を話した。たしかに大して危険はなさそうだ。モアビト刑務所の監視官《かんしかん》に何年も前から隠《かく》れ共産党員になっている者がいたのだ。しかも都合のいいことに、ハイナーが収監《しゅうかん》されている階の担当になっていた。ハイナーはこの監視を通して、ヘレに連絡をよこしたのだ。ヘレひとり。ほかの同志にはいっさい連絡をとらなかった。ヘレは、指導部の穏健派《おんけんは》に相談した。そして今晩、ハイナーを逃がすことが決まった。脱走《だっそう》の指揮はヘレがとることになり、ほかの同志は不必要な危険を避けるために背後に隠《かく》れていることになった。

通りは静かだった。一軒《いっけん》の酒場から喧噪《けんそう》が聞こえる。ハンスたちはくっつくように並んで、学校通りに向かって歩いた。ふたりとも、なにか考え事をして、おしだまっている。アムステルダム通りに自動車が用意されているはずだ。そのすぐそばの建築現場の囲いの下に自動車のキーが隠してあるという。その自動車でモアビト刑務所へハイナーを迎《むか》えにいくのだ。

ハンスは自分の胸《むね》に聞き耳をたてた。不安はない。不思議なことだ。もし失敗をすればヘレはもちろんのこと、自分だって罰を受けるだろう。不安を覚えてもいいはずなのに、胸が高鳴り、気持ちが高まっている。

プランテーション通りの角の、ちょうど火葬場《かそうば》の前で、なぐり合う人影《ひとかげ》があった。男が女の顔をなぐり、女がハンドバッグを男の耳にたたきつけた。ふたりはののしりあい、今晩のうちに死んでやる、思い知るがいいと、おたがいに捨てぜりふをはいている。

「自殺にはうってつけの場所だな」そういって、ヘレがハンスをひっぱった。けんかしているふたりにかわってはいる暇《ひま》はない。それに、女も負けていなかった。男のすねをしたたかにけりあげた。男は悲鳴をあげ、ありったけの悪態をついた。ハンスはふとミーツェのことを思った。女はおそらく男から夜の仕事にでるようにせまられているんだ。ミーツェの母親だったりしたら。そういう偶然が意外とあるものだ。ハンスはあたりまえのようにヘレにミーツェのこと、その母親と父親のこと、おじさんとおばさんのこと、そして明日、ユダヤ人だと職場でうち明けようとしている彼女の計画を話した。ハンスはそのことをだれかに話さずにはいられなかった。ヘレなら、ハンスの気持ちをわかってくれるだろう。

じっと話を聞いていたヘレがうなずきながらいった。

「勇気があるな、ミーツェって子は。ちょっと会っただけでは、そんな勇気があるようには思えなかったよ」

ミーツェがほめられるのはもちろんうれしいが、ハンスが聞きたかったのはそういうことじゃなかった。ミーツェの計画をヘレがどう考えるか知りたかった。同僚《どうりょう》にいきなりユダヤ人だと告白するのは得策なのかどうか。それもよりによって、こういう状況になってから。

ヘレはすこし考えてから答えた。

「自分の立場がどうなっているかいつも知っておくようにするのはいいことだ。人を見損《みそこ》なわずにすむ」

ハンスがききかえした。

「だれかのことを見損なったことがあるの？」

ヘレはふっと笑った。

「なんていったって、自分のことを見損なったからな。それも一度や二度じゃない。本当だ」

ふたりはレオポルド広場にさしかかった。左右向かい合っているふたつの教会のあいだを抜けた。夏なら、夜でもにぎやかな広場だが、今晩は死んだように静まりかえっている。どこか遠くから突撃隊《とつげきたい》の歌声が聞こえる。ヴェディンク地区ではまだめずらしい。聞き慣れない歌だ。

「だれかを見損なったことは？」

「あるさ！」ヘレがいった。「うんざりするほどな。昔のおやじとおなじで、世界をよくしようとする人間はみんな、善人だと思っていた。とんでもない勘違《かんちが》いさ。おれの最大の勘違いだな。それに一番傷ついたよ」

ハンスはもっといろいろ質問がしたかった。いつまでもしゃべっていたかったが、その時間はない。ふたりはトリノ通りを進んだ。つぎの四つ辻《つじ》でアムステルダム通りと交差する。

ヘレはしきりにまわりを気にしている。

「なにかおかしな動きがあったら、自分の身だけ考えるんだ。いいな？　おまえが危険なことをしても、うれしくない」

ハンスはそれには答えず、自分の胸《むね》に聞いてみた。こわくなったか？　いや、こわくはない。ただ、さっきよりも気が引き締《し》まっている。

アムステルダム通りは、ヴェディンク地区の典型的な通りで、ここでも安アパートが軒《のき》を並べている。だがアッカー通りと比べると、ずっと落ち着いた雰囲気《ふんいき》で、それほど見すぼらしくはない。それでも路上に駐車《ちゅうしゃ》してある自動車は二台だけだった。軽トラックと乗用車。その乗用車が、ヘレに用意されたものだ。

歩みをゆるめずに、ふたりは乗用車のわきを通り抜け、ちらっと中をうかがった。後部座席の左に丸めたハンカチが置いてあるはずだ。赤と青のチェックのハンカチだ。たしかにハンカチが置いてある。その自動車にまちがいない。キーを探さなければ。ふたりは工事現場までだまって歩きつづけた。ハンスは立ち止まって、あたりに目を走らせた。ヘレが板の数をかぞえた。十七枚目でかがみ込み、両手で囲いの下をさぐった。ハンスはアパートの窓を見上げた。ほとんどの窓が真っ暗だ。早朝から仕事のある人たちは、早くベッドにはいる。けれども、そういう暗い窓が危険なのだ。暗がりから見張られていたら、まるでわからない。だから気がゆるせない。暗い穴のひとつひとつが危険に思えてしまう。

ヘレがキーを見つけ、体を起こしてあたりをうかがった。怪《あや》しい気配がないのを確認すると、通りを戻《もど》って、さりげなく乗用車に近づき、助手席のドアをあけた。ハンスはすぐに乗り込んだ。ガソリンと革シートのにおいが鼻を突《つ》く。自動車はまだ真新しい。頑丈《がんじょう》で、しっかりした内装だ。

ヘレが運転席にすわり、キーをさして、エンジンをかけた。あっけなくて、拍《ひょう》子《し》抜《ぬ》けするほどだ。そういう乗用車に乗る機会はめったにない。ヘレは党の金で免許をとった。赤色戦線に運転手が必要だったからだ。けれども、こんな乗用車を運転する機会はまずない。いつも廃車《はいしゃ》寸前のポンコツトラックばかりだ。それでも、いっしょに乗せてもらえるだけで大喜びだった。今回は、高級な乗用車に乗れるというのに、どうも居心地が悪い。

ヘレはだまって静かな通りにそって車を走らせた。それも、当たり前のように。

「こんにちは、社長」ハンスはふざけて笑った。

「やあ」ヘレも調子をあわせた。「家族は元気かね？　奥さんにまた子どもができたんだって？」

車が一台、前からやってきた。ハンスはおどろいて、まぶしいスポットライトを見つめた。ヘレが腕《うで》に手をおいていった。

「前から来るのは心配ない。気をつけないといけないのは後ろから来るやつだ」

ハンスはあわてて後ろを見張った。じっとしていられなかったのだ。

ハンスたちはミュラー通りを左折し、レオポルド広場を左に見、ルクセンブルク通りを横切って、ヴィーゼン通りに右折した。ピューリッツ橋通りをすすみ、塔通《とうどお》りとの十字路を越《こ》え、小動物園のわきを通って刑務所をめざした。

ヘレはわざと遠回りをした。ペルレベルク通りからラーテノウ通りへ抜けたほうが近道だ。だがこうすれば、もしあとをつけられたとき、方向のまったくちがうシャルロッテンベルク地区にいくように見せかけられる。だがあとをつけてくる者はいなかった。ときどき後ろを走る車があったが、すぐに脇道《わきみち》にまがった。

ハンスたちは刑務所と刑事裁判所の前を素通りし、いくつか通りを過ぎたところで方向転換して、引き返した。そのあたりはひっそりしていた。人が集まる酒場も映画館も劇場もその界隈《かいわい》にはない。刑務所の横には教会があり、その裏手の、小動物園の手前に狭《せま》い脇道《わきみち》がある。その脇道に、ヘレは自動車をいれ、エンジンをとめると、ドアをあけて耳をすました。

なにも聞こえない。死んだような静けさ。教会はルイーゼ中高等学校と接し、小動物園は塔通《とうどお》り公共プールとつながっている。真夜中だからか、どの建物も物音ひとつしない。住宅街ではないので、人通りもないその脇道なら、ほとんど人目につかないはずだ。

「教会の時計が十二時半をうったら、行動開始だ」ヘレがささやいた。「おれはここで、こいつのエンジンをかけ、ドアを全部あけておく。クーノが後部座席の左、ハイナーは右、おまえはまた助手席に乗る。助手席には若い者がのっているほうが目立たないだろ」

クーノというのは、ハイナーを脱走《だっそう》させ、自分もそのまま逃亡《とうぼう》する監視《かんし》の名前だ。彼がいなかったら、こんなに早く、ハイナーを刑務所から出すことはできなかっただろう。クーノのことは、ヘレからくわしく聞いていたが、クーノがすべてを犠牲《ぎせい》にするというのがハンスには理解できなかった。人助けのために地位も職場も住居も家族も捨てさるなんて。いくら同志だといっても、たとえそれがハイナーだとしても、それは大変な犠牲だ。頼《たの》めることじゃない。

教会の時計が十二時半をうった。「よし!」ヘレはすぐに車から降りて、ドアをあけはじめた。ハンスは助手席のドアをあけっぱなしにして、急ぎ足で刑務所の方に向かった。すべて正確に計画がねってあった。ハンスが刑務所の通用門につくまでに五分。そこで小さく二回ノックをする。ハイナーと監視への合図だ。ふたりがすぐに出てこなければ、二分待って、もう一度ノックをする。それでも出てこなかった場合は、すぐヘレのところに戻《もど》る。扉《とびら》があいた場合は、二、三メートル後ろにさがって、ハイナーに顔が見えるようにする。ハイナーがいっしょでなかった場合など計画がうまくいかなかったときは、すぐに逃げることになっている。どこへ逃げてもいいが、車には戻らない。自分の身を守ることを先決にする。ただ余裕《よゆう》があって、危険ではないと思えたときだけ、ヘレに警告の口笛を吹くことになっている。ハンスはもちろんなにがあっても、口笛を吹くつもりだった。ヘレのほうが自分より大事だと思っていたのだ。ハンスはまだ未成年だから、それほどひどい目にはあわないだろう。だがヘレは、逮捕《たいほ》されれば、刑務所にいれられ、おいそれとは出てこれないはずだ。

赤いレンガ造りの建物の前はあいかわらず静かだった。自動車が通ることもほとんどなく、道をいく人影も見えない。ハンスは、自動車で通り過ぎるときにヘレから教わった鉄扉に近寄《ちかよ》った。念のためもう一度あたりをうかがう。それから軽く二度ノックをして、三歩さがった。

鉄扉に隙間《すきま》があいて、男が顔をだした。ハイナーだ！　背広に、襟元《えりもと》のボタンをはずしたシャツ姿で、扉の隙間をすりぬけた。つづいて制服姿の男がでてきて、すぐに扉をしめた。

ハンスはなにもいわず、ハイナーたちをヘレのところへ案内するために歩きだした。ふたりはだまって後につづいた。三人の足音だけが聞こえる。まわりが静かなためか、異様に大きく響《ひび》く。ハンスは、はやる気持ちをぐっと抑《おさ》えながら歩いた。走ってはいけないと何度も念を押されていた。走るのだけはだめだ。走れば、目立ってしまう。それに、足音がそれだけ大きくなってしまう。

甲高《かんだか》い警報が鳴り響いた。

「なんてこった！」ハイナーの横を歩いていた監視《かんし》が歩調を早めた。「気づかれたぞ。なにか予定が狂《くる》ったんだ」

ハンスも早足になった。まだ走りだすほどではなかったが、急いで脇道《わきみち》に曲がったので、傍目《はため》にも逃げているのがわかっただろう。

ヘレもサイレンを聞いて、自動車をゆっくり走らせはじめていた。ドアが三つあけっぱなしになっている。妙《みょう》な感じだ。まるで翼が生えたように見える。ハンスたちはもうかけだすしかなかった。ハンスは軽快に走り、自動車のステップに飛び乗った。ふりかえってみると、ほかのふたりも自動車に追いついていた。ほっと息をつくと、ハンスは助手席に身を投げ出し、ドアをしめた。そのすぐあとで、後部座席のドアのしまる音がした。ヘレがアクセルを踏《ふ》み、車は塔通《とうどお》りを右折し、ラーテノウ通りで左に曲がり、ポスト競技場の横を通って、ヴェディンク地区に向かった。

「スピードを落とせ」ハイナーが落ち着いていった。「スピードを落とすんだ。追っ手は空を飛べるわけじゃない。ベルリンは大きいんだから、すぐには見つからないさ」

ヘレはアクセルを踏む足をゆるめた。

「なにかへまをやったのか?」

「いいや」監視がいった。「きっとだれかが早めに交代しようとしたんだろう。十分は余裕《よゆう》があると思ったんだが、二分というのはちょっときわどかったな」

「十分だろうと、二分だろうと」ハイナーが軽口をたたいた。「監視が仲間だとこんなに簡単だって知っていたら、楽隊でも門の前を行進させるんだったな」

ヘレは軽く笑ったが、監視はむっつりしていた。ハンスはふりかえって、監視の顔を見た。クーノという名のその男は、かなりの年輩《ねんぱい》だった。五十歳くらいだろうか。短く切った白髪《しらが》まじりの口ひげをはやし、ニッケルのメガネをかけている。いかにも官吏らしく、少し堅《かた》い感じで、几帳面《きちょうめん》そうだ。だがその印象は正しくない。男がしたことは、几帳面な官吏のすることじゃない。

「で、これからどうするんだ?」ハイナーはそういってから、感謝の気もちをこめてハンスの肩《かた》に手をおいた。

「ちょっとこのあたりをドライブする」ヘレがいった。「それからパンコウに向かう。そこで着替えてもらう。パスポートもそこにある」

「おれたちふたりのか?」監視《かんし》がたずねた。

「ふたりのだ」

監視はしばらくおしだまってから、小さな声でいった。

「大事なものはみんなもってきた。ほかに必要なものはないさ」

声は悲しげだった。うれしいはずはない。公務員は一生安泰《あんたい》だし、年金ももらえる。クーノという監視は、そのすべてを今晩失ったんだ。

ハイナーは監視に、どれだけ感謝しているか口にしようとした。

「いいって」監視はさえぎった。「たぶんこのほうがいいんだ。おれたちなんて、ほとんど受刑者とおなじなんだから。おさらばする潮時さ。ヒトラーにいっぱい食わせたと思えば、悪い気はしない」

「いっぱい食わせるのはヒトラーだけじゃないけどな」ハイナーがほほえんだ。「それでも真っ先にあいつにいっぱい食わせたってわけだな」

街中で

ヘレが案内したのは瀟洒《しょうしゃ》な住宅だった。どの階にもバルコニーがあり、入り口の扉《とびら》にはスタッコ飾《かざ》りがつき、左右はちょっとした花壇《かだん》になっている。

ヘレはその住宅の前を走りすぎてから、最初の脇道《わきみち》にまがり、乗用車を止めた。

「ハンスとおれが先にいって、入り口をあけておく」ヘレはハイナーにささやいた。「四人そろって歩いては目立つから」

ハイナーはうなずいた。

「何階だ？　名前は？」

「三階だ。ヴィンターフェルト」

「ヴィンターフェルト？」ハイナーがはっとした。「ショルシュ・ヴィンターフェルトか？」

「そうだ」

「たまげたね。あいつとは」ハイナーはいかにも満足そうだった。ヘレが車をおり、ハンスもつづいた。

ふたりは来た道をさっきの住宅まで戻《もど》った。玄関《げんかん》でヘレはまわりをうかがい、ポケットから鍵《かぎ》の束をだすと、順に鍵をさした。二つ目でドアがあいた。ふたりはさっそく中にはいり、明かりをつけた。暗くしたまま他人の家をうろうろするほうがはるかに目立つ。

天井の照明はとても明るく、ハープをかなでるスタッコの天使に囲まれた天井は真っ白で、まぶしいほどだ。ハンスはきょろきょろ見回した。こんな家ははじめてだ。廊下《ろうか》の壁《かべ》にはられた彩色《さいしき》タイル、階段の両脇《りょうわき》にかざられたライオンの頭、階段の欄干《らんかん》にも凝《こ》った飾《かざ》りがついている。だが裕福《ゆうふく》そうなのは見た目だけじゃない。においまで裕福そうだ。

ヘレにはおどろいた様子がない。こういう家を知っているのだろう。ここにも来たことがあるのかもしれない。階段を上がり、三階でまた鍵《かぎ》をだした。ヘレがあけたドアにはG・ヴィンターフェルトという表札がかかっていた。呼び鈴《りん》の引きひものついた表札は真鍮製《しんちゅうせい》で、ほっぺたの膨《ふく》らんだ天使の飾りが一体ついている。

ハンスはヘレに、この高級な家に住めるG・ヴィンターフェルトというのはいった何者なのか聞いてみたかったが、がまんすることにした。ゆっくりおしゃべりをしている暇《ひま》はない。ヘレが話していいことなのかどうかもわからないし。

部屋の明かりはつけなかった。真夜中にこうこうと明かりをつけては怪《あや》しまれる。ヘレがカーテンを全部しめてから、玄関に用意してあった懐中電灯《かいちゅうでんとう》で部屋の様子をうかがった。それだけで、ここの住人がとても教養のある人間なのはわかった。どの部屋も本でいっぱいだ。そして本のない壁《かべ》には絵が飾ってある。それもいかにも高そうな絵だ。

小さくノックする音が聞こえた。ヘレがドアをあけて、ハイナーと監視《かんし》を中にいれた。

「大丈夫か？」ハイナーがささやいた。

「いまのところはな」ヘレはふたりを居間に案内した。ハイナーは懐中電灯をヘレから受け取って、部屋をぐるっと見回した。ハンスにはとんでもなく大きな部屋に思えた。懐中電灯の光が本棚《ほんだな》、レコードプレーヤー付きのラジオ、グラスや花瓶《かびん》をいれたガラス扉《とびら》の戸棚《とだな》、どっしりとした革張《かわば》りのカウチとおなじ材質の安楽いすを照らしだした。居間のテーブルにメモ書きがあった。「ようこそ、ハイジ」と書いてあり、その下に「シュ」とあった。

「こういう暮らしをしているわけか、ショルシュは」ハイナーはメモをにぎりつぶすと、ヘレのズボンのポケットにいれた。「トイレに流してくれ」それからハンスの顔を照らした。「文句をいっちゃいけないな、これだけの家なんだから」

たしかに、ゲオルク・ヴィンターフェルトに不満はないだろう。家は広々している。どうやら子どもはいないようだ。子供用のベッドや子どものおもちゃといったものがひとつも見あたらない。子どももいないのにこんな家に住むなんて、ハンスにはとんでもないぜいたくに思えた。

「いっしょに来てくれ」ヘレはハイナーから懐中電灯をとると、ハンスに渡した。ふたりは浴室にはいった。ヘレはメモをトイレに流すと、ハンスに便器の上にある水槽《すいそう》を電灯で照らすようにいった。ヘレは便器の木製のふたにのって、水が入らないようしっかり包装《ほうそう》してある包みを水槽から取りだした。ヘレが包みをあけると、中からパスポートと金とそのほかの書類がでてきた。だが、ハンスを圧倒《あっとう》したのはそんなことより、浴室のほうだった。洗面台、浴槽、暖炉、便器が備え付けられている。アッカー通りでは、便所は一階にしかない。冬にはよく便器の中が凍結《とうけつ》してしまう。家の中なら、凍結の心配はないだろう。便座にすわっても凍《こご》えることはないはずだ。だがなによりもすごいのは浴槽《よくそう》だ。ハンスの家では、たらいにはいって、頭から足の先まで石鹸《せっけん》で洗う。目の前の浴槽につかったら、公園通りの市営プールで泳いでいる気分になれそうだ。ムルケルだったら外にでようとしないだろう。

「パスポートはよくできているな」ハイナーがいった。ハンスはハイナーたちの顔写真がちゃんと貼《は》ってあるのか見てみたかったが、懐中電灯《かいちゅうでんとう》でパスポートを照らしても離れすぎていてよくわからなかった。

「間に合わせるのにすったもんだしたよ」ヘレがいった。「急な話だったし、この時勢だ、工房も暇《ひま》じゃない。想像がつくと思うけど」

ハイナーはただうなずいた。

「で、服は？」

「寝室《しんしつ》だ。適当に着ていけって、ショルシュがいっていたよ」

「じゃあ、そうさせてもらう」ハイナーはハンスから懐中電灯を受け取ると、監視《かんし》といっしょに寝室にいった。ハンスは手探りで革張《かわば》りの安楽いすのところへいき、身を沈《しず》めた。大きないすに体ごとあずけるのは奇妙《きみょう》な気分だ。

ヘレも安楽いすにすわって、ハイナーたちを待った。ハンスは落ち着かなかった。暗い部屋、置き時計の時を刻《きざ》む音、部屋にたちこめる慣れないにおい。今夜のことが本当のことに思えなかった。夜の街のドライブ、静まりかえった監獄《かんごく》、突然《とつぜん》のサイレン、自分の担当する囚人《しゅうじん》を逃がす監視、そしてこの家。

まるで映画の中みたいだ。すべてうまくいってしまうところがよけいに映画みたいだ。

ハイナーが戻《もど》ってきた。寝室に置いてきたのか、懐中電灯を手にしていない。なにか柔《やわ》らかいものをカウチにどさっと投げた。たぶん自分用に選んだマントだろう。それから三つある安楽いすのひとつにすわり、しばらくしてから口をひらいた。「クーノはわかってるんだ。ナチの政権になれば、どっちみちいつまで働けるかわからない」

「気にするなって」ヘレがいった。「全部、話し合ったじゃないか。おまえは必要なんだ。そして、クーノは自分の意志でした」

またハイナーがおしだまった。それからこうたずねた。「同志たちはどうしてる、あの口先男にやられたあと」

「どうもこうもない！」ヘレがいった。それから声を低くしてつづけた。「みんな、指導部にだまされたって思っている。ずっと革命《かくめい》の好機だっていわれつづけてきたんだ。そういう口先だけの言葉を、まずは飲み下さないとな」

ハイナーはタバコに火をつけて、大きく煙《けむり》をはいた。「統一戦線とか、ゼネストとか、なんにもならなかったものな？」

「ああ、いまだに社会民主党といがみあってる。吐《は》き気がするよ」

ハイナーはタバコをすって、だまり込んだ。それからまた小さな声でたずねた。「で、いわゆるノンポリは？　なんていってる？」

「いままでよりはましになるだろう、これ以上ひどくなりようがないっていってるよ」

「しかし、ナチに対抗《たいこう》するには、そういう連中の助けがいるんだ」ハイナーがいった。「それに良識のあるナチ党員も必要だ。だまされたやつや、間抜けなやつや、夢想家がいっぱいいるはずだ。どういう連中に権力を与えたかわかれば目を覚ますやつもいるだろう。そういうやつらに目をつけといて、慎重《しんちょう》に接近するんだ。そして党に残るように説得するんだ。ヒトラーの妨害《ぼうがい》をするんなら、膝元《ひざもと》からするのが一番だからな」

ハンスはすぐにギュンター・ブレームのことを思った。いつか目が覚めるかもしれない。彼といっしょにマルタも。ハイナーが良識のあるナチ党員のことをいってくれたのを、ハンスは感謝した。希望といえば、それくらいしかなさそうだ。

だがヘレはそれほど楽観的ではなかった。

「一度、荷担した連中はそう簡単に衣装《いしょう》替《が》えできないさ」

「たしかに多くのやつらはな」ハイナーがいった。「だが何人かはいるはずだ。これまでしてきた失敗から学ばなくちゃ」

監視《かんし》が寝室《しんしつ》からでてきて、腰《こし》のあたりに懐中電灯《かいちゅうでんとう》をかまえ、自分を照らして、すっかり着替え終わったところを見せた。褐色《かっしょく》のスーツ、白いワイシャツ、緑色のネクタイ。晴れ着を着込んだ郵便局員みたいだ。

「マントを忘れるなよ」ハイナーはそう注意してから、戸棚《とだな》を懐中電灯で照らすようにいった。

戸棚のガラス扉《とびら》の奥にコニャックの瓶《びん》があった。ハイナーはその瓶をとると、グラスを四脚、カウチの前の小さなテーブルに並べ、琥珀色《こはくいろ》の液体をすこし注いだ。

「それじゃ、この世のすべての元監視《かんし》に、そしてアッカー通りの隅《すみ》っこに暮らすゲープハルト一家みんなに乾杯《かんぱい》だ」

ハイナーたちがグラスを傾《かたむ》け、ハンスもコニャックを口に含んだ。気持ち甘い、刺すような液体を特にうまいとは思わなかったが、なかなか効《き》く。頭と胃が熱くなった。

「ケスリン通りのゲープハルト一家のことを忘れているぞ」ヘレがにやっと笑った。

ハイナーがもう一度、コニャックを注ぎ、みんな、グラスを口にはこんだが、ハンスだけはグラスに手をのばさなかった。それからしばらく気詰《きづ》まりな雰囲気《ふんいき》に包まれた。

ハイナーが小さな声でいった。

「ドイツを出たくはない。本当だ。ファシズムとの闘いは甘くないだろう。それでも、白黒はっきりしているだけ楽だ。おれたちがこれからいくところは、どこが最前線なのかよくわからないからな」

ふたたび、みんな、だまりこんだ。ヘレが時計に光をあてた。もう三時だ。

「時間だ」ヘレがいった。「もうすぐ、早番の労働者が出勤する。人に見られないほうがいい」

ハイナーがうなずいた。立ち上がると、ハンスの方に歩みよった。

「もうすこし勉強がしたくなったら、知らせてくれ。モスクワでなら、勉強ができる。おまえみたいな若者が、このままじゃもったいない。ちがうか？」

モスクワだって？　自分が？　ミーツェや家族と別れて？　本気とは思えなかったが、ハイナーがこんな時に冗談《じょうだん》をいうはずがない。「むりだよ」ハンスは息せき切っていった。「ぼくは、ここにいなくちゃ」

ハイナーは手を差し出した。

「まあ、考えてみるんだな。二、三週間したら、気が変わるかもしれない」

ハンスは手をにぎり、最後にハイナーに抱《だ》かれた。

ヘレとハイナーも抱き合った。

「元気でな！」ハイナーがしゃがれ声でいった。「ユッタとエンネによろしく。それからあのいかれたエデにもな。あいつも、いつかは正気になるかもしれない」

「わかった」ヘレはそういって、すこしためらってからたずねた。「今度、会えるのはいつかな？　一年後？　それとももっと後かな？」

ヘレが本当に質問したかったのは、そもそも再会できるかどうかだった。それはハンスにもわかったし、ハイナーも聞き漏《も》らさなかった。

「さあな」ハイナーはいった。「これからどうなっていくかにかかってるからな。十日後かもしれないし、十年後かもしれない。なんでもありだよ」

ヘレは監視《かんし》とも握手した。

「ふたりが戻《もど》ってきたら、再会を盛大に祝いましょう。酒場を借り切って、あなたには止まり木の特等

「約束する」

祝杯《しゅくはい》はあげよう。でも、祝杯はあげよう。

席にすわってもらいますよ」

監視がふっと笑った。

「おれたちみんながすわれるだけの止まり木なんてあるかな。でも、祝杯《しゅくはい》はあげよう。約束する」

ヘレたちはまた寝室《しんしつ》にいって、マントをもう一着と、帽子《ぼうし》とマフラーを探した。それから監視はハンスにも別れを告げ、ハイナーと連れだって家をでた。

ハンスたちふたりは通りを去っていくハイナーとクーノを窓から見送った。肩幅《かたはば》のあるハイナーにはマントがちょっときつそうだ。元監視は他人の服が着心地悪そうだ。ふたりが次の角で姿を消すと、ヘレはほっと息をついた。「さてと！　うまくいったようだ。後片づけをしよう」ヘレは居間に戻《もど》ると、コニャックを片づけ、グラスを台所ですすいで、寝室に残してあったクーノの制服を丸めて包んだ。ハンスはヘレが片づけているあいだ、懐中電灯《かいちゅうでんとう》で照らしていた。なんだか泥棒《どろぼう》になったような気分がした。ヘレとハンスは、他人の家で自分たちの痕跡《こんせき》を消し去ろうとしている。ミステリー小説みたいじゃないか。

ヘレは片づけが終わると、また窓辺に立った。カーテンをあけて、表をうかがう。あやしい気配はない。クーノの制服の包みを取ると、ヘレは「ありがとう、ハイジより」というメモを居間のテーブルに置き、懐中電灯を元の場所に戻した。ヘレはすべてゆっくりとすませ、ドアをそっとしめて、階段の明かりをつけ、ハンスといっしょに階段をおりた。アパートのドアを静かにしめると、なにごともなく乗用車に乗り込むことができた。

それでも、ヘレは念のためすぐにはヴェディンク地区に戻らず、とりあえずシェーンハウス大通りからアレクサンダー広場を抜け、ケーニヒ通りに入り、宮殿のそばを通り過ぎた。

シュプレー河畔《かはん》で車を止めた。宮殿のまわりはまだ静かだった。もう一、二時間すれば、花売り女たちが屋台をだし、新聞売りの少年たちが朝刊を売り歩くはずだ。路面電車の鐘《かね》の音も聞こえだし、タバコ売りやネクタイ売りもたたき売りをはじめるだろう。そのうち、胸元《むなもと》の板に安全針や靴《くつ》ひもや裁縫《さいほう》道具を並べたパウレ・グロースも姿を現すだろう。けれどもいまのところ、広場を占拠しているのは黒々と闇《やみ》にうかぶ巨大な宮殿だけだ。宮殿薬医棟の緑青《ろくしょう》をふいた銅ぶきの塔《とう》が見える。街がすっかり石になってしまったみたいだ。

「ここでなにをするつもり？」

ヘレがにやっと笑った。

「見つかりたくないときは、だれもがまさかと思うところへいくにかぎるんだ」

ヘレは車からおりると、あたりをうかがい、明るい月明かりに照らされないように車の陰《かげ》にはいり、石畳《いしだたみ》の石をはずしはじめた。まわりを気にしながら、車の中で見つけたドライバーで石のまわりをほじくった。だが、偶然《ぐうぜん》通りかかる通行人がいるとすれば、目にとまるまえに、足音が聞こえそうなくらい、あたりは死んだように静まりかえっていた。

ヘレは石をほりだすと、監視《かんし》の制服の重石にし、人に見られていないのを確かめてから、勢いよくシュプレー川にほうりなげた。いっしょに車からおりていたハンスは、大きな水音を聞いて、いくらなんでも派手にやりすぎだと思った。川に沈《しず》んでいく包みを見ているうちに、どうしてすぐに逃げようとしないのか不思議になった。

「なにを待ってるんだい？」

「まあ、あわてるなって」ヘレは川岸に立つ鉄の手すりに腰《こし》かけて、のんびり巻きタバコをつくりながら、ハンスに説明した。「水音を聞いたやつが見にきて、だれの姿もなかったら、怪《あや》しまれるだろう。そのうえ、走り去る車なんか見たら、絶対ナンバーをメモする。車の持ち主に迷惑がかかるじゃないか」

「だけど、だれかが聞きつけて、ここにきて、ぼくらになにがあったのか聞いてきたらどうする？」

「そしたら」ヘレはうれしそうに、タバコの紙の縁《ふち》を舌でぬらした。「おれたちも、へんな音を聞きつけて見にきたんだっていってやればいいさ。善良な市民として、社会民主党か共産党といったいかがわしい輩《やから》が悪事を働いているのは見過ごしにできない。だけど、いたのはドブネズミだけ。でっかい褐色《かっしょく》のネズミが川にドボンと飛び込んだだけだったってな」

「でっかい褐色のネズミね」ハンスはこらえきれずに笑い出した。ヘレもいっしょに笑った。「頼《たよ》りになる弟がいて、うれしいよ。まだ、ありがとうっていってなかったな」

「いいってことさ」

「そんなことはない」ヘレはハンスの腕《うで》をつかんだ。「ありがとう！　本当だ！」

「どういたしまして！」ハンスはちょっとおどけながら答えた。「朝飯前だよ」

ヘレはしばらくハンスを見つめてから、宮殿のとなりのすこし小ぶりだが、それでも十分堂々としている建物をあごでさししめした。厩舎《きゅうしゃ》だ。

「昔、あそこに水兵たちが陣取《じんど》っていたんだ。そのとき、おれはいまいるまさにこの場所にハイナーと立ったことがある。おれはまだ子どもだったけど、あのときハイナーがいったことは絶対に忘れない。『どこから来たかは問題じゃない。大事なのはこれからどこへいくかだ』さっき、人を見損《みそこ》なったことがあるかって聞いたよな。これがおれの返事さ。よく覚えておくんだ。むだにはならない」

いい言葉だ。それを聞いて、ハンスはもうひとつ、ヘレから聞いた言葉を思い出した。

「なにと闘うか知っているだけじゃ足りない。なんのために闘うか知らなくてはだめだ」どちらも雄弁《ゆうべん》な言葉だ。

「さっきのショルシュっていう人だけど」ハンスはおそるおそるたずねた。「なにをやっている人?」

「いい暮らしをしているが、自分の良心を失っていないやつだ。ああいうやつは、もうあまりいない」

「たくさん本があったけど、学者?」

「ジャーナリストだ。もっともおれたちの仲間じゃない。どっちかというとブルジョアだな。だが、共産主義が必要だって思っていて、中道派をもっと支援して、反ヒトラーの統一戦線が組まれるを期待しているひとりさ」ヘレはタバコのすいさしを捨てると、運転席にすわった。ハンスが乗り込むと、エンジンをかけて、月明かりに黒く光るシュプレー川に沿ってゆっくりと走った。宮殿の橋の半ばにさしかかったとき、ヘレが口を開いた。「本当にかしこい人間に、共産主義者をつぶそうってやつはいないさ。

たしかにおれたちの仲間にはしようがないやつがいるけど、それはおれたちの理想とは関係ない」

「ギュンター・ブレームもおなじことをいっていたよ」

「おれたちのことをか？」ヘレが笑った。

「ちがうよ。突撃隊《とつげきたい》のことさ」

ヘレはすこし考えてからいった。「いうのは勝手だが、問題はその通りかどうかだ」

ふたりはウンター・デン・リンデン通りをフリードリヒ通りに右折し、しばらく直進した。そしてまた右折してアッカー通りについた。ハンスはずっとだまっていた。けんか別れしたくなかった。けれども、三十七番地に近づくと、聞かずにいられなくなった。

「どこへいくかは偶然《ぐうぜん》に決まるものなのかな？」

ハイナーがいったことに、ハンスがまだひっかかっているとわかるまで、しばらくかかった。

「そういうものでもないさ。途中《とちゅう》でだれと出会うかによってすこしは変わる」

「それじゃ、マルタはついてなかったんだね。まちがったやつと出会っちゃったんだから」

「そうともいえるけど、自業自得《じごうじとく》でもある。すべてのハチがおなじ蜜《みつ》をとりにいくわけじゃないだろ」

「でも、せっぱつまったら、どんな蜜にでもすがるしかないじゃない」

三十七番地に到着した。ヘレが車をとめた。「味見くらいはいいさ」ヘレはにやっと笑った。「だけど、まずいとわかれば、食べ続けることはないだろ」

「まずいってわからなかったら？」

「それは」ヘレはまじめな顔になった。「味覚がおかしいか、わかる気がないかだな」

ハンスは首を横にふった。

「まったく容赦《ようしゃ》ないんだから」

ヘレはハンドルをいじりながらいった。

「そうかい？　おれが求めているのは、人間らしさだ。それがそんなにむずかしいことなのか？」

ふたりは、名前こそ口にしなかったが、いまだにマルタのことをいっていた。

「でも非道な暮らしをしているやつが、どうやって人間らしくできるっていうんだい？」

「悪くない」ヘレは感心したようにうなずいた。「その先をいってみろよ。非道な人間は人に強いられて非道な人間になるんだってな。そうすれば、おれたちの意見は一致する」

「だけど、マルタは非道な人間じゃないよ」ハンスは興奮していった。

「そのとおりだ」ヘレは落ち着きはらっていた。「だが、連中と手をつないでいるかぎり、そう、連中のところにいるかぎり、連中とまちがえられてもしかたないだろう」

ハンスはもうなにもいわなかった。ヘレに手を差しだし、車から降りた。遠ざかるテールランプを見送っていたハンスは、いきなり手を挙げ、ヘレに向かって手をふった。ヘレが気づいたかどうか、それはわからなかった。

＊30　フーゲンベルク　アルフレート・フーゲンベルク（一八六五年―一九五一年）。ワイマール共和国時代のメディア王。反民主主義的、反共和国的、反社会主義的新聞を発行した。一九二八年からドイツ国家人民党党首となり、ヒトラーに政治的成功の道を開いた。一九三三年一月三十日から六月までヒトラー内閣で経済相と食糧相を兼務する。その後は国会議員として大きな影響力を失う。

＊31　そして明日は全世界が　本歌の歌詞は「今日、ドイツがわれらの声を聞き」だが、「聞く」（hören）を「属する」（gehören）に言い換えて歌われることが多かった。

＊32　ユンカー　主にエルベ河以東の大土地所有貴族。

第四章

炎上

善良な人々

木箱に収められたボールベアリング、小さな歯車、ボルト、ナット、そのほかさまざまな機械部品。ハンスは木箱を台車で運んできては、ふたをあけ、エメスが部品を棚《たな》に並べていく。木箱がたまると、台車をわきにおいて、エメスを手伝った。

アリ・レフラーは、ヴィリー・ヴェストホフのポストを埋《う》めるため荷下ろし係に配置換《はいちが》えになった。ハンスを首にしないためにビュートウ主任が思いついた口実だった。アリ・レフラーはだいぶ腹《はら》を立て、主任にくってかかった。倉庫では古株《ふるかぶ》の自分を荷下ろしにまわして、ゲープハルトのような若造を残すなんて、不公平だ、と。主任は、文句があるなら人事課にいえ、人事は変わらないがなと、涼《すず》しい顔でいった。そして上着のポケットから銅線の切れ端《はし》をだして、頭をかいた。それで十分だった。レフラーは青い顔になって、だまってしまった。主任のにらんだとおりだ。だがレフラーを首にするには証拠《しょうこ》が足りない。

ハンスは、倉庫に残れたのでうれしかった。母親はまだ仕事が見つからない。たぶんもう見つけられないだろう。ハンスはレフラーに良心がとがめることはなかった。荷下ろしでは、倉庫よりも汗をかくだろう。泥棒《どろぼう》をしてきた報いだ。それにヴィリーが辞《や》めたおかげで残れたことを、ハンスは当然のように思った。倉庫でヴィリーの友だちといえば、ハンスだけだったのだから。

レフラーがいなくなったおかげで、仕事は倍楽しくなった。エメスとはあまり口をきかなかったが、ふたりは互《たが》いに助け合った。もちろん三人のときほどに仕事ははかどらなかった。それでもふたりは満足だった。急ぎでないものは後回しになった。

ナチ党が政権をとって四週間。いろんなことが変わった。一見したところ、変化は見えないが、もう一度見直すと、目に飛び込んでくる。倉庫でも同じだった。倉庫の主はとうの昔にビュートウ主任ではなくなっていた。本当の主は最近、大隊長に昇格《しょうかく》したシュレーダーと、分隊長になったクルンプだった。ほかの多くの突撃隊員《とつげきたいいん》や親衛隊員とおなじように、彼らも制服に補助警官の白い腕章《わんしょう》をつけ、ピストルとゴムの警棒をベルトにさげたまま倉庫の中を歩き回っていた。ふたりは我《わ》がもの顔で主任に指図した。主任が逆らうと、上にいいつけてもいいのかとだけたずねた。主任は何度も上役に苦情をいったが、上役たちは肩《かた》をすくめ、一時のことだから、我慢《がまん》しろというばかりだった。だが上役のうちふたりは、逆に主任のことをなじった。「なにを血迷っているんだ。生え抜きの戦士にけちをつけるのかね。自分の政治的信条を仕事にもちこむものじゃない。ようやく泥沼《どろぬま》から抜けだそうとしているのに。邪魔者《じゃまもの》はいらない」

シュレーダーとクルンプは射撃訓練のために欠勤したこともある。

「銃の引き金を引く者は、その結果がどのようなものであっても、この私が保護する」ゲーリンクがいっていた。「だが緊急時《きんきゅうじ》にもかかわらず銃の引き金を引かぬ者は処罰《しょばつ》する」こうやって、ナチ党は共産党の政府転覆《てんぷく》活動を阻止《そし》し、「国家の秩序《ちつじょ》」を保とうとした。シュレーダーとクルンプなら、大喜びで手を貸すにきまっている。実際、口にだして、そういっていた。

ところが、共産党には目立った動きはなく、シュプレー川を流れる共産党員と社会民主党員の死体ばかり増えていった。撃ち殺すか、なぐり殺すかしてから、川に投げ込んだのだ。そしてほとんど毎晩のように、だれかが逮捕《たいほ》された。男といわず、女といわず、いきなり家からかり出されて、突撃隊の兵舎などに連れ込まれ、仲間を密告するまで拷問《ごうもん》された。パウレ・グロースの話では、補助警官に半死半生の目にあわされたうえ、頭からつま先まで小便をかけられた社会民主党員がいたという。それも公衆の面前でのことだ。警察長官に陳情《ちんじょう》しても、ろくな返事はなかった。突撃隊の補助警官のなかには、度を越《こ》す者もいるだろう。しかし多くは自分の義務を果たす規律正しいドイツ男子なのだ、と。

「老いた者はたたきのめせ、若者は鍛《きた》え直せ」ナチ党の新しいスローガンだ。通りでは「くたばれ、モスクワ！」と叫《さけ》ぶ代わりに、「昨日のおれたちは？　共産党！　明日のおれたちは？　ナチ党！」とシュプレヒコールをくりかえす。連中があまりに自信満々なので、ハンスは不安にかられる。老いも若きも、たたきのめしたり鍛え直したりするまでもなく、自分からナチに加わっていく。それはもう見過ごしにできないほどだ。上着にナチ党の徽章《きしょう》をつける人の数は日増しに増え、窓に飾《かざ》られる鉤十字《かぎじゅうじ》の旗も多くなった。ヴェディンク地区など労働者街はそれほどではなかったが、ミーツェが暮らすライニケンドルフや、ブルジョワ層の多い地区でははっきり見て取れる。

　こういう状況《じょうきょう》で選挙戦を戦うには勇気がいる。だが三月はじめにまた投票だ。ナチ党は今度の選挙で勝ってから、選挙さわぎに終止符をうつ気だと、父親はいっている。といっても、ナチ党はまともな選挙をするつもりはない。見せかけの選挙だ。だから選挙集会や新聞報道を禁止して、政敵の妨害《ぼうがい》をし、自分たちは大げさなやり方で街を練り歩く。たいまつ行進のあと、防塁《ぼうるい》通りで射殺《しゃさつ》された突撃隊長《とつげきたいちょう》と警官の葬儀が行われたときから、ナチ党の英雄賛美が始まった。皇帝ヴィルヘルムの棺《ひつぎ》が安置される大聖《だいせい》堂《どう》にふたりの遺体《いたい》も安置され、葬儀《そうぎ》には数万人の突撃隊員と警官が参列した。数十万人の人々が葬列を見守った。ふたりが仲間の弾《たま》にあたったことはほぼ確実とされていたが、ナチ党は犯人は共産党員だといってゆずらなかった。

「押されたら、押し返すまでさ」ヘレはそうしたいやがらせや暴力を見ながらいった。だが、党がまだ押し返せるかどうか自信をもってはいなかった。先週の金曜日、カール・リープクネヒト・ハウスが警察の手入れを受けて、選挙用のポスターなどを根こそぎ押収《おうしゅう》されてしまった。その場には、党指導部の人間はひとりもいなかったという。命をねらわれているのだから、逮捕《たいほ》されずにすんだのはよかったが、「姿を見せなければ、見てももらえない」とユッタはいった。街頭でヒトラーに抗議《こうぎ》してデモをするのは、納得できない平の党員たちばかりだった。

「ファシズムをたたきのめせ！」彼らは叫《さけ》んだ。

「ナチはでていけ！」ナチの人間に顔がわれるのを覚悟《かくご》のうえでだ。

父親はデモにはくりかえし参加していたが、あいかわらず党の批判《ひはん》をしていた。

「ほかにしようがないだろう。ナチの好きなようにさせていいってのか？ 冗談《じょうだん》じゃない。それくらいなら、デモにでて、シュプレヒコールを叫ぶさ」

昼休みだ！ ハンスは台車を置くと、魔法瓶《まほうびん》をいれたバッグを取り出して、エメスといつもすわっている木箱に腰《こし》をおろした。パンをかじったと思ったら、そこにミーツェが現れた。最近よく倉庫にやってきて、ハンスのとなりにすわって、いっしょにパンを食べるようになった。ほんのひとときだが、顔をあわせられるし、おしゃべりができる。エメスはだまってミーツェの話を聞いて、ときどき静かにうなずいた。

いつものように、ミーツェは息を切らし、髪《かみ》をふりみだして目を輝《かがや》かせていた。

「うちの庭でスノードロップが咲いたの」あいさつもそこそこにそういうと、ミーツェはエメスに手を差しだした。「冬の終わりよ」

「どうかな？」エメスは首をかしげたが、それでもミーツェが夢中なのがうれしそうだった。

ミーツェは、同僚《どうりょう》に自分がユダヤ人だとうちあけてから、前よりものびのびしている。以前からミーツェにやさしかった同僚の女たちはひとりも態度を変えなかった。「それがどうしたの？ あたしはヒトラーだったかしら？」そんな返事をする者が多かったし、ミーツェの身を案じる者もいた。ミーツェのことをうさんくさい目で見る者もいたが、それは前から馬が合わない人たちだった。「だれならよくて、だれがだめかは、前からわかってたの」ミーツェは実験の結果をハンスに話すとき、自慢《じまん》げだった。

だが最近では市内のあちこちでユダヤ人へのボイコットが起こっている。ナチ党の呼びかけで、ユダヤ人商店の不買運動が始まったのだ。常連の多くはそれでも店に現れたが、ユダヤ人の商店主たちはおびえていた。大がかりなユダヤ人ボイコットがあると、まことしやかにうわさされている。それもベルリン中、ドイツ中で行われるという。だからミーツェもうかれてはいられなかった。ドイツ国民みんながみんな、ミーツェの同僚《どうりょう》の女たちとおなじではないからだ。ミーツェのおじさんはそうした兆候《ちょうこう》に目を光らせ、なにかというと移住の話をもちだすようになった。幸いおばさんのほうが移住を望んでいなかった。一族が二百年暮らしつづけたベルリンにこだわっていたのだ。

「映画でも見にいかない?」ミーツェはそういって、懇願《こんがん》するようにハンスを見つめた。「リヒトブルク映画館で『会議は踊る』をやっているわ。とってもいい恋愛映画だって話よ。音楽がいっぱいで、笑えるそうよ」

ミーツェと映画を見にいきたいのはやまやまだが、ハンスの両親は一ペニヒでも必要としていた。さもなければ、石炭を買う金もない。ハンスは小声でいった。

「夏になったら、また見にいこうよ」

「あたしが招待してあげるっていったら?」

女の子が男の子を招待するというのはあまりないことだった。けれど女の子のほうが小銭《こぜに》をもっていて、男の子が文無しだったら、べつにそうしたっていいじゃないか。夏まではまだだいぶかかる。ミーツェのいう通りだ。ハンスはミーツェが焼いた菓子を食べたときはまったく遠慮《えんりょ》しなかったじゃないか。

「どうしてもっていうんなら」ハンスはそう返事した。

「どうしてもよ！」ミーツェはうれしそうに計画をたてはじめた。「今日は無理ね。誕生日会に呼ばれているから。おばさんの姉妹なの！　でも明日、明日ならいいわ。仕事が終わってから」

明日は火曜日だ。フィヒテの日だから、ハンスの都合が悪い。水曜日ならなんとかなる。

「わかった。水曜日にしましょ」ミーツェは顔を輝《かがや》かせた。ハンスもうれしかった。ミーツェが倉庫まで会いに来てくれるのはすてきなことだ。資材置き場が羊飼い湖の一部になったような感じだ。

「そろそろ戻《もど》らなくちゃ」ミーツェはエメスに会釈《えしゃく》すると、ハンスに伴われて出口にむかった。「二晩もつづけて会えないなんて、つまらないな」ハンスは、出口に立ったミーツェに悲しそうにいった。

「二晩て、けっこう長いよね」

ミーツェも同感だったが、おばさんとの約束をすっぽかすわけにはいかない。「水曜日は明後日じゃない」ミーツェは慰《なぐさ》めの言葉をいったが、すぐに慰めにならないとわかって、すかさずハンスに口づけをした。工場の中ではいままでしたことがなかった。

いきなり大きな笑い声が気分を台無しにした。シュレーダーとクルンプだ。ふたりは貨車の陰《かげ》から現れた。最近はいつも突撃隊《とつげきたい》の制服を着て、補助警官の腕章《わんしょう》をつけている。ろくに働きもせず、まるでヒトラーに会ってきたばかりとでもいうような鼻高々な顔つきをしている。ハンスは、いつかミーツェと会っているときにふたりが現れるんじゃないかと心配だった。機械工場ではすぐにうわさが広がる。ミーツェがユダヤ人だということをとっくに知っているはずだ。

思ったとおり、クルンプのにやけた顔とシュレーダーのうさんくさそうににらんでくる目つきがそう物語っていた。シュレーダーたちはハンスたちの前に立ちはだかると、ブーツのつま先を上下に動かしながら、とまどっているハンスたちを見てうれしそうだった。

「仕事時間にいちゃつくとはな！　そんなことでいいのかねえ？」

「まだ昼休み中です」ミーツェはつっけんどんに口答えした。それからわざとからかうようにたずねた。

「やいてるのかしら？」

「うるせえぞ、売女《ばいた》！」シュレーダーがくってかかった。「こぎたないユダヤの尻軽娘《しりがるむすめ》に、おれたちがちょっかいだすとでも思ってるのか？」

ミーツェの顔から血の気が引いた。ハンスがシュレーダーにとびかかろうとするのを、ミーツェがとめた。「やめて」ミーツェは小声でいった。「おねがいだから」

ミーツェのいうとおり。シュレーダーたちに袋《ふくろ》だたきにされるなんて、ばかのすることだ。シュレーダーたちは、ハンスをじぶんたちのたまり場につれていく口実を探しているだけなんだ。国家権力への反逆というわけだ。ハンスはそっとミーツェの手をとり、ふたりのあざけりを背にあびながらその場を離れた。

コイル工場の入り口で、ふたりは立ち止まった。サイレンが昼休みの終わりを告げている。それぞれの仕事場にいそがなければならない。けれどもふたりは立ったまま、なぜか相手の顔をまともに見られなかった。

「気にするなよ」ハンスがいった。「あんなやつらのいうこと」

「わかってるわ！」ミーツェはそういったが、涙をおさえられなかった。シュレーダーたちの悪態はあまりにひどかった。

ハンスはハンカチをミーツェにさしだした。

「もう倉庫には来ないほうがいいな。あいつら、なにをしかけてくるかわからないから」

「カールおじさんのいうとおりなのね」ミーツェはハンスのハンカチで涙をぬぐった。「あたしたちを消してしまいたいんだわ。あたしたちのほうから消えたほうがましだわ。さもないと殺される」

「まさか、殺すなんて」

「どうして？　売女とか、こぎたないとか。それにわたしたちのところではなにも買わないっていうんでしょ。あの人たちにとって、あたしたちはただのドブネズミなのよ。最近また、おじさんがナチの新聞をもってかえってきたの。あたしたちは民族の面汚《つらよご》しなんですって。面汚しはいなくなるべきでしょ。殺してもかまわないはずだわ。そのことでだれも涙を流す人はいないわ」

いまだに、政権を確実に手にすれば、ナチ党も落ち着いて、ユダヤ人排斥《はいせき》をしなくなるだろうといっている人がいる。ヘレと父親はちがう意見だ。だれが正しいかはわからない。ハンスも、ナチ党がおとなしくなると思えなかったが、そこに希望を託していた。「そうだ」ハンスがミーツェにいった。「仕事が終わったらゲートで待ってるよ。家まで送っていく」

「でも、あたし、時間がないのよ」ミーツェは鼻声になっていた。手にしているハンカチがハンスのだということを忘れて、鼻をかんだ。「すぐにおばさんのところにいかないといけないのよ」

「いいさ」ハンスは愉快《ゆかい》そうにいった。「ぼくは路面電車に乗ってちょっと緑を見にいくだけさ。羊飼い湖をちょっと見て、家に帰る」

しょげていたミーツェが笑顔を見せた。

「あきれた人。お金の無駄《むだ》よ。まだ緑なんかないんだから」

「なんだって？」ハンスはおどろいたふりをした。「まだ緑がないって？　おかしいな。ついさっき、そこらじゅうでスノードロップが咲いてるっていったのはだれだい？　それに電車賃のことは心配いらないよ。褐色《かっしょく》の時代が来て、赤は不正乗車をしてるって、どっちみちヒトラーがいってるものね」ハンスはミーツェのほおにキスをしてから、さっとまわりを見て、口づけをした。

「反論は却下《きゃっか》する」

ミーツェは、なにか大事なことを言い残しているような表情をして、しばらくハンスを見ていたが、ハンカチをハンスの手にもどすと、コイル工場に姿を消した。

ハンスが面倒《めんどう》に巻き込まれたのを、エメスも気づいていた。心配そうな顔をして、となりで働いている。ハンスは物問いたげなエメスのまなざしに気づいていたが、話をする気がしなかった。あまりにいろいろな思いが頭の中で渦巻《うずま》いていた。ミーツェを勇気づけたのははたして正しかったんだろうか？　自分のことしか考えてなかったんじゃないだろうか？　おばさんとミーツェはおじさんのいうとおり、ドイツをでるほうがいいんじゃないだろうか？　だけど、ミーツェがいなくなると思うだけでつらい。本当にいなくなったら、どうしよう。けれども、おじさんが国外にでるときには、ミーツェを引き留めるわけにはいかない。ミーツェがシュレーダーやクルンプのようなやつらの手に落ちるようなことになったら大変だ。

ハンスは木箱を荷台に乗せて、主任の事務所の前を通った。机にむかって書き物をしている主任が見える。だが仕事に身が入っていないようだ。ハンスが窓ガラスの前を通るたびに顔をあげる。目に落胆《らくたん》の色が濃《こ》い。最近起こったことで、すっかりショックをうけているんだ。ハンスは慰《なぐさ》めの言葉をかけたいくらいだった。十日前、ヴェディンク地区のドイツ国旗団員に、テーゲル射撃場《しゃげきじょう》に集まるように命令がでたとき、主任は期待に胸《むね》をふくらませた。それは大がかりな行進になるはずだった。ところが、行進は細い路地を通るよう警察から命令され、ルドルフ＝ヴィルヒョウ病院のそばでは、病人に迷惑《めいわく》がかかるからという理由で行進曲の演奏も禁止された。射撃場のある遊歩庭園ではまたしても口先ばかりの演説がくりかえされた。「ヒトラーの次はわれわれだ」ドイツ国旗団長は、共産党指導部とおなじ言葉をならべただけだった。それがいつで、どうやってヒトラーを首相官邸《かんてい》からおいだすのか、肝心《かんじん》なことは一言もいわなかった。

エメスがハンスの腕《うで》をつかんだ。

「あの子はユダヤ人なのかい？」

ハンスは体をこわばらせた。どうしてエメスが知っているんだ？　めったにだれともしゃべらないのに。

「そう見えたかい？」ハンスはかみつくようにいった。

エメスは首を横にふった。

「クルンプとシュレーダーがいってたんだ」

「あいつらか！」ハンスは、向きになった自分がはずかしかった。「あいつらこそ、犯罪者じゃないか」

「しっ！」エメスは口に指をあて、こうささやいた。「おまえたち、逃げたほうがいい。いい人間は、みんな、逃げたほうがいい。そのほうがいいんだ」

この小柄《こがら》な老人は人の気持ちが読めるにちがいない。さもなかったら、ハンスがいま考えていたことを口にできるはずがない。

「で、あんたは？」ハンスはおなじように小声で聞き返した。「なんで、あんたは逃げないんだい？」

「わしかい？」エメスはおどろいたのか笑顔を見せた。「なんのために？　わしは間抜けで、おいぼれだ。だれもわしには手をださないさ」

「あんたは間抜けじゃないよ」ハンスは新しい木箱を取りにその場を離れたので、会話はそこでとぎれた。ハンスはさっきよりも心が揺《ゆ》れた。逃げるか、とどまるか。ユダヤ人だけの問題じゃない。危険にさらされている人たちみんなの問題だ。ハイナーからモスクワにくるように誘《さそ》われたときから、片時もハンスの頭から離れない。だがハンスに、逃げるつもりはなかった。それだけは確かだ。だから、モスクワに誘われたことを、ミーツェにはいっていなかった。けれど、モスクワ行きのことを相談した人たちはみんな、誘いを受けるようにいった。例外はヘレとユッタだけ。ふたりはなにも意見をいわなかった。だから両親がくどいくらいにハンスをせっついた。

「勉強をつづけるこんな機会がほかのどこにある?」と父親はたずねた。「ドイツでは徒弟の口すら見つからないじゃないか。モスクワに行けば大学にだっていけるかもしれない」

そして母親はこういった。「おまえのように勉強のできる子が、このままじゃもったいないよ。それに、この国はどうなるかわからない。モスクワにいけば安全だよ」

そういわれると、決心がぐらつく。主任がハンスのポストをどうするつもりだろう。考えてくれていたとしても、確実なポストのあてなんてどこにもない。明日は自分の番かもしれないんだ。けれどもドイツを去る気はなかった。どれだけ両親にせがまれても、その気はなかった。ミーツェのことがあったのはたしかだが、理由はそれだけじゃない。ハイナーから聞いたソ連は、ドイツとたいして変わらなかった。失業、飢餓《きが》、ユダヤ人迫害《はくがい》。

みんな、それなりに正しい。両親もミーツェのおじさんも、そしてこの数週間のうちに国を離れた人たちも。そのなかには、マックセ・ザウアーから逃げるしかなかったヴィニ・ツィールケも入っている。けれども、たとえばヘレは逃げたりしない。まともな人間がいなくなったら、のこりはヒトラーの言いなりになるやつらばかりになってしまう。そういっている。

ヘレだって、ハンスが安全なほうがうれしいに決まっている。それでも、モスクワにいったほうがいいとはいわない。ヘレのほうが正しいんじゃないか? だれかが抵抗《ていこう》しなくちゃいけない。ヘレの使命は、とっくにハンスの使命にもなっていた。

「どうなんだ？」ハンスが新しい木箱を運んでくると、エメスがまた声をかけてきた。作業の最中、それもかがんで資材を持ち上げながらの「どうなんだ？」は、木箱のことをいっているだけのように聞こえた。木箱はまだだいぶあるのか、と。

「いや」ハンスははじめはためらいがちだったが、やがてはっきりかぶりをふった。「ぼくは逃げない。ここに残るよ」

「しようがないな」エメスはそういうと、また身をかがめた。ハンスは新しい木箱を取りにその場を離れた。

ハイナーと監視《かんし》は無事にモスクワについた。「モスクワから便りを送ります」ヘレの手元に届《とど》いたはがきは、そんな文面ではじまっていた。「こちらはとても寒いですが、わたしたちはとても快適に過ごしています。いざとなればウォッカもありますからね。はやくそちらに帰りたいものです。やはりベルリンが一番です。ヒルデガルトとクルトより」

名前は、他人に見られても大丈夫なように変えてあった。だが少しだけ真実も含まれている。ハイナーもクーノも望んでモスクワにいったわけじゃない。ふたりともベルリンに残りたかったはずだ。ハンスだって、おなじ気持ちをいだくことになるだろう。モスクワにいってどうする？　ロシア人じゃないじゃないか。ちょっと訪問してみるくらいなら、すぐにでもいくさ！　でも、ずっといきっぱなしなんて。ミーツェと会えなくなるなんて、考えられない！

　ムルケルが食卓について、情けない顔をしていた。算数の宿題だ。ムルケルにはちんぷんかんぷんなのだ。ハンスはカバンを置くと、となりにすわって、弟に助け船をだした。いつもならムルケルに計算させるのだが、今晩はさっさと計算してやった。ミーツェと羊飼い湖を二、三周して、気の重い話ばかりしてきたハンスは、教師のまねごとをする気がしなかった。一刻も早く解放されたかったのだ。

　ハンスの大サービスに、ムルケルは大喜びだった。ハンスの脇腹《わきばら》を軽くつついて、兄さんは算数の天才だと感心してみせ、宿題をつぎつぎ解いてもらった。ハンスはいいなりになって、終わるとムルケルをつつき返した。

「うまいことおだてたと思ったらまちがいだぞ。今日は間抜けなチビの相手をしたくなかっただけだからな」

「なんだって？」ムルケルはちょっととっくみあいをしたかったのだろう。いすから飛び上がると、ボクシングのかまえをした。ハンスは相手にする気がなかったが、すこしだけ台所でボクシングをした。だがハンスの長い腕《うで》の前では、ムルケルは敵じゃない。ムルケルはあきらめて、こうどなった。「ボクサー、シュメーリンクはこぶしが命だ。だけど、こぶしがだめなら、足を使う」そういって、ムルケルはハンスの足をけった。

追いかけっこの始まりだ。台所、廊下《ろうか》、寝室《しんしつ》、ベッドにいすに机の上。ムルケルはすばしっこい。つかまえて、ベッドに放り込むのにだいぶ手こずった。

「さあ、シュメーリンク！」ハンスは息を切らしながらいった。「もう観念しろ」

「やだよ。もうちょっともんでよ、ほら、このへん」

ハンスは笑いだし、弟をくすぐりはじめた。ムルケルは悲鳴を上げた。息ができない。「もう、やめてよ。まいったよ」

そのとき、玄関《げんかん》のドアがあいた。母親が仕事の終わった父親を連れて戻《もど》ってきたのだ。

父親は廊下で上着をぬぐと、母親につづいて静かに台所にはいってきた。父親が、倒《たお》れたいすを起こして、腰《こし》をおろし、新聞をひらくのが聞こえた。ハンスはムルケルの尻《しり》をぱちんとたたくと、台所に戻った。

「こんな遅《おそ》くまでどこにいってたの？」ハンスは、石炭の箱に腰をおろして、靴《くつ》をぬいでいる母親に声をかけた。

「どこって、決まってるでしょ！」母親はくたびれて、がっくり肩《かた》を落としていた。いやいや話しはじめた。今日は、職業安定所で五時間もついやしたのだ。何度も行列にならび、あっちのドア、こっちのドア、つぎつぎと別の部署にたらい回しにされ、いくつもの部屋をいったりきたり。三十年も働いてきたというのに、そのことをすっかり忘れられてしまったような気になる。「まったく情けなくなってくるよ。だれもまともな情報をおしえてくれなくてさ。ほかの部署を当たれっていうんだからね。おまけに、寄生虫かなんかのように、こっちを見るんだから。でも顔をださないと、失業保険金がもらえないからね」

「じきによくなるさ」父親がつぶやいた。新聞を読んでいる格好はしていたが、実際にはなにか考えごとをしていた。「ヒトラーがなんとかしてくれる」そしていきなり立ち上がると、窓をあけて、中庭にひびきわたる大声でこういった。「クデルカの婆《ばあ》さんよ。ラジオでなにかすてきな演説はやってないかい？　なにか気休めがほしいんだけどね」

マックセ・ザウアーはだいぶ前に病院を退院して、一日中ベッドに横になって、ラジオを聞いている。そしてナチの演説がかかると、クデルカの婆さんにいって、ラジオのボリュームをあげ、窓をあける。婆さんもそれが気に入っているのか、窓辺にたたずみ、中庭を見下ろし、夫を毛嫌《けぎら》いしているアパートの住人たちが不機嫌な顔をしているのを見て楽しんでいる。二、三週間ほどまえ、婆さんはヒトラーの演説を中庭に流した。スポーツパレスからの実況中継《じっきょうちゅうけい》だった。ハンスはちょうどムルケルと宿題をしていたところで、聞きたくもないのに、ついつい聞いてしまった。ラジオから聞こえるヒトラーの絶叫《ぜっきょう》に心を奪《うば》われたからじゃない。たくさんの人が心酔《しんすい》している新しい首相が、本当はなにをするつもりなのかいまだにわからなかったからだ。けれども、演説を聞いてがっかりしてしまった。ドイツ民族を偉大な民族にし、幸福と富をもたらすと、ヒトラーは誓《ちか》った。マルクス主義を根絶やしにし、階級闘争に終《しゅう》止符《しふ》をうつとも、前任者たちよりもずっとうまくやってみせるともいった。勇ましく無敵のドイツ民族が戦争に敗れた責任は、十一月革命《かくめい》を起こした犯罪者たちにある。犯罪的なマルクス主義、それにつづく十四年間の〈体制〉。やることなすことまちがいだらけだった。民族の闘争、民族の労働、民族の想像力、礼儀、潔癖《けっぺき》さ、几帳面《きちょうめん》さ、勤勉さ、忠誠、平安、秩序《ちつじょ》。そんな言葉をマイクを通して聴衆の頭にたたき込んだ。くりかえし、絶え間なく。説明らしいものはひとつとしてなかった。なにひとつ、混迷《こんめい》している原因について触《ふ》れず、責任はすべて〈体制〉になすりつけた。

ヒトラーが書いた本とちがうところは、ユダヤ人や宿敵フランスや東方生活圏についてなにもいわなかったことだ。その点、やけに控《ひか》えめだった。平和と善意を約束し、よりよき世界のために苦難に耐《た》え、協力するよう求めた。ヒトラーの演説は毒にも薬にもならない代物だった。だが最後の一言だけはいただけない。

「もしドイツ民族がわれらを見捨てるならば、天よ、われらを許したまえ。われらは、ドイツのために必要な道を進むであろう」

「脅迫《きょうはく》だ！」父親がいった。「脅迫以外のなにものでもない。ドイツ民族がやつらを見捨てたら、なにをするっていうんだ？　それをするのに、天の許しを求めるなんて。歓声《かんせい》をあげている連中にはわからないのか、首根っこを押さえられようとしているのに」演説の後の歓声を聞いた父親は、そのときほかにコメントのしようがなかった。

クデルカの婆《ばあ》さんは家にいなかった。すくなくとも、返事は返ってこなかった。マックセ・ザウアーもまだベッドから起きることを禁じられていた。かわりにどこか二階か三階から、ひとこと「ブラボー！」という声が聞こえた。「声援、感謝する」怒りにまかせてしまった自分がはずかしいのか、父親はそうつぶやいて、窓をしめた。

ムルケルが台所にやってきた。追いかけっこで気分が高ぶっていたのか、興奮気味にこういった。

「ヒュープナーがやめさせられたんだ」

「ヒュープナー？　だれだい、そりゃ」父親が聞き返した。話題が変わったのでよろこんでいる。

「だから、ぼくらの算数の先生さ！」ムルケルは、自分の最悪の敵の名前を知らないなんて、とむっとした。

「どうしてやめさせられたんだい？」母親がたずねた。

「ヒトラーの悪口をいったからさ」物知りなのを自慢そうに、ムルケルはいうと、母親といっしょに石炭用の箱にすわった。自分の言葉で注目を一身に集めたのがうれしいようだ。

「なんていったんだ？」

「ヒトラーはしほ、しほん」

「資本主義者か？」ハンスが助け船をだした。

ムルケルはうなずいた。

「ヒトラーは資本主義者を非難しているくせに、選挙活動では資金を出させている」

「わかってるじゃないか、その先生」父親がつぶやいた。「とにかく、できるのは算数だけじゃないようだ」

ムルケルの話はまだ終わっていなかった。

「それからこんなこともいったんだ。ヒトラーはペテ、ペテ」

「ペテン師かい?」と、母親。ムルケルはほっとしてうなずいた。「そう、それ、それ。ヒトラーはそういうやつで、ナチ党員ていうのは極悪人の集まりだって」

ムルケルは「極悪人」といえたのがうれしかったのか、目を輝《かがや》かせて家族を見まわした。

「明日、新しい先生がくるんだ。襟《えり》にボンボンをつけたやつさ」

「なんで知ってるの?」母親が疑惑《ぎわく》の目を向けた。

「ぼくらの担任のミュラーがいってたんだ。ミュラーは知っててあたりまえさ。あの先生も襟にボンボンをつけてるからね」

「ボンボン」というのはナチ党の徽章《きしょう》のことだ。どこかで仕入れてきたのだろう。ムルケルはいままで一度も使ったことがない。どうやらその言葉が気にいっているようだ。

「ヒュープナー先生はそんなにひどかったの?」母親が静かにたずねた。

ムルケルは、両親もハンスも自分のように感激していないことに気づいた。

「ひどい先生じゃなかったけど」ムルケルは急に声を小さくしていった。「ぼく、先生の説明がわからないんだ。計算するのが早くて」

「そういうことか」父親の言葉には皮肉がこもっていた。そしてまた新聞に目を通しながら、つづけた。

「新しい先生のいうことなら、ちゃんとわかるだろうよ。わからなけりゃ、ドイツ少年じゃない」

ムルケルはだまっていなかった。

「ぼくがユダ公だっていうのかい？」

みんなが目を丸くした。「どこでそんな言葉を習ってきたの？」

ムルケルがすごい剣幕でいった。

「ミュラー先生に教わったのさ。先生がいってた。ユダ公はドイツ人の血を吸《す》おうとしてるって。あいつらにやられないように、ぼくたち、気をつけなくちゃいけないいんだ」

ハンスはだまっていられなくなった。「そんなくだらないことを信じてるのか？」と、ムルケルをどなりつけた。

ムルケルは顔をひきつらせた。

「だって、ミュラー先生がいったんだもの」

「おまえの大事なミュラー先生はうそつきだ」ハンスはすこし声を落としてつづけた。「ユダヤ人だって、ふつうの人間だ。ミーツェがくれた菓子は、ユダヤ人が焼いたんだ。それを食べて、死にかけたか？　おいしかっただろ。もっとほしがってたじゃないか。それなのに、そんなことをいうのか？」

「そんな大事じゃないよ」ムルケルは泣き出しそうだった。「それに、信じてなんかいないよ。ただ、あいつは、いつもそういってるんだ」

「それなら、これからはそんなことをいうな」ムルケルが悪口をいうつもりでなかったことは、ハンスにもわかっていた。ムルケルは、ユダヤ人のことをわかっていないだけなんだ。

ムルケルは、ハンスが怒っているのがミーツェに関係していると気がついた。十分想像がつくことだ。菓子を焼いたのがユダヤ人で、ミーツェはそのユダヤ人といっしょに暮らしている。ということはどうやらミーツェもユダヤ人なのだ。だがムルケルはあえて問いたださなかった。もう一度雷《かみなり》が落ちるのはごめんだ。だから興味深そうにハンスをうかがった。それを見て、ムルケルがなにを考えているかわかったのだろう、ハンスはクールにいった。「そうだよ。ミーツェはユダヤ人なんだ。ミュラーって教師がどんなにばかげたことをいっているかわかっただろう。ナチのいうことなんか信じるなよ。あいつらはもっともらしいうそをつくんだ。そしてそれを真に受けたやつは、自分で望もうが、望むまいが、ナチの仲間なのさ」

「ハンス！」おどろいた母親がいった。「そんなこと、外でいっちゃだめよ。どこで聞かれているかわからないんだから」

ハンスは外でいうつもりはなかった。だがムルケルには、くどいくらいにいいたかった。マルタにつづいてムルケルまで頭がいかれてしまうのは、耐《た》えられない。

一家はまだ台所にいた。父親は新聞を読みふけり、母親はセーターを編み、ハンスはミーツェから誕生日にプレゼントされた本を読み、ムルケルはスケッチブックで絵を描いている。絵は農家になるはずだ。大きな納屋、たくさんの雌牛に馬に羊に鶏。そして犬が一匹。ムルケルは絵を描きながら独り言をいい、目を輝《かがや》かせている。なかなかの大作なのだろう。ただ残念なことに色鉛筆《いろえんぴつ》がない。ただの鉛筆では、どんなにがんばっても農家はそんなにきれいに仕上がりそうにない。

ときどきハンスが立ち上がって、石炭ストーブを見にいった。おきをすこしかきまぜて、半かけの石炭を足す。暖房《だんぼう》のあるのは台所だけだ。ここならしばらくは、足や手が凍《こご》えないし、鼻水をたらさずにいられる。寝室《しんしつ》は冷え切ったままだ。寝《ね》るのに石炭はいらない。毛布があれば十分というわけだ。

父親は新聞を読みながらときどき大声で笑い、首をふったり、なにかぶつぶつつぶやいた。母親が心配そうに目をあげるが、父親はすぐにまた落ち着いて、新聞に没頭《ぼっとう》し、なにかに反応した。

ハンスは台所で過ごす冬の夜が好きだ。昔は六人そろっていて、たいていいまよりも居心地がよかった。もちろん家族みんながそろうと、食卓は窮屈《きゅうくつ》だ。けれども、寒いうちは気にならない。逆に窮屈なくらいのほうが暖かくていい。そのころは、みんなでよくおしゃべりをしたものだ。神のこと、世界のこと。けんかもしたけど、深刻なけんかをしたことは一度もない。けんかをした翌日もまたいっしょに食卓《しょくたく》につく。いやでも折り合いをつけていくしかない。

家族が六人そろっていたときでも、食卓が静かなことがよくあった。みんな、なにか読みふけることが多いからだ。もちろんムルケルは例外だ。ムルケルは床《ゆか》に積み木を並べ、塔《とう》が倒《たお》れるたびにぶつぶつ文句をいった。そういう夜が、ハンスはとくに好きだった。そういう夜を楽しんでいた。きっと家族のだれも、そのことに気づいていなかったろう。口に出したら最後、魔法《まほう》のように消えてなくなってしまうような気がして、一度もいわなかったから。

その日も、のどかな夜をすごしていた。ハンスの十五歳の誕生日にミーツェがくれた本はそんな夜にぴったりだ。題名は『どうする、小市民』。ピンネベルクという名の「小市民」と妻のレムヒェンと乳《ち》飲《の》み子《ご》ムルケルが登場する。そう、赤ん坊の名前はムルケルというのだ。ムルケルはあだ名としてめずらしくない。ミーツェのおじいさんもムルケルとあだ名されていた。それでもピンネベルクとその妻が赤ん坊をムルケルと呼ぶのがおかしくてならない。けれどもそれ以外、物語に愉快《ゆかい》なところはない。ピンネベルクとその妻はベルリンにやってくる。仕事をいったんは見つけるが、すぐに失業してしまう。

どこにでもころがっているような話だ。何百万人もの人たちがピンネベルクとおなじ境遇《きょうぐう》にある。けれども作者は、その「小市民」に光を当てた。ピンネベルクの立《た》ち居《い》振《ふ》る舞《ま》い、街や人々の描写がリアルではらはらさせられる。ハンスはすっかり夢中になった。とくにピンネベルクがデパートで働いている場面がいい。紳士服《しんしふく》売場の販売員だ。業績がはかばかしくないピンネベルクは、首にならないために、金持ちの客に背広を売りつけようとした。背広が売れないと首になる、そううち明けられたその客は、有名な映画俳優《はいゆう》で、映画でよく「小市民」を演じていた。客はかんかんに怒って、経営者に抗議《こうぎ》する。そしてピンネベルクは首になった。

たった一着の背広。デパートの売場に並ぶ無数の背広の一着でしかないが、その売れなかった背広がピンネベルクを破局へと導く。ピンネベルクはついに宿無しになってしまう。

母親は宿無しにはならないだろう。ヘレとユッタだって。彼らは「小市民」じゃない。労働者だ。貧困にはなれている。労働者の家で育った妻のレムヒェンもそうだ。だからだろう、彼女は夫よりも気丈《きじょう》で、夫を何度も励《はげ》ます。

レムヒェンは、ハンスが一番好きな登場人物だ。ミーツェを連想させる。それにマルタも。ミーツェもマルタも、性格はレムヒェンと似ていない。似ているのは夢と希望だ。三人とも、もうちょっと幸福になりたいという夢を見ている。

「まったく、あきれて物がいえん」父親がものすごい剣幕で新聞をたたみ、食卓《しょくたく》にたたきつけた。小さくなっていれば、なんとかなるといまだに思いこんでいる社会民主党をののしり、ナチ党の次に自分たちの天下がくるのはすでに歴史的事実だといわんばかりの共産党をこきおろした。

「ドイツが地に落ちたとき、勝利がやってくる。クリスマスのサンタじゃないんだから！」父親は台所を歩き回り、暖かいレンジによりかかった。「マリー、悪いが、おまえたちの指導者もやっぱりほかの指導者とおんなじだ。口先ばかりで、都合の悪いことにはほっかむりして、自分の党に対する批判《ひはん》に聞く耳をもっていない。世界はいい方向に向いている。いい方向にな！　とにかくそれを堅《かた》く信じなければならないときた」

母親はだまっていた。父親が共産党の指導部をナチ党とおなじだといったのに、ひどくショックを受けていた。しかも、ひさしぶりに「おまえたち」の指導部といわれたのもこたえた。

「おれたちの負けさ。いいとも、認《みと》めよう。だがな、その負け方には絶対納得しないからな」

父親は今度は「おれたち」といった。だが母親はだまったままだった。異様な沈黙《ちんもく》に、ムルケルも気づいたのだろう。絵から顔をあげ、母親にできあがった作品を見せた。

「いいでしょう？」

母親はいきなり目に涙を浮かべ、ムルケルをひざに乗せると、絵をじっとながめた。「よく描けているわね。本当の農家を見たことがないんだから、大したものだわ」

「学校の読本に絵がのってたんだ」ムルケルは正直にいって、母親にぴったりくっついた。ムルケルは、母親の涙が自分のせいでないことはわかっていた。そして大人が涙を流したときは慰《なぐさ》めようがないことも。大人は子どもとちがってめったに泣かない。泣くときはものすごく不幸なときだ。

「読本にのっていた農家はね、ぜんぜんちがう感じなんだ」ムルケルは母親のセーターにもぐりこむようにしていった。「ずっと小さいし、こんなに動物はいないんだ」

「ムルケルの農家のほうがすてきよ」

ムルケルはうさんくさそうな顔つきをした。めったに手放しでほめられたことがなかったからだ。

「ずっといいわよ。それはおまえが自分で考えたものなんだから」母親がいった。「絵に描けたってことは、この農家はついさっきまでおまえの頭の中にあったってことだものね。読本に挿《さ》し絵を描いた画家さんは、描く前にたくさんの農家を見たはずだわ」

ムルケルは納得したのだろう。母親から絵をとると、卵を抱《だ》いた鶏を何羽も描き加えた。おかげで、復活祭の絵みたいになった。母親にあげるプレゼントができた。復活祭までもうあまり日がない。数週間だ。

母親はハンスの方を向いた。「なにを読んでいるんだい？　愉快《ゆかい》な話かい？」

母親にはいちど、トゥホルスキーが書いた本のことを話したことがある。だからミーツェがまた愉快な本をくれたのだと思ったのだ。

「いや、愉快じゃない。でも悲しい話ともいえないな。なんていうか、真実が書かれているんだ」

父親が本を手にとって、ぺらぺらめくった。

「真実の書かれた本とはめずらしい。それも不愉快な気持ちになる真実は、たいていの作家がさけて通るものだ」

父親は左翼系《さよくけい》の三文小説のことをさしていた。以前はよく読んでいたが、世界の描き方が党派的で、正直じゃないといってよく怒っていた。

「これはぜんぜんちがうよ」ハンスがいった。「ハンス・ファーラダっていう作家は、自分で体験したことを書いているはずだ。そうでなかったら、こんなに真に迫《せま》っているはずがないもの」

「ところで、あの愉快な本はどうしたの？」母親がたずねた。「まだマルタのところ？　ちょっと読んでみたいわね。どうせ暇《ひま》だし。いまの気分には愉快なのがいいわ」

母親は本を読みたいといったが、本当の理由はそれじゃなかった。ハンスに、マルタと話し、マフラーの礼をいって、平和が結ばれないまでも、せめて停戦してほしかったのだ。母親の気持ちはわかる。台所で寝《ね》るようになってもう四週間になる。マルタがどうしているかほとんどわからない。ただ二、三日前にムルケルから聞いた話では、マルタはタバコをやめたらしい。ギュンターにやめろといわれたからだ。「ドイツの女はタバコをすうもんじゃない。タバコは不健康だ！　見た目も悪い」といわれて。マルタにとってタバコはなによりも大事な自立の証《あかし》だったはずだ、そのタバコをやめるなんて！　ハンスには信じられなかった。だが、まちがいなさそうだ。そのほうがギュンターにとって、そしてナチ党にとって好ましいのだ。

「取ってこようか？」ハンスは静かにたずねた。

父親が皮肉っぽくにやりと笑った。母親は感謝のこもった目でただうなずいた。ハンスは立ち上がった。


ギュンターがマルタのところにいた。よりによってというしかない。ひさしぶりに屋根裏部屋を訪れたというのに、一か月前までハンスが使っていたベッドに横たわり、タバコをすっている。ハンスが顔を見せたので、マルタは喜んだ。やけに愛想がいい。「こっちにすわったら」マルタはハンスを自分のベッドにさそった。

ハンスは部屋の真ん中につっ立ったままでいった。

「あの、マフラーの礼をいおうと思って」

「気に入ってくれた？」マルタはベッドの端《はし》にすわって、太もものしたに手をいれた。小さいころから良心がとがめるときによくした仕草だ。

「冬のバーゲンで買ったの。自分の買い物もしたわ。新しいナイトガウン。たったの一マルク九十五ペニヒだったの。でも、マフラーの値段は秘密よ」

「とっても暖かいよ」ハンスは、マフラーの話をするのが白じらしく思えて仕方なかった。ギュンターンスはまた出世したのだ。ハンスはまだギュンターは分隊長になっていた。ギュンターはまた出世したのだ。ハンスはまだギュンターにあいさつしていなかった。ギュンターも無視している。それがハンスへのあいさつというわけだ。だがマルタの婚約者《こんやくしゃ》はハンスを観察していた。ベッドに横になったまま、ハンスをじっと見ていた。

ハンスには、屋根裏部屋が急に狭《せま》くなったような気がした。

「ぼくの本をもっていっていいかな？　母さんが読みたがっているんだ」

「こいつかい？」ギュンターがマルタのナイトテーブルから薄《うす》い本をとると、ハンスに投げてよこした。「もっていけよ。ユダヤの落書きだ。これからはもう印刷されないだろうからな」

ハンスは受け取りそこねて、本は足下に落ちた。ハンスは拾い上げようとかがんだ。「マルタは気に入っていたけど」ハンスは、マルタが自分の意見を通すか、ギュンターに迎合《げいごう》するか確かめたかった。

「もっといいものがあるのを知らないからさ。おれにいわせれば、ろくでもない代物だ」ギュンターは体を起こし、ハンスをしげしげと見つめた。「それとも、本に出てくるやつがふたりの女とひとつのベッドで寝《ね》たのがよかったか？」

「そんなにまじめにとらなくても」マルタがあいだにはいろうとした。「それはただの娯楽《ごらく》小説なんだから」

作者がその場面をまじめにとっていたかどうか、ハンスにはわからない。でも、その本で一番おもしろかったのはそこだ。その場面にはなんとなく甘くくすぐったい気持ちがした。作者は思わせぶりな言い方しかせず、いやらしい表現はひとつもなかった。だけど、ユダヤ人がきらいなら、なんでギュンターはその本を読んだんだろう？　検閲《けんえつ》か？　それともあとでマルタをしかるため？

「そういう本は毒だ」ギュンターは立ち上がって、ハンスのすぐ目の前にやってきた。「おれだったら、自分の姉妹にこういう本は見せないな」

ハンスは笑《え》みを浮かべただけで、きびすを返し、出口にむかった。ギュンターがハンスの肩《かた》をつかんだ。

「待てよ！　最近ぜんぜん顔をださないっていうじゃないか。おれのせいかい？」

「そうだよ」

ハンスはギュンターの手をふりはらおうとしたが、ギュンターは強く肩をつかんだままだった。

「どうしてだ？　おれたちが政権をとって四週間になるけど、共産党を禁止したか？　戦争をはじめたか？　ユダヤ人を殺したか？　そんなことないだろう？　おまえたちが批判《ひはん》していたことは、なにもしてないじゃないか。それに日曜日には選挙だってある。選挙でおれたちをけ落とせばいいだろ。それが民主主義だ」

ハンスは自分の肩をつかんでいる手を見た。

「手をどけろよ！」

ギュンターは手を放して、がっかりしたような仕草をした。

「まったくいけすかないやつだな、おまえって。なんでだよ？　おれたちはみんな、おなじ民族共同体の一員じゃないか。それにあと十日で、義理の兄弟になるんだぞ。おまえがどんなにいやでも、おれたちはもうすぐ家族なんだ」

「ギュンター！　お願い！　かまわないでよ！」マルタがものすごい剣幕でいった。結婚式《けっこんしき》のことは自分で告げたかったのだ。

大晦日《おおみそか》に婚約《こんやく》したのだから、もうすぐ結婚するのはわかっていたことだ。それでもショックだった。

「ここから出ていくの？」ハンスは静かにたずねた。本当に知りたかったのは、ギュンターがここに引っ越してくるかどうかだった。ギュンターも、マルタも、そのあたりを敏感《びんかん》に感じ取った。「引っ越《こ》すわ」マルタはハンスを見ずにいった。「白樺《しらかば》通りに住まいが見つかったの。二間つづき。通りに面した四階よ。トイレもバスタブもついてるわ」

白樺通りといえばモアビト地区だ。ここからそう遠くない。だがはるか彼方に引っ越していくのも同然だ。通りに面した二間つづきで、トイレとバスタブつきだって？　ハイナーと監獄《かんごく》の監視《かんし》が逃亡途中《とうぼうとちゅう》で服と金とパスポートを工面した、あのパンコウの住まいとほとんどおなじじゃないか。

「どうだい！」ギュンターはうれしそうだ。「うちの党は党員のためにちゃんとやることはやってくれるのさ。ほかの党も、見習ってほしいね」

ハンスはまっすぐギュンターの目を見つめた。

「前の住人はだれだったんだい？　まさか、きみたちから逃亡しただれかじゃないだろうね？」

山勘《やまかん》だった。金さえあれば、いくらだって空き家は手に入る。だが図星だったようだ。ギュンターの顔から血の気が引いた。

「だれが住んでいたってかまわないわ」マルタがいった。「住まいは住まいでしょ」

突撃隊《とつげきたい》の制服を着たギュンターがすこしはじているかどうか、ハンスは様子をうかがった。「そりゃそうだ！」ハンスはいやらしく笑った。「住まいは住まいだよね！　もしかしたら家具だってついてるかもしれない。逃げるのに忙しくて、ほかにも使える物を置きっぱなしにしたかもね。背広とか、シャツとか、装飾品《そうしょくひん》とか。みんな、もらったらいいじゃないか」

ギュンターははずかしそうだった。そのことに気づかれまいとしてか、ハンスのセーターをつかんで、ドアから外に放り出そうとした。ハンスは手と足でドアの枠《わく》にしがみついた。

「放せ。大事なところをけとばすぞ」

「よくわかったよ！」ギュンターはハンスを放した。「物わかりがいいと買いかぶっていた」ギュンターはきびすをかえしたが、またふりかえったと思ったら、ハンスの顔に平手打ちをした。強烈《きょうれつ》な一撃に、ハンスはドアの枠で後頭部をうち、一瞬目が回った。

マルタがとびあがった。だがなにもせず、だまって見ているだけだった。唇《くちびる》から血がでているのを感じたハンスはかっとして、足をふりあげた。シャワー室では、こわくてがむしゃらにクルンプをけったが、ギュンターはべつにこわくない。ギュンターはクルンプのようなねちっこいやつじゃない。自分で責任のとれないことはしないだろう。マルタの手前、できるはずがない。ギュンターはあわてて脇《わき》に飛び退《の》いた。

ハンスが笑った。

「どうした、兄さん？　自分でこしらえようとしている突撃隊のチビたちが心配かい？」

「ハンス！」マルタがささやいた。

ハンスはマルタの気持ちがわかった。勉強ができて、問題を起こしたことのない、あのかわいいハンスのはずがない。マルタの目はそういっていた。「関係ないよね」ハンスは冷たく言い放った。「住まいは住まい、戦争は戦争！　みんな、自分のできることをするだけ。なぐられれば、糞《くそ》でも投げてやるまでさ」そういうと、ハンスはぷいと背中をむけた。

「おまえたちの肥溜《こえだ》めは、おれたちが掃除《そうじ》してやるよ」ギュンターがハンスの背中に向かって叫《さけ》んだ。

「楽しみに待ってな」

ハンスは静かにドアをしめた。本当は思い切りよくドアをしめたかったが、なんとなくできなかった。

今度限り

ハンスはマットレスに横になって暗闇《くらやみ》を見つめている。数時間前に屋根裏部屋で起こった出来事がいまだに脳裏《のうり》によみがえる。これでマルタとの関係は終わりだろうか？　ギュンターと結婚して、白樺通《しらかばどお》りに引っ越《こ》してしまえば、確実に縁《えん》がなくなる。結婚式にでるつもりはない。家族のだれもでないだろう。マルタを訪ねるつもりもない。ギュンターがいないかどうか、いちいち確かめるなんてまっぴらだ。なんでさっきは、マルタとレムヒェンが似ているなんて思ったんだろう？　マルタはぜんぜんちがう。ファーラダの小説にでてくるレムヒェンは、ギュンター・ブレームと結婚《けっこん》することはあるかもしれない。けれども、マルタがピンネベルクと結ばれることはぜったいにないだろう。マルタは勝ち組にいたいのだ。そしてピンネベルクは敗者だ。

ハンスはうつぶせになって、枕《まくら》に顔をふせた。マルタはギュンターを愛している。まちがいない。でも、彼女が愛しているのは彼だけじゃなく、自分用のトイレとバスタブもだ。気持ちはわかるが、気に入らない。マルタにとっては、自分の願望が第一なのだ。

朝になるころ、ハンスはようやく眠りについた。夢を見た。うなされて、はっと目を覚まし、また眠った。そんな夢の中で、ふいに足音が聞こえた。ブーツの足音。ずいぶん早足だ。階段をかけのぼって、どんどん近づいてくる。ハンスは目を開けた。夢なのか、うつつなのかしばらくわからなかったが、はっとして体を起こした。足音は現実だ。二人、三人、いやもっと大勢だ。こんな夜中に階段をかけのぼってくるなんて。どこにいく気だ？　まさかうちじゃ？

止まった。うちの前じゃないか。ハンスは身を固くして聞き耳を立てた。そのとき、ドアをたたく音がひびいた。

「あけろ！　警察だ！　すぐにあけろ！」

ハンスははねおきて、いそいで服を着た。あれこれ考えているひまはなかった。寝巻《ねま》きのままでは無防備だと思ったのだ。
父親が廊下《ろうか》にでていた。

「どうしたんです？」大きな声でたずねた。「なんの用です？」

あらためてドアがたたかれた。

「あけろ！　すぐにあけろ！」

ハンスも廊下にでて、父親と目をかわした。父親はまだ寝巻きのままだ。右腕《みぎうで》のそでが、ぶらぶら揺《ゆ》れている。もうかなり薄くなった髪《かみ》に寝癖《ねぐせ》がついている。

「ぼくがあけようか？」

父親がこっくりうなずいた。

ハンスがドアをあけると、突撃隊《とつげきたい》の補助警官が四、五人、どやどやと踏《ふ》み込んできて、ハンスをわきに押しやった。先頭のふたりはピストルをかまえ、あとの三人は警棒をにぎっている。男たちは物もいわず居間にはいり、ハンスと父親が武器をもっていないか身体検査をし、明かりをつけた。ムルケルはあわてて母親のベッドにもぐりこんだ。ムルケルは不安げに目を大きくあけて、見知らぬ男たちが戸棚《とだな》をあけ、下着を投げ散らかし、服も無造作に投げ捨て、だれか隠《かく》れていないかベッドの下をさぐるのを見つめている。

「これはどういうことだ？」父親は男たちをどなりつけた。「気は確かか？」

「ルドルフ・ゲープハルトだな？」ひょろ長い突撃隊長が無表情にそうたずねると、居丈高《いたけだか》に父親の目の前に立った。

「そうだが」父親が叫《さけ》んだ。「いったいぜんたい」

「共産党員ルドルフ・ゲープハルトだな?」突撃隊長《とつげきたいちょう》はもう一度聞き直した。とても乾《かわ》いた声だった。ほとんど無関心な目つきをしている。

「そうだ」父親はもう一度答えた。「それより、いいかげんに」

「服を着たまえ。逮捕《たいほ》する」

父親はおしだまった。母親が泣き出したムルケルを抱《だ》き寄《よ》せた。「理由は?」父親は静かにたずねた。

「理由などない!」突撃隊長は棍棒《こんぼう》をもった三人の補助警官に、ドアの前に立つように指示して、もうひとりのピストルをかまえた仲間といっしょに、父親の義手を見た。突撃隊長のとなりにいた突撃隊員はのんきそうな顔つきをしていて、小さな丸い鼻に分厚《ぶあつ》いメガネをかけていた。男は父親の義手に目をとめた。「傷痍《しょうい》軍人か。なのに、あきれたもんだ! 神聖《しんせい》な物に価値がなくなるのも無理はない」

それまでなにもいわずにいた母親がついに口をひらいた。「いってくださいな!」押し殺した声だった。「うちの人がなにをしたっていうんです?」

「おい、おい、知らないっていうのか?」突撃隊長があざ笑った。

「知りません」母親が答えた。「本当に知らないんです」

突撃隊長は退屈そうに腕時計《うでどけい》を見た。

「共産主義者が国会議事堂に放火したんだよ(*33)。議事堂に火をつけて、焼き払ったんだ。ドイツ民族がだまっているわけないだろう。だから片づけるのさ。かたっぱしからな」

「国会議事堂に放火しただって？」父親は信じられないという顔をした。そして不安な気持ちと安堵《あんど》した気持ちをないまぜにしながらいった。「それとおれとどういう関係があるんだね？　もう何日も街の中心にはいってない」

「うるさいぞ！」突撃隊長がどなった。「この放火がどういう意味かおれたちにわからないとでも思っているのか？　ついてなかったな。おまえたちの蜂起《ほうき》は成功しない。モスクワがわれわれドイツ民族を不幸のどん底にたたき落とそうとしてもだめだ。おれたちが許すわけがないだろう」

「でも、父さんはもう党員じゃないわ！」

叫んだのはマルタだった。ナイトガウンに身を包んだマルタがドアのところに立っていた。その横にゴム製の棍棒《こんぼう》をもった男が立っている。騒ぎを聞きつけて、ドアのところに立っていた三人の男にいって、通してもらったのだ。

父親はもうだいぶ長くマルタの顔を見ていなかった。しばらくマルタをだまって見つめてから、静かにいった。

「勘違《かんちが》いするな！　おれはまだ党員だ。いつまでも党員だ」

「うそをいってるのよ！」マルタは突撃隊長にせがんだ。「信じてください。五年前に党から除名されてるんです。これはなにかのまちがいです」

「マルタ！」父親がどなった。「だまってろ！」父親はマルタのそばにいくと、義手をとって、なぐるそぶりをした。マルタが大きな声ですすり泣き、母親のベッドに身を投げ出すと、はげしく泣きだした。

ハンスは窓際《まどぎわ》に立ったまま、一部始終を目撃した。父親が義手をふりあげて、マルタをだまらせたとき。いや、父親は本気でなぐろうとしていたのかもしれない。そのときは本当にびくっとした。父親はめったになぐったことがない。たいていは母親にまかせている。それでもなぐるしかないときは、せいぜいが平手打ちだ。義手でなぐるなんてしたことがない。だがマルタに向かって父親は義手をふりあげた。マルタのせいで味わった無力感、そして党との確執《かくしつ》はナチと関係ないという意志の現れだった。

突撃隊長《とつげきたいちょう》はいらいらしはじめた。

「ぐずぐずするな。ほかにも用事があるんだ」

「そうでしょうとも」父親がこたえた。まるで早くここから立ち去りたがっているみたいに、そそくさと支度をはじめた。身支度《みじたく》が整うと、母親の枕元《まくらもと》にいき、ムルケルのみだれた髪《かみ》をなで、母親にキスをした。そして、もう一度ハンスに向かってうなずき、ふたりの突撃隊員に伴われて家を出た。突撃隊員がドアをしめると、マルタが母親の首にしがみついた。「父さんはあたしが憎《にく》いのよ！　あたしがなにをしたっていうのよ？」

母親はむせび泣くマルタの肩をなでた。「憎んではいないわよ。あなたを愛しているんだから。愛しているから、あなたに厳しいの」だが、母親の声は異様にさめていた。マルタは、心の中を見透《みす》かされてしまったのだ。ナチが本当に危険でないのなら、どうしてマルタは父親の身を案じるのだろう？　どうしてヒトラーの公平さを信じないのだろう？　父親が無実なのはわかっているはずだ。

マルタは幼い少女のようにムルケルのベッドでまるくなっていた。ハンスは窓辺に立って、カーテンをあけた。外が白んでいるので、だいぶびっくりした。急いで窓をあけた。もうすぐ男たちが父さんをつれて現れるはずだ。父さんはきっと上を見上げて目配せかなにかするはずだ。

中庭の脇《わき》の階段に通じる扉《とびら》があく。分厚《ぶあつ》いメガネをかけた突撃隊員が中庭にでてきて、ピストルをかまえながらあたりをうかがう。仲間に合図を送った。次に父親が現れ、ほかの突撃隊員がつづいた。ハンスは父親だけを見つめた。父親もハンスの方を見あげた。ハンスはなにもいわず、だまってうなずいた。父親にもわかったのか、静かにうなずいた。そして突撃隊員たちは父親を連れて、中庭からでていった。

街は騒然《そうぜん》としていた。いたるところに突撃隊員の姿があり、トラックで家から家へと移動し、放火に荷担したと思われる人間をかたっぱしから逮捕《たいほ》していた。とにかく放火を理由に、夜から明け方にかけて大量の逮捕者がでた。通りを歩く人々は、一様に不安げで、そそくさと歩いている。いつもより急いで職場にいこうとしていた。夜中のことをだれかと話したい。そんな様子だ。

ハンスと母親とマルタも、父親が連行されたあとしばらく相談をした。すっかりおびえきったムルケルも台所でいっしょだった。父親の逮捕はなにかのまちがいだという点では、みんな意見が一致した。古い党員名簿が元になったか、アパートか工場のだれかが密告したからにちがいない。放火の疑いで元党員まで逮捕するとは考えにくい。

夕方までに釈放《しゃくほう》されなかったらギュンターのところへいって、誤解をといてもらう、とマルタはいった。母親はその提案に一言も反応しなかった。反対だとも、賛成だともいわなかった。そういう形で助けられても、父親は少しも喜ばないだろうと思ったが、ハンスもなにもいわなかった。母親とハンスはヘレとユッタのことが気になっていた。ふたりも連行されただろうか？　そしたら、エンネはどうなる？

母親はいてもたってもいられなくなった。ムルケルに、学校へは遅《おく》れずにいくようにいって、でかけた。ハンスもいっしょにいこうとしたが、母親はいった。

「仕事にいきなさい。父さんがもどってこなかったら、うちの働き手はおまえだけになるんだから。おまえまで職を失ったら大変だわ」

ヒトラー・ユーゲントの旗が公園広場をまがってきた。最近、ヴェディンク地区でも頻繁《ひんぱん》に見かけるようになった。ヒトラー・ユーゲントは数が増えただけでなく、傍若無人《ぼうじゃくぶじん》になった。大声で歌っている。

いざ、大都市ベルリンを行進せん。
いざ、闘わん、ヒトラーのため。
いざ、引き裂《さ》かん、赤旗を。
ヒトラー・ユーゲントのお通りだ。道をあけろ！

ハンスは立ち止まって、ヒトラー・ユーゲントの顔ぶれを見た。学校か街中で見たことのあるやつがまじっていないかと思ったが、みんな、見かけない顔だ。ハンスはほっとした。

「なにをじろじろ見てるんだ」旗手がハンスにどなった。「文句があるのか？」たまっているものをはきだしたかった。だがじっとこらえた。よってたかってなぐられるのがおちだ。静かにきびすをかえすと、ハンスは立ち去った。

アッカー通り三十七番地で連行されたのは父親だけじゃなかった。赤毛のリーケと社会主義労働者青年団のパウレ・グロースも捕《つか》まった。よせばいいのに、パウレは逆らってしまったらしい。テツラフのおかみがいいふらした。補助警官に袋《ふくろ》だたきにされて、トラックに運ばれたという。

「号外！　号外！」キャップをかぶった新聞売りの少年が通りをハンスの方にやってきた。「共産主義者が国会議事堂に放火したよ」

ハンスはあきれてものがいえなかった。赤のヴェディンク地区のど真ん中でこうもどうどうと見出しを読み上げるなんて。よほどの世間知らずか、平気だと思っているかのどちらかだ。

「おはよう！」工場へ向かう道すがら、後ろから来た労働者のひとりが声をかけてきた。ハンスは機械工場で知られるようになり、みんなしだいに親しげな顔をするようになっていた。追い越《こ》していった男は小型モーター工場で働いていて、ハンスよりだいぶ年が上だ。ハンスは男の後ろ姿を見つめた。彼となら話ができるかな？　ナチはよく都合のいいデマをとばすけど、国会議事堂の炎上《えんじょう》がデマのはずがない。ありもしない火事のデマを流しても仕方がないだろう。国会議事堂はまちがいなく炎上したんだ。

でも、放火したのは本当に共産主義者だったんだろうか？

声をかけてきた男はもうだいぶ先を歩いている。ハンスは歩調を速めた。主任はもう新聞を読んでいるだろう。夜中になにがあったか知っているかもしれない。いつもならミーツェが来るのを待つのに、今日はそのまま門をくぐろうとした。昼休みにわけを話せばわかってくれるだろう。そのとき、ミーツェがハンスの方に歩いてきた。ミーツェが先に待っていたなんて、初めてのことだ。いつもはハンスのほうが先に来ているのに。

ミーツェは心配だったのだ。おじさんは自分で組み立てたラジオをもっていて、毎朝、毎晩、ニュースを聞いていた。それで、国会議事堂炎上《えんじょう》のことを知ったのだ。「おじさんがいってたわ。ナチがあなたたちを狩《か》り立てているって。ナチが自分で放火したにちがいないっていってるわ。選挙の前に決着をつけようとしたんだって」

ハンスは早口に夜中の出来事を話した。そしてラジオではほかにどんなことをいっていたか知りたかった。ミーツェはあまり知らなかった。オランダ人共産主義者が国会議事堂に放火したらしい、と出勤前におじさんがいっていたという。「ナチは、この放火が蜂起《ほうき》の狼煙《のろし》だといっている」

またしても、蜂起という言葉がでてきた。それならなんで、共産党員は逆襲《ぎゃくしゅう》しないのだろう？　蜂起を計画して、狼煙をあげておきながら、その夜に抵抗《ていこう》らしい抵抗をしないなんて。それに、突撃隊《とつげきたい》はなんでパウレ・グロースまで連行したんだ？　パウレは共産党員じゃない。入党したこともない。彼の加わっている社会主義労働者青年団は社会民主党の組織だ。

「おじさんのいうとおりだよ。ぼくらを葬《ほうむ》るために、ナチが仕組んだんだ」ハンスは「ぼくら」といった。それも意識的に。父親を逮捕《たいほ》したやつらは、自分の敵でもある。「ぼくら」にはパウレ・グロースやビュートウ主任たち、ナチと闘うすべての人たちがはいっている。いまこそ一致《いっち》団結しないと万事休すだ。

ミーツェがハンスの手をつかんで、強くにぎりしめた。

「あなたが心配」

ミーツェが気づかってくれるのがうれしかった。「気をつけるよ」いってもしようがないことだが、ほかに言葉が見つからない。

工場に向かう労働者の流れがとぎれがちになった。そろそろはいらないと。「昼休み、ね？」ミーツェがいった。「コイル工場で待っているわ」

ハンスはこくりとうなずいた。ミーツェは歩き去った。しばらくその後ろ姿を見送ってから、ハンスも倉庫に入り、シャワールームに通じる階段をのぼった。気をつけないと。四週間前、ヒトラーが首相になったときとおなじだ。今日もまたシュレーダーとクルンプが好き勝手やるにきまっている。用心にこしたことはない。

シャワールームには人気がなかった。どうやら一番最後だったようだ。急いで着替えると、階段をおりて、ビュートウ主任のところへ向かった。家でのことを話したかった。兄さんのことでなにか知っているかもしれない。突撃隊がヘレのところに来たのなら、わかっているはずだ。

主任事務所のドアのノブに手をかけたところで、あわてて身を隠《かく》した。シュレーダーが主任の席にすわって、引き出しをかきまわしている。すでに引き出しの中身がだいぶ、デスクに積み上げられている。となりにはクルンプ、正面にはレフラーが立っている。クルンプは勝利に有頂天《うちょうてん》になっているようだ。レフラーはすこし身をかがめて、おべっかを使っている。

事務所のガラス窓からは外の様子がうかがえる。もし三人のうちだれかが、自分の方を向いたら、見えてしまうかもしれない。ハンスはそっと後ずさった。あわてるな。連中に気づかれてしまう。

事務所から見えないところまでくると、ハンスは倉庫に向かって走った。エメスを探さなくては。エメスなら、どうなっているのかわかっているはずだ。シュレーダーがビュートウのデスクに向かってすわっているということは、主任はもうここにはいないということだ。逮捕《たいほ》されたんだろうか？　シュレーダーが倉庫の責任者になったんだろうか？

「やっと見つけたぞ」エメスがハンスの背後にあらわれ、大きな木箱を積み上げた一角に引っ張り込んだ。

「主任は？」木箱のあいだに潜り込みながら、ハンスはささやいた。「主任はどこなんです？」

「引っ張っていかれたよ」エメスがささやき返した。「二、三分前のことだ。シュレーダーにやられたのさ。だから、おまえさんを探していたんだ。すぐに消えるんだ。いますぐだ」

主任が連行された。思ったとおりだ。

「でもなんで？」

「国会議事堂炎上《えんじょう》はナチのしわざだっていったんだよ」

主任も、ミーツェのおじさんとおなじ考えだったんだ。ハンスはあたりを見まわした。ここなら人目につかない。小声で話せば、だれにも聞こえないだろう。「だれに向かって、そんなことを?」

エメスは大きな目でハンスを見つめた。

「みんなの前でさ。レフラーも聞いてた」

レフラーか? これで合点がいった。レフラーはまた銅線がほしくなって、シュレーダーに告げ口をした。そしてシュレーダーは主任を逮捕させ、社長を気取っているんだ。

「逃げるんだ!」エメスがまたささやいた。「急げ。見つかったら、おまえさんも連行される」

エメスのいうとおりだ。主任がいなくなれば、もうここにはいられない。だけど、どうやって逃げたらいい? 着替えて、門からでていくわけにはいかない。勤務中だ。守衛《しゅえい》は事務所に電話をするだろう。

「トンネルだよ!」エメスがずるそうな顔をした。「トンネルから部品工場に抜けるんだ。あそこなら、おまえさんを知っている者はいない。そのまま門から外にでられるさ。それでずらかれる!」

うまくいくかもしれない。ハンスはエメスをすがるように見つめた。

「着替えるあいだ、見張っていてくれるかい? やつら、ぼくのことを探すかもしれないし」

エメスはうなずいた。ハンスの手助けができるのがうれしいのか、目を輝《かがや》かせている。

ふたりは止まっている乗員用の車両の陰《かげ》から、小さな駅舎の横のトンネルを見ていた。ハンスは仕事道具をありったけカバンにつめ、電車に乗りこむ機会をうかがっていた。トンネルを歩くのは危険すぎる。トンネルの壁《かべ》にぴったりくっつけば、電車をやり過ごすことはできるだろう。だが牽引車《けんいんしゃ》のライトから逃れることはできない。運転手が貨車をとめて、追ってくるだろう。工場間をつなぐトンネルに歩いてはいることは禁止されている。

電車がトンネルからでてきた。牽引車のベンチに作業員がふたりすわっている。運転手が牽引車をとめると、ふたりは飛び降りて、小型モーター工場の方角に歩いていった。

「いいか！」エメスがささやいた。「きっとなにか取りにきたはずだ」

本当に、牽引車はケース用の部品を積み込んだ貨車に近づき、連結すると、またトンネルの方へもどった。

「いまだ」エメスがささやいた。ハンスは小さな駅舎の裏手から貨車に向かって走った。牽引車はそれほど速度をあげていない。トンネルにはいる手前で、貨車に追いついた。カバンを荷台に投げ込むと、扉《とびら》をつかみ、緩衝器《かんしょうき》に飛び乗った。後ろを振《ふ》り返る。駅舎の男はなにも気づかなかったようだ。エメスは物陰からでてきて、うれしそうにハンスを見ていた。ハンスはエメスに強い感情をいだいた。助けられるのは、これで二度目だ。そっと手をふると、エメスも手をふった。

わずかな仲間

ハンスはヘレの家に急いだ。ヘレとユッタとエンネが無事かどうか気になっていた。たぶん母親がまだいるだろう。そうすれば、これからのことをみんなで相談できる。

ケスリン通りは静かだった。職のある者は男も女もとっくに工場に出ているし、子どもたちも学校だ。店が何軒《なんげん》かすでにあいている。カウンターの前には早々と客が立っている。ガラス窓越《まどご》しに見ると、なにやらしきりにおしゃべりしている。国会議事堂炎上《えんじょう》のことと夜中に近所の人が大勢逮捕《たいほ》された話だろう。ここは赤の多い横町だ。突撃隊《とつげきたい》が手ぬるいことをするわけがない。

小さな八百屋で女の人が泣いている。八百屋のおかみは、ジャガイモを秤《はかり》にかけながら、女の人の腕《うで》に手を置いて、なにやらいって励《はげ》ましている。ハンスはそこから目をそらすと、通りを横切って、十番地のアパートにはいった。階段をかけのぼる。H・ビュートウという表札のあるドアの前でふと足をとめたが、また走り出した。ドアをたたいてもしょうがない。ビュートウ夫人は勤務中だ。それに、夫が逮捕されたことは、すでに知っているはずだ。そういううわさは、工場ではあっという間に広まる。

五階につくと、ドアの向こうに聞き耳をたて、ノックをして、また聞き耳をたてた。足音が聞こえた。よく知っている足音。母親の足音だ。母親はのぞき穴から外を見て、ドアをあけた。びっくりしている。

「おまえ？　どうしたの？」

そのときはじめて、ハンスは本当になにがおこったか自覚した。「仕事をなくさないようにして」と母親に頼《たの》まれていたのに。すっかり忘れていた。なにもいわずに母親のわきをすり抜け、窓際《まどぎわ》の空いているいすにすわった。

ヘレは無表情に食卓につき、タバコをすっている。うなだれて、顔をあげようともしない。ベッドに横になって、エンネを腕に抱えていたユッタはおどろいて体を起こした。こんな時間に仕事から帰ってくるからには、なにかあったにちがいない。

「どうしたの？」母親がまたたずねた。「なんで職場にいないの？　わけをいいなさい！　それでなくても、いろいろ問題をかかえているんだから」

ヘレとユッタは、母親やハンスとおなじくらい寝不足《ねぶそく》で顔が青かった。無事にヘレとユッタとエンネに会えて、ハンスはほっとしていいはずなのに、母親の顔とおびえた問いかけのほうが身につまされた。ハンスは失業したんだ！　これでもう稼《かせ》ぎ手はひとりもいない。ハンスはとつとつと話しはじめた。逃げざるをえなかった事情、エメスが手伝ってくれたこと、だれにも見られずに部品工場にたどりついたこと。そこからは簡単だった。門番の前を通り過ぎて表にでる。勝手に工場を出るのは規則違反《いはん》なので、門番は目の色を変えたが、追ってはこなかった。しばらくあぜんとして通りに立っていたが、すぐに工場に戻《もど》っていった。

母親の表情がだんだん険しくなった。「なるほどね！」ハンスが話しおえると、いった。「これからどうやって生きていったらいいか、だれか教えてほしいものだわ」

「それじゃ、工場に残っていたほうがよかったのか？」ヘレはいらついていた。「いまごろ、父さんといっしょに牢屋《ろうや》にいれられているかもしれない。どっちみち稼ぎにはならないね。心配が少ないだけ、ましじゃないか」

「わかっているわよ！」母親はにがにがしげに、絶望的な声をだした。「でも、これからどうしたらいいのよ！　飢《う》え死にしろっていうの？　路上で暮らす？　浮浪者《ふろうしゃ》収容所にはいる？」

ハンスはしばらくだまって聞いていたが、たまらずこういった。「どっちみちいつまでもいられなかったよ。あのふたりがいるかぎり、耐《た》えられなかったよ」そして、葬儀《そうぎ》をされたことをはじめて母親にうち明けた。

母親は信じられなかった。「本当にそんなことを？　警察にいえばよかったのに。立派な犯罪よ！」

ユッタが鼻で笑った。「犯罪は山ほどあるけど、だれも警察にはいかないわ」

母親は口をつぐみ、ハンスを非難のまなざしで見つめた。ヘレとユッタは葬儀の話を知っていたのに、自分は聞いていなかった。ハンスが気を使ったからなのは重々わかっていながら、気に入らなかった。

「それより」ハンスはようやくヘレにたずねることができた。「どうだったの？　ここでも、たくさん連行された？」

ヘレがうなずいた。それからいきなりいった。「エデが死んだよ」

さりげなくいわれたので、ハンスは言葉の意味がわからず、聞き返さざるをえなかった。だがヘレの表情からは疑いようがなかった。

「だけど、どうして？」

ヘレはたんたんと話しはじめた。ユッタとヘレには、穏健派《おんけんは》の同志から今朝早く知らせがきたという。そしてユッタとエンネを安全な隣人《りんじん》のところにかくまってもらい、ほかの同志に急を知らせに走った。

「もちろん知らせたのは穏健派だけだ。ほかの連中まで考えている余裕《よゆう》はなかった。……最後にエデのことを思い出したんだ。彼にも知らせがいっているかわからなかった。だから、いったんだ……」

その先は整然とは話せなかった。ヘレは言葉をつまらせた。ハンスは、話の断片から全体を想像するしかなかった。ヘレがついてみると、友だちは不在だった。エデにもちゃんと知らせがいったのだと、ほっとして立ち去りかけたとき、エデの隣人が後から追いかけてきた。ヘレがエデの家をノックしたのを聞いたのだ。はじめは息をひそめていた。こんな朝早く、エデのところに来るなんて、だれだかわかったものじゃない。だが、階段の明かりで、ヘレだとわかり、追いかけてきたのだ。そして一部始終を話してくれた。

エデはおとなしく連行されたが、表にでると逃亡を図ったという。「そしたら、いきなりピストルで撃たれたんだそうだ」いまだに理解できないというように、ヘレは語った。「警告もなしに、いきなりだ。まるで処刑のように」

小さな部屋の中がしんと静まりかえった。一人としてなにもいわない。ヘレがふいに立ち上がり窓辺でズボンのポケットに手をつっこみ、外を眺《なが》めた。ヘレは良心がとがめているんだ。友を最後に信頼《しんらい》しなかったことをはじている。ハンスもおなじ気持ちだ。なぜかわからない。罪の意識はないのだが、エデをずっと好きでなかったことだけは別だ。エデは約束を守る正直な男だった。エンネが堅信礼《けんしんれい》を受けるまで毎月、乾燥《かんそう》ミルクをプレゼントするという約束も守り通した。ヘレの声が聞こえた。「エデは党のためなら銃弾《じゅうだん》に倒《たお》れるのも本望だろう」たしかにそのとおりになった。だがあまりに痛ましい。なんの意味も見いだせないのだから。

「もっと早くいったとしても」ユッタがヘレをなぐさめようとした。「手遅《ておく》れだったかもしれないじゃない。エデは一番にねらわれた口よ」

ヘレは答えず、窓辺につったったまま、外を見ている。できることならひとりになりたかったのだろう。ハンスにはわかっていた。兄は昔、似たような経験をしているんだ。一九一八年から一九年にかけての冬、赤の水兵のひとり、ハイナーの友だちアルノが、逮捕《たいほ》されたとき、逃げようとして撃たれた。今度は、ヘレの友だちエデがおなじ運命に見まわれた。

母親がそわそわしはじめた。「あなたたち、そろそろ自分たちのことを考えなくちゃ。エデのことは、悲しい。ものすごく悲しいけど、もう起こってしまったことでしょ。元にはもどらないわ。あなたたちだって、まだ安全とはいえないんだし」

「安全なところなんてどこにもないわ」ユッタがエンネをゆっくりあやした。「もうどうにもならないわ。新しい秩序《ちつじょ》ができあがっちゃったのよ。犯罪者が警察を演じてる。たくさんの人たちがそう望んでいるの。ちがう夢を描くわずかな不心得者はいなくなれ、そうすれば、静かになるってわけよ」

「文句はあとでもいえるでしょう」母親は負けていなかった。ふたりは、ハンスがやってくる前から、そのことで言い争っていたようだ。「子どもはどうするの？　せめて、子どものことくらい考えなさい。なんでこんなに早く戻ってきたのよ？」

「ほかの人を危険な目にあわせたくなかったからよ。乳飲《ちの》み子《ご》をかかえて、一銭《せん》も金がないのよ。いつまでも隠《かく》れていられないわ」ユッタは疲《つか》れ切っているように見えた。エンネを見る目が変だ。まるで自分の娘をはじめて見るような。「それとも母さんのところに転がり込む？　共産主義者の巣《す》には変わりないわ」

「かりに森の中で霜《しも》と寒さのなかで寝るとしても」母親がどなった。「暖かい突撃隊《とつげきたい》の獄舎《ごくしゃ》よりましでしょう」母親はユッタから赤ん坊を受け取り、なでながらキスをし、抱《だ》きしめた。「あなたたちのエンネがだれよりも大事だわ。あなたたちが捕《つか》まったとき、エンネがいっしょだったら、孤児院《こじいん》にいれられてしまうわ。そしたら、この子はどうなると思う？」

「この子を預かってくれます？」ユッタは目に涙をためながらたずねた。「面倒見てくれます？」

「あたりまえでしょ。この子をいっしょに連れていかないといけないと思っていたの？　この子の世話くらいするわよ。それより、あなたたち、そろそろ身を隠《かく》さないと。どこでもいいから、とにかくここから逃げなくちゃ。こういうときだからこそ、降参しちゃだめ。子どものためにも」

ヘレが気をとりなおした。「わかった！　やってみよう」そういうと、たんすから赤ん坊用の毛布《もうふ》をもってきて、エンネのものをかたっぱしからくるんだ。ユッタははじめだまって見ていたが、立ち上がると、台所へいって、ほ乳瓶《にゅうびん》と残っていた燕麦《えんばく》のフレークや粗挽《あらび》き穀物《こくもつ》、脱脂粉乳《だっしふんにゅう》をもってきた。ハンスはどうしていいかわからず、ふたりをじっと見ていた。すると、ヘレが赤ん坊のものをまとめる手を休め、かなり読み古した本を三冊、本棚《ほんだな》からとってきて、手渡した。

「これ、持っていてくれ。これだけはなくしたくない。おれには大事なものなんだ。思ったより早く、やつらが来るかもしれないからな」

それからは飛ぶような勢いで事が進んだ。ハンスは窓をあけて、身を乗り出し、ヴィーゼン通りとヴェディンク通りが交差する角まで見張った。ヘレとユッタは逃げるのに必要なものをまとめた。そしてその合間に、ユッタは母親に、エンネの世話の仕方や、どのくらいの間隔《かんかく》でおむつを取り替えたらいいか説明した。五人も子どもをもち、そのうち四人までも大きく育てたと母親はいったが、ユッタはむやみにしゃべりつづけた。それを中断させたのは、ハンスだった。

「トラックだ！　突撃隊《とつげきたい》のみたいだ」

ヘレが窓から外を見て、悪態をついた。トラックは、目指す番地を探してでもいるかのようにゆっくりとやってくる。通り過ぎてくれ。ハンスは胸《むね》のうちで願った。通り過ぎろ。だがトラックはまさに十番地でとまった。

「おれたちのところとは限らないだろう」ヘレがいった。「だが、うちかもしれない」ヘレはそういうなり廊下《ろうか》にとびだし、ユッタの手にマントを渡し、結わえたばかりの袋をとって、上着をはおった。

「屋根伝いにいく」ヘレはハンスにいった。「合い鍵《かぎ》でちゃんと戸締《とじ》まりするんだ。そして階段をおりろ。やつらがさがしているのは、おまえたちじゃない。大丈夫だ」

ユッタがすすり泣いた。「エンネ！　わたしの子！」

母親がもう一度エンネをさしだした。ユッタは赤ん坊を見て、なにかいおうとしたが、すぐにヘレの肩《かた》に顔をふせ、ヘレに連れられて階段ホールにでていった。ハンスは、ふたりが急いで階段をのぼり天井にあがるのを確認して、玄関《げんかん》をしめると、ふたたび窓辺に走り、外をうかがった。

少なくとも六、七人、突撃隊員がトラックからとびおりた。

「いくわよ！」母親がいった。「階段ですれちがったほうがいいでしょ」

母親のいうとおりだ。ハンスは窓をしめ、合い鍵《かぎ》の束《たば》をもって、玄関の戸締《とじ》まりをした。魔法瓶《まほうびん》のはいったカバンを一方の腕に、エンネのものをまとめた袋《ふくろ》をもう一方の腕にかかえて、先に階段をおりた。四階におりたとき、ハンスはヘレの本を忘れたことを思い出した。突撃隊が家に進入して、家宅捜索《かたくそうさく》をしたら、あの本はもっていかれるかもしれない。ハンスはエンネの袋を母親に預けて、階段をかけのぼった。

「どこへいくつもり？」母親が不安そうにささやいた。「八百屋で待ってて」小さな声でそういうと、ハンスは階段をかけのぼった。八百屋のおかみが客をなぐさめているのをふと思い出したのだ。あのおかみなら、母親を外にしめだしたりしないだろう。

ハンスはヘレの本を、一冊はシャツの下に、もう一冊は背中に、そしてもう一冊はズボンの中につっこんだ。ぎこちなく玄関《げんかん》のドアまでいき、聞き耳をたてた。階段をのぼってくるブーツの音がする。昨晩とおなじだ。おなじ場面がくりかえされようとしている。ヘレのハト小屋に隠《かく》れようか迷った。だがやつらがヘレのところにきたのなら、ハト小屋も調べるだろう。決心して階段ホールにでた。玄関をしめて、魔法瓶のはいったカバンを胸の前にかかえると、できるだけゆっくりと階段をおりていった。口笛をふこうとしたが、思いなおして口をぎゅっと結んだ。わざとらしいことをすると、かえって目立つ。

足音が近づいてくる。かっと熱くなったが、そのぶん頭は冷静になった。ぼくのことなんかかまうはずがない。仕事にでかけるところだ。そう信じさせるのに必要なものは全部そろっている。

ビュートウ主任の住まいの前で、突撃隊と鉢合《はちあ》わせした。ハンスはうなるように「おはようございます」とあいさつして、三人の男のわきをすり抜けようとした。三人とも、ピストルをかまえている。五階にあがろうとしていた三人は、ハンスをじろじろ見て、行く手をはばんだ。

「名前は？」

たずねたのは突撃隊連隊長、太鼓腹《たいこばら》でちょびひげをはやした小男だ。ハンスはきょとんとした顔をした。「なんですって？」

「耳が悪いのか？　おまえの名前を聞いているんだよ」

「メレンティン、ハンス・メレンティンです！」ハンスはぶっきらぼうに答えた。ケスリン通りでは、突撃隊員の質問によろこんで答える者はいない。相手が大物だろうと、雑魚《ざこ》だろうと関係ない。それからメレンティンというのは、ヘレたちの向かいに住んでいる家族の名前だ。もし突撃隊がメレンティンの家を目指していたなら、本当の名前をいえばいい。こわくてうそをついたといって。

「それにはなにがはいっているんだ？」連隊長がカバンを指さした。

どうやら突撃隊《とつげきたい》はメレンティンに用があるわけじゃないようだ。うそは功を奏したのだ。その意味ではほっとしたが、その一方で、ヘレとユッタがねらわれていることがはっきりした。五階には、ほかにだれも住んでいない。「中身ですか？　仕事の道具や紅茶やパン。そんなもんです」ハンスは中身を出し、むっとしている男たちに見せた。

「これから仕事か？」

「遅番《おそばん》なんです」ハンスはうそをついた。「その前にちょっと職業安定所によらなくちゃならないんで。おやじが病気なんですよ。働きにでられなくて」

「どこで働いている」

「AEG《アー・エー・ゲー》です。ブルンネン通りの小型モーター工場」

ハンスは質問にいやそうに答えながら、それでも本当のことのようにごく自然な受け答えをした。三人は軽く顔を見合わせ、それから連隊長がうなずいた。「うせろ！」

「それじゃ！」ハンスは首をふりながら階段をおりた。あせって足早にならないように気をつけた。突撃隊員たちは五階にあがっていって、ヘレの住まいのドアをたたいた。「あけろ！　警察だ！　あけろ！」

足が早くなった。もうこらえきれない。一階につくと、ハンスはまたゆっくり歩いた。玄関《げんかん》に突撃隊員が何人か立っているはずだ。もう一度、おなじ演技をしなくては。

思った通り、男がふたり、玄関の前で見張りに立っている。男たちを見ると、ハンスはすぐに口をひらいた。「またカバンの中身を見せますか？　こんなことやってたら、職業安定所にいくのが遅《おそ》くなっちゃうよ、まったく」

ふたりは手をふった。十五歳の少年を逮捕《たいほ》しろとはいわれていないのだろう。「うせろ、坊主！」

「はい、はい、いきますとも！」ハンスはゆっくりと歩いた。早く歩いたら、本がズボンから落ちそうだ。トラックからだいぶ離れてから、通りをまたいで八百屋に向かった。

母親はドアの陰《かげ》に立ち、ハンスを心配そうに見ていた。ハンスは後ろをふりかえった。もう見張りが見ていないと確認してから、八百屋にはいり、本をズボンから出して、カバンにしまった。

「無茶なことをして」母親がせめた。「危険すぎるじゃないの」

母親のいうとおりだ。ヘレのためでなかったら絶対にやらない。三冊の本はヘレにとって大事なものなのだ。いつか返せば、きっと喜んでくれるだろう。

八百屋のおかみが気にして、ハンスたちの方をうかがっている。なにか察したのだろうが、根ほり葉ほり聞いたりはしない。

ハンスはエンネが見あたらないことに気づいた。母親にそのことをたずねると、親切にも、おかみが赤ん坊を奥のカウチで寝《ね》かせたらいいといってくれたのだという。母親は小さな声でさらにいった。

「ここで一休みさせてほしいといったの。そしたら察してくれてね。そりゃ、月に住んでいるわけじゃないものね。なにが起こっているかくらい、わかっているんでしょ」

ハンスはろくに飾《かざ》り付けしていないショーウィンドウから、トラックをうかがった。よく見ると、十番地の前だけでなく、左右のアパートの前にも見張りがついている。何人かが屋根の方を気にしている。きっとそこにも補助警官が待機しているのだろう。ハンスはものすごい不安におそわれた。ヘレとユッタは袋《ふくろ》のネズミだ。ここまで用意周到だとすると、これは昨晩父親を連行したときのような一斉検挙《いっせいけんきょ》とはちがう。ヘレをねらっているんだ。たぶんユッタのことも。だからこそ、連隊長がじきじきに来たんだ。そしてこんな数の突撃隊員《とつげきたいいん》を動員したんだ。しかもあんなに用心深かった。そんなに重要視するのは、兄が受けている使命のことを知っているからだろうか。それとも、エデのところで、ヘレについてなにか見つかったんだろうか？

「あのふたりは、なんであんなにぐずぐずしていたんだろう？」母親がささやいた。「もっと早く逃げていればよかったのに」

八百屋のおかみはそれを聞いて、ため息まじりにこういった。「奥さん！　あたしたちはぐずぐずしすぎなんですよ。なんでかわかります。少ない仲間に執着《しゅうちゃく》してるからですよ。友情もあるでしょう、わずかなお金を貯めていっしょに買ったがらくたの家具かもしれない。あたしたちは、自分たちの居場所をもとめてる。それがまちがいなんですよ。それがあたしたちのばかなところ。まあ、そういう性《さが》なんですよ」

ほんとにそうだ、とハンスは思った。〈少ない仲間〉、ハンスにとってはミーツェだし、両親だし、ムルケルだし、ヘレだし、ユッタだし、エンネだ。その少ない仲間から離れられないがばかりに、モスクワへいく気になれない。ヴィリー・ヴェストホフにはそういう居場所がない。だから、彼は気兼《きが》ねなく出ていけるんだ。

ハンスがそんなことを考えていると、母親が手をつかんだ。ハンスは顔をあげた。ショックだった。ヘレとユッタだ！　ふたりは通りを引き立てられていく。やはりどこかでわなにかかったんだ。青い顔をしているけど、しっかりした足取りだ。横には白い腕章《わんしょう》をつけた、突撃隊員《とつげきたいいん》の警官がついている。ひどい、ひどすぎる、いや最悪だ。でも覚悟《かくご》していたことではある。だが母親ががくぜんとして、ハンスの手をつかんだのはそれだけじゃなかった。トラックのわきに立って、ヘレたちが荷台にのせられるのを見ている分隊長、それがギュンター・ブレーム、マルタのギュンターだったのだ。

「そんな」母親がいった。「いくらなんでも」もうこれ以上は耐《た》えられないというように、手で顔をおおった。

さっきどうしてギュンターを見かけなかったんだろう？　屋上で見張りについていたんだろうか？　ハンスの中でなにかがはじけた。このままじっとしてはいられない。なにか行動をおこさなければ。せめてヘレたちにエンネが無事なことを伝えたい。ハンスは外に出ようとした。母親がそれを引きとめた。

「だめよ、いまはなにをやっても、うまくいかないわ」

自分のしようとしていることが母親にわかったのかどうか、ハンスにはよくわからなかった。たぶん、ハンスがヘレたちを助けようとするか、ギュンターの襟首《えりくび》につかみかかるかすると思ったのだろう。ハンスは、突撃隊員が荷台に乗り込み、トラックが発車するのをじっと見つめた。エンネが無事なことは、ヘレたちにもわかるだろう。そうでなくても、じきに知らされるはずだ。

ろうそくに火をともす

ムルケルはエンネに犬のぬいぐるみをプレゼントした。いたるところほつれた古い犬のぬいぐるみ。それはマルタが初めての給料で買ってくれたもので、ずっとムルケルのお気に入りだった。それを、ムルケルは、自分のベッドに寝《ね》かされて、大きな瞳《ひとみ》で自分を見ているエンネのそばにおいた。そのあと、びっくりしているエンネの顔の上でシャボン玉をふくらませたり、ヒットソングを歌ったりした。「おいらにゃ年増《としま》のおばさんがいる。いつでも金をせびっているのさ。おまえにそういうおばさんがいなければ、おいらが世話してやろうか」とか「おまえに一度キスして、二度キスをして、三度目にはじめておまえがかわいいってわかったよ」とか。

エンネがどうして自分の家に来たか、ムルケルにもわかっていた。学校から戻《もど》ってくると、すぐに母親とハンスが話をしたからだ。ムルケルはなにもたずねず、だまってエンネを見た。そして、エンネのそばにいき、世話をやいた。ムルケルは父親のことも聞かなかったし、ハンスがどうして家に帰ってきているかも知ろうとしなかった。ただ犬のぬいぐるみをとってきて、シャボン玉の溶液をつくって、針金を丸く輪にしただけだった。すべてたんたんときまじめにやった。寝不足《ねぶそく》で青い顔をしながら。

「ちょっとは眠ったら？　エンネが疲《つか》れきっているから」ハンスがいった。ハンスは、ムルケルからしばらく目を離さないように母親に頼《たの》まれていた。なにもいわなかったので、かえって心配だったのだ。

ムルケルが顔をあげた。たれていた鼻水をすすった。「ねえ、もうお金が稼《かせ》げないの？」

やっぱり。なにもいわなかったが、ムルケルなりに考えていたんだ。

「一年働いていないから、失業保険ももらえないな。くれても、生活扶助金《ふじょきん》だけだろうな。微々たるものさ。カバンいっぱいの現金ってわけにはいかない」

ムルケルが床《ゆか》に目を落とした。なにを考えているかはわかる。母親が失業し、兄も失業、父親は逮捕《たいほ》。自分はおなかをすかせている。毎日腹《はら》ぺこだ。ムルケルがたずねた。「ぼくら、貧乏人になっちゃうの？」

貧乏人というのは、ムルケルにとって親が二十五ペニヒの給食費を払えない家のことだ。そういう家の子は、ただで給食が食べられる。シュヌッペ・シュニップコヴァイトがそんなひとりだ。先生が給食費を徴収《ちょうしゅう》するたび、シュヌッペは手をあげて、証明書を渡さなければならない。シュヌッペはそのことを気にしてなかった。いつもにやっと笑って、ただで食べられるなんてばつぐんだぜ、といっていた。ムルケルはというと、自分がそういう貧乏人でないことを誇りにしていた。週あたり二十五ペニヒ。それが払えないようでは本当に最低だと思っていたのだ。

ハンスはなにかうそでもつけばよかったのだろうが、どうしてもそうすることができなかった。その日だけはどうしてもできなかった。「ちょっとだけな、たぶん」

　ハンスの返事に、ムルケルはさらに不安をつのらせた。「この家をでることになっても、ぼくはやだからね。冬の間はやだ」

　エンネの様子を見にやってきた母親が、ムルケルの最後の言葉を聞いてしまった。「あたしのことを考えてくれてるの?」エンネのおむつを替えながらたずねた。「あたしだって、ばかじゃないわ。暖かい靴下《くつした》もないんだから」

　ムルケルはむっとして母親をにらんだ。おふざけにつきあう気はなかった。ムルケルは一人前に扱《あつか》われたがっているのだ。母親は、自分の失敗に気づいて、ムルケルのそばにすわって、両手で顔をつつんだ。「おまえが一人前と思ったから、ヘレたちになにがあったかうち明けたんじゃないの。でもまちがっていたのかしら。おまえはまだ一人前じゃなかったのね。一人前でなければ、勇気がなくてもしようがないわ。そうでしょ」

「勇気はあるよ」ムルケルがまた気を悪くした。「でも貧乏人にはなりたくないんだ」

　母親はムルケルの顔に額《ひたい》を当てた。「あたしだって。ムルケル、あたしだっていやよ。でもどうしようもないときは、それでも我慢《がまん》する。それだけは確かよ」

　ムルケルは手をのばして、母親の頭をなでようとしたが、ハンスの前だったのでおしとどまった。ハンスはすぐに立ち上がって、台所にいった。ぼうっとしてもいられないので、石炭を地下室から運びあげ、かまどの火を起こし、エンネのために今日だけ火をいれた小さな居間のストーブに石炭をすこし足した。それから骨のスープをつくるためにジャガイモの皮むきをし、洗濯《せんたく》をし、廊下《ろうか》をはいた。この時間に家にいることがなかったし、稼《かせ》ぎがなくなったことで、みじめな気分だったハンスは、とにかくなにかして気を紛《まぎ》らわせようとしたのだ。それは功を奏して、働けば働くほど、いやな気持ちは薄《うす》れていった。しばらくして台所の窓辺に立ち、カーテン越《ご》しに中庭を見下ろした。しんと静まりかえっている。行き来する人影《ひとかげ》はなく、マックセ・ザウアーのラジオも聞こえない。

ハンスは、ほかの人たちといっしょに父親がいれられている監房《かんぼう》のことを想像してみた。父親の考えを否定した昔の同志もまじっているだろう。ひさしぶりに話し合っているだろうか？　ヘレとユッタはどうしているだろう。どんな尋問《じんもん》をうけているんだろう？　兄の口元からは血がしたたり、目にくまができているだろうか。もちろんだれのことも裏切っていないはずだ。だけど、本当に「もちろん」といえるだろうか？　自分だったらどうだろう？　だまっていられるだろうか？　ヘレなら耐《た》えられても、ユッタはどうだ？　突撃隊《とつげきたい》は、女だからといって手加減はしない。ヘレとユッタが口を割ったら、自分のことも漏《も》らしてしまうだろうか？　ヘレのリストにのっているのだから。

ハンスは、そんなことを考えた自分がはずかしくなった。ヘレとユッタなら、人を裏切るくらいなら殺されるほうを選ぶだろう。だけど、殺されるよりももっとひどいことがある……。

ハンスは胸苦《むなぐる》しい空想を払いのけて、別のことを考えた。ヘレのハトたち。あわてていて忘れてしまった。明日の朝、すぐにいって、餌《えさ》をあげなくちゃ。兄がいないあいだ、だれかが世話しなくちゃ。それから、昼休みに待ちぼうけしたはずのミーツェ。きっと心配しているはずだ。夕方、彼女の家にいって、わけを話そう。悲しむだろうな。自分自身、悲しいんだから。でも話せば、きっと気が晴れるはずだ。ミーツェといっしょなら、いろんなことが楽になる。

「薪《まき》はいらないかね？　じゃがいもの皮と交換《こうかん》するよ！」ヴェルニッケのじいさんが馬車にのって中庭にはいってきて、ブレーキを引いた。まだら模様のある白馬、いい子のロッテが立ち止まって、首をさげた。カイゼルひげのヴェルニッケじいさんが上を見てもう一度いった。「薪はいらないかね？　じゃがいもの皮と交換するよ！」

ヴェルニッケじいさんは市内に住む農夫だ。ベルナウ通りに雌牛《めうし》や馬や鶏や雁《がん》や兎のいる本格的な農場をもっている。交換するといっているじゃがいもの皮は格好の餌《えさ》なのだ。二、三年前、ハンスはじいさんの手伝いをして、小銭《こぜに》をもらっていた。薪割《まきわ》りをしたり、じいさんが小さな薪をわっているあいだにおかみさんたちからジャガイモの皮をうけとったりして。じいさんとロッテはしばらく見かけなかった。アッカー通りにやってくるころはいつも働いていたからだ。

おかみさんたちの最初の一団が現れた。クデルカの婆《ばあ》さんがいる。テツラフのおかみさんもいっしょだが、ずっと離れたところにいる。ヴェルニッケじいさんが文句をいった。昔の通りだ。皮をあんまり薄くむくなというのだ。じゃがいものかすを動物にやるわけにはいかん。ところが、中庭にいるおかみさんたちはだれ一人、いいかえそうとしない。もっと別な心配事があるんだ。昔なら、あんたにじゃがいもをやって、あたしたちにはかすを食えっていうのかい、などと食ってかかったものなのに。昔はじいさんも、そうしてくれりゃあ、薪をベッドまでとどけてやるぜと応酬《おうしゅう》したものだ。

ロッテは中庭からでていった。またさっきのように人気がなくなり、薄暗《うすぐら》く静まりかえった。ハンスはいまだにおなじ場所に立ったまま、中庭を見下ろしている。子ども時代の思い出が脳裏《のうり》によみがえる。かなり幼い頃、中庭で祭りがあった。ふとっちょのミュラーがマンドリンをひき、ハーバーシュロートのだんなが古いバイオリンをかき鳴らした。シュヌッペの父親が物まねをし、ひょろひょろのアグネスがすてきな歌をうたった。卵運び競走、風船のふくらまし競争、袋競争もあった。最後には正真正銘《しょうしんしょうめい》の芸人が登場した。年取った婆さんがのこぎりをまるでチェロのように演奏したのだ。のこぎりに弓をあてて、か細い音をひきだす。みんなが感心した。本当の楽器なら演奏できる者はたくさんいる。でもただののこぎりで演奏するなんて。

母親が台所にやってきた。流しに立って、エンネのおむつをすすぎ、鍋《なべ》に入れた。その日に使ったおむつを夕方、その鍋で煮《に》るつもりなのだ。「ヴェルニッケさんが来ていたけど。じゃがいもの皮をもっていった？」

ハンスは忘れていた。そこにつったったまま、物思いにふけって、しなければならないことに思い至らなかったのだ。ふりかえらずに、首を横にふった。

母親は手をふくと、ハンスのそばにやってきた。

「なにを考えているの？」

ハンスの言葉はあっさりしていた。

「父さんのこと、ヘレとユッタのこと、マルタのこと」

それは本当だ。ほかのどんな思いも逃避《とうひ》でしかない。

母親は、ハンスがマルタの名前をだすときに言いよどんだのを聞き逃さなかった。今日の出来事は、母親も忘れることができなかった。自分の息子とその妻を逮捕《たいほ》するような男と暮らそうとする娘など受け入れられるわけがない。

ハンスはマルタに同情した。夜中、彼女は泣きわめいた。夜が明けても、青白い顔をして、しょげかえっていた。そのうえ、これだ！　マルタはふたつの前線にはさまれている。家族を愛し、自分の兄を逮捕した男を愛している。ギュンターは、自分の得になるとしても、ヘレとユッタを密告したはずはない。だがギュンターさえいなければ、マルタは家族の元にもどってくるはずだ。

「考えるのは父さんのことにしましょ。それからヘレとユッタのことね」母親はため息まじりにいった。「ふたりは、釈放《しゃくほう》されれば、まっさきにここへ来るわ。エンネを迎《むか》えに」

そうはいっても、ヘレたちがじきに釈放されるとは思っていない。ただ希望を捨てたくなかっただけなのだ。そしてハンスを励《はげ》ましたかったのだ。あれだけの人を逮捕したんだ。ナチがすぐに釈放するわけがない。

「エンネが目を覚ましたよ」ムルケルが寝室《しんしつ》から叫《さけ》んだ。その証拠《しょうこ》に、ムルケルの声におどろいてエンネが泣き出した。母親はハンスといっしょに寝室にもどり、エンネをハンスの腕《うで》にあずけた。「さあ、幼い姪《めい》をあやしてちょうだい。さもないと、おじさんはひとりだけだとおもわれちゃうわよ」

ハンスは、腕の中ですぐにおとなしくなった小さな赤ん坊の顔をのぞき込み、そっとあやしはじめた。

「好かれてるじゃない！」ムルケルが感心したようにいった。「兄さんのこと、パパだと思ってるんじゃないかな」

ハンスは笑わずにいられなかった。ひどいこと続きなのに笑い出した。エンネが自分を父親とまちがえるなんて、考えただけで傑作《けっさく》だ。

午後遅《おそ》い時間。母親はすこし横になった。エンネは寝《ね》ているし、ムルケルは、シュヌッペやピンネに、家に赤ん坊が来たといいに出ていった。ぼちぼちフィヒテに出かける時間だ。今日は火曜日、トレーニングの日だ。けれどもこんな日に、鉄棒にぶらさがったり、大回転を練習する気になれるだろうか？そのまま台所にすわって、ヘレから預かった本をぺらぺらめくってみた。

ヘレのもっているのはたいてい、政治の本だ。なのに救ったのはよりによって小説だった。三冊ともひどく黄ばんで読み古してある。一冊目は『犠牲《ぎせい》』。エミール・ゾラというフランス人が書いたものだ。二冊目は『砲火』という戦争の話で、やはりフランス人のアンリ・バルビュスが作者だ。三つ目の小説はページがばらばらになっている。マクシム・ゴーリキーというロシア人が書いたものだ。『母』という題名で、三冊の中では一番興味が引かれた。といっても中身じゃない。中身はまだ読んでいないのでわからない。気になったのは別のことだ。題名の下に、知らない名前が書き込んである。エルンスト・ヒルデブラント。そしてばらばらにはずれたページのあいだに桟橋《さんばし》の前に立つふたりの水兵の写真がはさまっていた。ふたりともまだとても若くて、はつらつとしている。ひとりはハイナーだ。もっともいまよりだいぶ若いが。もうひとりの水兵はわからなかった。ハンスが母親に写真を見せると、それは国防軍に撃ち殺されたアルノという水兵だといった。見かけは熊《くま》のようだが、心はバターのように柔《やわ》らかったという。

本にぎこちない文字で自分の名前を残したエルンスト・ヒルデブラントのことも、母親は教えてくれた。シュルテ婆さんの屋根裏部屋、いま、マルタが住んでいるあの小部屋に下宿していた若者だという。その若者は、革命騒《かくめいさわ》ぎの中、それも初日に命を落とした。ヘレは、アパートでナウケと名乗っていたこの若者がとても好きだったらしい。だからシュルテ婆さんは、一九一八年のクリスマスに、ナウケのたったひとつの遺品《いひん》だったこの本をヘレにプレゼントしたのだ。

ハンスはまたすこし色がうすれた手書きの文字を見た。昔、エンネくらいの頃に、ナウケと会っているはずだ。そして若者はハンスに会っている。とっくの昔に死んでいるのに、手書きの文字だけはいまでも残っている。彼がかつて生きていたことの記念のように。そして水兵アルノの記念として写真が。たいまつ行列のときに、ヘレがいっていた。「だれかしら闘っていることを示しつづけるんだ。さもなければ、理想のために命を張っても意味がない」あのとき、ヘレはふたりのことを考えていたのだろうか。あのふたりは、闘いつづけた。……そして今、ハンスとユッタと父さんは命を張っている。今日、連行されたほかの人たちといっしょに。

ハンスは急に汗をかきはじめた。本をとじて、窓辺に立ち、夜の闇《やみ》を見つめた。

これからどうすればいいんだ？　ナチの犯罪を見て見ぬふりをするか？　おとなしくしていれば、見逃してくれるだろうか？

そうだ、ノレがいる。ノレと話してみよう。ノレも仲間だ。家族がナチに連れていかれるのをだまって見ているわけにはいかない。もしかしたら、なにか計画を立てているかもしれない。ノレたちを手伝わなくちゃ。とっさにそう決めると、廊下《ろうか》に出て服を着た。急げば、フィヒテに行く前にノレと会える。

ハンスは階段をかけおり、中庭をかけぬけた。そしてアパートの出口で危なくミーツェと鉢合《はちあ》わせしそうになった。

「よかった！」ミーツェがほっとしたように叫《さけ》んだ。「いったいどうしたの？」

ハンスは機械工場からぬけだしたことと、ヘレとユッタが連行されたことをかいつまんで話し、父親もまだ帰ってこず、それでノレのところにいこうとしているといった。

ミーツェもいっしょにいくといいだした。ハンスには思いがけないことだった。

「危ないかもしれないぞ」

「それなら、あなたにだって危ないでしょ」ミーツェはがんとしてきかない顔をした。ハンスはまだ迷っていたが、ミーツェの手から麻布《あさぬの》を受け取ると、四階にあがって玄関《げんかん》の前に置いた。戻《もど》ってくると、ミーツェをつれて走り出した。ハンスは道々、ミーツェの質問に答えた。ノレの家の玄関まで来ると、ふたりは押しだまった。ハンスは息もつかずにドアをノックした。しばらくしてから足音が聞こえた。けれども妙《みょう》におどおどした足音だ。ノレのとも、おかみさんのとも思えない。念のためハンスとミーツェはドアから離れた。だれかほかの人間かもしれない。突撃隊員《とつげきたいいん》か警察か。

ドアをあけたのはノレだったが、その格好には目を疑った。フェルトのスリッパ、ぶらぶらぶらさがったズボンつり、うつろな目、酒臭《さけくさ》い息。ハンスたちはその息のにおいに、おもわずあとずさった。

「なんの、用だい？」ノレはやっとのことで口をあけた。

「あのう」ハンスはそういいかけてから、小声でたずねた。「ちょっと中にはいってもいいですか？」

「その、必要は、ない」ノレはろれつがまわらなかった。「ア、アルノルト・フェルトマンは、なにも、隠《かく》し事はしてないぞ。なにひとつ、だれに対してもな」

こんなノレを見たことがなかった。「どうしたんです？　そんなに酔《よ》っぱらって。なにがあったんです？」

「なにが、あった、かって？　いろいろ、あった、さ」ノレは笑った。笑いすぎて、せき込んだ。ハンスは、ノレが立っていられるように体を支えた。ノレは息をつくと、ささやいた。「なにもかも、おしまいさ！　おしまいなんだよ。うせろ！　さっさと、うせてしまえ」

「なんでです？」

話にならないのは、ハンスにもわかったが、だからって、しっぽをまいて立ち去るわけにはいかない。ノレになにがあったのか、聞かずにはいられない。これだけ酔っぱらっているところを見ると、一日中飲んでいたにちがいない。

「もう、お手上げだ」ノレがささやいた。「あっちの、ほうが、ずっと強い」

ノレはいま、なんていった？　ハンスは、信じられないというようにノレを見つめた。その目が苦痛だったのだろう。ノレが叫んだ。「いいかげんに、うせろ！　おれのことは、かまうな！　わかったか？　おれのことは、かまうな！」ハンスたちをふりきりたければ、ドアをしめるだけでいいのに、そういうことを思いつかないようだ。

「いきましょ！」ミーツェがハンスの腕《うで》をひっぱって、階段をおりた。ハンスはしぶしぶ従った。戸口で泣き叫ぶ男が、指導員ノレ、みんなから、いかしたノレと呼ばれるノレ・フェルトマンとは思えなかった。

ノレの態度が変わった。目をつりあげ、よろめきながら、階段の手すりまでハンスを追いかけた。

「なに、見てるんだよ！　し、しごととパン、おれたちがほしかったのは、いつもそれだろうが。だ、だ、だれも、腹《はら》をすかさず、だ、だ、だれも、こごえない。それがおれたちの目指してきたことじゃないか。それが、急に、まちがいだったたってことになるか？」

ようやく、わけがわかった。ハンスは、かけもどって、ノレにつかみかかり、そのばか面をなぐりたい衝動《しょうどう》にかられた。ミーツェが、必死にハンスをおさえた。「やめて！」ミーツェがたのんだ。「やめて！　なんにもならないわ」

「は、は、は！」ノレが笑いつづけた。うつろな目でハンスを見すえるノレを見て、ハンスにもよくわかった。もうなにをやってもむだだ、と。ノレはなにかひどいこと、信じられないこと、しかもとりかえしのつかないことをしでかしてしまったのだ。ハンスは背を向けると、ミーツェといっしょに階段をかけおりた。背後からはいつまでも、は、は、はという邪気《じゃき》のない笑い声がきこえていた。

ふたりは公園広場のベンチに腰《こし》をおろした。寒かったが、そこにすわって、薄暗《うすぐら》い照明のついたショーウィンドウの並ぶ通りをだまって見ていた。これからどうしたらいいか、ふたりにはさっぱりわからない。

家路につく男たち、急いで買い物をすまそうとする女たち、玄関で遊びに興じる子どもたち。どれもこれも、いつもの風景だ。見た目には。けれども、ハンスにとっては世界が崩《くず》れ落ちたようなものだ。体操しかしてこなかった自分がもっと積極的になったことを、ノレなら喜んでくれると思ったのに。ハンス自身、自分の決断を誇らしく感じていた。それなのに、なんてことだ。昨日はなんだった？　共産党員！　明日はなんになる？　ナチ党員！　これじゃ、ナチの標語のままじゃないか。実際、ナチ党が政権をとるまえに、ナチ党に鞍替《くらが》えした共産党員がいる。赤色戦線からもそういう連中がでた。もっとも、突撃隊《とつげきたい》から共産党に移った者も何人かはいたが。みんな自分の意志で変わったとヘレはいっていたけど、それでノレの態度を説明できるだろうか。ノレがしたことは、鞍替えを通り越《こ》している。ノレは迷わず、いつも確信をもって行動してきた。その彼が、同志を裏切ったのだ。

ノレが同志を裏切ったことはまちがいない。あれだけ酔《よ》っぱらっていたのだから、工場で働いていたはずはない。工場にでていなかったということは、夜中に連行されたと考えていいだろう。ほかのみんなはまだ釈放《しゃくほう》されていないのに、ノレだけは自由の身になっていて、なにかを忘れようとするかのように、酒をあびている。自由になるために仲間を裏切ったとしか考えられない。

頭ではわかっていても、気持ちはそれを受け入れられなかった。失望したのはノレのことだけじゃない。自分にも失望していた。ノレたちと行動を共にしようとしたのに、すでに手遅《ておく》れだった。時間のあるうちは、一歩身をひいて、共産主義青年同盟がくりかえす軍事教練を見下していた。だが手遅れになってみて、ああいう軍事教練のいくつかが、身を守るためにものすごく必要だったとわかった。いや、考えれば考えるほど、状況《じょうきょう》ははっきりしてきた。ノレは降参したんだ。マルタも、ギュンターも、ちびのルツも。みんな、降参したんだ。ハイナーも、主任も、ヘレも、父さんも、エデも、母さんも、ユッタも、そして自分も。みんながみんな！　もうすぐたくさんのノレやマルタやルツやギュンターが巷《ちまた》にあふれるだろう。シュレーダーやクルンプやマックセ・ザウアーのような連中の思うつぼだ。

それで、自分は？　どうしたらいい？　しっぽを巻いて、隠《かく》れるか？　とんでもない。できない相談だ。みんな、降参したといっても、おなじ道をたどったわけじゃない。ヘレやユッタや父さんやビュートウ主任といった人たちはまちがいをおかした。でも、自分に忠実だった。彼らを見捨てるわけにはいかない。味方しなくちゃ。

ミーツェはしばらく口をきかず、ハンスに考える時間を与えた。そのミーツェがようやく口をひらいた。「そんなに派手なことをしなくてもいいんじゃないの？　ちょっとしたことじゃだめ？」

派手なことじゃなくたっていい。だけどミーツェとハンスになにができるだろう？　たったふたりで。

「なにか人目につけばいいんだわ」

「たとえば？」ハンスはけげんな顔をした。気休めをいっているだけ？

ミーツェにも、ハンスの気持ちがわかって、むしゃくしゃしてきた。「冗談《じょうだん》じゃないわよ。連中は、あたしたちの仲間をたくさん逮捕《たいほ》したのよ。わたしたちを一掃する気なんだから。拍手《はくしゅ》でもおくれっていうの？」

たしかに冗談じゃない。けれどもほとんどのユダヤ人がなりを潜めて、ほとんど抗議《こうぎ》行動らしいものもない。自分たちの暮らしを脅かすナチ政権をだまって受け入れてしまった。これ以上ひどくならないことを、ただひたすら願っているだけだ。文房具屋のレーヴェンベルクなんか、ヒトラーはちゃんとやってくれるよ、実際、問題だらけだからなといっている。

ハンスは、ヘレとたいまつ行列を見た帰りに見つけた「ベルリンは赤でありつづける」という横断幕のことを小さな声でミーツェに話した。そのときヘレがいったことを、そして、今日の午後、ヘレの残した本を手にしながら思ったことを語った。

「それよ！」ミーツェが立ち上がった。「考えてみて。あなたのお兄さんたちが刑務所にいれられたのに、窓には赤旗がかかげられている。どう、こういうの？　もうだめだと思っても、闘いつづける。お兄さんの望んだことじゃない」

そうだ！　信じるには、目に見えるなにかが必要だ。

「今日だからこそ、赤旗をかかげるのよ」ミーツェは有頂天《うちょうてん》になっていた。「それよ。真っ暗闇《くらやみ》の中でろうそくに火をともすようなものよ。ろうそくが何千ともっていれば、目立たないけど、たった一本なら遠くからでも見えるわ」

その通りだ。ハンスとユッタが連行された日の夕方、窓に赤旗がかかげられたら、ちょっとしたものだ。夜中に気づく人はほとんどいないだろう。でも明日の朝、明るくなったら、みんなが見るはずだ。しばらくはかかげていられるだろう。ケスリン通りだから、ナチに見つかるまで時間がかかるはずだ。

「いこう！」ハンスも立ち上がってミーツェの手をとった。ふたりはかけだすと、母親のところに家の鍵を取りにいき、さっそくケスリン通りに向かった。ふたりは熱にうかされたようだった。なにかできると思うだけでうれしかったのだ。

これは序の口

今朝、ヘレとユッタが連れていかれた通りを歩くというのは、なんだか妙《みょう》な気分だ。ハンスの足取りはいつのまにか遅《おそ》くなっていた。わが家のように知り尽くしているはずのケスリン通りが、見知らぬ場所のように思える。

「どうしたの？」ミーツェがたずねた。

「なんでもないよ」気持ちがうまく言葉にならない。だが、この通りに来るたびにあのときの光景がよみがえるだろう。そしてあの朝のように、また体が凍《こお》りつく。それほどショックだったのだ。鉄のよろいに身を固めたような感情。よろいはぬぎたくなってもそうたやすくぬぐことはできない。

小さな八百屋。母親と通りでの出来事を目撃した場所だ。灯油《とうゆ》ランプの炎がゆれている。店はとうにしまっていたが、おかみはまだ片づけをしていた。おかみが目をあげた。ハンスはショーウィンドウ越《ご》しに会釈《えしゃく》した。ハンスのことがすぐにはわからなかったようだが、すぐに会釈を返してきた。

ヘレの住まいはまっくらだった。あたりまえのことだが。鍵《かぎ》を取りにもどったとき、母親に聞いたが、父親やヘレやユッタの消息はわかっていなかった。

ハンスは、ミーツェとやろうとしていることを、母親に告げなかった。聞いたら、許すはずがない。ハンスはこっそり鍵をとり、すぐにミーツェと外に出たのだった。

アパートの玄関《げんかん》はまだしまっていなかった。まだ宵《よい》の口だからだ。薄暗《うすぐら》い階段を上る。べつに変なことはないだろう。いつもろうそくやマッチを持っているとはかぎらないのだから。ハンスは、今朝、本を隠《かく》して階段をおりたときのことを思い出した。突撃隊《とつげきたい》の連隊長に向かってずいぶんつっけんどんな態度をとったっけ。いまにしてみれば、危険このうえなかった。だけど、あの三冊の本にはそれだけの価値があった。

ビュートウ主任の住まいの前で、ミーツェがためらいがちにいった。「ちょっとドアをたたいて、だんなさんのこと、なにかわかったか聞いてみない？」

主任の住まいに明かりがついているのを、ハンスは外で確認していた。だれかいることはまちがいない。すこし迷ってから、ハンスはうなずいた。主任がまだ逮捕《たいほ》されているかどうか、ハンスも知りたかった。この先、たずねる暇《ひま》があるかどうかわからない。

ミーツェがドアをノックした。足早に近づいてくる音がした。だれかがのぞき穴からこちらを見た。

「奥さんですか？」ミーツェが大きな声でたずねた。

ドアがあいた。あけたのはビュートウ夫人だった。青白い顔をして、鼻は赤らみ、泣きはらした目をしている。「中にはいって」そういって、ふたりを家に招き入れると、ドアをしめ、勝手知った居間にとおした。

「わたしたち、なにかわかったかどうか知りたかったものですから」夫人と向かい合うように、ハンスとならんで席に着くと、ミーツェがおずおずといった。「もし迷惑《めいわく》なら、すぐにでていきます」

ビュートウ夫人は、だれかと話せることがうれしかったようだ。主任がどこの監獄《かんごく》にいれられているのかはまだわかっていなかった。だれに聞いても、教えてくれなかったという。「ヘルマンがなにをいったか、警察に話したんだけど。なにひとつ慰めになるようなことはいってくれなかったわ。国会議事堂に火をつけたのはナチだっていったのなら、国家に対する誹謗中傷《ひぼうちゅうしょう》なんですって。もしかしたらもっとひどい罪になるかしれないっていうの。四週間前には、そのくらいいっても平気だったのに、いまではだめなんですって」

ミーツェがハンスの足をけった。ハンスははじめなんのことかわからなかった。ミーツェは、家族のことを話せといっていたのだ。つらいことを分かち合えば、すこしは楽になれる。ハンスは口ごもりながら、まず父親のことを話し、それからヘレとユッタの身に起こったことを話した。ヘレたちが逮捕されたことは、夫人もすでに知っていた。アパート中のうわさになっていたのだ。夫人はため息をついた。

「まったくひどい話だわ！　でも、これからもっとひどいことになるわよ。これはまだ序の口だわ」

ハンスはノレのことを話そうか迷った。ミーツェの方を見ると、かすかに首を横に振った。

夫人は、前の日から主任の身を案じていたという。その日、スポーツパレスでマルクスの没後《ぼつご》五十周年を祝う社会民主党の集会が行われることになっていた。だが最初の演説者が二言三言しゃべったかと思うと、警察に止められたという。演説者はなにひとつひどいことは口にしていなかった。マルクス主義者たる者、多くのことを知らねばならない。だが、反マルクス主義者になるには、なにひとつ知る必要はない。それがこの何日かでわかったことだ。そういったのだ。

「それだけなのに、わたしたちは帰宅させられたの。ヘルマンはほかの同志と抗議《こうぎ》しようとしたけど、挑発にのるなと指導部にとめられたのよ。いい？　うちの指導部はいやがらせに屈《くっ》したのよ」夫人は首を横にふった。それから夫人は、主任が帰り道で自分の党をののしったといった。「ナチに聞かれていたら、もう昨日のうちに逮捕されていたわね。ナチ党のこともだいぶひどくいっていたから」

「なんていったんです？」ハンスが小声でたずねた。今こそ、主任と話がしたいと感じて。

「なんていってたかですって？　相手を挑発《ちょうはつ》すまいとして、手をあげずにきたのがまちがいだった。それから合法性というばかのひとつ覚え。ヒトラーが権力を握ることに、だれも反対できなかった。合法的だったんだから。突撃隊《とつげきたい》が補助警察になったことだって、プロイセン政府に認められてのことだ。ゲーリンクの発砲《はっぽう》命令だって、あいつが内務大臣なんだから、しょうがない。あいつらがいつか非合法なことをするのをまっていたんだが、あいつらの非合法な行為はとっくに合法的になってしまってるんだ。

まったくひどいペテンにかかったもんだ。そういっていたわ」

いつもはエネルギッシュで笑顔を絶やさない、大柄で活発な夫人が、このときばかりはずっと小さく見えた。このままいとまを告げるのは失礼だろうか、とハンスが考えていたときだ。急に頭上で足音が聞こえた。ハンスはびっくりした。ヘレの住まいにだれがいるんだろう？　ふたりが戻ってきたんだろうか？

ビュートウ夫人が、ハンスの様子に気づいた。「上にいってはだめよ」そうささやいた。「住まいは封印されているけど、トリックよ。上でときどき足音が聞こえるから。すくなくともふたりはいるわね。お兄さんの同志がやってくるとでも思ってるんじゃないかしら」

突撃隊がヘレの住まいにいる？　それじゃ、赤旗をかかげに、部屋にはいるわけにはいかないってことだ。もしミーツェがビュートウ夫人の玄関でドアをノックしなかったらわなにかかっていたかもしれない。きっと伝令かなにかと思われただろう。ハンスは頭上の様子を想像してみた。ヘレとユッタが使っていた青いベッド。エンネのベッド、大きなテーブル、戸棚《とだな》。暗がりの中、みんな、ぼんやりと黒い影《かげ》が見えるだけだ。その闇の中、見知らぬ男がひとり、窓辺を行ったり来たりしている。もうひとりは、おそらくベッドに横たわり、退屈《たいくつ》そうにタバコでもすっているのだろう。

ミーツェは静かにハンスにうなずいた。なにか方法を考えましょ。そういっているのがわかった。ハンスも夫人にわからないようにうなずいた。屋根裏部屋に、ヘレとユッタが所有している木箱がある。住まいに置いておけないものを、ヘレたちはそこにしまっていた。赤旗がもう一枚、そこにあるはずだ。

こっそりその旗を持ち出せれば、かかげるところくらいどこかに見つかるだろう。

ミーツェはビュートウ夫人を少しでも元気づけようとした。主任が逮捕《たいほ》されてまだ一日しかたっていないわけだし。「ちゃんと尋問《じんもん》すれば、主任が真っ当な人だってわかりますよ」自分の言葉を、ミーツェ自身、信じていなかった。夫人も、信じなかった。

「問題はそこよ！　政治をしているのが犯罪者だもの、一番ひどい目にあうのは真っ当な人間のほうよ」そういってから、小声でつづけた。「二、三週間か数か月、牢屋につながれているだけならなんとかなるわ。でも、拷問《ごうもん》をうけるってうわさでしょ。あの人はいつまでももたないわ。拷問に耐《た》えられる人間なんていないもの」

ハンスはまたノレのことを思った。ミーツェもおなじだったようだ。そしてついに我慢《がまん》しきれず、ミーツェがノレの話をしだした。がくぜんとした様子の夫人に、ノレがへべれけになって、いきなりナチの標語を唱えだした、よりによってあのノレが、これはどうしたことなの、とたずねた。「いくら酔《よ》ってたからって、あんなことを口にするなんて」

ビュートウ夫人はしばらく考えてから、小さな声でいった。「そんなことになるだろうとは思っていたけど、まさかこんなに早いとはね。弟は意気地《いくじ》がないから。調子のいいときは、いい人間なんだけど、悪くなると……。学校時代もそうだったわ。クラスを牛耳っている人しだいだっていってたわね。いやいやするのとはちがうの。まあ、長いものには巻かれろってわけ」

ハンスはだまっていた。ノレの話はつらすぎて、話題にする気になれない。ビュートウ夫人も、ハンスが困っているのに気づいた。「ノレは悪い人間じゃないわ。でも、ナチ政権が長く続けば、たぶんいつか入党するでしょうね。うわべを繕《つくろ》ったりすることもないでしょうね。弟は、ただ信じられるものが必要なの。そして負けた側を信じる人はいないでしょ」

ハンスはミーツェに合図をおくった。もう席を立ちたかったのだ。夫人の話に、ハンスは面食らい、自信を失いそうになっていた。

「信じるものを乗り換《か》えるのはむずかしいことじゃないわ」夫人は小さな声でしゃべりつづけた。「自分の頭で考えることのほうがずっとむずかしいことよ」

的《まと》を射《い》た言葉だ。ミーツェとハンスがこれからやろうとしていること、それはまさしく正しいと思ってするのだ。それも、たったふたりだけで。もしいま、危険をおそれてしり込みしたら、ずっと後悔《こうかい》することになる。

「そろそろいかなくちゃいけないので」ハンスはそういって立ち上がった。「ちょっと用があるんです」

ハンスはなにを計画しているかいわなかった。夫人も問いただしはしなかった。夫人はふたりを玄関《げんかん》まで見送り、訪ねてくれたことを感謝し、ドアに鎖《くさり》をかけた。夫人の足音が遠ざかるのを少し待ち、それからハンスは、屋根裏部屋に赤旗があることを小声でミーツェに告げ、いっしょに階段をのぼった。五階の玄関の前をつま先立ちで通り過ぎ、屋根裏にあがると、重い跳《は》ね上《あ》げ扉《とびら》をそっと押し上げた。

月明かりに照らされた明るい夜だった。にぶい光が屋根裏部屋の窓から射《さ》し込み、所狭《ところせま》しと詰め込まれたガラクタを照らしている。ハンスは、ヘレが古材を使って自作した木箱を見つけると、ヘレが残した鍵束《かぎたば》から錠前《じょうまえ》にあう鍵を探した。鍵が見つかったとき、下の階で足音がした。「しっ！」と、ミーツェがいい、ハンスは足音がしなくなるまでじっとしていた。三階か四階あたりで足音は消えた。しばらく静かなことを確かめてから、ハンスは木箱のふたをあけ、手探りで旗をさがした。

木箱にはいろんなものがはいっていた。そのなかには見覚えのあるものもまじっている。今朝、あんなことがあった後だけに、妙《みょう》な気がする。旗が見つかると、ハンスは木箱をとじ、いつも立てかけてあるはしごを伝って屋根にあがった。

屋根の上は明るかった。思った以上に明るい。通りから見えるんじゃないかと不安になるほどだ。ハンスはすぐミーツェの手をとり、引き上げた。

ミーツェも、あまりの明るさにおどろいていた。「ここからの眺《なが》めはすてきね」ハンスの顔のすぐそばでささやいた。「とってもすてき。そしてとっても寒いわ！」緊張《きんちょう》に耐《た》えかねて、いまにも笑い出しそうだ。

「こわい？」

「平気よ！」ミーツェは首を横にふった。ハンスはミーツェを見て、はったりでないことがわかった。旗を用心しながら広げる。それはただの赤い旗で、共産党のシンボルが描き込まれている。だがこの瞬《しゅん》間《かん》、こういう状況下《じょうきょうか》ではちょっと特別なものに思える。

「ふたりに見てほしいわね」ミーツェがささやいた。息が白くなった。「見せたいわね」

もしユッタとヘレが、屋根にのぼって旗を手にしているミーツェとハンスを見たら、どう思うだろう。

ふたりがこれからすることを見たら、勇気がわくだろうか？

ハト小屋のハトたちが、ふたりのささやき声を聞いたのだろう。鳴きはじめ、羽をばたつかせた。今日は餌《えさ》をもらっていないはずだ。

「お兄さんがしばらく帰ってこなかったら、このハトたち、どうなるの？　だれが餌をやるのかしら？」

「ぼくがやるってことになるな」

「そんなところを、連中に見つかったら、大変よ」

ハンスはそんなことまで考えていなかった。突撃隊《とつげきたい》がヘレの住まいに陣取《じんど》っていることだって、知らなかったことだ。

「放してやったら」ミーツェがいった。「伝書バトは戻《もど》ってくるんでしょ？　放してやれば、自分で餌を探すわよ」

ミーツェのいう通りだ。毎日ここへ来るのは危険すぎる。ミーツェに旗を渡すと、ハンスはハト小屋をあけ、手を入れて、「さあ、出るんだ！　でも帰ってこいよ。いいな？　帰ってくるんだぞ！」

ハトたちはばたばたと騒《さわ》ぎ、それから何羽かが夜の空に飛びだした。つづいてつぎつぎとハトは飛び立ち、ハト小屋は空になった。ハンスはしばらくハトたちを目で追った。最初の何羽かはすぐに近くの煙突《えんとつ》にとまった。帰ってこられるハトがごくわずかなのはわかっていた。ほとんどのハトがたどりつくのは鍋《なべ》の中だ。いままでも、ヘレが何度もそのことで嘆《なげ》いていた。だから、決まった時間しかハトを放さなかったわけだし。

ハンスとミーツェは旗をかかげる場所をさがして屋根の上を見回したが、適当なところがない。煙突《えんとつ》のはしごに旗竿《はたざお》をくくりつけようかとも思ったが、それでは路上から見えない。ハト小屋にかけるのもだめだ。雨樋《あまどい》からぶら下げるしかなさそうだ。けれど、屋根をつたっておりれば、ヘレの住まいにいる男たちに気づかれてしまうかもしれない。

ミーツェがいいことを思いついた。「屋根裏部屋の壁《かべ》の隙間《すきま》からだして、広げたらどうかしら?」

とんでもないアイデアだ! そうしたら、ふたりの突撃隊員の頭上で旗がたなびくことになる。向こう見ずなことだが、やれないことはない。壁のレンガはけっこうはずれているものだ。その隙間から旗をだせばいい。静かに、ものすごく静かにやらなくちゃならない。でも、やってやれないことはないだろう。さっきも、足音を気づかれなかった。

けれどもふたりはすぐにはいかず、そこに立ったまま、ひんやりとした空気を吸って、夜の眺《なが》めを楽しんだ。満天の星空、煙突が林立する屋根の黒い影、屋根の仕切りや低い壁、そのあいだにさらに黒い口をあける中庭、その下で黄色い明かりをともす街灯《がいとう》、ほんのりと明かりのもれる窓。のどかな光景だ。その光景を見ていると、窓の奥でどんな会話が交わされ、どんな思いがうずまき、どれだけ悲嘆《ひたん》にくれる人がいるか想像がつかない。だが、ビュートウ夫人とおなじ境遇《きょうぐう》の人がたくさんいるはずだ。家族はみな、悲しみにうちひしがれ、これからのことに不安をいだいている。けれども、今日という日を経験しても、おおかたの人は、なにもなかったように生きていくのだろう。抵抗《ていこう》することもなく。

「ねえ」ミーツェがハンスをひっぱった。「やってしまいましょ。ぐずぐずしてると、こわくなってしまいそう」

ふたりは静かに階段をおり、壁《かべ》の隙間《すきま》をさがした。ハンスが、雨樋《あまどい》のすぐ下あたりに隙間を見つけた。そっと旗をおしこんでから広げ、旗竿《はたざお》をレンガのあいだの裂《さ》け目にひっかけた。もちろん、ヘレの住まいにいる男たちのことが気になった。もしあけはなしの窓から外を見たりしたら。だが、そんな不安をはらいのけた。冬の最中に窓をあけていたら、怪《あや》しまれる。暖房《だんぼう》をおとした部屋の中は、窓をしめていてもかなり寒いはずだ。

ミーツェは屋根裏部屋の跳《は》ね上《あ》げ扉《とびら》から階段の方に耳をすました。二階か三階で子どもの鳴き声がする。ハンスはミーツェにつづいて階段ホールにでると、屋根裏部屋の扉をしめた。ヘレの住まいの前を通るとき、ふたりはとくに足音をしのばせた。それでもハンスの満足感が台無しになることはなかった。やつらは朝からわなをはっていながら、頭上でなにが起こっているかちっとも気づいていないのだ。

路上にでると、ふたりはすぐ、向かいの歩道にあがって、屋根を見上げた。夜風に吹かれてはためいている。ふたりの旗だ。闇《やみ》の中では、雨樋からぶらさがったただの黒い布《ぬの》としか見えない。だが夜が明ければ、なんの旗かは一目瞭然《いちもくりょうぜん》だろう。

満足したふたりは、手をとりあって、通りをぶらぶら歩いた。走り出したい気持ちをぐっとおさえた。パンク通りを渡ると、もうこらえきれずにかけだした。手に手をとって、通りを一気に走った。

決断

ふたりは肩《かた》を寄《よ》せ合いながら路面電車の停留所に立っている。別れる前に、もうすこしだけ、お互《たが》いの肌《はだ》のぬくもりを感じていたかった。話すことはもうなかった。ミーツェのカバンをとりにアッカー通りまでもどり、そこから停留所までいくあいだ、ふたりはすべて話し合った。これからは、時間があろうがなかろうが、毎晩会い、ナチの鼻をあかす方法をいっしょに考えることにしたのだ。

明るいライトが見え、ほとんど乗客のいない路面電車がやってきて、ふたりの前でブレーキをかけた。

「じゃあね！」ミーツェがさっとハンスに口づけをした。それから電車にのった。車掌《しゃしょう》が発射《はっしゃ》の鐘《かね》を鳴らした。電車は走り出した。いつものように、ハンスは手をふりつづけた。ふたりの絆《きずな》はいままで以上に固くなった。いっしょに危険を冒《おか》し、これからもそういう危険を冒すつもりだ。羊飼い湖のまわりを散歩したり、映画を見たり、ミーツェのおじさんのところでコーヒーを飲むのとはわけがちがう。

路面電車は通りの角をまがって見えなくなった。ハンスはしばらくその場にたたずんでからゆっくりと家路についた。

ミーツェのような子はそうそういるものじゃない。そんな子に好かれるなんて、ものすごい幸運だ。もし神がいるなら、感謝しなければ。今晩、ミーツェといっしょにしたことを聞いたら、母親も鼻が高いだろう。ハンスは、今晩したことをうち明けるつもりだった。母親にはその権利がある。ヘレとユッタが逮捕《たいほ》されるのを目撃していたのだから。もちろん、はじめは怒られるだろう。かるはずみなことを、と。でも、本心では感心してくれるだろう。いざとなれば、母親はハンスたちの肩《かた》をもってくれるはずだ。母親はなにか行動を起こす。口先だけの人間じゃない。

後ろから若い女性に追い越《こ》された。ふとマルタのことが気になった。ギュンターはヘレが逮捕されたことをだまっていられないだろう。でも、それでなにが変わるというんだ？　平気ではいられないだろうけど、それでもマルタはきっとギュンターを選ぶはずだ。

酒場の「ガス灯《とう》」から、にぶい喧噪《けんそう》が聞こえる。まるで落ち着きない大きな羽音のようだ。客の男たちは、いつもより騒《さわ》いでいるのだろうか？　通りすがりに、タバコの煙《けむり》で青く煙る街角の酒場をのぞいてみた。いや、いつもと変わりない。この時間に酒場にくる顔ぶれはいつも同じだ。いつも通り大声でしゃべり、最後にはなぐり合いをはじめる。連中にとって、世界はなにも変わっちゃいないんだ。いままで通り、日々は過ぎていく。

物思いにふけりながら、三十七番地の入り口をくぐる。静まりかえった中庭の様子をうかがいもせずに。四番目の中庭に来て、はじめて小さな口笛が聞こえた。待ち伏《ぶ》せされていたんだ。ずいぶん長いこと、なにごともなかった。もうずっとマックセ・ザウアーも、ちびのルツも、見かけていなかった。ハンスの前に立ちはだかったのは四人の突撃隊員《とつげきたいいん》だった。薄《うす》笑いをうかべるちびのルツと松葉杖《まつばづえ》のマックセ・ザウアー。ほかのふたりも見たことがある。ふたりとも、三十七番地の右か左の安アパートに住んでいる。ひとりはずっと赤色戦線のメンバーだった。

「なんの用です？」ハンスは一歩後ろにさがった。男たちはそれには答えずゆっくりと近づいてきた。通りにでて逃げるか、どこか脇《わき》の階段にかけこんで、助けを呼ぶか、一瞬《しゅん》迷った。だが、どっちもむりなことがわかった。すぐに捕《つか》まってしまうのがおちだ。「なんだよ？」ハンスは時間かせぎに、もう一度口をひらいた。「もう片はついたんじゃない？　通してくれ」

マックセ・ザウアーがかすれた声で笑った。そしてちびのルツが、「ヴィーゼン通り」「復讐《ふくしゅう》」「ドイツ破壊《はかい》のモスクワ指令」といった言葉を口走った。「国会議事堂は手始めでしかない。これからどうなるか、目にもの見せてやる」

ハンスはほかの二人を目でうかがった。相当の大男だ。こぶしはハンマーみたいだ。まともになぐられたら、大変なことになる。

はじめになぐりかかってきたのは、ちびのルツだった。ずいぶん気弱ななぐり方だ。ハンスの相手じゃない。すぐになぐり返した。抵抗《ていこう》しようがしまいが、どうせ袋《ふくろ》だたきにあうんだ。

ふたりの大男は目を丸くした。圧倒的《あっとうてき》な劣勢《れっせい》に、しっぽを丸めると思っていたのだろう。ふたりがなぐりかかった。ハンスはかわそうとしたが、右手にはルツがいて、左手ではマックセ・ザウアーが杖《つえ》をだしている。身をかがめて、大男の間をすり抜けて四番目の中庭に逃げ込もうとした。その瞬間《しゅんかん》、あごをなぐられて、後ろによろめいた。つづいてボディブローを受け、地面にひざまずいた。げんこつが雨あられとふってきた。顔となく、上半身となく、腹《はら》となく。ハンスはパンチを逃れようと、石畳《いしだたみ》に腹這《はらば》いになったが、体を起こされ、またたたきのめされた。腕《うで》をあげて、身を守ろうとしたが、大男たちの強烈なパンチにすぐ、用をなさなくなった。男たちに取り囲まれたハンスはよろめいて、また倒《たお》れ込んだが、もう一度体を起こされて、なぐられた。

声を押し殺した、不気味な沈黙《ちんもく》の中で事は進んだ。なぐりかかる男たちの声以外、なにも聞こえなかった。

いつのまにか、ハンスは冷たい石畳に横たわっていた。身じろぎひとつできない。男たちは、ハンスを起こしても意味がないとわかって、倒れたままにした。口は血だらけで、目ははれあがり、頭がくらくらする。ちびのルツの声が聞こえる。「すいませんっていえよ」だが、ハンスが謝《あやま》ったりしないことはわかっているはずだ。気持ち悪くていまにも吐《は》きそうだし、男たちの前で横たわり、泥《どろ》にまみれていたが、笑わせるなという気持ちだった。

男たちも、効き目がなかったと気づいたのだろう、ブーツのつま先でけりはじめた。それは激しさを増していった。ハンスは起きあがろうとしたが、脇腹《わきばら》にけりがはいって、またつっぷした。一番がむしゃらにけったのはちびのルツだった。顔を真っ赤にし、口元を憎《にく》しみにひきつらせ、ブーツの先でハンスの脇腹をけりながら、しだいに悲鳴に近い声をあげた。「謝れったら、謝れ!」ルツはハンスの謝罪を待っていた。それさえあれば、リンチは終わる。なのに、ハンスが意固地で、やめるきっかけが作れずにいたのだ。ハンスがもう痛みを感じなくなっていることに、ルツは気づいていなかった。ハンスはすっかり感覚を失っていた。頭上で男たちのあえぐ息がはっきりと聞こえるだけだ。リズミカルで、にぶいあえぎ。聞こえるのはそれだけだった。そしてその息づかいもしだいに耳にはいらなくなった。

男たちがいつ立ち去ったのか記憶にない。テツラフの夫婦が帰ってきて、おかみが両親に知らせにいったことも、あとで聞いてはじめて知った。ハンスは、そのあと部屋まで両親に担《かつ》がれたが、それもまったく思い出せなかった。我《われ》に返ったのは、両親の寝床《ねどこ》にねかされてからだった。泣きじゃくるムルケルの顔が目に飛び込んできた。大したことないから大丈夫だといってやりたいが、言葉がでない。路面電車の明かりの中にたたずみ、手をふっているミーツェの姿が目に浮かんだ。つづいて真夜中に空っぽのハト小屋の前にたたずむヘレ。となりにギュンター・ブレームが立っていて、ピストルをヘレに向けてかまえている。ハンスはびっくりして、体を起こそうとしたが、母親に押さえられて、ベッドに沈《しず》んだ。「寝ていなさい」母親がいった。「父さんがフレーリヒ先生を呼びにいったから。すぐに来てくださるわ」

そういっているうちに、年老いたやさしい医師がやってきた。子どものころからハンスを診《み》てくれている先生だ。ハンスは、大したことはないといいたかったが、やはり言葉がでない。意味不明のうめき声がでただけだ。たまらずむせび泣いた。

「泣きなさい」老先生は、ハンスを頭の先からつま先まで診察《しんさつ》しながらいった。「思いっきり泣くんだ！　気持ちが晴れるから」

泣きたくはなかったが、涙がとめどもなく流れ、顔が涙でぐしゃぐしゃになった。しばらくして母親が錠剤《じょうざい》を二粒、口にいれ、水を飲ませてくれた。そのすぐあと、ハンスは眠りに落ちていった。

赤ん坊の泣き声で、ハンスは目を覚ました。目はあけたが、意識がはっきりして、自分がどこにいて、泣き声の主がだれかわかるまでしばらくかかった。だがすぐに記憶がよみがえった。中庭で待ち伏《ぶ》せしていた男たち、母親、先生。すべてが鮮明《せんめい》すぎるくらいに目に浮かぶ。急に不安にかられた。どうしちゃったんだろう？　どこか骨折でもしてるんだろうか？

どこもかしこも痛い。体中、傷だらけだ。激痛が走るので、腕《うで》をあげることすらできない。外がしだいに白んできた。カーテンがしめてあったが、それとわかる。エンネの鳴き声がしだいに大きくなって、頭にひびいた。

母親がやってきて、すぐにエンネを抱《だ》き上げた。「そんなに泣いてはだめじゃないの」母親がささやいた。「ハンスが目をさましちゃうでしょ」

起きているといおうとして、自然にその言葉が口をついて出てきたので、ハンスは自分でおどろいた。母親がカーテンをあけたので、部屋がすこしだけ明るくなった。母親はエンネを抱きながら、ハンスのそばにやってきた。「どう？」

ハンスはうなずこうかと思ったが、思いとどまった。ただでも頭が割れそうに痛い。「ああ」と小さな声でいった。先生を呼びにいったのが本当に父親だったのか、それともあれは夢だったのか、自信がなかったので、ハンスはたずねた。「父さんは戻《もど》ったの？」

「そうなのよ！」母親はうなずいた。「父さんのことを解放してくれたのよ。逮捕《たいほ》された同志のだれかが、父さんがとっくの昔に党員でなくなっているっていってくれたみたいなの」

朗報《ろうほう》だ！　ようやく朗報が聞けた。ハンスは横になったまま、自分の体に耳をかたむけた。体中痛いのに、ふしぎと気分がいい。こんな気分はいままで味わったことがない。

父親が部屋にはいってきた。もう服を着ている。仕事にいくのだろう。そのとき、ハンスは気づいた。自分が両親のベッドに寝《ね》ていて、エンネがムルケルの寝床《ねどこ》にいたということは、両親はムルケルといっしょに、自分が使っていたマットレスで寝たことになる。

「どうだ？　よくなったか？」

不思議なことに、父親の顔にはなぐられた跡《あと》がない。「なにもされなかったの？」

「そんなことはない」父親がいった。「ひどい目にあったさ。だけど、目には見えない」父親はもっとなにかいいたそうな顔をしたが、話題をかえて、こうたずねた。「今回のことだが、やはりヴィーゼン通りの腹《はら》いせか？」

「ああ」ハンスは小声でいうと、すぐにたずねた。「やつらになにをされたの？」どんなひどいことでも、すべて知っておきたかったのだ。

父親はベッドのそばにいすを持ってきて、腰《こし》かけると、静かに話しはじめた。人をすし詰めにした監房《かんぼう》で、父親は一日をすごした。いっしょに放り込まれていたのは、共産党員と社会民主党員、労働組合員たち。みんな、放火犯だというのだ。突撃隊《とつげきたい》は尋問《じんもん》をする前に、ゴム製の棍棒《こんぼう》や鉄棒、ムチなどで囚《しゅう》人《じん》をたたきのめした。「ちょっとしごいてやろう」というわけだ。「おれは共産主義のくそ野郎だ」といわされたり、ナチの歌をうたわされたり、なかには腎臓《じんぞう》をつぶされて、血尿《けつにょう》をだしたものもいる。ほかに処刑《しょけい》のまねごとをされた者もいる。突撃隊は囚人を壁《かべ》に立たせ、顔の近くをねらって銃《じゅう》を発射《はっしゃ》した。不安のあまり小便をもらした者がいて、突撃隊員たちはそれを見て、げらげら笑った。骨折をせずにすんだ者はほとんどいなかった。みんな、なぐられて、青あざを作った。ただ父親だけは例外だった。前の戦争の負傷兵なのを知って、まだ二十歳にもなっていない若造の尋問者《じんもんしゃ》は手荒《てあら》なまねができなかったのだ。それに、シュトラールズント通りに住む元党員のヨハン・クルプユーンが、父親は一九二八年の時点で党から追放されているといったのだ。

父親は、自分の話をどう受け止めているか確かめるようにハンスを見つめ、それから低い声でつづけた。「運が良かったんだ。ものすごい幸運だった。となりにいたやつなんか、なぐり殺された。それを手をこまねいて、見ているしかないんだ。監房の扉《とびら》をたたいても、やつら、笑うだけでな。いままでにもひどい体験をしてきたが、あんなのは初めてだ。けだものになれる人間というのはいるんだな。それが許されさえすれば」

父親はしばらく言葉をとぎらせた。それからまた機械仕掛《じか》けのようにたんたんとしゃべった。「だが、最悪なのは、そんなことじゃない。共産党と社会民主党がいがみあっているのは知っているだろう。監《かん》獄《ごく》の中でも、おなじ調子だったんだ。こうなった責任を、お互《たが》いにかぶせあっていたんだ。悲惨《ひさん》な状況《じょうきょう》でなかったら、笑いがでていただろう。処刑台の下に来てまで、いっしょに死刑執行人《しっこうにん》と闘おうとせず、けんかをしているんだからな」

こんなに絶望している父親をいままでに見たことがない。そして、なんでそんなことまで包み隠《かく》さず話してくれるのか、ハンスにもわかった。父親はハンスに警告しているんだ。おまえが受けた仕打ちくらいではまだ大したことはない。父親はそういいたいのだ。そして、自分らしくあろうとするかぎり、もっとひどい目にあうことを覚悟《かくご》しなければならない、と。父親は、ハンスがこれ以上ひどい目にあってほしくないのだ。ハンスが自分を犠牲《ぎせい》にすることを望んでいない。二人目の息子のことまで心配するのはまっぴらだと思っているのだ。だからこそ、父親はどんな残虐《ざんぎゃく》な行為《こうい》も包み隠さず話したのだ。

父親の話はつづいた。「昨晩、おまえのこれからのことを話しあった。父さんと母さんは、やはりモスクワにいったほうがいいと思っている。ここはもうすぐ耐《た》えられなくなるだろう。とくにおまえのような人間にとってはな」

ハンスは唇《くちびる》をかんだ。どうしてそんなことをいうんだろう？　ここを離れる意志がないことを知っているはずなのに。不安はとっくの昔からある。これから先も不安はつづくだろう。けれども、そうやすやすとくじけはしない。「ヒトラー万歳《ばんざい》」「くたばれ、モスクワ」「くたばれ、ユダヤ人」そんな言葉は口がさけてもいうつもりはない。二度とマックセ・ザウアーたちにくってかかるつもりはなかった。だからといって、ぺこぺこするつもりもない。さっき、父親は「しごき」という言葉を使ったが、ハンスは、シュレーダーやクルンプ、そしてマックセ・ザウアーやちびのルツになぐられたおかげで、逆に意志が強固になったような気がしていた。

父親はさっと母親を見てから、さらにハンスにいった。「昨日の夜、やつらが逮捕《たいほ》したのは数人じゃない。敵対している人間を何千となく、監獄《かんごく》に放り込んだんだ。やつらの障害になりそうな人間をほとんどしらみつぶしに捕《つか》まえたんだ。帝国議会議員だって例外じゃない。これはもう、あからさまなテロだ。英雄を気取っても意味がない。問題はどうやって生き延《の》びるかだ。よりよき時代がきたとき、おれたちが力になれるようにな。来週の選挙は見せかけだ。ドイツは闇《やみ》の時代にはいる。それも当分のあいだな」

母親はエンネの頭にほおをつけ、やさしくあやしていたが、目はまっすぐハンスに向けていた。「あたしたちは、弱すぎ、愚《おろ》かすぎ、お人好しすぎたのよ」母親は静かな口調でいった。「でも、なにもかもおしまい。これからは、なんとしても真っ当にこの時代を生き延びなくちゃ」

ビュートウ夫人はなんといっていたっけ？ 真っ当な人は、犯罪者に手も足も出ないというようなことをいっていたっけ。ということは、両親が真っ当に生き続けようとしたら、だまっていられないはずだ。自分を危険のないモスクワにいかせたくて、そういっているだけだ。「ぼくはいかないよ」ハンスは静かにいった。「ぼくは、いかない」

「いいか、ハンス！ もうおしまいなんだ」父親はもう一度説得しようとした。「わしらの新聞はほとんどが発行禁止になった。リベラルな新聞のなかにも、発行できなくなったものがある。これからはあからさまな独裁の時代になる。息がつまる前に逃げたからって、恥《はじ》じゃない」

まだ序の口。ビュートウ夫人もそんなことをいっていた。父親の話はべつに新しいものじゃなかった。

決心を変えるつもりはなかった。「ここに残るよ」

「そういうと思ったわ」母親がため息をついた。「おまえがあとで後悔《こうかい》するんじゃないかと思ってね」

そのとき玄関《げんかん》のドアをノックする音がした。はじめは控《ひか》えめに、そしてだんだんはげしくなった。マルタだ。父親のことを聞きにきたのだ。きっとハンスの様子も気になっているのだろう。

両親は身じろぎひとつしなかった。「あの子は昨日の晩も来たわ」母親は静かにいった。「でも、中にはいれなかった。ずっとドアをたたきつづけていたわ」

「ギュンターは知らなかったのよ」ドアの向こうでマルタが叫《さけ》んだ。「彼はついていっただけなの。どうしようもなかったのよ。命令に背くわけにはいかないでしょ」

マルタはギュンターを選んだ。そうすることで、ヘレとユッタを、両親とハンスを敵に回した。そのことはマルタ自身がよくわかっていることだった。

ムルケルが寝室《しんしつ》にやってきた。眠そうな目をこすりながら、「ぼくがあけてもいい？」と父親に聞いた。

「だめだ」父親はきびしくいった。「だめだ！」

母親はすこし迷ってから、ムルケルを手招きした。「あけてやりなさい。父さんはもどってきて、ハンスも大丈夫だっていってやって。でも、中にいれちゃだめよ。あの子と顔をあわせたくないから」

ムルケルが悲しそうにうなずいた。それから玄関にいき、ドアをほんのすこしあけ、マルタが押しいってこないように、足をドアにあてがった。「中にいれられないんだ」ドアの隙間《すきま》から、ムルケルは泣きそうな声でいった。「父さんは戻《もど》ってきたよ。ハンス兄さんも、もう大丈夫だよ」

沈黙《ちんもく》。ムルケルはドアのところに立ったまま、それ以上なにもいわなかった。マルタもドアの向こうで、なにもいわなかった。それから急に足音が聞こえた。マルタが階段をおりていったのだ。

父親はいつまでもすわっているわけにはいかなかった。立ち上がると、時計を見て、ベッドの前をそわそわ歩き回った。「ギュンターが逮捕《たいほ》したのが息子かどうかは、重要なことじゃない」父親は自分の立場を説明しようとした。「逮捕したのが他人であっても、おなじようにした。やつらがどういう仕打ちをしているか、この目で見たんだからな」そして鼻で笑いながらつづけた。「ついていっただけだって？　今に、みんな、同じようなことを言い出すさ」

父親のいうとおりだ。命令されたというのはいいわけにならない。ギュンターは自分から突撃隊《とつげきたい》に入隊したのだ。荷担し、重用され、住まいの世話までしてもらった者が、命令をだした者よりましとはいえないだろう。

ムルケルがハンスの寝《ね》ているベッドにやってきて、しばらくじっとハンスを見つめた。

「まだ痛い？」

ハンスは首を横にふろうとしたが、痛みが走り、「ああ、ちょっとだけな」といった。

「先生がいっていたけど、ものすごい幸運だったそうよ」母親はムルケルをハンスからすこし離した。「ひどい怪我《けが》ではないわ。腎臓《じんぞう》をひどく打撲《だぼく》して、大量に出血しただけだそうよ。それでも、一週間か二週間はベッドで安静にしていたほうがいいわ」

「時間はあるさ」

「なにがあったか、ミーツェに教えておこうか？」ハンスを少しでも喜ばせたかったのか、ムルケルがそういった。「きっと見舞《みま》いにきてくれるよ」

いいアイデアだ！　午後、ムルケルに工場へいってもらおう。ミーツェはきっと来てくれるだろう。

「ああ、そうしてくれ」と、ハンスはいった。

「さて、いかなくては」父親はハンスにうなずいた。「話のつづきは今晩しよう、いいな？」

ハンスはうなずく代わりに目を伏せた。父親はドアをあけてでかけた。ムルケルはハンスを元気づけるのが自分の仕事と思ったのか、いろいろふざけはじめた。だが母親がだまっていなかった。「さあ、体を洗って、服を着なさい」そういって、ムルケルを台所に追いやった。「学校に遅《おく》れるでしょ」

ムルケルはがっかりしてベッドから飛び降りると、台所に走っていった。だがすぐにまた戻《もど》ってきてハンスに声をかけた。「エンネがうちにいるあいだは、ぼくらふたりして、兄さんのマットレスで寝《ね》るんだって。母さんがいってるよ。うれしい？」

「もちろん、おまえが元気になってからの話だけどね」そうささやいてから、母親は大きな声でいった。「ハンスも喜んでいるわよ。うんざりするくらいうれしいんですって。それより、急ぎなさい。さもないと、たらいの中で寝てもらうわよ」

ムルケルはくすくす笑いながら、台所に姿を消した。

母親が急にまじめな顔になった。「昨日、おまえのズボンのポケットにヘレの家の鍵《かぎ》がはいっていたけど。なにをするつもりだったの？」

ハンスは、旗のことをすっかり忘れていた。もう何人か目にしているはずだ。「ベルリンは赤でありつづける」というスローガンを見つけたときのヘレとハンスのように、ケスリン通りの住人たちはうれしく思うだろう。もちろん、ビュートウ夫人は、ヘレの家でわなをはる突撃隊員《とつげきたいいん》たちの目と鼻の先に共産党の旗をつるしたのがだれなのか察しがついているだろう。そして勇気をだしているかもしれない。

ハンスはすぐに、ミーツェとやった行動を母親に話した。もちろん、これからもポスターを貼《は》ったり、ビラをまいたり、突撃隊のトラックをパンクさせたりするつもりだとはいわなかった。ささやかな抵抗《ていこう》だが、やらないよりはましだ。

母親はハンスの気持ちを見抜いていた。「これからも続ける気でしょ」

「やらないよ」

「だって、ここに残るのはそのためじゃないの」

「そうだけど」

母親はだまってすわり、むずかって、しきりに手を動かしているエンネをあやしていたが、しばらくしてこういった。「わかったわ！　どうせいってもきかないだろうし。でも、なにかするなら、仲間を作りなさい。ただし多すぎちゃだめ。危険だから。気心の知れた小さなグループなら、安心だわ」それから声を低くして、こういった。「パウレが戻ってるわよ。見分けがつかないくらいひどくなぐられたけど、でも、あの子なら、くじけないでしょ。おまえとおなじで、いかれてるから」

パウレ・グロースが戻っている？　そうだ、パウレとなら話ができる。パウレとなら組める。パウレはノレとはちがう。あいつは本物だ。

母親はハンスの腕《うで》にそっと手を置いた。「危険なことをしちゃだめよ。おまえたちが逮捕《たいほ》されても、だれの得にもならないんだから」

ハンスは約束した。母親もそれを信じた。だが、母親はまだ安心していなかった。「まったく、これからどうなるのかしらね。知りたいものだわ。いや、知らないほうがいいのかもしれないわね」

＊33　**国会議事堂炎上**　国会議事堂に放火された夜、議事堂内で精神異常のオランダ人共産主義者マリヌス・ファン・デア・ルッベが逮捕された。彼が犯人か、あるいは犯人一味であることは疑いようがなかった。ナチ党は、「共産主義者」が国会議事堂に放火した証拠だとし、これを口実にドイツ共産党とドイツ社会民主党の幹部およそ千五百人を逮捕した。左派の歴史家は、放火の本当の犯人はナチ党だと主張している。放火をして得をするのはナチ党だけだったから。もちろん放火をさせてしまい、そのうえ虚をつかれて無抵抗のまま逮捕されてしまったのは、共産党指導部の失策でもあるという。しかしナチが国会議事堂に放火したという仮設には十分な証拠がない。ベルリン刑事警察は単独犯行と断定せざるをえなかった。ファン・デア・ルッベも、処刑されるまで共犯はいないし、だれからもそそのかされなかった、ひとりで反ナチののろしをあげたかったといいつづけた。だが現実には、ナチ党に政敵へのテロを実行する機会を与えただけだった。

あとがき

この本は二十世紀前半の〈転換期《てんかんき》〉を描いた三部作の二巻目にあたります。第一巻『赤い水兵あるいはわすれられた冬』では一九一八年から一九一九年にかけて起こった出来事を描いています。ただし、その第一巻、この第二巻、そして計画中の第三巻も含め、現代史にとって重要な意味を持つこの時期の人々の暮らしや考え方や政治についてまんべんなく扱《あつか》っているわけではありません。目的はベルリンの労働者の一家を通してこの時代を描くことにあります。スパルタクス団ないしは共産党の理想の実現をめざした一九一八年から一九一九年にかけてのドイツ再出発は夢と希望に満ちていました。一九三二年から三三年にかけてのドイツの目覚めは酔《よ》いを醒《さ》ますにがいものでした。そして一九四五年のドイツ崩《ほう》壊《かい》はあまりにも徹底《てってい》したものでした。

この本で描かれているワイマール共和国の没落がどうして起こったのか、今日の視点からみると、四つの理由があげられるでしょう。

1　世界恐慌《きょうこう》。ドイツは一九三三年までに経済危機からぬけでることができず、そのうえ、社会問題を認識できない諸政党の無力さが世界恐慌でさらに露呈《ろてい》したのです。

2　ドイツの大企業経営者とユンカーは、経済的に強く、民族主義的なドイツ国家をボルシェヴィズムの防波堤《ぼうはてい》として望んだのです。

3　政党は右翼系《うよくけい》も左翼系も、みなきわめて非民主的な思想をもち、そう行動したのです。（重大な危機に直面しても、共同戦線を組むことなく、たがいに自分の意見を押し通そうとしたのです）

4　ヒトラーのもろもろの発言が本気だとはだれも想像しなかったことです。（「くたばれ、ユダヤ人」というナチのスローガンが、まさか本当にユダヤ人の殺戮《さつりく》を意味しているとは思わなかったのです。また「ヒトラーを選ぶ者は戦争を選ぶ者」という共産党のスローガンがありましたが、共産党は夢想家で口先ばかり、そのうえ実際にそうだったのですが、モスクワのあやつり人形とも思われていたので、本気にされませんでした）

もしもドイツ社会民主党とドイツ共産党という二大労働者政党が協力しあったら、はたしてナチ党の権力継承《けいしょう》を阻止できたかどうか、それはわかりません。どっちにせよ互《たが》いに非難しないという紳士協定《しんしきょうてい》以上のことはできなかったことは確実です（H・A・ヴィンクラー）。というのも、ドイツ共産党員の大半がソヴィエト体制のドイツ（つまりプロレタリアートによる独裁）を望んでいましたし、ドイツ社会民主党は民主主義共和国を維持《いじ》しようとしていたからです。両党の妥協点《だきょうてん》は考えられません。一九二八年以来反民主主義的なドイツ共産党がドイツ社会民主党と共同戦線を組んだ場合、憲法が守られたかどうかもわかりません。さらに、両党が手を結んだ場合、マイナスもありました。ドイツ共産党では、期待していた革命《かくめい》をおこせないと考えた投票者の票をうしないますし、ドイツ社会民主党は、ドイツ共産党の独裁をおそれる人々の票をうしないます。

ドイツ共産党は一九三三年一月三十日まで自分の立場に固執《こしつ》しつづけました。(「プロレタリアートは戦いにまけてはいない。敗北したわけではない。〈中略〉これは一時的な撤退《てったい》である」一九三三年ドイツ共産党中央委員会の決議書からの引用)ドイツ社会民主党は党活動が禁止されるまで「古典的な国家政党」(H・A・ヴィンクラー)の顔をしつづけました。その結果、今日ではまず考えられないような、国家体制を最優先する、軟弱《なんじゃく》な政策がとられたのです。右翼《うよく》政党から数々の屈辱《くつじょく》をうけたにもかかわらずです。ドイツ共産党との共同戦線は社会民主党党員のおおくも要求していましたが、それがドイツ社会民主党のもうひとつの選択肢《せんたくし》になったかどうかは議論をまつところです。

一九三三年一月三十日は、多くの本で権力掌握《しょうあく》の日とされています。決まり文句のようになっていますが、これはまちがいです。ヒトラーはこの日、権力を〈掌握〉したのではなく、〈継承《けいしょう》〉したのです。表向きはヒンデンブルク大統領によって、しかし実際には、ヒンデンブルク大統領の背後にいた人々、戦略家のパーペンと、ヒトラーから民族思想再興の約束を得たドイツ国家人民党の力によるものでした。さらに、共産主義の独裁よりは、ヒトラーの拡大政策と人種憎悪《ぞうお》のほうがましだと考えた大企業経営者や銀行家もそこに加わります。

一月三十日、ドイツ共産党はゼネストを呼《よ》びかけ、ドイツ社会民主党は「憲法に基《もと》づく闘争《とうそう》」、つまり合法的な議会での闘争を呼びかけます。失業者六百万人という現実の前で、ゼネストが有効だったかどうかは今なおわからないことですが、合法的な闘争が無効だったことは、その五ヵ月半の動きを見れば明白です。

○一九三三年二月一日
ヒトラーの圧力に屈《くっ》したヒンデンブルク大統領が議会を解散。選挙は三月五日と決定。
○二月四日
ワイマール憲法第四十八条（非常事態条項）を行使して、ヒトラーによる最初の非常事態宣言。これは集会、言論、出版の自由をはじめとする民主主義的な基本権の一時停止を意味しました。
○二月十七日
ゲーリンクによってナチは政敵と衝突《しょうとつ》した際、発砲《はっぽう》することが許可されます。
○二月二十日
産業界首脳がヒトラーと会談。産業界から選挙資金約三百万マルクが提供されることになります。
○二月二十四日
突撃隊員、親衛隊員、鉄兜《てつかぶと》団員（ドイツ国家人民党員）五万人がゲーリンクによって補助警官に動員されます。
○二月二十七日
国会議事堂炎上《えんじょう》。ヒトラー政権は即日、「ドイツ民族への反逆および破壊活動に対する政令」を発し、これよって拘留《こうりゅう》期間無制限の逮捕《たいほ》、家宅捜索《かたくそうさく》、郵便物の開封、電話の盗聴、新聞の発行禁止と検閲《けんえつ》、団体組織の解散、個人財産の押収が警察に認められます。

○二月二十八日
「民族および国家を防衛するための政令」が発令され、ワイマール憲法で定められた国民の基本権が制限されます。さらに、保護検束が導入され、罰則規定が強化されました。これが、その後ナチ政権が政敵を追及する法的基礎となります。

ナチ党はこのふたつの大統領令によって、法治国家の息の根をとめ、国家、経済、社会への独裁の足がかりを作りました。その後の展開は以下の通りです。
○一九三三年三月三日
ドイツ共産党党首エルンスト・テールマン逮捕《たいほ》
○三月五日
戦前最後の国会選挙。投票率八十八パーセントの記録的な選挙となりますが、ナチ党の得票率は四十三・九パーセントで、期待された絶対多数にはいたりませんでした。しかし選挙戦中、妨害《ぼうがい》を受けたドイツ社会民主党とドイツ共産党はそれぞれ十八・二パーセント、十二・二パーセントにとどまりました。(ベルリン・ヴェディンク地区では九万三千人がドイツ共産党を、五万四千人がドイツ社会民主党を、六万二千がナチ党を選びました)。その他の中道政党はほとんど消滅《しょうめつ》しました。
○三月七日

国旗団と鉄戦線が活動禁止。

○三月九日

ナチ党は共産党国会議員の資格を剝奪《はくだつ》し、共産党議員全員の逮捕命令をだします。中道政党からの抗議《こうぎ》はいっさいありませんでした。

○三月二十日

ダッハウ強制収容所に最初の囚人《しゅうじん》が収監されました。

○三月二十四日（二十三日では？）

「民族と帝国の困難を除去する法律」（授権法とも呼ばれます）が国会で可決し、ヒトラー政権は国会や大統領の承認なしに立法権を行使できるようになります。議員の逮捕で議席数を減らしていた社会民主党はこの法律に反対しますが、他の中道政党は賛成票を投じ、政治的に自殺行為をしてしまいます。

権力継承《けいしょう》からわずか二か月後、ナチ党はこの授権法によって、国会を事実上無効にしてしまいます。ヒトラーは全権を掌握《しょうあく》し、容赦《ようしゃ》なく実行に移しました。共産党員、社会民主党員、ユダヤ人などの逮捕があいつぎ、強制収容所がつぎつぎと建てられました。

○一九三三年四月一日

はじめて全国規模のユダヤ人商店ボイコットがおこなわれました。

○一九三三年五月二日
メーデーの翌日、ナチ党は各地の労働組合事務所を急襲《きゅうしゅう》し、指導者を逮捕《たいほ》し、組合所有物を押収しました。また同時にベルリンにあった社会民主党系新聞『前進』の編集部が破壊され、労働組合は壊滅《かいめつ》しました。

○五月十日
ベルリンをはじめ、ミュンヘン、ドレスデン、ブレスラウ、フランクフルト・アム・マインなどの都市で、非ナチ的作家や哲学者の著作が焚書《ふんしょ》されます。そのなかにはトーマス・マン、ハインリヒ・マン、クルト・トゥホルスキー、エーリヒ・ケストナーなど当時を代表するドイツの作家や外国人作家が含《ふく》まれていました。

○五月十七日
国会でヒトラーによる「平和演説」。この演説は社会民主党からも承認されました。社会民主党はここにいたってもまだ、憲法にもとづく闘争ができると考えていたのです。しかしそういう闘争の道は、ナチ党によってとっくに閉ざされていたのです。

○六月二十二日
ドイツ社会民主党が活動禁止。

○六月二十七日から七月五日

残っていた各政党が解散。

○六月十四日

「新党結成禁止法」が可決。第一条「ドイツにおける唯一《ゆいいつ》の政党は国家社会主義ドイツ労働者党である」第二条「他の政党の組織維持をはかる者あるいは新たな政党結成をはかる者はその行為《こうい》が他の条例でより思い刑罰をうけないかぎり、三年以内の懲役《ちょうえき》もしくは六ヵ月以上三年以内の禁固刑に処《しょ》す」

ナチ党による権力継承《けいしょう》から半年もたたないうちに、こうして独裁体制は確立されたのです。本格的な抵抗《ていこう》運動もないまま、共産党と社会民主党の指導者たちは国外に逃亡するか、逮捕され、中道政党と国民の大部分は、いずれヒトラーは自分で墓穴《ぼけつ》を掘ると思っていたのです。具体的に組織された抵抗運動がおこなわれたのは、それからだいぶたって戦争がはじまり、ヒトラー政権が恐ろしい破局にむかって邁進《まいしん》していると人々が気づいてからです。もっともそうした抵抗運動も、小規模のサボタージュや国外への報道にとどまりました。効果的な抵抗運動がまともに組織できないほど、ナチの監視体制は完璧《かんぺき》だったのです。しかし、ヒトラー独裁政権の犯罪に反対し、断頭台の露《つゆ》と消え、あるいは銃殺刑《じゅうさつけい》に処《しょ》せられた多数の人々は、ドイツ人が犯罪者や同調者やナチを利用した者たちだけでなかったことの証拠《しょうこ》です。彼らはよりよきドイツのために命を捧《ささ》げた抵抗運動の闘志でした。彼らには敬意を表するべきであり、わたしたちの模範《もはん》は彼らしかいません。

最後にヒトラーの独裁政権下、ソ連に亡命した共産主義者たちのその後について触《ふ》れたいと思います。彼らの多くは、亡命先《ぼうめいさき》でも平穏《へいおん》無事ではありませんでした。ソ連に亡命した政治局員八人のうち生き延《の》びたのはわずか三人だけでした。ドイツ共産党中央委員のうち十八人はナチ体制下のドイツで、そして十五人はソ連で殺害されました。ワイマール共和国時代の共産党議員のうち三十六人はナチ独裁の犠牲《ぎせい》になり、十三人がスターリンによって殺されました。数千人にのぼるドイツ人共産主義者がソ連で監禁され、監禁中に数百人が命を落としました。彼らが「犯罪者」となったのは、ソヴィエト独裁に反対しているという容疑をかけられたためです。そのなかには中傷も含《ふく》まれていました。(スターリンがナチ政権とちがうところは、ドイツ共産党のリーダーがねらわれた点だけです。ヒトラーはマルクス主義労働運動の完全な撲滅《ぼくめつ》をめざし、ふつうの党員まで逮捕《たいほ》し、殺害したのでした)

ソ連に亡命したドイツ共産党指導部は、スターリンの「粛正《しゅくせい》」になすすべがありませんでした。一九三六年八月二十五日付けのドイツ共産党中央委員会の決議文にはこう書かれています。

「モスクワの法廷で本性を明らかにした殺人集団の中には、まったく不覚なことにドイツ共産党の同志もまじっていた」

また同じ決議文に、こういう一節もあります。

「われらの同志たちは、革命家に必要な注意を完全に怠《おこた》り、軽率《けいそつ》に人を信頼《しんらい》したせいで、同志の中に裏切り者をもぐりこませ、ソ連でスパイ行為と殺人行為《こうい》をおこなわせる機会をトロツキストやゲシュタポに与えてしまった。同志の厳《きび》しい再検査が必要だ」

だがスターリンがドイツの同志に対して行ったもっとも残酷《ざんこく》な仕打ちは、ドイツ人共産主義者（転向者と呼《よ》ばれた）を第三帝国のゲシュタポに引き渡したことです。しかも、仲間が敵の手に渡されることに対して、ドイツ共産党指導部はいっさい抗議しなかったといいます。

今日、スターリン主義の刻印を押された「社会主義」の時代は終わりを告げました。しかし、フランス革命の理想であり、正統な共産主義者と社会主義者すべてが夢に描いた理想、正義と自由と平等を求める心は死に絶えはしないでしょう。第三世界の国々や、いわゆる資本主義の先進国にひろがるさまざまな問題が、正義と自由と平等の必要性を繰《く》り返し思い出させてくれます。

最後に多くの歴史家、ジャーナリスト、報道写真家に感謝します。彼らがいなければ、わたしはこの本を書くことはできませんでした。特別に感謝の気持ちをあらわしたいのは、わたしの質問に辛抱《しんぼう》強く答えてくれた、ベルリン各地区の歴史に通じたベルリン各地区の地域史研究会と当時を知る時代の証言者たちです。

ベルリン　一九九〇年一月

クラウス・コルドン

●訳者あとがき

二十世紀を象徴《しょうちょう》する都市はどこかと問われたら、ぼくは迷わずベルリンをそのひとつに数えるでしょう。

ドイツ帝国の都として二十世紀の幕をあけ、第一次世界大戦後、共和国として再生したドイツでふたたび首都となり、世界都市としてさまざまな人種のるつぼとなります。第二次世界大戦後は、ドイツが東西に分断されるのにあわせて、ベルリンも東と西にわかれます。一九六一年、東西ベルリンの境界線上にたてられた「ベルリンの壁《かべ》」は有名でしょう。その後、四半世紀を越える長いあいだベルリンをふたつに分断した「壁」は、東西冷戦の象徴となりました。そして一九九〇年に「壁」が崩《くず》れ、再統一されたドイツの首都に返り咲いたベルリンは今、ふたたび新しい文化の震源地として世界から注目されつつあります。

この本は、そうした都市ベルリンを通して二十世紀の根っこを描こうとした歴史小説です。「転換期三部作」とも呼ばれる三巻からなる連作の二巻目にあたります。原題は『壁を背にして』。「背《はい》水《すい》の陣《じん》」と言い換えてもいいでしょう。一九三三年、ヒトラーが政権をとり、独裁体制を築いていくその前夜、追いつめられ、行き詰まった人々の物語です。そういう時代の転換期を十五歳の若者ハンス・ゲープハルトの目を通して描いていきます。

一巻目、三巻目も順次、翻訳《ほんやく》していきたいと考えています。ちなみに一巻目は一九一九年、第一次世界大戦後のドイツ再生をめぐってベルリン市街戦にまで発展する政治的対立の中、ベルリンをかけめぐる少年ヘレ・ゲープハルト（ハンスの兄）の物語です。三巻目は二巻目で生まれたヘレの娘エンネから見た一九四五年の物語です。

もうお気づきですね。この三部作はゲープハルトという貧しい一家の物語でもあるのです。

今回、この三部作を出版するにあたって、じつは一巻目と二巻目、どちらを先にするかで編集者ともだいぶ議論を重ねました。結果として、日本の読者になじみの薄い第一次世界大戦後のベルリンではなく、ナチ時代前夜のベルリンを選びました。

少々変則的ですが、いずれ一巻目で、兄妹ヘレとマルタの心をすれちがわせたもの、そしてヘレの友人たちを行動へとかりたてたものがどういうものだったか、十四年前の彼らの思いが明らかになります。また二巻目でナチに抵抗する決心をした主人公と恋人ミーツェがその後どうなったか、また幼い弟ムルケルが成人してなにに気づいたか。エンネの両親ヘレとユッタにはどんな運命が待ち受けていたのか。三巻目はそんな十二年後の物語となります。

この三部作は二十世紀前半を扱《あつか》っていますが、これとは別に戦後のベルリンを舞台にした「フランク三部作」という連作もあり、作者コルドンのベルリンへのこだわりは並大抵のものではありません。

コルドンは一九四三年ベルリンに生まれ、戦後、東ベルリンで育ち、一九七三年、西ドイツへ亡《ぼう》命《めい》を余儀《よぎ》なくされ、故郷ベルリンをあとにします。作家として世に出るのはその後のことです。彼のベルリンへのこだわりが並大抵でないのはそういう過去からも十分想像できるでしょう。

そしてそのこだわりはゲープハルト一家が暮らすアッカー通り三十七番地にも象徴的にあらわれています。これまでに何度も訪ねていたベルリンですが、今回の翻訳を機にこれまであまり訪れたことのなかったこの小説の舞台をくまなく訪ね歩きました。もちろんなによりも確認しなければならないのは三十七番地です。

ハンスが歩いたようにAEG跡地からフス派通りを南下してベルナウ通りを曲がり、アッカー通りとの十字路で左折。三十七番地は前方左にあるはずでした。長い歳月が流れています。当時の面影などないだろうと覚悟《かくご》しつつ、四十一、三十九とたどってきて、長い白壁がつづき、次の建物をみるとそこは三十五。はて、と思って振り返ってみると、うっかり見過ごしてしまった門があるではないですか。門の中をみて、ぼくは立ちつくしてしまいました。小さな墓地《ぼち》だったのです。見るからに百年以上は時を経ている古い墓地。ぼくはわけがわからなくなり、墓参《はかまい》りに来た様子の老婦人に声をかけました。

「この墓地は三十七番地ですよね。ずっとここにあったのですか?」

「そうです。戦前から」

そういった答えが返ってきました。気づくと、ぼくは、この番地に暮らしていたというゲープハルト一家の物語を熱に浮かされたようにしゃべっていました。さぞかし、おかしなアジア人だと思われたことでしょう。

その後、知ったことですが、コルドンはやはりこの番地を意図的に選んだのでした。三十七番地に眠る、このベルリンで生まれ、死んでいったであろう無数の人々、めまぐるしい「転換」に翻弄《ほんろう》され、そのなかで懸命《けんめい》に生きた彼らへのレクイエム。この本にはそんな意味合いもあったのです。

二〇〇〇年十二月

酒寄進一

作者

クラウス・コルドン [Klaus Kordon]

1943年ベルリンに生まれる。東ドイツの貿易商人として世界を巡る。1968年西側への逃亡に失敗、拘留される。その後、1977年に、インドネシアを舞台とする処女作『タダキ』を発表し、作家としてデビュー。以来、児童やヤングアダルト向けの作品を数多く発表し、国内外で数々の賞を受ける。本書をはじめ、南アジアや南米を舞台とした作品や、ベルリンを舞台とする歴史ものなどに定評がある。邦訳に『潮風にふかれて』『ひみつのおくりもの』(以上さ・え・ら書房)『モンスーン　あるいは白いトラ』(理論社) などがある。

訳者

酒寄進一 [さかより・しんいち]

1958年生まれ。上智大学独文学専攻博士課程修了。その後、ケルン大学などに学び、現在、和光大学表現文化学科助教授。グリム童話や現代ドイツ文学の研究、紹介に従事。訳書には、テレビアニメーション「ロミオの青い空」の原作『黒い兄弟』をはじめ、『砂漠の宝』『月の狩人』(いずれもベネッセ)『ネシャンサーガ　ヨナタンと伝説の杖』(あすなろ書房) など。

URL：http//www.wako.ac.jp/~michael/

ベルリン1933

NDC943
B6判 19cm 560p
2001年2月初版
ISBN4-652-07195-7

作者 クラウス・コルドン
訳者 酒寄進一
発行 株式会社 理論社
発行者 下向 実
〒162-0056
東京都新宿区若松町15-6
電話 営業 (03)3203-5791
出版 (03)3203-2577

2001年2月第1刷発行

Wir haben das
Wählen satt!
Hitlers
eichskanzlerschaft
ein außergewöhnlicher Wille und
ein außergewöhnliches Können
ein ehrliches Wollen
eit und Ansehen für die deutsche Nation
in der Welt · Soziale Gerechtigkeit
wählen Hitler auf Liste 1
Ein Nichtwähler
Die S.P
„Deutsche
im Auftrage
Es wählt Adolf

„Innerhalb 4 Jahren ist die
Arbeitslosigkeit behoben"
6 Millionen auf der Straße
Gebt Hitler 4 Jahre Zeit zum Aufbauen!
Hitler
Liste 1

-Hof.
Bade-Anstalt
Bad Mayershof
Holz-Kohlen & Kartoffelhandlung nächster Hof.

Erste